Manfred Elberfeld

28.12.79

DIOGENES TASCHENBUCH 130/XXX

detebe

Die Menschliche Komödie

Honoré de Balzac

Die Königstreuen

Roman

Deutsch von Magda Kahn

Diogenes

TITEL DER FRANZÖSISCHEN ORIGINALAUSGABE:
›LES CHOUANS‹

MIT FREUNDLICHER GENEHMIGUNG DER
ROWOHLT VERLAG GMBH, REINBEK BEI HAMBURG
VERÖFFENTLICHT ALS DIOGENES TASCHENBUCH, 1977

100/77/E/I
ISBN 3 257 20470 1

Die Königstreuen

ERSTER TEIL

☆

ERSTES KAPITEL

IN DEN ERSTEN TAGEN DES JAHRES VIII, Anfang Vendémiaire, oder, um sich dem gegenwärtigen Kalender anzupassen, gegen Ende des Monats September 1799, erklommen etwa hundert Bauern und eine ziemlich beträchtliche Anzahl Bürger, die am Morgen von Fougères nach Mayenne aufgebrochen waren, den Berg La Pèlerine, der halbwegs zwischen Fougères und Ernée liegt, einer kleinen Stadt, wo die Reisenden gewöhnlich Absteigquartier zu nehmen pflegen.

Dieses in mehr oder weniger zahlreiche Gruppen getrennte Detachement bot eine Auswahl so wunderlicher Kostüme und einen Zusammenschluß so verschiedenartigen Ortschaften und Berufen angehöriger Individuen, daß es nicht überflüssig sein dürfte, ihre Unterschiedsmerkmale zu beschreiben, um dieser Geschichte die lebendigen Farben zu verleihen, denen man heutzutage so großen Wert beimißt, wiewohl sie, gewissen Kritikern zufolge, der Seelenschilderung Abtrag tun.

Einige von den Landleuten, die in der Mehrzahl waren, gingen barfuß und trugen als einziges Kleidungsstück ein großes Ziegenfell, das ihnen vom Hals bis zu den Knien reichte, sowie eine Hose aus ganz grobem weißen Leinen, deren schlecht geschorene Fäden dem Gewerbefleiß ihres Landes ein unrühmliches Zeugnis ausstellten. Die flachen Ringel ihrer langen Haare vermischten sich so ununterscheidbar mit den Haaren der Ziegenhaut und verdeckten ihre der Erde zugekehrten Gesichter so vollständig, daß man dieses Fell recht gut für das ihre halten und auf den ersten Blick die Bedauernswerten mit den Tieren verwechseln konnte, deren Bälge ihnen als Kleidung dienten. Durch diese Haare hindurch sah man indes alsbald ihre Augen blitzen wie Tautropfen in dichtem Gesträuch; und ihre Blicke, obwohl sie menschliche Klugheit spiegelten, konnten unzweifelhaft eher Schrecken als Wohlgefallen hervorrufen. Auf dem Kopf saß ihnen eine schmutzige Kappe aus roter Wolle, ähnlich jener phrygischen Mütze, die die Republik sich damals als Sinnbild der Freiheit zu eigen gemacht hatte. Alle trugen sie über der Schulter einen dicken eichenen Knotenstock, von dessen Ende ein langer, schlecht gefüllter Quersack aus Leinen herabbaumelte.

Andere hatten über ihrem Käppchen einen groben breitrandigen Filzhut, der rundherum mit einer Art wollener Schnur in allerlei Farben eingefaßt war. Diese letzten, ganz und gar in das gleiche Leinen gekleidet, aus dem die Hosen und Quersäcke der erstbeschriebenen gefertigt waren, wiesen in ihrem Anzuge fast nichts auf, das an die neue Zivilisation der Zeit erinnert hätte. Ihre langen Haare fielen auf den Koller eines runden, mit kleinen viereckigen Seitentaschen versehenen Wamses nieder, das nur bis zu den Hüften reichte, eines den Bauern des Westens eigentümlichen Kleidungsstücks. Unter diesem offenen Wamse gewahrte man eine Weste aus demselben Zeug, verziert mit dicken Knöpfen. Ein paar von ihnen gingen in Holzschuhen, während andere ihre Schuhe aus Sparsamkeit in der Hand hielten. Die geschichtliche Aufgabe dieses Kostüms, das durch langen Gebrauch abgenutzt, durch Schweiß und Staub gedunkelt und weniger eigenartig als das vorher beschriebene war, bestand darin, den Übergang zu bilden zu der fast prunkhaften Kleidung einzelner Männer, die, hie und da verstreut, gleich Blüten aus der Truppe hervorleuchteten.

In der Tat stachen ihre Hosen aus blauer Leinewand, ihre roten oder gelben Westen, die mit zwei nebeneinander herlaufenden Reihen kupferner Knöpfe verziert waren und einem viereckigen Küraß ähnelten, ebenso grell von dem weißen Anzug und den Fellen ihrer Kameraden ab, wie Kornblumen und Mohn von einem Roggenfelde. Einige von ihnen trugen jene Holzschuhe, die die Bauern der Bretagne selbst anfertigen; aber fast alle hatten dicke eisenbeschlagene Stiefel und Anzüge aus derbem Tuch, von dem Zuschnitt der alten französischen Anzüge, deren Form von unsern Landleuten noch treu bewahrt wird. Ihr Hemdkragen wurde durch silberne Knöpfe festgehalten, die Herzen oder Ankern nachgebildet waren. Und endlich erschienen ihre Quersäcke besser gespickt als die ihrer Gefährten; außerdem hatten manche von ihnen ihre Ausrüstung durch eine Kürbisflasche ergänzt, die jedenfalls Branntwein enthielt und an einer Schnur von ihrem Halse herabhing.

Einige Städter zeigten sich inmitten dieser halbwilden Mannschaft, gleichwie um die letzte Grenze der Zivilisation dieser Gegenden zu bezeichnen.

Mit runden Hüten, Klapphüten oder Mützen bekleidet und mit Stulpstiefeln oder durch Gamaschen festgehaltenen Schuhen an den Füßen boten sie, wie die Bauern, beträchtliche Verschiedenheiten in ihrem Äußeren.

Etwa zehn von ihnen trugen die unter dem Namen der Carmagnole bekannte republikanische Weste. Andere, zweifellos reiche Handwerker, steckten vom Kopf bis zu den Füßen in gleichfarbenem Tuch. Die am gewähltesten Gekleideten zeichneten sich durch Fräcke oder Überröcke von mehr oder minder abgetragenem blauen oder grünen Zeuge aus. Diese Teufelskerle hatten Stiefel von verschiedener Form an und fuchtelten mit dicken Stöcken, wie Leute, die gute Miene zum bösen Spiel machen. Ein paar sorgfältig gepuderte Köpfe mit einigermaßen gut geflochtenen Haarzöpfen zeigten jene Art von Gepflegtheit, die uns den Beginn von Reichtum oder Erziehung verrät.

Wenn man alle diese Männer betrachtete, die, selbst erstaunt, sich beisammen zu finden, wie durch Zufall zueinander gekommen waren, hätte man sie für die durch eine Feuersbrunst vertriebenen Bewohner einer Ortschaft halten können. Aber Zeit und Ort gaben dieser Menschenschar einen ganz anderen Charakter.

Ein mit den inneren Zwistigkeiten, die Frankreich damals aufwühlten, vertrauter Beobachter hätte die kleine Anzahl von Bürgern leicht erkannt, auf deren Treue die Republik innerhalb dieser Truppe zählen durfte, einer Truppe, die fast ganz aus Leuten bestand, welche vor vier Jahren im Kriege gegen sie gelegen hatten.

Noch ein letzter hervorspringender Zug ließ keinerlei Zweifel über die geteilten Ansichten dieses Detachements. Einzig die Republikaner marschierten mit einer Art von Munterkeit. Was die anderen Mitglieder betraf, so zeigten sie, wenn auch ihre Kleidung merkliche Unterschiede aufwies, doch in Gesicht und Haltung jenen gleichförmigen Ausdruck, den das Unglück verleiht. Bürger und Bauern, alle trugen den Stempel tiefen Trübsinns. Ihr Schweigen hatte etwas Grimmiges, und sie schienen unter das Joch eines einzigen, gleichen Gedankens gebannt, der, ohne Zweifel schrecklicher Natur, von ihnen sorgsam verborgen gehalten wurde, denn ihre Mienen waren undurchdringlich. Nur die außergewöhnliche Langsamkeit ihrer Fortbewegung verriet geheime Erwägungen.

Einige von ihnen, die sich durch einen vom Halse hernieder hängenden Rosenkranz auszeichneten (trotz der Gefahr, die sie durch die Beibehaltung dieses Zeichens einer allerdings mehr unterdrückten als beseitigten Religion liefen), schüttelten von Zeit zu Zeit das Haar zurück und hoben argwöhnisch den Kopf. Dann ließen sie die Blicke ebenso aufmerksam wie verstohlen über die Wälder, Pfade und Felsen hingleiten, welche die Straße umschlossen, mit dem Gebaren eines Hundes, der, die Nase unter dem Wind, das Wild aufzuspüren sucht; wenn sie dann nichts als das eintönige Geräusch der Schritte ihrer schweigenden Gefährten vernahmen, senkten sie von neuem die Köpfe und nahmen wieder ihre verzweifelte Haltung an, Verbrechern vergleichbar, die ins Zuchthaus geführt werden, um dort zu leben und zu sterben.

Der Marsch dieser nach Mayenne bestimmten Kolonne, die entgegengesetzten Elemente, aus der sie bestand, und die verschiedenartigen Empfindungen, die sie ausdrückte, das alles erklärte sich ziemlich natürlich durch die Anwesenheit einer anderen, die Spitze des Zuges bildenden Truppe.

Etwa fünfhundert Soldaten marschierten ihr, mit Waffen und Bagage, unter dem Kommando eines Halbbrigadeführers voran. Es ist nicht überflüssig, für diejenigen, welche dem Drama der Revolution nicht beigewohnt haben, hier anzumerken, daß diese Bezeichnung den durch die Patrioten als zu aristokratisch verpönten Titel eines Obersten ersetzte.

Diese Soldaten gehörten einer in Mayenne einquartierten Infanterie-Halbbrigade an. In jener Zeit der Unruhen wurden von den Bewohnern des Westens alle Soldaten der Republik „Blaue" genannt. Dieser Beiname stammte von den ersten, blau und roten Uniformen, an die die Erinnerung noch so frisch ist, daß ihre Beschreibung sich erübrigt. Die Truppe der Blauen diente demnach als Eskorte für dieses Aufgebot von Männern, die fast sämtlich gegen ihren Willen nach Mayenne marschieren mußten, wo ihnen die militärische Zucht alsbald den gleichen Geist, die gleiche Uniform und die Gleichförmigkeit des Gebarens geben sollte, die ihnen jetzt noch so vollkommen mangelten.

Die Kolonne war das mühsam zusammengebrachte Kontingent aus dem Bezirk von Fougères, das dieser für das Aufgebot zu stellen hatte, welches das Exekutivdirektorium der Französischen Republik durch Gesetz vom letztvergangenen 10. Messidor befohlen hatte. Die Regierung hatte hundert Millionen und fünftausend Mann verlangt, um ihren Armeen rasch Hilfstruppen senden zu können, nachdem sie von den Österreichern in Italien, von den Preußen in Deutschland geschlagen waren und in der Schweiz durch die Russen bedroht wurden, denen Suwarow Hoffnung auf die Eroberung Frankreichs machte.

Die Départements des Westens, unter dem Namen der Vendée bekannt, die Bretagne und ein Teil der unteren Normandie, die dank den Mühen des Generals Hoche nach vierjähriger Fehde seit drei Jahren zur Ruhe gekommen waren, schienen diesen Augenblick erfaßt zu haben, um den Kampf von neuem aufzunehmen.

Angesichts so vieler Angriffe fand die Republik ihre ursprüngliche Tatkraft wieder. Sie hatte sich zunächst mit der Verteidigung der angegriffenen Départements beschäftigt, indem sie die Sorge dafür den patriotischen Einwohnern durch einen der Artikel des Gesetzes übertrug. Auf diese Weise entzog sich die Regierung, die weder über Truppen noch über Geldmittel für das Innere des Landes verfügte, den Schwierigkeiten durch eine gesetzliche Spiegelfechterei: da sie den vom Aufstand bedrohten Provinzen nichts zu schicken vermochte, schenkte sie ihnen ihr Vertrauen. Vielleicht auch, daß sie hoffte, durch diese Maßnahme, indem sie nämlich die Bürger gegeneinander bewaffnete, den Aufstand im Keime zu ersticken.

Der erwähnte Artikel, die Quelle furchtbarer Vergeltungsmaßregeln, war folgendermaßen abgefaßt: In den Départements des Westens werden freie Kompagnien gebildet.

Diese unpolitische Verfügung veranlaßte den Westen, eine so feindselige Haltung einzunehmen, daß das Direktorium daran verzweifelte, auf den ersten Anhieb darüber Herr zu werden. Deshalb verlangte es wenige Tage danach von der Gesetzgebenden Versammlung Maßregeln hinsichtlich der leichten Kontingente, die kraft des Artikels über die freien Kompagnien aufzustellen waren.

So befahl denn ein neues Gesetz, das wenige Tage vor dem Beginn dieser Geschichte öffentlich bekanntgemacht wurde und am dritten Ergänzungstage des Jahres VII durchgegangen war, diese schwachen Aufgebote in Legionen zu organisieren. Die Legionen sollten die Namen der Départements Sarthe, Orne, Mayenne, Ille-et-Vilaine, Morbihan, Loire-Inférieure und Maine-et-Loire tragen. Diese in erster Linie für die Bekämpfung der Chouans bestimmten Legionen dürften — so sagte das Gesetz — unter keinen Umständen an die Grenzen verschickt werden.

All diese langweiligen, aber unbekannten Einzelheiten erklären den Zustand der Schwäche, in dem sich das Direktorium befand, und den Marsch dieses von den Blauen angeführten Männertrupps. Es ist im übrigen vielleicht nicht überflüssig, anzuführen, daß die schönen patriotischen Erlasse des Direktoriums niemals eine andere Ausführung als ihre Bekanntmachung im Gesetzblatt erlebten. Nachdem sie nicht mehr durch große sittliche Ideen, durch Patriotismus oder Schreckensherrschaft gestützt waren, die sie früher einmal ausführbar gemacht hatten, schufen die Dekrete der Republik Millionen und Soldaten, von denen nichts in den Staatssäckel oder in die Armee floß. Die Triebfeder der Revolution hatte sich in ungeschick-

ten Händen abgenutzt, und die Gesetze erfuhren in ihrer Anwendung den Stempel der Zeitverhältnisse, anstatt diese zu beherrschen.
Die Départements Mayenne und Ille-et-Vilaine wurden damals von einem alten Offizier befehligt, der, gewohnt, seine Maßregeln je nach der Gunst der Umstände zu ergreifen, versuchen wollte, der Bretagne ihre Kontingente abzuzwingen, vor allem das von Fougères, einem der bedenklichsten Herde der Chouannerie. Auf solche Art hoffte er, die Stoßkraft dieser bedrohlichen Gebiete abzuschwächen.
Er bediente sich der illusorischen Verfügung der Regierung, um zu bekräftigen, daß er auf der Stelle die Ausgehobenen bewaffnen und ausrüsten werde und daß er auf einen Monat den Sold für sie bereithalte, den die Regierung diesen Ausnahmetruppen zugebilligt hatte.
Obwohl die Bretagne sich damals jeder Art von Militärdienst widersetzte, gelang das Unternehmen anfangs auf Grund jener Versprechungen und des unverdrossenen Eifers, mit dem dieser Offizier sich seiner annahm. Aber er glich auch einem schwer zu überraschenden Wächterhund; sobald er einen Teil des Kontingents im Bezirk zusammenlaufen sah, argwöhnte er einen geheimen Beweggrund für diese rasche Zusammenrottung von Männern, und vielleicht riet er nicht falsch, wenn er glaubte, sie wollten nur Waffen an sich bringen. Ohne auf die Säumigen zu warten, ergriff er sogleich Maßnahmen, um seinen Rückzug nach Alençon zu bewerkstelligen, das heißt, sich den unterworfenen Landgebieten zu nähern.
Indes machte die wachsende Insurrektion dieser Ge-

genden den Erfolg des Unternehmens recht zweifelhaft. Dennoch hatte dieser Offizier, der, seinen Instruktionen gemäß, tiefstes Stillschweigen über die Mißerfolge unserer Armeen sowie über die wenig vertrauenerweckenden Nachrichten aus der Vendée bewahrte, an dem Morgen, an dem unsere Geschichte einsetzt, versucht, durch einen Eilmarsch nach Mayenne zu gelangen, wo er sich wohl versprach, das Gesetz kraft seines guten Willens durchzuführen, indem er die Reihen seiner Halbbrigade durch seine bretonischen Rekruten auffüllte.

Dieses späterhin so berühmt gewordene Wort „Rekrut" vertrat damals in den Gesetzen zum ersten Male die zuvor für den republikanischen Söldner gebräuchliche Bezeichnung „Ausgehobener".

Bevor er von Fougères aufbrach, hatte der Kommandant seine Soldaten heimlich angewiesen, Kartätschenpatronen sowie die für alle seine Leute erforderlichen Brotrationen mitzunehmen, um nicht wegen der Länge der Marschroute die Aufmerksamkeit der Rekruten zu erwecken; und er rechnete wohl damit, sich nicht in der Etappe Ernée aufzuhalten, wo die Männer des Kontingents, die sich inzwischen von ihrer Überraschung erholt haben würden, mit den im benachbarten Gelände unzweifelhaft sehr zahlreich vorhandenen Chouans sich hätten verständigen können.

Das düstere Schweigen, das in den Reihen der von dem Manöver des alten Republikaners überrumpelten Rekruten herrschte, und die Langsamkeit ihrer Fortbewegung den Berg hinauf erregten aufs höchste das Mißtrauen unseres Halbbrigadeführers, der Hulot hieß; die hervorstechendsten Züge der vorangegangenen Beschreibung waren für ihn vom lebhaftesten Interesse; und daher marschierte er stillschweigend inmitten von fünf jungen Offizieren, die sämtlich die Nachdenklichkeit ihres Führers respektierten. Im Augenblick jedoch, wo Hulot auf dem Gipfel der Pèlerine anlangte, wandte er plötzlich den Kopf gleichsam instinktmäßig, um die unruhigen Gesichter der Ausgehobenen zu betrachten, und brach sein Schweigen.

Tatsächlich hatte die stetige Verlangsamung des Schrittes bereits eine Enfernung von ungefähr zweihundert Schritt zwischen die Bretonen und ihre Eskorte gelegt.

„Was zum Teufel haben nur all diese Laffen?" rief er mit tiefer Stimme. „Unsere Rekruten laufen hinterdrein anstatt voran, will mir scheinen."

Bei diesen Worten drehten sich die begleitenden Offiziere mit einer spontanen Bewegung um, die etwa dem durch plötzlichen Lärm verursachten Emporschnellen aus dem Schlafe vergleichbar war. Die Sergeanten und Korporale machten es ihnen nach, und die Kompagnie hielt an, ohne doch das willkommene Wort: Halt! vernommen zu haben.

Wenn die Offiziere zunächst einen Blick auf die Truppenabteilung geworfen hatten, die, einer langen Schnecke ähnlich, die Pèlerine hinankroch, so wurden diese jungen Leute, die die Vaterlandsverteidigung gleich so vielen anderen ihren hohen Studien entrissen und in denen der Krieg das künstlerische Gefühl noch nicht ertötet hatte, durch das Schauspiel vor ihren Augen alsbald derart gefesselt, daß sie nichts erwiderten auf eine Bemerkung, deren Bedeutung sie nicht verstanden.

Obwohl sie von Fougères kamen, wo das vor ihnen stehende Bild gleichfalls zu sehen war, wenn auch durch die Andersartigkeit der Perspektive verändert, konnten sie doch nicht umhin, es ein letztes Mal zu bewundern, ähnlich jenen Kunstfreunden, denen ein Musikstück um so mehr Genuß bereitet, je genauer sie seine Einzelheiten kennen.

Von dem Kamm der Pèlerine erscheint vor dem Auge des Wanderers das große Tal von Couësnon, an dessen einem Hauptpunkte die Stadt Fougères sich vom Horizont abhebt. Ihr Schloß beherrscht von der Höhe des Felsens, auf dem es erbaut ist, drei oder vier wichtige Straßen, eine Lage, die es ehemals zu einem der Schlüssel der Bretagne machte.

Von hier aus überschauten die Offiziere das durch die üppige Fruchtbarkeit seines Bodens ebenso wie durch die Mannigfaltigkeit seiner Aussichten bemerkenswerte Talbecken in seiner ganzen Ausdehnung. Von allen Seiten erheben sich, amphitheatralisch ansteigend, die Schieferberge; sie verstecken ihre rötlichen Flanken unter Eichenwäldern und verbergen in ihren Abhängen Täler voller Waldesfrische. Diese Felsen beschreiben einen weiten, runden Gürtel, in dessen Innerem sich in sanfter Milde eine riesige grasige Ebene ausdehnt, die wie ein englischer Garten gezeichnet ist. Die Vielzahl der lebenden Hecken, die die unregelmäßig geformten und zahlreichen, mit Bäumen bestandenen Erbgüter umziehen, verleiht diesem grünenden Teppich unter den Landschaften Frankreichs ein ungewöhnliches Aussehen und umschließt gesegnete Herrlichkeiten, die in der Wirkung ihrer mannigfaltigen Gegensätze wohl dazu angetan sind, auch die kälteste Seele zu ergreifen.

In diesem Augenblick war das Bild der Landschaft

von dem flüchtigen Glanze belebt, durch welchen die Natur ihre unvergänglichen Schöpfungen zuweilen noch zu erhöhen liebt. Während die Truppe das Tal durchquerte, hatte die aufgehende Sonne allmählich die leichten weißen Dämpfe zerstreut, die an frühen Septembermorgen über den Wiesen lagern. Just während die Soldaten sich umdrehten, schien eine unsichtbare Hand der Landschaft den letzten der Schleier wegzuziehen, mit denen sie sie verhüllt hatte, feine Wetterwolken, durchsichtigem Gazestoff vergleichbar, wie er kostbare Dinge zu bedecken pflegt, und durch den hindurch sie die Neugierde erregen.

Innerhalb des weiten Horizontes, den die Blicke der Offiziere umspannten, bot der Himmel nicht die leichteste Wolke dar, die durch ihre Silberklarheit bezeugt hätte, dieses unendliche blaue Gewölbe sei das Firmament. Er war vielmehr wie ein seidener Baldachin, getragen von den verschiedenen Bergesgipfeln, und in die Lüfte gesetzt, um eine so herrliche Vereinigung von Wiesen, Feldern, Bächen und Hainen zu beschirmen.

Die Offiziere wurden es nicht müde, diesen weiten Raum zu überblicken, in dem so viele ländliche Schönheit gesammelt lag. Die einen wählten lange, bevor sie ihre Blicke auf der erstaunlichen Fülle der Baumgruppen ruhen ließen, die die strenge Färbung einiger gelber Sträucher um bronzene Töne bereicherte und die das Smaragdgrün der unregelmäßig hineinschneidenden Wiesen noch mehr hervorhob. Andere wurden durch die Kontraste gefesselt, die von den rötlichbraunen Feldern ausgingen, auf denen sich der geschnittene Buchweizen in kegelförmigen Garben erhob, an die Gewehrpyramiden erinnernd, die der Soldat im Feldlager aufstellt, während andere Felder durch die Stoppeln des geernteten Roggens wie vergoldet erschienen. Da und dort der dunkle Schiefer einiger Dächer, denen weiße Rauchwolken entstiegen; dann wieder zogen die lebhaften silbrigen Einschnitte der gewundenen Nebenbäche des Couësnon das Auge kraft jener trügerischen optischen Wirkungen auf sich, die, ohne daß man zu sagen wüßte, warum, die Seele ungewiß und träumerisch machen.

Die würzige Frische der Herbstwinde, der starke Waldesduft erhoben sich wie eine Weihrauchwolke und berauschten die Bewunderer dieses schönen Landes, die voll Entzücken seine unbekannten Blumen, seinen kräftigen Pflanzenwuchs, sein Grün betrachteten, das es wohl mit dem Englands aufnehmen kann, seines Nachbarlandes, mit dem es den Namen gemein hat.

Einige Rinder belebten diese schon so dramatische Szene. Die Vögel sangen und ließen damit das Tal in einer sanften, gedämpften Melodie erklingen, die in den Lüften nachzitterte.

Wenn auch die gesammelte Einbildungskraft sich den reichen Wechsel von Schatten und Licht vorstellen könnte, die dunstigen Umrisse der Berge, die phantastischen Durchblicke an Stellen, wo der Baumwuchs fehlte, wo Gewässer sich ausbreiteten, wo gefällige Wegkrümmungen dahineilten; wenn die Erinnerung sozusagen diesem Bilde Farben verleiht, das ebenso flüchtig ist, wie der Moment, in dem es aufgefangen wird, so werden diejenigen, die für solche Schauspiele empfänglich genug sind, doch nur einen unvollkommenen Begriff des zauberhaften Anblickes haben können, durch welchen

die noch eindrucksfähige Seele der jungen Offiziere überwältigt wurde.
Als sie sich daher jetzt sagten, daß diese armen Leute ungern ihr Land und ihre liebgewordenen Sitten verließen, um auf fremder Erde vielleicht zu sterben, verziehen sie ihnen unwillkürlich ein Zögern, das sie verstanden. Und mit jener den Soldaten natürlichen Großmut verbargen sie ihr Zugeständnis unter dem angeblichen Wunsche, die militärischen Punkte dieser schönen Gegend in Augenschein zu nehmen.
Doch Hulot, den wir von nun an den Kommandanten nennen wollen, um die wenig wohllautende Bezeichnung Halbbrigadeführer zu umgehen, war einer jener Militärs, die in unmittelbar drohender Gefahr nicht geneigt sind, sich von den Reizen einer Landschaft gefangennehmen zu lassen, und sei sie ein Paradies auf Erden. Er schüttelte also den Kopf mit verneinender Gebärde und zog seine dichten schwarzen Augenbrauen zusammen, die seinem Gesicht einen strengen Ausdruck gaben.
„Warum zum Teufel kommen sie nicht?" fragte er zum zweiten Male mit seiner im Kriegesdrangsal grob gewordenen Stimme. „Ist vielleicht in dem Dorfe irgendeine Muttergottes, der sie erst noch die Hand schütteln wollen?"
„Du fragst, warum?" antwortete eine Stimme.
Als der Kommandeur Töne vernahm, die von dem Horne zu stammen schienen, mit dem die Landleute jener Täler ihre Herden zu sammeln pflegen, drehte er sich so ungestüm um, als habe ihn die Spitze eines Degens berührt, und erblickte zwei Schritte weit entfernt eine Persönlichkeit von noch viel wunderlicherem Aussehen als alle jene, die

nach Mayenne geführt wurden, um der Republik zu dienen.

Der Unbekannte, ein untersetzter, breitschultriger Mensch, wandte ihm einen Kopf zu, der fast so dick war wie der eines Ochsen, mit dem er mehr als eine Ähnlichkeit aufwies. Weite Nasenlöcher ließen seine Nase noch kürzer erscheinen, als sie ohnehin schon war. Seine breiten, durch schneeweiße Zähne aufgeworfenen Lippen, seine großen, runden schwarzen Augen, die von dräuenden Brauen beschattet waren, seine hängenden Ohren und roten Haare gehörten weniger unserer schönen kaukasischen Rasse an als der Gattung der Pflanzenfresser, und das völlige Fehlen der übrigen Kennzeichen des bürgerlichen Menschen machte diesen kahlen Kopf noch merkwürdiger.

Das von der Sonne wie bronzierte Gesicht, dessen eckige Konturen eine leise Ähnlichkeit mit dem Granit zeigten, der den Boden dieser Gegenden bildet, war der einzige sichtbare Teil des Körpers dieses seltsamen Wesens. Vom Halse ab war es in einen Kittel gehüllt, eine Art von Bluse aus rotem Leinen, noch gröber als das Hosenzeug der ärmlichsten unter den Rekruten.

Dieser Kittel, in dem ein Altertumskenner die Saye (saga) oder den Saxon der Gallier erkannt haben würde, ging bis zur Mitte des Körpers und war durch grobbearbeitete Holzstücke, von denen einige noch berindet waren, an zwei engen Röhren aus Ziegenpelz befestigt. Die Kitzhäute, um sich der Landessprache zu bedienen, die ihm Lenden und Beine einhüllten, ließen keine menschliche Form darunter erkennen. Riesige Holzschuhe verbargen seine Füße. Seine langen, glänzenden Haare, die denen seiner Ziegenhäute ähnelten, fielen in zwei gleichen Teilen zu beiden Seiten seines Gesichtes nieder und glichen der Haartracht jener mittelalterlichen Statuen, wie man sie in manchen Domen noch sieht.

An Stelle des Knotenstockes, den die Rekruten über der Achsel trugen, hielt er, wie ein Gewehr an die Brust gedrückt, eine kräftige Peitsche, deren geschickt geflochtene Riemen doppelt so lang zu sein schienen wie die gewöhnlicher Peitschen.

Das plötzliche Auftauchen dieses sonderbaren Wesens schien sich leicht erklären zu lassen. Auf den ersten Blick vermuteten einige der Offiziere, der Unbekannte sei ein Ausgehobener oder Rekrut (man brauchte noch den einen Ausdruck für den anderen), der sich zu der Kolonne zurückwendete, als er sie haltmachen sah. Nichtsdestoweniger setzte das Erscheinen des Mannes den Kommandanten in außergewöhnliches Erstaunen; wenn er sich auch nicht im geringsten davon einschüchtern zu lassen schien, wurde seine Stirn dennoch sorgenvoll; und nachdem er den Fremden genau gemustert, wiederholte er mechanisch und wie wenn düstere Gedanken ihn beschäftigten:

„Ja, warum kommen sie nicht? Weißt *du* es denn?“

„Weil,“ antwortete der fremde Sprecher mit einer Aussprache, die verriet, daß es ihn mühsam genug ankam, Französisch zu reden, „weil dort“, er streckte seine grobe, breite Hand nach Ernée zu aus, „Maine liegt und weil dort die Bretagne zu Ende ist.“

Hierauf schlug er kräftig auf den Boden, indem er seinen schweren Peitschenstiel dem Kommandanten vor die Füße klaschte.

Der Eindruck, den die Feierlichkeit der Zurechtweisung des Unbekannten auf die Zuhörer dieser Szene hervorbrachte, war nicht unähnlich dem, den ein Tamtamschlag inmitten eines Musikstückes verursachen würde. Das Wort Zurechtweisung genügt kaum, um den Haß, die Rachegelüste wiederzugeben, die in der hochmütigen Bewegung, Kurzangebundenheit, der von wilder, kalter Energie erfüllten Haltung lagen. Die Grobheit dieses wie mit der Axt zugehauenen Mannes, sein rauhes Äußeres, die stumpfe Unwissenheit, die seinen Zügen aufgeprägt war, all das machte ihn zu einer Art von barbarischem Halbgott. Er nahm eine prophetische Haltung ein, so daß er an dieser Stelle wie der Geist der Bretagne selbst erschien, der sich nach einem Schlummer von drei Jahren erhob, um einen Krieg wieder aufzunehmen, nach dem selbst der Sieg nichts als Trauer bringen konnte.

„Das ist ja ein sauberer Patron", brummte Hulot. „Er kommt mir vor wie der Abgesandte von Leuten, die willens sind, mit Gewehrfeuer zu parlamentieren."

Nachdem er diese Worte zwischen den Zähnen hervorgestoßen, ließ der Kommandant seinen Blick der Reihe nach von diesem Menschen über die Landschaft schweifen, von der Landschaft über die Truppe, von der Truppe über die jähen Abdachungen der Straße, deren Kämme von hohem bretonischen Ginster beschattet waren; zum Schluß heftete er ihn wieder ganz plötzlich auf den Unbekannten, indem er ihn gleichsam einem stummen Verhör unterzog, an dessen Schluß er die unvermittelte Frage setzte:

„Wo bist du her?"

Sein gespanntes und durchbohrendes Auge suchte die Geheimnisse dieses undurchdringlichen Gesichtes zu erforschen, das mittlerweile den blöden Ausdruck des Stumpfsinns angenommen hatte, wie ihn der Bauer in Stunden der Ruhe zu tragen liebt.

„Aus dem Lande der *Gars,*“ antwortete der Mann, ohne sich im geringsten erschrocken zu zeigen.

„Dein Name?“

„Marche-à-terre.“

„Warum führst du dem Gesetz zum Trotz den Beinamen eines Chouans?“

Marche-à-terre, um ihn bei dem Namen zu nennen, den er sich gab, betrachtete den Kommandanten mit so echt zur Schau getragener Blödigkeit, daß der Offizier glaubte, er sei nicht verstanden worden.

„Gehörst du zum Aufgebot von Fougères?“

Auf diese Frage antwortete Marche-à-terre durch ein „Ich weiß nicht“, dessen trostloser Tonfall jede weitere Unterhaltung abschnitt. Er setzte sich ruhig an den Rand des Weges, zog aus seinem Kittel ein paar dünne, schwärzliche Buchweizenfladen hervor, jenes Nationalgebäck, dem nur der Bretone einen armseligen Genuß abzugewinnen vermag, und begann in stumpfer Teilnahmlosigkeit zu essen, wobei er ein so unbedingt überzeugendes Bild gänzlicher Vernunftlosigkeit verkörperte, daß die Offiziere, die ihn so vor sich sahen, ihn bald mit einem der Tiere verglichen, die dort die fetten Weiden des Tales abgrasten, bald mit den Wilden Amerikas oder mit einem Eingeborenen vom Kap der Guten Hoffnung.

Durch dieses Gebaren getäuscht, begann selbst der

Kommandant schon seine Beunruhigung zu vergessen, als er bei einem letzten Blick der Vorsicht auf den Mann, den er als den Herold eines bevorstehenden Gemetzels im Verdacht hatte, wahrnahm, daß seine Haare, sein Kittel, seine Ziegenfelle voller Tannennadeln, Blätter, kleiner Reiser und Dornen hingen, wie wenn der Chouan einen langen Weg durch dichtes Gestrüpp hinter sich hätte. Er warf dem neben ihm stehenden Leutnant Gérard einen bedeutsamen Blick zu, packte ihn heftig an der Hand und sagte leise zu ihm:

„Wir sind Wolle holen gegangen, aber wir werden geschoren zurückkehren."

Schweigend blickten die erstaunten Offiziere einander an.

✩

ZWEITES KAPITEL

DIE SOEBEN BESCHRIEBENE SZENE WIRD verständlicher werden durch eine kurze Abschweifung, die hier am Platze ist, um eine gewisse Art von Nörglern davon zu überzeugen, daß Hulots Befürchtungen nicht ohne Grund waren, Leute, die gern alles anzweifeln, weil sie nichts sehen, und die auch die Existenz Marche-à-terres und der westfranzösischen Bauern mit ihrem damals so prachtvollen Verhalten in Abrede stellen könnten.

Von ganz Frankreich ist die Bretagne derjenige Landstrich, wo die altgallischen Gebräuche die stärksten Spuren zurückgelassen haben. Und die Teile der Provinz, in denen noch heutzutage die ungezügelte Lebensweise, der abergläubische Geist unserer rohen Vorfahren ungeschmälert zu finden

sind, heißen das Land der Gars (Buben). Wird ein Bezirk von vielen solcher Wilden bewohnt, die dem soeben in unserer Erzählung aufgetretenen ähneln, so sagen die Leute der Umgegend: die Gars aus dem und dem Kirchspiel.
Dieser klassische Name ist wie eine Belohnung für die Treue, mit der sie sich bemühen, die Überlieferungen der gälischen Sprache und der gälischen Sitten zu bewahren. So trägt ihr Leben tiefe Spuren des Volksglaubens und der abergläubischen Gebräuche der alten Zeiten. Dort werden die Lehenssitten noch hochgehalten. Dort findet der Altertumsforscher noch aufrechtstehende Druidensteine. Dort schreckt der Geist der modernen Zivilisation davor zurück, ungeheure Urwälder zu durchdringen. Unglaubliche Wildheit, roher Starrsinn, aber auch Eidestreue; vollständiges Fehlen unserer Gesetze, unserer Sitten, unserer Kleidung, unserer Münzarten, unserer Sprache ebensogut wie patriarchalische Einfachheit und heroische Tugenden tragen dazu bei, daß die Bewohner dieser Landstriche ärmer an geistigen Kräften sind als die Mohikaner und Rothäute Südamerikas. Die Stelle der Bretagne im Herzen Europas macht sie zu einem viel merkwürdigeren Gegenstand der Betrachtung, als etwa Kanada ist. Von Lichtstrahlen umflossen, deren wohltuende Wärme es nicht erreicht, ähnelt dieses Land einer erkalteten Kohle, die dunkel und schwarz in der Glut eines Feuerherdes liegt.
Die Versuche einiger wohlmeinender Geister, diesen schönen, an ungekannten Schätzen so reichen Teil Frankreichs der bürgerlichen Gesellschaft und einem gedeihlichen Fortkommen zu erschließen,

scheitern ebenso wie die Anstrengungen der Regierung angesichts der Reglosigkeit einer Bevölkerung, die sich völlig den Gebräuchen eines unvordenklichen Herkommens hingibt.

Dieses Unglück erklärt sich hinreichend aus der Natur eines noch von Schluchten, Gießbächen, Seen und Morästen durchfurchten Erdbodens; eines Bodens, der, von Erdbastionen ähnelnden Einzäunungen starrend, die aus jedem Feld eine Zitadelle machen, aller Straßen und Kanäle entbehrt; erklärt sich ferner aus dem Geiste einer unwissenden, unserer modernen Landwirtschaft abholden Bevölkerung, voll all der Vorurteile, deren Gefahren durch die Einzelheiten dieser Geschichte vor Augen geführt werden sollen.

Die malerische Anlage des Landes, die abergläubischen Vorstellungen seiner Bewohner schließen sowohl die zielbewußte Entwicklung des Einzelcharakters wie die Vorteile sozialer Natur aus. Dort gibt es keine Dörfer. Dünn über das Land gesät sind die wenig fest gebauten Wohnstätten, die man „Logis“ nennt. Jede Familie lebt wie in einer Wüste für sich. Die einzigen Zusammenkünfte sind die kurzen Versammlungen, die der Sonntag oder ein kirchlicher Feiertag der Gemeinde schenkt. Diese stummen Versammlungen, die der „Rektor“ (Titel des Pfarrers), der einzige Meister dieser grobsinnigen Geister, leitet, dauern nur wenige Stunden. Nachdem er der furchtbaren Stimme des Priesters gelauscht hat, kehrt der Bauer für eine Woche in seine ungesunde Hütte zurück; er verläßt sie, um zu arbeiten, betritt sie wieder, um zu schlafen. Sucht ihn jemand dort auf, so ist es der Rektor, die Seele der Gegend

Die Stimme dieses Priesters hatte es auch zuwege gebracht, daß Tausende von Männern sich gegen die Republik wandten und daß jene Teile der Bretagne fünf Jahre vor der Zeit, in welcher unsere Geschichte beginnt, Massen von königstreuen Soldaten lieferten.
Die Brüder Cottereau, kühne Schmuggler, die diesem Kriege ihren Namen liehen, übten ihr gefährliches Handwerk von Laval bis Fougères aus. Aber die Aufstände der Landschaften hatten nichts Edles an sich, und man konnte mit voller Überzeugung sagen, daß, wenn die Vendée aus der Räuberei einen Krieg machte, die Bretagne aus dem Kriege eine Räuberei machte. Die Ächtung der Fürsten, die vernichtete Religion waren für die Chouans nur Vorwände zur Plünderung, und die Ereignisse dieses Bürgerkrieges hatten etwas von der wilden Rauheit der Sitten dieser Landschaft.
Als dann wirkliche Verteidiger der Monarchie kamen, um Soldaten unter dieser unwissenden und kriegslustigen Bevölkerung anzuwerben, versuchten sie vergebens, diesen Unternehmungen unter der weißen Fahne, die die Chouannerie verhaßt gemacht hatten, etwas wie Größe zu verleihen, und die Chouans sind ein denkwürdiges Beispiel dafür geblieben, wie gefährlich es ist, die wenig zivilisierten Massen eines Landes aufzuwühlen.
Das Bild des ersten Tales, das die Bretagne den Augen des Reisenden bietet, die Schilderung der Männer, aus denen sich der Trupp der Aufgebotenen zusammensetzte, die Beschreibung des auf der Höhe der Pèlerine erschienenen Gars geben in aller Kürze ein treues Bild der Provinz und ihrer Bewohner. Eine geschulte Einbildungskraft ist im-

stande, sich nach diesen Einzelheiten den Schauplatz und die Werkzeuge des Krieges vorzustellen. Dort waren seine Elemente. Die so blütenreichen Hecken dieser schönen Täler verbargen damals unsichtbare Angreifer. Jedes Feld war zu dieser Zeit eine Festung, jeder Baum eine verborgene Falle, jeder alte Weidenstumpf wurde als strategisches Versteck benutzt. Überall war Kriegsschauplatz. An den Straßenbiegungen lauerten die Büchsenmündungen den Blauen auf, die junge Mädchen, ohne sich ihrer Schändlichkeit bewußt zu werden, lachenden Mundes ins Feuer lockten. Sie machten dann mit ihren Vätern und Brüdern eine Wallfahrt und baten irgendeine wurmstichige Madonna um neue Ränke und um Vergebung der alten. Die Religion oder vielmehr der Fetischismus dieser unwissenden Geschöpfe entkleidete den Mord seiner Gewissensbisse. So wurde denn, nachdem der Kampf einmal entbrannt war, alles im Lande gefährlich: Lärm und Stille, Schonung und Grausamkeit, häuslicher Herd und offene Heerstraße. In dieser Verräterei lag Überzeugung. Es waren Wilde, die Gott und dem Könige in der Weise dienten, in der die Mohikaner Krieg führen.

Um jedoch diesen Kampf in allen Punkten genau und treu zu schildern, muß der Geschichtschreiber anfügen, daß sofort, nachdem der Frieden Hoches unterzeichnet war, die Gegend wieder lachend und freundschaftlich wurde. Und Familien, die sich am vorhergehenden Abend noch gegenseitig zerrissen, aßen am nächsten Tage ungefährdet unter demselben Dach.

In dem Augenblick, da Hulot die geheimen Tücken erkannte, welche das Ziegenfell Marche-à-terres verriet, war er von dem Bruche dieses glücklichen, dem Genie des Generals Hoche zu verdankenden Friedens überzeugt, dessen Aufrechterhaltung dem Offizier jetzt unmöglich schien. So würde denn der Krieg nach einer Pause von drei Jahren wieder aufleben, und ohne Zweifel schrecklicher als früher! Die Revolution, die seit dem 9. Thermidor milder geworden war, würde nun vielleicht den Charakter des Schreckens wieder annehmen, durch den sie sich allen guten Geistern verhaßt gemacht hatte. Das Geld der Engländer hatte, wie stets, zu den Unruhen in Frankreich beigetragen. Die Republik, von dem jungen Bonaparte verlassen, der ihr Schutzgeist zu sein schien, war allen Anzeichen nach außerstande, so vielen Feinden Widerstand zu leisten, von denen der grausamste sich zuletzt zeigte. Der durch tausend kleine Teilaufstände angekündigte Bürgerkrieg gewann einen ganz neuen Charakter von Bedenklichkeit in dem Augenblicke, da die Chouans es darauf anlegten, eine so starke Eskorte anzugreifen.

Dies waren die Überlegungen, die, wenn auch nicht in solcher Kürze, Hulot durch den Kopf gingen, nachdem er in dem Auftauchen Marche-à-terres den Beweis eines geschickt vorbereiteten Überfalls aus dem Hinterhalt zu erkennen glaubte. Denn er allein gab sich zunächst Rechenschaft über die Gefahr.

Das Stillschweigen, das den prophetischen Worten des Kommandeurs an Gérard folgte (und das die vorhergehende Szene abschließt), wurde von Hulot dazu benutzt, seine Kaltblütigkeit wiederzuerlangen. Der alte Soldat hatte beinahe gewankt. Und er konnte die Wolken nicht von seiner Stirne vertreiben, als er sich sagte, daß er bereits von den Schrecken eines Krieges umgeben sei, dessen Scheußlichkeiten Kannibalen hätten empören können.

Hauptmann Merle und Adjutant Gérard, seine beiden Freunde, versuchten sich die Befürchtungen zu deuten, die auf Hulots Gesicht geschrieben standen und die ihnen etwas so Ungewohntes waren, und betrachteten Marche-à-terre, wie er am Wegrande seinen Fladen verzehrte, ohne die geringste Beziehung zwischen dieser Art von Tier und der Erregung ihres unerschrockenen Kommandanten herstellen zu können.

Indes klärte Hulots Miene sich bald auf. Während er noch das unglückliche Geschick der Revolution beklagte, freute er sich schon wieder darauf, für sie kämpfen zu dürfen; er versprach sich freudig, sich von den Chouans nicht zum besten halten zu lassen und den so unglaubhaft schlauen Menschen zu ergründen, den sie ihm die Ehre antaten, gegen ihn auszuschicken.

Bevor er jedoch irgendeinen Entschluß faßte, machte er sich daran, die Stellung zu prüfen, in der seine Feinde ihn überraschen wollten. Als er sah, daß der Weg, in dessen Mitte er sich befand, in eine Art von Schlucht endigte, die zwar nicht eben tief, jedoch von Wald bestanden war, und in die mehrere Fußwege einmündeten, runzelte er seine dichten schwarzen Augenbrauen heftig; dann sagte er mit gedämpfter und sehr bewegter Stimme zu seinen Freunden:

„Wir sind in einem Wespennest!“

„Wovor haben Sie denn nur Angst?“ fragte Gérard.

„Angst? ..." erwiderte der Kommandant. „Ja — Angst. Ich habe immer schon Angst davor gehabt, wie ein Hund an der Biegung eines Waldwegs erschossen zu werden, ohne daß man mir vorher ein ‚Wer da?' zugerufen hätte!"
„Wir sind also wirklich in Gefahr?" fragte Gérard, jetzt ebenso erstaunt über Hulots Kaltblütigkeit, wie er es zuerst über sein flüchtiges Erschrecken gewesen.
„Scht!" warnte der Kommandant, „wir sind im Rachen des Wolfes, es ist so finster darin, wie in einem Ofen, und wir müssen eine Kerze anzünden. Ein Glück," fuhr er fort, „daß wir die Höhe dieses Abhangs haben!"
Er ließ ein kräftiges Wort der Kennzeichnung folgen und setzte hinzu:
„Ich werde vielleicht doch noch herausbekommen, was hinter alledem steckt."
Der Kommandeur zog die beiden Offiziere an sich und stellte sich mit ihnen vor Marche-à-terre auf; der Gars tat, als glaube er, ihnen lästig zu sein, und stand rasch auf.
„Bleib, wo du bist, Strauchdieb!" schrie ihn Hulot an und versetzte ihm einen solchen Stoß, daß er auf die Böschung zurückfiel, auf der er gesessen hatte. Von diesem Augenblick an hörte der Halbbrigadeführer nicht auf, den gleichgültig dreinsehenden Bretonen aufmerksam zu betrachten.
„Hört, Freunde," begann er dann wieder leise, zu den beiden Offizieren gewendet, „es ist Zeit, euch zu sagen, daß die Karre da unten im Dreck steckt. In der Gesetzgebenden Versammlung haben sie Plätzeverwechseln gespielt und unserer Sache wieder einmal mächtig geschadet. Diese Pentarchen

oder, um in unserer Sprache zu reden, diese Hampelmänner von Direktoren haben eine gute Klinge verloren. Bernadotte will nicht mehr."

„Wer ersetzt ihn?" fragte Gérard lebhaft.

„Milet-Mureau, ein alter Zopf. Sie haben sich eine recht schlechte Zeit ausgesucht, um ihre Dummköpfe auf das Vaterland loszulassen! Das sind die englischen Raketen, die hier in den Bergen losgehen. Jetzt bekommen wir es wieder mit diesen Hitzköpfen von Vendéern und Chouans zu tun; und die hinter diesen Drahtpuppen stecken, haben den Moment gut zu packen verstanden, in dem wir unterliegen."

„Wie?" sagte Merle.

„Unsere Armeen sind an allen Enden geschlagen," fuhr Hulot mit immer gedämpfterer Stimme fort. „Die Chouans haben die Kuriere schon zweimal abgefangen, und ich habe meine Depeschen und die letzten Verordnungen nur mittels eines eigenen Boten erhalten können, den Bernadotte in dem Augenblick absandte, als er aus dem Ministerium austrat. Freunde haben mir zum Glück vertraulich über diesen Zusammenbruch berichtet. Fouché hat entdeckt, daß Pariser Verräter den Tyrannen Ludwig XVIII. veranlaßt haben, seinen Spitzeln im Ministerium des Innern einen Führer zu schicken. Man glaubt, daß Barras die Republik verrät. Kurz, Pitt und die Fürsten haben einen unserer gewesenen Aristokraten hierher gesandt, einen tatkräftigen, begabten Menschen, der gern der Republik die rote Mütze vom Haupte reißen möchte, indem er die Vendéer gemeinsame Sache mit den Chouans machen läßt. Dieser Freund ist in Morbihan gelandet, ich habe das zuerst erfahren und es die Pariser Schlauköpfe wissen lassen. Er nennt sich Le Gars. All diese Tiere — er deutete dabei auf Marche-à-terre — versteifen sich auf Namen, die einem ehrlichen Patrioten übel machen würden. Also unser Mann ist hier im Bezirk. Die Ankunft dieses Chouans — er zeigte wiederum auf Marche-à-terre — sagt mir, daß er uns auf den Fersen ist. Aber einem alten Affen braucht man das Grimassenschneiden nicht beizubringen, und Ihr werdet mir helfen, meine Vögel in den Käfig zu schaffen, und zwar, ehe Ihr Euch selbst recht besonnen habt! Ich wäre ein netter Dummkopf, ginge ich diesem Adligen auf den Leim, der unter dem Vorwand von London kommt, unsere Hüte abzubürsten."

Als sie diese geheimgehaltenen bedenklichen Umstände erfuhren, nahmen die beiden Offiziere, die wußten, daß ihr Vorgesetzter sich niemals umsonst erregte, jene ernste Haltung an, die dem Soldaten inmitten der Gefahr eigen ist, sofern er von gestähltem Charakter ist und tiefer in die menschlichen Dinge hineinsieht. Gérard, dem sein Rang, wenn er auch bisher keinen Gebrauch davon gemacht hatte, wohl ein freieres Wort mit dem Kommandanten erlaubte, wollte antworten und nach all den politischen Neuigkeiten fragen, von denen ein Teil ihnen offenbar noch verschwiegen worden war; aber ein Wink Hulots gebot ihm Einhalt, und alle drei richteten die Blicke auf Marche-à-terre.

Der Chouan gab nicht das leiseste Zeichen einer inneren Bewegung zu erkennen, als er sich derart von den sowohl durch Klugheit wie durch Körperkräfte für ihn gefährlichen Männern beobachtet sah. Die Spannung der beiden Offiziere, denen eine solche Art von Krieg etwas Neues war, wurde auf das lebhafteste durch diesen Beginn einer Angelegenheit erregt, die fast romantisch zu nennen war; so waren sie denn nicht abgeneigt, einen Scherz darüber zu machen; aber beim ersten Wort, das ihnen entfuhr, blickte Hulot sie ernst an und sagte zu ihnen:

„Donnerwetter! Wir wollen auf dem Pulverfasse lieber nicht rauchen, Bürger. Zur Unzeit Mut zeigen, taugt eben nicht mehr, als wenn man in einem Korbe Wasser tragen wollte."

„Gérard," sprach er dann, indem er sich zum Ohre seines Adjutanten neigte, „pirschen Sie sich unauffällig an diesen Briganten heran und halten Sie sich bei der geringsten verdächtigen Bewegung bereit, ihm Ihren Degen durch den Leib zu jagen. Ich für mein Teil werde Maßnahmen treffen, die Unterhaltung aufrechtzuerhalten, sofern unsere Unbekannten eine anzuspinnen belieben."

Gérard nickte zum Zeichen des Gehorsams leise mit dem Kopf, dann begann er, die Aussichten des Tales zu betrachten, mit dem die frühere Schilderung bekanntgemacht hat; er gab vor, sie aufmerksamer studieren zu wollen, und rückte sozusagen an Ort und Stelle und ganz unauffällig weiter vor; indes erübrigt es sich zu sagen, daß die Landschaft das letzte war, was er sich ansah.

Marche-à-terre seinerseits stellte sich, als verkenne er gänzlich, daß das Verhalten des Offiziers Gefahr für ihn bedeute; nach der Art und Weise, wie er mit seinem Peitschenende spielte, hätte man glauben können, daß er im Graben angle.

Während Gérard so versuchte, vor dem Chouan

Stellung zu nehmen, sagte der Kommandant ganz leise zu Merle:

„Geben Sie einem Sergeanten zehn Mann ausgewählte Soldaten bei und postieren Sie sie selbst über uns dort oben auf der Höhe des Hügels, wo der Weg sich zu einem Plateau verbreitert und von wo Sie ein hübsches Stück der Straße von Ernée werden überblicken können. Suchen Sie sich eine Stelle, an der der Weg nicht von Bäumen bestanden ist und von wo aus der Sergeant das Gelände überwachen kann. Nehmen Sie La Clef-des-coeurs, der ist gewitzt. Es ist nicht zum Lachen; ich gebe keinen roten Heller für unsere Haut, wenn wir nicht verdammt auf unserer Hut sind."

Während Hauptmann Merle seinem Befehl mit wohlverständlicher Eile nachkam, schwenkte der Kommandant die rechte Hand, um den ihn plaudernd umgebenden Soldaten tiefes Schweigen zu gebieten. Ein zweiter Wink befahl, die Waffen aufzunehmen. Als die Ruhe wiederhergestellt war, ließ er den Blick von einer Seite der Straße zur andern gehen und horchte mit unruhiger Aufmerksamkeit, als hoffe er auf ein verräterisches Geräusch, Waffengeklirr oder Schritte von Vorläufern des erwarteten Kampfes. Sein durchdringendes schwarzes Auge schien die Wälder bis in ihre Tiefen zu durchforschen; aber da er gar keinen Anhaltspunkt fand, ließ er den Blick über die sandige Landstraße gleiten, um ihr, nach Art der Wilden, vielleicht einige Fußspuren jener unsichtbaren Feinde abzugewinnen, deren Kühnheit ihm wohlbekannt war.

Voller Ärger, weil er auch hier nichts bemerkte, was seine Befürchtungen gerechtfertigt hätte, verließ er die Mitte der Straße und erklomm mühevoll ihre leichten Böschungen, worauf er langsam auf dem Kamm entlang schritt. Doch bald bedachte er, wie notwendig seine Erfahrung dem Heile seiner Truppe war, und stieg wieder hinab. Sein Gesicht wurde finsterer; denn dazumal ging es den Soldatenführern immer gegen den Strich, wenn sie die gefahrvollste Aufgabe nicht für sich allein behalten konnten.

Als die andern Offiziere und die Soldaten die Nachdenklichkeit ihres Vorgesetzten bemerkten, dessen Charakter sie schätzten und dessen Tüchtigkeit anerkannt war, dachten sie sich zwar, seine außergewöhnliche Aufmerksamkeit müsse eine Gefahr ankündigen; wenn sie sich aber nicht rührten und fast den Atem anhielten, so geschah das trotzdem mehr aus Instinkt, denn sie waren unfähig, den Ernst des Augenblickes zu ahnen. Ähnlich jenen Hunden, die versuchen, die Absichten des klugen Jägers zu erraten, dessen Befehl ihnen unverständlich ist, und die stets unbedingt Gehorsam leisten, betrachteten die Soldaten abwechselnd das Tal von Couësnon, die Wälder vor ihnen und das strenge Gesicht ihres Kommandanten mit dem Bemühen, ihr Geschick darin zu entziffern. Sie befragten einander mit den Augen, und mehr als ein Lächeln flog von Mund zu Mund.

Als Hulot sein Gesicht schnitt, sagte Beau-pied, ein junger Sergeant, der für den Schöngeist seiner Kompagnie galt, mit leiser Stimme:

„In was für einer Klemme stecken wir denn, zum Teufel, daß dieser alte Haudegen von Hulot uns so eine Grimasse hinmacht? Er nimmt sich ja aus wie ein Kriegsrat!“

Hulot warf Beau-pied einen strengen Blick zu, und sogleich herrschte wieder militärisches Schweigen. Inmitten dieser feierlichen Stille vernahm man das regelmäßige Geräusch der zögernden Schritte der Ausgehobenen, unter deren Füßen der Sand dumpf knirschte, ein Geräusch, das der allgemeinen Angst noch eine unbestimmte Aufregung beigesellte. Dieses unerklärliche Gefühl wird nur verstehen können, wer einmal in seinem Leben, von entsetzlicher Erwartung gefoltert, in der Stille der Nacht das schwere Klopfen seines eigenen Herzens gespürt hat, verstärkt durch irgendein Geräusch, dessen eintönige Wiederkehr ihm das Grauen Tropfen um Tropfen einzuflößen schien.

Als er sich wieder zu seiner Truppe zurückbegab, begann der Kommandant sich zu fragen, ob er sich getäuscht habe. Er betrachtete voller Ingrimm, der ihm in Blitzen aus dem Auge schoß, den stillen, dumm dreinblickenden Marche-à-terre; aber die wilde Ironie, die er aus dem glanzlosen Blick des Chouans herauszulesen verstand, überzeugte ihn von der Notwendigkeit, seine vorsichtige Haltung beizubehalten.

In diesem Augenblick kehrte Hauptmann Merle zurück, nachdem er Hulots Befehle ausgeführt. Die stummen Schauspieler dieser Szene, die tausend anderen ähnelte, durch welche jener Feldzug der dramatischste aller Kriege wurde, warteten nun gespannt darauf, daß sich durch weitere Vorkehrungen die Unklarheiten ihrer militärischen Lage erhellen möchten.

„Wir haben gut daran getan, Hauptmann," sagte der Kommandant, „die kleine Zahl von Patrioten, die wir unter diesen Rekruten besitzen, die Nachhut bilden zu lassen. Nehmen Sie noch ein Dutzend zuverlässige Kerls unter Führung von Unteroffizier Lebrun und schicken Sie sie sofort an das Ende der Truppe; sie sollen die Patrioten dort stützen und der ganzen Gesellschaft Beine machen, damit wir sie eins-zwei-drei dort auf der Höhe beisammen haben, die die Kameraden besetzt halten. Ich erwarte Sie."

Der Hauptmann verschwand inmitten der Truppe. Der Kommandant suchte sich vier unerschrockene Soldaten aus, deren Gewandtheit und Behendigkeit ihm bekannt waren, und winkte sie schweigend zu sich heran, indem er ihnen jenes freundschaftliche Zeichen machte, das darin besteht, in rascher, wiederholter Bewegung den Zeigefinger an die Nase zu führen.

„Ihr habt mit mir unter Hoche gedient," sagte er zu ihnen, „als wir diese Straßenräuber zur Raison brachten, die sich königliche Jäger nennen; ihr wißt, wie sie sich versteckten, um die Blauen aus dem Hinterhalt niederzuknallen!"

Bei dieser Anspielung auf ihre Erfahrung warfen die vier Mann brummig den Kopf zurück und machten eine gewichtige Miene. Sie besaßen allesamt diese Art von heldenhaft martialischen Gesichtern, deren sorglose Ergebung bekundete, daß, seitdem der Kampf zwischen Frankreich und Europa im Gange war, ihre Gedanken nicht weiter gereicht hatten als bis zu ihren Patronentaschen hinten und ihren Bajonetten vorn. Die Lippen geschürzt, so daß sie aussahen wie ein Geldbeutel mit zusammengezogener Schnur, betrachteten sie ihren Kommandanten aufmerksamen und gespannten Auges.

„Leute,“ sagte Hulot, dem in hohem Maß die Fähigkeit eignete, die bilderreiche Sprache des Soldaten zu reden, „es darf nicht sein, daß gute Hasen wie wir sich von den Chouans nasführen lassen. Und hier sind welche, oder ich heiße nicht Hulot. Ihr vier da geht jetzt und streicht mir die beiden Seiten der Straße ab. Die Truppe wird indes Zeit zu gewinnen suchen. Also, haltet euch brav, schaut, daß ihr nicht vor die Hunde geht, und erkundet mir, was es da gibt!“

Und er zeigte auf die gefährlichen Höhen des Weges.

Alle vier legten wie dankend den Handrücken an ihre alten Dreispitze, deren hoher Rand sich, durch Regen und Alter weich geworden, auf die Kopfform zurückgebogen hatte, und einer von ihnen, ein Korporal namens Larose, den Hulot gut kannte, sagte, auf sein Gewehr schlagend:

„Wir werden ihnen schon den Marsch blasen, Herr Kommandant.“

Sie zogen ab, die einen rechts, die andern links.

Nicht ohne geheime Bewegung sah die Kompagnie sie zu beiden Seiten des Weges verschwinden. Auch der Kommandant teilte diese Angst, denn er glaubte sie in einen sicheren Tod geschickt zu haben. Es überlief ihn sogar ein unwillkürliches Frösteln, als er die Spitzen ihrer Hüte nicht mehr sah. Offiziere und Soldaten lauschten dem allmählich schwächer werdenden Geräusch ihrer Schritte in den trockenen Blättern mit einer Empfindung, die um so heftiger war, als sie sie tief in sich verschlossen. Im Kriege kommen zuweilen Augenblicke, in denen vier tollkühne Männer mehr Entsetzen wachrufen als die Tausende von Toten auf dem Schlachtfeld von Jemmapes. Manche militärischen Physiognomien zeigen einen so mannigfachen und wechselnden Ausdruck, daß, wer sie schildern will, sich auf die Erinnerung der Soldaten berufen und es den friedlichen Gemütern überlassen muß, diese dramatischen Gesichter zu studieren, denn die darüber hingegangenen Stürme sind so reich an Einzelheiten, daß sie ohne endlose Längen nicht vollständig beschrieben werden könnten.

Kurz nachdem man das Blitzen der Bajonette der vier Soldaten nicht mehr sah, kehrte Hauptmann Merle zurück. Er hatte die Befehle des Kommandanten mit Blitzesschnelle ausgeführt. Hulot ließ nun durch drei oder vier kurze Zurufe den Rest seiner Truppe in der Mitte der Straße kampfbereite Aufstellung nehmen; dann befahl er, den Gipfel der Pèlerine wieder zu gewinnen, wo seine kleine Vorhut Posto gefaßt hatte; er selbst jedoch ging langsam rückwärts, damit ihm auch die leisesten Veränderungen auf diesem Schauplatz nicht entgingen, den die Natur so wunderbar erschaffen hatte und den der Mensch so furchtbar machte.

Er gelangte so an den Ort, wo Gérard Marche-à-terre bewachte, als dieser letztgenannte, der, anscheinend gleichgültigen Auges, den Maßregeln des Kommandeurs gefolgt war, jetzt aber mit ungemein klugem Blick die beiden rechts der Straße im Walde beschäftigten Soldaten beobachtete, plötzlich drei- oder viermal ein Pfeifen hören ließ, das den hellen, durchdringenden Schrei des Käuzchens nachahmte.

Die drei berüchtigten Schmuggler, von denen weiter oben die Rede war, pflegten sich während der

Nacht durch bestimmte Abstufungen dieses Eulenschreis gegenseitig von Überfällen, Gefahren, kurz allem, was sie betraf, zu benachrichtigen. Davon hatten sie den Namen „Chuin“ bekommen, der in dem Dialekt des Landes Kauz oder Uhu bedeutet.

Als er dieses verdächtige Pfeifen vernahm, blieb der Kommandant stehen und faßte Marche-à-terre scharf ins Auge. Er stellte sich, als nehme er das blöde Verhalten des Chouans für bare Münze, um ihn bei sich zu behalten wie ein Barometer, von dem er die Bewegungen des Feindes ablesen konnte. Er hielt deshalb auch Gérards Hand fest, der sich gerade anschickte, den Chouan ins Jenseits zu befördern. Dann hieß er zwei Mann sich in der Nähe des Spions aufstellen und befahl ihnen mit lauter, vernehmbarer Stimme, ihn sofort zu erschießen, wenn er sich das mindeste Zeichen entschlüpfen lassen würde. Trotz dieser ungeheuren Gefahr ließ Marche-à-terre nicht die geringste Gemütsbewegung erkennen. Als der Kommandant, der ihn beobachtete, diese Ruhe bemerkte, sagte er zu Gérard:

„Der Gimpel ist nicht sehr gewitzt. Ach! es ist gewiß nicht leicht, in dem Gesicht eines Chouans zu lesen; aber der da hat sich durch das Bestreben verraten, seine Unerschrockenheit zu zeigen. Siehst du, Gérard, wenn er den Erschrockenen gespielt hätte, würde ich ihn nun für einen Einfaltspinsel halten. Wir hätten uns die Wage gehalten, er und ich. Denn ich war am Ende meines Lateins. Paß auf, wir werden angegriffen werden! Aber laß sie nur kommen, jetzt bin ich vorbereitet!“

Nachdem er diese Worte mit leiser Stimme und triumphierender Miene gesagt, rieb sich der alte

Militär die Hände und betrachtete Marche-à-terre spöttisch; dann verschränkte er die Arme über der Brust, blieb in der Mitte der Straße zwischen seinen beiden Lieblingsoffizieren stehen und wartete das Ergebnis seiner Anordnungen ab. Des bevorstehenden Kampfes gewiß, blickte er ruhigen Auges auf seine Soldaten.
„Hoh! es setzt Hiebe," bemerkte Beau-pied leise, „der Alte hat sich die Hände gerieben!"

✩

DRITTES KAPITEL

IN EINER KRITISCHEN LAGE WIE DER DES Kommandeurs Hulot und seiner Abteilung, wo das Leben auf dem Spiele steht, ist es für tatkräftige Männer Ehrensache, sich kaltblütig und unbekümmert zu zeigen. Daran kann man letzten Endes den Mann beurteilen. So setzte denn auch der Kommandant, der besser über die Gefahr Bescheid wußte als seine beiden Offiziere, seine ganze Selbstliebe darein, am ruhigsten zu erscheinen. Die Augen abwechselnd auf Marche-à-terre, auf die Straße und den Wald gerichtet, wartete er, nicht ohne angstvolle Spannung, das Loskrachen der Salve seitens der Chouans ab, die er gleich Kobolden rings um sich versteckt wähnte; sein Gesicht jedoch blieb unbewegt.
Während alle seine Soldaten auf ihn blickten, legte er seine braunen pockennarbigen Wangen in leichte Falten, schob die rechte Lippe stark in die Höhe und blinzelte mit den Augen, eine Grimasse, die seine Leute stets für Lächeln hielten; dann

schlug er Gérard auf die Schulter und sagte zu ihm:
„Jetzt sind wir alle ruhig. Was wollten Sie mir vorhin also sagen?"
„In was für einer neuen Krise stecken wir denn, Herr Kommandant?"
„Neu ist die Sache nicht", erwiderte Hulot. „Ganz Europa ist gegen uns, und diesmal hat es leichtes Spiel. Während diese Direktoren sich untereinander raufen wie die Pferde um das Heu in ihrem Stall und alles unter ihrer Regierung flöten geht, lassen sie die Armeen ohne Hilfe. In Italien sind wir zugrunde gerichtet! Ja, Freunde, wir haben Mantua infolge der unglückseligen Ereignisse an der Trebia räumen müssen, und Joubert hat die Schlacht von Novi verloren. Ich hoffe, daß Masséna die Pässe der von Suwarow mit Krieg überzogenen Schweiz halten wird. Am Rhein stecken wir in einer argen Klemme. Das Direktorium hat Moreau hingeschickt. Wird dieser Bruder die Grenzen schützen? ... ich hätte nichts dagegen, aber schließlich wird die Koalition uns doch zermalmen, und unglücklicherweise ist der einzige Feldherr, der uns retten könnte, am Ende der Welt, da unten in Ägypten! Wie sollte er denn auch zurückkehren? England ist Herrin des Meeres!"
„Die Abwesenheit Bonapartes bekümmert mich nicht so sehr, Herr Kommandant," antwortete der junge Adjutant Gérard, in dem eine gepflegte Erziehung einen hervorragenden Geist entwickelt hatte. „Sollte unsere Revolution denn stille stehen bleiben? Ach! wir sind doch nicht nur dazu berufen, französische Erde zu verteidigen, wir haben eine doppelte Mission. Müssen wir nicht auch die

Seele des Landes bewahren, die edlen Grundsätze der Freiheit, Unabhängigkeit, die durch unsere Gesetzgebende Versammlung geweckte Vernunft, die sich, so hoffe ich, von Ort zu Ort verbreiten wird? Frankreich ist wie ein Reisender, der den Auftrag hat, ein Licht weiterzutragen: er hält es mit der einen Hand fest und verteidigt sich mit der anderen; wenn Ihre Nachrichten wahr sind, so sind wir seit zehn Jahren nicht mehr von soviel Leuten umringt gewesen, die es auszulöschen suchen. Die Grundsätze und das Land, alles ist dem Untergange nahe."

„Ach ja!" sagte Kommandant Hulot seufzend. „Diese Hanswurste von Direktoren haben es fertiggebracht, sich mit all denen zu überwerfen, die den Nachen hätten steuern können. Bernadotte, Carnot, alles bis zum Bürger Talleyrand hat uns verlassen. Kurz gesagt, es bleibt uns nur noch ein einziger guter Patriot, Freund Fouché, der alles mit seiner Polizei zusammenhält; das ist ein Mann! Er war es auch, der mich rechtzeitig von diesem Aufstand hat unterrichten lassen. Und doch sitzen wir jetzt hier in einer Falle fest, bin ich sicher."

„Wenn die Armee sich nicht ein bißchen mit unserer Regierung befaßt," sagte Gérard, „werden die Advokaten uns bald einen viel übleren Platz verschafft haben, als den wir vor der Revolution hatten. Was verstehen denn diese Dummköpfe vom Befehlen!"

„Ich habe immer Angst," versetzte Hulot, „zu erfahren, daß sie mit den Bourbonen verhandeln. Kreuzdonnerwetter! wenn die sich einigten, säßen wir hier in einer hübschen Lage!"

„Nein, nein, Herr Kommandant, dahin kommen wir nicht“, sagte Gérard. „Die Armee wird, wie Sie es sagten, dazwischenreden, und vorausgesetzt, daß sie ihre Sprache nicht dem Wörterbuche Pichegrus entnimmt, hoffe ich, wir werden uns nicht nur darum zehn Jahre lang so zuschanden gemacht haben, daß wir den Flachs von anderen spinnen sehen, den wir zum Blühen gebracht haben.“

„O ja,“ rief der Kommandant, „es hat uns zu viel gekostet, um wieder die Tracht zu wechseln.“

„Nun gut,“ sagte Hauptmann Merle, „so wollen wir hier immer als gute Patrioten handeln und versuchen, unsere Chouans zu verhindern, daß sie sich mit der Vendée in Verbindung setzen; denn wenn sie sich verständigen, und wenn sich England diesmal einmischt, dann möchte ich mich nicht für die Einigkeit der Republik verbürgen.“

An dieser Stelle unterbrach der Schrei des Käuzchens, der aus ziemlich beträchtlicher Entfernung vernehmbar wurde, die Unterhaltung. Wieder beunruhigter, forschte der Kommandant von neuem in den Zügen Marche-à-terres, die indes, unbeweglich wie zuvor, sozusagen kein Lebenszeichen gaben.

Die Rekruten standen, um einen Offizier geschart, wie eine Herde Rinder inmitten der Straße, etwa dreißig Schritte von der kampfbereiten Kompagnie entfernt. Hinter ihnen kamen dann, auf zehn Schritte Entfernung, die von dem Leutnant Lebrun kommandierten Soldaten und Patrioten.

Der Kommandant ließ den Blick über diese Schlachtordnung gleiten und betrachtete ein letztes Mal den kleinen Trupp Leute, die vorn an der

Straße standen. Mit seinen Anordnungen zufrieden, kehrte er sich um, um den Befehl zum Vorwärtsmarschieren zu geben, als er die dreifarbigen Kokarden der beiden Soldaten bemerkte, die zurückkehrten, nachdem sie die links gelegenen Gehölze abgesucht hatten. Da der Kommandant indes die beiden Kundschafter von rechts noch nicht wiedererscheinen sah, wollte er ihre Rückkehr abwarten.

„Vielleicht platzt die Bombe dort", sagte er zu seinen beiden Offizieren und zeigte auf das Waldstück, in dem seine beiden verlorenen Kinder wie begraben waren.

Während die beiden Schützen ihm eine Art Bericht erstatteten, unterließ Hulot es, Marche-à-terre weiter zu beobachten. Da begann der Chouan lebhaft und so laut zu pfeifen, daß man seinen Schrei auf weite Entfernungen hin vernehmen mußte; und ehe einer seiner Wächter Zeit gehabt hätte, auch nur auf ihn anzulegen, hatte er ihnen einen Peitschenhieb versetzt, der sie auf den Seitendamm schleuderte.

Im selben Augenblick wurden die Republikaner von wildem Geschrei oder vielmehr Geheul überrascht. Eine fürchterliche Gewehrsalve aus dem Walde oberhalb der Böschung, wo der Chouan saß, fällte sieben oder acht Mann. Marche-à-terre, auf den mehrere seiner Gegner anlegten, ohne ihn zu treffen, verschwand im Gehölz, nachdem er die Böschung mit der Geschwindigkeit einer Wildkatze hinaufgeklettert war; seine Holzschuhe rollten in den Graben, und es war leicht, nun an seinen Füßen die schweren eisenbeschlagenen Stiefel zu erkennen, die die königlichen Jäger zu tragen pflegten.

Bei den ersten Schreien der Chouans stürzten die sämtlichen Rekruten in den Wald zur Rechten, Vogelschwärmen vergleichbar, die beim Nahen eines Wanderers auffliegen.

„Feuer!" schrie der Kommandant.

Die Kompagnie legte auf sie an, aber die Rekruten hatten es allesamt verstanden, sich vor dieser Schießerei in Deckung zu bringen, indem sie sich mit dem Rücken an Bäume drückten; und ehe die Waffen neu geladen werden konnten, waren sie verschwunden.

„Da sieht man, was bei diesen Rekrutierungsdekreten herauskommt, wie?" sagte Hulot zu Gérard. „Man muß wirklich so dumm sein wie das Direktorium, um auf ein Aufgebot aus diesem Lande zu rechnen. Die Gesetzgebende würde besser tun, uns nicht so viele Uniformen, nicht so viel Geld und Munition zu genehmigen, sondern sie uns lieber zu geben."

„Die Haarbeutel da fressen eben lieber ihre Fladen als Kommißbrot", sagte Beau-pied, der Spottvogel der Kompagnie.

Bei diesen Worten erklang aus der republikanischen Truppe da und dort spöttisches Gelächter, das die Deserteure höhnte, aber alsbald herrschte wieder Stillschweigen.

Die Soldaten sahen die beiden Jäger, die der Kommandant angewiesen, die rechte Seite abzustreichen, mühsam die Abdachung herabsteigen. Der am wenigsten Verwundete der beiden stützte seinen Kameraden, der den Boden mit seinem Blute tränkte. Die beiden armen Teufel waren bis zur Mitte des Abhangs gelangt, als Marche-à-terre seine widerwärtige Fratze zeigte; er zielte so gut auf die

beiden Blauen, daß er sie mit einem einzigen Schuß hinstreckte, und sie rollten schwer in den Graben. Kaum hatte man den dicken Kopf gesehen, als an dreißig Gewehre sich hoben; er jedoch war, gespenstergleich, schon wieder hinter den verhängnisvollen Ginsterbüschen verschwunden.
All diese Ereignisse, die so viele Worte benötigen, hatten sich in einer Sekunde abgespielt; in einer weiteren Sekunde hatten die Soldaten und Patrioten der Nachhut den Rest der Eskorte eingeholt.
„Vorwärts!" schrie Hulot.
Die Kompagnie verfügte sich rasch an den Ort, wo zuvor das Pikett gestanden hatte. Dort versetzte der Kommandant seine Kompagnie in Schlachtordnung; aber er bemerkte keinerlei feindselige Kundgebung von seiten der Chouans, so daß er glaubte, die Befreiung der Rekruten sei der einzige Zweck des Überfalls gewesen.
„Ihr Geschrei", sagte er zu seinen beiden Freunden, „sagt mir, daß sie nicht zahlreich sind. Marschieren wir im Eilschritt, so erreichen wir vielleicht Ernée, ohne sie auf den Hals zu bekommen."
Diese Worte hörte ein patriotischer Rekrut, der aus den Reihen trat und sich vor Hulot aufstellte.
„Herr General," sagte er, „ich habe schon einen solchen Krieg als Gegenchouan mitgemacht, darf ich Ihnen zwei Worte sagen?"
„Er ist Advokat, so was glaubt immer im Gerichtssaale zu sein", sagte der Kommandant Merle ins Ohr. — „Nun los, plädiere", antwortete er dem jungen Mann aus Fougères.
„Kommandant, die Chouans haben zweifellos die

Leute bewaffnet und sich mit ihnen zusammengetan. Wenn wir also Fersengeld vor ihnen geben, werden sie uns an jeder Waldecke auflauern und uns bis auf den letzten Mann niedermachen, ehe wir in Ernée ankommen. Wir müssen freilich plädieren, wie du es nennst, aber mit Kartätschen. Während des Scharmützels, das länger dauern wird, als du glaubst, kann einer meiner Kameraden die Nationalgarde und die freien Kompagnien aus Fougères holen. Obwohl wir nur Rekruten sind, wirst du dann sehen, ob wir von Rasse sind."

„Du hältst also die Chouans für sehr zahlreich?"

„Urteile selbst darüber, Bürger Kommandant."

Er führte Hulot an eine Stelle des Plateaus, wo der Sand aussah, als sei er mit einer Harke bearbeitet; nachdem er ihn darauf aufmerksam gemacht, ließ er ihn ein gutes Stück in einen Fußpfad hineingehen, wo sie die Fußspuren einer großen Anzahl von Männern sahen. Die Blätter waren hier in die festgetretene Erde eingedrückt.

„Das sind die Gars von Vitré," sagte der Mann aus Fougères; „sie sind ausgezogen, um zu den Niedernormannen zu stoßen."

„Wie heißt du, Bürger?" fragte Hulot.

„Gudin, Kommandant."

„Also, Gudin, ich ernenne dich zum Korporal deiner Bürger. Du machst mir einen zuverlässigen Eindruck. Ich beauftrage dich, denjenigen von deinen Kameraden auszusuchen, den wir nach Fougères schicken müssen. Du wirst dich an meiner Seite halten. Zunächst hole mit deinen Ausgehobenen die Gewehre, Patronentaschen und Uniformen unserer armen Kameraden, die diese Briganten da auf den Weg gelegt haben. Ihr sollt hier

kein Gewehrfeuer schlucken, ohne es zu erwidern."
Die unerschrockenen Leute aus Fougères holten die Habseligkeiten der Toten, und die ganze Kompagnie schützte sie durch ein auf den Wald gerichtetes gehöriges Feuer, so daß es ihnen gelang, die Toten zu entkleiden, ohne einen einzigen Mann einzubüßen.
„Diese Bretonen," sagte Hulot zu Gérard, „werden treffliche Infanteristen abgeben, sofern sie sich an die Soldatenkost gewöhnen können."
Gudins Sendbote verschwand indes laufend in einem Seitenpfad, der links in den Wald abbog.
Die Soldaten, damit beschäftigt, ihre Waffen zu prüfen, bereiteten sich nun auf den Kampf vor; der Kommandant ließ sie Revue passieren, lächelte ihnen zu, pflanzte sich einige Schritte weiter vorn mit seinen beiden Lieblingsoffizieren auf und erwartete festen Fußes den Angriff der Chouans.
Wiederum herrschte für einen Augenblick Stillschweigen, aber es war nicht von langer Dauer, denn dreihundert Chouans, deren Kleidung derjenigen der Ausgehobenen gleich war, kamen, von dem Walde zur Rechten ausgespien, heulend an und besetzten ohne feste Ordnung die ganze Straße vor dem schwachen Bataillon der Blauen. Der Befehlshaber ordnete seine Soldaten in zwei gleiche Teile, jeden mit einer Front von zehn Mann. In die Mitte dieser beiden Häufchen stellte er seine in aller Eile ausgerüsteten zwölf Rekruten; er selbst stellte sich an die Spitze.
Diese kleine Armee wurde durch zwei Flügel von je fünfundzwanzig Mann gedeckt, die, unter dem Befehl Gérards und Merles, zu beiden Seiten des

Weges manövrierten. Diese beiden Offiziere sollten zu gegebener Zeit die Chouans von der Flanke nehmen, um zu verhindern, daß sie sich „egaillierten".
Dieses Dialektwort jener Gegend bezeichnet das Manöver, sich im Gelände zu verteilen, wo jeder Bauer derart Aufstellung nahm, daß er ungefährdet auf die Blauen schießen konnte; die republikanischen Truppen wußten sich dann ihren Feinden gegenüber nicht zu helfen.
Durch die von dem Kommandanten mit der notwendigen Schnelligkeit getroffenen Anordnungen wurde sein Vertrauen auf die Soldaten übertragen, und stillschweigend marschierten alle auf die Chouans zu.
Nach den wenigen Minuten, die es brauchte, bis die beiden Truppenkörper einander nahe waren, krachte eine unbarmherzige Salve los, die hüben wie drüben Vernichtung verbreitete. In diesem Augenblick gelangten die beiden republikanischen Seitenflügel, denen die Königstreuen nichts entgegenzusetzen hatten, an deren Flanke und säten mittels eines lebhaften, unablässigen Gewehrfeuers Tod und Unordnung in die Reihen ihrer Feinde. Dieses Manöver stellte das zahlenmäßige Gleichgewicht zwischen den beiden Parteien beinahe her. Doch der Charakter der Chouans hatte sich stets durch Unerschrockenheit und Beständigkeit bewährt; sie rührten sich nicht, ihre Verluste erschütterten sie nicht, sie drängten enger zusammen und suchten die kleine schwarze, gut Richtung haltende Truppe der Blauen zu umzingeln, die so wenig Raum einnahm, daß sie einer Bienenkönigin inmitten eines Schwarmes ähnelte.

Es entspann sich nun einer jener furchtbaren Kämpfe, bei denen das Krachen der Musketen fast aufhört und von dem Klirren der blanken Waffe abgelöst wird, wo die Gegner sich Körper an Körper schlagen, und wo bei gleicher Tapferkeit die Zahl den Sieg entscheidet. Die Königstreuen hätten ihn beim ersten Ansturm errungen, wenn es den beiden von Gérard und Merle befehligten Flügeln nicht gelungen wäre, zwei oder drei Salven abzufeuern, die schräg in die hinteren Reihen ihrer Feinde einfielen. Die Blauen dieser beiden Flügel hätten in ihren Stellungen bleiben und fortfahren sollen, ihre furchtbaren Gegner auf so geschickte Weise aufs Korn zu nehmen; aber durch den Anblick der Gefahr gereizt, in der das heldenhafte, in diesem Augenblick ganz von den königlichen Jägern umzingelte Bataillon schwebte, warfen sie sich wie rasend auf die Straße, die Bajonette blankgezogen, und machten damit die Aussichten auf einen Augenblick ziemlich gleich. Nun lieferten sich die beiden Truppen ein Gemetzel, das durch die ganze Wut und Grausamkeit des Parteigeistes verschärft wurde, die diesen Krieg vor allen anderen furchtbar gemacht haben. Die Kämpfenden verstummten, da ein jeder mit seiner eigenen Gefahr beschäftigt war. Düster und kalt wie der Tod war die Szene. Innerhalb dieses Stillschweigens vernahm man außer dem Klirren der Stoßwaffen und dem Knirschen des Sandes unter den Füßen nur die dumpfen, schrecklichen Laute, die den schwer Verwundeten oder tot Niederstürzenden entfuhren. In der Mitte des republikanischen Trupps verteidigten die zwölf Rekruten den mit dem Erteilen mannigfacher Befehle und

Anordnungen beschäftigten Kommandanten mit solcher Tapferkeit, daß einige der Soldaten wiederholt ausriefen: „Bravo, Ihr Rekruten!“
Hulot, der unbewegt dastand und das Auge überall hatte, bemerkte unter den Königstreuen bald den Mann, der, gleich ihm von einer ausgewählten Mannschaft umgeben, der Anführer sein mußte. Es erschien ihm wichtig, diesen Offizier genau in Augenschein zu nehmen; aber vergeblich machte er mehrmals den Versuch, seine Züge zu unterscheiden, die ihm durch die roten Mützen und die breitrandigen Hüte verdeckt wurden. Er gewahrte nur Marche-à-terre, der, an der Seite des Anführers stehend, dessen Befehle mit roher Stimme wiederholte, wobei sein Karabiner niemals zur Ruhe kam. Der Kommandant wurde ärgerlich über dieses fortgesetzte Mißgeschick. Er griff nach dem Degen, feuerte seine Rekruten an, schoß mit einer solchen Wut mitten in die Chouans hinein, daß er ihre Masse lockerte, und konnte nun ihren Anführer sehen, dessen Gesicht aber unglücklicherweise ganz und gar durch einen großen Filzhut mit weißer Kokarde verdeckt wurde. Doch der Unbekannte, durch den kühnen Angriff überrascht, machte eine Bewegung nach rückwärts, bei der er seinen Hut mit einem heftigen Ruck aus der Stirne zurückschob; so konnte Hulot nun in aller Eile sein Signalement aufnehmen.
Der junge Führer, dem Hulot nicht mehr als fünfundzwanzig Jahre zusprach, trug eine Jagdweste aus grünem Tuch. In seinem weißen Gürtel steckten Pistolen. Seine schweren Stiefel waren benagelt wie die der Chouans; Jagdgamaschen, die bis zum Knie reichten und sich an die aus sehr

grobem Zwillich gearbeiteten Hosen anschlossen, vervollständigten diesen Anzug, der eine mittelgroße, aber schlanke und wohlgebaute Gestalt erkennen ließ.

Rasend darüber, daß die Blauen bis zu seiner Person vordrangen, drückte er seinen Hut wieder tief in die Stirne und ging auf sie los; aber sofort umringten ihn Marche-à-terre und mehrere der beunruhigten Chouans. Hulot glaubte durch die Zwischenräume hindurch, die die an den jungen Menschen sich drängenden Köpfe freiließen, ein breites rotes Band auf einer halboffenen Weste zu gewahren. Der Blick des Kommandanten, zuerst durch die damals völlig in Vergessenheit geratene königliche Auszeichnung angezogen, glitt plötzlich über ein Gesicht hin, das er bald wieder aus dem Auge verlor, weil er durch die Wechselfälle des Kampfes genötigt war, über die Schwenkungen seiner kleinen Truppe zu wachen.

So sah er nur flüchtig zwei blitzende Augen, deren Farbe ihm entging, blonde Haare und ziemlich feine, sonnverbrannte Züge. Trotzdem setzte ihn die durch ein leicht und nachlässig geschlungenes schwarzes Halstuch noch auffälliger gemachte leuchtende Weiße des Halses in Erstaunen.

Das ungestüme, lebhafte Benehmen des jungen Führers war militärisch, und man merkte ihm an, daß er vom Kampfe eine gewisse althergebrachte Poesie erwartete. Seine gut behandschuhte Rechte schwenkte einen in der Sonne fast flammenden Degen, und seine Haltung verriet zugleich Anmut und Kraft. Seine gewissenhafte Erregung, wirksam unterstützt von den Reizen der Jugend und vornehmen Manieren, machten den jungen

Emigranten zu einem anziehenden Bilde des französischen Adels. Er bildete einen lebhaften Gegensatz zu Hulot, der, vier Schritte von ihm, für sein Teil ein lebendiges Bild dieser tatkräftigen Republik darstellte, für die er focht, und dessen strenges Gesicht, dessen blaue Uniform mit den abgenutzten roten Aufschlägen, den nachgedunkelten und rückwärts herabhängenden Achselklappen Armut und Charakter so gut widerspiegelten.
Die anmutige Haltung und der Ausdruck des jungen Mannes entgingen Hulot nicht, der, indes er sich bemühte, ihm auf den Leib zu rücken, ausrief:
„Holla, du hübscher Ballettänzer, komm doch her, daß ich dich hinmachen kann!“
Der royalistische Anführer, durch sein augenblickliches Mißgeschick außer sich, stürzte mit einer Gebärde der Verzweiflung vorwärts; aber seine Leute, die ihn sich derart preisgeben sahen, warfen sich samt und sonders den Blauen entgegen. Plötzlich beherrschte eine sanfte, helle Stimme das Kampfgetöse:
„Hier ist Saint Lescur gefallen. Wollt Ihr ihn nicht rächen?“
Bei diesen Worten wurde wie durch einen Zauberschlag der Angriff der Königstreuen so furchtbar, daß die Soldaten der Republik große Mühe hatten, sich zu halten, ohne die Ordnung ihrer kleinen Schlachtordnung zu brechen.
„Wenn es nicht ein junger Mann wäre,“ sagte sich Hulot, während er Schritt für Schritt zurückwich, „wären wir nicht angegriffen worden. Hat man es je zuvor erlebt, daß die Chouans eine Schlacht geliefert hätten? Aber um so besser, so

werden sie uns wenigstens nicht wie die Hunde am Wegrand niederknallen."

Und er erhob seine Stimme, so daß sie von den Wäldern widertönte:

„Voran, forsch, meine Jungens! Sollen wir uns von diesen Strauchdieben nasführen lassen?"

Das Verbum, durch das wir hier den Ausdruck wiedergeben, dessen sich der gute Kommandant bediente, ist nur ein schwacher Ersatz dafür; die Veteranen werden aber schon das wirklich angewandte Wort dafür einzusetzen wissen, das zweifellos dem soldatischen Geschmack besser entspricht.

„Gérard, Merle," nahm der Kommandant seine Rede wieder auf, „ruft eure Leute zusammen, formiert sie truppweise, schließt euch hinten an und gebt Feuer auf diese Hunde, daß einmal ein Ende wird!"

Mit großer Mühe wurde dieser Befehl Hulots ausgeführt; denn als der junge Führer die Stimme seines Gegners vernahm, rief er:

„Bei der Muttergottes von Auray, laßt sie nicht durchkommen! Verteilt euch, Buben!"

Als die beiden von Gérard und Merle befehligten Flügel sich von der Masse abtrennten, wurde jede der kleinen Scharen von den hartnäckigen und an Zahl weit überlegenen Chouans verfolgt. Die alten Ziegenhäute umzingelten die Mannschaft Gérards und Merles von allen Seiten, wobei sie wiederum ihr finsteres Geschrei oder vielmehr Geheul ausstießen.

„Schweigt doch, Herrschaften," rief Beau-pied, „man hört ja gar nicht, wie wir uns umbringen!"

Dieser Scherz belebte den Mut der Blauen von neuem.

Statt sich auf einem Punkte zu schlagen, verteidigten sich die Republikaner an drei verschiedenen Stellen des Pèlerinenplateaus, und das Dröhnen der Gewehrsalven weckte von allen Seiten das Echo dieser einst so friedlichen Täler.

VIERTES KAPITEL

DER SIEG HÄTTE GANZE STUNDEN LANG UNentschieden bleiben können, oder der Kampf hätte mangels Kämpfender von selbst aufgehört. Blaue und Königstreue zeigten dieselbe Tapferkeit. Die Wut steigerte sich hier wie dort immer mehr, als in der Ferne schwacher Trommelklang hörbar wurde; nach der Richtung zu urteilen, mußte das Korps, das er ankündigte, das Tal von Couësnon durchqueren. „Das ist die Nationalgarde von Fougères!" rief Gudin laut aus. „Vannier wird sie angetroffen haben." Bei diesem Ausruf, der bis zu den Ohren des jungen Chouan-Führers und seines grimmigen Flügeladjutanten drang, machten die Royalisten eine rückwärtige Bewegung, der aber bald durch einen von Marche-à-terre ausgestoßenen wüsten Schrei Einhalt geboten wurde. Auf ein paar von dem Führer mit leiser Stimme erteilte und durch Marche-à-terre in niederbretonischer Mundart an die Chouans weitergegebene Befehle vollzogen diese ihren Rückzug mit einer Geschicklichkeit, die die Republikaner und selbst ihren Befehlshaber aus der Fassung brachte. Beim ersten Kommando stellten sich die waffentüchtigsten der Chouans in Reih und Glied und bildeten eine ansehnliche Front, hinter die die Verwundeten samt allen übrigen sich zurückzogen, um von neuem zu laden. Nicht lange, so gewannen die Verwundeten dank der Behendigkeit, von der Marche-à-terre zuvor schon ein Beispiel gegeben hatte, die Höhe der die Straße zur Rechten überragenden Böschung, und ihnen folgte die Hälfte der Chouans, die flink hinaufklommen, um sie zu besetzen, wobei die Blauen nicht mehr von ihnen zu sehen bekamen als ihre starken Schädel. Dort oben machten sie sich aus Bäumen einen Wall und richteten ihre Musketen auf den Rest der Eskorte, die, den wiederholten Befehlen Hulots zufolge, sich rasch formiert hatte, um auf der Straße dem Gegner eine der seinen gleichwertige Front entgegenstellen zu können.

Die Chouans zogen sich langsam zurück und verteidigten das Feld, indem sie derart schwenkten, daß sie sich unter der Feuerlinie ihrer Kameraden frisch aufstellen konnten. Als sie den die Straße begrenzenden Graben erreichten, erkletterten sie ihrerseits die höher liegende Böschung, deren Rand von den Ihrigen besetzt war, und vereinigten sich mit ihnen. Dabei hielten sie tapfer das Feuer der Republikaner aus, die gut genug zielten, um den Graben mit Leichen zu übersäen. Die zu oberst auf dem Abhang Stehenden antworteten durch ein nicht weniger mörderisches Feuer.

In diesem Augenblick langte die Nationalgarde von Fougères im Laufschritt auf dem Kampfplatze an, und ihr Auftreten brachte den Kampf zum Abschluß. Die Nationalgardisten und ein paar erregte Soldaten übersprangen bereits den Straßendamm, um in den Wald vorzudringen; aber der Kommandant schrie ihnen mit seiner martialischen Stimme zu:

„Wollt ihr euch da unten zuschanden knallen lassen?“

So stießen sie wieder zu dem Trupp der Republikaner, die das Schlachtfeld behalten hatten, wenn auch unter großen Verlusten.

All die alten Hüte wurden an die Spitzen der Bajonette gesteckt, die Gewehre aufgepflanzt, und einstimmig riefen die Soldaten dreimal hintereinander:

„Es lebe die Republik! ...“

Selbst die Verwundeten, die an der Straßenböschung saßen, teilten die Begeisterung, und Hulot drückte Gérard die Hand, indem er zu ihm sagte:

„Ha, das nennt man Kerle, was?“

Merle wurde beauftragt, die Toten in einer Schlucht an der Straße begraben zu lassen. Andere Soldaten nahmen sich des Transports der Verwundeten an. Pferde und Karren der nahegelegenen Höfe wurden beschlagnahmt und die leidenden Kameraden so rasch wie möglich auf den Habseligkeiten der Toten darauf gebettet.

Bevor sie wieder abzog, überbrachte die Nationalgarde von Fougères Hulot einen tödlich verwundeten Chouan, den sie unterhalb des steilen Abhangs gefaßt hatte, über den die Königstreuen entwischt waren und von dem seine schwindenden Kräfte ihn hatten herabstürzen lassen.

„Ich danke euch für eure Hilfe in der Not, Bürger,“ sagte der Kommandant. „Himmeldonnerwetter! Ohne euch hätten wir jetzt eine böse Viertelstunde. Lebt wohl, ihr wackern Leute!“

Dann wandte sich Hulot an den Gefangenen.

„Wie heißt dein General?“ fragte er ihn.

„Le Gars.“

„Wer, Marche-à-terre?"
„Nein, le Gars."
„Woher kommt der Gars?"
Bei dieser Frage schwieg der königliche Jäger, dessen rohes, wildes Gesicht jetzt einen schmerzverzerrten Ausdruck trug, nahm seinen Rosenkranz und begann Gebete herzusagen.
„Der Gars ist jedenfalls dieser junge Adlige mit dem schwarzen Halstuch? Der ist von dem Tyrannen und seinen Verbündeten Pitt und Coburg gesandt."
Bei diesen Worten hob der Chouan, unklug wie er war, trotzig den Kopf:
„Von Gott und dem König ist er gesandt!"
Das stieß er mit einer Heftigkeit hervor, die seine Kräfte erschöpfte.
Der Kommandant sah, daß es schwer sei, einen Sterbenden auszufragen, dessen ganzes Gebaren düsteren Fanatismus verriet, und wandte sich stirnrunzelnd ab.
Zwei Soldaten, Freunde jener, die Marche-à-terre so brutal mit einem Peitschenhieb an der Böschung niedergestreckt hatte und die tot liegen geblieben waren, gingen ein paar Schritte zurück, legten auf den Chouan an, dessen starrer Blick sich vor den auf ihn gerichteten Flintenläufen nicht senkte, und gaben auf Gewehrlänge Feuer auf ihn. Er fiel. Als die Soldaten sich näherten, um ihn zu entkleiden, rief er noch laut: „Es lebe der König!"
„Jawohl, jawohl, du Duckmäuser," sagte La Clef-des-coeurs, „geh nur bei deiner guten Muttergottes Fladen essen. Brüllt uns der Kerl noch sein ‚Es lebe der Tyrann' in die Ohren, wenn man denkt, er sei hin!"

„Hier, Herr Kommandant,“ sagte Beau-pied, „sind die Papiere des Briganten ...“
„Hoho!“ rief La Clef-des-coeurs, „schaut euch doch diesen Musketier Gottes an, was der für einen bunten Bauch hat!“
Hulot und ein paar Soldaten traten an die nackt daliegende Leiche des Chouans heran. Auf seiner Brust gewahrten sie eine Art von bläulicher Tätowierung, die ein in Flammen stehendes Herz darstellte. Es war das Bundeszeichen der Mitglieder der Bruderschaft von Sacré Coeur. Oberhalb dieses Bildes las Hulot die Worte: Marie Lambrequin, — ohne Zweifel der Name des Chouans.
„Da schau, La Clef-des-coeurs,“ sagte Beau-pied. „Ich glaube, du könntest tausend Jahre alt werden und doch nicht erraten, was dieses Pulverhorn da bedeutet.“
„Soll ich mich etwa auf die päpstlichen Uniformen verstehen?“ erwiderte La Clef-des-coeurs.
„Elender Kerl, du,“ fuhr Beau-pied fort, „willst du denn nie etwas dazu lernen? Begreifst du nicht, daß man diesem Lumpen da versprochen hat, er werde auferstehen, und daß er sich den Magen angemalt hat, um sich selbst dann wiederzuerkennen?“
Bei diesem Witz, der eine gewisse Berechtigung hatte, konnte sich selbst Hulot nicht enthalten, in die allgemeine Heiterkeit mit einzustimmen. Im selben Augenblick war Merle mit der Beerdigung der Toten fertig geworden, und auch die Verwundeten waren schlecht und recht von ihren Kameraden auf zwei Karren untergebracht. Die andern Soldaten, die sich von selbst in zwei Reihen längs dieser improvisierten Ambulanzen aufgestellt hatten,

stiegen den Berghang herab, der sich nach Maine erstreckt, und von dem aus man das schöne Pèlerinental erblickt, das es mit dem von Couësnon wohl aufnehmen kann. Hulot, von seinen beiden Freunden Gérard und Merle begleitet, folgte den Soldaten nun langsam, von dem Wunsche beseelt, ohne unglückliche Zwischenfälle nach Ernée zu gelangen, wo die Verwundeten Hilfe finden mußten.

Dieser Kampf, der den Namen des Ortes trägt, wo er sich abspielte, blieb inmitten all der großen Ereignisse, die sich damals in Frankreich vorbereiteten, fast unbemerkt. Nur im Westen zog er einige Aufmerksamkeit auf sich, weil dessen Bewohner, von der abermaligen Waffenerhebung erregt, hier zuerst eine Änderung in der Kampfesweise der Königstreuen gewahr wurden. Denn früher hätten die Chouans einen so ansehnlichen Trupp nicht angegriffen.

Nach Hulots Folgerungen mußte der junge königliche General, den er gesehen hatte, der Gars sein, der von den Fürsten nach Frankreich entsandte neue Befehlshaber. Dieser Umstand beunruhigte den Kommandanten nach seinem traurigen Siege jetzt ebensosehr, wie es zuvor der vermutete Überfall getan hatte. Er wandte sich wiederholt um, das Pèlerinenplateau zu betrachten, das er jetzt hinter sich ließ, und von wo aus noch immer in Zwischenräumen der erstickte Trommelklang der Nationalgarde kam, die in das Tal von Couësnon hinabstieg, indes die Blauen dem Pèlerinental zu marschierten.

„Kann einer von euch," sagte er plötzlich zu seinen beiden Freunden, „sich den Beweggrund dieses

Chouanüberfalls erklären? Für sie ist eine Schießerei ein Handel, und ich werde nicht recht klug daraus, was der hier ihnen einbringt. Sie werden mindestens hundertzwanzig Mann verloren haben, und wir", fügte er hinzu, indem er seine rechte Backe schiefzog und mit den Augen blinzelte, um zu lächeln, „höchstens vierzig. Himmeldonnerwetter! Ich begreife die Spekulation nicht; sie hätten diesen Angriff lieber sein lassen sollen. So wären wir glatt durchgekommen, wie Briefe auf der Post. Ich sehe nicht ein, wozu sie uns erst unsere Leute hinmachen mußten."

Und er zeigte traurig auf die zwei Karren mit Verwundeten.

„Vielleicht haben sie uns nur guten Tag sagen wollen," setzte er hinzu.

„Aber Herr Kommandant, sie haben doch unsere hundertfünfzig Halunken dazugewonnen!" antwortete Merle.

„Die Ausgehobenen wären doch wie die Frösche in den Wald gehüpft, und wir hätten sie nicht wieder erwischt, zumal nach einer Schießerei", erwiderte Hulot. „Nein, nein, da steckt noch etwas dahinter."

Und wieder blickte er nach der Pèlerine zurück.

„Da," rief er, „seht!"

Obwohl sich die Offiziere schon in ziemlicher Entfernung von dem unheilvollen Plateau befanden, unterschieden ihre geübten Augen doch unschwer Marche-à-terre und einige Chouans, die es von neuem besetzt hatten.

„Eilschritt!" rief Hulot seiner Truppe zu. „Nehmt die Fersen in die Hand und macht euren Gäulen Beine. Haben sie denn erfrorene Füße? Oder sind die Biester etwa auch Pitts und Coburgs?"

Seine Worte versetzten die kleine Truppe in rasche Bewegung.
„Ich kann dieses Geheimnis nicht enträtseln. Gott gebe," sagte der Kommandant zu den beiden Offizieren, „daß es sich in Ernée nicht in der Form von Gewehrfeuer aufklärt. Ich fürchte sehr, daß auch die Straße nach Mayenne uns durch das Volk des Königs abgeschnitten ist."
Das strategische Problem, unter dem sich der Schnurrbart des Kommandeurs Hulot sträubte, war zur gleichen Zeit eine Ursache nicht weniger lebhafter Erregung für die Leute, die er auf dem Gipfel der Pèlerine erblickt hatte.
Sobald der Trommelschlag der Nationalgarde von Fougères dort oben nicht mehr zu hören war und Marche-à-terre die Blauen in der Tiefe der Berglehne gewahrte, die sie hinabgestiegen waren, ließ er den hellen Schrei des Käuzchens ertönen, und die Chouans erschienen von neuem, aber weniger zahlreich. Mehrere von ihnen waren zweifellos damit beschäftigt, die Verwundeten nach dem Dorfe La Pèlerine zu schaffen, das auf der Rückseite des nach dem Couësnontale führenden Berges liegt. Zwei oder drei von den königlichen Jägern kamen zu Marche-à-terre heran. Wenige Schritte weiter saß der junge Aristokrat auf einem Granitblock, — wie es schien, in die mannigfachen Gedanken versunken, die die schon jetzt auftauchenden Schwierigkeiten seines Unternehmens in ihm wachriefen.
Marche-à-terre krümmte die Hand zu einer Art Wetterdach über seiner Stirn, um die Augen vor den Strahlen der Sonne zu schützen, und sah traurig nach der Straße hin, der die Republikaner durch das Pèlerinental folgten. Seine kleinen

schwarzen, durchdringenden Augen suchten zu erspähen, was sich auf dem anderen Abhang, am Horizont des Tales, begab.

„Die Blauen werden die Post abfangen," sagte wütend der Marche-à-terre am nächsten stehende unter den Anführern.

„Bei der heiligen Anna von Auray," fiel ein anderer ein, „warum hast du uns losschlagen heißen? Wolltest wohl nur dein eigenes Bocksfell retten?"

Marche-à-terre warf ihm einen giftigen Blick zu und hieb mit seinem schweren Karabiner auf den Boden.

„Bin ich der Anführer?"

Dann, nach einer Pause:

„Wenn ihr alle euch geschlagen hättet wie ich, wäre nicht einer von diesen Blauen davongekommen!" und er zeigte auf die Übriggebliebenen von Hulots Detachement. „Dann wäre der Wagen vielleicht bis hierher gekommen."

„Glaubst du," fing ein dritter an, „sie würden daran gedacht haben, ihn zu eskortieren oder aufzuhalten, wenn wir sie ruhig hätten passieren lassen? Du hast dein Hundefell retten wollen, weil du die Blauen nicht auf dem Wege glaubtest."

„Um seiner Fresse willen", sprach er weiter und drehte sich nach den anderen um, „hat er uns bluten lassen, und zu alldem werden wir noch zwanzigtausend Franken gutes Gold verlieren..."

„Selber Fresse!" schrie Marche-à-terre, indem er sich drei Schritt zurückzog und auf seinen Gegner anlegte. „Du, du haßt nicht die Blauen, du liebst nur das Gold. Wart', du sollst ohne Beichte sterben, verdammter Schuft, hast ja das ganze Jahr nicht kommuniziert!"

Diese Beschimpfung machte den Chouan derart wütend, daß er ganz blaß wurde; ein dumpfes Röcheln drang aus seiner Brust, während er sich anschickte, auf Marche-à-terre zu schießen.
Der junge Anführer warf sich zwischen sie. Mit seinem eigenen Karabiner schlug er ihnen die Waffen aus der Hand. Dann verlangte er eine Erklärung ihres Wortwechsels, denn die Unterhaltung war auf niederbretonisch geführt worden, in einer Sprache also, die er nicht gut verstand.
„Herr Marquis," sagte Marche-à-terre am Schluß seiner Rede, „es ist um so schlechter von ihnen, mir Vorwürfe zu machen, als ich Pille-miche zurückgelassen habe, der vielleicht den Wagen noch aus den Klauen der Diebe retten wird."
Und er wies auf die Blauen.
„Wie!" rief der junge Mann zornig aus, „deshalb also bleibt ihr noch hier, weil ihr eine Postkutsche anhalten wollt, ihr Feiglinge, die ihr nicht einmal im ersten Kampf unter meiner Führung Sieger bleiben konntet! Sind die Verteidiger Gottes und des Königs denn Straßenräuber! Bei der heiligen Muttergottes von Auray! Die Republik bekämpfen wir, und nicht die Post! Wer sich von jetzt ab noch solch schmachvoller Angriffe schuldig macht, erhält keine Absolution und wird nichts von den Vorteilen verspüren, die nur für tapfere Diener des Königs ausgesetzt sind."
Ein dumpfes Gemurmel erhob sich aus der Mitte der Truppe. Es war leicht zu erkennen, daß die so wichtige und unter diesen ungebändigten Horden schwer herzustellende Mannszucht auf dem Spiele stand. Der junge Führer, dem die Bewegung nicht entgangen war, wollte schon versuchen, seine zwei-

felhafte Autorität zu retten, als der Trab eines Pferdes das Stillschweigen unterbrach. Alle Köpfe wandten sich in der mutmaßlichen Richtung der ankommenden Person.

Es war eine junge Frau, die im Herrensattel auf einem kleinen bretonischen Pferde saß. Sobald sie den jungen Mann unter ihnen erkannt hatte, setzte sie es in Galopp, um rascher bei der Truppe der Königstreuen anzulangen.

„Was habt ihr denn nur?“ fragte sie, indem sie abwechselnd die Chouans und ihren Führer ansah.

„Würden Sie glauben, Madame, daß sie die Postkutsche erwarten, die von Mayenne nach Fougères fährt, mit der Absicht, sie auszurauben? Und das, nachdem wir zur Befreiung unserer Gars aus Fougères ein Gemetzel gehabt haben, das uns viele Mann gekostet hat, ohne daß wir die Blauen aufgerieben hätten!“

„Nun ja, was ist so Schlimmes dabei?“ fragte die junge Dame, der ein den Frauen angeborenes Feingefühl sagte, was hier im geheimen vor sich ging. „Sie haben Leute verloren, aber deren werden wir immer genug haben. Die Post führt zweifellos Geld mit: daran aber leiden wir stets Mangel! Wir wollen unsere Männer begraben, worauf sie in den Himmel kommen werden und dann das Geld in die Taschen all dieser wackren Leute fließen lassen.“

„Liegt darin denn gar nichts, was Sie erröten macht?“ fragte der junge Mann leise. „Sind Sie denn in solcher Not, daß Sie das Geld auf der Landstraße suchen müssen?“

„Ich bin so gierig danach, Marquis, daß ich glaube, ich würde mein Herz dafür zum Pfand setzen, wenn ich es noch besäße“, sagte sie mit kokettem Lächeln. „Aber sind Sie denn vom Himmel gefallen, daß Sie glauben, die Chouans würden Ihnen gehorchen, wenn Sie sie nicht da und dort ein bißchen plündern lassen? Kennen Sie das Sprichwort nicht: Voleur comme une chouette? Und was ist denn ein Chouan? Im übrigen“, fuhr sie mit erhobener Stimme fort, „ist es ja eine gerechte Handlung! Haben die Blauen nicht die Güter der Kirche sowie die unseren eingezogen?“

Wieder begleitete Gemurmel, doch diesmal von ganz anderer Art, die Worte. Der junge Marquis, dessen Stirn sich bewölkte, nahm die junge Dame zur Seite und sagte in dem gereizten Ton eines feingesitteten Menschen zu ihr:

„Kommen die Herren also am festgesetzten Tage nach La Vivetière?“

„Ja.“

„Erlauben Sie, daß ich jetzt gleich dorthin zurückkehre. Ich kann solche Räubereien nicht durch meine Anwesenheit gutheißen! Jawohl, Madame, ich sagte Räubereien. Es liegt Adel darin, sich bestehlen zu lassen, aber ...“

„Nun gut,“ unterbrach sie ihn, „so werde ich Ihren Anteil bekommen. Ich danke Ihnen, daß Sie ihn mir überlassen, dieser Zuschuß wird mir sehr gut tun! Meine Mutter läßt mich so lange auf Geld warten, daß ich ganz verzweifelt bin.“

„Leben Sie wohl!“ rief der junge Anführer. Damit verschwand er.

Nun lief sie rasch hinter ihm her.

„Warum bleiben Sie nicht bei mir?“ fragte sie und warf ihm einen jener halb befehlenden, halb zärtlichen Blicke zu, auf die sich die Frauen, wenn

sie Rechte auf eines Mannes Beachtung haben, so gut verstehen.
„Wollten Sie nicht den Wagen plündern?"
„Plündern!" wiederholte sie, „was für ein sonderbarer Ausdruck! Lassen Sie sich erklären..."
„Nein", sagte er, indem er ihre Hände nahm und sie mit der oberflächlichen Galanterie eines Hofmannes küßte.
„Hören Sie mich an", setzte er hinzu. „Wenn ich während der Ergreifung dieser Kutsche hier bliebe, würden Ihre Leute mich umbringen, denn ich..."
„Sie würden Sie nicht umbringen," erwiderte sie lebhaft; „sondern sie würden Ihnen mit aller Ihrem Rang gebührenden Rücksicht die Hände binden. Und nachdem sie von den Republikanern eine für ihre Ausrüstung, ihren Unterhalt und die Anschaffung ihres Pulvers notwendige Kontribution erhoben hätten, würden sie Ihnen blind gehorchen."
„Und Sie möchten, daß ich hier befehle! Wenn mein Leben für die Sache nötig ist, die ich verteidige, so erlauben Sie mir, die Ehre meines Ansehens zu retten. Ziehe ich mich jetzt zurück, so brauche ich von dieser Feigheit nichts gewußt zu haben. Ich komme später wieder, um Sie zu begleiten."
Und er entfernte sich schnell.
Die junge Dame lauschte seinen verhallenden Schritten mit ausgesprochenem Mißvergnügen. Als das Knistern der trockenen Blätter unmerklich aufgehört hatte, blieb sie bestürzt zurück. Dann ritt sie eilends auf die Chouans zu, machte eine verächtliche Gebärde und sagte zu Marche-à-terre, der ihr aus dem Sattel half:

„Dieser junge Mann möchte sich im guten mit der Republik auseinandersetzen! — Pah ... noch ein paar Tage, und er wird anderer Meinung werden! — Und wie er mich behandelt hat!“ sprach sie nach einer Pause zu sich selbst.

Sie ließ sich auf dem Felsblock nieder, der zuvor dem Marquis als Sitz gedient hatte, und erwartete schweigend die Ankunft des Wagens.

Sie gehörte nicht zu den geringsten Merkwürdigkeiten ihrer Epoche, diese junge adlige Dame, die, von heftig entbrannten Leidenschaften in den Kampf der Monarchie gegen den Geist des Jahrhunderts hineingeschleudert, durch die Lebhaftigkeit ihrer Empfindungen zu Handlungen getrieben wurde, an denen sie im Grunde keinen Anteil hatte; hierin war sie so manchen anderen ähnlich, die sich durch eine in großen Dingen oft fruchtbare Begeisterung hinreißen ließen.

Gleich ihr, spielten viele Frauen heldenhafte oder schlimme Rollen in dieser stürmischen Zeit. Die royalistische Sache fand keine hingebenderen, keine tätigeren Geheimboten als diese Frauen, aber keine der Heldinnen dieser Partei sühnte die verfehlte Hingebung oder das Unglückselige einer solchen, ihrem Geschlechte wenig anstehenden Betätigung durch eine so harte Buße, wie es die Verzweiflung dieser Frau war, als sie, auf dem Fels an der Straße sitzend, der stolzen Geringschätzung und der Rechtlichkeit des jungen Anführers ihre Bewunderung nicht versagen konnte.

Allmählich verfiel sie in tiefe Träumerei. Bittere Erinnerungen ließen sie die Unschuld ihrer ersten Jahre zurückwünschen und beklagen, daß sie nicht ein Opfer der Revolution geworden war, deren damals siegreiches Vordringen so schwache Hände nicht aufhalten konnten.

☆

FÜNFTES KAPITEL

DER WAGEN, DER IN DEM ANGRIFF DER Chouans eine gewisse Rolle spielte, hatte das Städtchen Ernée ein paar Minuten vor dem Scharmützel der feindlichen Parteien verlassen.

Nichts kennzeichnet ein Land besser als der Zustand seiner gemeinnützigen Einrichtungen. In dieser Hinsicht verdient dieser Wagen eine lobende Erwähnung. Nicht einmal die Revolution hat es vermocht, ihm den Garaus zu machen, und noch heutigen Tages rollt er über die Landstraße.

Als Turgot das von Ludwig XIV. erteilte Privilegium zurückkaufte, wonach eine Gesellschaft das Recht hatte, ausschließlich und allein Reisende durch das ganze Königreich befördern zu dürfen, und die damals Turgotinen genannten Unternehmungen gründete, wurden die alten Karossen der Herren von Vouges und Chanteclaire sowie der Witwe Lacombe in die Provinzen zurückgezogen. Eine dieser schlechten Kutschen vermittelte denn auch die Verbindung zwischen Mayenne und Fougères. Ein paar Dickköpfe tauften sie damals spottweise die Turgotine, sei es, um Paris nachzuäffen, sei es aus Haß gegen einen Minister, der Neuerungen einführen wollte.

Diese Turgotine war ein schlechtes Kabriolett auf zwei sehr hohen Rädern, in dessen Innerem zwei ein wenig umfangreiche Menschen kaum Platz hatten. Da die geringe Beschaffenheit dieser gebrechlichen Maschine es nicht zuließ, daß man sie sehr belastete, und der Kasten, der den Sitz bildete, ausschließlich für den Postdienst bestimmt war, mußten die Reisenden ihr Gepäck zwischen ihren schon ohnehin durch die Schmalheit des Kastens gemarterten Beinen halten.

Dieser Kasten hatte eine gewisse Ähnlichkeit mit einem großen Blasebalg. Seine ursprüngliche Farbe und die der Räder gab den Reisenden ein unlösbares Rätsel auf. Zwei lederne Vorhänge, die trotz ihrer langen Dienstzeit schwer zu handhaben waren, sollten die armen Teufel von Reisenden vor Kälte und Regen schützen. Der Kutscher, der auf einem elenden Bänkchen saß, nahm infolge der Art und Weise, wie er zwischen seinen zweifüßigen und vierfüßigen Opfern eingeklemmt war, gezwungenermaßen an der Unterhaltung teil.

Dieses Fuhrwerk hatte eine phantastische Ähnlichkeit mit jenen steinalten Greisen, die eine gehörige Anzahl von Katarrhen und Schlaganfällen durchgemacht haben und vor denen der Tod zurückzuschrecken scheint. Wie ein schlummernder Reisender bog es sich abwechselnd vorwärts und rückwärts, als ob es der heftigen Bewegung der zwei kleinen bretonischen Pferde hätte widerstehen wollen, die es über eine recht holprige Straße zogen.

Dieses Denkmal einer anderen Zeit enthielt drei Fahrgäste, die beim Verlassen von Ernée, wo man die Pferde gewechselt hatte, mit dem Kutscher eine schon lange vorher begonnene Unterhaltung fortsetzten.

„Wie sollten sich denn hier die Chouans gezeigt haben?“ meinte der Kutscher. „In Ernée haben sie mir gerade gesagt, daß der Kommandeur Hulot Fougères noch nicht verlassen hat.“

„Oho, Freund,“ antwortete ihm der jüngste der Reisenden, „du setzt nichts dran als deine alte Haut! Wenn du, wie ich, dreihundert Taler bei dir hättest und zudem als guter Patriot bekannt wärst, würdest du nicht so ruhig sein!“

„Auf alle Fälle sind Sie ein rechter Schwätzer,“ erwiderte der Kutscher kopfschüttelnd.

„Gezählte Schafe frißt der Wolf,“ nahm der zweite Reisende das Wort.

Es war ein schwarz gekleideter, etwa vierzigjähriger Mann, offenbar ein Rektor aus der Umgegend. Sein Kinn ruhte auf einer doppelten Falte, und seine Gesichtsfarbe war recht blühend. Trotzdem er dick und ziemlich untersetzt war, zeigte er doch jedesmal eine gewisse Behendigkeit, so oft es galt, die Kutsche zu besteigen oder zu verlassen.

„Seid ihr etwa auch königstreu?“ rief der Mann mit den dreihundert Talern, dessen stattlicher Ziegenpelz eine Hose aus gutem Tuch und eine recht artige Weste bedeckte, was auf einen reichen Bauern schließen ließ. „Bei der Seele Robespierres, ich schwöre euch, es könnte euch übel ergehn.“

Und indem er seine Augen von dem Kutscher zu den Reisenden gehen ließ, zeigte er ihnen in seinem Gürtel zwei Pistolen.

„Ein Bretone läßt sich durch so etwas nicht schrecken,“ sagte der Pfarrer verächtlich. „Sehen wir im übrigen so aus, als wollten wir Ihr Geld?“

Jedesmal, wenn das Wort Geld fiel, verstummte der Kutscher.

Der Rektor hatte gerade genug Verstand, um zu

bezweifeln, daß der Patriot die Taler hätte, und zu glauben, daß der Postillon welche bei sich trage.

„Führst du heut Ladung mit, Coupiau?" fragte er.

„Nee, Herr Gudin, ich habe sozusagen nischt," erwiderte der Kutscher.

Gudin, der während dieser Antwort das Gesicht des Patrioten wie das Coupiaus befragt hatte, fand sie beide bei dieser Antwort unbewegt.

„Um so besser für dich!" sagte der Patriot. „Dann kann ich meine Maßregeln treffen, um mein Geld im Falle eines Unglücks zu retten."

Dieser herrschsüchtige Ton empörte Coupiau, und er entgegnete grob:

„Ich bin der Herr meines Wagens, und wenn ich Sie fahre..."

„Bist du Patriot? oder bist du königstreu?" unterbrach ihn sein Gegner lebhaft.

„Weder eins noch das andere," versetzte Coupiau. „Ich bin Postillon und Bretone, was mehr ist; und wenn ich fahre, fürchte ich weder die Blauen noch die Edelleute."

„Du willst sagen die edeln Leuteausplünderer," gab der Patriot ironisch zurück.

„Sie nehmen sich nur wieder, was man ihnen weggenommen hat," sagte der Rektor.

Die beiden Reisenden sahen einander, wenn es gestattet ist, sich so auszudrücken, bis in das Weiße der Augäpfel.

Im Wagen saß noch ein dritter Fahrgast, der bei diesen Gesprächen das tiefste Schweigen beobachtete. Der Kutscher, der Patriot und selbst Herr Gudin schenkten dieser stummen Person keinerlei Beachtung.

Es war einer jener ungemütlichen und ungeselligen Reisenden, die in einem Wagen hocken wie ein ergebungsvolles Kalb, das man mit zusammengebundenen Füßen zu Markte fährt. Beim Einsteigen bemächtigen sie sich des ihnen zustehenden Platzes in seiner ganzen Ausdehnung, und zum Schluß schlafen sie ohne jede Rücksicht auf den Schultern ihres Nachbarn ein.
So hatten ihn denn der Patriot, Herr Gudin und der Postillon im Glauben, er schlafe, sich selbst überlassen, da sie davon überzeugt waren, es sei unnütz, mit einem Menschen zu reden, dessen versteinertes Gesicht ein mit dem Ausmessen von Leinewand verbrachtes Leben und einen Geist verriet, der damit beschäftigt war, sie unter Brüdern teurer zu verkaufen, als sie wert war.
Dieses dicke, kleine Männchen, das wie eine Kugel in seiner Ecke lag, öffnete von Zeit zu Zeit seine porzellanblauen Augen. Während der soeben geführten Unterhaltung hatte er sie mit dem Ausdruck des Schreckens, des Zweifels und des Argwohns abwechselnd auf allen drei Sprechern ruhen lassen. Indes schien er nur seine Reisegefährten zu fürchten und sich recht wenig Sorge über die Chouans zu machen. Nach der Art, wie er den Kutscher anblickte, hätte man sie für zwei Freimaurer halten können.
In diesem Augenblick setzte das Gewehrfeuer auf der Pèlerine ein. Erschreckt brachte Coupiau seinen Wagen zum Stehen.
„Oho!“ sagte der Geistliche, der sich auszukennen schien, „das ist ein ernstes Treffen! Da sind viele dabei.“
„Aber das schwierige, Herr Gudin, ist, daß man

nicht wissen kann, wer das Übergewicht behalten wird," rief Coupiau.

Diesmal waren alle Gesichter von der gleichen Angst beseelt.

„Wir wollen den Wagen", sagte der Patriot, „in die Herberge da unten einstellen und ihn da verbergen, während wir das Ergebnis des Kampfes erwarten."

Dieser Rat schien so weise, daß Coupiau sich darein ergab. Der Patriot half dem Kutscher, den Wagen hinter einem Holzstoß vor allen Blicken zu verstecken.

Nun ergriff der Pfarrer eine Gelegenheit, um zu Coupiau zu sagen: „Ist da drin denn wirklich Geld?"

„Hä, wenn das, was da ist, in die Taschen von Ehrwürden käme, so würden sie nicht sehr beschwert werden, Herr Gudin! — —"

Die Republikaner, die es sehr eilig hatten, nach Ernée zu kommen, marschierten an dem Gasthause vorbei, ohne es zu betreten.

Beim Lärm ihrer eiligen Tritte traten Gudin und der Wirt, von Neugier getrieben, an das Hoftor, um sie sich anzusehen.

Plötzlich lief der dicke Geistliche auf einen Soldaten zu, der zurückgeblieben war.

„Nun, Gudin!" rief er ihm zu, „du Eigensinn, gehst du doch mit den Blauen! Hast du es dir auch überlegt, mein Sohn?"

„Ja, Onkel," antwortete der Sergeant. „Ich habe geschworen, Frankreich zu verteidigen!"

„Ach, Unglückseliger, du verlierst deine Seele!"

„Onkel, wenn der König an der Spitze seiner Armeen gewesen wäre, sage ich nicht, daß ..."

„O du Dummkopf, wer spricht denn vom König?

Bekommt man durch deine Republik eine Abtei? Sie hat alles umgestürzt. Was soll denn aus dir werden? Bleib bei uns, wir werden zum Schlusse doch Sieger bleiben, und dann wirst du Rat in irgendeinem Parlament."

„Parlament?" sagte Gudin in spöttischem Ton. „Lebwohl, Onkel."

„Von mir bekommst du keine drei Louisdor," rief der Onkel zornig. „Ich enterbe Dich!"

„Danke!" war die Antwort des Republikaners.

So trennten sie sich.

Unter der Einwirkung des Obstweins, mit dem der Patriot den Kutscher während des Vorbeizugs der kleinen Truppe freigebig bewirtete, hatte sich die Vernunft Coupiaus ein wenig umwölkt; doch er wachte wieder ganz fröhlich auf, als der Wirt, der sich nach dem Ergebnis des Kampfes erkundigt hatte, meldete, die Blauen seien im Vorteil geblieben.

So setzte denn Coupiau seinen Wagen wieder in Bewegung. Bald zeigte er sich in der Tiefe des Pèlerinentals, wo es leicht war, ihn sowohl von den Höhen des Départements Maine als von denen der Bretagne zu gewahren, wie er angefahren kam, nicht unähnlich einem Schiffswrack, das nach einem Sturm auf den Wogen treibt.

Hulot war auf dem Gipfel des Berges angekommen, den die Blauen jetzt hinanstiegen, und von wo man die Pèlerine noch in der Ferne erblickte. Er wandte sich, um festzustellen, ob die Königstreuen immer noch dort oben weilten. Die auf den Gewehrläufen funkelnde Sonne bezeichnete sie ihm als blitzende Punkte. Da, als er einen letzten Blick auf das Tal zurückwarf, das er soeben verlassen wollte um in das von Ernée einzubiegen, glaubte er auf der Landstraße das Fuhrwerk Coupiaus zu erkennen.

„Ist das nicht die Kutsche von Mayenne?“ fragte er seine beiden Freunde.

Die Offiziere richteten ihre Augen scharf auf die alte Turgotine und erkannten sie gleichfalls.

„Nun,“ sagte Hulot, „und warum sind wir ihr nicht begegnet?“

Sie sahen einander schweigend an.

„Das ist ein Rätsel!“ rief der Kommandant. „Aber ich fange doch an, hinter die Wahrheit zu kommen.“

In diesem Augenblick erkannte auch Marche-à-terre die Turgotine. Er machte seine Kameraden darauf aufmerksam, und ihre Freudenausbrüche rissen die junge Dame aus ihrer Träumerei. Sie ging ein paar Schritte vor und sah den Wagen sich von der anderen Seite der Pèlerine her mit verhängnisvoller Geschwindigkeit nähern. Bald war die unglückselige Turgotine auf der Felsplatte angelangt, und nun stürzten sich die Chouans, die sich von neuem verborgen hatten, mit gieriger Hast auf ihre Beute.

Der stumme Reisende ließ sich auf den Boden gleiten und duckte sich rasch, indem er das Aussehen eines Warenballens vorzutäuschen suchte.

„Ha!“ rief Coupiau von seinem Bock herunter, „ihr habt den Patrioten da gewittert, er hat Gold, 'nen ganzen Sack voll!“

Die Chouans nahmen die Worte mit einem allgemeinen Gelächter auf und schrien: „Pille-miche! Pille-miche! Pille-miche! ...“

Inmitten dieses Gelächters, auf das Pille-miche selbst das Echo abgab, machte sich Coupiau ganz beschämt von seinem Sitz herunter. Als Pille-

miche seinem Nachbar aus dem Wagen half, erhob sich ein achtungsvolles Gemurmel.
„Der Abbé Gudin!" riefen mehrere der Männer.
Bei diesem angesehenen Namen flogen alle Hüte vom Kopfe, die Chouans knieten vor den Abbé hin und baten ihn um seinen Segen. Der Priester erteilte ihn mit ernster Miene.
„Er würde Sankt Peter betrügen und ihm die Himmelsschlüssel stehlen," sagte der Pfarrer und klopfte Pille-miche auf die Schulter. „Ohne ihn hätten die Blauen uns abgefangen."
Als der Abbé die junge Dame gewahrte, ging er ein paar Schritte auf sie zu, um sich mit ihr zu unterreden.
Marche-à-terre, der die Wagenlade hurtig geöffnet hatte, zeigte den andern mit wilder Freude einen Sack, dessen Form verriet, daß er mit Goldrollen angefüllt war.
Er nahm sich nicht lange Zeit, die Beute zu verteilen. Jeder Chouan erhielt von ihm das ihm Zukommende mit solcher Genauigkeit, daß nicht die kleinste Streitigkeit entstand. Dann näherte er sich der jungen Dame und dem Abbé und überreichte ihnen etwa sechstausend Franken.
„Kann ich mit gutem Gewissen annehmen, Herr Gudin?" fragte sie.
Sie fühlte zu innerst das Bedürfnis nach einer Zustimmung.
„Aber gewiß, Madame! Hat die Kirche früher nicht die Einziehung des protestantischen Besitzes gebilligt? Um wieviel mehr also die der Revolutionäre, die Gott leugnen, die Kirchen zerstören und die Religion verfolgen!"
Und der Abbé ließ auf das Wort die Tat folgen,

indem er ohne Skrupeln diese neue Art von Zehntem annahm, den Marche-à-terre ihm bot.

„Im übrigen", setzte er hinzu, „kann ich jetzt alles, was ich besitze, der Verteidigung Gottes und des Königs opfern. Mein Neffe ist mit den Blauen gegangen!"

Coupiau jammerte und schrie, daß er ruiniert sei.

„Komm mit uns," sagte Marche-à-terre zu ihm, „dann bekommst du deinen Teil!"

„Aber man wird glauben, daß ich mich absichtlich habe ausrauben lassen, wenn ich unbeschädigt heimkomme."

„Ist's weiter nix?" sagte Marche-à-terre.

Er gab einen Wink, und eine Salve durchlöcherte die Turgotine.

Unter diesem unvorgesehenen Gewehrfeuer drang aus der alten Kutsche ein so jammervoller Schrei, daß die von Natur abergläubischen Chouans ein paar Schritte zurückwichen. Nur Marche-à-terre hatte das blasse Gesicht des schweigsamen Reisenden in einer Ecke des Wagens aufspringen und wieder zurückfallen sehen.

„Du hast noch ein Hühnchen in deinem Stall?" sagte Marche-à-terre ganz leise zu Coupiau.

Pille-miche, der die Frage begriff, zwinkerte zum Zeichen des Verständnisses mit den Augen.

„Ja," antwortete der Kutscher. „Aber wenn ich mich von euch anwerben lasse, mache ich zur Bedingung, daß ihr mich diesen guten Mann wohlbehalten nach Fougères bringen laßt. Ich habe es im Namen der heiligen Anna von Auray versprochen."

„Wer ist es?" fragte Pille-miche.

„Ich kann es euch nicht sagen," antwortete Coupiau.

„Laß ihn doch!“ warf Marche-à-terre ein und versetzte Pille-miche einen Ellenbogenstoß. „Er hat bei der heiligen Muttergottes geschworen, und sein Versprechen muß er halten.“

„Aber“, sagte der Chouan, indem er sich an Coupiau wandte, „fahr den Berg nicht zu schnell hinunter; wir wollen dich einholen, und das aus guten Gründen. Ich will mir die Fresse deines Reisenden ansehen. Wir werden ihm einen Reisepaß geben.“

In diesem Augenblick vernahm man Pferdegalopp, dessen Schall sich der Pèlerine rasch näherte. Bald erschien der junge Anführer. Die Dame verbarg eilig den Beutel, den sie in der Hand hielt.

„Sie können das Geld für diesmal ohne Gewissensbisse behalten,“ sagte der junge Mann, indem er den Arm der Dame nach vorn zog. „Hier ist ein Brief, den ich unter denen, die mich in Vivetière erwarteten, für Sie fand. Er ist von Ihrer Frau Mutter.“

Nachdem er abwechselnd die Chouans, die sich wieder im Walde verteilten, und den in das Couësnontal hinabfahrenden Wagen betrachtet hatte, fügte er hinzu:

„Trotz meiner Eile bin ich nicht rechtzeitig zurückgekommen. Gebe der Himmel, daß ich mich in meinen Vermutungen getäuscht habe!“

„Es war das Geld meiner armen Mutter!“ rief die Dame, nachdem sie das Siegel gebrochen und die ersten Zeilen gelesen hatte.

Auf diese Worte erscholl aus dem Walde da und dort ersticktes Gelächter. Selbst der junge Mann konnte sich eines Lächelns nicht erwehren, als er die Dame mit dem Beutel in der Hand dastehen sah, in dem ihr Anteil vom Raub ihres eignen

Geldes enthalten war. Sie begann selbst zu lachen und sagte zu dem Anführer:
„Nun gut, Marquis, Gott sei gelobt! dann lade ich für dieses Mal wenigstens keine Sünde auf mich."
„Sie nehmen also selbst Ihre Gewissensbisse leicht?" sagte der junge Mann.
Sie errötete und sah ihn in so echter Verwirrung an, daß er sich entwaffnet fühlte.
Der Abbé gab den soeben empfangenen Zehnten höflich, aber mit zweideutiger Miene zurück. Dann folgte er dem jungen Manne, der dem Seitenwege zuschritt, auf dem er gekommen war.
Bevor sie sich zu den beiden gesellte, machte die junge Dame Marche-à-terre ein Zeichen, worauf er zu ihr trat.
„Ihr werdet euch nach Mortagne verfügen," sagte sie leise zu ihm. „Man schreibt mir, daß die Blauen unaufhörlich beträchtliche Summen baren Geldes nach Alençon schicken, um die Kriegsvorbereitungen zu fördern. Wenn ich deinen Kameraden die heutige Beute überlasse, so geschieht es nur unter der Bedingung, daß sie mich dafür schadlos zu halten wissen. Vor allen Dingen darf der Gars nichts von der Unternehmung wissen: er würde sich ihr vielleicht widersetzen. Sollte sie einen schlimmen Ausgang nehmen, so werde ich ihn schon besänftigen." — —
„Madame," sagte der Marquis, als sie hinten auf seinem Pferd aufsaß, wogegen sie ihres dem Abbé überließ, „unsere Pariser Freunde schreiben mir, daß wir uns vorsehen müssen. Die Republik will versuchen, uns durch List und Verrat zu bekämpfen."
„Das ist so übel nicht!" antwortete sie. „Sie haben

ganz gute Ideen, diese Leute! So kann ich vielleicht am Kriege teilnehmen und Gegner finden."
„Das glaube ich!" rief der Marquis aus. „Pichegru legt mir ans Herz, in all meinen Freundschaften, gleich welcher Art sie sind, ängstlich und vorsichtig zu sein. Die Republik tut mir die Ehre an, mich für gefährlicher zu halten, als sämtliche Vendéer zusammen, und rechnet mit meinen Schwächen, um sich meiner Person zu bemächtigen."
„Sie mißtrauen mir doch nicht? fragte sie, indem sie ihm mit der Hand, die sich an ihm festhielt, auf das Herz klopfte.
„Wären Sie dann hier, Madame?" erwiderte er lachend.
„Demnach", fiel der Abbé ein, „wäre Fouchés Polizei gefährlicher für uns als die mobilen Bataillone und die Gegenchouans."
„Ganz recht, Ehrwürden!"
„Haha!" rief die Dame. „Fouché wird am Ende Frauen gegen Euch aussenden! Nun, ich erwarte sie!" setzte sie nach einer leichten Pause mit tiefer Stimme hinzu. Und sie verloren sich in einem Irrgang von dichtbewachsenen Wegen. — —
Drei oder vier Schuß weit von der öden Felsplatte, die sie verlassen hatten, spielte sich inzwischen eine jener Szenen ab, wie sie sich damals auf den Landstraßen ziemlich häufig zutrugen.
Am Ende des Dörfchens La Pèlerine hatten Pillemiche und Marche-à-terre den Wagen in einem Hohlweg von neuem angehalten.
Nach schwachem Widerstande war Coupiau abgestiegen. Der schweigsame Reisende, von den Chouans seinem Versteck entrissen, lag auf den Knien im Ginster.

„Wer bist du?“ fragte Marche-à-terre ihn mit finsterer Stimme.

Er fuhr fort zu schweigen, bis Pille-miche die Frage wiederholte und durch einen Kolbenstoß begleitete.

„Ich bin“, sagte er nun, indem er einen Blick auf Coupiau warf, „Jacques Pinaud, ein armer Leinenhändler.“

Coupiau machte eine verneinende Gebärde, ohne zu glauben, daß er damit sein Wort breche. Dieses Zeichen gab Pille-miche Aufschluß. Er legte auf den Reisenden an, und Marche-à-terre stellte ihm kurz und bündig das schreckliche Ultimatum: „Du bist zu fett, um die Sorgen der Armen zu kennen! Wenn du uns noch einmal nach deinem wahren Namen fragen läßt, wird sich mein Freund Pille-miche hier durch einen einzigen Schuß die Achtung und Dankbarkeit deiner Erben verdienen. — Wer bist du?“

„Ich bin d'Orgemont aus Fougères.“

„Aha!“ riefen die beiden Chouans.

„Ich habe Ihren Namen nicht genannt, Herr d'Orgemont,“ sagte Coupiau. „Die heilige Jungfrau ist mein Zeuge, daß ich Sie gut verteidigt habe.“

„Da Sie Herr d'Orgemont aus Fougères sind,“ fing Marche-à-terre mit fast achtungsvollem Ausdruck wieder an, „werden wir Sie ruhig abziehen lassen. Aber da Sie weder ein guter Chouan noch ein wirklicher Blauer sind, obwohl Sie die Güter der Abtei von Juvigny gekauft haben, werden Sie als Lösegeld“ — hier setzte er eine Miene auf, als zähle er im Geiste seine Gefährten — „dreihundert Taler zu sechs Franken bezahlen. Soviel ist die Neutralität wohl wert.“

„Dreihundert Taler zu sechs Franken!“ wiederholten der unglückliche Bankier, Pille-miche und Coupiau im Chor, aber mit sehr verschiedenen Gesichtern.
„Ach, lieber Herr,“ fuhr d'Orgemont fort, „ich bin ruiniert. Die Zwangsanleihe dieser Teufelsrepublik hat mir eine riesige Summe auferlegt und mich ganz ausgebeutelt.“
„Wieviel hat sie dir denn abverlangt, deine Republik?“
„Tausend Taler, mein lieber Herr,“ erwiderte der Bankier mit Jammermiene, im Glauben, einen Nachlaß zu erhalten.
„Wenn deine Republik so beträchtliche Zwangsanleihen aus dir herauszieht, kannst du sehen, daß es nur ein Gewinn ist, es mit uns zu halten. Unsere Regierung ist nicht so teuer. Dreihundert Taler, ist dir das zu viel für deine Haut?“
„Wo soll ich sie denn aber hernehmen?“
„Aus deiner Kasse,“ sagte Pille-miche. „Und daß du nichts abzwackst, sonst zwacken wir dir die Nägel mit Feuer ab.“
„Wo soll ich sie euch bezahlen?“ fragte d'Orgemont.
„Dein Landhaus in Fougères ist nicht weit von der Farm von Gibarry, da wohnt mein Vetter Galope-Chopine, früher Grand Cibot geheißen. Ihm kannst du sie übergeben,“ sagte Pille-miche.
„Das ist nicht ordnungsgemäß,“ antwortete d'Orgemont.
„Was macht das uns?“ entgegnete Marche-à-terre. „Denk' daran, daß wir dir, falls Galope-Chopine das Geld in vierzehn Tagen nicht hat, eine kleine Visite abstatten werden, die dich für immer von

der Gicht kurieren wird, sofern du sie in den Beinen verspüren solltest."

„Was dich angeht, Coupiau," wandte sich Marche-à-terre an den Kutscher, „so ist dein Name von nun ab Mène-à-bien."

Mit diesen Worten entfernten sich die beiden Chouans. Der Reisende stieg wieder in den Wagen, der dank Coupiaus Peitsche rasch nach Fougères rollte.

„Wenn Sie Waffen bei sich gehabt hätten," sagte Coupiau, „hätten wir uns ein bißchen besser verteidigen können."

„Dummkopf, ich habe zehntausend Franken hier!" versetzte d'Orgemont und zeigte auf seine Schuhe. „Kann man sich verteidigen, wenn man eine so hohe Summe mit sich führt?"

Mène-à-bien kratzte sich hinter dem Ohr und blickte zurück; aber seine neuen Kameraden waren schon verschwunden.

✩

SECHSTES KAPITEL

HULOT UND SEINE LEUTE HIELTEN IN ERNÉE an, um die Verwundeten im Spital des Städtchens unterzubringen. Dann erreichten die Republikaner Mayenne, ohne daß irgendein Hindernis ihren Marsch aufgehalten hätte. Hier lösten sich für den Kommandeur alle Zweifel über den Marsch des Boten. Denn am folgenden Tage erfuhren die Einwohner die Plünderung der Post.

Wenige Tage später sandten die Behörden so viele patriotische Rekruten nach Mayenne, daß Hulot die Reihen seiner Halbbrigade auffüllen konnte.

Bald folgte ein beunruhigendes Gerücht über den Aufstand dem andern. Die Erhebung war überall da vollständig, wo während des letzten Krieges die Chouans gemeinsam mit den Vendéern ihre Brandherde errichtet hatten. In der Bretagne hatten die Königstreuen sich zu Herren von Pontorson gemacht, um eine Verbindung mit dem Meere zu gewinnen. Sie hatten die zwischen Pontorson und Fougères gelegene kleine Stadt Saint-James genommen. Es schien, daß sie vorläufig ihren Stapelplatz, ihr Waffenlager und den Mittelpunkt ihrer Operationen dorthin verlegen wollten. Von hier aus konnten sie ungefährdet mit der Normandie und mit Morbihan verkehren. Die Unterführer bereisten diese drei Länder, um die Parteigänger der Monarchie dort zu rekrutieren und ihre Unternehmung einheitlich zu gestalten. Diese Machenschaften trafen mit den Nachrichten aus der Vendée zusammen, wo ähnliche Umtriebe die Gegend erregten, unter dem Einfluß vier berüchtigter Führer, des Abbé Bernier und der Herren von Autichamps, von Châtillon und Suzannet.

Das Haupt des ungeheuren Operationsplanes, der sich langsam, aber furchtbar entrollte, war in der Tat der Gars, welchen Beinamen die Royalisten dem Marquis von Montauran gleich nach seiner Landung beigelegt hatten. Die den Ministern durch Hulot übermittelten Nachrichten stimmten in allen Punkten genau. Die Machtbefugnis des vom Auslande entsandten Generals war sofort anerkannt worden. Der Marquis gewann sogar Einfluß genug auf die Chouans, um ihnen das wirkliche Ziel des Krieges begreiflich zu machen und sie davon zu überzeugen, daß ihre Ausschreitungen die große Sache beschmutzten, deren sie sich angenommen hatten. Der kühne Mut, die Tapferkeit, Kaltblütigkeit und Begabtheit des jungen Generals weckten die Hoffnungen der Feinde der Republik und entsprachen der düsteren Begeisterung dieser Landstriche so lebhaft, daß auch die Trägsten ihr Teil beitrugen, um entscheidende Ereignisse zugunsten der niedergeworfenen Monarchie herbeizuführen.

Hulot bekam keine Antwort auf die wiederholten Anfragen und Berichte, die er nach Paris sandte. Dieses verwunderliche Schweigen kündigte zweifellos eine neue revolutionäre Krise an.

„Sollte es sich jetzt", sagte der alte Befehlshaber zu seinen Freunden, „mit der Regierung ebenso verhalten, wie mit dem Geld? Werden alle Bittschriften abgewiesen?"

Doch es dauerte nicht lange, bis das Zaubergerücht von der Rückkehr des Generals Bonaparte und den Ereignissen des achtzehnten Brumaire sich verbreitet hatte. Nun begriffen die Generale im Westen das Schweigen der Minister. Nichtsdestoweniger machte sie das nur um so ungeduldiger, sich von der auf ihnen lastenden Verantwortung befreit zu sehen, und zugleich gespannt auf die Schritte, die die neue Regierung unternehmen würde.

Als sie erfuhren, General Bonaparte sei zum ersten Konsul der Republik ernannt worden, freuten sich die militärischen Führer außerordentlich. Zum ersten Male sahen sie einen aus ihrer Mitte ans Staatsruder gelangen. Frankreich, dessen Abgott der junge General war, erbebte vor Hoffnung. Die Tatkraft des Volkes erwachte neu. Die ihrer düsteren Haltung müde Hauptstadt überließ sich den Festen und Vergnügungen, deren sie seit so langem ent-

wöhnt war. Die ersten Handlungen des Konsulats zerschlugen keine Hoffnungen und machten die Freiheit nicht zweifelhaft.
Der erste Konsul erließ eine Kundgebung an die Bewohner des Westens. Diese an die Massen gerichteten schwungvollen Feldherrnreden, deren Erfinder er sozusagen war, taten in dieser Zeit der Vaterlandsliebe und der Wunder unerhörte Wirkung. Bonapartes Stimme ertönte durch die Welt gleich der Stimme eines Propheten, denn keine der Proklamationen war noch durch den Ausgang der Kämpfe Lügen gestraft worden.

„Einwohner,

Ein gottloser Krieg ist zum zweiten Male in den westlichen Départements entbrannt.
Die Urheber dieser Unruhen sind Verräter, die sich dem Engländer verkauft haben, oder Straßenräuber, die im Bürgerkriege nur Nahrung und Straflosigkeit für ihre Freveltaten suchen.
Solchen Leuten ist die Regierung weder zu Schonung noch zu Darlegung ihrer Grundsätze verpflichtet.
Aber es haben sich auch manche dem Vaterland teure Bürger durch ihre Arglist verführen lassen; diesen Bürgern schulden wir Aufklärung und Wahrheit.
Ungerechte Gesetze sind angenommen und durchgeführt worden; Willkürhandlungen haben die Sicherheit der Bürger und die Gewissensfreiheit bedroht; überall sind Bürger von gewagten Einschreibungen in die Emigrantenliste getroffen worden. Wichtige Grundsätze der sozialen Ordnung wurden verletzt.

Die Konsuln erklären, daß, nachdem die Freiheit der Bekenntnisse durch die Konstitution gewährleistet worden ist, das Gesetz vom 11. Prairial des Jahres III in Kraft tritt, welches den Bürgern den Gebrauch der für die Religionsübungen bestimmten Gebräuche zuspricht.

Die Regierung wird Nachsicht üben; sie wird allen Reuigen gegenüber Gnade und vollständige, unbedingte Schonung walten lassen; aber sie wird jeden, wer er auch sei, zu treffen wissen, der es nach dieser Erklärung noch wagen sollte, sich der nationalen Gewalt zu widersetzen."

„Nun," sagte Hulot nach der öffentlichen Verlesung dieser konsularischen Rede, „ist das nicht väterlich? Ihr werdet aber sehen, daß darum doch kein einziger von diesen royalistischen Strauchdieben sich anders besinnen wird."

Der Kommandant hatte recht, die Proklamation diente nur dazu, einen jeden in seiner Parteinahme zu bestärken.

Einige Tage später erhielten Hulot und seine Offiziere Nachschub. Der neue Kriegsminister teilte ihnen mit, daß General Brune dazu ausersehen sei, die Führung der Truppen im Westen Frankreichs zu übernehmen. Hulot, dessen Erfahrung man kannte, hatte vorläufig die oberste Gewalt in den Départements Orne und Mayenne. Bald erfüllte ungekannte Geschäftigkeit alle Abteilungen der Regierung. Ein Rundschreiben des Kriegsministers und des Ministers der allgemeinen Polizei verkündete, daß nachdrückliche Maßregeln den Befehlshabern der Militärkommandos anbefohlen worden seien, um den Aufstand im Keime zu ersticken.

Doch die Königstreuen hatten sich die Untätigkeit der Republik bereits zunutze gemacht, um die Landschaften aufzuwühlen und sich ihrer vollkommen zu bemächtigen.
So erging denn eine neue konsularische Kundgebung. Dieses Mal wandte sich der General an die Truppen.

„Soldaten!

Im Westen gibt es nur noch Straßenräuber, Emigranten, englische Söldner.
Die Armee besteht aus mehr als sechzigtausend wackeren Soldaten; laßt mich bald hören, daß die Rebellenführer besiegt sind. Nur durch Anstrengungen erwirbt man sich Ruhm; könnte man ihn erlangen, indes man sein Hauptquartier in den großen Städten hält, so würde jeder dazu kommen. Soldaten, die Dankbarkeit des Volkes ist Euch gewiß, welchen Rang Ihr in der Armee auch einnehmen möget. Um sie zu verdienen, müßt Ihr den Unbilden der Jahreszeiten, müßt Ihr Eis, Schnee und harten Nachtfrösten Trotz bieten; Ihr müßt Eure Feinde bei Tagesanbruch überraschen und diese Elenden, die Schande des französischen Namens, ausrotten.
Euer Feldzug sei kurz und gut; seid unerbittlich gegen die Räuber, aber wahret strenge Zucht!
Nationalgarden, vereint Eure Kräfte mit denen der Linientruppen!
Wenn Ihr unter Euch Leute kennt, die Parteigänger der Räuber sind, so nehmt sie fest! Sie dürfen nirgends einen Unterschlupf vor den sie verfolgenden Soldaten finden; und sollten Verräter

es wagen, sie aufzunehmen und zu verteidigen, so mögen sie mit ihnen büßen!"

„Was für ein Schlaukopf er ist!" rief Hulot aus. „Es geht wie bei der italienischen Armee, er läutet die Messe ein und hält sie ab! Er versteht zu sprechen!"

„Ja, aber er spricht ganz allein und in seinem eigenen Namen," meinte Gérard, der anfing, sich über die Folgen des 18. Brumaire zu beunruhigen.

„I du heiliger Strohsack, was macht denn das, da er doch Soldat ist?" rief Merle.

Wenige Schritte von ihnen hatten sich mehrere Soldaten vor der Kundgebung angesammelt, die an der Mauer klebte. Und da nicht ein einziger von ihnen lesen konnte, schauten die einen gleichmütig, die andern neugierig danach hin, indes zwei oder drei unter den Bauern einen Bürger suchten, der nach Gelehrsamkeit aussähe.

„Sieh doch mal, La Clef-des-coeurs, was der Papierfetzen da bedeutet," sagte der Schalk Beaupied zu seinem Kameraden.

„Das ist sehr leicht zu erraten," antwortete La Clef-des-coeurs.

Bei diesen Worten richteten sich alle Augen auf beide Kameraden, die immer zu einem Späßchen aufgelegt waren.

„Da, schau," fuhr La Clef-des-coeurs fort.

Und er zeigte am Kopfe der Proklamation auf eine plumpe Vignette, in der neuerdings ein Kreis die wagerechte Zeile der Jahreszahl 1793 ersetzte.

„Guck, das will heißen, daß wir Musketiere forsch drauflosgehen sollen! sie haben einen immer offenen Kreis dahin gesetzt, das ist ein Emblem."

„Mein Junge, es steht dir gar nicht, wenn du den Gelehrten spielst. So etwas nennt man ein Problem. Ich habe zuerst bei der Artillerie gedient," entgegnete Beau-pied, „meine Offiziere redeten immer nur so ..."

„Es ist ein Emblem."

„Es ist ein Problem."

„Wetten wir!"

„Um was?"

„Deine Meerschaumpfeife!"

„Topp!"

„Entschuldigen Sie, Herr Leutnant, aber ist das nicht ein Emblem und kein Problem?" fragte La Clef-des-coeurs Gérard, der, ganz in Gedanken, hinter Hulot und Merle herschritt.

„Es ist eines wie das andere!" erwiderte er ernst.

„Der Leutnant macht sich über uns lustig," meinte Beau-pied. „Dieses Papier da bedeutet, daß unser General von Italien Konsul geworden ist, was eine feine Rangstufe ist,und daß wir Mäntel und Schuhe bekommen werden."

Gegen das Ende des Monats Brumaire, gerade als Hulot am Morgen seine Halbbrigade manövrieren ließ, die auf höheren Befehl jetzt ganz und gar nach Mayenne gezogen worden war, überbrachte ihm ein von Alençon kommender Eilbote Depeschen, bei deren Lektüre sich heftiger Ärger auf seinen Zügen malte.

„Holla, vorwärts," rief er übelgelaunt aus, während er die Papiere in seinen Hutboden stopfte. „Zwei Kompagnien setzen sich mit mir in Bewegung und gehen nach Mortagne ab. Die Chouans sind dort."

„Sie begleiten mich," wandte er sich zu Merle und Gérard. „Wenn ich ein Wort von meiner Depesche begreife, will ich geadelt werden. Vielleicht bin ich nur ein Dummkopf, aber, macht nichts, vorwärts! Es ist keine Zeit zu verlieren!"

„Herr Kommandant, was ist denn gar so Arges in dieser Jagdtasche da?" sagte Merle und zeigte mit der Stiefelspitze auf den ministeriellen Umschlag der Depesche.

„Herrgottsdonner! Nichts ist's als höchstens, daß man uns nasführt!"

Wenn der Kommandant sich diesen militärischen Ausdruck entschlüpfen ließ, der schon einmal Gegenstand einer kritischen Bemerkung war, verkündete er stets ein Unwetter damit. Die verschiedenen Tonabstufungen dieser Redensart waren eine Art Gradmesser und stellten für die Halbbrigade ein sicheres Thermometer der Geduld ihres Führers dar; und die Offenheit des alten Soldaten war so groß, daß auch der niedrigste Tambour jede Regung seines Hulot wußte, wenn er nur auf die Verschiedenartigkeit der kleinen Grimasse achtete, bei der der Kommandant seine Backe in die Höhe zog und mit den Augen zwinkerte.

Dieses Mal machte der Ton dumpfen Zornes, mit dem er das Wort aussprach, die beiden Freunde stumm und vorsichtig. Selbst die Blatternarben, von denen sein Kriegergesicht gefurcht war, erschienen tiefer und seine Hautfarbe dunkler als zuvor. Sein langer, von Tressen eingefaßter Zopf war ihm auf die Schulter gefallen, als er seinen Dreispitz wieder aufsetzte, und er schüttelte ihn jetzt so zornig zurück, daß die Flechten ganz in Unordnung gerieten.

Da er aber unbeweglich stehen blieb, mit geschlossenen Fäusten, die Arme fest über der Brust ver-

schränkt, und mit gesträubtem Schnurrbart, wagte Merle es, ihn zu fragen:
„Soll es gleich fortgehen?“
„Ja, wenn die Patronentaschen gefüllt sind!“ erwiderte er brummend.
„Die sind in Ordnung.“
„Das Gewehr über! linksum kehrt, vorwärts marsch,“ kommandierte Merle auf einen Wink Hulots.
Und die Trommler traten an die Spitze der zwei von Hulot bezeichneten Kompagnien. Beim Klang der Trommel schien der in seine Gedanken versunkene Kommandant zu erwachen, und an der Seite seiner beiden Freunde, denen er nicht ein Wort sagte, verließ er die Stadt.
Merle und Gérard blickten sich wiederholt stumm an, als wollten sie einander fragen: Wird er es lange so treiben?
Und sie warfen beim Marschieren beobachtende Blicke auf Hulot, der fortgesetzt undeutliche Worte zwischen den Zähnen hervorstieß. Mehrmals klang es den Ohren der Soldaten wie Fluchen; aber keiner von ihnen wagte, ein Wort verlauten zu lassen. Im gegebenen Falle wußten sie alle die strenge Zucht zu halten, woran die einst in Italien von Bonaparte befehligten Truppen gewöhnt waren. Die meisten gehörten wie Hulot zu den Überbleibseln der berühmten Bataillone, die in Mainz unter dem Versprechen kapitulierten, nicht an den Grenzen zu dienen. Die Armee hatte sie „die Mainzer“ getauft. Man konnte nicht leicht eine Truppe und einen Führer finden, die sich besser verstanden.

☆

AM NÄCHSTEN MORGEN NACH DEM AUSmarsch befanden sich Hulot und seine beiden Freunde zu frühester Stunde auf der Straße von Alençon nach Mortagne, etwa eine Meile von der erstgenannten Stadt entfernt, auf dem Teil des Weges, der längs der von der Sarthe bewässerten Weiden hinführt.

Die malerischen Bilder dieser Wiesen entrollen sich zur Linken. Die rechte Seite dagegen bildet, von dichten Wäldern begleitet, die an den großen Wald von Menil-Broust anschließen, eine dunkelschattierte Gegenstellung — wenn es erlaubt ist, diesen Ausdruck der Malerei zu entlehnen — zu dem köstlichen Anblick des Flusses. Der Wegrand ist zu beiden Seiten durch Gräben ausgehöhlt, deren immer wieder auf die Felder ausgeworfene Erde dort hohe, von dornigem Ginster gekrönte Böschungen hingestellt hat. Diese Staude, die sich in dichten Büscheln ausbreitet, liefert während des Winters ein treffliches Futter für Pferde und Rindvieh. Solange sie jedoch nicht geerntet war, versteckten sich die Chouans hinter ihrem dichten Gesträuch. Die Ginsterböschungen, die dem Reisenden die Nähe der Bretagne anzeigen, machten somit diesen Teil des Weges ebenso gefährlich, wie er schön ist. Die Gefahren, denen man auf der Strecke von Mortagne nach Alençon und von Alençon nach Mayenne begegnen mußte, waren der Grund für den Aufbruch Hulots; und hier entschlüpfte ihm endlich der geheime Grund seines Zorns.

Der Kommandant schritt gerade neben einer alten, von Postpferden gezogenen Kalesche her, die seine müden Soldaten langsam fahren ließen. In der Ferne sah man gleich schwarzen Punkten mehrere Kompagnien von Blauen nach der Garnison Mortagne zu verschwinden. Sie hatten diesem Wagen das Geleit bis an die Grenzen ihrer Etappe gegeben, wo Hulot sie in diesem Dienst ablöste, den seine Soldaten eine „patriotische Schinderei" nannten. Eine der beiden Kompagnien des alten Republikaners hielt sich ein paar Schritt hinter, die andere vor dem Fuhrwerk. Hulot marschierte mit Merle und Gérard halbwegs zwischen der Vorhut und dem Wagen und sagte plötzlich zu ihnen:

„Donnerwetter! glauben Sie denn, daß uns der Kriegsminister nur darum von Mayenne abberuft, daß wir die beiden Unterröcke begleiten, die in dem alten Bagagewagen da sitzen?"

„Aber Herr Kommandant," erwiderte Gérard, „als wir soeben bei den Bürgerinnen Stellung nahmen, grüßten Sie sie doch sehr höflich!"

„Ha! das ist ja die Schande. Empfehlen uns diese Pariser Stutzer nicht die größte Rücksichtnahme auf ihre verdammten Weiber! Daß man gute, tapfere Patrioten entehrt, indem man sie einer Schürze folgen heißt! Ich, ich gehe meinen geraden Weg und mag auch bei andern keinen krummen leiden. Als ich sah, wie Danton Mätressen hatte, wie Barras Mätressen hatte, sagte ich zu ihnen: ‚Bürger, als die Republik euch ersucht hat, ihr vorzustehen, geschah das nicht, damit die Vergnügungen des alten Regime fortgesetzt würden. Ihr erwidert mir, daß die Frauen...? Oh, man braucht Frauen, das ist in der Ordnung. Gute Kerle müssen auch Frauen haben, gute Frauen.' Aber genug der Worte! Wozu wäre es gut gewesen, die Mißstände der alten

Zeit wegzufegen, wenn die Patrioten wieder geradeso anfangen wollten? Seht euch den Ersten Konsul an, das ist ein Mann. Keine Frauen. Immer bei seiner Sache. Ich möchte meinen Bart verwetten, daß er von dem dummen Gewerbe nichts ahnt, zu dem wir uns hier hergeben müssen."

„Meiner Treu, Kommandant," antwortete Merle lachend, „ich habe die Nasenspitze der jungen Dame da drin im Wagen erhascht, und ich gestehe, ein jeder könnte, wie ich, das Gelüste verspüren, um diese gelbe Kutsche zu streichen und mit den reisenden Damen ein kleines Gespräch anzuknüpfen, ohne Schaden an seiner Ehre zu nehmen."

„Nimm dich in acht, Merle," sagte Gérard. „Sie werden von einem Bürger begleitet, der gewitzigt genug aussieht, um dir eine Schlinge zu legen."

„Wer? Dieser Incroyable mit den kleinen Äuglein, die beständig von einer Wegseite zur anderen gehen, als fürchte er Chouans; dieser Stutzer, von dem man kaum die Beine sieht und der sich in dem Augenblick, wo die seines Gauls durch den Wagen verdeckt werden, ausnimmt wie eine Ente, die den Kopf aus einer Pastete herausstreckt! Wenn dieser Schöps mich hindern sollte, seine niedliche Grasmücke zu karessieren ..."

„Ente, Grasmücke! Oh, mein armer Merle, du ergehst dich ja fürchterlich in Geflügel! Aber traue der Ente nicht! Ihre grünen Augen kommen mir so falsch vor wie die einer Schlange und so schlau wie die einer Frau, die ihrem Gatten verzeiht. Ich mißtraue den Chouans weniger als diesen Advokaten, deren Gesichter wie Limonadenkaraffen aussehen."

„Pah!" rief Merle lustig, „mit der Erlaubnis des

Kommandanten wage ich mich dran! Diese Frau hat Augen wie Sterne! Um die zu sehen, kann man alles aufs Spiel setzen."

„Es hat ihn!" sagte Gérard zu dem Kommandeur. „Er fängt an, Dummheiten zu schwatzen."

Hulot schnitt seine Grimasse, zuckte die Achseln und erwiderte: „Ich würde ihm raten, an der Suppe zu riechen, bevor er sie ißt!"

„Der gute Merle!" nahm Gérard wieder das Wort, während er aus der Langsamkeit, mit der sein Freund sich vorwärts bewegte, schloß, daß er sich allmählich von dem Wagen einholen lassen wollte. „Wie fröhlich er ist! Er ist der einzige Mensch, der beim Tode eines Kameraden lachen könnte, ohne daß man ihn für gefühllos hielte."

„So ist der rechte französische Soldat," sagte Hulot mit ernstem Ton.

„Oh! da befestigt er seine Achselstücke auf der Schulter, damit man auch ja sieht, daß er Hauptmann ist", rief Gérard lachend aus. „Als ob der Rang dabei etwas ausmachte!"

Die Kalesche, um die der Offizier schwenkte, enthielt in der Tat zwei Frauen, deren eine die Dienerin der andern zu sein schien.

„Diese Weiber", bemerkte Hulot, „treten immer zu zweien auf."

Ein kleines, trockenes, mageres Männchen tänzelte auf seinem Pferde bald vor, bald hinter dem Wagen her, aber obwohl er die beiden bevorzugten Reisenden zu begleiten schien, hatte ihn noch niemand ein Wort mit ihnen wechseln sehen. Dieses Schweigen, gleich, ob es nun Achtung oder Verachtung ausdrückte, das wunderliche Aussehen des Fuhrwerks, das einem Gauklerwagen glich, das zahlreiche Gepäck und die Schachteln der Dame, die der Kommandant eine „Prinzessin" nannte, all das, bis zu dem Anputz ihres dienstbeflissenen Kavaliers, hatte Hulots Galle noch mehr gereizt.

Das Kostüm des Unbekannten gab ein genaues Bild der Mode ab, die zu jener Zeit die Veranlassung zu den Karikaturen der Incroyables bildete. Man stelle sich einen Menschen vor, der in einem Anzug steckte, dessen Vorderschöße so kurz waren, daß die Weste fünf oder sechs Daumen breit darunter hervorsah, während die hinteren durch ihre Länge einem Schwalbenschwanz glichen. Ein ungeheures Halstuch beschrieb so zahlreiche Windungen um seinen Hals, daß der kleine Kopf, der aus diesem Labyrinth von Musselin hervorkam, den gastronomischen Vergleich des Hauptmanns Merle fast rechtfertigte.

Der Unbekannte trug ein enganschließendes Beinkleid und Suwarowstiefel. Eine riesige weiß und blaue Kamee diente ihm als Busennadel. Zwei Uhrketten kamen nebeneinander aus seinem Gürtel heraus. Seine Haare, die in Korkzieherlocken zu beiden Seiten des Gesichtes herabhingen, bedeckten fast seine ganze Stirn. Endlich stiegen, als letzte Verschönerung, sein Hemdkragen und der des Rockes so hoch an, daß der Kopf wie ein Bukett in einer Papiermanschette zu stecken schien. Wenn man sich zu diesen schreienden Bestandteilen, die sich gegenseitig nicht vertrugen und keinen Einklang ergaben, den drolligen Farbengegensatz der gelben Hose, der roten Weste und des zimtfarbenen Fracks hinzudenkt, so erhält man ein treues Bild dessen, was bei den Stutzern des Konsulats feinster Ton war. Dieses unsinnige Kostüm schien erfunden,

der Anmut als Prüfstein zu dienen und zu beweisen, daß es nichts gibt, was zu lächerlich wäre, um von der Mode geheiligt zu werden.
Der Reiter schien dreißig Jahr alt zu sein. Trotz des Aufputzes, der allenfalls einem Quacksalber angestanden hätte, verriet indes seine Haltung eine gewisse Eleganz des Benehmens, an der man einen Vertreter der alten guten Gesellschaft erkannte, der durch seine Fähigkeiten dazu berufen war, die neue zu regieren. Als der Hauptmann in der Nähe der Kalesche angelangt war, schien der Stutzer sein Vorhaben zu erraten und tat ihm die Ehre an, den Schritt seines Pferdes zu verlangsamen. Merle, der ihm einen sardonischen Blick zugeworfen, begegnete einem jener undurchdringlichen Gesichter, die durch die Wechselfälle der Revolution daran gewöhnt waren, alle seelischen Bewegungen zu verbergen.
Im selben Augenblick, in dem die hinaufgebogene Krempe des alten Dreispitzes und das Achselstück des Hauptmanns von den Damen bemerkt wurden, fragte ihn eine Stimme von engelhafter Sanftheit: „Herr Offizier, würden Sie die Güte haben, uns zu sagen, an welchem Punkt der Straße wir uns befinden?“
Es liegt ein unbeschreiblicher Reiz in der Frage, die eine unbekannte Reisende stellt. In solchem Falle scheint das geringste Wort ein ganzes Abenteuer einzuschließen. Wenn aber die Frau, indem sie sich auf ihre Schwäche und eine gewisse Sachunkenntnis stützt, irgendeine Hilfe erbittet, dann ist wohl jeder Mann leicht geneigt, ein Luftschloß zu bauen, zu dessen glücklichem Bewohner er sich selbst macht. So trugen denn auch die Worte „Herr

Offizier", trug die höfliche Form, in die die Frage gekleidet war, eine unbekannte Erregung in das Herz des Hauptmannes. Er versuchte die Reisende zu betrachten, ward aber gewaltig enttäuscht, denn ein mißgünstiger Schleier verhüllte ihre Züge. Kaum vermochte er die Augen zu sehen, die durch den Flor hindurch wie zwei von der Sonne getroffene Onyxsteine strahlten.

„Wir sind jetzt eine Meile vor Alençon, Madame."

„Alençon, schon?"

Diese Worte sprach die unbekannte Dame mit einer Art von Schrecken aus. Sie lehnte sich wieder tiefer in den Wagen oder ließ sich vielmehr zurückfallen, ohne weiter zu antworten.

„Alençon," wiederholte die andere Frau und schien aufzuwachen. „Da werden Sie meine Heimat sehen."

Sie blickte den Hauptmann an und schwieg. Merle, in seiner Hoffnung getäuscht, die schöne Unbekannte zu sehen, mußte sich damit begnügen, ihre Gefährtin zu betrachten.

Es war ein blondes, gutgewachsenes Mädchen von etwa sechsundzwanzig Jahren, dessen Gesicht die frische Farbe, den kraftvollen Schimmer hatte, der die Frauen von Valogne, Bayeux und der Umgebung von Alençon auszeichnet. Der Blick der blauen Augen verriet keinen Geist, dafür aber eine gewisse, mit Zärtlichkeit gemischte Festigkeit. Ihr nach Cauxer Sitte schlicht in einem kleinen Häubchen steckendes Haar gab ihrem Gesicht eine reizende Einfachheit. Ohne daß sie die Vornehmheit des Salons besessen hätte, war ihre Haltung nicht bar jener Würde, wie sie einem bescheidenen jungen Mädchen natürlich ist, das das Bild seines ver-

gangenen Lebens betrachten kann, ohne darin einen einzigen Anlaß zur Reue zu finden.
Mit einem Hinschauen hatte der Hauptmann in ihr eine jener Feldblumen erkannt, die, in die Pariser Treibhäuser verpflanzt, wo so viele versengende Strahlen zusammentreffen, doch nichts von ihren reinen Farben und ihrer ländlichen Frische verloren hatte. Die unbefangene Haltung und die Bescheidenheit des jungen Mädchens sagten Merle, daß sie keinen Zuhörer wolle. Und in der Tat begannen die beiden Unbekannten, als er sich entfernte, eine leise Unterhaltung, von der er nur ein leichtes Murmeln auffing.
„Sie sind so Hals über Kopf abgereist," sagte das junge Mädchen vom Lande, „daß Sie sich nicht einmal Zeit genommen haben, sich anzukleiden. Sie sehen schön aus! Wenn wir weiter als bis Alençon fahren, müssen Sie dort unbedingt andere Toilette machen ..."
„Oh, oh, Francine!" rief die Unbekannte.
„Bitte sehr?"
„Das ist nun der dritte Versuch, den du machst, um das Ziel und den Grund dieser Reise zu erfahren."
„Habe ich das geringste gesagt, was diesen Vorwurf rechtfertigte?"
„Ach, ich habe dein kleines Manöver recht gut bemerkt. So offen und einfach du auch bist, ein wenig Pfiffigkeit hast du in meiner Schule doch gelernt. Du fängst an, das Fragen sein zu lassen. Und daran tust du sehr gut, mein Kind. Von allen Arten, hinter ein Geheimnis zu kommen, die ich kenne, ist dies meiner Ansicht nach die dümmste."
„Nun gut!" fing Francine wieder an, „da man

Ihnen nichts verbergen kann, so gestehen Sie es mir, Marie! Würde Ihr Benehmen nicht die Neugier eines Heiligen erregen? Gestern früh waren Sie noch ohne alle Mittel; heute fahren Sie, die Hände voll Gold, mit Extrapost und werden von Regierungstruppen beschützt und von einem Manne begleitet, den ich als Ihren bösen Geist ansehe."

„Wen, Corentin?" fragte die junge Unbekannte und betonte die beiden Worte mit tiefer Verachtung, die sich auch in der Gebärde aussprach, mit der sie auf den Reiter zeigte.

„Höre, Francine," fuhr sie fort. „Erinnerst du dich an den Affen „Patriot", den ich dazu abgerichtet hatte, Danton nachzumachen, und der uns so belustigte?"

„Ja, gnädiges Fräulein."

„Nun, hattest du vor dem Angst?"

„Er war angekettet."

„Und Corentin trägt einen Maulkorb!"

„Wir trieben unsern Spaß mit Patriot stundenlang, ich weiß; aber zum Schluß spielte er uns dann regelmäßig einen üblen Streich."

Bei diesen Worten schmiegte sich Francine an ihre Herrin und ergriff ihre Hände, um sie zärtlich zu streicheln.

„Sie haben mich durchschaut, Marie," sagte sie mit liebevoller Stimme, „und trotzdem antworten Sie mir nicht. Wie, nach all dieser Traurigkeit, die mir so viel Kummer gemacht hat, ach, so vielen Kummer! können Sie binnen vierundzwanzig Stunden von einer ausgelassenen Lustigkeit werden, gerade wie damals, als Sie davon sprachen, sich das Leben zu nehmen, Sie Arge? Woher kommt diese Veränderung? Ich habe das

Recht, ein wenig Rechenschaft über Ihre Seele zu fordern. Sie gehört mir vor jedem anderen, denn nie wird jemand Sie mehr lieben. Sprechen Sie doch, Fräulein!"

„Also gut, Francine! Siehst du nicht um uns her das Geheimnis meiner Lustigkeit? Betrachte die gelben Blattbüschel der fernen Bäume! Sie sind untereinander ganz und gar verschieden, und von weitem würde man sie für einen alten Wandteppich halten können. Sieh die Hecken, hinter denen jeden Augenblick Chouans hervorkommen können. Wenn ich diese Ginsterbüschel betrachte, glaube ich Flintenläufe zu gewahren. Ich liebe diese immer neu auflebende Gefahr, die uns umgibt. Jedesmal, wenn die Straße einen düsteren Anblick bietet, meine ich, daß wir gleich einen Knall hören werden; dann schlägt mein Herz und eine ungekannte Empfindung erregt mich. Aber es ist kein Beben der Angst und auch keine freudige Bewegung. Nein, es ist etwas Besseres: das Spiel alles dessen, was sich in mir rührt, das Leben ist es! Sollte ich denn nicht glücklich sein, daß ich mein Dasein ein wenig belebt habe!"

„Ach, Sie sagen mir nichts, Sie Grausame. Heilige Muttergottes," setzte Francine hinzu, indem sie die Augen voll Schmerz aufschlug, „wem wird sie sich denn anvertrauen, wenn sie mir gegenüber schweigt?"

„Francine," nahm die Unbekannte ernst wieder das Wort, „ich kann dir mein Vorhaben nicht gestehen. Diesmal tue ich unrecht, ach, sehr unrecht!"

„Warum das Unrecht tun, wenn Sie es einsehen?"

„Ja, was soll man da machen? ich ertappe mich

dabei, daß ich wie eine Fünfzigjährige denke, und handle, als wäre ich noch fünfzehn. Du bist immer meine Vernunft gewesen, mein armes Mädchen, aber in dieser Sache versuche ich, mein Gewissen zum Schweigen zu bringen."

„Und," sagte sie nach einer Pause, während ihr ein Seufzer entschlüpfte, „es gelingt mir nicht. Wie sollte ich mir dann also noch einen so strengen Beichtiger mitnehmen?"

Und sie schlug sie leicht auf die Hand.

„Oh!" rief Francine, „wann hätte ich Ihnen je Ihre Handlungen vergeworfen? Auch Ihr Unrechttun ist liebenswert. Ja, die heilige Anna von Auray, zu der ich soviel um Ihr Heil bete, würde Ihnen alles verzeihen. Und bin ich denn nicht hier an Ihrer Seite, ohne zu wissen, wo Sie hinwollen?"

In ihrem Überschwang küßte sie ihr die Hände.

„Aber," versetzte Marie, „du kannst mich verlassen, wenn dein Gewissen ..."

„Ach, seien Sie still, Fräulein," erwiderte Francine mit einem traurigen Gesichtchen. „Wollen Sie mir denn nicht sagen ..."

„Nichts," sagte die junge Dame mit fester Stimme. „Nur das eine sollst du wissen: daß ich dieses Unternehmen noch mehr hasse als die gewitzte Zunge dessen, der es mir erklärt hat. Ich will offen sein, ich hätte mich nicht zu ihren Zwecken hergegeben, wenn ich nicht in dieser unedlen Posse ein Gemisch von Schrecken und Liebe gemerkt hätte, das mich verlockt. Außerdem möchte ich nicht gern von dieser argen Welt gehen, ohne den Versuch gemacht zu haben, die Blumen darin zu pflücken, die ich mir erhoffe, und wenn ich darüber zugrunde gehen müßte! Aber erinnere dich zur Ehre meines Gedächtnisses, daß, wäre ich glücklich gewesen, mich der Anblick ihres großen Messers, bereit, mir den Kopf abzuschlagen, nicht dazu gebracht hätte, eine Rolle in dieser Tragödie anzunehmen; denn es ist eine Tragödie... Aber", fuhr sie mit einer Geste des Ekels fort, „ich würde mich augenblicklich in die Sarthe stürzen, falls dieses Spiel abbestellt würde. Und das wäre kein Selbstmord, denn ich habe noch nicht gelebt!"

„O du heilige Muttergottes von Auray, vergib ihr."

„Wovor erschrickst du? Die faden Ereignisse meines häuslichen Lebens erregen meine Leidenschaften nicht, du weißt es. Das ist schlimm für eine Frau; aber meine Seele hat Spannweite genug, um stärkere Prüfungen ertragen zu können. Ich hätte vielleicht ein sanftes Geschöpf wie du werden können. Warum habe ich mich über mein Geschlecht erhoben oder mich darunter erniedrigt! Ach, wie glücklich ist die Frau des Generals Bonaparte! Gib acht, ich werde jung sterben, da ich schon soweit gekommen bin, daß ich nicht vor einer Lustpartie zurückschrecke, bei der es Blut zu trinken gibt, wie der arme Danton sagte. Aber vergiß, was ich dir sage, denn jetzt hat die Frau von fünfzig Jahren gesprochen. Gottlob wird gleich wieder die Fünfzehnjährige zum Vorschein kommen!"

Die junge Bäuerin zitterte. Sie allein kannte den hitzigen, ungestümen Charakter ihrer Herrin. Sie allein war in die Geheimnisse dieser begeisterungsfähigen Seele, in die Gefühle dieses Geschöpfes eingeweiht, das bis jetzt das Leben wie einen ungreifbaren Schatten hatte an sich vorübergehen sehen, den es immer zu erhaschen suchte. Nachdem sie mit vollen Händen gesät hatte, ohne etwas zu ernten, war diese Frau jungfräulich geblieben, und doch wurde sie von der Menge ihrer getäuschten Wünsche erregt. So kam sie, eines Kampfes ohne Gegner müde, so weit, das Gute dem Bösen vorzuziehen, wenn es sich als Genuß darbot; das Böse dem Guten, wenn es Poesie hatte; das Elend der Mittelmäßigkeit, als etwas Größeres; die dunkle, ungekannte Zukunft des Todes einem an Hoffnungen oder selbst Leiden armen Leben. Nie wartete soviel Pulver auf seinen Funken; niemals ein solcher Reichtum auf die Liebe, der er sich schenken wollte; nie war eine Evastochter aus so goldhaltiger Erde geknetet worden.

Einem irdischen Engel gleich wachte Francine über diesem Wesen, in dem sie die Vollkommenheit anbetete, und sie glaubte eine göttliche Sendung zu erfüllen, indem sie es für den seraphischen Chor bewahrte, aus dem es zur Buße für ein Vergehen des Stolzes verbannt schien.

„Da ist der Kirchturm von Alençon," sagte der Reiter, indem er sich der Kutsche näherte.

„Ich sehe ihn," antwortete die junge Dame trocken.

„Gut!" sagte er und entfernte sich mit allen Zeichen dienstfertiger Unterwürfigkeit, obwohl er enttäuscht war.

„Fahren Sie, fahren Sie schneller," sagte die Dame zu dem Postillon. „Jetzt ist nichts zu fürchten. Fahren Sie in scharfem Trab oder im Galopp, wenn Sie können. Sind wir nicht auf dem Pflaster von Alençon?"

Als sie bei dem Kommandanten vorbeikam, rief sie ihm mit sanfter Stimme zu: „Wir sehen uns im Gasthof wieder, Herr Kommandant. Besuchen Sie mich."

„So ist's recht," erwiderte der Kommandant. „Im Gasthof! Besuchen Sie mich! Wie das mit einem Halbbrigadeführer redet..."
Und er zeigte dem rasch die Straße entlangrollenden Wagen die Faust.
„Beklagen Sie sich nicht darüber, Herr Kommandant," sagte lachend Corentin, der sein Pferd in Galopp zu setzen versuchte, um den Wagen einzuholen. „Sie hat Ihr Generalspatent in der Tasche."
Und er jagte davon.
„Ich werde mich nicht von diesen Herrschaften nasführen lassen," sagte Hulot brummend zu seinen beiden Freunden. „Lieber schmeiße ich die Generalsuniform in einen Graben, als daß ich sie im Bett verdiente. Was wollen sie denn, diese Gänse? Begreift Ihr vielleicht etwas?"
„O ja," sagte Merle, „ich begreife, daß das die schönste Frau ist, die ich jemals gesehen habe! Ich glaube, Sie verstehen die Metapher schlecht. Vielleicht ist es die Frau des ersten Konsuls!"
„Pa! die Frau des ersten Konsuls ist alt, und diese hier ist jung," versetzte Hulot. „Außerdem sagt mir die ministerielle Order, daß sie Fräulein von Verneuil heißt. Eine frühere Adlige. Als ob ich das nicht kennte! Vor der Revolution betrieben sie allesamt dieses Handwerk. Damals wurde man Halbbrigadeführer, ehe man bis drei zählen konnte. Man brauchte nur ein paarmal zärtlich ‚Herzchen' zu ihnen zu sagen!"

☆

WÄHREND DIE SOLDATEN LANGE BEINE machten, um mit dem Kommandanten zu reden, hatte die Kalesche ohne Zwischenfall den an der Landstraße von Alençon gelegenen Gasthof zu den drei Mohren erreicht.

Damals war ein Wagen etwas so Außergewöhnliches, daß der kreischende Ton der Kalesche den Wirt auf die Schwelle rief. Beim Anblick der beiden Reisenden grüßte er tief. Sie betraten gleich die Küche, diesen unvermeidlichen Vorraum der Gasthöfe im französischen Westen, und der Wirt schickte sich an, ihnen zu folgen, nachdem er den Wagen in Augenschein genommen hatte, als der Postillon ihn am Arm faßte und zu ihm sagte: „Aufgepaßt, Bürger Brutus. Eskorte von Blauen. Oh, das sind große Damen, die wie frühere Prinzessinnen bezahlen, also..."

„Also werden wir gleich ein Glas Wein miteinander trinken, mein Junge," sagte der Wirt.

Fräulein von Verneuil warf einen Blick auf die rauchgeschwärzte Küche, auf einen blutigen Tisch, wo rohes Fleisch lag, und flüchtete mit der Leichtigkeit eines Vogels in die benachbarte Stube. Sie fürchtete das Aussehen und den Geruch dieser Küche ebensosehr wie die Neugierde eines unsauberen Kochs und einer kleinen, dicken Frau, die sie bereits aufmerksam betrachteten.

Der Wirt bekam somit nur noch Francine zu sehen. Nachdem er einen raschen Blick auf die übrigen Anwesenden geworfen, sagte er mit einer gewissen Vertraulichkeit zu ihr: „Falls die Dame für sich allein zu speisen wünscht, woran ich nicht zweifle,

so habe ich gerade ein delikates Essen für eine andere Dame mit ihrem Sohn fertig. Die beiden werden sicherlich nichts dagegen haben, ihr Mahl mit Ihnen zu teilen," setzte er mit geheimnisvoller Miene hinzu. „Es sind Leute von Stand."
Die letzten Worte sprach der Wirt mit leiserer Stimme aus und mit einer gewissen Verschmitztheit, etwa als wollte er sagen: „Ihr seid adlig, und sie sind es auch. Ihr mögt es ebensowenig leiden, überwacht zu werden, wie sie, und vielleicht kommt Ihr überhaupt, um sie zu treffen."
Kaum hatte der schwatzhafte Wirt indes seinen letzten Satz beendet, als er im Rücken den leichten Schlag eines Peitschenstiels spürte. Er fuhr herum und sah hinter sich einen kurzen, stämmigen Mann stehen, der lautlos aus einem Nebenraum gekommen war, und dessen Erscheinen die dicke Frau, den Koch und den Küchenjungen vor Schreck förmlich versteinerte. Der kleine Mann schüttelte sein Haar zurück, das ihm Augen und Stirn ganz verdeckte, hob sich auf die Fußspitzen, um das Ohr des Wirtes zu erreichen, und sagte zu ihm: „Du weißt, was eine Unvorsichtigkeit, eine Denunziation kostet, und von welcher Farbe die Münze ist, mit der wir bezahlen. Wir sind freigebig!"
Er ließ diesen Worten eine Gebärde folgen, die eine fürchterliche Erklärung dazu bildete. Wenngleich der Anblick dieses Menschen Francine durch den stattlichen Umfang des Wirts verdeckt wurde, erhaschte sie doch einige Worte der leise gesprochenen Sätze; und sie blieb stehen, wie vom Donner gerührt, als sie die rauhen Laute einer bretonischen Stimme vernahm. Inmitten des allgemeinen Schreckens stürzte sie dann auf den kleinen Spre-

cher zu. Aber der Mann, der sich mit der Behendigkeit eines Raubtieres zu bewegen schien, ging schon durch eine Seitentür nach dem Hofe hinaus. Francine glaubte sich in ihrer Vermutung getäuscht zu haben, denn sie gewahrte nur das schwarzbraune Fell eines Bären von mittlerer Größe, so daß sie erstaunt ans Fenster lief. Durch die vom Rauch gelb angelaufenen Scheiben betrachtete sie nun den Fremden erschrocken. Er ging schleppenden Schritts auf den Pferdestall zu. Bevor er ihn aber betrat, suchte er mit seinen schwarzen Augen den ersten Stock des Gasthofs und von da die Kalesche, als wollte er einem Freund irgendeine wichtige, auf dieses Fuhrwerk bezügliche Mitteilung machen. Und jetzt erkannte Francine trotz der Ziegenfelle an dieser Bewegung, die ihr erlaubte, das Gesicht des Mannes zu sehen, an seiner riesigen Peitsche und dem schleichenden, wiewohl behenden Gang den Chouan Marche-à-terre.

Sie sah nun, wenngleich undeutlich, durch die Dunkelheit des Stalles hindurch, wie er sich ins Stroh warf, nicht ohne dabei eine Stellung einzunehmen, von der aus er alles sehen konnte, was im Gasthof vorging. Dabei hatte er sich derart hingekauert, daß auch der schlaueste Spion ihn von weitem sowohl wie aus der Nähe leicht für einen jener großen Ziehhunde gehalten haben würde, die, das Maul auf den Pfoten, zusammengerollt zu schlafen pflegen.

Das Verhalten Marche-à-terres bewies Francine, daß der Chouan sie nicht erkannt hatte. Sie wußte nicht recht, ob sie unter den gefährlichen Umständen, in denen ihre Herrin sich befand, sich darüber freuen oder betrüben sollte. Aber der geheimnisvolle Zusammenhang zwischen der drohenden Bemerkung des Royalisten und dem Anerbieten des Wirtes — worin übrigens nichts Außergewöhnliches lag, denn die Gastwirte versuchen stets, zwei Fliegen mit einer Klappe zu schlagen — kitzelte ihre Neugier; sie verließ die schmutzige Scheibe, durch die sie die unförmige dunkle Masse betrachtete, die ihr in der Finsternis die von Marche-à-terre eingenommene Stelle bezeichnete, und drehte sich nach dem Gastwirt um. Er stand da in der Haltung eines Mannes, der einen Bock geschossen hat und nun nicht weiß, wie er seinen Fehler wieder gutmachen soll. Die Geste des Chouans hatte ihn entsetzt, denn jedermann im französischen Westen kannte die grausam ausgeklügelten Martern, mit denen die königlichen Jäger alle diejenigen straften, die auch nur den Verdacht der Schwatzhaftigkeit auf sich geladen hatten. Der Wirt glaubte schon ihre Messer an seinem Halse zu spüren; der Koch schaute voller Schrecken auf den Herd, wo sie häufig die Füße ihrer Verräter „wärmten"; die dicke kleine Frau hielt ein Küchenmesser in der einen Hand, in der andern eine halb durchgeschnittene Kartoffel, und betrachtete dumm ihren Mann; und der Küchenjunge endlich suchte das ihm unbekannte Geheimnis dieses wortlosen Grauens zu enträtseln.

Francines Neugier wuchs bei dieser stummen Szene, deren Hauptspieler alle im Geiste sahen, obwohl er abwesend war. Die furchtbare Macht des Chouans schmeichelte ihr, und wenn es ihrem schlichten Gemüt auch nicht beikam, sich auf Zofenschliche einzulassen, war ihr für diesmal doch zu viel daran gelegen, diesem Geheimnis auf die Spur zu kommen, als daß sie nicht von ihren Vorteilen Gebrauch gemacht hätte.

„Nun gut," sagte sie zu dem Wirt, der bei ihren Worten wie aus dem Traume auffuhr, „das gnädige Fräulein nimmt Ihren Vorschlag an."

„Welchen?" fragte er mit ungeheucheltem Erstaunen.

„Welchen?" fragte der hinzukommende Corentin.

„Welchen?" fragte Fräulein von Verneuil.

„Welchen?" fragte ein Vierter, der auf der letzten Stufe der Treppe stand und jetzt leicht in die Küche sprang.

„Nun, das Frühstück mit Ihren Standespersonen!" rief Francine ungeduldig.

„Standespersonen," wiederholte der über die Treppe Gekommene mit beißendem und ironischem Stimmfall. „Das ist ein schlechter Wirtshausscherz. Wenn es aber diese junge Bürgerin ist, der du mit uns zusammen auftischen willst, so müßte man ja verrückt sein, um sich zu widersetzen, guter Mann." Und er schlug dem bestürzten Wirt auf die Schulter. „Ich nehme im Namen meiner Mutter an," sagte er. Die liebenswürdige Keckheit der Jugend verdeckte den unverschämten Hochmut dieser Worte, die natürlich die Aufmerksamkeit aller Mitspieler dieses Auftritts auf die neu hinzugekommene Person lenkten. Der Wirt nahm nunmehr die Miene des Pilatus an, wie er sich die Hände vom Tode Christi wäscht. Er zog sich zwei Schritte nach seiner dicken Frau hin zurück und sagte ihr ins Ohr: „Du bist Zeuge, daß ich nicht Schuld daran habe, wenn ein Unglück geschieht. Übrigens", setzte er noch leiser hinzu, „geh und benachrichtige Herrn Marche-à-terre von alledem."

Der Reisende, ein junger Mann von mittlerem Wuchs, trug einen blauen Rock und über einer ebenfalls blauen Hose lange schwarze Gamaschen, die ihm bis über die Knie gingen. Diese einfache Uniform ohne Achselklappen trugen die Zöglinge der Polytechnischen Schule.

Mit einem einzigen Blick hatte Fräulein von Verneuil erkannt, daß sich unter dieser dunklen Kleidung artige Formen und jenes unbeschreibliche Etwas verbargen, das eine adlige Geburt verrät. Das Gesicht des jungen Mannes, das beim ersten Hinsehen ziemlich gewöhnlich schien, fiel bald durch die Bildung einiger Züge auf, in denen sich eine zu Großem fähige Seele ausdrückte. Bräunliche Gesichtsfarbe, blondes gelocktes Haar, blitzend blaue Augen, eine feine Nase, Bewegungen voll Ungezwungenheit, dies alles ließ zugleich auf ein von hohen Gesichtspunkten bestimmtes Leben schließen und auf die Gewohnheit zu befehlen. Die charakteristischsten Merkmale seines Geistes lagen indes in einem Bonapartekinn und in seiner Unterlippe, die sich mit dem anmutigen Bogen des Akanthusblattes unter dem korinthischen Kapitäl an die obere schloß; beiden Zügen hatte die Natur unbeschreiblichen Reiz verliehen.

„Dieser junge Mensch ist ein Adliger," sprach Fräulein von Verneuil zu sich selbst.

Alles dies mit einem Blick erhaschen, von dem Wunsche, zu gefallen, erregt werden, den Kopf lieblich seitwärts neigen, gewinnend lächeln, einen jener samtweichen Blicke werfen, die selbst ein der Liebe erstorbenes Herz wieder lebendig machen würden, ihre länglichen schwarzen Augen unter den breiten Lidern verbergen, deren dichte, gebogene Wimpern eine braune Linie auf ihre Wange zeichneten; die melodischsten Töne ihrer Stimme suchen und finden, um dem alltäglichen Satz: „Wir sind Ihnen sehr verbunden, mein Herr!" zaubrische Eindringlichkeit zu verleihen; dieses ganze Spiel brauchte nicht so viel Zeit wie seine Beschreibung. Dann wandte sich Fräulein von Verneuil an den Wirt, um ein Zimmer zu bestellen, sah die Treppe und verschwand mit Francine, indem sie es dem Fremden überließ, zu erraten, ob diese Antwort Zusage oder Ablehnung bedeute.

„Wer ist denn die Dame?" fragte der Zögling der Polytechnischen Schule leichthin den unbeweglich dastehenden und immer verdutzter dreinsehenden Wirt.

„Die Bürgerin Verneuil," erwiderte sauersüß Corentin, indem er den jungen Mann eifersüchtig musterte; „eine einstmalige Hochgeborene. Was willst du von ihr?"

Der Unbekannte, der ein republikanisches Liedchen trällerte, wandte stolz sein Gesicht nach Corentin hin. Und einen Augenblick lang sahen sich die beiden jungen Männer an wie zwei Hähne, die miteinander kämpfen wollen. Dieser Blick legte den Grund zu einem lebenslangen Hasse. So offen das blaue Auge des Militärs dreinschaute, so viel Falschheit und Bosheit lag in den grünen Augen Corentins. Der eine hatte ein edles Auftreten, der andere ein schmeichlerisches; der eine stürmte vorwärts, der andere kroch; der eine gebot Achtung, der andere suchte sie zu erringen; die Losung des einen war: Erobern! die des anderen: Teilen.

Ein Bauer kam herein.

„Ist der Bürger du Gua Saint-Cyr da?"

„Was willst du von ihm?" antwortete der junge Mann und trat vor.
Der Bauer grüßte tief und zog einen Brief hervor, den der junge Schüler ins Feuer warf, nachdem er ihn gelesen. Als einzige Antwort nickte er mit dem Kopfe, worauf der Bauer wieder ging.
„Du kommst jedenfalls von Paris, Bürger?" fragte Corentin jetzt, indem er sich dem Fremden mit einer gewissen Ungezwungenheit des Benehmens und einer schmiegsamen und verbindlichen Miene näherte, die dem Bürger du Gua unerträglich zu sein schienen.
„Ja," war die trockene Antwort.
„Gewiß bist du zu irgendeinem Grad in der Artillerie befördert worden?"
„Nein, Bürger, in der Marine."
„Ach! du begibst dich nach Brest?" fragte Corentin in unbefangenem Tone.
Doch der junge Seemann drehte sich leicht auf dem Absatz um, ohne zu antworten, und widerlegte durch sein Benehmen bald die schönen Hoffnungen, die sein Gesicht in Fräulein von Verneuil erregt hatte. Er beschäftigte sich in kindisch spielerischer Weise mit seinem Frühstück, fragte den Koch und die Wirtin über ihre Gepflogenheiten aus, verwunderte sich über die Provinzsitten wie ein aus allen Himmeln fallender Pariser, mochte dies und das nicht leiden, als sei er ein Frauenzimmer, kurzum, zeigte um so weniger Charakter, je mehr sein Gesicht und seine Manieren verrieten. Corentin lächelte mitleidig, als er ihn beim Kosten des besten normannischen Apfelweins eine Grimasse schneiden sah.
„Puh!" rief er, „wie könnt ihr Leute das nur

herunterkriegen? Da ist ja zum Essen und zum Trinken zugleich darin. Die Republik hat sehr recht, wenn sie einer Provinz mißtraut, wo man die Weinlese mit Stangen betreibt und die Reisenden meuchlings auf der Landstraße erschießt. Setzen Sie uns zu Tisch ja nicht etwa eine Flasche von dieser Arznei da vor, sondern guten weißen und roten Bordeaux. Und sehen Sie vor allem zu, daß wir ein rechtes Feuer oben bekommen. Diese Leute scheinen mir in der Kultur ganz zurück zu sein! — Ach," sprach er seufzend weiter, „es gibt doch nur ein Paris auf der Welt, und es ist wahrhaftig schade, daß man es nicht mit aufs Meer nehmen kann! – Was, du Tunkenverderber," wandte er sich an den Koch, „du tust Essig an dieses Hühnerfrikassee, wenn du doch Zitronen hast! ... — Und Sie, Frau Wirtin, haben mir so grobe Bettwäsche gegeben, daß ich die ganze Nacht kein Auge zugetan habe."

Dann fing er an, mit einem dicken Stock zu spielen, indem er mit kindischer Mühe Schwenkungen vollführte, deren größere oder geringere Vollendung und geschickte Handhabung den mehr oder weniger angesehenen Grad bezeichneten, den ein junger Mann dazumal in der Klasse der Stutzer einnahm.

„Und mit solchen Laffen, wie dem da," sagte Corentin vertraulich zu dem Wirte, „hofft man der Marine der Republik aufzuhelfen?"

„Dieser Mensch", sagte der junge Seemann gleichzeitig der Wirtin ins Ohr, „ist einer von Fouchés Spionen. Die Polizei steht ihm auf dem Gesicht geschrieben, und ich möchte schwören, daß der

Fleck, den er am Kinn hat, noch Pariser Straßenschmutz ist. Aber List gegen List ..."

Hier trat eine Dame in die Gasthofsküche, auf die der Seemann mit allen Zeichen äußerer Ehrerbietung zueilte.

„Kommen Sie nur herein, liebe Mama," sagte er zu ihr. „Ich habe in Ihrer Abwesenheit wahrscheinlich Tischgenossen für uns gewonnen."

„Tischgenossen!" antwortete sie ihm, „was für eine Torheit!"

„Es ist Fräulein von Verneuil," fuhr er leise fort.

„Die ist ja samt ihrem Vater umgekommen," entgegnete seine Mutter ihm unsanft.

„Sie irren sich, Madame," warf Corentin ein, indem er die Hauptbetonung auf das Wort „Madame" legte. „Sie ist am 9. Thermidor gerettet worden."

Die Fremde, von dieser Vertraulichkeit überrascht, wich ein paar Schritte zurück, gleichsam, um den unerwarteten Zwischenredner besser aufs Korn nehmen zu können. Sie richtete auf ihn ihre schwarzen Augen, die jenen den Frauen so natürlichen Scharfblick verrieten, und schien dabei zu überlegen, welche Gründe er haben könne, die Existenz des Fräuleins von Verneuil zu bestätigen. Zu gleicher Zeit sprach Corentin, der die Dame verstohlen betrachtete, ihr alle Freuden der Mutterschaft ab, wogegen er ihr die der Liebe gern zugestand. Einen zwanzigjährigen Sohn konnte er einer Frau unmöglich glauben, deren blendende Haut, deren noch dichte, geschweifte Brauen und wenig gelichtete Wimpern er bewunderte, und deren üppiges, auf der Stirn geteiltes schwarzes Haar die ganze Jugendlichkeit ihres klugen Kopfes hervortreten ließ.

Weit davon entfernt, vorgeschrittene Jahre zu bedeuten, verrieten die schwachen Runzeln ihres Gesichts jugendliche Leidenschaften; und wenn ihre durchdringenden Augen ein wenig verschleiert schienen, so wußte man nicht, ob dies von den Anstrengungen der Reise oder von einem zu häufigen Ausdruck der Lust herrührte. Schließlich bemerkte Corentin noch, daß die Unbekannte in einen Mantel aus englischem Stoff gehüllt war, und daß die Form ihres vermutlich ebenfalls ausländischen Hutes keiner der sogenannten griechischen Moden angehörte, die damals die Pariser Toiletten beherrschten.

Da nun Corentin von Natur so veranlagt war, daß er immer eher etwas Böses als etwas Gutes voraussetzte, stiegen ihm sofort Zweifel über das Bürgertum der beiden Reisenden auf. Die Dame ihrerseits, die ihre Beobachtungen über Corentins Persönlichkeit mit eben derselben Schnelligkeit angestellt hatte, wandte sich nun ihrem Sohne mit bezeichnender, durch die folgenden Worte ziemlich getreu übersetzter Miene zu: „Wer ist denn dieses Original? Gehört er zu den Unsrigen?"

Auf diese stumme Frage antwortete der junge Seemann mit einer Haltung, einem Blick und einer Handbewegung, die sagten: „Ich weiß es wahrhaftig selber nicht, und er ist mir genau so verdächtig wie Ihnen."

Hierauf überließ er es der Mutter, das Geheimnis zu ergründen, und wandte sich an die Wirtin, um ihr ins Ohr zu flüstern: „Versuchen Sie doch herauszubekommen, wer dieses Männchen da ist, ob er das Fräulein wirklich begleitet, und warum."

„Also bist du sicher, Bürger," sagte Frau von Gua

und sah Corentin an, „daß Fräulein von Verneuil lebt?“

„Sie lebt ebenso gewiß mit Haut und Haar, gnädige Frau, wie der Bürger du Gua Saint-Cyr.“

Diese Antwort enthielt eine tiefe Ironie, die die Dame allein verstehen konnte, und jede andere hätte an ihrer Stelle die Fassung verloren.

Ihr Sohn blickte Corentin plötzlich scharf an; der aber zog kaltblütig seine Uhr aus der Tasche und tat, als bemerke er die Unruhe nicht, an der seine Antwort schuld hatte.

Unruhig und gespannt, zu erfahren, ob sein Ausspruch eine Tücke berge oder bloß dem Zufall zuzuschreiben sei, sprach die Dame mit dem natürlichsten Gesichtsausdruck von der Welt zu Corentin: „Mein Gott! wie unsicher sind die Landstraßen doch! wir sind ein Stück Weges von Mortagne entfernt durch die Chouans überfallen worden. Mein Sohn wäre beinahe auf dem Platze geblieben. Bei meiner Verteidigung hat er zwei Kugeln durch den Hut bekommen.“

„Wie, gnädige Frau, Sie waren in der Postkutsche, die die Räuber der Eskorte ungeachtet geplündert haben! Mir ist auf der Durchfahrt in Mortagne doch gesagt worden, die Chouans seien zweitausend Mann stark gewesen bei dem Überfall, und es sei niemand davongekommen. Da sieht man, wie Geschichte gemacht wird!“

Corentins alberner Ton und seine einfältige Miene machten ihn in diesem Augenblick einem Pariser Kannegießer ähnlich, der sich über eine falsche politische Meldung ärgert.

„Ach, gnädige Frau!“ fuhr er fort, „urteilen Sie selbst, wie gefährlich die Landstraßen in der Bretagne sein müssen, wenn man die Reisenden schon in solcher Nähe von Paris ermordet. Wenn ich nicht sicher wäre, daß Fräulein von Verneuils Begleitmannschaft mich beschützt, würde ich nach Paris umkehren ..."

„So!" meinte die Dame leise, „Fräulein von Verneuil wird geleitet. — Ist sie schön, jung, hübsch?" fragte sie die Wirtin.

Das für alle Teile etwas peinliche Gespräch wurde jetzt von dem Wirte unterbrochen, der meldete, das Frühstück sei angerichtet. Der junge Seemann bot seiner Mutter den Arm mit schlecht gespielter Vertraulichkeit und bestärkte dadurch den Verdacht Corentins, zu dem er, während er zur Treppe schritt, laut sagte: „Bürger, wenn du die Bürgerin Verneuil begleitest und sie den Vorschlag des Wirts annimmt, so laß dich nicht abhalten ..."

Obgleich diese Worte in einem wenig verbindlichen Ton nur ganz leichthin geäußert worden waren, ging Corentin doch mit. Nun drückte der junge Mann lebhaft die Hand seiner Dame und sagte, als sie durch sieben oder acht Stufen von dem Pariser getrennt waren, leise zu ihr: „Da können Sie sehen, in was für ruhmlose Gefahren Ihre unbesonnenen Unternehmungen mich stürzen! Wie sollen wir davonkommen, wenn wir entdeckt werden? Eine hübsche Rolle haben Sie mir zugeteilt!"

Alle drei betraten ein ziemlich geräumiges Zimmer. Man brauchte nicht lange im westlichen Frankreich gereist zu sein, um zu erkennen, daß der Wirt sein möglichstes getan hatte, um seine Gäste mit allem, was ihm zu Gebote stand, zu bedienen. Der Tisch war sorgfältig gedeckt; die Wärme eines tüchtigen Feuers hatte die Feuchtigkeit des Raumes vertrieben. Tischzeug, Sessel, Geschirr, das alles zeugte nicht von Unsauberkeit, und so stellte Corentin denn mit Recht fest, daß der Wirt sich, um einen volkstümlichen Ausdruck zu gebrauchen, ein Bein ausgerissen habe, den Fremden gefällig zu sein.

„Aber diese Leute," so sprach er bei sich, „sind nicht das, wofür sie sich ausgeben. Dieses junge Herrchen ist gewitzt. Ich glaubte zuerst einen Narren vor mir zu haben, doch nachgerade halte ich ihn für schlauer als mich selbst."

Der junge Seemann, seine Mutter und Corentin warteten auf Fräulein von Verneuil, die der Wirt schon gerufen hatte. Aber die schöne Reisende erschien nicht. Der junge Schüler der Polytechnischen Schule dachte sich, daß sie Schwierigkeiten machen werde, verließ das Zimmer, während er wiederum ein patriotisches Lied pfiff, und ging auf Fräulein von Verneuils Stube zu, von dem brennenden Wunsche beseelt, ihre Bedenken zu überwinden und sie mitzubringen — sei es, um die Zweifel zu lösen, die ihn bewegten, sei es, um dieser Unbekannten gegenüber die Macht zu erproben, die jeder Mann sich einbildet, auf eine hübsche Frau auszuüben.

„Wenn das ein Republikaner ist," sagte sich Corentin, als der andere hinausging, „will ich mich hängen lassen! In den Schultern hat er ganz die Bewegungen des Hofmannes."

„Und ist die da seine Mutter," setzte er hinzu und sah Frau von Gua an, „so bin ich der Papst. Königstreue sind es. Aufgepaßt!"

☆

NEUNTES KAPITEL

BALD ÖFFNETE SICH DIE TÜR WIEDER UND Fräulein von Verneuil erschien an der Hand des jungen Mannes, der sie mit selbstgefälliger Höflichkeit zu Tische führte.

Die eben verflossene Stunde war für den Teufel nicht verloren gewesen. Von Francine unterstützt, hatte sich Fräulein von Verneuil mit einer Reisetoilette angetan, die vielleicht gefährlicher war als ein Ballkleid. Seiner Einfachheit wohnte jener unwiderstehliche Reiz inne, den die Kunst verleiht, mit welcher eine Frau, deren Schönheit keiner Hilfsmittel bedarf, ihren Anzug zu einer nebensächlichen Angelegenheit macht. Sie trug ein grünes Kleid, dessen guter Schnitt durch ein mit Schnüren besetztes Leibchen ihre Formen in einer auffallenden, für ein junges Mädchen wenig passenden Weise nachzeichnete und ihre biegsame Gestalt, ihren schlanken Wuchs und ihre zierlichen Bewegungen sehen ließ. Beim Eintreten lächelte sie mit einer Anmut, wie sie Frauen eigen ist, die in einem rosigen Munde zwei Perlreihen porzellanweißer Zähne und zudem zwei Wangengrübchen besitzen, so frisch wie die eines Kindes. Da sie den Reisemantel abgelegt hatte, der sie den Blicken des jungen Seemanns zuerst entzogen hatte, konnte sie nun mit Leichtigkeit all die tausend kleinen anscheinend so harmlosen Künste spielen lassen, durch die eine Frau alle Reize ihres Gesichtes und alle Schönheiten ihres Kopfes zur Geltung zu bringen weiß, um Bewunderung zu erregen. Ein gewisser Einklang zwischen ihrem Wesen und ihrem Anzug verjüngte sie so sehr, daß Frau von

Gua sich noch für freigebig hielt, wenn sie ihr zwanzig Jahre zusprach. Die Koketterie dieser augenscheinlich ihm zu Gefallen gemachten Toilette mußte in dem jungen Manne Hoffnungen erwecken; aber Fräulein von Verneuil grüßte ihn nur mit einer leichten Kopfneigung, ohne ihn anzublicken, und schien ihn mit gutgelauntem Gleichmut aufzugeben, so daß er sich verstimmt fühlte. Diese Zurückhaltung verriet den Augen der Fremden weder Absichtlichkeit noch Gefallsucht; es war natürliche oder geheuchelte Gleichgültigkeit. Der offene Ausdruck, den die Reisende ihrem Gesicht zu geben verstand, machte es undurchdringlich. Sie schien nicht im geringsten auf Eroberungen auszugehen und ganz unbewußt die weiblichen Verführungskünste spielen zu lassen, welche die Selbstliebe des jungen Seemannes schon irregeführt hatten. So ließ sich der Unbekannte denn mit einer Art von Verdruß auf seinen Platz nieder.

Fräulein von Verneuil nahm Francine bei der Hand und sagte, zu Frau von Gua gewendet, mit einschmeichelnder Stimme:

„Gnädige Frau, hätten Sie wohl die Güte zu erlauben, daß dieses Mädchen, in dem ich eher eine Freundin als eine Dienerin sehe, mit uns speist? In diesen stürmischen Zeiten kann man Anhänglichkeit nur mit dem Herzen bezahlen. Denn was anderes ist uns sonst noch geblieben?"

Frau von Gua erwiderte diese letzten, halblaut ausgesprochenen Worte durch eine etwas steife kleine Verbeugung, in der sich ihr Mißbehagen aussprach, es mit einer so schönen Frau zu tun zu haben. Darauf beugte sie sich zum Ohre ihres Sohnes: —

„Ach! stürmische Zeiten, Anhänglichkeit, gnädige Frau — und die Dienstmagd! Das kann nicht wohl Fräulein von Verneuil sein."

Die Tischgenossen wollten sich eben setzen, als Fräulein von Verneuil Corentin bemerkte, der die von seinen Blicken ziemlich beunruhigten beiden Unbekannten noch immer einer genauen Prüfung unterwarf.

„Bürger," sagte sie zu ihm, „du bist doch sicherlich zu wohlerzogen, um mich so auf Schritt und Tritt zu verfolgen. Als sie meine Eltern aufs Schafott schickte, war die Republik nicht so freigebig, mir einen Vormund zu bestellen. Wenn du mich aus unerhörter ritterlicher Galanterie wider meinen Willen bis hierher begleitet hast — hier entfuhr ihr ein Seufzer — so kann ich keinesfalls dulden, daß deine schützende Sorge, mit der du so verschwenderisch bist, so weit geht, daß du dir Zwang antust. Ich bin hier in Sicherheit, du kannst mich allein lassen."

Sie warf ihm einen festen und verächtlichen Blick zu und ward verstanden.

Corentin unterdrückte ein Lächeln, das die Winkel seines schlauen Mundes fast zusammenkniff, grüßte ehrerbietig und erwiderte:

„Bürgerin, es wird mir stets eine Ehre sein, dir zu gehorchen. Die Schönheit ist die einzige Königin, deren Befehle ein Republikaner freudig ausführen darf."

Als er fortging, erstrahlten Fräulein von Verneuils Augen in so kindlicher Freude, und sie warf Francine einen so von Glück durchdrungenen Verständigungsblick zu, daß Frau von Gua, zuvor durch die aufsteigende Eifersucht argwöhnisch geworden, sich geneigt fühlte, den Verdacht fahren zu lassen, welchen die vollkommene Schönheit des Fräuleins von Verneuil in ihr erweckt hatte.

„Vielleicht ist es doch Fräulein von Verneuil," flüsterte sie ihrem Sohn ins Ohr.

„Und die Eskorte?" entgegnete der junge Mann, den der Ärger klug machte. „Ist sie Gefangene oder Schützling, Freundin oder Feindin der Regierung?"

Frau von Gua blinzelte ihm hierauf nur zu, als ob sie ihm sagen wolle, hinter dieses Geheimnis werde sie schon kommen.

Indes schien Corentins Entfernung das Mißtrauen des Seemanns zu mildern; sein Gesicht verlor den strengen Ausdruck, und er warf Fräulein von Verneuil Blicke zu, die eher von ungezügelter Begierde als von der achtungsvollen Wärme einer aufkeimenden Leidenschaft zeugten. Dadurch wurde Fräulein von Verneuil nur noch um so vorsichtiger gemacht, so daß sie ihre freundlichen Worte für Frau von Gua aufsparte. Nun versuchte der junge Mann, in seinem Ärger alleingelassen, aus seinem Verdruß heraus gleichfalls den Unempfindlichen zu spielen. Doch sie bemerkte dies anscheinend gar nicht und gab sich einfach, ohne schüchtern, zurückhaltend, ohne spröde zu sein.

Das Zusammentreffen dieser Personen, die nichts miteinander gemein zu haben schienen, ließ keinerlei Sympathie zwischen ihnen aufkommen. Es machte sich sogar eine ganz gewöhnliche Verlegenheit, ja Gezwungenheit geltend, wodurch das Vergnügen völlig zunichte gemacht wurde, das Fräulein von Verneuil und der junge Seemann sich eine Stunde zuvor versprochen hatten. Aber

Frauen besitzen einen so außerordentlichen Takt in ihrem Verkehr untereinander, sie sind sich gegenseitig durch so enge Bande oder den gleichen lebhaften Wunsch nach seelischer Bewegung verbunden, daß sie bei dergleichen Gelegenheiten stets das Eis zu brechen verstehen. So begannen auf einmal die beiden schönen Tischgenossinnen, als hätten sie denselben Gedanken gehabt, ihren gemeinsamen Kavalier harmlos zu necken, und wetteiferten, ihn mit Scherzen, Aufmerksamkeiten und Fürsorglichkeit zu bedenken.

Diese geistige Gleichgestimmtheit machte sie freier. Dasselbe Wort, derselbe Blick, die zuvor, in der Gezwungenheit des Zusammenseins, Schwere gehabt hätten, wurden jetzt belanglos. Kurz und gut, nach Verlauf einer halben Stunde waren die beiden Frauen, die einander insgeheim schon feind waren, dem Anschein nach die besten Freundinnen von der Welt. Jetzt hätte der junge Seemann Fräulein von Verneuil wegen ihrer geistigen Freiheit beinahe ebenso gezürnt, wie vorher wegen ihrer Zurückhaltung. Er war so böse, daß er mit dumpfem Zorn bedauerte, das Frühstück mit ihr geteilt zu haben.

„Madame,“ sagte das Fräulein zu Frau von Gua, „ist Ihr Herr Sohn immer so traurig?“

„Mein Fräulein,“ antwortete er selbst, „ich fragte mich gerade, wozu ein Glück gut ist, das doch bald entflieht. Das Geheimnis meiner Traurigkeit liegt eben in der Lebhaftigkeit meines Vergnügens.“

„Das sind Redensarten,“ warf sie lachend ein, „die mehr nach dem Hofe als nach der Militärschule klingen.“

„Er drückt nur ein sehr natürliches Gefühl aus," sagte Frau von Gua, die ihre Gründe hatte, die Unbekannte kirre zu machen.
„Ach, so lachen Sie doch!" wandte Fräulein von Verneuil sich an den jungen Mann. „Wie mögen Sie wohl aussehen, wenn Sie weinen, da selbst das, was Sie Glück nennen, Sie so traurig macht?"
Dieses Lächeln, von einem aufreizenden Blick begleitet, der die Wirkung dieser geheuchelten Aufrichtigkeit verringerte, schenkte dem Seemann von neuem eine leichte Hoffnung. Doch Fräulein von Verneuil, durch ihre Natur fortgerissen, die die Frau immer verleitet, entweder zu viel oder zu wenig zu tun, schien sich seiner alsbald durch einen Blick zu bemächtigen, in dem reiche Liebesversprechungen strahlten; worauf sie seinen galanten Worten dann wiederum eine kalte, strenge Bescheidenheit entgegensetzte: ein gebräuchlicher Kunstgriff, unter dem die Frauen ihre wahrhaften Empfindungen zu verbergen pflegen. Nur einen einzigen kleinen Augenblick lang tauschten sie ihre geheimen Wünsche miteinander aus, als jeder die Lider des andern gesenkt glaubte; aber ihre Blicke wichen einander ebenso schnell wieder aus, wie sie einander diesen Strahl zugeworfen hatten, der die Herzen zugleich erleuchtet und verwirrt. Beschämt darüber, weil sie sich so viel gesagt, wagten sie es nicht mehr, einander anzublicken. Fräulein von Verneuil, die lebhaft wünschte, den Unbekannten eines Besseren zu belehren, verschloß sich in kalte Höflichkeit und schien das Ende der Mahlzeit sogar mit Ungeduld zu erwarten.
„Sie haben im Gefängnis wohl sehr viel zu leiden gehabt?" fragte Frau von Gua.

„Ach, gnädige Frau, es ist mir, als ob ich immer noch darin säße!“

„Soll Ihre Eskorte Sie beschützen oder überwachen, Fräulein? Sind Sie der Republik wert oder verdächtig?“

Fräulein von Verneuil fühlte heraus, daß sie Frau von Gua recht gleichgültig sei, und wurde durch diese Frage eingeschüchtert.

„Gnädige Frau,“ erwiderte sie, „ich weiß selber nicht recht, wie ich augenblicklich bei der Republik angeschrieben bin.“

„Sie machen sie vielleicht gar zittern,“ warf der junge Mann etwas spöttisch ein.

„Warum sollten wir die Geheimnisse des Fräuleins nicht achten?“ meinte Frau von Gua.

„Oh, gnädige Frau, die Geheimnisse eines jungen Mädchens, das in der Welt noch nichts kennengelernt hat, außer dem Unglück, sind nicht sehr spannend ...“

„Aber,“ setzte Frau von Gua eine Unterhaltung fort, durch die sie vielleicht erfahren konnte, was sie zu wissen wünschte, „der Erste Konsul scheint die besten Absichten zu haben. Man sagt, er werde die Wirkung der Gesetze gegen die Emigranten aufheben?“

„Jawohl, gnädige Frau,“ sagte Fräulein von Verneuil vielleicht etwas zu lebhaft. „Aber warum wiegeln wir dann die Bretagne und die Vendée auf und setzen Frankreich in Brand?“

Dieser hochherzige Aufruf, durch den sie sich selbst einen Vorwurf zu machen schien, ließ den jungen Seemann erzittern. Er beobachtete Fräulein von Verneuil aufmerksam, aber ihre Züge ließen weder Liebe noch Haß erkennen. Das feine Gesicht,

dessen Farbe die Zartheit der Haut verriet, war undurchdringlich. Eine unbesiegliche Neugier band ihn plötzlich an dieses seltsame Geschöpf, das bereits heftige Wünsche in ihm geweckt hatte.
„Aber wollen Sie nach Mayenne, gnädige Frau?“ sagte sie nach einer Pause.
„Ja, mein Fräulein,“ antwortete der junge Mann mit fragender Miene für seine Mutter.
„Nun, gnädige Frau, da Ihr Herr Sohn also der Republik dient,“ fuhr Fräulein von Verneuil fort, mit einem Klang in der Stimme, als sei ihr plötzlich eine schwere geheime Last vom Herzen gefallen, „— müssen Sie die Chouans fürchten,“ beendete sie ihren Satz, „und meine Eskorte ist nicht zu verachten. Wir sind ja schon fast Reisegefährten geworden, nehmen Sie also meine Kalesche bis Mayenne an.“
Mutter und Sohn warfen einander bedeutungsvolle Blicke zu.
„Ich weiß nicht, gnädiges Fräulein,“ sprach der junge Mann, „ob es sehr vorsichtig von mir ist, wenn ich Ihnen sage, daß Dinge von hoher Wichtigkeit allerdings heute abend unsere Anwesenheit in der Nähe von Fougères notwendig machen, und daß wir noch keine Reisegelegenheit gefunden haben. Doch Frauen sind von Natur so edelmütig, daß ich mich schämen würde, mich Ihnen nicht anzuvertrauen. Trotzdem aber“, setzte er hinzu, „müssen wir, bevor wir uns in Ihre Hände geben, wissen, ob wir auch heil und sicher wieder daraus hervorgehen werden. Sind Sie die Königin oder die Sklavin Ihrer republikanischen Geleitmannschaft? Verzeihen Sie die Offenheit eines jungen Seemanns, nur sehe ich in Ihrer Lage nichts recht Natürliches.“

„Wir leben in einer Zeit, mein Herr, in der nichts, was vorgeht, recht natürlich ist. Also können Sie ohne Bedenken annehmen, glauben Sie mir das. Vor allen Dingen dürfen Sie“, fuhr sie mit Nachdruck fort, „keinerlei verräterische Absicht hinter dem schlichten Anerbieten einer Frau suchen, die von politischem Haß nichts wissen will.“

„Trotzdem wird eine solche Reise nicht ohne Gefahr sein,“ entgegnete er und begleitete diese Worte mit einem feinen Blick, der ihnen Geist verlieh.

„Was fürchten Sie denn noch?“ meinte sie mit spöttischem Lächeln. „Ich sehe keine Gefahr für irgendwen.“

„Ist die Frau, die das sagt, dieselbe, deren Blick mich so entzückt hatte?“ fragte sich der junge Mann. „Was für ein Ton! Sie stellt mir eine Falle.“

In diesem Augenblick ertönte, einer düsteren Warnung gleich, der scharfe, durchdringende Schrei eines Käuzchens, das ganz oben auf dem Kamine zu sitzen schien.

„Was ist das?“ fragte Fräulein von Verneuil. „Unsere Reise fängt nicht unter günstigen Vorzeichen an. Gibt es denn hier Eulen, die am hellen Tage schreien?“

„So etwas kann vorkommen,“ sagte der junge Mann kalt.

Er sah seine Mutter an, und sie ihn. Dann fuhr er fort:

„Wir würden Ihnen vielleicht Unglück bringen, mein Fräulein. Denken Sie das nicht selbst? Reisen wir also nicht gemeinsam!“

Diese Worte sagte er mit einer Ruhe und Zurückhaltung, die Fräulein von Verneuil in Erstaunen setzten.

„Mein Herr,“ erwiderte sie mit ganz und gar aristokratischer Unverschämtheit, „es liegt mir nichts ferner, als Sie zwingen zu wollen. Bewahren wir uns den Rest von Freiheit, den die Republik uns läßt. Wenn die gnädige Frau allein wäre, würde ich freilich darauf bestehen . . .“

Die schweren Tritte eines Militärs hallten durch den Flur, und bald stand Kommandant Hulot mit gerunzelter Stirn vor den Anwesenden.

„Kommen Sie hierher, Oberst,“ rief Fräulein von Verneuil lächelnd und zeigte mit der Hand auf einen Stuhl neben dem ihren.

„Beschäftigen wir uns, da es nötig ist, mit Staatsangelegenheiten! Aber so lachen Sie doch! Was haben Sie denn? Sind Chouans hier?“

Beim Anblick des jungen Unbekannten, den er mit sonderbarer Aufmerksamkeit musterte, war der Kommandant wie angewurzelt stehen geblieben.

„Nehmen Sie noch etwas Hasenbraten, Mutter? Fräulein Francine, Sie essen ja gar nicht!“ sagte der Seemann zu seinen Tischgenossen, obwohl in Hulots Erstaunen und der Aufmerksamkeit des Fräuleins von Verneuil etwas furchtbar Ernstes lag, das er nicht verkennen durfte, ohne sich in Gefahr zu bringen. Darum fuhr er plötzlich fort: „Was hast du denn, Kommandant? Solltest du mich kennen?“

„Vielleicht,“ erwiderte der Republikaner.

„Ach ja, ich glaube, ich habe dich in der Schule gesehen.“

„Ich bin niemals in der Schule gewesen,“ versetzte der Kommandeur grob. „Aus was für einer Schule kommst denn du?“

„Von der Polytechnischen.“

„Haha! ja so, aus dieser Kaserne, wo man Soldaten in Schlafsälen züchten will," spottete der Kommandant, dessen Abneigung gegen die aus dieser gelehrten Pflanzschule hervorgegangenen Offiziere unüberwindlich war. „Und bei was für einem Korps dienst du?"

„Bei der Marine."

„Oho," sagte Hulot mit boshaftem Lächeln. „Kennst du noch viele andere Zöglinge aus der Schule da, die bei der Marine sind? Es gehen ja daraus", setzte er mit ernster Miene hinzu, „nur Artillerie- und Genieoffiziere hervor."

Der junge Mann ließ sich indes nicht aus der Fassung bringen.

„Mit mir ist meines Namens wegen eine Ausnahme gemacht worden," entgegnete er. „Wir sind alle Seeleute gewesen in unserer Familie."

„Ach!" war Hulots Erwiderung. „Wie ist denn dein Familienname, Bürger?"

„Du Gua Saint-Cyr."

„Somit bist du in Mortagne nicht ermordet worden?"

„Ach, viel hat nicht daran gefehlt," fiel hier lebhaft Frau von Gua ein. „Mein Sohn hat zwei Kugeln abbekommen ..."

„Und du hast Papiere?" sagte Hulot, ohne auf die Mutter zu hören.

„Wollen Sie sie sehen?" fragte keck der junge Seemann, dessen blaues Auge voller Mutwillen bald das finstere Gesicht des Kommandeurs, bald das des Fräuleins von Verneuil betrachtete.

„Soll ich mich etwa von einem Gelbschnabel wie du nasführen lassen? Vorwärts, her mit deinen Papieren, oder sonst marsch und fort!"

„Nun, nun, mein Lieber, ich bin kein Tölpel. Brauche ich dir überhaupt zu antworten? Wer bist du denn?“

„Der Befehlshaber des Departements,“ gab Hulot zurück.

„Oh, in dem Falle könnte es mir übel gehen, wenn es hieße, man hätte mich mit den Waffen in der Hand gefangen.“

Er bot dem Kommandanten ein Glas Wein an. Der aber antwortete nur:

„Ich habe keinen Durst. Vorwärts, schnell, deine Papiere!“

Da schallten von der Straße her Waffenlärm und die Schritte von Soldaten. Hulot trat ans Fenster und nahm eine zufriedene Miene an, bei deren Anblick Fräulein von Verneuil erzitterte. Dieses Zeichen ihrer Teilnahme erwärmte den jungen Mann, dessen Gesicht kalt und stolz geworden war. Nachdem er in seiner Rocktasche gesucht hatte, überreichte er dem Kommandanten seine Papiere, die in einer eleganten Brieftasche steckten. Ganz langsam las Hulot sie durch und verglich dabei die Angaben des Passes mit den Zügen des Unbekannten. Während dieser Prüfung ertönte der Schrei des Käuzchens von neuem; aber diesmal war es nicht schwer, Klang und Schwingung einer menschlichen Stimme darin zu erkennen. Der Kommandant gab dem jungen Manne seine Papiere mit spöttischer Miene zurück und sagte:

„Das ist alles gut und schön, aber du mußt mir darum doch nach dem Distrikte folgen. Ich für meinen Teil habe keine Vorliebe für Musik!“

„Warum wollen Sie ihn nach dem Distrikte mitnehmen?“ fragte Fräulein von Verneuil bestürzt.

„Das“, erwiderte der Kommandant und schnitt seine gewohnte Fratze, „geht Sie nichts an, kleines Dämchen.“

Empört über den Ton und den Ausdruck des alten Soldaten und mehr noch über die Demütigung, die sie vor dem jungen Seemanne dadurch erlitt, stand Fräulein von Verneuil auf, ließ die offene und bescheidene Haltung, die sie bis dahin bewahrt, ganz fallen und rief mit geröteten Wangen und funkelnden Augen zwar leise, aber mit bebender Stimme:

„Hat dieser junge Mann nicht allen Forderungen des Gesetzes genügt?“

„Dem Anscheine nach wohl“, erwiderte Hulot ironisch.

„Nun gut, so erwarte ich, daß Sie ihn dem Anscheine nach in Ruhe lassen“, gab sie zurück. „Haben Sie Angst, daß er Ihnen entkommt? Sie werden ihn mit mir zusammen nach Mayenne geleiten. Er wird mit seiner Frau Mutter meinen Wagen teilen. Keinen Einwand! Ich will es.“

Als Hulot zum zweitenmal sein Gesicht schnitt, fragte sie:

„Finden Sie ihn denn noch verdächtig?“

„Oh, so ein bißchen, meine ich.“

„Was wollen Sie also mit ihm tun?“

„Nichts; höchstens ihm den Kopf ein wenig mit Blei abkühlen“, war Hulots spöttischer Bescheid. „Er ist ein Hitzkopf.“

„Scherzen Sie, Herr Oberst?“ rief Fräulein von Verneuil.

„Vorwärts, Kamerad,“ sagte der Kommandant und machte eine auffordernde Kopfbewegung nach dem Seemann hin. „Vorwärts, rasch!“

Bei dieser Unverfrorenheit Hulots gewann Fräulein von Verneuil ihre Ruhe wieder, und ein Lächeln flog über ihr Gesicht.

„Gehen Sie nicht mit ihm“, sprach sie zu dem jungen Manne und streckte mit einer schützenden Gebärde würdevoll die Hand aus.

„Was für ein schöner Kopf!“ flüsterte der Seemann seiner Mutter ins Ohr, die dazu die Stirn runzelte.

Durch den Verdruß und tausend aufgeregte, aber zurückgedrängte Empfindungen spiegelten sich auf einmal ganz neue Schönheiten auf dem Gesicht der Unbekannten. Francine, Frau von Gua und ihr Sohn waren aufgestanden. Fräulein von Verneuil trat lebhaft zwischen sie und den lächelnden Kommandanten, löste rasch zwei Schnüre ihres Leibchens und reichte Hulot hastig einen offenen Brief, wozu sie einerseits durch die Verblendung hingerissen wurde, die Frauen eigen ist, wenn man ihrer Selbstliebe stark zusetzt, andererseits aber, weil sie sich geschmeichelt fühlte, ihre Macht auszuüben, und ungeduldig war, wie ein Kind, das ein eben erhaltenes neues Spielzeug versuchen will.

„Lesen Sie!“ sagte sie mit schadenfrohem Lächeln. Dann wandte sie sich nach dem jungen Manne um, dem sie in ihrem Triumphgefühl einen Blick zuwarf, der ein Gemisch von Mutwillen und Verliebtheit war. Beider Gesichter hellten sich auf; die Freude rötete ihre erregten Wangen, und tausend einander widersprechende Gedanken regten sich in ihnen. Frau von Gua schien durch einen einzigen Blick davon überzeugt zu sein, daß Fräulein von Verneuils Edelmut viel mehr der Liebe als der Menschenfreundlichkeit zuzuschreiben sei, und damit hatte sie zweifellos recht. Zunächst errötete die hübsche Reisende und senkte bescheiden die Augen, als sie diesen alles sagenden Frauenblick auffing; doch bald fand sie ihren Mut wieder, hob stolz den Kopf und begegnete unerschrocken allen Blicken. Der Kommandant war wie erstarrt. Er gab ihr den von den Ministerien gezeichneten Brief zurück, der allen Behörden Gehorsam gegen Fräulein von Verneuil anbefahl, zog dann seinen Degen aus der Scheide, faßte ihn, zerbrach ihn über dem Knie, warf die Stücke auf den Boden und sprach kalt:

„Sie werden wahrscheinlich recht gut wissen, mein Fräulein, was Sie zu tun haben; aber ein Republikaner hat seine eigenen Ideen und seinen Stolz. Ich kann da nicht dienen, wo hübsche Mädchen kommandieren; der Erste Konsul wird sofort mein Entlassungsgesuch erhalten, und andere, als Hulot, werden Ihnen gehorchen. Da, wo ich nicht mehr begreife, mache ich halt, besonders, wenn ich begreifen soll."

Einen Augenblick herrschte Stillschweigen; dann schritt Fräulein von Verneuil auf den Kommandanten zu, reichte ihm die Hand und sagte:

„Herr Kommandant, wenn Ihr Bart auch ein wenig lang ist, dürfen Sie mir doch einen Kuß geben. Sie sind ein Mann!"

„Ich schmeichle mir wenigstens, es zu sein," antwortete er und drückte ziemlich linkisch einen Kuß auf ihre Hand.

Dann drohte er dem jungen Manne mit dem Finger:

„Du, Kamerad, bist diesmal mit einem blauen Auge davongekommen!"

„Kommandant," versetzte der Unbekannte lachend, „der Spaß muß jetzt einmal ein Ende nehmen. Wenn du willst, folge ich dir zum Distrikt."

„Wirst du auch deinen unsichtbaren Pfeifer mitnehmen, Marche-à-terre?"

„Was für einen Marche-à-terre?" fragte der Seemann mit allen Zeichen des ehrlichsten Erstaunens.

„Ist nicht vorhin gepfiffen worden?"

„Nun ja!" entgegnete der Fremde, „aber was hat dieses Pfeifen mit mir zu tun, wenn ich dich fragen darf? Ich glaubte, deine Soldaten, denen du vielleicht befohlen hattest, mich festzunehmen, verständigten dich auf solche Weise von ihrem Kommen."

„Wahrhaftig? das hast du geglaubt?"

„Nun, mein Gott, ja. Aber trink' doch deinen Bordeaux endlich, er ist köstlich."

Überrascht von dem natürlichen Erstaunen des Seemanns, von der unglaublichen Ungezwungenheit seines Benehmens, der Jugendlichkeit seines Gesichtes, das durch die sorgfältig angeordneten blonden Locken einen fast kindlichen Ausdruck bekam, wurde der Kommandant noch durch tausend Mutmaßungen beunruhigt. Als er bemerkte, wie Frau von Gua das Geheimnis der Blicke zu erraten suchte, die ihr Sohn Fräulein von Verneuil zuwarf, fragte er sie unversehens:

„Wie alt sind Sie, Bürgerin?"

„Ach, Herr Offizier, die republikanischen Gesetze werden wirklich recht hart! ich bin achtunddreißig Jahre."

„Und wenn ich erschossen werden sollte, glaube ich kein Sterbenswort von alledem! Marche-à-terre ist hier, er hat gepfiffen, und ihr seid verkleidete

Chouans. Ich lasse jetzt — zum Donnerwetter! — das Gasthaus umzingeln und durchsuchen."

Hier wurde der Kommandant durch ein unregelmäßiges, dem vorherigen ziemlich ähnliches Pfeifen unterbrochen, das aus dem Hofe zu kommen schien. Zum Glück stürzte er sofort hinaus, so daß er die Blässe nicht bemerkte, die sich bei seinen letzten Worten über Frau von Guas Züge verbreitet hatte. Hulot sah den Pfeifer; es war ein Postkutscher, der seine Pferde vor die Kutsche des Fräuleins von Verneuil spannte. Nun schwand sein Verdacht, denn es schien ihm wirklich ganz ungereimt, daß die Chouans sich mitten nach Alençon hineinwagen sollten. Verlegen kam er zurück.

„Ich verzeihe ihm, aber er soll es teuer bezahlen," flüsterte die Mutter lachend ihrem Sohne zu, als Hulot wieder ins Zimmer trat.

Auf den Zügen des wackeren Offiziers konnte man den Kampf lesen, der sich in ihm zwischen seiner Pflichttreue und seiner angeborenen Güte abspielte. Sein Gesicht blieb mürrisch, vielleicht weil er sich getäuscht zu haben glaubte. Doch griff er nach dem Glase Wein und sagte:

„Kamerad, verzeih mir, aber deine Schule entsendet sehr junge Offiziere in die Armee..."

„Die Räuber haben doch noch jüngere?" fragte der vermeintliche Seemann lachend.

„Für wen hielten Sie denn meinen Sohn?" kam Frau von Gua dazwischen.

„Für den Gars, den Chouanführer, den das Londoner Kabinett herübergeschickt hat; er heißt, glaube ich, Marquis von Montauran."

Noch immer beobachtete der Kommandant scharf die Gesichter der beiden verdächtigen Personen.

Mutter und Sohn sahen einander mit jenem sonderbaren Ausdruck an, den anmaßende Ignoranten zuweilen haben.

„Verstehst du das?"

„Nein. Und du?"

„Gar nichts begreife ich."

„Wovon redet er eigentlich?"

„Er träumt."

Und zum Schlusse ertönte ein beleidigendes, albernes Gelächter, wie wenn die Dummheit glaubt, recht behalten zu haben.

Fräulein von Verneuil war plötzlich erblaßt, als sie den Namen des royalistischen Generals aussprechen hörte, und beobachtete den Seemann verstohlen. Doch die rasche Veränderung ihres Wesens und ihr furchtbares Erschrecken wurden von niemand als Francine bemerkt, der einzigen, der die unmerklichsten Regungen dieses jungen Gesichtes vertraut waren.

Der Kommandant war gänzlich auf eine falsche Fährte geraten. Er hob die beiden Stücke seines Degens auf, sah Fräulein von Verneuil an, deren warmer Ton den Weg zu seinem Herzen gefunden hatte, und sagte zu ihr:

„Was Sie betrifft, mein Fräulein, so widerrufe ich nicht. Morgen erhält Bonaparte die Stücke von Hulots Degen, wenn nicht..."

„Ach, was kümmert mich Bonaparte, Ihre Republik, die Chouans, der König und der Gars?" rief sie mit einer Heftigkeit, die den ganzen Aufruhr ihres Innern verriet.

Laune oder Leidenschaft gossen flammende Röte über ihre Wangen. Man konnte sehen, daß die ganze Welt ihr nichts mehr bedeutete in dem

Augenblick, wo sie einen einzigen auszeichnete. Als sie jedoch gewahr wurde, daß sie, gleich einem vortrefflichen Schauspieler, aller Blicke auf sich gezogen hatte, zwang sie sich in eine künstliche Ruhe zurück. Hulot stand unvermutet auf, und beunruhigt und aufgeregt folgte ihm Fräulein von Verneuil auf den Gang hinaus, wo sie ihn anhielt, um ihn feierlich zu fragen:

‚Sie hatten also starke Gründe, den jungen Mann für den Gars zu halten?"

„Herrgott noch einmal, Fräulein! der Bursche, der Sie begleitet, hat mir mitgeteilt, daß der Wagen, in dem der junge du Gua und seine Mutter saßen, vorgestern in der Nähe von Mortagne überfallen worden sei, und daß die Chouans Mutter, Sohn und Kutscher ermordet hätten."

„Ach, wenn Corentin im Spiele ist, wundert mich nichts mehr!" rief sie voller Abscheu.

Der Kommandant entfernte sich, ohne daß er gewagt hätte, Fräulein von Verneuil noch einmal anzublicken, denn ihre gefährliche Schönheit begann bereits sein Herz zu beunruhigen.

„Ich hätte die Dummheit begangen, meinen Degen wieder aufzunehmen, wenn ich zehn Minuten länger geblieben wäre", murmelte er beim Hinuntergehen.

Als Frau von Gua sah, wie die Augen des jungen Mannes an der Türe hingen, zu der Fräulein von Verneuil hinausgegangen war, flüsterte sie ihm zu:

„Immer derselbe! Sie werden noch einmal durch eine Frau umkommen. Einer Puppe zuliebe vergessen Sie alles und jedes. Warum haben Sie sie denn eingeladen, mit uns zu frühstücken? Das ist mir ein schönes Fräulein von Verneuil, — eine

Frau, die mit unbekannten Leuten frühstückt, sich von Blauen geleiten läßt und sie durch ein Schreiben entwaffnet, das sie wie einen Liebesbrief am Herzen trägt! Vielleicht ist sie eines der elenden Geschöpfe, mit deren Hilfe Fouché sich Ihrer bemächtigen will!"

„Gnädige Frau," versetzte der junge Mann mit so bitterem Tone, daß das Herz der Dame getroffen wurde und sie erblaßte, „ihre edle Handlungsweise straft solche Vermutung Lügen. Vergessen Sie nicht, daß nichts als die Sache des Königs uns zusammenführt. Sollte die Welt nicht freudlos für Sie sein, nachdem Sie Charette zu Ihren Füßen gesehen? Leben Sie denn nicht einzig und allein, um ihn zu rächen?"

Die Dame blieb nachdenklich stehen wie ein Mensch, der vom Ufer aus dem Schiffbruch seiner Habe zusieht und nun um so heißeres Verlangen nach seinen Schätzen trägt. Fräulein von Verneuil kam wieder herein. Der junge Seemann tauschte ein Lächeln mit ihr aus und einen hoffnungsreichen Blick, dessen Verheißungen um so süßer waren, je ungewisser die Zukunft, je flüchtiger ihre Verbindung war. So schnell aber dieser Blick auch war, konnte er dem geschärften Auge der Frau von Gua doch nicht entgehen, die seine Bedeutung wohl verstand, und deren Stirn sich darob in leichte Falten legte, wie auch ihr Gesicht die eifersüchtigen Gedanken nicht ganz verbergen konnte.

Francine beobachtete sie, sah ihre Augen glänzen, ihre Wangen sich röten, es war ihr, wie wenn ein teuflischer Geist dieses unter einer furchtbaren Erschütterung erbebende Gesicht belebe. Doch kein Blitz ist flüchtiger, selbst der Tod nicht schneller, als es dieser vorübergehende Ausdruck war; und Frau von Gua verstand es, ihre heitere Miene mit einer derartigen Sicherheit wieder anzunehmen, daß Francine geträumt zu haben glaubte. Da sie jedoch bei dieser Frau eine zum mindesten ebenso große Heftigkeit des Gefühls wie bei Fräulein von Verneuil bemerkte, schauderte ihr beim Gedanken an die furchtbaren Zusammenstöße, die bei zwei Menschen von solchem Schlage unausbleiblich sein würden, und sie zitterte, als sie Fräulein von Verneuil lächelnd auf den jungen Offizier zugehen sah, sah, wie sie ihm einen leidenschaftlichen, berauschenden Blick zuwarf, ihn an beiden Händen faßte und ihn mit einer schelmisch mutwilligen Gebärde ans Fenster zog.

„Jetzt gestehen Sie mir," sagte sie und suchte in seinen Augen zu lesen, „daß Sie nicht Herr du Gua Saint-Cyr sind."

„Doch, Fräulein."

„Der ist doch aber tot."

„Das bedaure ich unendlich," erwiderte er lachend. „Aber wie dem auch sei, ich bin Ihnen trotzdem zu großer Dankbarkeit verpflichtet, die ich Ihnen nur zu gern würde beweisen können."

„Ich glaubte einen Emigranten zu retten, aber als Republikaner sind Sie mir lieber."

Bei diesen Worten, die ihren Lippen wie unbedacht entschlüpft waren, wurde sie plötzlich verlegen; sie schien zu erröten, und ihre Haltung zeigte nur noch eine entzückende Offenheit des Gefühls; sanft machte sie ihre Hände aus denen des Offiziers los, nicht, weil sie sich schämte, sie gedrückt zu haben, sondern aus einem Gedanken heraus, der zu schwer war, um ihn im Herzen zu tragen, und ließ ihn hoffnungstrunken stehen. Dann schien es, als zürne sie sich selbst und nur sich allein wegen dieser Freiheit, die vielleicht durch das flüchtige Reiseabenteuer eine gewisse Berechtigung gewann, nahm wieder die Haltung an, die sie sich selbst vorgeschrieben, grüßte ihre beiden Reisegefährten und verschwand mit Francine.

Als sie in ihrem Zimmer angelangt waren, schob Francine die Finger ineinander, drehte die Handflächen nach oben und betrachtete ihre Herrin händeringend. Dann sagte sie:

„Ach, Marie, wie vielerlei in so kurzer Zeit! Niemand als Sie kann solche Dinge anstellen!"

Fräulein von Verneuil flog Francine an den Hals. „Ach, das ist Leben! Ich bin im Himmel!"

„Vielleicht in der Hölle!" entgegnete Francine.

„Meinetwegen auch in der Hölle!" gab Fräulein von Verneuil heiter zurück. „Komm, gib mir die Hand. Da fühle, wie mein Herz klopft. Ich habe Fieber. Wie wenig bedeutet mir jetzt die ganze Welt! Wie oft habe ich diesen Mann in meinen Träumen gesehen, wie schön ist sein Kopf und wie strahlend sein Blick! Ich habe ihn genau genug betrachtet!"

„Liebt er Sie denn?" fragte mit schwacher Stimme das einfache Landmädchen, dessen Gesicht jetzt einen wehmütigen Ausdruck annahm.

„Das mußt du ihn selbst fragen!" antwortete Fräulein von Verneuil.

„Aber sag doch, Francine," setzte sie halb ernst, halb drollig hinzu, „ob das so schwer sein würde?"

„Das nicht. Aber wird er Sie immer lieben?"

Sie sahen sich einen Augenblick lang wie überrascht an, Francine, weil sie so erfahren gesprochen, Marie, weil sie zum erstenmal an eine glückliche Zukunft ihrer Leidenschaft dachte. So blieb sie stehen, wie über einen Abgrund gebeugt, dessen Tiefe sie durch das Niederfallen eines zuerst achtlos hineingeworfenen Steins ergründen wollte.

„Nun, das ist meine Sache," sagte sie dann mit der Gebärde eines verzweifelten Spielers. „Ich werde niemals eine betrogene Frau bedauern, denn sie ist an ihrem Unglück nur selber schuld. Ich würde mir den Mann, dessen Herz mir einmal gehört hat, lebend oder tot wohl zu bewahren wissen!..."

„Aber," setzte sie nach kurzem Schweigen erstaunt hinzu, „woher kommt dir soviel Weisheit, Francine?"

„Fräulein," erwiderte die Gefragte lebhaft, „ich höre Schritte auf dem Gang."

„Ach, er ist es nicht! — Aber," sprach sie weiter, „das ist keine Antwort! Doch ich verstehe dich; ich werde sie abwarten oder erraten."

Francine hatte recht. Drei Schläge an der Tür unterbrachen die Unterhaltung. Auf Mariens herein erschien Hauptmann Merle auf der Schwelle.

☆

ZEHNTES KAPITEL

NACHDEM ER FRÄULEIN VON VERNEUIL militärisch gegrüßt hatte, wagte der Hauptmann einen Blick auf sie, fand jedoch nichts anderes zu sagen als: „Ich stehe zu Ihren Diensten, mein Fräulein!"

„Ah, Sie sind nach der Demission Ihres Halbbrigadeführers mein Beschützer geworden. Nicht wahr, so heißt Ihr Regiment doch? Hat denn Ihr Kommandant solche Angst vor mir?“

„Verzeihen Sie, Fräulein, Hulot hat keine Angst. Aber Frauen, sehen Sie, sind nun einmal nicht sein Fall. Und es hat ihn gewurmt, daß er einem General gehorchen sollte, der eine Haube trägt.“

„Dennoch,“ wandte Fräulein von Verneuil ein, „war es seine Pflicht, seinem Vorgesetzten zu gehorchen. Ich liebe Subordination, das muß ich Ihnen sagen, und mag nicht, daß man sich mir widersetzt.“

„Das dürfte auch sehr schwer sein,“ antwortete Merle.

„Wir wollen beraten. Sie haben frische Truppen hier, die werden mich nach Mayenne begleiten, wo ich heute abend sein kann. Werden wir dort wieder andere Soldaten vorfinden, damit wir ohne Verzug weiter können? Die Chouans wissen nichts von unserem kleinen Unternehmen. Wenn wir nächtlicherweise reisen, müßten wir schon außergewöhnliches Pech haben, um sie in so großer Anzahl zu treffen, daß sie uns angreifen könnten. Oder meinen Sie, daß dies doch möglich ist?“

„Jawohl, gnädiges Fräulein.“

„Wie ist der Weg von Mayenne nach Fougères?“

„Unangenehm. Man muß immer bergauf und bergab laufen, es ist ein wahres Eichhörnchenland.“

„Brechen wir schleunigst auf,“ sagte sie. „Und gehen Sie voraus, da wir beim Verlassen von Alençon ja keine Gefahren zu befürchten haben. Wir holen Sie bald ein.“

„Man sollte meinen, sie sei ihre zehn Jahre lang Offizier gewesen,“ dachte Merle im Hinausgehen. „Hulot irrt sich, dieses junge Mädchen gehört nicht zu denen, die sich mit ihrem Federbett eine Rente verdienen. Zum Kuckuck noch einmal! wenn der Herr Hauptmann Merle Halbbrigadeführer werden will, darf er den heiligen Michael nicht für den Teufel halten.“

Während der Unterredung ihrer Herrin mit dem Hauptmanne war Francine aus dem Zimmer gegangen, in der Absicht, aus einem Fenster des Ganges eine Stelle in dem Hofe zu beobachten, zu dem sie sich seit ihrer Einkehr im Gasthaus mit unwiderstehlicher Neugier hingezogen fühlte. Mit solch tiefer Aufmerksamkeit schaute sie nach dem Stroh im Pferdestalle hin, daß man hätte glauben mögen, sie bete andächtig zu einem Muttergottesbild. Sie stand noch nicht lange an ihrem Posten, als sie sah, wie Frau von Gua sich an Marche-à-terre heranschlich, vorsichtig wie eine Katze, die sich die Pfoten nicht naßmachen will. Bei ihrer Annäherung erhob sich der Chouan und blieb in der ehrfurchtvollsten Haltung vor ihr stehen. Dieser seltsame Vorfall steigerte Francines Neugier noch mehr. Leichtfüßig wie ein Vogel huschte sie in den Hof, drückte sich so, daß Frau von Gua sie nicht sehen konnte, an der Mauer vorbei und versuchte sich hinter der Stalltüre zu verbergen. Sie ging auf den Fußspitzen, hielt den Atem an, um auch das leiseste Geräusch zu vermeiden, und gelangte so unbemerkt ganz in die Nähe Marche-à-terres.

„Und wenn nach all diesen Erkundigungen,“ sagte die Unbekannte gerade zu dem Chouan, „dies nicht

ihr Name ist, hast du sie ohne Erbarmen wie einen tollen Hund niederzuschießen."
„Habe verstanden," antwortete Marche-à-terre.
Die Dame ging. Der Chouan setzte seine rotwollene Mütze wieder auf, blieb aber stehen und kratzte sich verlegen hinter den Ohren. Da sah er Francine wie durch ein Wunder neben sich und schrie:
„Heilige Anna von Auray!"
Er ließ die Peitsche fallen, faltete die Hände und blieb verzückt stehen. Eine schwache Röte lief über sein grobes Gesicht, und seine Augen strahlten wie Diamanten im Kot.
„Bist du es denn leibhaftig?" setzte er nach einer Weile hinzu. Und wieder nach einer Pause sagte er: „So schön! Ich wag's gar nicht, dich anzufassen!" wobei er gleichwohl seine breite Hand ausstreckte, um die Schwere einer dicken goldenen Kette zu befühlen, die von Francines Hals bis zu ihrer Taille hinabreichte.
„Und daran tust du gut, Pierre," antwortete das Mädchen mit dem Instinkt, der eine Frau, sobald sie sich nicht unterdrückt fühlt, zur Despotin macht.
Stolz trat sie ein paar Schritte zurück, nachdem sie sich an der Betroffenheit des Chouans geweidet; doch dann machte sie die Härte ihrer Worte durch einen Blick voll Sanftmut wieder gut und näherte sich ihm von neuem.
„Pierre," fing sie wieder an, „diese Dame hat von dem jungen Fräulein gesprochen, das ich begleite, nicht wahr?"
Marche-à-terre blieb stumm, und sein Gesicht kämpfte wie die Morgenröte zwischen Licht und Finsternis. Er sah abwechselnd auf Francine, die

dicke Peitsche, die ihm entglitten war, und die Goldkette, die eine ebenso mächtige Anziehung für ihn zu haben schien wie das Gesicht der Bretonin. Dann bückte er sich, als wolle er seiner Unruhe ein Ende machen, nach seiner Peitsche, fuhr aber fort zu schweigen.

„Ach, es ist nicht schwer zu erraten, daß diese Frau dir befohlen hat, meine Herrin zu töten," redete ihn Francine von neuem an, da sie die verschwiegene Treue des Gars kannte und seine Bedenken zerstreuen wollte.

Marche-à-terre nickte bedeutungsvoll mit dem Kopfe.

„Höre, Pierre! Wenn ihr das geringste Leid widerfährt, wenn ihr nur ein Haar gekrümmt wird, so haben wir uns heute zum letzten Male gesehen, hier so gut wie in der Ewigkeit, denn ich werde ins Paradies kommen, und du in die Hölle!"

Der Besessene, über den die Kirche ehemals in feierlichster Weise ihre Beschwörungsformeln aussprach, wurde sicherlich davon nicht tiefer bewegt als Marche-à-terre von dieser Prophezeiung, in die Francine durch die Gläubigkeit, mit der sie sie aussprach, eine Art von Gewißheit hineinlegte. Seine zuerst wild zärtlichen Blicke, die er dann kraft jenes Fanatismus bekämpft hatte, dessen Pflichten ebenso gebieterisch waren wie die der Liebe, wurden mit einem Male grimmig, als er die befehlende Miene der unschuldigen Liebsten gewahrte, der sein Herz schon lange gehörte.

Francine legte das Schweigen des Chouans auf ihre Weise aus.

„Du willst mir also nichts zuliebe tun?" fragte sie vorwurfsvoll.

Auf diese Worte hin warf er ihr einen Blick zu, der schwarz war wie die Nacht.
„Bist du frei?“ fragte er in einem grunzenden Tone, den nur Francine verstand.
„Wäre ich sonst hier?“ versetzte sie entrüstet. „Aber du — was tust du hier? Du hältst es noch immer mit den Königstreuen, läufst auf den Wegen umher wie ein wütendes Tier, das beißen will. O Pierre, wenn du klug wärst, kämest du mit mir! Das schöne Fräulein hat für uns gesorgt. Ich habe jetzt zweihundert Livres gute Renten, und sie hat mir das große Haus meines Onkels Thomas für fünfhundert Taler gekauft. Außerdem habe ich mir zweitausend Livres erspart.“
Aber ihr Lächeln und die Schilderung ihrer Schätze prallten an Marche-à-terres undurchdringlichem Ausdruck ab.
„Die Rektoren haben befohlen, daß wir uns in Marsch setzen sollen,“ sagte er. „Für jeden Blauen gibt es einen Ablaß.“
„Aber die Blauen töten dich vielleicht!“
Seine ganze Antwort bestand in einem Fallenlassen der Arme, als bedaure er die Geringfügigkeit des Opfers, das er Gott und dem König damit darbringen würde.
„Und ich, was wird aus mir?“ fragte das Mädchen schmerzerfüllt.
Marche-à-terre sah sie starr an. Seine Augen schienen sich zu erweitern, und es entrollten ihnen zwei Tränen, die nebeneinander von seinen behaarten Wangen auf die ihn deckenden Ziegenfelle flossen. Zugleich drang ein dumpfes Stöhnen aus seiner Brust.
„Heilige Muttergottes! Ist das alles, Pierre, was du

mir nach einer zehnjährigen Trennung zu sagen hast! Du hast dich recht verändert."

„Ich liebe dich noch immer!" antwortete der Chouan heftig.

„Nein," flüsterte sie ihm ins Ohr, „der König ist dir mehr als ich!"

„Wenn du mir so kommst, gehe ich," erwiderte er.

„Also leb wohl," sagte sie traurig.

„Leb wohl," wiederholte Marche-à-terre.

Er ergriff Francines Hand, drückte sie, küßte sie, machte das Kreuzzeichen und zog sich, wie ein Hund, der einen Knochen geraubt hat, rasch in den Stall zurück.

„Pille-miche," sagte er zu seinem Gefährten, „ich sehe nicht die Hand vor Augen. Hast du dein Tabakshorn?"

„Oh, so eine schöne Kette!" erwiderte Pille-miche, während er in einer der Taschen seines Kitzfells herumsuchte.

Er hielt Marche-à-terre das kleine Rinderhorn hin, worin die Bretonen den feinen Tabak aufbewahren, den sie an den langen Winterabenden selbst zu Pulver reiben. Der Chouan reckte den Daumen, so daß sich an seinem Handgelenk die Höhlung bildete, in der die Invaliden ihre Tabaksprisen abzumessen pflegen, dann schüttelte er das von Pille-miche aufgeschraubte Tabakshorn gehörig, und sein staubfeiner Inhalt floß langsam durch das kleine Loch an der Spitze heraus. Das wiederholte er schweigend sieben- oder achtmal, gerade, als ob dieses Pulver die Kraft besessen hätte, ihn auf andere Gedanken zu bringen. Plötzlich entfuhr ihm eine verzweifelte Gebärde, er warf Pille-miche sein

Tabakshorn wieder zu und ergriff einen im Stroh versteckten Karabiner.
„Sieben oder acht Prisen, hintereinander, is das nix?“ sagte Pille-miche.
„Vorwärts!“ rief Marche-à-terre mit heiserer Stimme. „'s gibt Arbeit!“
Etwa dreißig Chouans, die im Stroh und unter den Raufen schliefen, hoben den Kopf und verschwanden, als sie Marche-à-terre in Bereitschaft sahen, alsbald durch eine Tür, die auf die Felder hinaus führte.
Als Francine den Pferdestall verlassen hatte, fand sie die Kalesche zum Abfahren bereit vor. Fräulein von Verneuil und ihre beiden Reisegefährten waren bereits eingestiegen. Die Bretonin überlief es kalt, als sie ihre Herrin neben der Frau sitzen sah, die soeben ihren Tod befohlen. Der junge Offizier setzte sich Marie gegenüber, und sobald auch Francine ihren Platz eingenommen hatte, fuhr der Wagen in schnellem Trabe davon.
Die Sonne hatte die grauen Herbstwolken zerstreut, und ihre Strahlen gaben der Eintönigkeit der Felder einen jugendlich festlichen Schimmer. Viele Liebende halten solche Zufälligkeiten für Vorbedeutungen.
Francine wurde von dem anfänglich zwischen den Reisenden herrschenden Stillschweigen sonderbar berührt. Fräulein von Verneuil hatte ihre kalte Miene wieder angenommen und hielt die Augen gesenkt, den Kopf sanft geneigt und die Hände von einer Art Umhang verdeckt, in den sie sich gehüllt. Wenn sie den Blick hob, geschah es nur, um die Landschaftsbilder zu betrachten, die rasch an ihnen vorbeiflogen. Der Bewunderung sicher, ent-

zog sie sich ihr. Aber ihre anscheinende Unbefangenheit zeugte eher von Koketterie als von Aufrichtigkeit. Die rührende Reinheit, die zarten Seelen in ihren mannigfachen Äußerungen eine solche Harmonie verleiht, schien ihren Zauber diesem Geschöpf versagt zu haben, das durch seine lebhafte Eindrucksfähigkeit für die Stürme der Liebe bestimmt war.

In der Freudigkeit der Gefühle, die der beginnende Liebeshandel in ihm weckte, versuchte der Unbekannte noch nicht, sich den Mißklang zu deuten, der zwischen der Gefallsucht dieses sonderbaren Mädchens und dem zuvor von ihr bewiesenen hohen Geistesschwung herrschte. Denn erlaubte ihm diese zur Schau getragene Offenheit nicht, ihr Gesicht nach Belieben zu betrachten, das jetzt in seiner Ruhe ebenso schön war wie kurz zuvor in der Erregung? Wir pflegen die Quelle unserer Genüsse nicht anzuklagen.

Es ist schwierig für eine schöne Frau, sich im Wagen den Blicken ihrer Mitreisenden zu entziehen, deren Augen sich auf sie richten, als suchten sie in ihr eine Ablenkung von der Einförmigkeit der Fahrt. Höchst erfreut, den Wünschen seiner aufkeimenden Leidenschaft Genüge tun zu können, ohne daß die Unbekannte seinen Blick vermieden oder sich über seine Hartnäckigkeit erzürnt hätte, gab sich der junge Offizier der Betrachtung der reinen, köstlichen Linien des Gesichtes hin, das es ihm angetan hatte. Es war ihm wie ein Gemälde. Bald ließ die Sonne die zarten Nasenflügel rosig aufleuchten und belebte den Doppelbogen, der die Nase mit der Oberlippe verband; bald hob ein schwacher Strahl die reiche Belebtheit der Haut hervor, die, unter den Augen und um den Mund herum perlmutterfarben, auf den Wangen rosig und auf Schläfen und Hals matt schimmerte. Er bewunderte die Gegensätze von Hell und Dunkel, welche die das Gesicht umrahmenden schwarzen Locken erzeugten, und wodurch sie den Zügen eine Anmut aufprägten, die sie bald nicht mehr besitzen sollten.

Wie ist an der Frau alles so flüchtig! Ihre Schönheit von heute ist oft nicht mehr die von gestern — glücklicherweise vielleicht! Der vermeintliche Seemann, der noch in dem Alter war, in dem der Mann seine Freude in all den kleinen Nichtigkeiten findet, die zusammen die Liebe ausmachen, wartete voller Seligkeit auf die Wiederkehr des verführerischen Spiels, in welches das Atmen die Brust versetzte, auf ein Aufschlagen und Senken der Lider. Manchmal gefiel es ihm auch, einen Einklang zwischen dem Ausdruck der Augen und der unmerklichen Biegung der Lippe zu finden. Jede Bewegung erschloß ihm eine neue Seele, jede Gebärde ein neues Gesicht. Sobald ein Gedanke diese lebhaften Züge erregte, eine plötzliche Röte sich über sie ergoß, ein Lächeln sie belebte, suchte er mit tausend Wonnen die Geheimnisse dieser Frau zu erraten und fürchtete bereits, sie nie wieder zu sehen. Alles an ihr nahm das Herz, nahm die Sinne gefangen; und selbst das Schweigen, weit entfernt, sich trennend zwischen den Herzen aufzurichten, wurde ein gemeinsames Band für die Gedanken.

Mehrere Blicke, bei denen ihre Augen denen des Fremden begegneten, belehrten Fräulein von Verneuil, daß sie sich durch längeres Schweigen etwas vergeben würde. So stellte sie denn, zu Frau von Gua gewendet, ein paar jener bedeutungslosen Fragen, wie man sie zur Einleitung eines Gesprächs benutzt; doch konnte sie es sich nicht versagen, auch ihren jungen Partner mit in die Unterhaltung zu ziehen.

„Gnädige Frau," sagte sie, „wie konnten Sie sich nur entschließen, Ihren Herrn Sohn zur Marine zu geben? Sie setzen sich dadurch ja einer ewigen Angst aus."

„Ach, das Schicksal der Frauen — der Mütter, will ich sagen, ist es ja nun einmal, für ihr Liebstes zu bangen!"

„Ihr Herr Sohn sieht Ihnen so ähnlich!"

„Finden Sie, Fräulein?"

Diese unschuldige Bestätigung des Alters, das Frau von Gua sich selbst gegeben, entlockte dem jungen Manne ein Lächeln und bereitete seiner angeblichen Mutter neuen Verdruß. Der Haß dieser Frau wuchs mit jedem leidenschaftlichen Blick, den ihr Sohn auf Fräulein von Verneuil warf. Schweigen oder Reden — alles weckte eine fürchterliche Wut in ihr, die sie jedoch unter dem liebevollsten Benehmen verbarg.

„Mein Fräulein," sagte nun der Unbekannte, „Sie haben nicht recht. Wir Seeleute sind nicht mehr gefährdet als die andern Soldaten. Die Frauen sollten die Marine nicht hassen; haben wir vor den Landtruppen nicht den ungeheuren Vorteil, daß wir unsern Geliebten treu bleiben?"

„Nun ja, gezwungenermaßen!" erwiderte lachend Fräulein von Verneuil.

„Immerhin ist es Treue," warf Frau von Gua beinahe finster ein.

Das Gespräch belebte sich und ging auf Gegenstände über, die nur für die drei Reisenden Bedeutung besaßen; denn unter solchen Umständen wissen geistreiche Menschen auch dem Gewöhnlichsten eine neue Bedeutung zu geben; aber die anscheinend tändelnde Unterhaltung, in deren Verlauf die einander Unbekannten sich gegenseitig auszufragen suchten, barg versteckte Begierden, Leidenschaften und Hoffnungen. Die Klugheit und Spottsucht des Fräuleins von Verneuil, die nicht vergaß, daß sie auf ihrer Hut sein mußte, überzeugten Frau von Gua, daß nur Verleumdung und Verrat ihr den Sieg über eine durch Geist wie Schönheit gleich furchtbare Nebenbuhlerin würden verschaffen können.

Die Reisenden hatten ihre Eskorte eingeholt, und der Wagen fuhr jetzt langsamer. Der junge Seemann bemerkte einen langgedehnten Abhang, den sie hinauf mußten, und schlug Fräulein von Verneuil einen Spaziergang vor. Sein feiner Takt, seine einnehmende Höflichkeit schienen sie zu bestimmen, und ihre Einwilligung schmeichelte ihm.

„Schließen Sie sich an, gnädige Frau?" wandte Marie sich an Frau von Gua. „Wollen Sie auch ein Stück spazierengehen?"

„Die Kokette!" murmelte die Angeredete beim Aussteigen.

Fräulein von Verneuil und der Unbekannte gingen nun miteinander, aber jeder für sich. Der schon heftig entbrannte Seemann konnte es kaum abwarten, bis er sich des Zwanges entledigen konnte, der ihm auferlegt wurde und den er recht gut bemerkt hatte. Er glaubte seinen Zweck am besten zu erreichen durch ein tändelndes Geplauder unter Zuhilfenahme seiner französischen Liebenswürdigkeit, jenes bisweilen leichten, bisweilen ernsten, jedoch immer ritterlichen, oft spottlustigen Geistes, der die hervorragenden Männer des vertriebenen Adels auszeichnete. Aber seine lachlustige Gefährtin neckte ihn so boshaft, verstand es, ihm seine Absicht, zu tändeln, so geringschätzig vorzuwerfen, und hielt sich dafür um so absichtlicher an den männlichen Gedankengang und die hohen Ideen, die trotz allem in seiner Rede zum Ausdruck kamen, daß er leicht das Geheimnis, ihr zu gefallen, erriet.

Die Unterhaltung änderte sich also, und der Fremde machte die Versprechungen wahr, die auf seinem ausdrucksvollen Gesicht standen. Von einer Minute zur andern stieß er auf neue Schwierigkeiten in der Beurteilung der Sirene, die es ihm immer mehr antat, und er sah sich gezwungen, seine Beurteilung des jungen Mädchens aufzugeben, das sich damit belustigte, all seine Schlüsse wieder umzustoßen. So kam es, daß er, der zuerst nur von Anblick ihrer Schönheit verführt worden war, sich nun mit einer von ihr selbst wissentlich erregten Neugier zu dieser unbekannten Seele hingezogen fühlte.

Das Gespräch nahm bald einen Ton von Vertrautheit an, der wenig zu dem Gepräge stimmte, das Fräulein von Verneuil sich bemüht hatte, ihm anfangs zu geben und aufrechtzuerhalten. Obwohl Frau von Gua ihnen gefolgt war, hatten die beiden doch unmerklich eine schnellere Gangart angenommen und sie nun etwa hundert Schritte hinter sich gelassen. So gingen sie über den feinen

Sand der Landstraße, glücklich wie die Kinder, daß sie den leichten Hall ihrer Tritte vereinen konnten, glücklich, daß derselbe Strahl, der von der Frühlingssonne auszugehen schien, sie umschloß, glücklich, gemeinsam die Herbstdüfte zu atmen, die so voll Pflanzenmoder sind, daß sie wie eine der Melancholie durch die Luft zugeführte Nahrung scheinen. Wenn sie daher auch beide in ihrer flüchtigen Vereinigung nichts als ein galantes Abenteuer sahen, so teilten doch Himmel, Gegend und Jahreszeit ihren Empfindungen einen Hauch von Schwere mit, der ihnen den Anschein der Leidenschaft gab.

Sie begannen damit, den herrlichen Tag zu rühmen; dann sprachen sie über ihr seltsames Zusammentreffen, von dem bevorstehenden Bruch einer Vereinigung, die ihnen kostbar war, und von der Leichtigkeit, mit der man sich Menschen aufschließt, die man niemals wiedersehen soll. Bei dieser letzten Bemerkung machte der junge Mann Gebrauch von der Erlaubnis, vertraut mit ihr zu reden, die sie ihm stumm zu geben schien, und versuchte, als ein Mann, dem solche Umstände nichts Fremdes waren, ihr einige verhüllte Geständnisse zu machen.

„Ist es Ihnen aufgefallen, mein Fräulein," sagte er, „wie die Gefühle in unserer schreckensvollen Zeit selten der abgetretenen Straße folgen? Verrät nicht alles um uns her eine unerklärliche Plötzlichkeit? Heutzutage lieben und hassen wir auf einen einzigen Blick hin. Man vereint sich fürs Leben oder verläßt einander mit der Schnelligkeit, mit der man zum Tode geht; man beeilt sich mit allem, genau so, wie es das Volk mit seinen

Tumulten tut. Inmitten von Gefahren ketten sich die Geschicke fester aneinander, und in Paris hat ein jeder, wie auf dem Schlachtfeld, noch kürzlich erfahren können, was der Druck einer Hand wert sein kann."

„Man fühlt eben die Notwendigkeit, rasch und viel zu leben," antwortete sie, „vielleicht, weil man wenig Zeit zum Leben hat."

Bei diesen Worten warf sie ihrem jungen Gefährten einen Blick zu, der ihm das Endziel ihrer kurzen Reise andeuten zu wollen schien.

„Was denken Sie von mir?" fragte er nach einem Augenblick des Schweigens. „Sagen Sie mir Ihre Meinung ohne Umschweif."

„Auf diese Weise wollen Sie sich jedenfalls das Recht sichern, mir einiges über mich zu sagen," erwiderte sie lachend.

„Sie antworten nicht?" fragte er nach einer leichten Pause. „Nehmen Sie sich in acht, keine Antwort ist oft auch eine Antwort."

„Errate ich nicht schon alles, was Sie mir zu sagen hätten? Ach, mein Gott, Sie haben schon zu viel gesagt!"

„Oh, wenn wir uns verstehen," versetzte er lachend, „so habe ich ja mehr erreicht, als ich zu hoffen wagte!"

Sie lächelte so reizend, daß es schien, als nehme sie den ritterlichen Kampf an, mit dem der Mann gerne die Frau bedroht. Nun überzeugten sie einander, ernsthaft wie im Scherz, davon, daß es ihnen unmöglich sei, sich jemals mehr zu werden, als was sie sich im Augenblicke waren; daß der junge Mann sich einer zukunftslosen Liebe überlassen und sie darüber lachen könnte. Und nachdem sie so eine eingebildete Schranke zwischen sich aufgerichtet, zeigten sie sich beide gleich eilig, die gefährliche Freiheit zu benutzen, die sie sich zugestanden hatten.

Fräulein von Verneuil stieß an einen Stein und vertrat sich den Fuß.

„Nehmen Sie meinen Arm,“ sagte der Unbekannte.

„Das muß ich wohl, Sie Leichtsinn! Meine Weigerung würde Sie zu stolz machen. Denn sähe das nicht aus, als fürchtete ich Sie?“

„Ach, mein Fräulein,“ sagte er und drückte ihren Arm an sein Herz, so daß sie dessen Schläge spürte, „Ihre Gunst wird mich stolz machen.“

„Nun, meine Bereitwilligkeit wird Sie recht enttäuschen.“

„Wollen Sie mich schon gegen die Gefahr der Gemütsbewegung verteidigen, die Sie erregen?“

„Ich bitte Sie, hören Sie auf, mich in diese Wortfechterei, diese Boudoirhöflichkeit einzuwickeln. Ich habe bei einem Mann von Charakter nicht gern den Geist, den auch ein Narr haben kann. Sehen Sie, wir sind unter einem hohen Himmel auf dem freien Lande! Vor uns und hinter uns ist alles groß. Sie wollen mir sagen, daß ich schön sei, nicht wahr? Ihre Augen sagen es mir besser. Außerdem weiß ich es, und ich gehöre nicht zu den Frauen, die Komplimente lieben. Von Ihren Gefühlen möchten Sie mir doch nicht etwa reden?“ schloß sie mit spöttischem Nachdruck. „Glauben Sie denn, ich sei einfältig genug, an plötzliche Zuneigungen zu glauben, die stark genug wären, um ein ganzes Leben durch die Erinnerung an einen einzigen Morgen zu beherrschen?“

„Nicht an einen einzigen Morgen," antwortete er, „sondern an eine schöne Frau, die sich großmütig gezeigt hat."

„Sie vergessen viel größere Lockungen: eine unbekannte Frau, an der alles seltsam scheinen muß, der Name, die Art, die Lebenslage, die Freiheit des Geistes und des Benehmens ..."

„Sie sind mir nicht unbekannt," rief er, „ich habe verstanden, in Ihnen zu lesen, und ich möchte Ihren Vorzügen keinen hinzufügen als höchstens ein wenig mehr Vertrauen in die Liebe, die Sie sofort einflößen."

„Oh, sprechen Sie schon von Liebe?" sagte sie lächelnd. „Nun gut, meinetwegen. Das ist ein guter Gesprächsgegenstand zwischen zwei Leuten, genau wie Regen und schönes Wetter. Ergreifen wir ihn also! Sie werden in mir weder falsche Bescheidenheit noch Kleinlichkeit finden. Ich kann dieses Wort hören, ohne zu erröten; es ist mir so oft ohne den Klang des Herzens gesagt worden, daß es beinahe bedeutungslos für mich geworden ist. Im Theater ist es mir wiederholt worden, in den Büchern, in der Gesellschaft, überall. Aber ich habe niemals etwas kennengelernt, was diesem herrlichen Gefühl entsprach."

„Haben Sie es gesucht?"

„Ja."

Sie sprach das kleine Wort mit so viel Gefühl aus, daß der junge Mann eine Gebärde des Erstaunens machte und Fräulein von Verneuil fest ansah, als hätte er seine Meinung über ihren Charakter und ihre wahre Lage plötzlich geändert. Mit schlecht verhehlter Bewegung fragte er:

„Sind Sie Mädchen oder Frau, Engel oder Teufel?"

„Ich bin das eine wie das andere," erwiderte sie lachend. „Liegt nicht immer etwas Engelhaftes und etwas Teuflisches in einem jungen Mädchen, das nicht geliebt hat, nicht liebt und vielleicht niemals lieben wird?"

„Und Sie fühlen sich dabei glücklich?" sagte er mit freierem Ton und freierer Haltung, als empfinde er schon weniger Achtung für seine Befreierin.

„Glücklich," antwortete sie, „ach nein. Wenn ich daran denke, daß ich allein bin und von gesellschaftlichen Rücksichten abhänge, die mich notgedrungen berechnet machen, beneide ich den Mann um seine Vorrechte. Denke ich aber all der Mittel, die uns die Natur gegeben hat, um die Männer uns dienstbar zu machen, sie in den unsichtbaren Netzen einer Macht zu verstricken, der keiner von ihnen zu widerstehen vermag, dann gefällt mir meine Rolle hier auf Erden ganz gut; bis sie mir dann plötzlich wieder kleinlich vorkommt und ich fühle, daß ich den Mann verachten würde, der sich durch die üblichen Verführungskünste täuschen ließe. Kurzum, bald spüre ich mein Joch, und es gefällt mir, dann wieder scheint es mir furchtbar, und ich sträube mich dagegen; bald empfinde ich den Wunsch nach Hingebung, der eine Frau so emporhebt, dann wieder ein verzehrendes Machtverlangen. Vielleicht ist das der Kampf zwischen Gut und Böse, der jedes irdische Geschöpf erfüllt. Engel und Teufel — Sie haben es gesagt. Ach, nicht erst heute erkenne ich meine Doppelnatur! Wir Frauen begreifen unsere eigene Unzulänglichkeit noch besser als ihr. Besitzen wir nicht einen Instinkt, vermöge dessen wir in allen

Dingen eine Vollkommenheit ahnen, die zu erlangen zweifellos unmöglich ist? Aber", schloß sie mit einem Seufzer, „was uns in den Augen des Mannes erhebt, ist der Kampf, den wir alle, mehr oder weniger, gegen ein unvollkommenes Geschick kämpfen."

„Marie, warum trennen wir uns nur heute abend?"

„Ach," sagte sie lachend auf den leidenschaftlichen Blick, den ihr Gesellschafter ihr zuwarf, „kehren wir zum Wagen zurück, die freie Luft tut uns nicht gut."

Sie wandte sich rasch um; der Unbekannte folgte ihr und drückte ihren Arm in einer Weise, die zwar nicht von großer Ehrerbietung zeugte, dafür aber von herrischen Wünschen und von Bewunderung. Sie ging daraufhin schneller. Der Seemann erriet, daß sie einer ungelegenen Erklärung ausweichen wollte, und wurde dadurch nur um so leidenschaftlicher, wagte alles, um dieser Frau einen ersten Gunstbeweis zu entlocken, und sprach, indem er sie verschmitzt anblickte: „Soll ich Ihnen ein Geheimnis verraten?"

„O ja, schnell, wenn es Sie betrifft!"

„Ich stehe nicht im Dienste der Republik. Wohin gehen Sie? Ich werde mitgehen."

Bei diesen Worten erzitterte sie heftig, entzog ihm ihren Arm und bedeckte das Gesicht mit den Händen, um ihn die Röte oder vielleicht auch Blässe nicht sehen zu lassen, die ihre Züge veränderte. Alsbald aber machte sie ihr Gesicht wieder frei und warf ihm einen aus Schrecken und Vorwurf gemischten Blick zu, worauf sie mit weichgewordener Stimme sprach:

„Sie haben also angefangen, wie Sie fast aufgehört haben würden, Sie haben mich betrogen?"
„Ja."
Bei dieser Antwort drehte sie dem Wagen, dem sie sich näherten, den Rücken und begann mit seltsamer Hast vorwärts zu eilen.
„Sie sagten doch vorhin, die Luft sei Ihnen nicht zuträglich," begann wieder der Fremde.
„Oh, sie hat sich geändert," sagte sie in ernstem Ton und schritt, von stürmischen Gedanken angetrieben, weiter.
„Sie schweigen?" fragte ihr Begleiter, dessen Herz die süße Ahnung der Liebeserwartung erfüllte.
„Oh!" erwiderte sie kurz, „die Tragödie hat rasch angefangen!"
„Von welcher Tragödie sprechen Sie?"
Sie blieb stehen und musterte ihn zunächst mit einem Ausdruck, der zugleich Furcht und Neugier verriet; dann verbarg sie die erregenden Gefühle unter einer undurchdringlichen Ruhe und bewies damit, daß sie eine für ein junges Mädchen bemerkenswerte Lebensgewandtheit besaß.
„Wer sind Sie? Aber ich weiß es! Als ich Sie sah, ahnte ich es. Sie sind der royalistische Befehlshaber, der Gars? Der Bischof von Autun hat wohl recht, wenn er sagt, daß dem Unglück stets eine böse Ahnung vorhergehe."
„Welches Interesse haben Sie nur daran, ihn kennenzulernen?"
„Welches Interesse hätte wohl er, sich vor mir zu verbergen, wenn ich ihm schon das Leben gerettet habe?"
Sie lachte, aber gezwungen.
„Ich habe weislich daran getan, Ihre Liebeserklä-

rung zu verhindern. Wissen Sie denn, daß ich Sie hasse! Ich bin Republikanerin, Sie sind königstreu, und ich würde Sie ausliefern, wenn Sie nicht mein Wort hätten, wenn ich Sie nicht schon einmal gerettet hätte, und wenn ..."

Sie hielt inne. Ihre heftige Selbstanklage, der innere Kampf, den zu verbergen sie sich nicht einmal Mühe gab, beunruhigten den Unbekannten, der vergebens versuchte, sie zu beobachten.

„Trennen wir uns augenblicklich, ich will es. Leben Sie wohl!"

Sie wandte sich heftig um, ging ein paar Schritte und kehrte dann wieder zurück.

„Doch nein, ich will und muß erfahren, wer Sie sind. Verhehlen Sie mir nichts, sagen Sie mir die Wahrheit. Wer sind Sie?"

„Ein Seemann, der bereit ist, dem Meere zu entsagen, um Ihnen überall zu folgen, wohin Ihre Phantasie mich zu führen wünscht. Wenn ich den Vorteil habe, daß Sie mich geheimnisvoll finden, werde ich mich wohl hüten, Ihnen Ihre Neugier zu nehmen. Warum sollten wir die ernsten Dinge des wirklichen Lebens mit dem Leben des Herzens in Berührung bringen, in dem wir anfingen, uns so gut zu verstehen?"

„Unsere Seelen hätten sich wohl verstehen können," sprach sie ernst. „Aber ich habe nicht das Recht, Ihr Vertrauen zu verlangen, mein Herr. Sie werden niemals die Größe Ihrer Verpflichtungen gegen mich kennenlernen. Ich werde stumm bleiben."

Im tiefsten Schweigen gingen sie ein paar Schritte.

„Welchen Anteil Sie an meinem Leben nehmen!" begann der Unbekannte von neuem.

„Verzeihen Sie, mein Herr! Ihren Namen, oder — schweigen Sie. Sie sind ein Kind", setzte sie achselzuckend hinzu, „und tun mir leid."
Die Hartnäckigkeit, mit der die Reisende darauf bestand, sein Geheimnis kennenzulernen, ließ den angeblichen Seemann zwischen der gebotenen Vorsicht und seinen Wünschen schwanken. Der Unwillen einer Frau, die man begehrt, ist sehr mächtig. Ihre Unterwerfung wie ihr Zorn ist gleich gebieterisch, sie greift alle Fibern im Herzen des Mannes an, durchdringt es, unterjocht es. War dies wiederum nur eine Koketterie des Fräuleins von Verneuil? Trotz seiner Leidenschaft hatte der Fremde die Kraft, einer Frau zu mißtrauen, die ihm mit Gewalt ein Geheimnis entreißen wollte, von dem sein Leben abhing.
„Warum", fragte er und ergriff ihre Hand, die sie ihm in der Zerstreuung überließ, „hat meine Unbedachtsamkeit, die dem heutigen Tag eine Zukunft gab, seinen Zauber zerstört?"
Fräulein von Verneuil schien zu leiden, sie blieb stumm.
„Womit kann ich Sie betrüben?" fuhr er fort. „Was kann ich tun, um Sie zu besänftigen?"
„Sagen Sie mir Ihren Namen."
Nun blieb er stumm, und sie gingen wieder einige Schritte weiter. Plötzlich stand Fräulein von Verneuil still, wie jemand, der einen bedeutsamen Entschluß gefaßt hat.
„Herr Marquis von Montauran," sagte sie voller Würde, jedoch ohne daß es ihr gelang, der Erregung ganz Herr zu werden, die ihre Züge nervös erzittern ließ, „wie teuer es mich auch zu stehen kommen kann, ich bin glücklich, Ihnen einen

guten Dienst zu erweisen. Hier werden wir uns trennen. Meine Eskorte und mein Wagen sind für Ihre Sicherheit zu notwendig, als daß Sie beides nicht annehmen müßten. Fürchten Sie nichts von den Republikanern; all diese Soldaten, sehen Sie, sind ehrenhafte Leute, und ich werde dem Hauptmann Merle Befehle geben, die er treulich ausführen wird. Ich für mein Teil kann mit meinem Kammermädchen zu Fuß nach Alençon zurückkehren; einige Soldaten werden uns geleiten. Hören Sie mich gut an, es handelt sich um Ihren Kopf! Sollten Sie, ehe Sie in Sicherheit sind, dem jungen Gecken begegnen, den Sie im Gasthofe gesehen haben, so fliehen Sie, denn er würde Sie sofort ausliefern. Was mich betrifft..." Sie machte eine Pause. „Ich stürze mich stolz wieder ins Elend des Daseins zurück," endete sie mit Tränen in der Stimme. „Leben Sie wohl, und mögen Sie glücklich sein! Leben Sie wohl."
Sie winkte dem Hauptmann Merle, der gerade die Höhe des Abhanges erstieg.
Da rief der junge Mann, der sich keiner so plötzlichen Lösung versehen hatte, mit gut gespielter Verzweiflung:
„Warten Sie!"
Die sonderbare Grille des Mädchens, für das er in diesem Augenblick sein Leben geopfert hätte, überraschte ihn so sehr, daß er eine bedauerliche List ersann, um ihr zugleich seinen Namen vorzuenthalten und ihre Neugier zu befriedigen.
„Sie haben beinahe richtig geraten," sagte er. „Ich bin ein Emigrant, wurde zum Tode verurteilt und heiße Marquis von Marigny. Die Liebe zum Vaterland hat mich nach Frankreich zurückgetrie-

ben. Ich hoffe, daß durch den Einfluß der Frau von Beauharnais, die heute die Gemahlin des Ersten Konsuls ist, mein Name von der Emigrantenliste gestrichen werden wird. Wenn mir dies jedoch nicht gelingt, so will ich neben meinem Freunde, dem Marquis von Montauran, kämpfen und auf heimatlicher Erde sterben. Zunächst werde ich indes mit Hilfe eines Passes, den er mir hat zukommen lassen, insgeheim in Erfahrung zu bringen suchen, ob mir von meinen bretonischen Besitzungen noch etwas übriggeblieben ist."

Während er sprach, beobachtete ihn Fräulein von Verneuil mit durchbohrenden Blicken. Erst versuchte sie, an seinen Worten zu zweifeln; aber in ihrer vertrauensvollen Leichtgläubigkeit gewannen ihre Züge bald ihren heiteren Ausdruck wieder und sie rief: „Herr Marquis, ist das, was Sie da sagen, wirklich wahr?"

„Vollkommen wahr," bestätigte der Unbekannte, der in seinem Umgang mit Frauen wenig rechtlich zu verfahren schien.

Fräulein von Verneuil seufzte schwer, wie jemand, der ins Leben zurückkehrt.

„Ach!" rief sie dann, „wie glücklich ich bin!"

„Sie scheinen meinen armen Montauran recht sehr zu hassen!"

„Nein," sagte sie, „Sie können mich nicht verstehen. Ich hätte nur nicht gewollt, daß Sie von den Gefahren bedroht wären, vor denen ich ihn zu schützen suchen will, da er Ihr Freund ist."

„Woher wissen Sie, daß Montauran ..."

„Herr Marquis, ehren Sie mein Geheimnis und leihen Sie mir Ihre Achtung, bis ich Sie beide gerettet habe; dann mögen Sie mich beurteilen. Wie dann Ihr Spruch auch lauten möge, ich unterwerfe mich ihm zum voraus. Bis dahin aber verbiete ich Ihnen, mich zu verdächtigen und — mich zu hassen."

„Sie hassen! Ich liebe Sie ja!"

„So schnell? Nein, Sie lieben mich nicht, Sie sehen in mir nur den Gegenstand einer flüchtigen Verliebtheit. Habe ich Sie nicht richtig erkannt? Wie könnte auch eine Frau, die mit den Gepflogenheiten der guten Gesellschaft vertraut ist, sich angesichts der jetzt herrschenden Sitten irren, wenn sie einen Schüler der Polytechnischen Schule in so gewählten Ausdrücken reden hört, noch dazu, wenn er die Manieren des großen Herrn so schlecht wie Sie unter der rauhen Schale des Republikaners verbirgt! Aber Ihre Haare zeigen noch Spuren von Puder, und Sie haben ein adeliges Etwas an sich, das einer Frau der großen Welt nicht entgehen kann. Und weil ich aus diesem Grunde zitterte, daß mein Beaufsichtiger, der von weiblicher Schlauheit ist, Sie erkennen würde, habe ich ihn fortgeschickt. Ein wirklicher Offizier aus der Militärschule würde nicht meinen, Glück bei mir zu machen, und mich nicht für eine hübsche Intrigantin halten. Gestatten Sie mir, Herr von Marigny, daß ich Ihnen bei dieser Gelegenheit eine kleine Gardinenpredigt halte. Sind Sie denn noch so jung, nicht zu wissen, daß von allen Geschöpfen unseres Geschlechtes die Frau am schwierigsten zu unterjochen ist, deren Wert beziffert und die des Vergnügens überdrüssig ist? Solch eine Frau, habe ich mir sagen lassen, stellt ungeheure Ansprüche an die Verführungskünste des Mannes und gibt nur ihren Launen nach. Sich bei ihr einschmeicheln zu wollen, wäre abgeschmackt. Wenn wir von der Klasse von Frauen absehen, in die Sie galant genug sind, mich einzureihen, so müssen Sie doch begreifen, daß eine vornehmgesinnte, schöne, geistvolle, junge Frau (diese Vorzüge gestehen Sie mir doch zu) sich nicht verkauft, sondern nur auf eine einzige Art zu erringen ist, durch Liebe. Sie verstehen mich? Wenn sie liebt und eine Torheit begehen will, muß sie durch einen großen Gesichtspunkt gerechtfertigt sein. Verzeihen Sie mir diesen bei Personen unseres Geschlechts so seltenen Aufwand an Logik, aber um Ihrer Ehre willen und — der meinen", sagte sie und verbeugte sich leicht, „möchte ich nicht, daß wir uns über unsere Verdienste täuschten, und daß Sie glaubten, Fräulein von Verneuil, ob Engel oder Teufel, Mädchen oder Frau, ließe sich durch abgedroschene Schmeicheleien fangen."

„Mein Fräulein," sagte der Marquis, dessen Erstaunen, wenn er es auch verbarg, außerordentlich war, und der mit einem Schlage wieder der Mann von Welt wurde, „ich flehe Sie an, zu glauben, daß ich Sie für eine sehr edle, gütige Frau von hoher Gesinnung halte."

„So viel verlange ich gar nicht, Herr Marquis," erwiderte sie lachend. „Lassen Sie mir mein Inkognito. Meine Maske ist besser, als die Ihre es war, und mir gefällt es, sie beizubehalten, wäre es auch nur, um zu erfahren, ob ich von dem geliebt werde, der mir von Liebe spricht ... Wagen Sie sich also nicht leichtfertig in meine Nähe. — Hören Sie," fuhr sie fort und faßte ihn heftig beim Arme: „wenn Sie mich von wirklicher Liebe zu überzeugen vermöchten, würde keine Macht auf Erden uns trennen. Ja, ich möchte mein Geschick an das eines großen Mannes knüpfen, einen ungeheuren Ehrgeiz, schöne Gedanken zu den meinen machen. Edle Herzen sind nicht untreu, denn sie besitzen die Kraft der Beständigkeit: ich würde somit immer geliebt werden, immer glücklich bleiben. Ich aber würde jederzeit bereit sein, mich zu einer Stufe zu machen, um den Mann, dem meine Liebe gehörte, ein wenig höher emporzuheben, mich für ihn aufzuopfern, alles von ihm zu ertragen, ihn immer zu lieben, selbst wenn er mich einmal nicht mehr liebte. Nie habe ich es gewagt, einem anderen Herzen die Wünsche meines eigenen oder die leidenschaftliche Glut der Begeisterung anzuvertrauen, die mich verzehrt; Ihnen jedoch mag ich wohl etwas davon sagen, da wir uns trennen werden, sobald Sie in Sicherheit sind."

„Uns trennen! niemals," sprach er, von dem Klange dieser lebensvollen Seele hingerissen, die gegen etwas Ungeheures anzustürmen schien.

„Sind Sie frei?" fragte sie und warf ihm einen verächtlichen Blick zu, der ihn herabsetzte.

„Oh, frei... ja, mit Ausnahme des Todesurteils."

Da sagte sie mit einer Stimme voll bitterer Gefühle:

„Wie schön würde das Leben sein, wenn all dieses kein Traum wäre! aber wenn ich Torheiten geredet habe, so lassen Sie uns doch keine begehen. Stelle ich mir all das vor, was Sie sein müßten, um mich nach meinem wirklichen Werte zu schätzen, dann zweifle ich an allem."

„Und ich würde an gar nichts zweifeln, wenn Sie mich..."

„Still!" rief sie, als sie diese Worte mit dem Tone echter Leidenschaft aussprechen hörte, und setzte ohne alle Bitterkeit hinzu: „Die Luft tut uns jetzt entschieden nicht mehr gut, wir wollen zu unseren Hüterinnen zurückkehren."

☆

ELFTES KAPITEL

BALD HATTE DER WAGEN DIE BEIDEN REIsenden eingeholt, die ihre Plätze wieder einnahmen. Nun wurden einige Meilen in tiefstem Schweigen zurückgelegt, denn beide hatten sie reichen Stoff für Betrachtungen gefunden; ihre Augen aber fürchteten nicht mehr, einander zu begegnen.

Beiden schien es gleich angelegen zu sein, sich zu beobachten und sich ein wichtiges Geheimnis zu verbergen; aber sie fühlten sich durch das gleiche Verlangen zueinandergezogen, das nach ihrer Unterredung leidenschaftliche Stärke angenommen hatte. Denn sie hatten gegenseitig Eigenschaften aneinander kennengelernt, die die Freuden noch erhöhten, die sie sich von ihrer Gegnerschaft oder ihrer Vereinigung versprachen. Vielleicht war jeder von ihnen, nachdem er in ein abenteuerliches Leben hineingeraten, jetzt in der sonderbaren inneren Verfassung, in der man sich, sei es aus Ermüdung oder um das Schicksal herauszufordern, ernsthaften Betrachtungen verschließt und sich den Zufällen des Tages überläßt, zumal wenn eine Unternehmung keinen Ausweg erkennen läßt und man doch ihre Entwickelung verfolgen möchte. Hat nicht die sittliche Welt gleich der körperhaften ihre Schlünde und Abgründe, in die starke Naturen sich gern hineinstürzen, um ihr Leben zu wagen, so wie der Spieler sein Vermögen aufs Spiel zu setzen liebt?

Dem Marquis und Fräulein von Verneuil kamen jetzt, einer Offenbarung vergleichbar, diese Gedanken, die ihnen seit der Unterredung, deren Folge sie waren, gemeinsam gehörten, und so machten sie plötzlich einen Riesenschritt, denn die Sympathie der Seelen folgte auf die der Sinne. Je mehr sie sich derart verhängnisvoll zueinander hingezogen fühlten, um so größer wurde ihr Wunsch, einander zu durchforschen, wäre es auch nur gewesen, um durch unwillkürliche Berechnung die Summe ihrer künftigen Freuden zu erhöhen.

Noch immer erstaunt von der Tiefe, die dieses sonderbare Mädchen bewiesen hatte, fragte sich der Marquis zunächst, wie sie solche Erfahrungen mit soviel Frische und Jugend vereinigen könne. Nun glaubte er einen übertriebenen Wunsch, keusch zu erscheinen, in ihrer außergewöhnlichen Zurückhaltung zu bemerken; er hielt sie für eine Heuchlerin, schalt sich selbst wegen seiner Gefühle und wollte in der Unbekannten nichts anderes mehr sehen als eine geschickte Schauspielerin. Und er hatte recht. Fräulein von Verneuil war, wie alle Mädchen der großen Welt, um so bescheidener geworden, je mehr sie Gluten in sich entbrennen fühlte, und so nahm sie mit großer Selbstverständlichkeit jene spröde Haltung an, unter der die Frauen ihre heißen Wünsche so gut zu verbergen wissen. Alle möchten sich in der Liebe gern als

Jungfrauen darbringen; und wenn sie es nicht sind, so ist ihre Verstellung immer eine Huldigung, die sie ihrem Geliebten erweisen. Diese Erwägungen zogen rasch durch die Seele des Marquis und erfreuten ihn. Für beide mußte diese Prüfung einen Fortschritt bedeuten, und er war denn auch bald bei jener Phase der Leidenschaft angelangt, in der ein Mann in den Mängeln seiner Geliebten nur noch mehr Gründe sieht, sie zu lieben.

Fräulein von Verneuil blieb länger nachdenklich als ihr Geliebter; vielleicht, weil ihre Phantasie sie eine weitere Strecke zurücklegen ließ. Der Marquis gehorchte nur einem der tausend Gefühle, die sein Mannesleben mit sich brachte, während sie ein ganzes Leben empfand. Sie gefiel sich darin, es schön einzurichten, es mit Freude zu erfüllen, mit großen und edlen Gefühlen, sie sah sich im Geiste glücklich, und ihre Luftschlösser taten es ihr ebensosehr an wie die Wirklichkeit, die Zukunft so sehr wie die Gegenwart. Dann versuchte sie, wieder ins Gleise zu kommen, wobei sie, wie alle Frauen, instinktmäßig handelte. Nachdem sie mit sich selbst eins geworden, sich ganz hinzugeben, wollte sie, sozusagen, sich stückweise vorenthalten. Sie hätte gern all ihre vergangenen Handlungen, ihre Worte, Blicke rückgängig gemacht, um sie der Würde einer Frau anzupassen, die geliebt wird. Und wenn sie an die eben geführte Unterhaltung dachte, bei der sie sich so angreiferisch gezeigt, drückten ihre Augen manchmal eine Art von Schrecken aus. Betrachtete sie dann aber das kraftvolle Gesicht ihres Gegenübers, so sagte sie sich, daß ein so starker Mensch auch großmütig sein müsse, und sie war stolz, einen besseren Gegner getroffen zu haben als viele andere Frauen. Denn sie hatte in ihrem Geliebten einen Mann von Charakter gefunden, einen zum Tode Verurteilten, der seinen eigenen Kopf aufs Spiel setzen und der Republik den Krieg machen wollte.

Der Gedanke, die Seele des jungen Mannes ungeteilt besitzen zu können, verlieh bald allen Dingen ein verändertes Aussehen. Der Unterschied zwischen dem fünf Stunden zurückliegenden Augenblick, wo sie ihr Gesicht und ihre Stimme darauf vorbereitete, den Marquis zu reizen, und dem jetzigen Augenblick, da sie ihn mit einem Blicke über den Haufen zu werfen vermochte, war der zwischen einem toten und einem belebten Weltall. Lachen und fröhliche Schelmereien bargen eine unendliche Leidenschaft, die, wie das Unglück, lächelnd auftrat. In der Seelenverfassung, in der sich Fräulein von Verneuil befand, nahm das äußere Leben sich für sie aus wie ein Blendwerk. Die Kalesche rollte an Dörfern, Tälern, Bergen vorüber, ohne daß ein einziges dieser Landschaftsbilder sich ihr eingeprägt hätte. Sie kam in Mayenne an, die sie geleitenden Soldaten wurden abgelöst, Merle sprach mit ihr, sie antwortete, durchquerte eine ganze Stadt, fuhr weiter; aber Gesichter, Straßen, Häuser, Landschaften, Menschen schwanden dahin wie die unklaren Gebilde eines Traumes.

Die Nacht kam. Sie fuhr unter einem diamantenen Himmel, in ein weiches Licht gehüllt, auf der Straße nach Fougères dahin, ohne sich Rechenschaft darüber zu geben, daß der Himmel sein Aussehen verändert hatte, ohne zu wissen, was Mayenne, was

Fougères war, noch wo sie sich befand. Daß sie in wenigen Stunden den Mann ihrer Wahl verlassen könnte, von dem auch sie sich erwählt glaubte, war für sie eine Unmöglichkeit. Die Liebe ist die einzige Leidenschaft, die weder Vergangenheit noch Zukunft duldet. Wenn zuweilen ein Klang über ihre Lippen irrte, war es, um ihrem Geliebten ein paar Worte ohne Sinn hinzuwerfen, die in seiner Seele wie Glücksverheißungen widerhallten.

Diese aufkeimende Leidenschaft nahm für die beiden Zeugen, die sie beobachteten, einen furchtbaren Verlauf. Francine kannte Fräulein von Verneuil ebensogut, wie Frau von Gua den Marquis; und schweigend schienen sie alle beide irgendeine schreckliche Entwicklung vorauszuahnen. Und sie sahen auch wirklich bald dieses Drama zu Ende gehen, das Fräulein von Verneuil so wehmütig, vielleicht ohne es selbst zu wissen, eine Tragödie genannt hatte.

Als die vier Reisenden Mayenne etwa eine Meile hinter sich gelassen hatten, hörten sie einen Reiter, der sich ihnen mit außerordentlicher Schnelligkeit näherte. Als er den Wagen erreichte, beugte er sich vor, um nach Fräulein von Verneuil zu sehen. Es war Corentin. Der widerwärtige Mensch unterstand sich, ihr ein Zeichen des Einverständnisses zu machen, dessen Vertraulichkeit etwas Verletzendes für sie hatte, und galoppierte dann weiter, nachdem er sie durch dieses gemeine Zeichen zur Erstarrung gebracht.

Der Unbekannte schien von diesem Vorfall, der auch seiner angeblichen Mutter gewiß nicht entging, unangenehm berührt zu werden. Doch Fräulein von Verneuil drückte ihm leicht die Hand und schien sich durch einen Blick in sein Herz flüchten zu wollen als in die einzige Zuflucht, die sie auf Erden hatte. Da hellte sich die Stirn des jungen Mannes auf in der Wonne über diese Bewegung, durch die seine Geliebte ihm, wie von ungefähr, die ganze Größe ihrer Zuneigung verraten hatte. Eine unerklärliche Angst hatte alle Koketterie ausgelöscht, und einen Augenblick lang zeigte die Liebe sich unverhüllt. Sie schwiegen, wie um die Süßigkeit dieser Minute zu verlängern. Unglücklicherweise aber sah die in ihrer Mitte sitzende Frau von Gua alles; und wie ein Geizhals, der ein Festmahl gibt, schien sie ihnen die Bissen abzuzählen und das Leben zuzumessen.

Ganz in ihr Glück versunken, erreichten die Liebenden, ohne sich dessen zu versehen, die Stelle in der Tiefe des Tals von Ernée, die das erste der drei Becken bildet, wo sich die im ersten Teil dieser Erzählung geschilderten Vorgänge abgespielt hatten. Hier bemerkte Francine merkwürdige Gestalten, die sich schattenhaft zwischen den Bäumen und im Ginster der Felder bewegten, und zeigte sie auch den anderen. Als der Wagen in die Richtung der Schatten gelangte, belehrte indes eine Salve, deren Kugeln über die Köpfe hinpfiffen, die Reisenden, daß in dieser Erscheinung alles auf Wirklichkeit beruhe. Die Eskorte war in einen neuen Hinterhalt gefallen.

Angesichts dieses lebhaften Feuers bedauerte Hauptmann Merle sehr, daß er sich Fräulein von Verneuils irrige Ansicht zu eigen gemacht hatte, die, im Glauben an die Sicherheit einer raschen nächtlichen Reise, ihn nicht mehr als sechzig Mann hatte nehmen lassen. Sofort teilte der Hauptmann, von

Gérard unterstützt, seine kleine Truppe in zwei Kolonnen, um die beiden Seiten der Straße halten zu können, und ließ sie im Laufschritt die Ginsterfelder durchqueren, um den Versuch zu machen, die Angreifer niederzukämpfen, noch ehe sie sie hatten zählen können. Die Blauen begannen, die dichten Gebüsche zur Rechten und Linken mit unvorsichtiger Furchtlosigkeit zu durchsuchen und erwiderten den Angriff der Chouans durch unausgesetztes Feuer in die Ginsterstauden, aus denen die Flintenschüsse kamen.

Fräulein von Verneuil war sofort aus dem Wagen gesprungen und hatte sich, nach hinten laufend, aus dem Kampfbereich entfernt; doch bald blieb sie stille stehen und versuchte, dem Kampf unerschrocken zuzusehen, denn sie schämte sich ihrer Furcht und empfand jetzt vielmehr das natürliche Verlangen, in den Augen des geliebten Menschen groß zu erscheinen.

Der Unbekannte folgte ihr, ergriff ihre Hand und legte sie auf sein Herz.

„Ich hatte Angst," sprach sie lächelnd. „Aber nun..."

In diesem Augenblick rief ihr Kammermädchen ihr erschrocken zu:

„Marie, seien Sie vorsichtig!"

Als sie aber gleichfalls aus dem Wagen springen wollte, fühlte Francine sich von einer starken Faust zurückgehalten. Das Gewicht dieser riesigen Hand entlockte ihr einen heftigen Schrei. Sie drehte sich um und verstummte; denn sie erblickte Marche-à-terre.

„Ihrem Schrecken verdanke ich also die Enthüllung des süßesten Herzensgeheimnisses," sagte der

Fremde zu Fräulein von Verneuil. „Durch Francine erfahre ich, daß Sie den holden Namen Maria tragen. Maria, den Namen, den ich in allen Ängsten angerufen; Maria, den Namen, den ich fortan nur noch in Freuden aussprechen werde und nie mehr, ohne eine Gotteslästerung zu begehen, denn Religion und Liebe fließen mir in eines zusammen! Aber ist es denn ein Verbrechen, zu gleicher Zeit zu beten und zu lieben?“

Bei diesen Worten drückten sie einander fest die Hand und sahen sich dann schweigend an, denn das Übermaß ihrer Empfindungen nahm ihnen Kraft und Fähigkeit, sie auszudrücken.

„Für euch andere hat's keine Gefahr!“ sagte Marche-à-terre roh zu Francine, wobei er den heiseren Kehllauten seiner Stimme einen unheilverkündenden Ausdruck des Vorwurfs gab und jedes Wort mit einem derartigen Nachdruck aussprach, daß das harmlose Landmädchen von Entsetzen gepackt wurde.

Zum ersten Male sah das arme Kind die Wildheit im Blick Marche-à-terres. Für dieses Gesicht schien kein anderes Licht als das des Mondes zu passen. Eher wie eine Märchengestalt denn als Mensch von Fleisch und Blut erschien ihr der grimmige Bretone, wie er, in der einen Hand die Mütze, den schweren Karabiner in der anderen, koboldhaft kurz und gedrungen in dem weißen Lichtstrome stand, der allen Formen ein so wunderliches Aussehen lieh. Die Erscheinung und der Vorwurf, den sie ausgesprochen, hatten etwas gespensterhaft Flüchtiges. Nun wandte er sich an Frau von Gua und wechselte lebhafte Worte mit ihr, von denen Francine, die das Niederbretonische ein wenig verlernt hatte, nichts verstehen konnte. Die Dame schien Marche-à-terre mannigfache Befehle zu geben, worauf sie das kurze Gespräch mit einer herrischen Geste beschloß, die den Chouan auf die fünf Schritte von ihnen entfernten beiden Liebenden hinwies.

Bevor er gehorchte, warf Marche-à-terre einen letzten Blick auf Francine, die er zu bedauern schien. Gern hätte er ihr etwas gesagt; doch die Bretonin verstand, daß ihm Stillschweigen auferlegt war. Die rauhe, lederähnliche Haut des Mannes legte sich auf der Stirn in Falten, und seine Brauen zogen sich heftig zusammen. Widerstrebte er dem erneuten Befehl, Fräulein von Verneuil zu töten? In den Augen der Frau von Gua wurde er durch diese Fratze unstreitig noch abscheulicher, für Francine aber lag fast etwas Wohltuendes in dem Blitzen seiner Augen, denn sie erkannte daraus, daß es ihrem Frauenwillen vielleicht trotz allem gelingen möchte, seine Wildheit niederzuringen und, nächst Gott, über dieses rauhe Herz zu gebieten.

Die süße Unterredung der Liebenden ward durch Marche-à-terre und die ihm folgende Frau von Gua unterbrochen, welche zu schreien begann, als habe eine Kugel sie getroffen, nur um einen Vorwand zur Trennung Maries von dem Marquis zu haben. Das Feuer des Scharmützels war jetzt in vollstem Gange, ohne daß die Gegner dabei handgemein geworden wären.

„Herr Hauptmann," sagte La Clef-des-coeurs, als er das Geschrei der Frau von Gua vernahm, „haben wir es nicht am Ende mit einem blinden Angriff zu tun, der nur die Absicht verfolgt, unsere

Reisenden anzuhalten und ihnen ein Lösegeld aufzuerlegen?"

„Da hast du wahrhaftig recht, mein Junge, oder der Teufel soll mich holen!" antwortete Merle und eilte zur Landstraße zurück.

Der Hauptmann schaute die Straße entlang, sah Marche-à-terre sich vom Wagen auf Fräulein von Verneuil zu bewegen und kam mit solcher Schnelligkeit im Laufschritt bei dem Chouan an, daß dieser kaum Zeit fand, dem Marquis ein paar unverständliche Worte zuzurufen, die eher einem wilden Geschrei als menschlicher Rede glichen. Hierauf sprang er vogelartig schnell ins Ginstergebüsch und verschwand.

Wenige Minuten darauf ließ das Feuer von seiten der Chouans nach, und Gérard, der jetzt ebenfalls auf die Straße zurückgekehrt war, sah, wie sie sich in geringer Anzahl quer durch die Hecken davonmachten. Da er es nicht für geraten hielt, sich unnützerweise in einen gefahrvollen Kampf einzulassen, rief er seine Leute zusammen. Sie hatten keine Verluste aufzuweisen. Die Eskorte sammelte sich dann wieder auf der Straße und setzte ihren Weg fort.

Der Hauptmann konnte Fräulein von Verneuil die Hand bieten, um ihr beim Einsteigen behilflich zu sein, denn der Marquis machte nicht im geringsten Miene, ihm dabei im Wege zu stehen; doch die erstaunte Pariserin stieg ein, ohne von der Höflichkeit des Republikaners Gebrauch zu machen. Sie wandte den Kopf nach dem geliebten Manne, sah ihn reglos dastehen und erstarrte vor Schrecken über die plötzliche Veränderung, die die geheimnisvollen Worte des Chouans in ihm hervorgebracht hatten. Langsam, mit gesenktem Kopfe, kehrte der junge Emigrant zum Wagen zurück, und seine Haltung drückte tiefen Abscheu aus.

„Hatte ich nicht recht?“ sagte Frau von Gua zu ihm. „Wir befinden uns sicherlich in den Händen eines Geschöpfes, mit dem man um Ihren Kopf gefeilscht hat. Da sie aber nun die Dummheit begangen hat, sich in Sie zu vergaffen, so betragen Sie sich nicht wie ein Kind, sondern stellen Sie sich weiter, als liebten Sie sie, bis wir la Vivetière erreicht haben. Sind wir erst einmal da, so...“

„Doch sollte er sie wirklich schon lieben?“ sprach sie zu sich selbst, als sie sah, wie der Marquis einem Traumbefangenen gleich seinen Platz im Wagen wieder einnahm.

Dumpf rollte die Kalesche auf der sandigen Straße dahin, und beim ersten Blicke, den Fräulein von Verneuil um sich warf, schien alles ihr verändert. Schon schlich der Tod sich in ihre Liebe ein. Vielleicht waren es nur leichte Abschattungen; aber in den Augen jeder liebenden Frau sind solche Abschattungen ebenso scharf wie lebhafte Farben. Francine hatte in dem Blick Marche-à-terres gelesen, daß das Geschick des Fräuleins von Verneuil, über das zu wachen sie ihm befohlen hatte, in anderen Händen als den seinen lag. Sie zeigte ein blasses Gesicht und konnte die Tränen nicht zurückhalten, wenn ihre Herrin sie nur ansah. Die unbekannte Dame aber barg die Bosheit weiblicher Rachsucht schlecht unter einem falschen Lächeln, und die plötzliche Veränderung, die sie durch kriechende Liebenswürdigkeit in Haltung, Stimme und Gesicht gegen Fräulein von Verneuil bekundete, war wohl dazu angetan, einem scharfsichtigen

Beobachter Furcht einzuflößen. Es schauderte Fräulein von Verneuil denn auch instinktmäßig, obwohl sie sich fragte: „Warum schaudert mich denn? Es ist ja seine Mutter." Plötzlich aber dachte sie: „Ist sie wirklich seine Mutter?" und begann an allen Gliedern zu zittern, denn ein letzter Blick auf die Unbekannte hatte einen Abgrund vor ihr aufgetan.

„Diese Frau liebt ihn!" sprach sie zu sich. „Warum aber spielt sie jetzt die Liebenswürdige gegen mich, nachdem sie mir zuvor so kalt begegnet ist? Bin ich verloren? oder sollte sie mich fürchten?"

Der Fremde seinerseits errötete und erblaßte abwechselnd. Er wahrte eine ruhige Haltung und senkte häufig die Augen, um die seltsame Gemütsbewegung zu verbergen, die ihn ergriffen hatte. Durch gewaltsames Zusammenpressen seiner Lippen hatte er ihnen die anmutige Biegung genommen, und sein frisches Gesicht hatte sich unter der Gewalt eines stürmischen Gedankens gelblich gefärbt. Fräulein von Verneuil konnte nicht einmal mehr enträtseln, ob in seiner Wut noch Liebe sei, denn der jetzt von Bäumen eingefaßte Weg wurde dunkel, so daß die stumm Dahinfahrenden einander nicht mehr mit den Augen zu befragen vermochten.

Das Murmeln des Windes, das Rauschen der Bäume, das taktmäßige Marschgeräusch der Eskorte gaben der Szene eine Feierlichkeit, die das Klopfen der Herzen beschleunigte. Nicht vergeblich suchte Fräulein von Verneuil nach dem Anlaß dieser Veränderung. Blitzartig tauchte die Erinnerung an Corentin in ihr auf und führte ihr das Bild ihrer wirklichen Bestimmung plötzlich wieder vor Augen; und zum ersten Male seit dem Morgen dachte sie jetzt ernsthaft über ihre Lage nach. Bis zu dieser Minute hatte sie sich ganz dem Glück zu lieben hingegeben, ohne sich mit ihr oder mit der Zukunft zu beschäftigen.

Unfähig, ihre Angst noch länger zu ertragen, suchte und erwartete sie mit der sanften Geduld der Liebe einen Blick des Marquis aufzufangen; und sie sah ihn so flehentlich an, ihre Blässe und ihr Zittern redeten eine so eindringliche Sprache, daß der junge Mann wankte. Doch wurde der Sturz aus ihrem Himmel dadurch nur um so tiefer.

„Fühlen Sie sich nicht wohl, mein Fräulein?“ sagte er, aber mit so unsanfter Stimme, daß das arme Mädchen aus ihr wie aus der Frage selbst, der Gebärde, dem Blick die Überzeugung gewann, die Ereignisse des Tages seien nichts als eine Seelentäuschung gewesen, die sich verflüchtigen mußte gleich halb gestaltlosen Wolken, die der Wind entführt.

„Ob mir nicht wohl ist?“ fragte sie zurück und lachte dabei gezwungen. „Die gleiche Frage wollte ich Ihnen stellen.“

„Ich glaubte doch, Sie verstünden einander,“ sagte Frau von Gua mit falscher Gutmütigkeit.

Weder der Marquis noch Fräulein von Verneuil antworteten. Das junge Mädchen, das sich nun doppelt beleidigt fühlte, kränkte sich darüber, daß ihre machtvolle Schönheit hier machtlos blieb. Sie wußte, daß sie es in der Hand hatte, in jedem beliebigen Augenblick die Ursache ihrer jetzigen Lage zu erfahren; aber sie trug wenig Verlangen danach, und zum ersten Male schreckte hier vielleicht eine Frau vor einem Geheimnis zurück.

Das menschliche Leben hat einen traurigen Reichtum an Situationen, in denen, sei es infolge zu angestrengten Nachdenkens, sei es durch eine gewaltsame Erschütterung, unsere Gedanken jeden festen Anhaltspunkt verlieren, Kraft und Richtung einbüßen und wo die Gegenwart alles verloren hat, was sie an das Vergangene, das Zukünftige knüpfen kann. Dies war der Zustand, in dem sich Fräulein von Verneuil befand. Tief in den Wagen zurückgelehnt, saß sie gebeugt da, reglos wie ein entwurzelter Strauch. Sie sah stumm und leidend aus, blickte niemand mehr an, hüllte sich ganz in ihren Schmerz und versenkte sich so tief in die unbekannte Welt, worein der Unglückliche sich flüchtet, daß sie nichts mehr um sich her gewahrte. Krächzend zogen Raben ihre Kreise über ihnen; doch obgleich sie, wie alle starken Seelen, in einem Winkel ihres Herzens abergläubisch war, achtete sie nicht darauf.

So setzten die Reisenden ihren Weg eine Zeitlang schweigend fort.

✩

ZWÖLFTES KAPITEL

„NUN SIND WIR SCHON GETRENNT!“ SPRACH Fräulein von Verneuil zu sich. „Und doch hat niemand aus meiner Umgebung gesprochen. Sollte etwa Corentin ...? Er hat kein Interesse daran. Wer mag nur als Ankläger gegen mich aufgetreten sein? Kaum geliebt, sehe ich mich wieder entsetzlich allein gelassen. Ich säe Liebe und ernte Verachtung. Wird es denn mein stetes Los bleiben, das Glück immer zu sehen und es immer wieder zu verlieren?“

In ihrem Herzen fühlte sie ungekannte Qualen, denn sie liebte wirklich und zum ersten Male. Indes hatte sie sich doch noch nicht so völlig selbst aufgegeben, um nicht in dem einer jungen, schönen Frau natürlichen Stolz ein Hilfsmittel gegen ihren Schmerz zu finden. Das Geständnis ihrer Liebe, dieses so oft unter Qualen bewahrte Geheimnis, war ihr nicht entschlüpft. So richtete sie sich denn auf, schüttelte lustig den Kopf und zeigte eine lachende Miene oder vielmehr Maske, beschämt darüber, durch ihren stummen Schmerz das Maß ihrer Leidenschaft verraten zu haben. Auch ihre Stimme beherrschte sie, um ihre Bewegung zu verbergen.

„Wo sind wir?" fragte sie den Hauptmann, der sich immer in einiger Entfernung von dem Wagen hielt.

„Drei und eine halbe Meile vor Fougères, gnädiges Fräulein."

„Also sind wir bald dort?" erwiderte sie, um ihn zur Anknüpfung einer Unterhaltung zu ermutigen, womit sie dem jungen Hauptmann einen Beweis ihrer Achtung geben wollte.

„Es sind keine starken Meilen," antwortete Merle erfreut, „nur ziehen sie sich in diesem Lande endlos hin. Von der Höhe des Abhanges, den Sie jetzt hinauffahren, werden Sie ein dem eben verlassenen ähnliches Tal erblicken, und dann können Sie auch den Gipfel der Pèlerine sehen. Gebe Gott, daß die Chouans sich nicht vorgenommen haben, dort Rache zu nehmen! Nun, jedenfalls werden Sie verstehen, daß man bei dem steten Auf- und Absteigen nicht vorwärts kommt. Von der Pèlerine sehen Sie dann auch noch ..."

Bei diesem Worte fuhr der Unbekannte zum zweitenmal zusammen, jedoch so leicht, daß niemand außer Fräulein von Verneuil es bemerkte.

„Was ist denn eigentlich diese Pèlerine?“ unterbrach sie lebhaft den in seine bretonische Topographie vertieften Hauptmann.

„Die Pèlerine ist der Gipfel eines Berges, von dem ein im Département Maine gelegenes Tal seinen Namen führt. Wir werden bald in dieses Tal kommen; es scheidet diese Provinz vom Couësnontale, an dessen Ende Fougères liegt, die erste bretonische Stadt. Ende Vendémiaire haben wir uns dort mit dem Gars und seinen Strauchdieben geschlagen. Wir hatten Rekruten mitgenommen, und sie wollten uns an der Grenze töten, um ihr Land nicht verlassen zu müssen. Aber Hulot machte nicht viel Federlesens und hat sie ...“

„Dann haben Sie den Gars ja gesehen?“ fragte sie. „Was für ein Mensch ist er?“

Ihre durchbohrenden Augen ruhten boshaft auf dem Gesicht des Marquis.

„Ach, gnädiges Fräulein,“ versetzte der zum zweiten Male unterbrochene Merle, „er ähnelt dem Bürger du Gua dermaßen, daß ich wetten würde, er sei es, trüge er nicht die Uniform der Polytechnischen Schule.“

Fräulein von Verneuil ließ den Blick noch immer auf dem kalt und unbewegt dasitzenden jungen Mann ruhen, der sie so verachtungsvoll behandelte; aber sie bemerkte nichts an ihm, was irgend Furcht verraten hätte. Durch ein bitteres Lächeln teilte sie ihm die eben gemachte Entdeckung des von ihm so lügnerisch verhehlten Geheimnisses mit; dann wandte sie sich in spöttischem Tone, mit vor Freude zuckenden Nasenflügeln und auf die Seite gelegtem Kopfe — denn sie wollte zu gleicher Zeit den Marquis beobachten und Merle im Auge halten — an den Republikaner und sagte: „Dieser Royalist, Herr Hauptmann, macht dem Ersten Konsul viel zu schaffen. Er soll verwegen sein, wie man sagt. Nur läßt er sich mit etwas zu großer Dreistigkeit in manche Unternehmungen ein, besonders Frauen gegenüber."

„Darauf zählen wir gerade," war die Antwort des Hauptmanns, „um unsere Rechnung mit ihm zu begleichen. Wenn wir ihn nur zwei Stunden in unsere Gewalt bekommen, werden wir ihm schon eine Ladung Blei durch den Schädel jagen. Wenn er uns erwischte, würde der Kerl es genau so mit uns machen und uns ins Jenseits befördern. Also hart gegen hart ..."

„Oh!" sagte der Gars — denn die Vermutung des Fräuleins war richtig gewesen — „wir haben nichts zu fürchten! ... Ihre Soldaten sind zu müde, um noch bis zur Pèlerine zu marschieren; wenn es Ihnen recht ist, könnten sie sich ein paar Schritt von hier ausruhen. Meine Mutter steigt in La Vivetière aus; gleich da vorn, ein paar Schuß weit, zweigt der Weg dorthin ab. Die beiden Damen werden sich ausruhen wollen, sie müssen sehr abgespannt sein, nachdem sie den Weg von Alençon bis hierher ohne Unterbrechung zurückgelegt haben. Da das Fräulein", wandte er sich mit gezwungener Höflichkeit an Marie, „die große Güte gehabt hat, unsere Reise ebenso sicher wie angenehm zu gestalten, wird sie vielleicht einwilligen, mit meiner Mutter zu Nacht zu speisen. Und schließlich, Herr Hauptmann," setzte er hinzu,

„sind die Zeiten immerhin nicht so schlecht, daß man nicht in La Vivetière noch ein Fäßchen Wein für Ihre Leute zum Anstechen finden wird. Alles wird der Gars ja nicht eingesteckt haben; so glaubt wenigstens meine Mutter."

„Ihre Mutter!" rief Fräulein von Verneuil voller Ironie und zu erregt, um ein Wort der Erwiderung auf die an sie ergangene merkwürdige Einladung zu finden.

„Mein Alter scheint Ihnen heute abend nicht mehr recht glaubhaft vorzukommen, mein Fräulein," sagte Frau von Gua. „Ich hatte das Unglück, sehr jung verheiratet zu werden, und bekam meinen Sohn, als ich erst fünfzehn Jahre alt war."

„Ist das nicht ein Irrtum, gnädige Frau? Sollten Sie nicht dreißig gewesen sein?"

Die Unbekannte erbleichte, als sie den Sarkasmus hinunterschlucken mußte, durch den das junge Mädchen sich an ihrem Beleidiger rächte. Am liebsten hätte sie die Widersacherin in Stücke zerrissen, und nun mußte sie ihr zulächeln, denn sie wollte ihre Gesinnung aus ihren Aussprüchen noch genauer kennenlernen. Darum stellte sie sich auch, als habe sie sie nicht verstanden, und sagte:

„Die Chouans haben noch nie einen so grausamen Anführer gehabt wie diesen, wenn man den Gerüchten glauben darf, die über ihn im Umlauf sind."

„Oh, für grausam halte ich ihn nicht," antwortete Fräulein von Verneuil. „Aber er versteht zu lügen und ist leichtgläubig; ein Parteiführer aber darf sich nie zum Werkzeug eines andern Menschen machen."

„Kennen Sie ihn denn?" fragte der Marquis kalt.

„Nein," antwortete sie und warf ihm einen verächtlichen Blick zu. „Ich glaubte ihn freilich zu kennen ..."
„Ja, ja," warf der Hauptmann kopfschüttelnd ein, „ein schwieriger Bursche ist er sicherlich! Diese alten Familien treiben mitunter kräftige Sprossen. Er kommt aus einem Lande, wo es die ehemaligen Adligen, so heißt es, nicht ganz leicht gehabt haben. Und sehen Sie, die Menschen sind wie die Mispeln; sie gedeihen auf dem Stroh. Ist dieser Bursche schlau, so können wir uns hübsch lange mit ihm herumärgern. Er hat es recht gut verstanden, unsern Freikompagnien leichte Kompagnien entgegenzustellen und die Anstrengungen der Regierung zunichte zu machen. Wenn man den Royalisten ein Dorf abbrennt, läßt er den Republikanern dafür ihrer zwei anzünden. Er entwickelt sich auf einer ungeheuer ausgedehnten Landstrecke und zwingt uns auf diese Weise, eine beträchtliche Truppenmenge gegen ihn einzusetzen, und das gerade in einem Augenblick, wo wir keine übrig haben! Oh — auf sein Handwerk versteht er sich schon!"
„Er mordet sein Vaterland!" unterbrach Gérard seinen Freund laut und heftig.
„So machen Sie ihm doch nur bald den Garaus, wenn sein Tod das Vaterland rettet!" sprach der Marquis.
Dann versuchte er durch einen Blick zu erkunden, was in der Seele des Fräuleins von Verneuil vorging.
Und nun spielte sich zwischen den beiden eine stumme Szene ab, deren dramatische Lebendigkeit und flüchtige Bewegtheit die Sprache nur unvollkommen wiedergeben kann.

Die Gefahr macht interessant. Wenn von seinem Tode die Rede ist, erregt auch der gräßlichste Verbrecher immer noch ein wenig Mitleid. Daher kam es, daß Fräulein von Verneuil, trotz der inzwischen erlangten Gewißheit, daß der Mann, der sie verschmähte, jener gefährliche Führer der Königstreuen war, sich doch noch nicht durch seinen Tod davon überzeugen mochte: sie hatte vielmehr eine ganz andere Neugier zu befriedigen. So zog sie es denn vor, je nach ihrer Leidenschaft zu zweifeln oder zu glauben, und begann mit der Gefahr zu spielen. Ihr aufreizend spöttischer Blick wies den Marquis triumphierend auf die Soldaten hin. Indem sie ihm auf diese Weise das Bild seiner Gefahr vorhielt, gefiel sie sich darin, ihn bitter fühlen zu lassen, daß ein einziges Wort von ihr sein Leben kosten würde, und dieses Wort schienen ihre Lippen schon aussprechen zu wollen. Einem wilden Eingeborenen ähnlich, durchforschte sie die Züge ihres an den Pfahl gebundenen Feindes und schwang die Mordkeule voller Anmut, kostete eine unschuldige Rache und strafte wie eine Frau, die trotz allem noch liebt.

„Hätte ich einen Sohn wie den Ihren, gnädige Frau," sagte sie zu der sichtlich zu Tode erschreckenden Fremden, „— ich würde Trauer um ihn anlegen von dem Tage an, wo ich ihn gefährdet wüßte."

Sie bekam keine Antwort. Nun wandte sie zwanzigmal den Kopf nach den Offizieren, um dann plötzlich wieder nach Frau von Gua herumzuschnellen. Doch gelang es ihr nicht, zwischen jener und dem Marquis irgendein geheimes Zeichen zu bemerken, das ihr die Vertraulichkeit bestätigt hätte, die sie argwöhnte und an die sie doch nicht glauben mochte. Eine Frau zaudert so gern im Kampfe auf Leben und Tod, wenn die Entscheidung darüber in ihrer Hand liegt!

Der junge General lächelte mit der ruhigsten Miene von der Welt und hielt ohne zu zittern unter der Folter stand, die Fräulein von Verneuil über ihn verhängte. Seine Haltung und sein Gesichtsausdruck waren die eines Mannes, den die Gefahren, denen er sich ausgesetzt, nicht bekümmerten, und manchmal schien er ihr sagen zu wollen: „Hier haben Sie ja die Gelegenheit, Ihre verletzte Eitelkeit zu rächen, ergreifen Sie sie doch! Nichts wäre mir schrecklicher, als wenn ich mit meiner Verachtung für Sie nicht recht behielte."

Fräulein von Verneuil begann, ihn von der ganzen Höhe ihrer Stellung herab mit offensichtlichem Hochmut zu betrachten; im Grunde ihres Herzens aber bewunderte sie den Mut und die Ruhe des Geliebten. Sie freute sich, nun zu wissen, daß er einen alten Namen trug, wie fast alle Frauen es an ihrer Stelle getan hätten. Sie stellte ihn immer wieder auf die Probe, wobei sie vielleicht jenem Instinkt gehorchte, der die Frau dazu treibt, mit ihrer Beute zu spielen, wie die Katze mit der Maus. So fragte sie den Hauptmann:

„Auf Grund welcher Gesetze verurteilen Sie eigentlich die Königstreuen zum Tode?"

„Nun, das vom letzten 14. Fructidor hebt doch für die aufständischen Provinzen das Zivilrecht auf und setzt Kriegsgerichte dort ein," antwortete Gérard.

Dann wandte Marie sich plötzlich an den Marquis von Montauran, der sie aufmerksam betrachtete.

„Welchem Umstand verdanke ich augenblicklich die Ehre, Ihre Blicke auf mich zu ziehen?“

„Einem Gefühl, das ein ritterlicher Mann keiner Frau auf der Welt bekennen könnte,“ antwortete er leise und neigte sich zu ihr. „Man muß wirklich“, fügte er mit lauter Stimme hinzu, „in dieser Zeit geboren sein, um zu erleben, daß Frauen das Amt des Henkers ausüben und ihn sogar noch überbieten, indem sie mit dem Beile spielen.“

Sie blickte ihn unverwandt an. Im Grunde bereitete es ihr Genuß, von diesem Manne, dessen Leben sie eben jetzt in der Hand hielt, beleidigt zu werden, und so lächelte sie ihn in zärtlichem Spotte an und flüsterte ihm zu:

„Sie haben keinen guten Kopf, der Büttel wird ihn nicht wollen, darum erhalte ich ihn.“

Aufs höchste erstaunt blickte der Marquis das rätselvolle Mädchen an, dessen Liebe selbst bei der empfindlichsten Beleidigung die Oberhand behielt, und das sich durch Verzeihen für eine Schmähung rächte, die Frauen sonst niemals vergeben. Sein Auge wurde weniger streng, weniger kalt, und ein Ausdruck der Wehmut glitt über seine Züge. Denn seine Leidenschaft war schon stärker, als er selbst es wußte.

Fräulein von Verneuil, die schon mit diesem geringfügigen Unterpfand der von ihr gesuchten Versöhnung zufrieden war, blickte ihn zärtlich an und warf ihm ein Lächeln zu, das einem Kusse glich. Dann lehnte sie sich tief in den Wagen zurück, um nicht die Fortsetzung dieses Liebesdramas zu gefährden, dessen Knoten sie durch ihr Lächeln wieder fester geschlungen zu haben glaubte. Sie war so schön! und verstand es so meisterlich, Liebeshindernisse zu überwinden! War sie es doch von jeher gewohnt, mit allem ihr Spiel zu treiben, auf den Zufall zu rechnen, liebte sie doch das Unvorhergesehene, die Stürme des Lebens so sehr!

Bald bog der Wagen auf Befehl des Marquis von der Landstraße ab und nahm die Richtung nach La Vivetière, wobei es durch einen Hohlweg ging, der von steilen, mit Apfelbäumen bestandenen Böschungen eingefaßt war, so daß er mehr einem Graben als einer Straße glich. Die Reisenden ließen die Soldaten langsam zur Burg nachfolgen. Nur mit Mühe waren ihre grauen Türme jetzt ganz am Ende des Weges zu erkennen, dessen lehmiger Kot der Mannschaft der Eskorte mehr als einen Fluch entlockte.

„Diese Straße hat eine verdammte Ähnlichkeit mit dem Weg zum Paradies!" rief Beau-pied.

Dank der Erfahrung, die der Postillon mit derartigen Wegen hatte, kam nun sehr bald das Schloß La Vivetière selbst in Sicht. Es lag auf dem Rücken einer Art Vorgebirge und war von zwei tiefen Teichen derart umgeben und eingeschlossen, daß man nur auf einer schmalen Fahrstraße hingelangen konnte. Der Teil dieser Halbinsel, auf dem die Wohnhäuser und Gärten lagen, wurde in einiger Entfernung hinter dem Schlosse durch einen breiten Graben geschützt, in den sich das überschüssige Wasser aus den mit ihm in Verbindung stehenden Teichen ergoß. Er bildete so eine fast uneinnehmbare Insel und damit einen unschätzbaren Zufluchtsort für einen Soldatenführer, denn anders als durch Verrat konnte man hier nicht überrascht werden.

Als sie die rostigen Angeln des Tores kreischen hörte und durch den Spitzbogen eines im vorhergehenden Kriege zerschossenen Portals fuhr, streckte Fräulein von Verneuil den Kopf aus dem Wagen. Die düsteren Farben des Bildes vor ihren Augen verwischten fast die Gedanken an Liebe und Gefallenwollen, in denen sie sich wiegte.

Die Kutsche rollte in einen großen, fast viereckigen Hof, der von den abschüssigen Ufern der Teiche umschlossen war. Die einzige Zierde dieser wilden Abhänge, die von dem mit großen grünen Flecken bedeckten Wasser umspült wurden, bildeten blattlose Wasserbäume, deren verkrüppelte Stümpfe und eisgrau über Schilf und Gestrüpp ragende Kronen häßlichen Kobolden, grotesken Fratzen ähnelten. Die unwirtlichen Hecken schienen sich zu beleben und zu sprechen, als die Frösche sie jetzt quakend verließen und die vom Geräusch des Wagens aufgescheuchten Sumpfhühner schnatternd über die Wasserfläche dahinflogen.

Der mit hohem, welkem Grase, mit Ginsterstauden, Zwerggestrüpp und Schmarotzern angefüllte Hof schloß jeden Gedanken an Ordnung oder gar Pracht aus. Das Schloß schien seit langem unbewohnt zu sein. Die Dächer sahen aus, als bögen sie sich unter der Last des sie deckenden Mooses. Die Mauern, obwohl sie aus dem dauerhaften Schiefergestein bestanden, an dem die Gegend so reich ist, hatten zahlreiche, von Efeuwänden verdeckte Sprünge. Zwei im Winkel durch einen hohen Turm verbundene Flügel, die auf die Teiche sahen, bildeten das ganze Schloß, dessen hängende und morsche Türen, verrostete Balustraden, zertrümmerte Fenster beim ersten Windstoß zusammenzufallen drohten. Jetzt wehte ein rauher Nordost durch diese alten Ruinen, denen der Mond mit seinem unentschiedenen Lichte etwas Gespensterhaftes gab. Man muß mit dem Anblick solcher graublauen, durch schwarzbraunes Schiefergestein verbundenen Granitblöcke vertraut sein, um den Eindruck ermessen zu können, den dies leere, düstere Gestell hervorrief. Seine gelockerten Steine, seine scheibenlosen Fensterhöhlen, der zinnengekrönte Turm, die durchlöcherten Dächer verliehen ihm ganz das Aussehen eines Gerippes; und die kreischend auffliegenden Raubvögel vervollständigten diese Ähnlichkeit noch durch einen weiteren Zug.

Einzelne hinter dem Haus angepflanzte Fichten beschatteten die Dächer mit ihrem dunklen Astwerk, und ein paar beschnittene Taxushecken rahmten es in armseligen Bogen ein. Alles bis zu der Form der Tore, den plumpen Ornamenten, der geringen Einheitlichkeit der Gebäude verriet einen jener Herrensitze, an denen die Bretagne noch jetzt überreich ist, und die gleichsam geschichtliche Denkwürdigkeiten des Landes aus den grauen Zeiten bilden, die der Gründung der Monarchie vorangingen.

Fräulein von Verneuil, bei der das Wort „Schloß" stets gleich die landläufige Vorstellung erweckte, sprang, von dem leichenhaften Anblick dieses Bildes betroffen, leichtfüßig aus dem Wagen und schaute sich, allein dastehend, voller Schrecken um, indem sie überlegte, wozu sie sich entschließen sollte. Francine hörte, wie Frau von Gua einen Seufzer der Erleichterung ausstieß, als sie sich außerhalb des Bereichs der Blauen sah, und unwillkürlich entschlüpfte ihr ein Ausruf, als das

Tor hinter ihnen zufiel und sie sich in dieser Art von natürlicher Festung sah.

Herr von Montauran ahnte die Gedanken, die Fräulein von Verneuil beschäftigten, und eilte lebhaft auf sie zu.

„Diese Burg", sagte er mit einem Anflug von Traurigkeit, „ist durch den Krieg zerstört worden, wie es die Pläne, die ich für unser Glück schmiedete, durch Sie geworden sind."

„Wie das?" fragte sie aufs höchste überrascht.

„Sind Sie eine s c h ö n e, e d l e und g e i s t v o l l e Frau?" sagte er mit leichter Ironie, unter Wiederholung der Worte, die sie ihm bei ihrem Gespräch unterwegs so kokett zugeworfen hatte.

„Wer hat Ihnen das Gegenteil gesagt?"

„Glaubwürdige Freunde, denen meine Sicherheit am Herzen liegt, und die die Verrätereien vereiteln wollen, deren Opfer ich werden könnte."

„Verrätereien?" rief sie mit spöttischer Miene. „Sind denn Alençon und Hulot so weit? Sie haben ein schlechtes Gedächtnis: ein gefährlicher Mangel für einen Parteiführer! — Aber erhalten Sie sich nur die Freunde, die Ihr Herz so mächtig regieren!" setzte sie fast ungezogen hinzu. „Nichts gleicht den Freuden der Freundschaft. Leben Sie wohl. Weder ich noch die republikanischen Soldaten werden hier bleiben."

Sie eilte mit einer verachtungsvollen Gebärde gekränkten Stolzes auf das Tor zu; und ihr Auftreten, ihre Haltung zeugten von solchem Adel und solcher Verzweiflung, daß er darob ganz anderen Sinnes wurde. Auf seine Wünsche zu verzichten, würde ihn zuviel gekostet haben, als daß er nun nicht unvorsichtig und leichtgläubig gehandelt hätte. Auch er liebte schon: so waren denn beide nicht gewillt, lange uneins zu bleiben.

„Sagen Sie noch ein Wort, und ich glaube Ihnen," sprach er in flehendem Tone.

„Ein Wort!" wiederholte sie voller Ironie und preßte die Lippen zusammen. „Ein Wort! Nicht einmal eine Bewegung."

„Schelten Sie mich wenigstens," bat er und versuchte, sie an der Hand zu fassen, die sie jedoch zurückzog, „wenn Sie noch mit einem Rebellenführer böse sein können, der jetzt ebenso mißtrauisch und finster ist, wie er zuvor froh und vertrauend war."

Sie sah ihn jetzt ohne Zorn an, und so fügte er hinzu:

„Sie kennen mein Geheimnis, ich aber nicht das Ihre."

Bei diesen Worten schien ihre Alabasterstirn sich zu verdüstern.

„Mein Geheimnis? Niemals."

In der Liebe hat jedes Wort, jeder Blick seine Beredsamkeit; hier aber drückte Fräulein von Verneuil nichts Bestimmtes aus, und so blieb, wie findig Herr von Montauran auch sein mochte, die Bedeutung dieses Ausrufs ungelöst, obwohl die Stimme der Frau ungewöhnliche Gefühle verraten hatte, die seine Neugier anstacheln mußten.

„Sie haben", versetzte er, „eine reizende Art, einem den Verdacht zu benehmen!"

„Hegen Sie denn einen?" fragte sie ihn und musterte ihn dabei, als wolle sie ihm sagen: „Haben Sie irgendwelche Rechte auf mich?"

„Mein Fräulein," antwortete der junge Mann mit

unterwürfiger, doch fester Miene, „die Macht, die Sie über diese republikanischen Soldaten ausüben, diese Eskorte ...?"

„Ach, gut, daß Sie mich erinnern! Sind wohl meine Eskorte und ich — Ihre Beschützer! —" fragte sie mit leichter Ironie, „hier in Sicherheit?"

„Ja, auf das Wort eines Edelmannes! Wer Sie auch sein mögen, Sie und die Ihren haben nichts bei mir zu fürchten."

Diese Versicherung wurde in so aufrichtigem und adligem Tone gegeben, daß Fräulein von Verneuil über das Schicksal der Republikaner ganz beruhigt sein mußte. Sie wollte etwas erwidern, als Frau von Gua dazwischentrat. Diese Frau hatte einen Teil der Unterredung der Liebenden gehört oder erraten und ward von nicht geringer Unruhe erfaßt, als sie die beiden so, ohne die mindeste Feindseligkeit mehr, beieinanderstehen sah. Kaum erblickte er sie, so bot der Marquis Fräulein von Verneuil den Arm und schritt rasch auf das Haus zu, wie um sich einer unerwünschten Gesellschaft zu entledigen.

„Ich bin ihnen im Wege," sprach Frau von Gua bei sich, ohne sich vom Fleck zu rühren.

Sie sah, wie sie langsam auf die Freitreppe zugingen und, sobald sie einen genügenden Abstand von ihr erreicht hatten, wieder stehen blieben, um weiterzuplaudern.

„Ja, ja, ich bin ihnen im Wege," fuhr sie in ihrem Selbstgespräche fort. „Mir aber wird dieses Geschöpf bald nicht mehr im Wege sein. Der Teich soll, bei Gott, ihr Grab werden! Ich will dein Ehrenwort schon gut halten! Was hat sie auch noch zu fürchten, wenn sie einmal auf dem

Grunde dieses Wassers liegt? Da wird sie in guter Sicherheit sein!“

Starren Auges betrachtete sie den ruhigen Wasserspiegel des kleinen Sees zur Rechten, als sie plötzlich das Gebüsch des Abhangs rauschen hörte und im Mondlicht das Gesicht Marche-à-terres gewahrte, der sich aus der unförmigen Rinde einer alten Weide aufrichtete. Man mußte ihn kennen, um ihn inmitten dieser Gesellschaft von knorpeligen Köpfen zu unterscheiden, unter denen der seine so leicht verschwand. Frau von Gua warf zunächst einen mißtrauischen Blick um sich. Sie sah, wie der Postillon seine Gäule in einen Stall führte, der in demjenigen der beiden Flügel des Schlosses lag, der nach dem Ufer ging, wo Marche-à-terre versteckt war; sah, wie Francine auf die beiden Liebenden zutrat, die in diesem Augenblick die ganze Welt um sich her vergessen hatten. So wagte sie sich denn ein paar Schritte vor, indem sie zum Zeichen tiefsten Stillschweigens den Finger an die Lippen legte. Dann erriet der Chouan mehr, als er sie hörte, die Worte:

„Wie viele seid ihr?“

„Siebenundachtzig.“

„Sie sind nur fünfundsechzig, ich habe sie gezählt.“

„Gut,“ antwortete der Wilde mit grimmiger Genugtuung.

Auf Francines geringste Gebärden aufmerksam, sank er wieder auf seinen Weidenstumpf zurück, da er sah, wie sie sich umblickte und mit den Augen die Feindin suchte, über die zu wachen ihr Instinkt ihr befahl.

✩

DREIZEHNTES KAPITEL

DURCH DAS WAGENGERASSEL HERBEIGElockt, zeigten sich sieben oder acht Leute oben auf der Freitreppe und riefen aus:

„Der Gars! Ja, er ist's!"

Bei diesen Rufen liefen noch andere herbei, deren Gegenwart die Unterhaltung der Liebenden unterbrach. Der Marquis von Montauran eilte hastig auf die Edelleute zu und hieß sie durch einen gebieterischen Wink schweigen. Dann zeigte er auf die Höhe der Straße, von der die Blauen anrückten. Beim Anblick dieser wohlbekannten blauen Uniformen mit den roten Aufschlägen und der funkelnden Bajonette riefen die erstaunten Verschwörer:

„Sind Sie denn gekommen, uns zu verraten?"

„Dann würde ich Sie doch nicht auf die Gefahr hinweisen!" antwortete der Marquis bitter lächelnd. „Die Blauen", fuhr er fort, „bilden das Geleit dieser jungen Dame, deren Edelmut uns wunderbar aus einer Gefahr errettet hat, die uns im Gasthofe zu Alençon das Leben gekostet hätte. Wir erzählen später von diesem Abenteuer. Das gnädige Fräulein und ihre Eskorte sind auf mein Wort hier und müssen als Freunde empfangen werden."

Als Frau von Gua und Francine an der Treppe angelangt waren, bot der Marquis Fräulein von Verneuil galant den Arm. Die Gruppe der Edelleute teilte sich in zwei Reihen, um sie durchzulassen. Alle suchten die Züge der Unbekannten zu erhaschen, denn Frau von Gua hatte ihre Neugier schon lebhaft erregt, indem sie ihnen heimlich Zeichen machte.

Fräulein von Verneuil erblickte in dem ersten Saale eine große vornehm gedeckte Tafel für etwa zwanzig Gäste. Dieser Speisesaal stieß an einen großen Salon, wo sich die Gesellschaft alsbald versammelte. Beide Räume stimmten zu dem Bilde der Zerstörung, wie es das Äußere des Schlosses bot. Die Täfelung, die von poliertem Nußbaumholz, aber von plumper, grober Form war, vorspringend und schlecht gearbeitet, war zerbrochen und drohte zu zerfallen. Ihre dunkle Farbe erhöhte noch die Traurigkeit dieser vorhang- und spiegellosen Säle, in denen ein paar Jahrhundert alte morsche Möbelstücke im Einklang zu der Trümmerhaftigkeit des Ganzen standen. Auf einem großen Tische sah Fräulein von Verneuil Landkarten und aufgerollte Pläne, in den Ecken des Zimmers Waffen und Haufen von Karabinern. Alles zeugte von einer wichtigen Konferenz zwischen den Befehlshabern der Chouans und denen der Vendéer.

Der Marquis führte Fräulein von Verneuil zu einem riesigen wurmstichigen Lehnstuhl am Kamin, und Francine begab sich in die Nähe ihrer Herrin und stützte sich auf die Rücklehne dieses alten Möbelstücks.

„Sie erlauben mir wohl, daß ich für einen Augenblick den Hausherrn spiele," sagte der Marquis, bevor er die beiden Fremden verließ, um sich unter die von seinen Gästen gebildeten Gruppen zu mischen. Francine sah, wie alle Befehlshaber auf Anweisung des Herrn von Montauran sich beeilten, ihre Waffen zu verbergen, ebenso wie die Karten und alles andere, was den Argwohn der republikanischen Offiziere erregen konnte. Einige entledigten sich der breiten Ledergürtel, in denen

Pistolen und Weidmesser steckten. Der Marquis befahl ihnen größte Verschwiegenheit an und ging dann hinaus, mit der Erklärung, er müsse für die Unterkunft der unerwünschten Gäste sorgen, die der Zufall ihm beschert hatte.

Fräulein von Verneuil, die ihre Füße an das Kaminfeuer hielt und sie zu wärmen suchte, ließ den Marquis aus dem Zimmer gehen, ohne den Kopf zu wenden, und täuschte so die Erwartung der Anwesenden, die sie alle zu sehen wünschten. So ward denn Francine allein Zeugin der Veränderung, die die Abwesenheit des jungen Anführers unter den Versammelten hervorbrachte. Die Edelleute gruppierten sich um Frau von Gua, und während der nun folgenden leisen Unterredung, die sie mit ihnen hielt, war nicht einer, der sich nicht wiederholt nach den beiden Fremden umgesehen hätte.

„Sie kennen Montauran!“ sagte sie zu ihnen. „Er hat sich im Handumdrehen in dieses Mädchen vernarrt, und so begreifen Sie wohl, daß auch die besten Ratschläge aus meinem Munde ihm verdächtig erschienen. Alle Freunde, die wir im Ministerium besitzen, haben ihn vor der Falle gewarnt, die man ihm stellen will, indem man ihm ein Frauenzimmer auf den Hals jagt, und er läßt sich gleich von dem ersten besten hereinlegen, das ihm begegnet, von einem Mädchen, das sich, nach meinen Erkundigungen, eines großen Namens bemächtigt hat, um ihn zu beschmutzen, das...“ Und so ging es immer weiter fort.

Diese Frau, in der man die Dame wiedererkannt haben mag, die den Überfall auf die Turgotine bestimmte, wird von nun ab in dieser Geschichte

den Namen beibehalten, dessen sie sich bediente, um auf ihrer Fahrt durch Alençon den ihr drohenden Gefahren zu entgehen. Die Bekanntgabe ihres wahren Namens würde nur eine edle Familie kränken, die schon genug Kummer erlebt hat durch die Verirrungen dieser jungen Dame, über deren Ende die zeitgenössische Geschichte noch nicht einmal mit Bestimmtheit unterrichtet ist.
Bald wurde die neugierige Haltung, die die Gesellschaft annahm, unverschämt, ja feindselig. Einige harte Worte drangen an das Ohr Francines, die sich, nachdem sie Fräulein von Verneuil ein paar Worte zugeflüstert, in einen Fensterbogen flüchtete. Ihre Herrin erhob sich, wandte sich nach der Gruppe ihrer Beleidiger um und warf ihr einige Blicke voller Würde und Verachtung zu. Ihre Schönheit, die Vornehmheit ihres Auftretens, ihr Stolz änderten plötzlich die Stimmung ihrer Feinde und entlockten ihnen ein schmeichelhaftes Gemurmel. Zwei oder drei Herren, deren Äußeres die Höflichkeit und Ritterlichkeit verriet, zu denen das Hofleben erzieht, näherten sich ihr mit Anstand. Mariens edles Benehmen nötigte ihnen Achtung ab, keiner von ihnen wagte, sie anzureden, und statt sie anzuklagen, schienen sie sich nunmehr willig ihrem Urteil zu unterwerfen.
Die Anführer dieses für Gott und den König eingegangenen Krieges glichen recht wenig den Phantasiebildern, die sie sich mit Vorliebe von ihnen gemacht. Dieser wirklich große Kampf verlor in ihren Augen und nahm dürftige Ausmaße an, als sie diese Provinzedelleute betrachtete, die, bis auf wenige kräftige Gestalten, jedes Ausdrucks, jedes Lebens entbehrten. Sie fiel aus der Poesie plötz-

lich in die Wirklichkeit zurück. Die Gesichter vor ihr schienen auf den ersten Blick viel eher Ränkeschmieden als Helden zu gehören; und es war auch in der Tat Eigennutz, was ihnen die Waffen in die Hand gedrückt hatte; aber im Kampfe wurden sie heroisch und zeigten sich erst dann in ihrer wahren Gestalt. Das Schwinden ihrer Illusionen machte Fräulein von Verneuil ungerecht und hinderte sie, die wahre Hingabe zu erkennen, die einigen unter diesen Männern besondern Wert verlieh. Die meisten von ihnen erhoben sich indes nicht über den Durchschnitt. Sofern sich einige originelle Köpfe vor den andern auszeichneten, so machten Formenwesen und höfische Etikette sie bald wieder den übrigen gleich. Und wenn sie ihnen auch im allgemeinen Adel und Geist zugestand, stellte sie dafür das völlige Fehlen jener Einfachheit und Großartigkeit fest, an die sie durch die Siege der Republik und deren Männer gewöhnt war. Sie brachte sie zum Lächeln, diese nächtliche Versammlung in dem alten baufälligen Schlosse mit seinem krummen und schiefen Zierat, zu dem diese Gestalten nicht übel paßten. Sie wollte darin ein Sinnbild der Monarchie erblicken. Und voller Entzücken dachte sie daran, daß Montauran wenigstens die erste Rolle unter diesen Leuten spielte, deren einziges Verdienst in ihren Augen darin bestand, daß sie sich an eine verlorene Sache hingaben. Sie hielt das Bild ihres Geliebten gegen diese Masse, gefiel sich darin, es aus ihr hervorzuheben, und sah bald in den mageren, langen Gestalten nur noch die Werkzeuge seiner edlen Absichten.

In diesem Augenblick hallten die Schritte des Marquis durch den anstoßenden Saal. Die Gäste teilten sich plötzlich in mehrere Gruppen, und das Geflüster hörte auf. Wie Schüler, die während der Abwesenheit ihres Lehrers einen Streich ausgeheckt haben, bemühten sie sich, Ordnung und Ruhe vorzutäuschen. Herr von Montauran trat ein, und Fräulein von Verneuil hatte nun die Freude, ihn unter all diesen Leuten zu bewundern, von denen er der Jüngste, der Schönste, der Erste war. Wie ein König ging er von Gruppe zu Gruppe, teilte hier ein leichtes Kopfnicken, einen Händedruck, dort einen Blick, ein Wort der Billigung oder des Vorwurfs aus und spielte seine Rolle als Führer mit einer Anmut und Gewandtheit, wie man sie kaum in diesem jungen Menschen vermuten konnte, den sie eben noch der Unbesonnenheit beschuldigt hatte.

Die Gegenwart des Marquis setzte der Neugier ein Ziel, die sich auf Fräulein von Verneuil gerichtet hatte. Bald jedoch zeigte sich die Wirkung der Bosheit ihrer Feindin. Ein junger Adeliger, der durch sein ungestümes Benehmen auffiel, und der vor allen Anwesenden, sei es durch seinen Namen, sei es durch seinen Rang, befugt schien, vertraulich mit Herrn von Montauran zu reden, faßte ihn am Arme und zog ihn in eine Ecke.

„Höre, mein lieber Marquis,“ sagte er zu ihm, „wir alle sehen dich mit Kummer eine Riesendummheit begehen.“

„Was willst du damit sagen?“

„Weißt du denn, woher dieses Mädchen kommt, wer sie wirklich ist, und was für Absichten sie gegen dich hat?“

„Mein Lieber, unter uns gesagt, wird meine Grille morgen früh schon verflogen sein.“

„Schön. Aber wenn sie dich noch vor Tagesanbruch verrät?“

„Diese Frage beantworte ich dir, sobald du mir gesagt hast, warum sie es bis jetzt noch nicht getan hat,“ versetzte Montauran und steckte zum Scherz eine eitle Miene auf.

„Nun, wenn du ihr gefällst, wird sie dich vielleicht erst verraten wollen, nachdem ihre eigenen Wünsche verflogen sind.“

„Mein Lieber, sieh dir dieses reizende Geschöpf an, beobachte ihr Auftreten, und dann wage zu sagen, daß sie keine vornehme Dame sei! Wenn sie einen freundlichen Blick für dich übrig hätte, würdest du zweifellos alsbald finden, daß sie höchst achtenswert sei. Eine andere Frau hat euch schon gegen sie aufgestachelt. Wenn sie aber trotz allem, was wir soeben gesprochen haben, eines von diesen verlorenen Geschöpfen sein sollte, von denen unsere Freunde uns gesagt haben, so würde ich sie töten...“

„Halten Sie denn“, fiel Frau von Gua ein, „Fouché für dumm genug, Ihnen ein von der Straße aufgelesenes Mädchen zu schicken? O nein, er hat die Versuchung Ihrer Person recht wohl angepaßt! Wenn Sie aber selbst blind sind, so werden dafür Ihre Freunde über Sie zu wachen wissen.“

„Gnädige Frau,“ erwiderte der Marquis mit zornigen Blicken, „denken Sie nicht daran, etwas gegen die Dame oder ihre Eskorte zu unternehmen! Sonst würde nichts Sie vor meiner Rache schützen. Ich wünsche, daß das Fräulein mit der größten Zuvorkommenheit und wie eine zu mir gehörige

Dame behandelt werde: denn wir sind, soviel ich weiß, mit den Verneuil verwandt."

Der Widerstand, auf den der Marquis stieß, tat die bei jungen Leuten, denen solche Hindernisse begegnen, übliche Wirkung. Obgleich er allem Anschein nach Fräulein von Verneuil sehr leichthin behandelt und vorgegeben hatte, seine Leidenschaft für sie sei nichts als eine Laune, hatte er nun in einer Regung des Stolzes eine weite Strecke durchmessen. Indem er sich zu dieser Frau bekannte, wurde es ihm zu einer Ehrensache, daß man ihr achtungsvoll begegne; und so ging er von Gruppe zu Gruppe, um, ein Mann, dem gegenüber jeder Widerstand gefährlich gewesen wäre, zu versichern, daß die Unbekannte wirklich Fräulein von Verneuil sei, worauf die Unruhe sich alsbald beschwichtigte.

Als Herr von Montauran eine Art Eintracht geschaffen und seinen Pflichten genügt hatte, näherte er sich der Geliebten rasch und flüsterte ihr zu:

„Diese Menschen haben mich um eine glückliche Minute gebracht."

„Ich freue mich sehr, Sie bei mir zu haben," erwiderte sie lachend. „Erfahren Sie hiermit, daß ich neugierig bin. Hoffentlich ermüden meine Fragen Sie nicht. Zunächst sagen Sie mir, wer dieser ziemlich gut aussehende junge Mann in der grünen Weste ist, mit dem Sie vorhin geplaudert haben."

„Der Chevalier von Renty, der jüngste Sohn seiner Familie. Er hat große Passionen und kleine Einkünfte. Als die Revolution ausbrach, steckte er bis an den Hals in Schulden."

„Abgezwungene Aufopferung also!" sagte Fräulein von Verneuil. „Aber wer ist der dicke Geistliche mit dem geröteten Gesicht, mit dem er sich eben jetzt über mich unterhält?"

„Wissen Sie denn, was sie sprechen?"

„Als ob ich es wissen wollte!"

„Ich könnte es Ihnen auch nicht sagen, ohne Sie zu beleidigen."

„Nun dann: in dem Augenblick, wo Sie mich beleidigen lassen, ohne Rache dafür zu nehmen, daß ich in Ihrem Hause beschimpft werde, trennen sich unsere Wege, Herr Marquis! Keine Minute länger bleibe ich hier! Ich mache mir sowieso schon Gewissensbisse, daß ich diese armen, redlichen und vertrauensvollen Republikaner täusche."

Sie tat ein paar Schritte, und der Marquis folgte ihr.

„Hören Sie mich an, meine liebe Marie! Auf mein Ehrenwort, ich habe alle Verleumdungen zum Schweigen gebracht, noch ehe ich wußte, ob es Verleumdungen waren. Wenn aber die Freunde, die wir in den Ministerien zu Paris haben, mich gerade soeben in Kenntnis gesetzt haben, daß ich jedweder Frau zu mißtrauen habe, die ich unterwegs träfe, weil Fouché eine Judith der Straße gegen mich aussenden wolle, so ist es meinen besten Freunden doch wohl erlaubt, zu denken, daß Sie zu schön sind, um eine ehrsame Frau zu sein..."

Beim Sprechen tauchte der Marquis seinen Blick in die Augen des Fräuleins von Verneuil, die errötete und die aufsteigenden Tränen nicht zurückhalten konnte.

„Ich habe diese Schmähungen verdient; Sie haben recht," sagte sie. „Ich möchte Sie davon überzeu-

gen, daß ich ein elendes Geschöpf bin, und mich doch geliebt wissen... dann würde ich nicht mehr an Ihnen zweifeln. Ich habe Ihnen geglaubt, als Sie mich täuschten, und Sie glauben mir nicht einmal, wenn ich die Wahrheit rede. Doch lassen wir es dabei bewenden," schloß sie stirnrunzelnd und erblaßte, als wolle sie sterben. „Leben Sie wohl."
Und sie stürzte voller Verzweiflung nach der Türe.
„Marie, mein Leben gehört Ihnen!"
Sie blieb stehen, sah ihn an.
„Nein, nein," sagte sie, „ich will mutig sein. Leben Sie wohl. Ich dachte, als ich Ihnen folgte, weder an Vergangenheit noch an Zukunft. Ich war wahnsinnig."
„Wie, Sie verlassen mich in dem Augenblick, da ich Ihnen mein Leben biete?"
„Es ist ja nur ein Augenblick der Leidenschaft, des Begehrens!"
„Ohne Reue und auf immer!"
Sie kam zurück.
Um seine Bewegung zu verbergen, setzte der Marquis das vorher begonnene Gespräch fort.
„Der Dicke, nach dessen Namen Sie mich fragten, ist ein furchtbarer Mann, der Abbé Gudin, einer von diesen Jesuiten, die hartnäckig, vielleicht auch aufopfernd genug sind, trotz des Bann-Edikts von 1763 in Frankreich zu bleiben. Er ist der Schürer des Krieges in diesen Gegenden und der Verbreiter der Religionsgemeinschaft von Sacré Coeur. Er ist's gewohnt, sich der Religion als eines Werkzeugs zu bedienen, überzeugt seine Affiliierten davon, daß sie auferstehen werden, und versteht es, ihren Fanatismus durch geschickte Predigten zu nähren. Sie sehen. man muß die besonderen

Interessen eines jeden benutzen, um einen großen Zweck zu erreichen! Das ist das ganze Geheimnis der Politik."

„Und dort der frischaussehende, kräftige Greis mit dem abstoßenden Gesicht? Sehen Sie, da, der Mann, der in die Fetzen eines Advokatenrockes gekleidet ist?"

„Advokat? er macht Anspruch auf den Titel eines Feldmarschalls. Haben Sie nicht von Longuy reden hören?"

„Der sollte es sein?" sagte Fräulein von Verneuil erschreckt. „Solcher Menschen bedienen Sie sich!"

„Still, er kann Sie hören. Sehen Sie diesen anderen, der eben mit Frau von Gua eine strafwürdige Unterredung führt...?"

„Diesen Menschen mit zerrissener Weste, der alle Finger seiner rechten Hand spreizt wie ein Bauer?" fiel Fräulein von Verneuil lachend ein.

„Sie beobachten wahrhaftig scharf. Es ist ein früherer Schmuggler."

„Und der neben ihm, der gerade seine Tonpfeife stopft?"

„Das ist der ehemalige Jagdaufseher des seligen Gatten dieser Dame. Er befehligt eine der Kompagnien, die ich den mobilen Bataillonen entgegenwerfe. Vielleicht ist es der verlässigste Diener, den der König hier hat."

„Und sie, wer ist sie?"

„Sie", versetzte der Marquis, „ist die letzte Geliebte, die Charette gehabt hat. Sie hat großen Einfluß auf all diese Leute."

„Ist sie ihm treu geblieben?"

Der Marquis machte eine etwas zweifelhafte Miene.

„Schätzen Sie sie?"

„Sie sind in der Tat sehr neugierig."
„Sie ist meine Feindin, weil sie nicht meine Nebenbuhlerin sein kann," sagte Fräulein von Verneuil lachend. „Ich verzeihe ihr ihre vergangenen Sünden, wenn sie mir meine verzeiht. Und dieser Offizier mit dem Schnurrbart?"
„Erlauben Sie, daß ich seinen Namen verschweige. Er will den Ersten Konsul durch Mord aus der Welt räumen. Ob es ihm nun gelingt oder nicht, Sie werden ihn kennenlernen, denn er wird berühmt werden."
„Und Sie sind gekommen, um den Befehl über solche Menschen zu führen!" sagte sie schaudernd. „Das sind die Verteidiger des Königs! Wo sind denn die Edelleute und hohen Herren?"
„Die", sprach der Marquis stolz, „sind ja über alle Höfe Europas verstreut. Sie sind es, die die Könige, ihre Kabinette und Armeen für die Bourbonen gewinnen und sie auf diese Republik werfen, die allen Monarchien den Tod ansagt und die öffentliche Ordnung mit gänzlicher Vernichtung bedroht."
„Ach," versetzte sie in edler Aufwallung, „seien Sie von nun an die reine Quelle, aus der ich die Ideen schöpfe, die ich mir noch aneignen muß! Das will ich gern. Aber lassen Sie mir den Glauben, daß Sie der einzige Edelmann sind, der seine Pflicht tut, indem er Frankreich durch Franzosen angreift und nicht mit der Hilfe des Auslandes. Ich bin eine Frau, und ich fühle, daß ich meinem Kinde verzeihen könnte, wenn es mich im Zorn schlüge; wenn es aber kaltblütig zusähe, wie ein Fremder mich zerreißt, würde ich es für ein Ungeheuer halten."

„Sie werden immer Republikanerin bleiben," sagte der Marquis, den die edlen Worte, die seine Mutmaßungen bestätigten, in einen köstlichen Rausch versetzt hatten.

„Republikanerin? Nein, das bin ich nicht mehr. Ich würde Sie nicht schätzen, wenn Sie sich dem Ersten Konsul unterwürfen. Aber ebensowenig möchte ich Sie an der Spitze von Leuten sehen, die einen Teil von Frankreich ausrauben, anstatt die ganze Republik anzugreifen. Für wen schlagen Sie sich? Was erwarten Sie sich von einem König, dem Ihre Hände wieder zum Thron verholfen haben? Dieses Meisterstück hat schon einmal eine Frau unternommen, und der befreite König hat sie dafür lebendigen Leibes verbrennen lassen. Könige sind ja die Gesalbten Gottes, und geweihte Dinge zu berühren, ist gefährlich. Überlassen Sie es Gott allein, sie einzusetzen, sie abzusetzen und wieder einzusetzen auf ihren Purpursitz. Wenn Sie den Lohn bedacht haben, der Ihnen zuteil werden wird, so sind Sie in meinen Augen noch zehnmal größer, als Sie mir schienen. Treten Sie mich dann ruhig unter Ihre Füße, wenn Sie wollen, Sie dürfen es, ich werde glücklich darüber sein."

„Sie sind entzückend! Nehmen Sie diese Herren nur ja nicht in Ihre Schule, sonst stehe ich ohne Soldaten da."

„Ach, wenn Sie mir erlauben wollten, Sie zu bekehren, würden wir tausend Meilen von hier fortgehen."

„Diese Männer, die Sie zu verachten scheinen, wissen im Kampfe zu sterben," erwiderte der Marquis in ernsterem Ton, „und das läßt all ihre Fehler vergessen. Und im übrigen, werden die Lorbeeren des Triumphs nicht alles zudecken, wenn meinen Anstrengungen Erfolg beschieden ist?"

„Sie sind hier der einzige, den ich etwas wagen sehe."

„Ich bin nicht der einzige," entgegnete er voll echter Bescheidenheit. „Dort sind zwei neue Anführer aus der Vendée. Und dies da ist der Marquis von P., der Unterhändler Englands; ich halte ihn für ehrlich."

„Vergessen Sie denn Quiberon? Ach, Sie machen mich schaudern! Herr Marquis," fuhr sie fort, und ihr Ton schien zu verraten, daß sie etwas verschwieg, was nur sie allein wußte, „ein Augenblick genügt, um eine Täuschung zu zerstören und Geheimnisse zu enthüllen, von denen Leben und Glück vieler Menschen abhängen."

Sie hielt inne, als fürchtete sie zuviel zu sagen, und setzte dann hinzu: „Ich möchte die republikanischen Soldaten in Sicherheit wissen."

„Ich werde vorsichtig sein," sagte er und lächelte, um seine Bewegung zu verbergen, „aber sprechen Sie nun nicht mehr von Ihren Soldaten mit mir, denn ich habe Ihnen mein Manneswort für sie verpfändet."

„Aber abgesehen von allem, welches Recht hätte ich denn, Sie zu leiten? Seien Sie nur immer der Herr. Habe ich Ihnen denn nicht gesagt, daß es mich zur Verzweiflung bringen würde, über einen Sklaven zu herrschen?"

„Herr Marquis," unterbrach der Jagdaufseher ehrerbietig das Gespräch, „werden die Blauen lange hier bleiben?"

„Sie ziehen ab, sobald sie ausgeruht sind," rief Fräulein von Verneuil.

Der Marquis warf forschende Blicke auf die Gesellschaft, bemerkte, daß etwas vorging, und verließ Fräulein von Verneuil. Frau von Gua vertrat seine Stelle. Sie zeigte eine lachende, heuchlerische Miene und ließ sich durch das bittere Lächeln des jungen Mannes durchaus nicht aus der Fassung bringen.

Plötzlich stieß Francine einen Schrei aus, den sie jedoch rasch unterdrückte. Erstaunt gewahrte ihre Herrin, wie sie nach dem Speisesaal eilte und verschwand. Sie wandte sich zu Frau von Gua, und ihr Erstaunen ward noch größer, als sie sah, wie das Gesicht ihrer Feindin sich mit Blässe überzog. Begierig, zu erfahren, was der Grund dieses plötzlichen Hinausstürzens sein mochte, trat sie in eine Fensterwölbung. Ihre Nebenbuhlerin folgte ihr, um den Argwohn zu verscheuchen, dessen Grund eine Unvorsichtigkeit sein mochte.

Frau von Gua lächelte mit unerklärbarer, schwer zu deutender Bosheit, als sie zusammen an den Kamin zurückkehrten, nachdem sie beide einen Blick nach dem Teich hinuntergeworfen – Fräulein von Verneuil, ohne etwas gesehen zu haben, was Francines Flucht gerechtfertigt hätte, Frau von Gua zufrieden, weil ihr Befehl vollstreckt wurde. Der See, an dessen Ufer Marche-à-terre auf den Wink dieser Frau im Hofe erschienen war, stieß an den Graben, der die Gärten schützend umzog, indem er Krümmungen bildete, die bald breit wie Teiche, bald schmal wie die künstlichen Bäche in einem Park waren. Das jäh abfallende Ufer, das seine klaren Wasser umspülten, war ungefähr zwanzig Klafter von dem Fenster entfernt. Francine hatte sich damit unterhalten, auf dem Wasserspiegel die schwarzen Linien zu betrachten, die die Kronen der Lärchen und alten Weiden hineinzeichneten, und sorglos die gleichförmige Neigung beobachtet, in die ein leichter Wind ihr Zweigwerk versetzte. Da glaubte sie plötzlich zu sehen, wie eine dieser Baumgestalten sich auf dem Wasserspiegel mit einer heftigen, ruckweisen Bewegung rührte, die Leben verriet. Und diese Gestalt, so undeutlich sie war, schien die eines Mannes zu sein. Zunächst schrieb das Mädchen die Erscheinung den unvollkommenen Bildungen zu, die das Mondlicht zwischen den Bäumen erzeugte. Aber bald zeigte sich ein zweiter Kopf. Dann erschienen in der Ferne noch andere. Das niedrige Strauchwerk des Ufers bog sich und schnellte heftig wieder empor. Und nun sah Francine, wie die ganze lange Hecke sich unmerklich bewegte, gleich einer jener großen, märchenhaft gewundenen indischen Schlangen. Da und dort in Ginster und Dorngestrüpp blitzten leuchtende Punkte auf und bewegten sich von der Stelle. Francine spannte nun ihre Aufmerksamkeit noch mehr an, und bald schien es ihr, als unterscheide sie deutlich die zuerst aufgetauchte von den schwarzen Gestalten, die die Tiefe des Ufers belebten. Wie undeutlich die Umrisse des Mannes auch waren, sagte ihr Herz ihr doch mit Bestimmtheit, daß sie Marche-à-terre vor sich habe. Eine Gebärde brachte ihr volle Gewißheit. Und so stürzte sie denn, voller Angst, daß dieser geheimnisvolle Aufbruch eine Tücke berge, nach dem Hof hinunter und sah, auf dem grünen Unkrautteppich stehend, abwechselnd auf die beiden Flügel des Gebäudes und die beiden Ufer, ohne jedoch auf dem vor den Fenstern des Saales liegenden noch eine Spur von der leisen Bewegung wahrzunehmen, die sie eben so erschreckt hatte. Sie versuchte daher, etwas zu erlauschen; und nicht lange, so hörte sie auch ein leichtes Rascheln, etwa wie ein Raubtier es in der Stille des Waldes erregt. Sie fuhr zusammen, erzitterte aber nicht. Trotz ihrer Jugend und Unschuld gab ihr die Neugier alsbald eine List ein. Sie bemerkte die Kalesche, lief rasch hin, kauerte sich darin nieder und hob den Kopf nur noch mit der Vorsichtigkeit des Hasen, der von weitem Jagdlärm hört. Jetzt sah sie Pille-miche aus dem Pferdestall kommen. Ihn begleiteten zwei Bauern; alle drei hielten sie Strohbündel in der Hand. Sie breiteten sie derart aus, daß sie ein langes Streulager vor dem unbewohnten Flügel bildeten, der dem Buschwerk des Uferrandes gegenüber lag, in welchem die Chouans sich so leise hin und her bewegten, daß Francine daraus auf die Vorbereitung zu einer furchtbaren Tat schloß.

„Du schüttest ihnen ja Streu auf, als sollten sie wirklich da schlafen. Genug, Pille-miche, genug," sagte eine dumpfe, heisere Stimme, die Francine kannte.

„Sollen sie etwa nicht hier schlafen?" erwiderte der Angeredete mit einem groben Lachen. „Aber meinst du nicht, daß der Gars sich erzürnen wird?" setzte er so leise hinzu, daß Francine es nicht hören konnte.

„Nun gut, so soll er sich erzürnen!" antwortete Marche-à-terre halblaut. „Aber die Blauen sind wir dann los, das ist die Hauptsache. Da steht ein Wagen," fuhr er fort, „den wir zusammen hineinschaffen müssen."

Pille-miche faßte die Kalesche an der Deichsel, und Marche-à-terre stieß sie von hinten mit solcher Geschwindigkeit vorwärts, daß Francine sich im Schuppen befand und in Gefahr, eingeschlossen zu werden, ehe sie Zeit hatte, sich zu besinnen. Pille-miche entfernte sich, um das Faß Obstwein herbeischaffen zu helfen, das nach dem Befehle des Marquis an die Blauen verteilt werden sollte, und Marche-à-terre ging an der Kutsche vorbei, um ebenfalls den Schuppen zu verlassen und ihn abzuschließen, als er sich von einer Hand gefaßt und an den langen Haaren seines Ziegenfells zurückgehalten fühlte. Er sah in Augen, deren Sanftheit eine magnetische Gewalt auf ihn ausübte, und blieb einen Augenblick wie verzaubert stehen.

Hurtig sprang Francine aus dem Wagen und sagte mit der angriffslustigen Stimme, die einer erregten Frau so wunderbar anstehen kann: „Pierre, was für Nachrichten hast du unterwegs dieser Dame und ihrem Sohn überbracht? Was geht hier vor? Warum verbirgst du dich? Ich will alles wissen!"

Diese Worte riefen auf dem Gesicht des Chouans einen Ausdruck hervor, den Francine nicht an ihm kannte. Er führte die Geliebte auf die Schwelle des Tors, drehte sie gegen das weißliche Mondlicht und antwortete ihr mit einem furchtbaren Blick:

„Ja, bei meiner Verdammnis! Ich will es dir sagen, Francine, aber erst, nachdem du mir" — hier zog er einen abgenutzten Rosenkranz aus seinem Ziegenfell — „bei diesem Rosenkranz geschworen hast, mir eine einzige Frage wahrhaftig zu beantworten."

Als Francine den Rosenkranz erblickte, ohne Zweifel ein Pfand ihrer Liebe, errötete sie.
„Hierauf", fuhr der Chouan ganz gerührt fort, „hast du geschworen ..."
Er redete nicht zu Ende. Das Mädchen legte die Hand auf die Lippen ihres wilden Liebsten, um ihm Schweigen zu gebieten.
„Ist es denn nötig, daß ich schwöre?"
Er faßte sie zart bei der Hand, blickte sie einen Augenblick an und gab zurück:
„Heißt das Fräulein, dem du dienst, wirklich de Verneuil?"
Francine blieb mit herabhängenden Armen, gesenkten Lidern, gebeugtem Kopfe stehen, bleich und sprachlos.
„Eine Hure ist es!" sprach der Chouan mit seiner schrecklichen Stimme.
Bei diesem Wort bedeckte die niedliche Hand von neuem seinen Mund, diesmal aber trat er heftig zurück. Die kleine Bretonin sah nicht mehr den Geliebten, sondern nur noch ein wildes Tier in seiner ganzen Furchtbarkeit. Die Brauen des Chouans waren heftig zusammengezogen, seine Lippen preßten sich fest aufeinander, und er zeigte die Zähne wie ein Hund, der seinen Herrn verteidigt.
„Ich habe dich als Blume verlassen und finde dich als Mist wieder! Ach, warum habe ich dich allein gelassen! Ihr kommt, uns zu verraten, den Gars auszuliefern."
Er brüllte mehr, als er sprach. Obwohl Francine bei der letzten Anschuldigung von Angst erfaßt wurde, wagte sie doch das grimme Gesicht zu betrachten, hob ihre Engelsaugen zu ihm auf und antwortete ruhig:

„Ich verpfände meine Seligkeit dafür, daß das nicht wahr ist! Das sind die Einbildungen deiner Dame."
Nun war es an ihm, den Kopf zu senken. Da faßte sie ihn bei der Hand, wandte sich ihm mit einer allerliebsten Bewegung zu und sagte:
„Piere, warum denn nur all dieses? Höre, ich verstehe nicht, wie du irgend etwas hiervon begreifen kannst, denn ich begreife nichts! Aber denk daran, daß das schöne, edle Fräulein ein frommes Mädchen und meine Wohltäterin ist. So ist sie auch die deine. Wir leben fast wie zwei Schwestern miteinander. Es darf ihr niemals etwas Böses geschehen, wenn wir in ihrer Nähe sind, wenigstens, solange wir leben. Schwöre mir das! Nur zu dir habe ich Vertrauen."
„Ich habe hier nicht zu befehlen," entgegnete der Chouan bekümmert.
Sein Gesicht verfinsterte sich. Da nahm sie ihn bei seinen langen Hängeohren und drehte sie sanft herum, so wie man eine Katze hätschelt.
„Dann versprich mir wenigstens," sagte sie, da sie ihn weniger streng sah, „zur Sicherheit meiner Herrin alles aufzubieten, was in deiner Macht steht."
Er schüttelte den Kopf, als ob er an dem Erfolg zweifelte, und seine Gebärde ließ Francine erzittern.
In diesem kritischen Augenblick war die Eskorte auf der Landstraße angelangt. Die Tritte der Soldaten und das Klirren ihrer Waffen weckten das Echo im Hofe und schienen der Unschlüssigkeit Marche-à-terres ein Ende zu bereiten.
„Vielleicht kann ich sie retten," sagte er zu seiner

Geliebten, „wenn du dafür sorgst, daß sie im Haus drin bleibt. Und“, setzte er hinzu, „bleibe bei ihr und wahre das tiefste Stillschweigen. Sonst — nix!“

„Ich verspreche es dir,“ erwiderte sie in ihrer Angst.

„Also! Dann geh hinein, geh augenblicks hinein und zeige deine Furcht nicht einmal deiner Herrin.“

„Ja.“

Sie drückte dem Chouan die Hand, und er sah ihr mit väterlicher Miene nach, wie sie mit vogelartiger Leichtigkeit auf die Freitreppe zueilte. Dann drückte er sich in sein Gebüsch, wie ein Schauspieler, der sich beim Aufgehen des Vorhangs schnell in die Kulisse zurückzieht.

☆

VIERZEHNTES KAPITEL

„FINDEST DU NICHT AUCH, MERLE, DASS dieser Ort hier sich wie eine richtige Mausefalle ausnimmt?“ fragte Gérard.

„Ja, ich sehe es,“ gab der Hauptmann besorgt zurück.

Die beiden Offiziere beeilten sich, Schildwachen auszustellen, um sich der Landstraße und des Tores zu versichern, dann warfen sie mißtrauische Blicke auf die Uferhänge und die umgebende Landschaft.

„Pah!“ sagte Merle dann. „Entweder müssen wir uns jetzt dieser Baracke in vollem Vertrauen überlassen oder überhaupt nicht hineingehen.“

„Gehen wir hinein!“

Die Soldaten entledigten sich auf das „Rührt euch!“

ihres Führers schnell ihrer Gewehre, die sie in Pyramiden aufstellten, und bildeten eine Linie vor der Streu, in deren Mitte das Faß Wein lag. Dann teilten sie sich in Gruppen, an die zwei Bauern Butter und Roggenbrot auszuteilen begannen.
Der Marquis kam den Offizieren entgegen und führte sie in den Salon. Als Merle die Freitreppe hinaufgestiegen war und die beiden Flügel betrachtet hatte, wo die alten Lärchen dunkles Geäst ausbreiteten, rief er Beau-pied und La Clef-des-coeurs zu sich.
„Ihr beide macht einen Erkundungsgang durch die Gärten und durchstöbert die Hecken, verstanden? Dann stellt ihr eine Schildwache vor eurer Linie auf ..."
„Können wir unser Feuer anzünden, ehe wir uns zur Jagd aufmachen, Herr Hauptmann?" fragte La Clef-des-coeurs.
Merle nickte mit dem Kopfe.
„Paß auf, La Clef-des-coeurs," sagte Beau-pied, „der Hauptmann tut nicht gut daran, daß er sich in dieses Wespennest begibt. Wenn Hulot uns noch befehligte, der wäre nie und nimmer hier hereingekrochen. Wir stecken ja wie in einem Kochkessel!"
„Bist du dumm!" antwortete La Clef-des-coeurs. „Was, du Neunmalgescheit merkst nicht, daß dieses Schilderhaus das Schloß der liebenswürdigen Fremden ist, um die unser lustiger Merle, der beste aller Hauptleute, herumscharwenzelt? Er wird sie heiraten, das ist so klar wie ein blankgeputztes Bajonett. Und so eine Frau wie die kann der Halbbrigade auch nur Ehre machen."
„Das ist wahr," erwiderte Beau-pied. „Und du

kannst außerdem noch sagen, daß es hier guten Obstwein gibt, trotzdem ich ihn nicht mit großem Genuß vor diesen verdammten Hecken da trinke. Es ist mir immer, als sähe ich Larose und Vieux-Chapeau in den Pèlerinengraben rollen. Zeit meines Lebens werde ich den Zopf des armen Larose nicht vergessen, der an ihm hing, wie der Klopfer an einem Haustor."

„Beau-pied, mein Lieber, du hast zu viel Phantasie für einen Soldaten," entgegnete La Clef-des-coeurs, „du müßtest Lieder für das Nationalinstitut dichten."

„Wenn ich zu viel Phantasie habe," antwortete Beau-pied, „so hast du dafür gar keine, und du wirst gute Zeit brauchen, um es bis zum Konsul zu bringen."

Das Lachen der Truppe beendete das Gespräch, denn La Clef-des-coeurs fand keine Antwort weiter auf die Stichelei seines Kameraden.

„Wollen wir jetzt die Runde machen? Ich werde die rechte Seite nehmen," ergriff Beau-pied wieder das Wort.

„Also gut, dann nehme ich die linke," antwortete sein Kamerad. „Doch halt! einen Augenblick! ich will erst noch ein Gläschen trinken, meine Kehle klebt wie das Wachstuch um Hulots famosen Hut."

Die linke Seite der Gärten, die La Clef-des-coeurs gleich zu durchsuchen verabsäumte, war unglücklicherweise der gefährliche Uferhang, auf dem Francine eine Bewegung von Menschen beobachtet hatte.

Beim Eintreten in den Saal und während der Begrüßung warf Merle durchdringende Blicke auf die versammelte Gesellschaft. Sein Argwohn wurde

stärker, und er ging ganz plötzlich auf Fräulein von Verneuil zu, um ihr leise zu sagen:
„Ich glaube, Sie sollten sich schnell zurückziehen, wir sind hier nicht in Sicherheit."
Sie fing an zu lachen.
„Sollten Sie bei mir etwas fürchten?" fragte sie. „Sie sind hier sicherer, als Sie es in Mayenne waren."
Eine Frau verbürgt sich immer vertrauensvoll für ihren Geliebten. Ganz verlegen trat Merle zurück, um Gérard zu beruhigen. In diesem Augenblick begaben die Anwesenden sich in den Speisesaal, obwohl von einem gewichtigen Gaste die Rede war, der noch kommen sollte.
Dank dem Stillschweigen, das beim Beginn einer Mahlzeit zu herrschen pflegt, konnte Fräulein von Verneuil ungestört ihr Augenmerk auf diese unter den gegebenen Umständen recht merkwürdige Gesellschaft richten, an der sie in gewisser Weise schuld war durch eine Unüberlegtheit, wie sie Frauen, gewohnt, mit allem ihr Spiel zu treiben, in den entscheidendsten Handlungen des Lebens oft bekunden.
Ein Umstand überraschte sie plötzlich. Die beiden republikanischen Offiziere beherrschten die Gesellschaft durch die Achtung gebietende Eigenart ihrer Physiognomien. Ihre zurückgestrichenen und am Hinterkopfe zu einem riesigen Zopfe zusammengebundenen Haare umrahmten Züge voll Offenheit und Adel. Ihre schäbigen blauen Uniformen mit den abgenutzten roten Aufschlägen — alles bis zu ihren Achselklappen, die infolge der Märsche hinten herabhingen und selbst bei den Befehlshabern von dem Fehlen der Mäntel zeugten,

hob diese beiden Militärs aus den Männern hervor, in deren Mitte sie sich befanden.

„Hier ist das Volk, die Freiheit!" sprach sie bei sich. Dann warf sie einen Blick auf die Royalisten: „Und dort ein Mann, ein König, Vorrechte."

Sie konnte nicht anders, als Merles Gesicht bewundern, so völlig entsprach der fröhliche Offizier den Vorstellungen, die man sich gern von jenen französischen Soldaten macht, die mitten im Kugelregen sich ein Liedchen pfeifen und auch nicht vergessen, über einen Kameraden, der schlecht zielt, einen Witz zu reißen. Gérard flößte Achtung ein. Ernst und kaltblütig, schien er eine dieser wahrhaft republikanischen Seelen zu haben, die sich zu jener Zeit in Menge beim französischen Heer fanden, und denen edel verschwiegene Opfer eine bis dahin nicht gekannte Tatkraft gaben.

„Das ist ein Mann von großen Gesichtspunkten," dachte Fräulein von Verneuil. „Seinesgleichen zertrümmern die Vergangenheit zugunsten der Zukunft, indem sie sich auf die Gegenwart stützen, die sie beherrschen."

Diese Erwägung machte sie traurig, weil sie sich nicht auf den geliebten Mann bezog, und so wandte sie sich ihm zu, um sich durch eine andere Art von Bewunderung an der Republik zu rächen, die sie schon haßte. Als sie den Marquis von Männern umringt sah, die kühn genug, fanatisch genug, vorausberechnend genug waren, eine siegreiche Republik anzugreifen, in der Hoffnung, eine tote Monarchie, eine vernichtete Religion, verbannte Fürsten und erloschene Vorrechte wieder einzusetzen, sagte sie sich:

„Dieser hier hat nicht minder hohe Absichten. Denn

er will, auf einen Schutthaufen gebeugt, aus der Vergangenheit die Zukunft schaffen."

Nun schwankte ihr Geist, der gewohnt war, in Bildern zu denken, zwischen den alten und den neuen Trümmern. Ihr Gewissen sagte ihr wohl laut genug, daß sich hier der eine für einen Menschen, der andere für ein Land schlage; aber schon war sie so gut wie überzeugt, daß das Glück eben dieses Landes von dem durch ihren Geliebten verteidigten System abhänge.

Der Marquis erhob sich. Er hatte die Schritte eines Mannes im Salon gehört und ging ihm entgegen. Es war der erwartete Gast, der, über die Gesellschaft erstaunt, reden wollte; doch der Gars machte ihm, von den Republikanern ungesehen, ein Zeichen, zu schweigen und an der Tafel Platz zu nehmen.

Je mehr die republikanischen Offiziere die Gesichter ihrer Wirte zu ergründen suchten, desto stärker machten sich die unterdrückten Zweifel wieder geltend. Das geistliche Gewand des Abbé Gudin und die Wunderlichkeit der Chouantrachten mahnten sie zur Vorsicht. Sie verschärften darum ihre Aufmerksamkeit und fanden ergötzliche Unterschiede zwischen den Manieren der einzelnen Gäste und ihren Reden heraus. So übertrieben der von einigen zur Schau getragene Republikanismus war, so aristokratisch war das Benehmen anderer. Gewisse von ihnen aufgefangene Blicke zwischen dem Marquis und seinen Gästen, gewisse unvorsichtig fallengelassene doppelsinnige Worte, vor allem aber der Bartgürtel, womit der Hals einiger Gäste versehen war, und den sie nicht richtig in ihren Halstüchern hatten verstecken können, klärten schließlich die beiden Offiziere über die wahre Sachlage auf, die sie nicht wenig erschreckte. Sie tauschten ihre Beobachtungen durch einen Blick aus, denn Frau von Gua hatte sie schlauer Weise getrennt, und so waren sie auf die Sprache ihrer Augen angewiesen. Ihre Lage erforderte ein kluges Verhalten, denn noch wußten sie nicht, ob sie die Herren dieses Schlosses seien oder ob man sie in einen Hinterhalt gelockt habe; ob Fräulein von Verneuil Mitwisserin dieses unerklärlichen Abenteuers oder selbst getäuscht worden sei. Doch ein unvorhergesehenes Ereignis führte den entscheidenden Augenblick unvermutet schnell herbei, noch bevor sie dessen ganzen Ernst ermessen konnten.

Der neuangekommene Gast gehörte zu jenen großen, vierschrötigen Menschen mit stark gerötetem Gesicht, die sich beim Gehen hintenüber beugen, viel Luft zu verdrängen scheinen und glauben, jedermann habe mehr als einen Blick nötig, um sie zu sehen. Trotzdem er adlig war, faßte er das Leben als einen Scherz auf, dem man trachten mußte, die beste Seite abzugewinnen. Und bei all seiner Selbstvergötterung war er gut, höflich und geistreich nach der Art jener Edelleute, die nach Vollendung ihrer höfischen Erziehung auf ihre Besitztümer zurückkehren und niemals glauben wollen, daß sie nach Verlauf von zwanzig Jahren daselbst eingerostet sind. Sie begehen mit unerschütterlicher Sicherheit fortwährend Verstöße gegen den Takt, bringen Nichtigkeiten geistreich vor, mißtrauen dem Guten, wo es ihnen begegnet, und geben sich die allergrößte Mühe, in Ungelegenheiten zu kommen.

Nachdem er durch kräftiges Hantieren mit der Gabel bewiesen, daß er kein Kostverächter sei, und die versäumte Zeit wieder eingebracht hatte, sah er sich die Gesellschaft an. Sein Erstaunen wuchs noch, als er die beiden Offiziere gewahrte, und durch einen Blick befragte er Frau von Gua, die ihn statt aller Antwort auf Fräulein von Verneuil hinwies. Als er die Sirene ansah, deren Schönheit begann, die durch Frau von Gua bei den Tischgenossen gegen sie erregten Gefühle zum Schweigen zu bringen, nahmen seine Züge ein unverschämtes, spöttisches Lächeln an, das eine ganze schmutzige Geschichte zu enthalten schien. Er neigte sich zum Ohre seines Nachbars und flüsterte ihm ein paar Worte zu. Und diese Worte, die nur für die beiden Offiziere und Fräulein von Verneuil ein Geheimnis blieben, gingen von Ohr zu Ohr, von Mund zu Mund, bis sie das Herz dessen erreichten, den sie zu Tode treffen sollten.

In grausamer Neugier wandten die Royalistenführer den Blick auf Herrn von Montauran, und die Augen der Frau von Gua, die Freudenblitze schleuderten, gingen zwischen dem Marquis und dem erstaunten Fräulein von Verneuil hin und her. Die beunruhigten Offiziere gingen mit sich selbst zu Rate, während sie das Ergebnis dieses sonderbaren Auftritts erwarteten. Plötzlich ruhten die Gabeln in allen Händen, Stillschweigen trat ein, und alle Blicke richteten sich auf den Gars. Eine unbeschreibliche Wut verbreitete sich auf seinem zornigen, hitzigen Gesicht, das sich wachsbleich färbte. Der junge General wandte sich dem Gaste zu, der diesen Schwärmer in Umlauf gesetzt hatte, und fragte ihn mit umflorter Stimme:

„Bei meinem Seelenheil, ist das wahr, Graf?"
„Auf meine Ehre," antwortete der Graf, indem er ernst den Kopf neigte.
Der Marquis senkte die Augen, hob sie aber sofort wieder, um sie auf Fräulein von Verneuil zu richten, die dem Wortkampf gespannt gefolgt war und nun diesen mörderischen Blick auffing.
„Ich gäbe mein Leben darum," sagte er leise, „wenn ich mich noch in dieser Stunde rächen könnte!"
Frau von Gua las dem jungen Manne diesen Satz von den Lippen ab und lächelte ihm zu, wie man einem Freunde zulächelt, dessen Verzweiflung man zu heilen verspricht. Die allgemeine Verachtung für Fräulein von Verneuil, die sich auf allen Gesichtern malte, steigerte die Empörung der beiden Republikaner aufs höchste, und sie standen heftig auf.
„Was wünschen Sie, Bürger?" fragte Frau von Gua.
„Unsere Degen, Bürgerin," erwiderte Gérard ironisch.
„Die brauchen Sie bei Tische nicht," entgegnete der Marquis kalt.
„Nein, aber hernach werden wir ein Spiel spielen, das Sie kennen," sagte Gérard. „Wir werden einander hier ein wenig näher ansehen, als auf der Pèlerine."
Erstaunt schwieg die Gesellschaft. Da brach plötzlich eine furchtbare Salve los. Die beiden Offiziere und der Marquis stürzten auf die Freitreppe hinaus. Sie sahen etwa hundert Chouans auf einige Soldaten anlegen, die von den ersten Schüssen nicht getroffen worden waren, und auf die sie schossen, wie auf Hasen. Die Bretonen kamen von dem

Ufer her, an dem Marche-à-terre sie unter Gefahr ihres Lebens aufgestellt hatte; denn man hörte bei dem Verlauf, den die Sache nahm, nach der ersten Salve zwischen dem Röcheln der Sterbenden mehrere der Königstreuen ins Wasser kollern wie Steine in einen Abgrund.

Pille-miche nahm Gérard aufs Korn, Marche-à-terre zielte auf Merle.

„Herr Hauptmann," sagte der Marquis mit kalter Stimme, „sehen Sie: die Menschen sind wie die Mispeln, sie reifen auf dem Stroh."

Und mit einer Handbewegung deutete er auf die Soldaten der Eskorte, die sämtlich blutend auf der Streu lagen, indes die Chouans den noch Lebenden den Rest gaben und die Toten mit unglaublicher Geschwindigkeit plünderten.

„Ich hatte wohl recht, wenn ich Ihnen sagte, daß Ihre Soldaten nicht bis zur Pèlerine kommen würden," fuhr der Marquis fort. „Auch glaube ich, daß Ihr Kopf vor dem meinen durch Blei gekühlt werden wird. Was halten Sie davon?"

Herr von Montauran fühlte nichts mehr als den furchtbaren Trieb, seine Rache zu stillen. Seine Verspottung der Unterliegenden, die Grausamkeit und Tücke dieser militärischen Exekution, die er nicht angeordnet hatte, aber nun guthieß, entsprachen den geheimen Wünschen seines Herzens. In seiner Wut hätte er ganz Frankreich vernichten mögen. Die hingeschlachteten Blauen, die beiden lebenden Offiziere, die alle unschuldig waren an dem Verbrechen, für das er Vergeltung forderte, sie alle waren unter seinen Händen nichts, als die Karten, die ein Spieler in seiner Verzweiflung verschlingt.

„Ich will lieber so umkommen als siegen, wie Sie es tun!“ sagte Gérard.

Und mit einem Blick auf seine Soldaten:

„Sie so feige, so kaltblütig ermordet zu haben!“

„Gerade wie man es mit Ludwig XVI. gemacht hat, Herr Hauptmann,“ versetzte der Marquis heftig.

„Mein Herr,“ gab Gérard hochmütig zurück, „einem Königsprozeß liegen geheime Dinge zugrunde, die Sie niemals begreifen werden.“

„Sie klagen den König an!“ rief der Marquis außer sich.

„Sie bekämpfen Frankreich!“ entgegnete Gérard verachtungsvoll.

„Albernheit!“ sagte der Marquis.

„Vaterlandsmörder!“ der Republikaner.

„Königsmörder!“

„Was, willst du noch im Augenblick deines Todes streiten?“ rief Merle spöttisch dazwischen.

„Es ist wahr,“ sagte Gérard kalt. Dann wandte er sich an den Marquis:

„Mein Herr, wenn Sie beabsichtigen, uns zu töten, so seien Sie wenigstens barmherzig genug, uns auf der Stelle zu erschießen!“

„Das sieht dir ähnlich!“ rief der Hauptmann. „Nie kannst du die Zeit erwarten. Aber, lieber Freund, wenn man weit zu gehen hat und am nächsten Morgen nicht frühstücken kann, so ißt man vorher noch zu Abend.“

Stolz und ohne ein Wort zu sagen stellte sich Gérard an die Mauer. Pille-miche zielte auf ihn und blickte nach dem Marquis hin. Als dieser sich nicht rührte, nahm er das Schweigen seines Vorgesetzten für einen Befehl und drückte los. Der Leutnant fiel wie ein Baum. Sofort stürzte Marche-à-terre herbei, die neue Beute mit seinem Genossen zu teilen. Sie stritten sich darum wie die Raben und zankten über dem noch warmen Leichnam.

„Wenn Sie zu Ende speisen wollen, Herr Hauptmann, steht es Ihnen frei, mit mir zu kommen," sagte der Marquis zu Merle, den er am Leben zu erhalten beabsichtigte, um ihn gegen Chouans auszutauschen.

Willenlos folgte der Hauptmann dem Marquis ins Haus zurück und sagte leise, als mache er sich einen Vorwurf:

„Daran ist dieser Teufel von einer Dirne schuld! Was wird Hulot sagen!"

„Dirne!" rief der Marquis dumpf. „Es ist also doch eine Dirne!"

Die Worte des Hauptmanns schienen den Marquis zerschmettert zu haben, denn bleich, niedergeschlagen, finster und wankenden Schrittes ging er hinter ihm her.

Währenddessen hatte sich im Saale gleichfalls ein Auftritt abgespielt, der durch die Abwesenheit des Marquis einen so unheilvollen Charakter angenommen hatte, daß Fräulein von Verneuil, von ihrem Beschützer allein gelassen, schon ihr Todesurteil im Auge ihrer Nebenbuhlerin zu lesen glaubte. Beim Krachen der Salve waren alle Gäste aufgesprungen, nur Frau von Gua nicht.

„Setzen Sie sich wieder," sagte sie, „es ist weiter nichts. Unsere Leute erschießen nur die Blauen."

Als sie sah, daß der Marquis nicht mehr im Saale war, erhob sie sich und rief mit der Ruhe verhaltener Wut:

„Das Fräulein hier wollte uns den Gars entreißen!

Sie ist gekommen, um ihn der Republik auszuliefern!"
„Seit heute früh hätte ich ihn zwanzigmal ausliefern können," entgegnete Fräulein von Verneuil. „Vielleicht habe ich ihm statt dessen das Leben gerettet."
Da warf sich Frau von Gua mit Blitzesschnelle auf ihre Nebenbuhlerin. In ihrer sinnlosen Wut zerriß sie der völlig Überraschten die dünnen Schnüre ihres Leibchens, verletzte mit roher Hand die geheiligte Stelle, wo der Brief verborgen war, zerfetzte den Stoff, die Stickerei, das Mieder, das Hemd und schlug, um ihr Rachegelüste zu stillen, so treffsicher und rasend auf die Brust ihrer Feindin los, daß sie blutige Nagelspuren auf ihr zurückließ. Und diese widerliche Schändung bereitete ihr ein grimmiges Vergnügen.
Bei dem schwachen Widerstand, den Fräulein von Verneuil dem wutentbrannten Weibe entgegensetzte, fiel ihr der Hut vom Kopfe, ihre Haare lösten sich und wallten in üppigen Locken um ihr vor Scham gerötetes Gesicht. Dann rollten langsam zwei brennende Tränen über ihre Wangen und erhöhten das Feuer ihrer Augen. Sie erbebte unter der ihr angetanen Schmach, die sie den Augen der Gäste so preisgab. Selbst verhärtete Richter hätten angesichts dieses Schmerzes an ihre Unschuld glauben müssen.
Der Haß macht blind und taub, und so bemerkte Frau von Gua gar nicht, daß niemand ihr zuhörte, als sie jetzt ausrief:
„Sehen Sie her, meine Herren, und sagen Sie, ob ich dieses abscheuliche Geschöpf verleumdet habe!"

„Nicht gar so abscheulich,“ bemerkte leise der dicke Gast, der Anstifter all des Unheils. „Ich wenigstens habe diese Abscheulichkeiten für mein Leben gern!“

„Hier“, fuhr die erbarmungslose Vendéerin fort, „ist ein von Laplace unterschriebener und von Dubois-Crancé und Fouché gegengezeichneter Befehl.“

Bei diesen Namen horchten einige der Anwesenden auf.

„Hören Sie seinen Inhalt,“ sprach Frau von Gua weiter:

„Die Bürger Militärbefehlshaber aller Rangstufen, die Bezirksvorsteher, Generalprokuratoren usw. der aufständischen Départements, insbesondere die der Ortschaften, wo sich der ehemalige Marquis von Montauran finden kann, der Räuberhauptmann, jetzt Le Gars genannt, haben der Bürgerin Marie Verneuil Hilfe und Unterstützung zu gewähren und allen ihren Befehlen zu gehorchen, ihr in jeder Weise ... usw.“

„Ein Opernmädchen maßt sich einen berühmten Namen an, um ihn durch den Schmutz zu ziehen!“ setze sie hinzu.

Eine Bewegung der Überraschung lief durch die Versammelten.

„Die Partie ist nicht gleich, wenn die Republik so hübsche Frauen gegen uns verwendet,“ scherzte der Chevalier de Renty.

„Insbesondere Mädchen, die nichts aufs Spiel setzen,“ entgegnete Frau von Gua.

„Nichts?“ fragte der Jagdverwalter. „Das Fräulein

besitzt doch ein Gut, das ihr beträchtliche Renten abwerfen soll!"

„Der Republik muß wohl sehr fröhlich zumute sein, daß sie Freudenmädchen gegen uns ausschickt!" rief der Abbé Gudin.

„Das Fräulein sucht nur leider Freuden auf, die den Tod bringen," sprach Frau von Gua mit einem furchtbaren Gesichtsausdruck, der auf das Ende der Scherzreden hindeutete.

„Wie kommt es dann nur, daß Sie noch leben, Madame?" fragte die Schwerbeleidigte und richtete sich auf, nachdem sie ihre Kleidung wieder geordnet.

Diese beißende Bemerkung flößte den Anwesenden eine gewisse Achtung für das stolze Mädchen ein und hatte ein allgemeines Verstummen zur Folge. Auf die Lippen der Chouans trat ein Lächeln, dessen Spott Frau von Gua in neue Wut versetzte. Sie wandte sich nach der Tür, an der sie in ihrem blinden Zorn weder den Marquis noch den Hauptmann, die stummen Beobachter des Auftrittes, stehen sah, „Pille-miche," rief sie. Und sie deutete auf Fräulein von Verneuil.

„Sie ist mein Beuteanteil, ich schenke sie dir. Du darfst alles mit ihr tun, was du willst!"

Bei dem Worte „alles" erbebte die ganze Gesellschaft. Die hinter dem Marquis auftauchenden scheußlichen Köpfe Marche-à-terres und Pille-miches vollendeten das Bild und ließen die ganze Furchtbarkeit dessen ahnen, was die Feindin der Frau von Gua erwartete.

Francine, die mit gefalteten Händen und mit Tränen in den Augen dagestanden, ward wie vom Donner gerührt. Ihre Herrin aber fand in der Gefahr ihre ganze Geistesgegenwart wieder. Sie warf einen verachtungsvollen Blick auf die Versammelten, entriß Frau von Gua den Brief, den sie noch immer festhielt, hob den Kopf und eilte mit trokkenen, aber funkelnden Augen auf die Tür zu, wo Merles Degen liegengeblieben war. Dort stieß sie auf den Marquis, der kalt und reglos wie eine Bildsäule dastand. Nichts sprach für sie in diesem Antlitz, in dem jeder Zug hart und starr war. Das traf sie ins innerste Herz und raubte ihr den Lebenswillen. Der Mann, der ihr soviel Liebe bewiesen, hatte also die Spöttereien gehört, mit denen man sie überschüttet hatte, war der unbewegte Zeuge der Schmach gewesen, die sie erdulden mußte, als die Reize, die eine Frau für die Liebe aufbewahrt, allen Blicken preisgegeben waren! Vielleicht hätte sie ihm seine Mißachtung verziehen, aber daß er sie in einer so schändenden Lage gesehen, empörte sie. Sie warf ihm einen stieren, haßerfüllten Blick zu, denn sie fühlte in ihrem Herzen ein furchtbares Verlangen nach Rache aufsteigen. Doch sie sah den Tod vor sich, und ihre Ohnmacht lähmte sie. In ihrem Kopfe erhob es sich wie ein Wirbel der Raserei, ihr kochendes Blut ließ ihr die Welt wie einen Feuerbrand erscheinen. Und so ergriff sie, anstatt sich selbst zu töten, den Degen, schwang ihn gegen den Marquis und stieß ihn bis an das Stichblatt durch seinen Rock. Aber die Waffe war zwischen Arm und Hüfte durchgeglitten. Der Marquis ergriff das Fräulein am Handgelenk und zog sie aus dem Saal, von Pille-miche unterstützt, der sich in dem Augenblick, als sie den Marquis zu töten suchte, auf die Rasende gestürzt hatte.

Bei diesem Anblick stieß Francine einen durchdringenden Schrei aus.
„Pierre! Pierre! Pierre!“ rief sie jammernd.
Und schreiend folgte sie ihrer Herrin.
Der Marquis ließ den Hauptmann und die andern Anwesenden aufs höchste betreten zurück. Auf der Freitreppe angelangt, hielt er noch immer das Handgelenk des Mädchens fest und drückte es wie im Krampfe zusammen, während die nervigen Finger Pille-miches Marie fast den Arm zerbrachen. Doch sie spürte nur die glühend heiße Hand des jungen Mannes, den sie kalten Auges ansah.
„Sie tun mir weh, Herr Marquis!“
Statt aller Antwort blickte er sie einen Augenblick lang an.
„Haben Sie denn auch irgendeine niedrige Rache zu nehmen, wie diese Frau?“ sagte sie.
Da gewahrte sie die auf der Streu hingestreckten Leichen und rief schaudernd aus:
„Das Wort eines Edelmannes! Hahaha...!“
Nach diesem furchtbaren Lachen setzte sie hinzu:
„Welch schöner Tag!“
„Schön, ja,“ antwortete er. „Aber ohne ein Morgen!“
Er ließ ihre Hand los, nachdem er einen letzten, langen Blick auf das bezaubernde Geschöpf geworfen, das aufzugeben ihm fast unmöglich war. Keiner der beiden stolzen Geister wollte sich beugen. Vielleicht wartete der Marquis auf eine Träne. Die stolzen Augen des jungen Mädchens aber blieben trocken. Da wandte er sich heftig und überließ Pille-miche sein Opfer.
„So bedaure ich denn nicht, zu sterben,“ sprach sie.

Pille-miche, den eine so schöne Beute fast verlegen machte, zog sie mit einer von Achtung und Spott untermischten Sanftheit fort.
Der Marquis stieß einen Seufzer aus und kehrte in den Saal zurück. Seinen Gästen erschien er wie ein Toter, dem keine erbarmende Hand die Augen zugedrückt.

✩

FÜNFZEHNTES KAPITEL

DIE ANWESENHEIT DES HAUPTMANNS MERLE war den Mitspielern dieses Trauerspiels unerklärlich. Alle sahen auf ihn und warfen einander fragende Blicke zu.
Merle gewahrte das Erstaunen der Royalisten und sprach, ohne seinen Charakter zu verleugnen, mit traurigem Lächeln:
„Ich denke nicht, meine Herren, daß Sie einem Manne, der einen weiten Weg vor sich hat, ein Glas Wein abschlagen werden."
Gerade als die Gesellschaft sich unter diesen mit echt französischer Leichtfertigkeit hingeworfenen Worten beruhigte, die den Vendéern gefallen mußten, erschien Herr von Montauran wieder. Sein bleiches Gesicht, sein starrer Blick entsetzten alle Anwesenden.
„Sie werden sehen," sagte der Hauptmann, „daß der Tod die Lebenden in Bewegung setzt."
„Ha," sprach der Marquis mit einer Bewegung, als erwache er soeben aus dem Traum, „da sind Sie ja, mein Kriegsrat!"
Er hielt ihm eine Flasche Wein hin, als wolle er ihm zu trinken einschenken.

„Nein, danke, Bürger Marquis. Ich könnte mich betäuben!"

Bei diesen Worten rief Frau von Gua den Gästen lachend zu:

„Wir wollen ihm doch den Nachtisch ersparen, nicht wahr!"

„Sie sind recht grausam in Ihrer Rachsucht, gnädige Frau," entgegnete der Hauptmann. „Sie vergessen meinen ermordeten Freund, der mich erwartet. Ich pflege meine Verabredungen nicht zu versäumen."

„Herr Hauptmann," fiel da der Marquis ein und warf ihm seinen Handschuh zu, „Sie sind frei! Da nehmen Sie einen Reisepaß! Die Jäger des Königs wissen, daß nicht alles Wild getötet werden muß."

„Es sei!" antwortete Merle. „Aber Sie tun unrecht daran. Denn ich stehe Ihnen dafür, daß ich Ihnen hart zusetzen und kein Erbarmen kennen werde. Sie mögen recht tüchtig sein, aber Gérard wiegen Sie nicht auf. Doch wenn Ihr Kopf mir seinen auch nie bezahlen kann, muß ich ihn doch haben, und ich werde ihn erlangen!"

„Er hatte es auch gar zu eilig!" sagte Herr von Montauran.

„Leben Sie wohl!" rief der Hauptmann. „Ich konnte mit meinen Henkern trinken, aber ich bleibe nicht bei den Mördern meines Freundes!"

Und er verließ die erstaunte Gesellschaft.

„Nun, meine Herren, was sagen Sie zu den Schöffen, Wundärzten und Advokaten, die die Republik regieren?" fragte der Gars kalt.

„Beim Henker, Marquis!" antwortete Graf Bauvan, „auf jeden Fall sind sie schlecht erzogen! Der

hier hat uns, glaube ich, eine Unverschämtheit an den Kopf geworfen."
Der plötzliche Aufbruch des Hauptmanns hatte seinen geheimen Grund. Das so verachtete, so erniedrigte Geschöpf, das eben in diesem Augenblick vielleicht den Todesstoß empfing, hatte ihm während jenes Auftrittes so schwer zu vergessende Reize enthüllt, daß er sich im Forteilen sagte: „Wenn es eine Dirne ist, so ist es gewiß keine gewöhnliche, und ich würde sie sicherlich zur Frau nehmen ..."
Er verzweifelte so wenig daran, sie aus den Händen dieser Wilden zu erretten, daß sein erster Gedanke, als er das eigene Leben gesichert sah, war, sie von nun an unter seinen Schutz zu nehmen. Doch als er auf die Treppe kam, fand er den Hof zum Unglück leer. Er blickte umher und lauschte in die Stille, hörte aber nichts als das ferne, lärmende Gelächter der Chouans, die in den Gärten zechten und die Beute verteilten. Er wagte es, an der unheilvollen Stelle vorbeizugehen, wo seine Soldaten erschossen worden waren; und nun unterschied er im Winkel des Flügels, bei dem schwachen Schein einiger Kerzen, verschiedene von den königlichen Jägern gebildete Gruppen. Weder Pille-miche noch Marche-à-terre oder das junge Mädchen waren darunter Doch in dieser Minute fühlte er sich sanft am Schoße seines Uniformrocks gezogen, und sah, als er sich umwandte, Francine vor sich knien.
„Wo ist sie?" fragte er.
„Ich weiß es nicht. Pierre hat mich fortgejagt und mir befohlen, mich nicht zu rühren."
„Wohinaus sind sie gegangen?"

„Dorthinaus," antwortete sie und deutete nach der Landstraße.

Der Hauptmann und Francine bemerkten nun in dieser Richtung ein paar dunkle Schatten, die der Mond auf das Wasser des Teiches warf, und erkannten zarte weibliche Formen darin, bei deren wenn auch undeutlichem Anblick ihr Herz klopfte.

„Oh, sie ist's!" rief Francine.

Fräulein von Verneuil schien, in ihr Geschick ergeben, inmitten einiger Gestalten zu stehen, deren Gesten auf einen Wortwechsel deuteten.

„Es sind mehrere," sagte der Hauptmann. „Aber gleichviel. Gehen wir hin."

„Sie suchen unnötigerweise den Tod auf," wandte Francine ein.

„Das wäre heute nicht zum erstenmal," rief er lustig.

So machten sich denn beide nach dem dunklen Tore auf, hinter welchem die Szene sich abspielte. Mitten auf der Straße blieb Francine jedoch stehen.

„Nein, ich gehe nicht weiter!" rief sie leise. „Pierre hat mir gesagt, ich solle aus dem Spiel bleiben. Ich kenne ihn, wir werden alles verderben. Tun Sie, was Sie wollen, Herr Offizier, aber gehen Sie fort. Wenn Pierre Sie bei mir sähe, würde er Sie töten!"

In diesem Augenblick erschien Pille-miche außerhalb des Tores, rief den im Pferdestall gebliebenen Postillon, gewahrte den Hauptmann und schrie, indem er auf ihn anlegte:

„Heilige Anna von Auray! Der Rektor von Autrain hatte recht, als er uns sagte, daß die Blauen mit dem Teufel im Bunde sind! Aber wart, ich will dich auferstehen lehren!"

„Halt, mein Leben gehört mir!" rief ihm Merle zu, als er sich bedroht sah. „Da ist der Handschuh deines Generals!"

„Jaja, da sind Geister!" rief der Chouan zurück. „Ich schenke dir das Leben nicht! Ave Maria!"

Er drückte ab. Der Schuß traf den Hauptmann in den Kopf und er fiel. Als Francine sich ihm näherte, hörte sie ihn murmeln:

„Ich bleibe doch lieber hier bei ihnen, statt ohne sie zurückzukehren."

Der Chouan stürzte sich auf ihn, um ihn zu plündern.

„Das ist das Gute an diesen Geistern," sagte er, „daß sie in voller Kleidung auferstehen."

Doch als er in der Hand des Hauptmanns, mit der dieser ihm zugewinkt, den Handschuh des Gars erblickte, blieb er betroffen stehen. Im nächsten Augenblick verschwand er in größter Geschwindigkeit mit den Worten:

„O je! Steckte ich doch nicht in der Haut von meiner Mutter Sohn!"

Um das für den Hauptmann so verhängnisvolle Zusammentreffen mit Pille-miche zu verstehen, müssen wir Fräulein von Verneuil folgen, nachdem der Marquis sie in seiner Wut und Verzweiflung dem Chouan überlassen hatte. Francine hatte krampfhaft den Arm Marche-à-terres gepackt und ihn mit Tränen in den Augen an das Versprechen erinnert, das er ihr gegeben.

Wenige Schritte vor ihnen zerrte Pille-miche sein Opfer hinter sich her, als sei es eine schwere Last. Marie, deren Haare gelöst waren, hielt den Kopf gesenkt und blickte nach dem Teich; aber der

Stahlgriff, der sie hielt, zwang sie, dem Chouan langsam zu folgen. Mehrmals drehte er sich um, um sie anzusehen oder zur Eile anzutreiben, und jedesmal verzerrte ein lustiger Gedanke seine Züge zu einem furchtbaren Lächeln.

„'s ist doch ein Prachtmädel!" rief er mit grober Betonung.

Als sie diese Worte hörte, fand Francine die Sprache wieder.

„Pierre?"

„Was gibt's?"

„Will er sie töten?"

„Nicht gleich," antwortete Marche-à-terre.

„Aber sie wird sich das nicht geschehen lassen, und wenn sie stirbt, sterbe ich auch!"

„Du liebst sie zu sehr. Mag sie sterben!" sagte der Chouan.

„Wenn wir reich und glücklich werden, danken wir es ihr. Aber gleichviel. Hast du nicht versprochen, sie zu retten?"

„Ich werd's versuchen. Aber bleib du hier und rühr dich nicht."

Sogleich ließ sie den Arm Marche-à-terres los und irrte nun in der fürchterlichsten Unruhe auf dem Hofe umher.

Marche-à-terre holte seinen Kameraden ein, als er gerade sein Opfer zwang, in dem Schuppen, in den er es geschleppt, den Wagen zu besteigen. Pille-miche verlangte, sein Gefährte solle ihm helfen, die Kutsche herauszuziehen.

„Was willst du mit alledem?" fragte Marche-à-terre.

„Na, die Große hat mir die Frau gegeben, und alles, was sie gehört, gehört mich auch."

„Schön, für den Wagen kannst verhandeln. Aber die Frau springt dir ins Gesicht wie 'ne Katze!"
Pille-miche brach in ein schallendes Gelächter aus und gab zurück: „I wat! die nehm ich mit bei mich und bind' se an."
„Meinetwegen. Woll'n anspannen."
Einen Augenblick später fuhr Marche-à-terre, der Pille-miche seine Beute gelassen hatte, die Kutsche aus dem Tor hinaus und auf die Landstraße, und Pille-miche schwang sich zu Fräulein von Verneuil auf den Sitz, ohne zu bemerken, daß sie Anstalten traf, in den Teich zu springen.
„He, Pille-miche!"
„Was?"
„Ich kauf dir deine ganze Beute ab."
„Willst mich foppen?" fragte Pille-miche und zog seine Gefangene an den Röcken näher zu sich.
„Zeig sie mir. Ich sag dir den Preis."
Die Unglückliche wurde gezwungen, auszusteigen und sich zwischen die Chouans zu stellen. Jeder faßte sie an einer Hand und so betrachteten sie sie, wie die beiden Alten Susanna im Bade betrachtet haben mögen.
„Willst du", sagte Marche-à-terre mit einem schmerzlichen Seufzer, „hundert Livres Rente und das Haus des Thomas in Ernée haben?"
„Is auch wahr?"
„Schlag ein," antwortete Marche-à-terre und streckte ihm die Hand hin.
„Ja, ich schlag ein. Damit kann man Mädchen genug kaufen! Aber die Kutsch, wem gehört die?"
„Mir," schrie Marche-à-terre mit fürchterlicher Stimme, worin sich die Art von Herrschaft kund-

gab, die sein grimmiger Charakter auf seine Gefährten ausübte.

„Wenn aber Gold drin is?“

„Hast du nicht eingeschlagen?“

„Is welches drin?“ fragte Marche-à-terre in rohem Ton und schüttelte Marie beim Arm.

„Ich habe etwa hundert Taler,“ antwortete sie. Bei diesen Worten sahen sich die beiden Chouans an.

„Ach was, Freund,“ raunte Pille-miche dem andern zu, „warum tauchen wir sie nicht unter, mit 'nem Stein am Halse, und teilen dann die hundert Taler! Soll'n wir uns um eine Blaue zanken!“

„Ich geb dir meine hundert Taler von d'Orgemonts Lösegeld,“ rief Marche-à-terre und unterdrückte einen Fluch über dieses notgedrungene Opfer. Pille-miche stieß eine Art heiseren Schreies aus und ging, den Postillon zu holen. Seine Freude wurde der Tod des ihm begegnenden Hauptmanns.

Als Marche-à-terre den Schuß hörte, stürzte er nach der Stelle hin, wo Francine, von dem Anblick des Mordes ganz überwältigt, noch wie vernichtet mit gefalteten Händen neben dem Toten kniete und betete.

„Geh zu deiner Herrin,“ sagte er rauh. „Sie ist gerettet und wir sind dafür ruiniert.“

Er rannte fort, um selbst den Postillon herbeizuholen, kam mit Blitzesschnelle wieder und erblickte, als er zum zweiten Male an der Leiche Merles stand, den Handschuh des Gars, den die tote Hand noch immer krampfhaft festhielt.

„Oho!“ rief er, „da hat Pille-miche einen guten Streich verübt! Der wird wohl nicht dazu kommen, von seinen Renten zu leben!“

Er entriß dem Gemordeten den Handschuh und sagte zu Fräulein von Verneuil, die schon mit Francine in der Kutsche saß:

„Da, nehmen Sie den Handschuh. Und wenn unsere Leute Sie unterwegs anfallen, rufen Sie: ‚Ho! der Gars!' und zeigen hier den Freipaß, dann geschieht Ihnen nichts."

„Francine," wandte er sich an seine Liebste und drückte ihr stark die Hand, „wir sind quitt mit der da. Geh mit mir und laß sie zum Teufel fahren!"

„Willst du denn, daß ich sie jetzt gleich verlasse!" rief Francine schmerzbewegt aus.

Marche-à-terre kratzte sich hinter dem Ohr und auf der Stirn. Dann hob er den Kopf und funkelte die beiden Frauen wild an: „'s is gut. Ich überlaß dich ihr noch acht Tage. Wenn du dann nicht zu mir kommst..."

Er sprach nicht zu Ende, sondern schlug nur heftig mit der Hand auf die Mündung seines Karabiners; dann machte er eine Bewegung, als lege er auf Francine an, und verschwand, ohne eine Erwiderung abzuwarten.

Kaum war er fort, so rief eine gedämpfte Stimme, die aus dem Teiche zu kommen schien:

„Madame! Madame!"

Der Postillon und die beiden Frauen erbebten vor Schrecken, denn mehrere Leichen waren bis zu dieser Stelle getrieben. Da sahen sie einen Soldaten hinter einem Baum sich hervorwagen: es war Beaupied.

„Lassen Sie mich um Gottes willen hinten aufsitzen, oder ich bin ein Kind des Todes! Das verdammte Glas Wein, das La Clef-des-coeurs noch trinken wollte, hat mehr als eine Kanne Blut gekostet. Hätte er wie ich seine Runde gemacht, so schwämmen die armen Kameraden da nicht wie die Galioten!"

Und mit einem Seufzer schwang er sich auf den Wagen.

Während diese Vorgänge sich draußen abspielten, hielten die Führer der Königstreuen aus der Vendée und Bretagne, das Glas in der Hand, ihre Beratungen unter dem Vorsitz des Marquis von Montauran ab. Reichlicher Weingenuß belebte die Reden und Gegenreden, die beim Ende der Mahlzeit ernst und bedeutungsvoll wurden. Bei der Nachspeise, nachdem die allgemeinen Richtlinien der militärischen Operationen festgelegt waren, ließen die Royalisten die Bourbonen hochleben. Da dröhnte der Schuß Pille-miches gleich einem Echo des schaudervollen Krieges dazwischen, mit dem die jugendfrohen, hochgesinnten Verschwörer ihr Vaterland bedrohten.

Frau von Gua fuhr in die Höhe; bei der freudigen Bewegung, die sie nicht unterdrücken konnte, sahen die Gäste einander schweigend an. Der Marquis stand auf und verließ den Saal.

„Er hat sie doch geliebt," sagte Frau von Gua ironisch. „Gehen Sie ihm nach und leisten Sie ihm Gesellschaft, Herr von Châtillon. Wenn er seinen schwarzen Gedanken nachhängt, wird er lästig wie eine Fliege."

Sie trat an das Fenster, das nach dem Hofe ging, und konnte beim letzten Schimmer des untergehenden Mondes den mit äußerster Schnelligkeit die Straße hinauffahrenden Wagen erkennen. Mariens Schleier, den der Wind losgerissen hatte, flatterte aus der Kalesche.

Wütend verließ Frau von Gua bei diesem Anblick die Gesellschaft.
Der Marquis stand, an die Treppe gelehnt, in finsteren Gedanken da und sah auf die Chouans, die, etwa hundertfünfzig Mann an der Zahl, jetzt das Brot der ermordeten Republikaner verzehrten und deren Wein tranken, nachdem sie in den Gärten die Teilung der Beute vorgenommen hatten. Diese Soldaten von so neuer Art, auf die sich die Hoffnungen der Monarchie gründeten, hockten zechend in Gruppen beieinander, indes am Uferrande sieben oder acht andere sich damit belustigten, die mit Steinen beschwerten Leichen der Blauen ins Wasser zu stürzen. Dieser Anblick, noch merkwürdiger durch die mannigfaltigen Bilder, welche die sonderbaren Trachten und das wilde Gebaren der unbekümmerten, grimmen Gars boten, hatte für Herrn von Châtillon etwas so Neues und Außergewöhnliches, daß er, der an den Truppen der Vendée Zucht und Anstand gewöhnt war, sich nicht enthalten konnte, zum Marquis zu sagen:
„Was hoffen Sie mit diesen viehischen Kerlen ausrichten zu können?"
„Wohl nicht viel, was meinen Sie?" antwortete der Gars.
„Werden sie es jemals lernen, vor den Republikanern zu manövrieren?"
„Nie."
„Werden sie dem Kanonenfeuer standhalten?"
„Nie."
„Werden sie denn wenigstens Ihre Befehle begreifen und ausführen können?"
„Nie."
„Wozu sind sie Ihnen dann nütze?"

„Um der Republik meinen Degen in das Eingeweide zu stoßen!" rief der Marquis mit Donnerstimme. „Um Fougères in drei und die ganze Bretagne in acht Tagen in meine Hand zu liefern! — Gehen Sie," fuhr er milder fort, „kehren Sie nach der Vendée zurück und bewegen Sie Autichamp, Suzannet und den Abbé Bernier, so rasch vorzugehen wie ich, und nicht mit dem Ersten Konsul zu verhandeln, wie man mich fürchten machen will," — hier drückte er heftig die Hand des jungen Vendéers —, „dann werden wir in drei Wochen dreißig Meilen vor Paris stehen."

„Die Republik schickt uns aber sechzigtausend Mann und den General Brune entgegen!"

„Sechzigtausend Mann! wahrhaftig?" wiederholte der Marquis mit spöttischem Lachen. „Übrigens wird General Brune nicht kommen! Bonaparte hat ihn gegen die Engländer in Holland gesandt, und General Hédouville, der Freund unseres Freundes Barras, vertritt ihn hier. Verstehen Sie mich?"

Als Herr von Châtillon den Marquis so sprechen hörte, sah er ihn mit einer durchdringenden Miene an, die ihm vorzuwerfen schien, er begreife wohl selbst den Sinn der geheimnisvollen Worte nicht, die er soeben ausgesprochen. Plötzlich verstanden sie einander vollkommen. Der Marquis aber antwortete auf die Gedanken, die ihre Blicke austauschten, mit einem rätselhaften Lächeln:

„Herr von Châtillon, mein Wahlspruch ist: Ausharren bis zum Tode."

„Sie sind jung, Marquis. Hören Sie mich an. Ihre Güter sind nicht alle verkauft..."

„Ach, glauben Sie, man könne sich dem Vaterlande weihen, ohne Opfer zu bringen?"

„Kennen Sie den König genau?“
„Ja!“
„Ich bewundere Sie!“
Sie trennten sich; der Vendéer von der Notwendigkeit sofortiger Unterwerfung überzeugt, der Marquis, um erbittert zu kämpfen und durch die Siege, von denen er träumte, die Vendéer zum Ausharren in ihrem Unternehmen zu zwingen.

Ende des ersten Teils.

ZWEITER TEIL

☆

SECHZEHNTES KAPITEL

ALLE DIESE EREIGNISSE HATTEN FRÄULEIN von Verneuil so im tiefsten Grunde aufgewühlt, daß sie sich kraftlos und wie tot in den Wagen zurücksinken ließ, nachdem sie befohlen hatte, nach Fougères zu fahren. Auch Francine schwieg. Der Postillon für sein Teil fürchtete irgendein neues Abenteuer und trieb seine Pferde zu solcher Eile an, daß bald der Gipfel der Pèlerine erreicht war.

Das schöne, breite Couësnon-Tal, in dem sich der Anfang unserer Geschichte zugetragen, lag in dichtem, weißlichem Morgennebel da, als Fräulein von Verneuil hindurchfuhr, so daß sie von dem hohen Punkt aus kaum den Schieferfelsen zu unterscheiden vermochte, auf dem die Stadt Fougères erbaut ist. Noch waren sie etwa drei Meilen davon entfernt. Als sie vor Kälte zu erstarren begann, fiel Marie plötzlich der arme Soldat ein, der hinten aufgesprungen war, und sie bestand trotz seiner Einwände darauf, daß er sich neben Francine setzte. Die Ankunft in Fougères riß sie dann wieder für einen Augenblick aus ihrem Hinbrüten, denn da der am Sankt Leonhardstor aufgestellte Wachtposten die Fremden nicht in die Stadt hineinlassen wollte, sah sie sich genötigt, den Brief des Ministeriums vorzuzeigen. Im Inneren der Stadt angelangt, deren Einwohner damals ihre eigenen Verteidiger waren, war sie endlich vor allen feindlichen Überfällen geschützt. Da der Postillon keine andere Unterkunft für sie wußte, stieg sie im Posthause ab.

„Gnädiges Fräulein," sagte Beau-pied, „sollten Sie einmal mit irgend jemand eine Rechnung haben, die nur mit 'nem Säbelhieb beglichen werden kann, so stehe ich zu Ihren Diensten. Auf so was verstehe ich mich nämlich. Ich heiße Jean Falcon, genannt Beau-pied, und bin Sergeant der ersten Kompagnie von Hulots Jungen, zweiundsiebzigste Halbbrigade. Die Mainzer haben sie uns getauft. Entschuldigen Sie, daß ich so dreist und anmaßend bin. Aber ich kann Ihnen außer meinem Soldatenherzen nichts anbieten — habe augenblicklich nichts weiter zur Hand..."

Und er drehte sich auf dem Absatz um und ging pfeifend fort.

„Je tiefer man in die Gesellschaft hinabsteigt," sagte Fräulein von Verneuil bitter, „um so hochherzigere Gefühle findet man, ohne daß irgendein Wesen davon gemacht würde. Ein Marquis vergilt mir das Leben mit dem Tode, und ein Sergeant... Doch schweigen wir davon!"

Als Marie in ihrem warmen Bette lag, wartete ihre treue Gefährtin umsonst auf das freundliche Wort, an das sie gewöhnt war. Das einzige, was die Herrin ihr in ernstem Tone sagte, da sie sie so beunruhigt bei sich stehen sah, war:

„Das nennt man einen Tag, Francine. Ich bin um zehn Jahre älter geworden."

Am folgenden Morgen in aller Frühe klopfte

Corentin bei Marie an, und sie erlaubte ihm, einzutreten.

„Francine," verspottete sie sich selbst, „wie groß muß mein Unglück sein, wenn Corentins Anblick mir nicht ganz zuwider ist!"

Nichtsdestoweniger verspürte sie beim Wiedersehen dieses Mannes eine unwillkürliche Abneigung, die selbst eine zehnjährige Bekanntschaft nicht zu mildern vermocht hatte.

„Nun!" sagte er lächelnd. „Ich hatte geglaubt, es würde gelingen. Er war es also nicht, den Sie zwischen den Fingern hielten?"

„Corentin," antwortete sie in schmerzvoll zögerndem Tone, „reden Sie nicht hiervon, bis ich selbst davon reden werde."

Er schwieg und begann im Zimmer auf und ab zu gehen, wobei er schielende Blicke auf Fräulein von Verneuil warf, denn er hätte gern die geheimen Gedanken des jungen Mädchens erraten, dessen Anblick allein genügte, um auch den gewandtesten Mann zuzeiten aus der Fassung zu bringen.

„Diesen Mißerfolg habe ich vorausgesehen," sagte er nach einer kurzen Pause. „Falls es Ihnen belieben sollte, Ihr Hauptquartier hier in der Stadt aufzuschlagen, so habe ich auch schon die nötigen Erkundigungen eingezogen. Wir sind im Mittelpunkte der Chouannerie. Wollen Sie da bleiben?"

Sie nickte bejahend, was Corentin Veranlassung gab, teilweise richtige Schlüsse über die Ereignisse des vergangenen Abends anzustellen.

„Ich habe ein nicht verkauftes Nationalhaus für Sie requiriert," sagte er. „Die Leute hier sind recht weit in der Kultur zurück. Kein Mensch hat es gewagt, diese Baracke zu erwerben, weil sie einem

Emigranten gehört, der als roh verschrien ist. Sie liegt bei der Sankt Leonhardskirche, und man hat von dort, so wahr ich Corentin heiße, eine herrliche Aussicht. Man kann sich das Loch zunutze machen, es ist bewohnbar. Wollen Sie hinkommen?"

„Augenblicklich!" rief sie.

„Ein paar Stunden brauche ich aber noch, um Ordnung und Sauberkeit zu schaffen, so daß Sie es nach Ihrem Geschmacke finden."

„Ach, was liegt daran!" gab sie zurück. „Ich würde ohne Besinnen in ein Kloster oder Gefängnis ziehen. Immerhin, sorgen Sie dafür, daß ich mich heute abend in völliger Einsamkeit und Ungestörtheit dort ausruhen kann. Gehen Sie jetzt, lassen Sie mich allein. Ihre Gegenwart ist mir unerträglich. Ich will nur Francine um mich haben. Mit ihr kann ich mich vielleicht besser verständigen, als mit mir selber. Adieu. Gehen Sie, gehen Sie!"

Diese rasch hingeworfenen Worte, die sie teils in kokettem, teils herrischem und leidenschaftlichem Tone an ihn richtete, ließen darauf schließen, daß die Ruhe in ihr vollkommen wiederhergestellt war. Der Schlaf hatte zweifellos die Eindrücke des vorhergehenden Tages allmählich geordnet, und beim Nachdenken mochte sie zu dem Entschlusse gekommen sein, sich zu rächen. Wenn dann und wann noch ein düsterer Ausdruck über ihre Züge glitt, so zeugte er eher von der manchen Frauen eigenen Fähigkeit, auch die heftigsten Empfindungen in ihrer Brust zu verschließen, und von der Verstellung, die es ihnen erlaubt, freundlich zu lächeln, indes sie auf den Untergang ihres Opfers sinnen.

Sie blieb allein, unablässig mit dem Gedanken beschäftigt, wie es ihr gelingen könne, den Marquis lebend in die Hände zu bekommen. Zum ersten Male hatte sie so gelebt, wie es von je ihre Sehnsucht gewesen war. Aber das einzige Gefühl, das ihr aus diesem Erlebnis blieb, war das der Rache, einer unendlichen, völligen Rache. Dies war ihr einziger Gedanke, ihre einzige Leidenschaft. Francines Worte, ihre Fürsorge fanden keinen Widerhall bei ihr. Sie schien mit offenen Augen zu schlafen. Und der ganze lange Tag verstrich, ohne daß eine Gebärde oder Handlung das äußere Leben bekundet hätte, das von unseren Gedanken Zeugnis gibt. Sie blieb auf einer Ottomane liegen, die sie aus Stühlen und Kissen gebildet hatte, und nur gegen Abend sprach sie nachlässig, zu Francine gewandt, die wenigen Worte:

„Gestern, liebes Kind, begriff ich gar wohl, daß man leben könnte, um zu lieben; heute begreife ich, daß man sterben kann, um sich zu rächen. Ja, mein Leben würde ich drum geben, ihn aufzusuchen, wo er auch ist, ihn von neuem zu treffen, zu verführen und für mich zu haben. Und wenn ich ihn nicht in wenigen Tagen demütig und unterwürfig zu meinen Füßen sehe, diesen Mann, der mich so verachtet, und ihn zu meinem Knecht mache, dann bin ich das geringste Geschöpf auf Erden, dann verdiene ich nicht mehr den Namen Frau, dann bin ich nicht mehr ich selbst!“

Das Haus, das Corentin Fräulein von Verneuil vorgeschlagen hatte, enthielt alles, was nötig war, um die ihr angeborene Neigung für Luxus und Vornehmheit zu befriedigen. Er raffte mit dem Eifer eines Liebenden für seine Geliebte, oder richtiger mit der Dienstfertigkeit eines mächtigen Mannes, der einem ihm gerade schwer entbehrlichen Untergebenen zu schmeicheln sucht, alles zusammen, wovon er wußte, daß es ihr gefallen würde, und kam am nächsten Morgen mit der Nachricht zu Fräulein von Verneuil, ihr vorläufiger Wohnsitz sei bereit.

Obwohl sie nur ihre schlechte Ottomane mit einem altertümlichen Sofa vertauschte, das Corentin für sie aufgetrieben hatte, nahm das phantastische Mädchen sogleich Besitz von diesem Hause wie von einer Sache, die ihr von rechtswegen gehörte. Mit königlichem Gleichmut betrachtete sie alles, was sie sah, und faßte eine plötzliche Zuneigung für die kleinsten Gegenstände, mit denen sie sich alsbald einrichtete, als seien sie ihr seit langem lieb — kleine, alltägliche Züge, die indes für die Schilderung eines so außergewöhnlichen Charakters nicht ohne Bedeutung sind. Es war, als habe ein Traum sie im voraus mit dieser Wohnung vertraut gemacht, in der sie von ihrem Hasse lebte, wie sie darin von ihrer Liebe gelebt haben würde.

„Wenigstens", sprach sie bei sich selbst, „habe ich in ihm nicht jenes schmachvolle, tödliche Mitleid erregt; ich verdanke ihm nicht das Leben. O du meine erste, meine einzige und letzte Liebe — was für ein Ende!"

Plötzlich stürzte sie heftig auf die erschrockene Francine zu:

„Liebst du? Ach ja, du liebst, ich entsinne mich! Ich bin sehr glücklich, daß ich eine Frau bei mir habe, die mich versteht. Sag', armes Kindchen, scheint der Mann dir nicht ein fürchterliches Wesen? Ha — er sagte, er liebe mich, und er hat nicht einmal die einfachste Probe bestanden. Wäre er von der ganzen Welt verstoßen worden, in meinem Herzen hätte er eine Zuflucht gefunden. Wenn das Weltall ihn angeklagt hätte, würde ich ihn verteidigt haben. Früher sah ich in der Welt nichts als gleichgültige Geschöpfe, die kamen und gingen; die Welt war traurig, aber nicht schrecklich. Aber jetzt, was ist mir jetzt die Welt ohne ihn? Er soll leben, ohne daß ich bei ihm bin, ihn sehe, mit ihm rede, ihn fühle, ihn halte, ihn an mich reiße? Nein, lieber will ich selbst ihn im Schlafe erwürgen!"

Entsetzt sah Francine sie einen Augenblick lang schweigend an.

„Den töten, den man liebt!" sagte sie dann sanft.

„Ja, ja, gewiß, wenn er nicht mehr liebt!"

Nach diesen furchtbaren Worten warf sie die Hände über das Gesicht, setzte sich wieder und schwieg.

Am nächsten Tage erschien plötzlich und unangemeldet ein Mann mit strengem Gesicht bei ihr. Es war Hulot. Sie blickte ihn an und erbebte.

„Sie kommen gewiß, um Rechenschaft über Ihre Freunde von mir zu fordern?" sprach sie. „Sie sind tot."

„Ich weiß," antwortete er. „Aber sie sind nicht im Dienste der Republik gefallen."

„Nein. Für mich und durch mich. Sie wollen mir vom Vaterlande sprechen! Gibt das Vaterland denen das Leben wieder, die dafür fallen? ja, rächt es sie auch nur? Ich — ich werde sie rächen!" rief sie.

Alle die finsteren Bilder der Katastrophe, deren Opfer sie gewesen, erstanden mit einem Male wieder lebhaft in ihrem Geiste. Und so wurde dieses anmutige Geschöpf, das unter allen weiblichen Tugenden die Keuschheit obenan setzte, wie von plötzlichem Wahnsinn ergriffen und stürzte auf den ganz betroffenen Hulot zu.

„Für ein paar ermordete Soldaten werde ich Euch ein Haupt unters Beil legen, das tausend andere Häupter aufwiegt! Wir Frauen führen selten Krieg, aber das versichere ich Ihnen, daß Sie in meiner Schule einige gute Listen werden lernen können. Ich liefere Ihren Bajonetten eine ganze Familie aus, ihre Ahnen, ihre Zukunft, ihre Vergangenheit. So gut und wahr ich gegen ihn war, so falsch und hinterlistig werde ich von nun an sein. Herr Kommandant, ich will ihn in mein Bett locken, und er soll von da aus in den Tod gehen! So soll es geschehen! Nie werde ich eine Nebenbuhlerin haben! Bei Gott, er hat sich sein Urteil selbst gesprochen: ein Tag ohne Morgen! Ihre Republik und ich, wir beide werden zu unserer Rache kommen. — Die Republik!" fuhr sie mit einer Stimme fort, deren sonderbarer Klang schwer zu schildern ist. „Er wird also sterben, weil er die Waffen gegen sein Vaterland geführt hat! Frankreich wird mir meine Rache stehlen! Ach, wie wenig ist doch ein Leben — ein Tod sühnt nur ein Verbrechen! Aber da er nur einen Kopf herzugeben hat, will ich ihm zuvor eine Nacht schenken, daß er glauben wird, mehr als ein Leben zu verlieren! Vor allem sorgen Sie dafür, Herr Kommandant — denn Sie werden ihn ja töten" — (hier seufzte sie auf) — „daß nichts meinen Verrat verrät, und daß er die Überzeugung meiner Treue mit in den Tod nimmt. Das ist das einzige, worum ich Sie bitte. Nur mich soll er vor sich sehen, mich und meine Küsse, mich und meine Zärtlichkeiten."

Sie verstummte. Doch durch den Purpur ihrer Wangen hindurch bemerkten Hulot und Corentin, daß Zorn und Raserei ihre Schamhaftigkeit nicht ganz erstickt hatten. Bei ihren letzten Worten durchlief sie ein Schauder. Sie horchte auf sich selbst, als zweifle sie daran, daß sie sie ausgesprochen, und erzitterte kindlich, indem sie sich unwillkürlich betrug wie eine Frau, der ihr Schleier entgleitet.

„Sie hatten ihn ja aber doch in Ihren Händen," warf Corentin ein.

„Wahrscheinlich," erwiderte sie bitter.

„Warum haben Sie mich gehindert, als ich ihn festnehmen wollte?" fragte Hulot.

„Ach, Herr Kommandant, wir wußten ja noch nicht, ob er es sei."

Mit einem Schlage beruhigte sich die Aufgeregte, nachdem sie eine Zeitlang mit heftigen Schritten im Zimmer auf und ab gegangen war und den beiden Anwesenden verzehrende Blicke zugeworfen hatte.

„Ich erkenne mich selbst nicht wieder," sagte sie in männlichem Tone. „Was nützt das Reden? Wir müssen ihn aufsuchen!"

„Ihn aufsuchen!" wiederholte Hulot. „Sehen Sie sich vor, liebes Kind! Wir sind nicht Herr des Geländes, und sobald Sie sich aus der Stadt wagten, würden Sie nach hundert Schritten gefangen oder erschossen werden."

„Für jemand, der sich rächen will, gibt es keine Gefahr," antwortete sie mit einer verächtlichen Gebärde, um die beiden Männer, die zu sehen sie sich schämte, aus ihrer Gegenwart zu verbannen. Sie zogen sich zurück und waren kaum allein, als Hulot ausrief:

„Ist das ein Weib! Auf welche Idee sind diese Pariser Polizeileute nur verfallen! — Nie wird sie ihn uns ausliefern," setzte er kopfschüttelnd hinzu.

„O doch!" entgegnete Corentin.

„Sehen Sie denn aber nicht, daß sie ihn liebt?"

„Freilich," sagte Corentin und sah den Kommandeur verwundert an. „Aber ich bin doch da, um zu verhindern, daß sie Dummheiten macht. Denn meiner Meinung nach, Kamerad, gibt es keine Liebe, die zweihunderttausend Franken wert ist."

Als dieser Seelendiplomat den Offizier allein gelassen, folgte Hulot ihm mit den Augen und stieß, nachdem der Lärm seiner Schritte verhallt war, einen Seufzer aus.

„Zuweilen ist es also doch wohl gut," sprach er zu sich selbst, „nur ein Dummkopf zu sein wie ich! Gottsdonner — wenn ich dem Gars wieder begegne, wollen wir uns Mann gegen Mann schlagen, sonst will ich nicht Hulot heißen. Denn wenn dieser Fuchs ihn mir zum Richten vorführte, nachdem sie jetzt ja Kriegsgerichte geschaffen haben, käme ich mir so schmutzig vor, wie das Hemd eines feigen Soldaten."

Die von den Königstreuen begangenen Morde und der Wunsch, seine beiden Freunde zu rächen, hatten Hulot ebenso stark zur Wiederaufnahme des Kommandos seiner Halbbrigade bestimmt, wie das Antwortschreiben, in dem ein neuer Minister, Berthier, ihm erklärte, seine Entlassung könne unter den gegebenen Umständen nicht genehmigt werden. Der ministeriellen Depesche war ein vertraulicher Brief beigeschlossen, worin er ihm — ohne ihm übrigens Näheres über den Auftrag des Fräuleins von Verneuil mitzuteilen — schrieb, daß die-

ser Nebenumstand, der gar nichts mit dem Kriege an sich zu tun habe, die Operationen nicht verzögern dürfe. Die Teilnahme der militärischen Befehlshaber müsse sich, so hieß es, in dieser Angelegenheit darauf beschränken, der ehrenwerten Bürgerin im gegebenen Falle beizustehen.
Als er darauf in Erfahrung gebracht hatte, daß die Bewegungen der Königstreuen eine Zusammenziehung ihrer Streitkräfte in Fougères ankündigten, hatte der Kommandant durch Eilmarsch heimlich zwei Bataillone seiner Halbbrigade nach diesem wichtigen Orte geführt. Die Gefahr, in der das Vaterland schwebte, der Haß auf die Aristokratie, deren Parteigänger eine beträchtliche Strecke Landes bedrohten, die Freundschaft, das alles hatte dazu beigetragen, dem alten Militär das Feuer der Jugend wiederzugeben.
„Hier habe ich nun das Leben, das ich so ersehnte!" rief Fräulein von Verneuil, sobald sie mit Francine allein war. „So rasch die Stunden auch verfliegen, bergen sie doch Jahrhunderte von Gedanken!"
Plötzlich ergriff sie Francines Hand, und mit einer Stimme wie der des ersten Rotkehlchens, das nach dem Sturme singt, sprach sie langsam:
„Ich habe gut reden, Kind. Ich sehe doch immer diese beiden köstlichen Lippen, dieses kurze, leicht vorstehende Kinn, die feurigen Augen vor mir und höre das ‚Hüh' des Postillons. Ich träume ... und warum empfängt mich beim Erwachen soviel Haß?"
Sie stieß einen schmerzvollen Seufzer aus und erhob sich. Und nun erblickte sie zum erstenmal das Land, das dem Bürgerkrieg ausgeliefert war durch

den grausamen Edelmann, den sie ganz allein angreifen wollte. Von der weiten Aussicht über die Landschaft verlockt, ging sie hinaus, um unter freiem Himmel leichter atmen zu können. Und wenn sie auch aufs Geratewohl vorwärts schritt, ward sie dennoch durch die unglückselige Neigung unserer Seele, sich ihre Hoffnungen im Sinnlosen zu suchen, nach der Promenade der Stadt gelenkt. Oft verwirklichen sich die unter der Herrschaft dieses Zaubers gefaßten Gedanken; aber dann schreibt man es der Macht zu, die man Vorahnung nennt, einer unerklärten, jedoch wirklichen Macht, die die Leidenschaften stets gefällig finden, einem Schmeichler gleich, der unter all seinen Lügen zuweilen auch die Wahrheit sagt.

☆

SIEBZEHNTES KAPITEL

DA DIE LETZTEN BEGEBNISSE DIESER GESCHICHTE eng mit der Lage der Orte verknüpft sind, wo sie sich abspielten, ist es unerläßlich, hier eine genaue Beschreibung einzuschieben, ohne die die Handlung ihr Hauptinteresse verlieren würde. Die Stadt Fougères liegt zum Teil auf einem Schieferfelsen, der aussieht, als sei er vor die Berge hingefallen, die nach Westen zu das weite Couësnontal abschließen und je nach den Ortschaften verschiedene Namen führen. Nach dieser Gegend hin wird die Stadt von den Bergen durch eine Schlucht getrennt, in deren Grunde der Nançonbach dahinfließt. Von dem östlichen Teile des Felsens überblickt man die gleiche Landschaft wie vom Gipfel der Pèlerine, gegen Westen nur das gewundene

Nançontal. Es gibt jedoch eine Stelle, von der aus man gleichzeitig einen Abschnitt des von dem großen Tale gebildeten Kreises und die hübschen Umrisse des kleinen sehen kann, das in das andere einmündet. Diese Stelle, zu der ein Spazierweg der Bewohner führte, und wohin auch Fräulein von Verneuil sich jetzt begab, war der Schauplatz, auf dem das in La Vivetière begonnene Drama sich weiter entwickelte, so daß bei aller malerischen Anlage der übrigen Punkte von Fougères die Aufmerksamkeit ausschließlich auf die Teile der Landschaft gelenkt werden muß, die man von der Höhe der Promenade aus erblickt.
Um eine Vorstellung von dem Anblick zu geben, den der Felsen von Fougères, von dieser Seite aus gesehen, bietet, könnte man ihn vielleicht mit einem jener ungeheuren Türme vergleichen, an deren Außenseite die sarazenischen Baumeister von Stockwerk zu Stockwerk durch Wendeltreppen verbundene Galerien angebracht haben. Wirklich wird der Felsen auch von einer kleinen gotischen Kirche gekrönt, deren Turm, Spitze und Strebepfeiler das ihre tun, ihm das Aussehen eines Zuckerhutes zu geben. Vor dem Portal dieser dem heiligen Leonhard geweihten Kirche liegt ein kleiner unregelmäßiger Platz, dessen Erdreich von einer balustradenförmigen Mauer zusammengehalten wird, die durch eine Treppe mit der Promenade in Verbindung steht. Einem zweiten Kranzgesims ähnlich, zieht sich dieser Spazierweg, einige Klafter unterhalb des Kirchplatzes, rund um den Felsen als ein breites, mit Bäumen bestandenes Stück Land, das bei den Befestigungen der Stadt endigt. Etwa zehn Klafter unterhalb der Mauern

und Felsen, die, dank der glücklichen Anordnung des Schiefergesteins, die Terrasse stützen, kommt dann ein in den Felsen gehauener, gewundener Weg, der „die Treppe der Königin" heißt und zu einer von Anna von Bretagne über den Nançon gebauten Brücke führt. Und noch tiefer als dieser Weg, der ein drittes Kranzgesims darstellt, ziehen sich Gärten, gleich blumigen Stufen, von Terrasse zu Terrasse bis zum Flusse hinab.

In gleicher Richtung mit der Promenade erstrecken sich hohe, nach der benachbarten Vorstadt die Berge von Saint-Sulpice genannte Felsen längs des Flusses und senken sich in sanften Hängen in das große Tal, von wo sie dann jäh nach Norden umbiegen. Diese steilen, unbebauten, düsteren Felsen scheinen sich mit dem Schiefergestein der Promenade zu berühren, von der sie an manchen Stellen nur einen Flintenschuß weit entfernt sind, und bilden einen Windschutz für ein enges, hundert Klafter tiefes Tal, in dem der Nançon sich in drei Arme teilt, die eine entzückend angepflanzte, mit Fabrikbauten bestandene Wiesenfläche bewässern.

Gegen Süden, da, wo die eigentliche Stadt aufhört und die Vorstadt Saint Léonard anfängt, macht der Felsen von Fougères eine Biegung, wird weniger rauh, nimmt an Höhe ab und wendet sich dem großen Tale zu, den Fluß entlang, den er dabei dicht an die Berge von Saint-Sulpice drängt, indem er einen Engpaß bildet, dem das Wasser in zwei Bächen entströmt, um sich dann in den Couësnon zu ergießen. Diese gefällige Gruppe felsiger Hügel heißt Nid-aux-crocs; das Tal, das sie bilden, ist das Tal von Gibarry, dessen fette Weiden einen großen Teil der den Feinschmeckern unter dem Namen Butter von Pré-Valaye bekannten Butter liefern.

An der Stelle, wo die Promenade in den Befestigungen endigt, erhebt sich der sogenannte Papageienturm. Um diesen viereckigen Bau, auf dem das von Fräulein von Verneuil bewohnte Haus stand, zieht sich hier eine Mauer, dort die glatte Felswand selbst, und der auf dieser hohen, uneinnehmbaren Basis gelegene Teil der Stadt beschreibt einen weiten Halbmond, an dessen Ende die Felsen sich neigen und aushöhlen, um den Nançon durchzulassen. Dort liegt das Tor, das zu der Vorstadt Saint-Sulpice führt, von der es seinen Namen hat. Weiterhin erheben sich auf einem Granithügel, der drei Täler beherrscht, in denen mehrere Landstraßen zusammenlaufen, die alten Zinnen und Türme des Lehensschlosses Fougères, eines der riesigsten von den Bauten der Herzöge der Bretagne, mit fünfzehn Klafter hohen und fünfzehn Fuß dicken Mauern. Im Osten ist es durch einen Teich befestigt, aus dem der Nançon kommt, der sich in seine Gräben ergießt und die Mühlen zwischen dem Tor von Saint-Sulpice und den Zugbrücken der Festungswerke treibt; nach Westen hin verteidigen es die starren Granitblöcke, auf denen es ruht.

So bilden die Stadt und ihr durch geradwandige Mauern oder durch spitzige Abdachungen geschützter Felsen von der Promenade an bis zu diesem großartigen, von Efeuwänden bedeckten Überrest aus dem Mittelalter mit seinen viereckigen und runden Türmen, in deren jedem ein Regiment Platz hat, ein riesiges Hufeisen voller Schluchten, über die die Bretonen mit Hilfe der Zeit ein paar schmale Fußwege gezogen haben. Da und dort stehen Felsblöcke vor, wie Verzierungen; hier sickert Wasser aus Felssprüngen, aus denen rhachitische Bäume herauswachsen; ein paar weniger schroffe Granitplatten nähren ein Grün, das Ziegen anlockt; und Heidekraut, aus den feuchten Ritzen wuchernd, überzieht die schwarzen Krümmungen mit seinen rötlichen Kranzgewinden. Im Grunde dieses ungeheuren Trichters schlängelt sich das Flüßchen durch eine immer frisch wie ein Teppich daliegende Wiese.

Am Fuße des Schlosses erhebt sich zwischen mehreren Granitblöcken die Kirche Saint-Sulpice, die den gleichen Namen führt wie die jenseits des Nançon gelegene Vorstadt. Diese Vorstadt liegt da, als sei sie in die Tiefe eines Abgrunds hineingeschleudert worden, und wird samt ihrer Kirche und den Hütten um sie her malerisch von den baumbeschatteten, gärtengezierten Nebenflüssen des Nançon umspült, die unregelmäßig in den von der Promenade der Stadt und dem Schlosse gebildeten Kreis hineinschneiden und einen schlichten Gegensatz zu dem gegenüberliegenden, ernst ansteigenden Amphitheater bilden. Endlich sind ganz Fougères, seine Burg, die Vorstadt und deren Kirche von den Bergen von Rillé eingefaßt, die ihrerseits einen Teil des großen gürtelförmigen Couësnontales ausmachen.

Dies sind die hervorspringendsten Züge einer Natur, deren Hauptcharakter eine herbe Wildheit ist, gemildert durch die lachendsten Bilder, durch eine glückliche Mischung der erhabensten Menschenwerke mit den Launen eines an unerwarteten Kontrasten reichen Bodens, an dem ein unbeschreibliches Etwas erstaunt und verwirrt. Nirgends sonst findet der Reisende in Frankreich so großartige Gegensätze wie in dem großen Becken des Couësnon und den zwischen die Felsen von Fougères und die Berge von Rillé eingestreuten Tälern. Hier hat man es mit den unerhörten Schönheiten zu tun, bei denen der Zufall zum Meister wird.

Hier gibt es klare, durchsichtige Gebirgsbäche, Berge, die von dem üppigen Pflanzenwuchs jener Landstriche bedeckt sind, düstere Felsen, schmucke Fabriken, natürliche Befestigungen und von Menschenhand erbaute Granittürme; hier findet man alle künstlichen Wirkungen von Licht und Schatten, das Widerspiel der verschiedenen Laubarten, wie die Zeichner es aufsuchen; Häusergruppen, die von lebhaften Bewohnern wimmeln, und öde Stellen, wo der Granit nicht einmal das weiße Steinmoos duldet; kurz alle anmutigen und wilden Einzelheiten, die man von einer Landschaft verlangen kann — ein ganzes Gedicht von unbeschreiblichem Zauber, voll herrlicher Bilder köstlicher Ländlichkeit! Hier entfaltet sich die Bretagne zu ihrer schönsten Blüte.

Der sogenannte Papageienturm, auf dem das zu jener Zeit von Fräulein von Verneuil bewohnte Haus steht, ruht auf dem Grunde der Schlucht und erhebt sich bis zu dem karniesartig vor der St. Leonhardskirche liegenden Platze. Von diesem nach drei Seiten hin isolierten Hause kann man sowohl das große Hufeisen erblicken, das bei dem Turme seinen Anfang nimmt, wie das gekrümmte Nançontal und den St. Leonhardsplatz. Es gehört zu einer Reihe von dreihundertjährigen Holzhäusern, die sich auf einer gleichlaufenden Linie an der Nordseite der Kirche hinziehen und mit ihr eine Sackgasse bilden, deren Ausgang nach einem abschüssigen Gäßchen führt. Dieses läuft an der Kirche entlang zum Sankt Leonhardstore, auf das Fräulein von Verneuil jetzt zuging. Natürlich unterließ sie es, den über ihr liegenden Kirchplatz zu betreten, und richtete ihre Schritte nach der Promenade.

Als sie die kleine, von grünangestrichenen Pfählen errichtete Schranke hinter sich gelassen, die sich vor dem damals beim Sankt Leonhardstor aufgestellten Wachtposten befand, ließ die Großartigkeit des Bildes einen Augenblick lang ihre Leidenschaften schweigen. Voll Bewunderung umfaßten ihre Augen den riesigen Abschnitt des großen Couësnontales vom Gipfel der Pèlerine bis zu der Hochebene, über die der Weg nach Vitré führt; dann ruhte der Blick auf dem Nid-aux-crocs und auf den Windungen des Tals von Gibarry, dessen Kämme sich in dem dunstigen Lichte der untergehenden Sonne badeten. Fast erschreckte sie die Tiefe des Nançontales, dessen höchste Pappeln kaum an die Gartenmauern unterhalb der Treppe der Königin hinaufreichten. So schritt sie mit immer wachsendem Erstaunen bis zu dem Punkte, von wo aus sie, durch das kleine Tal von Gibarry hindurch, sowohl das große Tal wie die köstliche, von der hufeisenförmigen Stadt, den Felsen von Saint-Sulpice und den Bergen von Rillé umrahmte Landschaft überschauen konnte. Zu dieser Tageszeit bildete der aus den Häusern der Vorstadt und dem Tale aufsteigende Rauch in der Luft eine Wolke, die die Gegenstände nur wie durch einen bläulichen Dunsthimmel hervorschimmern ließ; die zu lebhaften Farben des Tages begannen matter zu werden; das Firmament nahm einen perlgrauen Ton an, und der Mond warf seine Lichtschleier über die entzückende Landschaft; kurz, alles trug dazu bei, die Seele in Träume zu verstricken und die Erinnerung an teure Wesen heraufzubeschwören.

Doch plötzlich schwand ihre Anteilnahme an diesem Bilde völlig dahin. Sie hatte keinen Blick mehr für die Schindeldächer der Vorstadt Saint-Sulpice noch ihre Kirche mit der kühnen Spitze, die sich in der Tiefe des Tales verlor, als Marie nun einen Schritt zurücktrat, noch für die jahrhundertealte Efeu- und Klematisbekleidung der alten Festungsmauern, wo der Nançon unter den Mühlenrädern brauste. Vergebens warf die sinkende Sonne ihren Goldstaub und ihre roten Glanzlichter auf die zwischen den Felsen verstreuten anmutigen Wohnhäuser, die Wasserläufe und rasigen Flächen. Reglos blieb sie vor den Felsen von Saint-Sulpice stehen: die unsinnige Hoffnung, die sie auf die Promenade getrieben, hatte sich wunderbar verwirklicht.

Durch Dorngestrüpp und Ginster hindurch, womit die gegenüberliegenden Höhen überwachsen sind, glaubte sie, trotz der sie umhüllenden Ziegenfelle mehrere der Gäste aus La Vivetière zu erkennen, unter ihnen den Gars, dessen Bewegungen sich gegen das milde Licht der untergehenden Sonne abzeichneten. Einige Schritte hinter dieser Hauptgruppe erkannte sie ihre furchtbare Feindin, Frau von Gua. Einen Augenblick lang vermeinte Fräulein von Verneuil zu träumen; doch bald sollte der

Haß ihrer Nebenbuhlerin ihr beweisen, daß in diesem Traume alles auf Wirklichkeit beruhte. Die gespannte Aufmerksamkeit, die sie den geringsten Gebärden des Marquis schenkte, verhinderte sie zu gewahren, wie sorgfältig Frau von Gua mit einer langen Flinte auf sie zielte. Erst ein Schuß, der das Echo der Berge weckte, und die Kugel, die an ihr vorbeipfiff, belehrten sie darüber, daß sie erkannt worden sei. Zugleich ertönte der sich fortpflanzende Ruf: „Wer da?" von Schildwache zu Schildwache von der Burg bis zum Sankt Leonhardstor und zeigte den Königstreuen an, wie sehr die Einwohner von Fougères auf ihrer Hut waren, da selbst der uneinnehmbarste Teil ihrer Wälle so gut bewacht war.
„Sie sind es — beide!" sagte sie.
Mit Blitzesschnelle wurde sie von dem Gedanken erfaßt, ihn aufzusuchen, ihm zu folgen, ihn zu überraschen.
Doch dann dachte sie daran, daß sie ohne Waffen sei.
Plötzlich aber fiel ihr ein, daß sie im Augenblick ihrer Abreise von Paris in eine ihrer Schachteln einen zierlichen Dolch geworfen hatte, den einst eine Sultanin getragen und den sie vor ihrem Auftreten auf dem Kriegsschauplatze an sich nahm, wie so mancher Kauz vor Antritt einer Reise ein Büchlein zu sich steckt, um darin die Gedanken aufzuzeichnen, die ihm etwa kommen mögen; doch verlockte sie weniger die Aussicht, Blut zu verspritzen, als das Vergnügen, einen hübschen, mit Edelsteinen verzierten Hanjar tragen zu können und mit seiner reinen Klinge zu spielen. Drei Tage zuvor hatte sie es aufs lebhafteste bedauert, ihn in

ihrer Schachtel liegen gelassen zu haben, als sie sich gern den Tod gegeben hätte, um sich der schmählichen Marter zu entziehen, die ihre Nebenbuhlerin ihr antun wollte.

Kurz entschlossen kehrte sie nach Hause zurück, holte den Dolch, steckte ihn in den Gürtel, warf einen großen braunen Schal um, zog einen schwarzen Spitzenschleier über ihr Haar und setzte einen breitrandigen Chouanhut auf, der einem Diener ihres Hauses gehörte. Mit der Geistesgegenwart, die die Leidenschaft zuweilen verleihen kann, steckte sie noch den ihr von Marche-à-terre als Reisepaß gegebenen Handschuh des Gars zu sich. Dann kehrte sie zur Promenade zurück, nachdem sie der erschreckten Francine erwidert hatte: „Was willst du? Ihn würde ich in der Hölle aufsuchen!"

Der Gars war noch auf demselben Platze, jedoch allein. Nach der Richtung seines Fernrohres zu urteilen, schien er mit der gewissenhaften Genauigkeit des Kriegsmannes die verschiedenen Wasserläufe des Nançon, die Treppe der Königin und den Weg zu durchspähen, der sich vom Tore von Saint-Sulpice aus nach der gleichnamigen Kirche zieht und sich unterhalb der Burg mit den Landstraßen vereinigt.

Fräulein von Verneuil durcheilte die von den Ziegen und ihren Hirten getretenen schmalen Pfade am Abhang der Promenade, erreichte die Treppe der Königin, kam dann in die Tiefe der Schlucht und am Nançon vorbei, durchquerte die Vorstadt, erriet wie der Vogel in der Wüste ihren Weg durch die gefährlichen Felsschroffen von Saint-Sulpice hindurch und sah nun einen über Granitblöcke führenden schlüpfrigen Weg vor sich, den sie, seiner stechenden Ginsterbüsche und spitzen Steine ungeachtet, mit jener Tatkraft zu erklimmen begann, die der Mann nicht kennt, während die leidenschaftlich bewegte Frau sie für Augenblicke besitzt.

Die Nacht überraschte sie in dem Augenblick, da sie, auf der Höhe angelangt, beim bleichen Lichte des Mondes den Weg zu erkennen suchte, den der Marquis eingeschlagen haben mußte. Eine hartnäckige, jedoch erfolglose Rundschau und das Stillschweigen, in dem die Landschaft vor ihr lag, belehrten sie von dem Rückzuge der Königstreuen und ihres Anführers.

Die Spannung der Leidenschaft fiel plötzlich mit der Hoffnung, die sie eingeflößt hatte, in sich zusammen. Da Marie sich nachts in einem unbekannten Lande, wo der Krieg wütete, allein sah, fing sie an, nachzudenken, und die Warnungen Hulots, der Schuß der Frau von Gua, ließen sie vor Angst erbeben.

In der Stille der Nacht, die hier im Gebirge so vollkommen war, konnte man selbst auf weite Entfernungen hin das leise Rascheln eines fallenden Blattes hören, und diese schwachen Nachtgeräusche zitterten in den Lüften nach, als wollten sie der Einsamkeit oder dem Schweigen den traurigen Takt angeben. Auf den Bergeshöhen blies der Wind und jagte die Wolken heftig vor sich her, wodurch er ein Licht- und Schattenspiel erzeugte, dessen Wirkungen das Grauen noch erhöhten. indem sie selbst den belanglosesten Gegenständen ein phantastisches, furchterregendes Aussehen gaben.

Sie wandte die Augen nach den Häusern von Fougères, deren freundliche Lichter wie irdische Sterne blinkten, und plötzlich sah sie deutlich den Papageienturm vor sich. Nur ein kleiner Zwischenraum trennte sie von ihrer Wohnung, aber dieser Zwischenraum war ein Abgrund. Sie erinnerte sich der Schluchten zu beiden Seiten des schmalen Fußpfades, auf dem sie gekommen, zu gut, um nicht zu wissen, daß es gefahrvoller für sie sein würde, nach Fougères zurückzukehren, als ihre Unternehmung fortzusetzen. Auch dachte sie, der Handschuh des Gars würde alle Gefahren ihres nächtlichen Spaziergangs beseitigen, sofern die Königstreuen das Gelände besetzt hätten. Nur Frau von Gua konnte ihr verderblich werden. Bei diesem Gedanken griff sie nach ihrem Dolch. Dann nahm sie die Richtung auf ein Landhaus zu, dessen Dach sie von den Felsen von Saint-Sulpice aus gesehen hatte. Sie ging ganz langsam, denn jetzt verspürte sie zum ersten Male die düstere Majestät, die sich lastend auf den Menschen senkt, wenn er sich mitten in der Nacht allein in einer wilden Gegend sieht, rings umgeben von hohen Bergen, die, versammelten Riesen gleich, ihre Häupter neigen. Das Rascheln ihres Kleides, das am Ginster hängen blieb, ließ sie mehr als einmal erschauern, und mehr als einmal beschleunigte sie den Schritt, um ihn dann, im Glauben, ihre letzte Stunde sei nahe, wieder um so mehr zu verlangsamen. Bald aber nahmen die Umstände einen Charakter an, bei dem auch der unerschrockenste Mann vielleicht nicht standhaft geblieben wäre, und versetzten sie in einen jener Schreckenszustände, die derart auf die Spannkraft des Menschen einwirken, daß alles den äußersten Punkt erreicht, Kraft wie Schwäche. Dann können die Schwächsten unerhört kraftvolle Handlungen begehen, während die Stärksten vor Angst sich wie toll gebärden.

Nicht weit von sich hörte sie ein sonderbares Geräusch. Zugleich deutlich und unbestimmt, zeugte es von Verwirrung, Unruhe, und ermüdete das lauschende Ohr. Es drang aus dem Schoße der Erde, die von den Tritten einer ungeheuren Menschenmenge erschüttert zu werden schien. Ein Augenblick der Helle ließ Fräulein von Verneuil in nächster Nähe eine lange Reihe abscheulicher Gestalten erkennen, die sich wie die Ähren eines Feldes bewegten und gespensterhaft dahinschlichen. Aber sie konnte sie nur flüchtig sehen, denn sofort breitete sich die Dunkelheit einem schwarzen Schleier gleich wieder über sie und verhüllte das furchtbare Bild mit den vielen gelbschillernden Augen. Hastig trat sie zurück und erklomm eilends die Höhe einer Böschung, um sich vor dreien dieser schrecklichen Gestalten in Sicherheit zu bringen, die auf sie zukamen.

„Hast du ihn gesehn?" fragte einer.

„Ein kalter Wind hat mich angeweht, wie er an mir vorbeikam," antwortete eine heisere Stimme.

„Und ich", sagte der dritte, „hab' feuchte Luft und 'nen Leichengeruch verspürt."

„Ist er weiß?" kam wieder der erste.

„Warum", sagte der zweite, „geht er allein um von allen, die auf der Pèlerine gefallen sind?"

„Ja, warum!" entgegnete der dritte. „Warum werden immer die vorgezogen, die zum Sacré Coeur gehören! Im übrigen möcht' ich lieber sterben, ohne gebeichtet zu haben, als so wie er rumzuirren, ohne zu essen und zu trinken, ohne Blut in den Adern und Fleisch auf den Knochen.“

„Ha . . . !“

Dieser Ausruf oder vielmehr dieser entsetzliche Aufschrei kam aus der Gruppe, als einer der drei Chouans mit dem Finger auf die schlanke Gestalt und das bleiche Gesicht des Fräuleins von Verneuil deutete, die mit erschreckender Schnelligkeit entfloh, ohne daß man das leiseste Geräusch vernahm.

„Da ist er. — Dort ist er. — Wo ist er? — Dort. — Hier. — Er ist weg. — Nein. — Doch. — Siehst du ihn?“

Diese Worte pflanzten sich fort wie das eintönige Murmeln der Wogen am Strande.

Beherzt schritt Fräulein von Verneuil indessen auf das Haus zu, und nun erblickte sie die undeutlichen Gestalten einer Menschenmenge, die bei ihrem Näherkommen unter den Anzeichen eines panischen Schreckens davoneilte. Sie ward wie von einer unbekannten Macht widerstandslos fortgerissen; die Leichtigkeit ihres Körpers schien ihr unerklärlich und wurde zu einem neuen Anlaß des Schreckens für sie. Die Gestalten, die sich bei ihrer Annäherung in Massen von der Erde erhoben, unter der sie ihr zu liegen schienen, stießen ächzende Laute aus, die nichts Menschliches hatten. Endlich erreichte sie, nicht ohne Mühe, einen verwüsteten Garten, dessen Hecken und Zäune niedergebrochen waren. Ein Wachtposten hielt sie an; sie zeigte ihm ihren Handschuh. Da der Mond gerade ihre Gestalt beleuchtete, entglitt der Karabiner den Händen des Chouans, der schon auf sie angelegt hatte, und er stieß bei ihrem Anblick einen heiseren Schrei aus, der im Gelände widerhallte. Sie gewahrte große Gebäude, in denen Lichter die bewohnten Räume anzeigten, und gelangte ohne Hindernisse bis an die Mauern. Durch das erste Fenster, dem sie sich näherte, sah sie Frau von Gua mit den nach La Vivetière berufenen Führern der Königstreuen. Von diesem Anblick und dem Gefühl ihrer Gefahr entsetzt, stürzte sie voller Hast auf eine kleine, durch Eisenbarren verrammte Öffnung zu und erblickte, zwei Schritt von sich entfernt, in einem großen, gewölbten Saale, allein und traurig, den Marquis. Der Widerschein des Feuers, vor dem er in einem plumpen Sessel saß, warf zitternde, rötliche Flecken auf sein Gesicht, die dem Bilde den Charakter einer Vision gaben. Bebend klammerte das arme Mädchen sich an die Eisenstäbe; durch die Stille hindurch hoffte sie ihn zu vernehmen, wenn er spräche. Als sie ihn niedergeschlagen, entmutigt, bleich sah, schmeichelte sie sich, eine der Ursachen seiner Traurigkeit zu sein. Und ihr Zorn wandelte sich in Mitleid, ihr Mitleid in Zärtlichkeit, und sie fühlte plötzlich, daß nicht Rachsucht allein sie hierher getrieben. Da stand der Marquis auf, wandte den Kopf und blieb wie erstarrt stehen, als er, wie in einer Wolke, Maries Gesicht erblickte. Er machte eine ungebärdige und verächtliche Bewegung und rief:

„Soll ich denn selbst im Wachen diesen Teufel von Mädchen sehen!"

Die tiefe Verachtung, die er für sie an den Tag legte, entriß dem armen Mädchen ein irres Lachen, das den Marquis erschaudern ließ. Er stürzte auf das Fenster zu, doch sie entfloh. Neben sich hörte sie den Schritt eines Mannes, den sie für Herrn von Montauran hielt; um ihm zu entgehen, kannte sie kein Hindernis mehr; sie wäre durch Mauern gebrochen, durch die Lüfte geflogen, hätte den Weg in die Hölle gefunden, um nicht noch einmal die Worte: „Er verachtet dich!“ zu lesen, die in Flammenzügen auf der Stirn dieses Mannes standen, und die eine innere Stimme ihr jetzt wie mit Posaunenton zurief.

Nachdem sie eine Weile gelaufen war, ohne zu wissen wohin, hielt sie inne, weil ein kühler, von Pflanzendüften erfüllter Wind sie anwehte. Vom Lärm der Schritte mehrerer Personen erschreckt und von Angst getrieben, eilte sie eine Treppe hinab, die sie in einen Keller führte. Als sie auf der letzten Stufe angekommen war, lauschte sie, um die Richtung zu erkennen, die ihre Verfolger nahmen; und nun hörte sie trotz der ziemlich lauten Geräusche von außen her das klägliche Gewimmer einer menschlichen Stimme, was ihre Angst noch erhöhte. Ein Lichtstrahl, der oben von der Treppe kam, zeigte ihr an, daß ihr Zufluchtsort ihren Verfolgern bekannt sei. Um ihnen zu entfliehen, fand sie neue Kräfte. Wenige Augenblicke später, als sie sich wieder gesammelt, konnte sie sich selbst kaum mehr erklären, wie sie es zuwege gebracht, den kleinen Mauervorsprung erklettern zu können, wo sie sich nun verbarg. Zuerst kam ihr nicht einmal die Unbequemlichkeit ihrer Körperlage zum Bewußtsein. Doch bald wurde ihr ihre Stellung unerträglich, denn sie glich unter ihrem Gewölbebogen einer kauernden Venus, die ein Kunstfreund in eine zu enge Nische gestellt hat.

Die ziemlich dicke Granitmauer trennte den Treppengang von dem Keller, aus dem das Stöhnen kam.

Bald sah sie einen in Ziegenfelle gekleideten Unbekannten die Treppe hinabgehen und unter das Gewölbe treten, ohne daß die mindeste Bewegung darauf gedeutet hätte, daß er nach jemand suche. Nun begann Fräulein von Verneuil ungeduldig zu hoffen, daß sich irgendein Ausweg für sie finden möge, und wartete angstvoll, bis das Licht, das der Unbekannte trug, den Keller erleuchtete. Als dies geschah, sah sie eine unförmige, aber belebte Masse unten am Boden liegen und den Versuch machen, einen gewissen Teil der Mauer durch wiederholte, heftige Bewegungen zu erreichen, die den krampfhaften Zuckungen eines an Land gespülten Karpfens glichen.

☆

ACHTZEHNTES KAPITEL

BALD VERBREITETE EINE KLEINE PECHfackel ihr bläuliches, zitterndes, ungewisses Licht in dem engen Keller. Trotz der düsteren Poesie, mit der Maries Phantasie dieses Gewölbe ausgeschmückt hatte, durch das die Klagen eines Unglücklichen hallten, mußte sie doch erkennen, daß der Raum, den der Unbekannte soeben betreten hatte, nichts weiter als eine seit langem unbenutzte unterirdische Küche war. Die unförmige Masse verwandelte sich in einen sehr dicken kleinen Mann, dessen sämtliche Glieder fest zusammengeschnürt waren, und der von denen, die sich seiner bemächtigt hatten, hilflos auf den feuchten Fließen liegen gelassen worden war.

Beim Anblick des Fremden, der in einer Hand die Fackel und in der andern ein Reiserbündel hielt, stieß der Gefangene ein Gewimmer aus, das die

Teilnahme des Fräuleins von Verneuil so sehr erregte, daß sie ihre eigene Angst, ihre Verzweiflung, den furchtbaren Krampf ihrer zusammengepreßten, fast erstarrenden Glieder vergaß und versuchte, sich nicht zu rühren.

Der Chouan warf sein Reiserbündel in den Kamin, nachdem er sich von der Festigkeit eines alten Kesselhakens überzeugt hatte, der von einer hohen Eisenplatte herabhing, und setzte das Holz mit seiner Fackel in Brand. Und nun erkannte Fräulein von Verneuil nicht ohne Schrecken den verschlagenen Pille-miche, dem ihre Rivalin sie übergeben hatte und dessen jetzt vom Feuerscheine beleuchtetes Gesicht einem jener Buchsbaummännchen glich, die man in Deutschland so drollig zu schnitzen versteht. Das Gestöhn seines Gefangenen brachte auf seinen faltigen, sonnverbrannten Zügen ein breites Lachen hervor.

„Du siehst," sagte er zu dem Ärmsten, „daß wir Christenmenschen unser Wort besser halten, als du. Das Feuer da soll dir Beine, Zunge und Hände wieder gelenkig machen. Zum Teufel! da ist ja nicht mal 'ne Bratpfanne, die man dir unter die Füße legen könnte. Sie sind so dick und fett, daß mir bange is, der Schmer könnte das Feuer auslöschen. Deine Wirtschaft is recht verlottert, daß man es nicht mal dem Hausherrn bequem machen kann, wenn er sich wärmt."

Bei diesen Worten stieß das Schlachtopfer einen durchdringenden Schrei aus, als hoffte es, durch die Gewölbe hindurch gehört zu werden und einen Befreier herbeizurufen.

„Hoho! Singen Sie nur aus voller Kehle, Herr d'Orgemont! Oben schlafen sie alle. Und gleich kommt Marche-à-terre und schließt die Kellertür ab!“

Während er sprach, untersuchte Pille-miche mit dem Kolben seines Karabiners die Kaminverkleidung, die Steinfliesen, die den Küchenboden bedeckten, die Mauern und Öfen, um den Schlupfwinkel ausfindig zu machen, wo der Geizhals sein Gold liegen hatte. Diese Untersuchung nahm er mit solcher Geschicklichkeit vor, daß d'Orgemont sich dabei still verhielt, wie wenn er gefürchtet hätte, von irgendeinem geängstigten Diener verraten worden zu sein; denn obwohl er sich niemand anvertraut hatte, hätten seine Gewohnheiten wohl zu richtigen Folgerungen Anlaß geben können. Mitunter drehte sich Pille-miche kurz um und betrachtete sein Opfer nach Art von Kindern, die zu erraten suchen, wo das Taschentuch liegt, indem sie aus dem Gesichtsausdrucke dessen, der es versteckt hat, abzulesen suchen, ob sie sich ihm nähern oder davon entfernen.

Als d'Orgemont den Chouan die Öfen beklopfen sah, die einen hohlen Ton von sich gaben, spielte er den Erschrockenen und schien damit eine Zeitlang die leichtgläubige Habsucht Pille-miches hinhalten zu wollen. Da kamen drei andere Chouans die Treppe herunter und in die Küche gestürzt; und sobald er Marche-à-terre sah, stellte Pillemiche seine Untersuchung ein, nicht ohne d'Orgemont zuvor noch einen grimmigen Blick zuzuwerfen, darin sich seine ganze getäuschte Gier ausdrückte.

„Marie Lambrequin ist auferstanden,“ sagte Marche-à-terre und gab durch Haltung und Miene zu verstehen, daß vor einer so schwerwiegenden Nachricht alle anderen Interessen in den Hintergrund treten müßten.

„Das wundert mich gar nicht," entgegnete Pille-miche. „Er ist ja so oft zum Abendmahl gegangen! Der liebe Gott schien ihm ganz allein zu gehören."

„Haha!" lachte Mène-à-bien. „Das ist ihm nun so-viel nütze, wie die Stiefel einem Toten. Er hatte sich ja vor der Affäre auf der Pèlerine an der Tochter vom Goguelu vergangen, und weil er vorher nicht mehr beichten konnte, ist er nun mit 'ner Todsünde auf dem Gewissen hinübergegangen. Drum sagt der Abbé Gudin, daß er erst zwei Monate lang rumgeistern muß, ehe er richtig wiederkommt! Wir haben ihn alle drei mit leibhaft'gen Augen gesehn. Er ist bleich und kalt und riecht nach dem Kirchhof."

„Und Seine Ehrwürden hat auch gesagt, wenn der Geist einen zu fassen bekommen könnte, würd' er sich 'nen Gefährten holen."

Das groteske Gesicht des letzten Sprechers riß Marche-à-terre aus der religiösen Träumerei, in die ihn das geschehene Wunder versetzt hatte, ein Wunder, das — so hatte der Rektor versichert — die Glaubensinbrunst jedes anderen Verteidigers der Religion und des Königs würde erneuern können.

„Da siehst du, Galope-chopine," sprach er gewichtig zu dem Neuangeworbenen, „wohin die kleinste Vernachlässigung der von unserer heiligen Religion anbefohlenen Pflichten führt. Die heilige Anna von Auray mahnt uns dadurch, auch bei den geringsten Fehlern untereinander unerbittlich zu sein. Dein Vetter Pille-miche hat für dich die Bewachung von Fougères erbeten. Der Gars willigt ein, sie dir anzuvertrauen, und du wirst gut dafür bezahlt

werden. Aber du weißt doch auch, aus was für Mehl wir den Fladen für Verräter kneten?"
„Jawohl, Herr Marche-à-terre."
„Du weißt, warum ich das sage. Es behaupten manche, du seist ein großer Freund von Wein und blanken Talern. Aber hier kommt es nicht darauf an, daß du dein Schäfchen scherst!"
„Mit Verlaub zu reden, Herr Marche-à-terre, Wein und Talerchen, das sind aber doch zwei hibbsche Dinge, die der Seligkeit nicht im Wege stehn."
„Wenn der Vetter mal 'nen Streich begeht, so tut er's sicherlich nur aus Dummheit,' warf Pille-miche dazwischen.
„Wie und was er auch anstellen mag," schrie Marche-à-terre mit dröhnender Stimme, „ich werd' ihn dafür zu treffen wissen! Du stehst mir für ihn," wandte er sich an Pille-miche. „Wenn er Dummheiten macht, halt' ich mich an das, womit dein Kitzfell gefüttert ist!"
„Aber mit Ihrem Verlaub, Herr Marche-à-terre," widersprach Galope-chopine, „ist's denn nicht schon oft Ihnen selbsten passiert, daß Sie einen Chouan für 'nen Gegenchouan gehalten haben?"
„Laß du dir das jedenfalls nicht einfallen, Freund!" gab Marche-à-terre trocken zurück. „Die Boten des Gars haben im übrigen seinen Handschuh. Nur knüpft unsre große Garce seit der Geschichte von La Vivetière noch ein grünes Band dran."
Pille-miche versetzte seinem Genossen einen tüchtigen Ellbogenstoß, um ihn auf d'Orgemont aufmerksam zu machen, der sich schlafend stellte. Pille-miche und Marche-à-terre wußten aber aus Erfahrung, daß an ihrem Feuerherd noch nie jemand geschlafen hatte; und obgleich die letzten

Worte nur halblaut gesprochen worden waren, hätte der arme Teufel sie am Ende doch verstehen können. Deshalb betrachteten die vier Chouans ihn einen Augenblick lang; schließlich schienen sie jedoch anzunehmen, daß die Angst ihn seiner Sinne beraubt habe.

Da zog, auf einen Wink Marche-à-terres, Pille-miche d'Orgemont ganz unversehens Schuhe und Strümpfe aus; Mène-à-bien und Galope-chopine packten ihn an Händen und Füßen und trugen ihn ans Feuer, worauf Marche-à-terre einen der Stricke ergriff, mit denen das Reisigbündel verschnürt gewesen, und die Füße des Geizhalses an dem Kesselhaken festband. All diese Bewegungen und ihre unglaubliche Schnelligkeit entrissen dem Schlachtopfer ein Geschrei, das herzzerreißend wurde, als Pille-miche ihm Kohlen unter die Füße schob.

„Freunde, gute Freunde," rief d'Orgemont, „ihr wollt mir wehtun, und ich bin doch ein Christ wie ihr!"

„Das lügst du in deinen Hals hinein!" antwortete Marche-à-terre. „Dein Bruder hat Gott verleugnet, und du selber hast die Abtei von Juvigny gekauft."

„Aber ich will euch ja bezahlen, meine Brüder in Gott!"

„Wir hatten dir vierzehn Tage Zeit gelassen. Jetzt sind zwei Monate rum, und Galope-chopine hat noch nichts bekommen."

„Du hättest nichts bekommen, Galope-chopine?" fragte der Geizhals verzweifelt.

„Nix, nix, Herr d'Orgemont," rief Galope-chopine erschrocken.

Das Geschrei, das sich in ein unausgesetztes, dem

Röcheln eines Toten ähnliches Schnaufen verwandelt hatte, setzte mit unerhörter Heftigkeit von neuem ein. Den vier Chouans aber war dies etwas ebenso Alltägliches, wie der Umstand, daß ihre Hunde keine Strümpfe trugen, und so betrachteten sie den sich windenden und heulenden d'Orgemont so ungerührt, daß sie Reisenden glichen, die am Herd eines Gasthauses stehen, um aufzupassen, ob der Braten bald gar sei.

„Ich sterbe, ich sterbe!" schrie der Unglückliche. „Und ihr werdet mein Geld nicht bekommen."

Trotz des lauten Geschreis war es Pille-miche nicht entgangen, daß das Feuer die Haut noch nicht angriff, und nun schürte er es so geschickt, daß es aufzulodern begann, worauf d'Orgemont mit schmerzgebrochener, kläglicher Stimme ächzte:

„Gute Freunde, bindet mich los! Wieviel wollt ihr? Zehntausend Taler, hunderttausend Taler..."

Sein Ton klang so jämmerlich, daß Fräulein von Verneuil ihre eigene Gefahr ganz vergaß und einen Schreckenslaut von sich gab.

„Wer hat da was gesagt?" fragte Marche-à-terre.

Die Chouans warfen bestürzte Blicke um sich. Denn so tapfer sie sich vor den mörderischen Schlünden der Kanonen zeigten, vor einem „Geiste" hielten sie nicht stand. Nur Pille-miche hörte, ohne sich ablenken zu lassen, die Geständnisse an, die die zunehmenden Schmerzen seinem Opfer ausspreßten.

„Zehntausend Franken! Ihr sollt sie gewiß erhalten! Oh, ich sterbe..."

„Pah! Wo sind sie denn?" fragte Pille-miche in aller Ruhe.

„Ach, sie liegen unter dem ersten Apfelbaum...

Heilige Jungfrau!... unten im Garten... links. Ihr seid Strauchdiebe,... Räuber... ihr... ich sterbe... zehntausend Franken!"

„Franken will ich keine haben. Wir brauchen Livres," versetzte Marche-à-terre. „Die Taler von deiner Republik zeigen heidnische Figuren, die nie Kurs bekommen werden."

„Es sind Livres, gute Louisdor. Ach, bindet mich nur los, bindet mich los... ihr wißt ja nun, wo mein Leben steckt, mein Schatz!"

Die Chouans musterten einander, wie um zu überlegen, wem sie das Ausgraben des Geldes anvertrauen könnten. In diesem Augenblicke ward Fräulein von Verneuil derart von ihrer kannibalischen Grausamkeit überwältigt, daß sie beherzt, ohne zu wissen, ob die Rolle, die ihr bleiches Gesicht ihr eingetragen, sie noch immer vor aller Gefahr schützen würde, in feierlichem Tone ausrief:

„Fürchtet ihr nicht den Zorn Gottes? Bindet ihn los, ihr Barbaren!"

Die vier Männer blickten empor, sahen in der Luft ein Paar Augen, die wie Sterne funkelten, und flohen entsetzt. Nun sprang Fräulein von Verneuil in die Küche, lief auf Orgemont zu und riß ihn so heftig vom Feuer weg, daß der Strick, der ihn an den Kesselhaken band, nachgab. Dann durchschnitt sie mit ihrem Dolche seine Fesseln. Als der Alte frei war und aufrecht stand, zog als erster Ausdruck ein schmerzhaftes, aber hämisches Lächeln über seine Züge.

„Lauft nur, lauft immer zum Apfelbaume, ihr Räuber!" sagte er. „Haha, nun hab' ich sie schon zweimal genarrt! Und ein drittes Mal sollen sie mich nicht erwischen."

In diesem Augenblick erschallte draußen eine Frauenstimme.

„Ein Geist! ein Geist!" schrie Frau von Gua. „Ihr Narren, sie ist es! Tausend Taler demjenigen, der mir ihren Kopf bringt!"

Fräulein von Verneuil erblaßte, doch der Geizhals lächelte, faßte sie an der Hand, zog sie unter den Mantel des Kamins und führte sie so, daß er das Feuer, das nur einen sehr kleinen Raum einnahm, nicht in Unordnung brachte, denn er wollte keine Spur des von ihnen eingeschlagenen Weges zurücklassen. Dann drückte er auf eine Feder, und die gußeiserne Platte hob sich. Als ihre gemeinsamen Feinde den Keller wieder betraten, war die schwere Tür des Verstecks bereits wieder geräuschlos hinter ihnen zugefallen. Jetzt verstand Marie den Sinn der karpfenartigen Bewegungen, die der unglückselige Bankier gemacht hatte, als er allein war.

„Sehen Sie wohl, gnädige Frau," rief Marche-à-terre, „der Geist hat sich den Blauen zum Gefährten genommen!"

Das Entsetzen der Chouans mußte groß sein, denn auf diese Worte folgte ein so tiefes Stillschweigen, daß d'Orgemont und seine Begleiterin sie leise murmeln hörten:

„Ave Sancta Anna Auriaca gratia plena, dominus tecum ..."

„Sie beten, die Narren!" rief d'Orgemont.

„Haben Sie keine Angst," unterbrach ihn Fräulein von Verneuil leise, „zu verraten, wo wir ..."

Doch ein Lachen des Alten zerstreute ihre Besorgnisse.

„Die Platte sitzt in einem drei Fuß dicken Granitblock. Wir hören sie, aber sie hören uns nicht."

Dann faßte er sanft die Hand seiner Retterin und legte sie auf eine Spalte, aus der ein frischer Luftzug drang, und Marie erriet nun, daß die Öffnung im Kaminrohr angebracht war.

„Au!“ fuhr d’Orgemont fort, „Teufel, die Füße brennen mich gehörig! Diese ‚Stute Charettes‘, wie man sie in Nantes nannte, ist nicht so dumm, daß sie ihnen widerspräche. Sie weiß nur zu gut, daß sie sich nicht gegen ihr eigenes Interesse schlagen würden, wenn sie nicht so viehisch dumm wären. Da betet sie nun mit ihnen! Sie muß lieblich anzuschauen sein, wie sie der heiligen Anna von Auray ihr Ave hersagt! Sie täte besser daran, wieder mal einen Postwagen zu plündern, um mir die viertausend Franken zurückzuerstatten, die sie mir schuldet. Mit Zins und Zinseszins belaufen sie sich gut und gern auf viertausendsiebenhundertachtzig Franken und einige Centimes ...“

Als sie mit Beten fertig waren, erhoben sich die Chouans von den Knien und verließen den Keller. Der alte d’Orgemont aber drückte Fräulein von Verneuils Hand, wie um ihr anzudeuten, daß die Gefahr damit noch nicht vorüber sei.

„Nein, nein, gnädige Frau,“ rief Pille-miche nach kurzem Stillschweigen, „und wenn Sie zehn Jahre da warteten, sie kommen nicht wieder.“

„Aber sie ist nicht hinausgekommen und muß hier sein.“

„Nein, o nein, sie sind durch die Mauern davongeflogen! Hat nicht der Teufel hier vor unsern Augen schon einmal einen Priester geholt, der den Verfassungseid geleistet hatte?“

„Was! Du, Pille-miche, trotzdem du genau so ein Geizhals bist wie er, errätst du nicht, daß der alte

Filz wohl gern ein paar tausend Livres angelegt haben wird, um in den Grundmauern dieses Gewölbes einen Schlupfwinkel anzubringen, der nur durch eine geheime Öffnung zugänglich ist?"

Der Geizhals und das junge Mädchen hörten, wie Pille-miche breit auflachte.

„Is wohl wahr," sagte er.

„Bleib hier," fuhr Frau von Gua fort. „Erwarte sie am Ausgang. Für einen einzigen Flintenschuß schenke ich dir alles, was du in dem Schatz des Wucherers findest. Wenn du willst, daß ich dir verzeihe, daß du sie verkauft hast, als ich dir befahl, sie zu töten, so gehorchst du mir."

„Wucherer!" wiederholte der alte d'Orgemont. „Ich habe ihr doch nur neun Prozent abverlangt! Freilich habe ich hypothekarische Sicherheit. Aber trotzdem, was für ein Undank! Wahrhaftig, Madame, wenn Gott uns für unsere Missetaten straft, so straft uns der Teufel für das Gute, das wir tun. Und mir ist der Mensch, der zwischen diesen beiden Punkten festsitzt, immer vorgekommen wie ein Rechenexempel, dessen X unauffindbar ist."

Er stieß einen hohlen Seufzer aus, der ihm eigentümlich war, und bei dem die aus seinem Kehlkopf dringende Luft zwei schlaffe, alte Saiten zu berühren und in Schwingung zu versetzen schien. Das Geräusch, das Frau von Gua und Pille-miche verursachten, die von neuem die Mauern, Fliesen und Wölbungen untersuchten, schien d'Orgemont zu beruhigen. Er ergriff die Hand seiner Retterin, um ihr beim Ersteigen einer engen Wendeltreppe behilflich zu sein, die in die dicke Granitmauer eingelassen war. Nachdem sie etwa zwanzig Stufen hinaufgeklettert waren, fiel der schwache Schein

einer Lampe auf ihre Köpfe. Der Geizhals stand still, wandte sich nach seiner Begleiterin um, betrachtete ihr Gesicht, als prüfe er einen verdächtigen Wechsel, und stieß wieder seinen schrecklichen Seufzer aus.
„Indem ich Sie mit hierhernehme," sagte er nach einer Weile, „vergelte ich Ihnen den Dienst, den Sie mir erwiesen haben, vollauf. Ich sehe also nicht ein, warum ich Ihnen noch etwas geben sollte..."
„Ach, mein Herr, lassen Sie mich, ich verlange ja nichts."
Diese Worte und vielleicht noch mehr die Verachtung, die ihr schönes Gesicht ausdrückte, beruhigten den kleinen Greis, denn er sagte darauf, nicht ohne erneut zu seufzen:
„Ach, wenn ich Sie hierher führte, habe ich schon zu viel getan, um nicht noch mehr zu tun..."
Er half ihr nun artig beim Ersteigen einiger merkwürdig angebrachter Stufen und führte sie halb gutwillig, halb widerstrebend in ein kleines Kabinett von etwa vier Quadratfuß, das durch eine von der Decke herabhängende Lampe erleuchtet ward. Es ließ sich unschwer erkennen, daß der Geizhals alle Vorkehrungen getroffen hatte, um mehr als einen Tag hier zubringen zu können, falls die Ereignisse des Bürgerkrieges ihn zu längerer Zurückgezogenheit zwingen sollten.
„Kommen Sie der Mauer nicht zu nahe, Sie könnten sich weiß machen," sagte d'Orgemont plötzlich. Und er legte seine Hand ziemlich hastig zwischen den Schal des jungen Mädchens und die anscheinend frisch getünchte Wand. Doch die Bewegung des alten Geizhalses brachte gerade das Gegenteil der erwarteten Wirkung hervor. Fräulein von Ver-

neuil blickte auf einmal geradeaus und sah in der Ecke eine Art von Bauwerk, dessen Form ihr einen Schreckensruf entlockte, denn sie erriet, daß hier ein menschliches Wesen mit Mörtel überzogen und aufrecht an die Wand gestellt worden sei. D'Orgemont machte ihr ein Zeichen, um sie zum Schweigen zu bringen, und seine kleinen porzellanblauen Augen drückten dabei ebenso großes Entsetzen aus, wie die seiner Gefährtin.

„Törin, glauben Sie etwa, daß ich ihn ermordet hätte? Es ist mein Bruder," sagte er, und diesmal klang sein Seufzer ganz schmerzlich. „Er war der erste Rektor, der den Eid geleistet hat, und dies der einzige Ort, wo er vor der Wut der Chouans und der andern Priester in Sicherheit war. Einen würdigen Mann zu verfolgen, der ein so geregeltes Leben führte! Er war mein ältester Bruder, er allein hatte die Geduld, mir die Dezimalrechnung beizubringen. Ach, er war ein guter Priester! Er verstand sich auf die Wirtschaft und war sparsam. Vor vier Jahren ist er gestorben, woran, weiß ich nicht. Aber sehen Sie, diese Pfarrer haben nun einmal die Gewohnheit, sich hinzuknien, um zu beten, und vielleicht hat er es nicht ausgehalten, hier aufrecht stehen zu bleiben, wie ich ... Ich habe ihn hierher gestellt; anderwärts hätten sie ihn wohl wieder ausgegraben! ... Einmal wird auch der Tag kommen, wo ich ihn in geweihter Erde werde beerdigen können, wie er sich ausdrückte, der Arme ..."

Eine Träne schlich sich in das trockene Auge des kleinen Greises, dessen rostrote Perücke dem jungen Mädchen auf einmal nicht mehr gar so häßlich vorkam, und in stiller Achtung vor diesem

Schmerz wandte Marie den Blick ab. Ungeachtet seiner Rührung wiederholte d'Orgemont jedoch: „Kommen Sie der Mauer nicht zu nahe, Sie..."
Und seine Augen folgten unablässig denen des Fräuleins von Verneuil, weil er hoffte, sie derart zu verhindern, die Wände des Kabinetts genauer zu betrachten, dessen zu dünne Luft dem Spiel der Lungen nicht genügte. Nichtsdestoweniger aber gelang es ihr, ihrem Argus einen Rundblick zu verheimlichen, und aus den sonderbaren Vorsprüngen an den Wänden schloß sie, daß der Geizhals sie eigenhändig aus Gold- oder Silbersäcken erbaut habe.
D'Orgemont selbst war für den Augenblick in einem seltsamen Entzücken befangen. Der Schmerz, den er nach dem Rösten an den Beinen fühlte, und sein Schrecken, ein menschliches Wesen inmitten seiner Schätze zu sehen, standen deutlich auf jeder Falte seines Gesichtes zu lesen; gleichzeitig aber drückten seine starren Augen durch ein ihnen sonst fremdes Feuer die mächtige Gemütsbewegung aus, die die gefährliche Nähe seiner Befreierin in ihm erregte, deren rosigweiße Wange zum Küssen reizte und deren dunkler, sammetweicher Blick ihm das Blut in so heißen Wogen zum Herzen jagte, daß er nicht mehr wußte, ob dies ein Zeichen von Lebenskraft oder Todesschwäche sei.
„Sind Sie verheiratet?" fragte er mit bebender Stimme.
„Nein," antwortete sie lächelnd.
„Ich besitze einiges," fuhr er fort und stieß dabei einen Seufzer aus, „wenn ich auch nicht so reich bin, wie alle behaupten. Ein junges Mädchen

wie Sie muß Diamanten, Juwelen, Equipagen, Gold lieben," setzte er hinzu, indem er einen erschreckten Blick um sich warf. „Das alles kann ich Ihnen geben, nach meinem Tode. Hähä! wenn Sie wollten ..."

Selbst bei dieser flüchtigen Liebesregung verriet das Auge des Greises soviel Berechnung, daß Fräulein von Verneuil, während sie verneinend den Kopf schüttelte, sich nicht enthalten konnte zu denken, der Alte wolle sie nur heiraten, um sein Geheimnis in der Brust eines zweiten Ichs zu begraben.

„Geld," sagte sie mit einem Blick voller Ironie, der d'Orgemont zugleich kränkte und glücklich machte, „Geld bedeutet mir nichts. Wenn all das Gold, das ich ausgeschlagen habe, hier wäre, würden Sie noch dreimal so reich sein."

„Kommen Sie der Mauer nicht zu n ..."

„Und für all das verlangte man nicht mehr von mir, als einen Blick," setzte sie mit unbeschreiblichem Stolz hinzu.

„Dann haben Sie nicht recht getan, denn es war eine glänzende Spekulation. Aber bedenken Sie doch ..."

„Bedenken Sie," unterbrach ihn Fräulein von Verneuil, „daß ich hier eine Stimme höre, von der ein einziger Ton für mich kostbarer ist, als alle Ihre Schätze."

Ehe der Alte sie daran zu hindern vermocht, hatte sie mit einem Fingerdruck einen kleinen farbigen Stich, ein Reiterbildnis Ludwigs XV., von der Stelle gerückt und erblickte nun unter sich den Marquis, der damit beschäftigt war, eine Büchse zu laden. Die Öffnung, die durch das Brettchen verdeckt wurde, auf dem der Kupferstich klebte, schien einer Verzierung an der Decke des darunterliegenden Zimmers zu entsprechen, in dem der royalistische General augenscheinlich schlief.

Mit der größten Vorsicht schob d'Orgemont den alten Stich wieder an seinen Platz zurück und sah das junge Mädchen strenge an.

„Kein Wort weiter, wenn Ihnen Ihr Leben lieb ist," sagte er, und nach einer Pause setzte er flüsternd hinzu: „Sie haben Ihren Enterhaken nach keinem geringen Fahrzeug ausgeworfen! Wissen Sie, mein liebes Kind, daß der Marquis von Montauran mehr als hunderttausend Livres an Einkünften aus verpachteten Gütern bezieht, die noch nicht verkauft worden sind? Und nun hat soeben ein konsularisches Dekret, das ich in der Zeitung gelesen habe, die Sequestration aufgehoben. Haha! jetzt gefällt er Ihnen noch besser, wie? Ihre Augen glänzen ja wie zwei funkelnagelneue Goldstücke!"

Fräulein von Verneuils Blick strahlte in der Tat, als sie die bekannte Stimme wieder vernahm. Seitdem sie hier oben wie in einer Silbermine vergraben stand, hatte sich die Spannkraft ihrer von all diesen Ereignissen niedergebeugten Seele wieder gestrafft. Sie schien einen düstern Entschluß gefaßt zu haben und die Mittel zu seiner Ausführung vor sich zu sehen.

„Eine solche Verachtung überwindet man nie," sagte sie zu sich selbst. „Doch wenn er mich nicht mehr lieben soll, will ich ihn töten — so wird ihn wenigstens kein anderes Weib besitzen."

„Nein, Abbé, nein," rief der junge General laut und bestimmt, „es muß so sein."

„Herr Marquis," versetzte der Abbé Gudin in hochfahrendem Tone, „Sie werden in der ganzen Bretagne ein Ärgernis geben, wenn Sie diesen Ball in Saint-James veranstalten. Geistliche und nicht Tänzer werden unsere Dörfer zum Aufstand bewegen. Geben Sie sich mit Gewehren und nicht mit Geigen ab."

„Sie sind klug genug, Abbé, um zu wissen, daß ich nur in einer vollzähligen Versammlung all unserer Parteigänger sehen kann, was ich mit ihnen ausrichten werde. Ein Gastmahl scheint mir viel geeigneter, ihre Gesichter zu prüfen und ihre Absichten kennenzulernen, als jede erdenkliche Spionage, die ich im übrigen verabscheue. Beim Essen werden wir sie schon zum Reden bringen."

Fräulein von Verneuil erbebte, als sie diese Worte vernahm, denn sie flößten ihr irgendeine ferne Hoffnung ein.

„Halten Sie mich für einen Schwachkopf mit Ihrer Predigt über den Tanz?" fuhr Herr von Montauran fort. „Würden Sie nicht gern eine Chaconne mittanzen, wenn Sie dadurch wieder nach Juvigny kommen könnten? Wissen Sie nicht, daß die Bretonen von der Messe aus zum Tanzen gehen? Und ist Ihnen unbekannt, daß die Herren Hyde de Neuville und d'Andigné vor fünf Tagen eine Zusammenkunft mit dem Ersten Konsul gehabt haben, um über die Wiedereinsetzung Sr. Majestät Ludwigs XVIII. zu beraten? Wenn ich mich jetzt zur Ausführung eines so kühnen Handstreichs anschicke, so tue ich es nur, um ihre Unterhandlungen durch das Gewicht unserer eisenbeschlagenen Schuhe zu unterstützen. Wissen Sie denn nicht, daß die Royalistenführer in der Vendée von Unterwerfung reden? Ach! augenscheinlich hat man die Fürsten über die Lage in Frankreich falsch berichtet. Die Opferwilligkeit, von der man ihnen erzählt hat, hat nur den Eigennutz zum Ursprung. Abbé, wenn ich auch meine Hände in Blut tauche, bis an den Ellenbogen will ich doch nur mit gutem Bedachte hineingreifen. Ich habe meine Dienste dem König gewidmet, nicht aber einigen wenigen Hirnverbrannten, keinen verschuldeten Gesellen, keinen Leuteschindern ..."

„Sagen Sie nur gleich auch: keinen Geistlichen, die auf der Landstraße Kontributionen eintreiben, um den Krieg aufrechtzuerhalten," beschloß der Abbé den Satz.

„Warum sollte ich das auch nicht sagen?" gab der Marquis gereizt zurück. „Noch mehr: ich sage, daß die glorreichen Zeiten der Vendée vorbei sind..."

„Herr Marquis, wir werden ohne Sie Wunder tun!"

„Ja, solche wie mit Marie Lambrequin!" entgegnete der Marquis lachend. „Doch nichts für ungut, Abbé! Ich weiß, daß Sie Ihre Person einsetzen und ebensogut einen Blauen erschießen, wie Sie ein Gebet sprechen. Mit Gottes Hilfe hoffe ich es noch dahin zu bringen, daß Sie mit der Mitra auf dem Kopfe der Salbung des Königs beiwohnen."

Die letzten Worte übten unverkennbar eine magische Wirkung auf den Rektor aus, denn man hörte seinen Karabiner rasseln und ihn ausrufen:

„Ich habe fünfzig Patronen in der Tasche, Herr Marquis! Mein Leben gehört dem König!"

„Das ist auch einer von meinen Schuldnern," sagte der Geizhals zu Fräulein von Verneuil. „Ich spreche hier nicht von den fünf- oder sechshundert arm-

seligen Talern, die ich ihm geborgt habe, sondern von einer Blutschuld, die er mir, so hoffe ich, noch bezahlen soll. Soviel Böses, wie ich ihm wünsche, kann ihm nie zustoßen. Er hatte meinem Bruder den Tod geschworen und reizte das Land gegen ihn auf. Und warum? Weil der Arme den Gesetzen und seinem Gewissen gehorcht hatte ..."
Nachdem er das Ohr an eine bestimmte Stelle seines Verstecks gelegt hatte, sagte er:
„Da machen sie sich alle miteinander davon, die Strauchdiebe! Vermutlich wollen sie noch ein Wunder vollbringen. Wenn sie mir nur nicht so wie das letztemal Lebewohl sagen, indem sie das Haus anzünden!"
Nach Verlauf einer halben Stunde, während welcher Fräulein von Verneuil und d'Orgemont einander ansahen, wie man ein Bild betrachtet, rief plötzlich die rauhe, grobe Stimme Galope-chopines:
„Die Luft ist rein, Herr d'Orgemont. Diesmal hab' ich aber meine dreißig Taler reichlich verdient."
„Mein Kind," sagte der Alte zu Marie, „schwören Sie mir, die Augen zu schließen."
Fräulein von Verneuil bedeckte ihre Lider mit einer Hand; doch der Geizhals blies vorsichtshalber noch die Lampe aus. Dann faßte er seine Retterin an der Hand und führte sie durch einen unbequemen Gang hindurch, der sieben oder acht Schritte lang war. Nun ließ er sachte ihre Hand los, und sie sah sich in dem Zimmer, das der Marquis soeben verlassen hatte.
„Liebes Kind," sagte er darauf zu ihr, „Sie können nun gehen. Sehen Sie sich nicht so um. Sie haben jedenfalls kein Geld? Da, nehmen Sie diese vier Taler. Sie sind zwar beschnitten, doch werden

sie schon noch durchgehen. Wenn Sie aus dem Garten kommen, sehen Sie einen Fußweg vor sich, der nach der Stadt führt oder, wie man jetzt sagt, nach dem Distrikt. Aber in Fougères sind die Chouans, und es ist nicht wahrscheinlich, daß Sie sobald hinein können. Sie werden also vielleicht einen sichern Unterschlupf nötig haben. Merken Sie gut auf das, was ich Ihnen jetzt sage, machen Sie aber nur im äußersten Notfall davon Gebrauch. Auf dem Wege, der nach dem Nid-aux-crocs durch das Gibarrytal führt, sehen Sie einen Pachthof, wo Galope-chopine wohnt. Da gehen Sie hinein und sagen zu seiner Frau: ‚Guten Tag, Bécanière!' Dann wird Barbette Sie verstecken. Falls Galope-chopine Sie entdecken sollte, wird er Sie bei Nacht für einen Geist halten; bei Tag werden die vier Taler ihn besänftigen. Leben Sie wohl! Unsere Rechnung ist beglichen. Wenn Sie wollten," sagte er noch und zeigte mit einer Handbewegung auf die das Haus umgebenden Felder, „würde das alles Ihnen gehören!"

Fräulein von Verneuil warf noch einen Dankesblick auf den sonderbaren Alten und entlockte ihm dadurch einen Seufzer, dessen Klangabstufungen sehr mannigfaltig waren.

„Sie werden mir ja zweifellos meine vier Taler zurückerstatten," sagte er dann. „Beachten Sie wohl, daß ich nichts von Zinsen sage. Zahlen Sie sie bei Patrat, dem Notar von Fougères, auf mein Guthaben ein. Er könnte unseren Ehekontrakt aufsetzen, wenn Sie wollten, reizender Schatz! Leben Sie wohl ..."

„Leben Sie wohl," sagte sie lächelnd und winkte ihm mit der Hand zu.

„Wenn Sie Geld brauchen,“ rief er ihr noch nach, „leihe ich es Ihnen zu fünf Prozent! Jawohl, nur zu fünf! Ich sagte doch fünf?“

Doch sie war schon fort.

„Sieht aus wie ein gutes Mädchen. Aber ich will doch lieber das Geheimfach am Kamin ändern.“

Dann nahm er ein zwölfpfündiges Brot und einen Schinken und begab sich in sein Versteck zurück.

Als Marie ins Freie kam, fühlte sie sich wie neugeboren. Die Morgenkühle erfrischte ihr Gesicht, das ihr seit ein paar Stunden wie von glühender Luft versengt vorkam. Sie versuchte den ihr von dem Alten bezeichneten Fußweg zu finden; aber nach Sonnenuntergang war die Dunkelheit mit solcher Macht hereingebrochen, daß sie sich dem Zufall überlassen mußte. Bald wurde sie von der Furcht gepackt, in einen der Abgründe zu stürzen, und diese Furcht rettete ihr das Leben. Denn sie fühlte plötzlich, daß sie einen Schritt weiter keine Erde mehr unter den Füßen haben werde, und stand still. Ein frischerer Wind, der mit ihren Haaren spielte, das Rauschen des Wassers, ihr eigener Instinkt — alles sagte ihr, daß sie auf dem Felsen von Saint-Sulpice stehe. Sie schlang den Arm um einen Baum und erwartete voller Ängste den Sonnenaufgang, denn ringsum hörte sie Waffengeklirr, Pferdegewieher und menschliche Stimmen. Nun wußte sie der Nacht Dank, die sie davor bewahrte, in die Hände der Chouans zu fallen, falls diese, wie der Geizhals gesagt hatte, in Fougères waren.

✩

NÄCHTLICHEN SIGNALFEUERN ÄHNLICH zog da und dort ein leichter Purpurschein über die Berge hin, an deren Fuße noch immer die bläulichen Tinten vorherrschten und ein Widerspiel zu den über die Täler gelagerten rosigen Tauwolken bildeten. Bald erhob die Sonne ihre erst schwach leuchtende Rubinscheibe; die Himmel erkannten die Herrscherin des Tages; und nun tauchten allmählich alle Einzelheiten der Landschaft wieder empor, der Kirchturm von Saint-Léonard, die Felsen, die im Schatten ruhenden Wiesen und die Bäume der Bergeshöhen zeichneten sich scharf in dem werdenden Lichte ab. Noch ein kühner Schwung, und die Sonne hatte sich ihren feuerroten, ockergelben und saphirglänzenden Bändern entwunden, und ihr strahlendes Licht ergoß sich in gleichmäßigen Wogen von Hügel zu Hügel, von Tal zu Tal. Die Wolken zerstreuten sich — der Tag war emporgestiegen. Ein frischer Wind durchschauerte die Luft, die Vögel sangen, überall erwachte das Leben. Doch kaum hatte Marie Zeit gefunden, die Augen auf die romantische Landschaft zu senken, als sich infolge einer in diesen kühlen Gegenden ziemlich häufigen Naturerscheinung die Morgendämpfe, einem Schneemantel gleich, bis zu den höchsten Bergesspitzen ausbreiteten, das ganze Land wie unter einem weißen Leichentuch begruben und die Täler erfüllten, so daß Fräulein von Verneuil vor einem Gletscher der Alpen zu stehen glaubte. Nun rollte dieses Nebelmeer Wogen wie der Ozean, hob dichte, undurchdringliche Fluten empor, die sanft dahinwallten, sich schaukelten, heftig um sich selber wirbelten, den Sonnenstrahlen ihre Rosenröte entlehnten und da und dort wie ein See aus flüssigem Silber aufschimmerten, bis plötzlich der Nordwind die Nebel zerstreute, die auf den Wiesen nur ein sauerstoffgeschwängertes Naß zurückließen.

Da erblickte Fräulein von Verneuil zu ihren Füßen eine ungeheure braune Masse auf den Felsen von Fougères. Sieben- bis achthundert bewaffnete Chouans erfüllten die Vorstadt Saint-Sulpice mit ihrem Gewimmel wie Ameisen ihren Bau. Auch die Umgebung des Schlosses war von dreitausend wie durch einen Zauberschlag hierher gekommenen Königstreuen besetzt, die die schlafende Stadt angriffen, so daß ihre grünenden Wälle und altersgrauen Türme gefallen sein würden, wäre Hulot nicht dagewesen.

Eine Batterie, die auf einer Bodenerhebung in der Tiefe des von den Wällen gebildeten Kessels heimlich aufgestellt worden war, beantwortete die erste Salve der Chouans, indem sie sie auf dem zum Schlosse führenden Weg in der Flanke angriff. Das Kartätschenfeuer fegte die Straße ab und säuberte sie von den Königstreuen. Dann kam eine Kompagnie aus dem Tor von Saint-Sulpice hervor, machte sich die Überraschung der Chouans zunutze, besetzte den Weg und eröffnete ein mörderisches Feuer auf sie. Die Chouans versuchten nicht einmal Widerstand zu leisten, als sie sahen, daß die Wälle sich mit Soldaten bedeckten, als ob die Kunst eines Theatermaschinisten blaue Linien darauf gezogen habe, und daß das Feuer aus den Festungswerken die republikanischen Plänkler unterstützte.

Inzwischen hatten andere Chouans, die sich des kleinen Nançontals bemächtigt hatten, die Felsgalerien erklommen und die Promenade erreicht, die sie nun hinaufeilten. Im Nu war sie von Kitzfellen übersät, die ihr das Aussehen eines wettergebräunten Hüttendaches gaben. Zugleich erklang auch aus dem Stadtteil, der dem Couësnontale gegenüberlag, heftiges Gewehrfeuer, was bewies, daß das von allen Seiten angegriffene Fougères völlig eingeschlossen war. Der Feuerschein, der von dem östlichen Abhang des Felsens aufstieg, ließ sogar erkennen, daß die königlichen Jäger die Vorstädte angezündet hatten. Indes hörten die Funken, die von den Ginster- und Schindeldächern herabwirbelten, bald auf, und einige schwarze Rauchsäulen zeigten an, daß der Brand am Erlöschen war.
Noch einmal entzogen weiße und braungelbe Wolken dem Fräulein von Verneuil den Anblick des Kampfschauplatzes, doch bald vertrieb der Wind diesen Pulvernebel wieder. Schon hatte der republikanische Befehlshaber seine Batterie die Schußrichtung ändern heißen, so daß sie abwechselnd das Nançontal, die Treppe der Königin und den Felsen bestreichen konnte, als er von der Höhe der Promenade herab feststellte, daß seinen ersten Anordnungen auf das trefflichste Folge geleistet worden war. Zwei beim Wachthause am Sankt Leonhardtstor aufgestellte Geschütze schmetterten ihre Geschosse in den Ameisenhaufen der Chouans, die sich dieser Stellung bemächtigt hatten, während die in aller Eile auf dem Kirchplatz zusammengeströmten Nationalgardisten von Fougères den Feind vollends vertrieben.

Der ganze Kampf dauerte keine halbe Stunde und kostete die Blauen keine zwanzig Mann. Schon zogen sich allerwärts die geschlagenen und sehr zusammengeschmolzenen Chouans auf wiederholten Befehl des Gars zurück, dessen kühner Handstreich, ohne daß er dies wußte, infolge der Vorfälle von La Vivetière scheiterte, derentwegen Hulot sich heimlich nach Fougères begeben hatte. Die Artillerie war erst in der Nacht angekommen, denn allein schon die Nachricht von einem Munitionstransport würde hingereicht haben, um Herrn von Montauran von einem Unternehmen abstehen zu lassen, das in solchem Falle nur einen schlechten Ausgang nehmen konnte. Hulot wünschte in der Tat ebensosehr, dem Gars eine gehörige Lektion zu erteilen, wie der Gars nur immer wünschen konnte, daß sein Vorhaben Erfolg haben und die Entschließungen des Ersten Konsuls beeinflussen möchte.

Beim ersten Kanonenschuß begriff der Marquis, daß es Wahnwitz wäre, aus Eigenliebe ein verfehltes Unternehmen fortzuführen. So ließ er denn, um seine Chouans nicht unnütz in den Tod zu schicken, eiligst sieben oder acht Sendboten an sie abgehen, die seinen Befehl zum sofortigen Rückzug auf allen Punkten weitertrugen. Der Kommandant, der seinen Widersacher, von einem zahlreichen Stabe umringt, in dessen Mitte sich auch Frau von Gua befand, auf dem Felsen von Saint-Sulpice gewahrt hatte, versuchte, auf ihn zu schießen; doch die Stelle, auf der der junge General stand, war zu geschickt gewählt, als daß er ihn hätte treffen können.

Hulot wechselte mit einem Schlage die Rolle und wurde vom Angegriffenen zum Angreifer. Bei den ersten Bewegungen, die die Absicht des Marquis verrieten, machte die unter der Burgmauer liegende Kompagnie Anstalt, den Chouans den Rückzug abzuschneiden, indem sie sich der oberen Ausgänge des Nançontals bemächtigte.

Fräulein von Verneuil betrachtete trotz ihres Hasses die Sache der Männer, die ihr Geliebter befehligte, als die ihre und wandte sich lebhaft dem andern Talausgang zu, um zu sehen, ob er frei sei. Doch auch hier erblickte sie die Blauen, die zweifelsohne auf der anderen Seite von Fougères Sieger geblieben waren und nun vom Couësnontale her durch das Tal von Gibarry anrückten, um das Nid-aux-crocs und den Teil der Felsen von Saint-Sulpice zu besetzen, auf dem sie stand und der die unteren Ausgänge ins Nançontal beherrschte. So schienen die Chouans, die auf dem schmalen Wiesengrunde der Schlucht eingeschlossen waren, infolge der richtigen und geschickten Vorkehrungen des alten republikanischen Kommandeurs bis zum letzten Mann dem Verderben preisgegeben. Aber gegen diese beiden Punkte waren die Kanonen machtlos, die Hulot bisher so gute Dienste geleistet hatten, und es entspannen sich erbitterte Kämpfe. Da die Stadt Fougères nun einmal genommen war, nahm das Gefecht bald den Charakter eines Scharmützels an, wie es die Chouans gewöhnt waren.

Nun begriff Fräulein von Verneuil die Bedeutung der Menschenmassen, die sie auf freiem Felde bemerkt hatte, die Zusammenkunft der Führer bei d'Orgemont und alle anderen Ereignisse der Nacht. Nur eines blieb ihr unbegreiflich: wie sie so vielen Gefahren hatte entrinnen können. Diese von der Verzweiflung eingegebene Unternehmung hatte mittlerweile ihre Anteilnahme so stark erregt, daß sie unbeweglich stehen blieb, um die lebenden Bilder zu betrachten, die sich ihren Blicken darboten. Bald sollte der Kampf am Fuße der Berge von Saint-Sulpice noch eine besondere Anziehung für sie gewinnen; denn als der Marquis und seine Freunde sahen, daß die Blauen die Königstreuen nahezu überwältigt hatten, eilten sie ins Nançontal, um ihnen zu Hilfe zu kommen. Nun überzog sich der Fuß des Felsens, dessen Gipfel sie einnahm, mit einer Menge wütender Gruppen. Und hier entschieden sich die Fragen über Leben oder Tod auf einem Terrain und mit Waffen, die den Kitzhäuten günstiger waren.

Unmerklich nahm diese bewegliche Arena an Raum zu. Die Königstreuen verteilten sich und besetzten die Felsen, indem sie an den hier und da wachsenden Sträuchern emporklommen. Einen Augenblick lang erschrak Fräulein von Verneuil, als sie, ein wenig zu spät, ihre Feinde wieder auf den Höhen sah, deren gefährliche Zugangssteige sie wütend verteidigten. Da alle Ausgänge des Berges von den beiden Parteien besetzt waren, ängstigte sie die Vorstellung, daß sie sich halbwegs zwischen ihnen befand; sie verließ den dicken Baum, hinter dem sie gestanden, und begab sich auf die Flucht in der Absicht, sich die Ratschläge des alten Geizhalses jetzt zunutze zu machen. Nachdem sie eine Weile an dem Abhang der Saint-Sulpicer Berge entlanggelaufen war, der sich in das Couësnontal senkt, gewahrte sie von weitem einen Stall und nahm an, daß er zu dem Hof Galope-chopines gehöre, der seine Frau während der Kämpfe allein gelassen haben mußte. Durch diese Schlußfolgerung ermutigt, hoffte Fräulein von Verneuil, gut aufgenommen zu werden und einige Stunden dort zubringen zu können, bis sie ohne Gefahr nach Fougères würde zurückkehren können. Allem Anschein nach siegte Hulot; denn die Königstreuen flohen mit solcher Eile, daß sie rings um sich her Gewehrschüsse hörte. Die Angst, von einer Kugel ereilt zu werden, beflügelte ihre Schritte, so daß sie bald die Hütte erreichte, deren Schornstein ihr die Richtung gewiesen.

Der Fußweg, den sie eingeschlagen, mündete an einer Art von Schuppen, dessen Ginsterdach von vier noch mit ihrer Rinde bedeckten Bäumen gestützt wurde. Eine Lehmmauer bildete die Hinterwand des Schuppens, in dem eine Obstweinkelter, eine Tenne zum Dreschen des Buchweizens und einige Ackergerätschaften standen. Sie machte an einem der Pfosten halt, ohne sich entschließen zu können, den Morast zu durchwaten, der den Hof des Hauses bildete, das sie als echte Pariserin für einen Stall gehalten hatte.

Die Hütte war durch eine Anhöhe, die das Dach überragte, und an die sie sich anlehnte, gegen Nordwind geschützt. Ein paar Ulmenschößlinge, Heidekraut und Gebirgsblumen schmückten sie mit ihren Blütenkränzen. Eine zwischen dem Schuppen und dem Hause sichtbare Naturtreppe erlaubte den Bewohnern, auf der Höhe des Felsstücks eine reinere Luft zu atmen. Links von der Hütte neigte der Hügel sich plötzlich und ließ eine Reihe von Feldern sehen, deren erstes jedenfalls zu dem Anwesen gehörte. Sie enthielten anmutige Gehölze, die durch baumbepflanzte Hecken voneinander getrennt waren, und deren erste die Einfriedigung des Hofes abschloß. Der zu diesen Äckern führende Weg war durch einen halbverfaulten Baumstumpf versperrt, eine echt bretonische Art der Einfriedigung.

Zwischen der in den Schiefer gebrochenen Treppe und dem durch diesen dicken Stamm abgeschlossenen Feldweg, vor dem Morast und unter dem überhängenden Felsen, bildeten ein paar aufeinandergetürmte grob behauene Granitblöcke die vier Ecken der Hütte und hielten die zu einer schlechten Mauer gestampfte Erde, die Bretter und Steine fest, die ihre Hauptbestandteile ausmachten. Die Hälfte des Daches war mit strohartig verarbeitetem Ginster gedeckt, die andere mit Schindeln, einer Art schieferförmig zugeschnittener Holzbrettchen. Der ginstergedeckte Teil der Behausung war der mit einer elenden Hürde verschlossene Stall; die Menschen bewohnten die Seite mit dem Schindeldach. Obwohl die Hütte der Nähe der Stadt ein paar Verbesserungen verdankte, die man zwei Meilen weiter vergebens gesucht haben würde, kennzeichnete sie doch die unstäte Lebensweise, an die Kriege und Lebenssitten die Leibeigenen so sehr gewöhnt hatten, daß noch heutzutage viele Bauern dieser Landstriche das von ihrer Gutsherrschaft bewohnte Schloß einfach eine „Wohnung" nennen.

Nachdem sie dies alles mit leicht begreiflichem Erstaunen gemustert hatte, bemerkte Fräulein von Verneuil endlich im Schlamme des Hofes eine Reihe von Granitstücken, die so hingelegt waren, daß sie einen, wenn auch nicht ganz gefahrlosen Weg zu der Behausung bildeten; da das Gewehrfeuer aber mittlerweile merklich näher gekommen war, sprang sie von Stein zu Stein, als ob sie einen

Bach überquere, und drang so bis zum Eingang des Hauses vor.
Es war durch eine jener zweiteiligen Türen verschlossen, deren untere Hälfte ganz aus massivem Holz besteht, während die obere mit einer Klappe versehen ist, die als Fenster dient. Man sieht diese Türart noch an manchen Kramläden kleiner französischer Städte, nur ist sie dort viel reicher verziert, und der untere Teil trägt eine Alarmglocke. Die Tür zu dieser Bauernhütte war durch eine Holzklinke zu öffnen, die des goldenen Zeitalters würdig gewesen wäre, und der obere Teil wurde nur nachts geschlossen, denn das Tageslicht konnte nur durch diese Öffnung ins Zimmer dringen. Der Raum hatte ein zwar plumpes, jedoch mit Butzenscheiben verziertes Fenster, und seine schweren Bleieinfassungen nahmen so viel Platz weg, daß sie das Licht eher auffingen, als daß sie es einließen.
Als Marie die Tür in ihren kreischenden Angeln drehte, schlugen ihr Wolken von entsetzlichen beizenden Gerüchen entgegen, und sie sah, daß die Vierfüßler die Wand, die sie von der Stube trennte, eingetreten hatten. So stimmte das Innere des Pachthofes, denn ein solcher war es, gut zu seinem Äußeren. Fräulein von Verneuil fragte sich, ob es möglich sei, daß menschliche Wesen in diesem gewohnheitsmäßigen Kote leben könnten, als sie plötzlich einen in Lumpen gehüllten kleinen Jungen von acht oder neun Jahren vor sich sah, ein wunderschönes, pausbäckiges Kind mit einem frischen Gesicht wie Milch und Blut, lebhaften Augen, Zähnen wie Elfenbein und blondem Haar, das in dichten Strähnen auf seine

halbnackten Schultern niederfiel. Sein Gliederbau war kräftig, und in seiner Haltung malte sich das anmutige, treuherzige Staunen, das ein Kinderauge größer erscheinen läßt, als es ist.

„Wo ist deine Mutter?" fragte Fräulein von Verneuil und beugte sich herab, um ihn auf die Augen zu küssen.

Wie ein Aal entschlüpfte das Kind, nachdem es den Kuß empfangen, und verschwand hinter einem Düngerhaufen, der auf dem Kamm der Anhöhe zwischen dem Fußweg und dem Hause lag; denn Galope-chopine schaffte, wie viele bretonische Bauern, nach einem sonderbaren landwirtschaftlichen System seinen Dünger an hochgelegene Stellen, wodurch der Regen ihm, bis er benutzt wurde, all seine Kraft entzog.

Als sie für ein paar Augenblicke alleinige Herrin des Hauses war, nahm Fräulein von Verneuil rasch dessen Inventar auf, denn der Raum, in dem sie Barbette erwartete, war der einzige der Hütte. Der am meisten ins Auge fallende und prächtigste Gegenstand war ein ungeheurer Kamin, dessen Mantel ein blauer Granitstein bildete. Der Ursprung dieses Wortes „Mantel" erwies sich durch einen rundgeschnittenen Fetzen aus grüner, von hellgrünem Bande eingefaßter Sarsche, der an der Granittafel herunterhing, in deren Mitte eine Muttergottes aus bemaltem Gips stand. Auf dem Sockel des Bildes las Fräulein von Verneuil einen dortzulande sehr beliebten frommen Spruch:

Mutter Gottes bin ich genannt,
Halt Haus und Hof in meiner Hand.

Hinter der Madonna stand ein entsetzliches, rot und blau angemaltes Bild, das den heiligen Labre darstellte. Ein sogenanntes Grabbett, mit grüner Sarsche überdeckt, eine unförmige Kinderschlafstatt, ein Spinnrad, mehrere plumpe Stühle und eine mit einigen Gebrauchsgegenständen angefüllte geschnitzte Truhe vervollständigten nahezu Galope-chopines Hauseinrichtung.

Vor dem Fenster stand ein großer Tisch von Kastanienbaum und ihm zu Seiten zwei Bänke aus demselben Holz, das in dem trübe einfallenden Licht die dunkle Färbung des Mahagoni annahm. Ein riesiges Obstweinfaß, unter dessen Spundloch Fräulein von Verneuil einen gelblichen Schlamm bemerkte, der durch seine Feuchtigkeit den Fußboden aus Granitstücken zerfraß, bewies, daß der Hausherr seinen Spitznamen „Schoppenstürzer" nicht gestohlen hatte.

Marie hob die Augen, um diesen widrigen Anblick zu meiden, und nun war es ihr, als sähe sie alle Fledermäuse der Welt auf einmal, so dicht waren die von der Decke herabhängenden Spinngewebe.

Auf dem Tische standen zwei ungeheure, mit Wein gefüllte Pichets, eine Art von Krügen aus braunem Ton, die in verschiedenen Gegenden Frankreichs im Gebrauch sind und in eine Schnauze auslaufen, welche an einen luftschnappenden Frosch erinnert.

Maries Aufmerksamkeit war noch auf diese Krüge gerichtet, als das Kampfgetöse plötzlich deutlicher vernehmbar wurde und sie zwang, sich einen Unterschlupf zu suchen, ohne Barbette erst abzuwarten. Da erschien diese.

„Guten Tag, Bécanière," sagte Fräulein von Verneuil und lächelte unwillkürlich beim Anblick eines Gesichtes, das nicht unähnlich den Köpfen war, die man zuweilen an Schlußsteinen von Fensterbögen sieht.

„Ach so, Sie kommen von d'Orgemont," antwortete die Bäuerin mit nicht allzu dienstfertiger Miene.

„Wo wollen Sie mich hintun? Denn die Chouans sind..."

„Hierher," sagte Barbette, die ebensosehr über die Schönheit wie über die merkwürdige Kleidung dieses Wesens verblüfft war, das sie nicht zu ihrem eigenen Geschlecht zu zählen wagte.

„Hierher, ins Versteck des Priesters."

Sie führte Marie ans Kopfende des Bettes und ließ sie in den Zwischenraum zwischen Schlafstatt und Wand treten; beide wurden aber ganz bestürzt, als sie einen Mann in den Morast des Hofes springen zu hören glaubten. Kaum fand Barbette Zeit, einen Vorhang vom Bette zu nehmen und Fräulein von Verneuil hineinzuhüllen, denn als sie sich umwandte, sah sie sich schon einem flüchtigen Chouan gegenüber.

„Wo kann man sich hier verstecken, Alte? Ich bin der Graf von Bauvan."

Fräulein von Verneuil erbebte, als sie die Stimme des Gastes wiedererkannte, dessen Worte, die für sie ein Geheimnis geblieben waren, die Katastrophe in La Vivetière herbeigeführt hatten.

„Ach, Sie sehen, gnädiger Herr, hier is nix zu wollen. Ich werde 'nausgehn und Wache halten, das is das beste. Wenn die Blauen kommen, sag ich's Ihnen. Wenn sie kämen und mich mit Ihnen zusammen fänden, täten sie mir das Haus anstecken."

Damit ging Barbette hinaus, denn sie war nicht klug genug, die Interessen der beiden Feinde zu vereinigen, die ein gleiches Recht auf das Versteck hatten.

„Ich habe noch zwei Schuß im Lauf," sagte der Graf verzweifelt. „Doch sie sind mir schon voraus. Ach was! es hieße wahrhaftig schon großes Pech haben, wenn sie es sich auf dem Rückwege beim Vorüberkommen einfallen ließen, hier unters Bett zu schauen!"

Er legte leichtfertig sein Gewehr neben der Bettsäule nieder, hinter der Marie, in ihre grüne Sarsche eingewickelt, stand, und bückte sich, um nachzusehen, ob er wohl unter dem Bette Platz fände. Dabei mußte er unbedingt die Füße der Flüchtigen sehen, die in diesem entscheidenden Augenblicke die Waffe ergriff, in die Mitte des Raumes sprang und auf den Grafen anlegte. Als der sie erkannte, brach er in ein Gelächter aus, denn in ihrem Versteck hatte sie ihren großen Chouanhut abgenommen, und ihre Haare fielen in dichten Locken unter ihrem Spitzennetz hervor.

„Lachen Sie nicht, Graf, Sie sind mein Gefangener. Eine einzige Bewegung, und Sie erfahren, wessen eine beleidigte Frau fähig ist!"

Der Graf und Marie maßen einander mit Blicken. In diesem Augenblick erschallten verworrene Rufe aus den Bergen herüber:

„Rettet den Gars! rettet den Gars!"

Doch der Lärm wurde durch die scharfe Stimme Barbettes übertönt, die bei dem feindlichen Paare in der Hütte sehr verschiedenartige Empfindungen erweckte.

„Siehst du denn nicht die Blauen?" rief sie. „Kommst du her, du schlimmer Junge, oder soll ich dich holen? Du willst wohl 'ne Kugel abkriegen! Komm, mach, daß du 'nein kommst, und gib mir die Hand!"

Während dieser Vorgänge, die sehr schnell aufeinanderfolgten, sprang ein Blauer in die Morastpfütze.

„Beau-pied!" rief Fräulein von Verneuil ihm zu.

Beim Klange ihrer Stimme eilte Beau-pied herbei und nahm den Grafen ein wenig besser aufs Korn, als seine Retterin es getan.

„Rühr dich nicht, Aristokrat!" sagte der Soldat spöttisch zu dem Grafen, „oder 's geht dir, wie der Bastille, du bist hin, ehe du's selber merkst!"

„Herr Beau-pied," sagte Fräulein von Verneuil mit einschmeichelnder Stimme, „Sie stehen mir für den Gefangenen. Tun Sie, was Sie wollen, nur liefern Sie ihn mir heil und lebendig in Fougères aus."

„Ist gut, Madame."

„Ist der Weg nach Fougères jetzt frei?"

„Wenn die Chouans nicht wieder auferstehn, ist er ganz sicher."

Gutgelaunt nahm Fräulein von Verneuil das leichte Jagdgewehr an sich und sprach mit ironischem Lächeln zu ihrem Gefangenen:

„Leben Sie wohl, Graf, und auf Wiedersehn!"

Dann eilte sie, nachdem sie ihren großen Hut wieder aufgesetzt, den Fußweg entlang.

„Ich lerne ein wenig zu spät," sprach Herr von Bauvan bitter, „daß man niemals mit der Ehre derer Scherz treiben darf, die keine haben!"

„Aristokrat," fuhr Beau-pied ihn barsch an, „wenn du nicht willst, daß ich dich in dein hochwohlgeborenes Paradies schicke, so sagst du nichts gegen diesen Engel!"

Über die Fußwege, die die Felsen von Saint-Sulpice mit dem Nid-aux-crocs verbinden, kehrte Fräulein von Verneuil nach Fougères zurück. Als sie diese letzte Anhöhe erreicht hatte und über die in den Granit eingelassenen Wegkrümmungen hinschritt, ließ sie ihre Blicke bewundernd auf dem hübschen kleinen Nançontal ruhen, das, noch vor kurzem so wildbewegt, jetzt in tiefstem Frieden dalag.

Fräulein von Verneuil betrat die Stadt durch das Sankt Leonhardstor, auf welches der kleine Pfad zulief. Die Einwohner, erregt durch den Kampf, der, nach den fernher klingenden Flintenschüssen zu urteilen, den ganzen Tag andauern zu wollen schien, erwarteten hier die Rückkehr der Nationalgarde, um die Größe ihrer Verluste zu erfahren. Als sie das junge Mädchen sahen, das, ein Gewehr in der Hand, in seinem seltsamen Aufputz, mit zerzausten Haaren, beschmutztem und von Tau durchnäßtem Kleid und Schal daherkam, erwachte ihre Neugier um so stärker, als die Macht, die Schönheit und das sonderbare Wesen der jungen Pariserin in Fougères bereits zum allgemeinen Gesprächsstoff geworden war.

✩

ZWANZIGSTES KAPITEL

DIE VON FÜRCHTERLICHER UNRUHE GEPEINIGTE Francine hatte ihre Herrin die ganze Nacht hindurch erwartet. Als sie sie sah, wollte sie etwas sagen; doch ein freundschaftlicher Wink Maries gebot ihr Stillschweigen.

„Ich bin nicht umgekommen, liebes Kind," sagte

Fräulein von Verneuil. „Ach, als ich von Paris abreiste, sehnte ich mich nach Gemütsbewegungen! — Nun, die habe ich gehabt," setzte sie nach einer Pause hinzu.

Francine wollte hinausgehen, um eine Mahlzeit zu bestellen, da ihre Herrin, wie sie meinte, großen Hunger haben müsse. Doch Fräulein von Verneuil widersprach.

„Zuerst ein Bad, ein Bad!"

Francine war nicht wenig überrascht, Fräulein von Verneuil die elegantesten Kleidungsstücke verlangen zu hören, die sie eingepackt hatte.

Nach dem Frühstück kleidete sich Marie mit der ganzen Sorgfalt und Genauigkeit an, die eine Frau dieser wichtigen Aufgabe widmet, wenn sie sich den Augen eines teuren Menschen auf einem Balle zeigen soll. Francine vermochte sich die spöttische Heiterkeit ihrer Herrin nicht zu erklären. Denn es war — eine Frau irrt sich in so etwas nicht — kein Liebesfrohlocken, es war verhaltene Bosheit, die nichts Gutes kündete.

Fräulein von Verneuil zog selbst die Falten des Vorhangs am Fenster zurecht, das einen weiten Rundblick gewährte, dann schob sie das Ruhebett ans Feuer, rückte es so, daß das Licht ihrem Gesichte günstig war, und trug Francine auf, sich Blumen zu verschaffen, damit das Zimmer ein festliches Aussehen gewänne.

Als Francine die Blumen gebracht hatte, ordnete Fräulein von Verneuil ihre malerische Verteilung im Zimmer an; und nachdem sie einen letzten, befriedigten Blick auf ihr Zimmer geworfen, sagte sie Francine, sie solle dem Kommandanten ihren Gefangenen abfordern.

Sie streckte sich behaglich auf dem Kanapee aus, ebensosehr, um sich endlich auszuruhen, wie um eine anmutig lässige Haltung einzunehmen, durch die manche Frauen so stark zu wirken vermögen. Ihr sanft schmachtender Ausdruck, die herausfordernde Lage ihrer Füße, deren Spitze ein wenig unter ihrem Gewand hervorkam, ihr ungezwungenes Daliegen, die geschwungene Nackenlinie, alles, bis zu der leichten Biegung ihrer schlanken Finger, die wie die Blütenglocken eines Jasminzweiges über ein Kissen herabhingen, verband sich mit ihrem Gesichtsausdruck zu unwiderstehlicher Verführung. Sie verbrannte wohlriechende Essenzen, um die Luft mit den Düften zu schwängern, die so gewaltig auf die Fibern des Mannes einwirken und gar oft die Triumphe vorbereiten, die eine Frau erlangen will, ohne sie zu fordern.

Ein paar Minuten später hallten durch den anstoßenden Salon die wuchtigen Tritte des alten Militärs.

„Nun, Herr Oberst, wo haben Sie meinen Gefangenen gelassen?"

„Ich habe soeben einem Pikett von zwölf Mann befohlen, ihn zu erschießen, weil man ihn mit der Waffe ergriffen hat."

„Wie, Sie verfügen über meinen Gefangenen!" rief Marie. „Hören Sie, Herr Kommandant, wenn ich recht in Ihrem Gesicht zu lesen verstehe, muß die Erschießung eines Mannes nach dem Kampfe nichts sehr Erhebendes für Sie sein. Also — überliefern Sie ihn mir! Gewähren Sie einen Aufschub für seine Hinrichtung, ich nehme die Folgen auf mich! Ich versichere Ihnen, daß er sehr wichtig für mich und die Ausführung unserer

Pläne ist. Im übrigen würde es ebenso sinnlos sein, ihn zu erschießen, wie einen Ballon mit einer Kugel zu durchlöchern, wenn eine Nadel genügt, ihn zu entleeren. Überlassen Sie um Gotteswillen die Grausamkeiten der Aristokratie. Republikaner müssen großmütig sein. Würden denn Sie nicht den Opfern Quiberons und so und so vielen anderen verziehen haben? Ach was, lassen Sie Ihre zwölf Mann eine Runde machen und speisen Sie mit meinem Gefangenen bei mir zu Mittag. Es ist nur noch eine Stunde lang hell, und" — schloß sie lächelnd — „wenn Sie sich lange besinnen, bringen Sie mich um die ganze Wirkung meiner Toilette!"

„Aber wie kann ich" ... sagte der überraschte Kommandant.

„Nun, was denn? Ach, ich verstehe Sie. Der Graf wird Ihnen ja aber nicht entkommen. Früher oder später fliegt der fette Falter schon in Ihr Feuer!" Und sie deutete lachend auf den neben ihr liegenden Karabiner. Der Kommandant zuckte leicht die Achseln, wie ein Mann, der notgedrungen gehorchen muß, weil eine schöne Frau es nun einmal so will. Eine halbe Stunde später kam er zurück, von dem Grafen von Bauvan gefolgt.

Fräulein von Verneuil ließ sie sehr dicht an sich herankommen, spielte die Überraschte und schien in Verlegenheit zu geraten, weil der Graf sie in so lässiger Haltung hatte daliegen sehen. Doch als sie in seinen Augen gelesen, daß sie die beabsichtigte Wirkung erzielt hatte, erhob sie sich und begrüßte ihre beiden Tischgäste mit vollendeter Anmut und Höflichkeit. Nichts Gewolltes, nichts Gezwungenes in ihren Bewegungen, ihrem Lächeln, ihrem Benehmen, ihre Stimme verriet, daß sie überlegt handelte und einen Zweck verfolgte. Alles war im Einklang miteinander, und kein allzu auffälliger Zug konnte den Eindruck wachrufen, daß sie die Manieren einer Gesellschaft nachahme, in der sie nicht gelebt hatte. Als der Royalist und der Republikaner sich gesetzt hatten, sah sie den Grafen mit strenger Miene an.

Der Edelmann kannte die Frauen zu gut, um nicht zu wissen, daß der Schimpf, den er dieser hier angetan, ihm ein Todesurteil eintragen werde. Trotz seiner Mutmaßung aber war er ebensowenig betrübt wie lustig. Er sah nur aus wie ein Mensch, der an so jähe Lösungen nicht gewöhnt ist. Außerdem schien es ihm lächerlich, angesichts einer hübschen jungen Frau Angst vor dem Tode zu haben, und ihre strenge Miene brachte ihn auf „Ideen".

„Wer weiß," sagte er bei sich, „ob nicht eine Grafenkrone, die ihr winkt, mehr Reiz für sie hat als eine verlorene Marquiskrone? Montauran ist dürr wie eine Latte, während ich" ... Er sah voll Selbstgefälligkeit an sich hinunter. „Nun, das mindeste, was mir geschehen kann, ist, daß ich meinen Kopf rette."

Doch seine diplomatischen Erwägungen waren recht überflüssig. Das Begehren, das er sich vornahm für Fräulein von Verneuil zu erheucheln, wurde bald zu einer tatsächlichen Leidenschaft, die das gefährliche Weib mit Fleiß anfachte.

„Graf," sagte sie, „Sie sind mein Gefangener, und ich allein habe das Recht, über Sie zu bestimmen. Ihre Hinrichtung wird nur mit meiner Einwilligung stattfinden, doch bin ich zu neugierig, um Sie im Augenblick erschießen zu lassen."

„Wenn ich mir nun aber fest vornehmen sollte, zu schweigen?“ erwiderte er scherzend.

„Das täten Sie vielleicht einer anständigen Frau gegenüber, aber gegen eine Dirne ...! Nein, Graf, unmöglich — das reden Sie mir nicht ein!“

Diese von bitterem Hohn erfüllten Worte wurden, wie Sully von der Herzogin von Beaufort sagt, aus so spitzigem Schnabel gepfiffen, daß der überraschte Edelmann sich daran genügen ließ, statt aller Antwort seine grausame Widersacherin anzublicken.

„Sehen Sie,“ fuhr sie mit spöttischer Miene fort, „um Sie nicht Lügen zu strafen, werde ich, wie diese Geschöpfe alle, ein „gutes Mädchen“ sein! Da haben Sie Ihren Karabiner.“

Und sie überreichte ihm mit ironischer Gebärde seine Waffe.

„Auf Edelmannswort, mein Fräulein, Sie handeln ...“

„Ach,“ unterbrach sie ihn, „von Ihren Edelmannsworten habe ich gerade genug! Auf solch ein Wort hin bin ich nach La Vivetière gegangen, nachdem Ihr Anführer mir geschworen hatte, daß ich und meine Leute dort in Sicherheit sein würden.“

„Welche Niedertracht!“ rief Hulot stirnrunzelnd.

„Daran ist der Graf schuld,“ antwortete Marie, indem sie einen Blick auf Bauvan warf. „Der Gars hatte sicherlich die beste Absicht, sein Wort zu halten, aber dieser Herr hat irgendeine Verleumdung über mich verbreitet, die alle andern, von einer gewissen Person über mich ausgestreuten, bestätigte . . .“

„Und doch, Fräulein,“ warf der Graf ganz verwirrt dazwischen, „würde ich, selbst wenn mein

Kopf unterm Beile läge, noch behaupten, die Wahrheit gesprochen zu haben ..."
„Als Sie was sagten?"
„Sie seien die ..."
„Sprechen Sie es nur aus: die Mätresse."
„Des Marquis von Navailles, eines meiner Freunde, gewesen," vollendete Bauvan den Satz.
„Nunmehr könnte ich Sie Ihrer Strafe überliefern," sagte sie kalt, und ohne sich im mindesten durch die nach bestem Gewissen vorgebrachte Anschuldigung berührt zu zeigen, so daß der Graf in das höchste Erstaunen über ihre wirkliche oder erheuchelte Gleichgültigkeit diesem Vorwurf gegenüber geriet.
„Aber," fuhr sie fort, „lassen Sie nur ruhig den traurigen Gedanken an Pulver und Blei fahren, denn Sie haben mich nicht mehr beleidigt als Ihren Freund, von dem Sie sagen, ich sei seine ... pfui doch! Sagen Sie, Graf, haben Sie denn nicht im Hause meines Vaters, des Herzogs von Verneuil, verkehrt? Wie?"
Da sie jedenfalls meinte, Hulots Mitwisserschaft sei überflüssig bei einer so wichtigen vertraulichen Mitteilung wie derjenigen, die sie zu machen hatte, winkte Fräulein von Verneuil den Grafen näher zu sich heran und flüsterte ihm ein paar Worte zu, worauf er einen unterdrückten Laut des Erstaunens hören ließ und Fräulein von Verneuil fassungslos anblickte. Diese machte nun die von ihr soeben wachgerufene Erinnerung noch lebendiger, indem sie sich in der unschuldigen, naiven Haltung eines Kindes an den Kamin lehnte.
„Gnädiges Fräulein," rief Herr von Bauvan, indem

er das Knie vor ihr beugte, „ich flehe Sie an, mir Unwürdigem zu verzeihen!“

„Ich habe nichts zu verzeihen,“ erwiderte sie. „Mit Ihrer gegenwärtigen Reue haben Sie ebensowenig recht, wie mit Ihrer beleidigenden Behauptung in La Vivetière. Doch das sind Dinge, die Ihr Begriffsvermögen übersteigen. Halten Sie nur das eine fest, Graf, daß die Tochter des Herzogs von Verneuil zuviel Seelengröße besitzt, um sich nicht lebhaft für Sie zu interessieren.“

„Sogar nach einer Beleidigung,“ meinte der Angeredete mit einer Art von Bedauern.

„Stehen gewisse Menschen nicht zu hoch, als daß Beleidigungen sie erreichen könnten? Zählen Sie mich immerhin zu ihnen, Graf.“

Als sie diese Worte aussprach, nahm Marie eine so edle, stolze Haltung ein, daß sie einen großen Eindruck auf den Gefangenen machte, während für Hulot ihr listiges Spiel noch unverständlicher wurde. Der Kommandant strich sich mit der Hand den Schnurrbart zurück und betrachtete Fräulein von Verneuil mit unruhiger Miene. Doch sie beschwichtigte ihn durch ein Zeichen, das ihm zu verstehen gab, sie verliere ihren Plan nicht aus dem Auge.

„Jetzt,“ sagte sie, nach der kurzen Pause, die ihren letzten Worten gefolgt war, „wollen wir plaudern. Francine, bring uns Licht.“

Mit großer Gewandtheit lenkte sie das Gespräch auf die Zeit, die innerhalb so weniger Jahre zum „alten Regime“ geworden war. Sie versetzte den Grafen durch die Lebhaftigkeit ihrer Betrachtungsweise und ihrer Bilder so völlig in jene Epoche zurück, gab ihm durch die liebenswürdige

Zuvorkommenheit, mit der sie ihm die Antworten in den Mund legte, so viele Gelegenheiten, geistreich zu scheinen, daß er fand, er sei noch nie in seinem Leben ein so angenehmer Gesellschafter gewesen. Und sobald diese Idee ihn verjüngt hatte, verlegte er sich darauf, auch seiner verführerischen Wirtin diese günstige Meinung von sich selbst beizubringen.

Die boshafte Pariserin ihrerseits spielte nun alle Kunstgriffe der Koketterie gegen ihn aus, was sie um so besser konnte, als sie innerlich völlig unbeteiligt war. So ließ sie ihn bald auf einen raschen Sieg hoffen, bald zeigte sie ihm, als ob sie selbst über ihr ungestüm aufkeimendes Gefühl erschrokken sei, eine Kälte, die ihn entzückte und die seine unversehens entstandene Leidenschaft unmerklich noch anfachte. Sie glich durchaus einem Fischer, der ab und zu die Angel sachte hebt, um nachzusehen, ob der Fisch angebissen hat. Der arme Graf, der bei diesem Gespräch all seine Erinnerungen brandschatzte, ließ sich durch die Art und Weise ködern, mit der seine Retterin ein paar leidlich gedrechselte Komplimente aufnahm; und es dauerte nicht lange, bis Emigranten, Republik, Bretagne und Chouans seinen Gedanken weit entschwunden waren. Hulot saß stumm, steif und unbeweglich da, wie Gott Terminus, denn sein Mangel an feiner Bildung machte ihn zu solch einer Unterhaltung völlig untauglich. Wohl ahnte ihm entfernt, daß die beiden Wortführenden sehr geistreich sein müßten; doch all seine Geistesanstrengung richtete sich einzig darauf, aufzupassen, ob sie auch nicht etwa in verblümten Wendungen gegen die Republik komplottierten.

„Montauran, gnädiges Fräulein,“ sagte der Graf, „ist von gutem Adel, er hat Lebensart, eine hübsche Larve — aber von Ritterlichkeit hat er keine Ahnung. Er ist eben zu jung, um Versailles gekannt zu haben. Seine Erziehung ist ganz verfehlt; statt seine Gegner anzuschwärzen, teilt er Messerstiche aus. Er kann wohl leidenschaftlich lieben, aber niemals wird er sich mit der wunderbaren Feinheit zu geben wissen, wie sie Lauzun, Adhémar, Coigny und viele andere auszeichnete; er versteht sich eben nicht auf die Kunst, den Frauen die allerliebsten Nichtigkeiten zu sagen, die ihnen nun einmal besser zusagen als alle leidenschaftlichen Beteuerungen, deren sie stets bald müde sein werden. In der Tat — obwohl er Glück bei Frauen hat, besitzt er doch weder Anmut noch adlige Ungezwungenheit!“

„Das habe ich wohl bemerkt,“ antwortete Marie.

„Ah!“ dachte der Graf, „ihr Tonfall und ihr Blick beweisen, daß ich bald den Punkt bei ihr erreicht haben werde. Und weiß Gott, um ihr zu gehören, will ich gern alles glauben, was sie mich glauben machen will.“

Unter solchen Betrachtungen bot er ihr den Arm und führte sie zu Tisch.

Fräulein von Verneuil spielte die Hausfrau mit solchem Anstand und Takt, wie nur lange Gewöhnung durch das Leben am Hofe sie verleihen.

„Gehen Sie jetzt,“ sagte sie leise zu Hulot, als sie die Tafel aufhoben, „Sie schüchtern ihn mir ein; wenn ich mit ihm allein bleibe, werde ich hingegen sehr bald alles wissen, was ich erfahren muß, denn er ist bei dem Punkte angelangt, wo ein Mann mir alles sagt, was er denkt, und nur noch durch meine Augen sieht."

„Und hernach?" fragte der Kommandant.

„Oh, er soll frei sein, frei wie ein Vogel."

„Er ist aber mit der Waffe in der Hand ergriffen worden."

„Nein doch," widersprach sie dem Kommandanten mit der scherzhaften Wortklauberei, die Frauen einem unumstößlichen Grunde so gern entgegensetzen, „ich hatte sie ihm ja schon abgenommen!"

„Graf," sagte sie, nachdem sie sich von Hulot verabschiedet hatte, „ich habe Ihnen soeben die Freiheit erwirkt. — Aber umsonst ist der Tod," lächelte sie und legte den Kopf auf die Seite, wie um ihn auszuforschen.

„Verlangen Sie von mir, was Sie wollen," rief er in seiner Trunkenheit, „ich lege Ihnen alles zu Füßen."

Und er näherte sich ihr, um ihre Hand zu ergreifen, indem er versuchte, seine Begierden als Dankbarkeit hinzustellen. Doch Marie war nicht die Frau, sich hierin täuschen zu lassen. So trat sie denn einige Schritte zurück, lächelte aber gleichwohl dem Grafen zu, um seine Hoffnungen aufrecht zu erhalten, und sprach:

„Wollen Sie mich mein Vertrauen bereuen lassen?"

„Die Vorstellungskraft eines jungen Mädchens arbeitet schneller als die einer Frau," erwiderte er lachend.

„Es hat auch mehr zu verlieren."

„Das ist wahr, man muß argwöhnisch sein, wenn man einen Schatz bei sich trägt."

„Lassen wir diese Redereien," versetzte sie, „und

sprechen wir ernsthaft. Sie geben einen Ball in Saint-James, wohin Sie, wie ich hörte, Ihre Lagerhäuser, Arsenale und den Sitz Ihrer Regierung verlegt haben. Wann ist der Ball?"

„Morgen abend."

„Sie werden sich nicht darüber wundern, Graf, daß eine verleumdete Frau mit aller weiblichen Hartnäckigkeit darauf besteht, eine öffentliche Genugtuung in Gegenwart derer zu erlangen, die Zeugen ihrer Beschimpfung waren. Ich werde also Ihren Ball besuchen und erbitte Ihren Schutz von dem Augenblick meines Erscheinens an bis zu meinem Weggehen. — Ich will nicht Ihr Wort," sagte sie, als sie sah, daß er die Hand beteuernd auf sein Herz legte. „Ich hasse Schwüre, denn sie sehen einer Vorsichtsmaßregel zu ähnlich. Sagen Sie mir nur, daß Sie sich verpflichten, meine Person vor jedem verbrecherischen oder schmählichen Angriff zu schützen. Versprechen Sie mir, Ihr Unrecht wieder gut zu machen, indem Sie erklären, daß ich wirklich Fräulein von Verneuil bin, und wir werden miteinander quitt sein. Nun — eine Frau zwei Stunden lang auf einem Balle zu beschirmen, das ist doch wohl kein zu teures Lösegeld? Freilich sind Sie auch keinen roten Heller mehr wert!"

Durch ein Lächeln nahm sie diesen Worten alles Beleidigende.

„Und was verlangen Sie für meinen Karabiner?" fragte der Graf lachend.

„Oh! Mehr als für Sie selbst!"

„Was denn?"

„Verschwiegenheit. Glauben Sie mir, Herr von Bauvan, nur eine Frau kann einer Frau auf die

Spur kommen. Und ich bin sicher, wenn Sie ein Wort sagen, kann es mich unterwegs das Leben kosten. Gestern haben mich ein paar Kugeln vor den Gefahren gewarnt, denen ich mich beim Spazierengehen aussetze. Oh — diese Frau ist ebenso tüchtig auf der Jagd, wie flink bei der Toilette! Nie hat ein Kammermädchen mich so hurtig ... Ach, sorgen Sie um Gotteswillen dafür," unterbrach sie sich selbst, „daß ich auf dem Ball nichts dergleichen zu fürchten brauche."

„Sie werden unter meinem Schutze stehn," erwiderte der Graf voller Stolz. „Kommen Sie aber Montaurans wegen nach Saint-James?" setzte er betrübt hinzu.

„Sie möchten mehr wissen, als ich selber weiß," meinte sie lachend. „Jetzt müssen Sie aber gehen," fuhr sie nach einer Pause fort. „Ich werde Sie selbst aus dem Sankt Leonhardstore hinauslassen, denn ich will Ihren Kopf niemand sonst anvertrauen — hier wird ja ein kannibalischer Krieg geführt."

„So haben Sie also ein wenig Interesse für mich?" rief der Graf. „Ach, Schönste, lassen Sie mich hoffen, daß Sie nicht unempfindlich für meine Freundschaft sind. Denn mit einem Freundschaftsgefühl muß ich mich ja wohl begnügen, nicht wahr?"

„Fort mit Ihnen, Sie Hellseher!" erwiderte sie mit der Heiterkeit, die die Frauen annehmen, wenn sie ein Geständnis machen wollen, das weder ihrer Würde noch ihrer Verschwiegenheit Eintrag tut. Dann nahm sie einen Pelz um und begleitete den Grafen bis zum Nid-aux-crocs, nachdem sie dem Wachtposten anbefohlen, ihn ungehindert durchzulassen.

Am Ende des Fußweges angelangt, legte sie den Finger an die Lippen und sagte:

„Seien Sie also verschwiegen, Graf, selbst dem Marquis gegenüber!“

Herr von Bauvan, den Maries gütiger Gesichtsausdruck kühn machte, ergriff ihre Hand, was sie wie eine große Gunst geschehen ließ, küßte sie und antwortete:

„Mein Fräulein, rechnen Sie im Leben und im Tode auf mich! Aber wenn ich Ihnen auch fast die gleiche Dankbarkeit schulde wie meiner Mutter, wird es mir doch sehr schwer fallen, nichts als Ehrerbietung für Sie zu empfinden ...“

Damit enteilte er.

Nachdem sie ihm bis zu den Felsen von Saint-Sulpice mit den Augen gefolgt war, nickte sie befriedigt und sprach leise vor sich hin:

„Der dicke Geselle hat mir mehr als sein Leben in die Hand gegeben! Mit geringer Mühe würde ich ihn zu meinem Geschöpfe machen! Das ist also der ganze Unterschied zwischen zwei Menschen — Schöpfer oder Geschöpf sein!“

Sie sprach ihren Gedanken nicht bis zum Ende aus, sondern warf nur einen verzweifelten Blick zum Himmel empor und schritt dann langsam zum Leonhardstore zurück, wo Hulot und Corentin auf sie warteten.

„Noch zwei Tage,“ rief sie ihnen zu, „und ...“

Da sie sah, daß sie nicht allein seien, unterbrach sie sich. Dann flüsterte sie Hulot zu:

„Und er wird unter Ihren Schüssen fallen!“

Ihre Haltung und Miene drückten nicht die geringste Gewissenspein aus; denn das ist das Merkwürdige an den Frauen, daß sie über ihre verwerflichsten Handlungen nicht nachdenken, sondern sich nur von ihrem Gefühl fortreißen lassen. So liegt selbst in der Heuchelei bei ihnen etwas Natürliches, und nur sie können Verbrechen begehen, ohne dabei gemein zu werden. In den meisten Fällen wissen sie gar nicht, „wie es zugegangen ist".

Der Kommandant trat einen Schritt zurück und faßte sie mit schwer wiederzugebender, echt soldatenhafter Spottsucht ins Auge.

„Ich gehe", fuhr sie fort, „nach Saint-James zum Balle der Chouans und..."

„Aber," wurde sie sogleich durch Corentin unterbrochen, „das ist ja fünf Meilen von hier — soll ich Sie da nicht begleiten?"

„Sie beschäftigen sich recht viel mit einer Sache, bei der ich nie — an Sie denke," war ihre Antwort.

Die Verachtung, die sie Corentin gegenüber an den Tag legte, gefiel Hulot ungemein, so daß er beifällig nickte, als er sie in der Richtung nach Saint-Léonard verschwinden sah. Corentin folgte ihr ebenfalls mit den Augen, wobei sich auf seinen Zügen unwillkürlich der Ausdruck der schlimmen Überlegenheit malte, die er auf das reizende Geschöpf ausüben zu können vermeinte, indem er den Leidenschaften, die sie ihm früher oder später ausliefern würden, den Weg wies.

Als Fräulein von Verneuil zu Hause angelangt war, beeilte sie sich, über ihren Ballputz zu Rate zu gehen. Francine, gewohnt, ihrer Herrin zu gehorchen, ohne je ihre Absichten zu begreifen, holte die Schachteln herbei und schlug ein griechisches Gewand vor, denn damals huldigte alles der griechischen Mode. Das Kleid, für das beide sich entschieden, konnte bequem in einer leichten Pappschachtel mitgenommen werden.

„Francine, ich werde weit über Land laufen. Überlege dir, ob du mitkommen oder hierbleiben willst, liebes Kind."

„Hierbleiben?" rief Francine aus. „Wer sollte Sie denn dann ankleiden?"

„Gut. Wo hast du den Handschuh, den ich dir heute früh gab?"

„Hier ist er."

„Näh ein grünes Band daran und nimm vor allem Geld mit."

Doch als sie sah, daß Francine neugeprägte Münzen einstecken wollte, rief sie:

„Weiter haben wir wahrhaftig nichts nötig, wenn wir uns umbringen lassen wollen! Sag Jeremias, daß er Corentin weckt. Doch nein, dann würde er uns folgen! Schicke zum Kommandanten und laß ihn für mich um Sechsfrankentaler bitten."

Mit dem weiblichen Scharfsinn, der auch die kleinsten Einzelheiten nicht übersieht, dachte sie an alles; und während Francine sich mit den Vorbereitungen zu diesem unbegreiflichen Aufbruch beschäftigte, versuchte sie, den Schrei des Käuzchens hervorzubringen, und es gelang ihr schließlich auch, Marche-à-terres Signal täuschend nachzuahmen.

Um Mitternacht verließ sie die Stadt durch das Leonhardstor, schlug den kleinen Fußpfad zum Nid-aux-crocs ein und wagte sich, von Francine begleitet, durch das Gibarrytal. Sie ging mit festen Schritten, denn in ihr lebte der starke Wille, der Gang und Körper den Stempel der Kraft aufdrückt. Wenn es im allgemeinen eine schwierige

Sache für eine Frau ist, beim Nachhauseweg vom Ball eine Erkältung zu vermeiden — sobald sie eine Leidenschaft im Herzen trägt, wird ihr Körper wie Stahl. Ein beherzter Mann würde sich ein solches Unterfangen gründlich überlegt haben; kaum aber war in Fräulein von Verneuil nur die Möglichkeit dazu aufgetaucht, als seine Gefahren in ihren Augen zu ebenso vielen Lockungen wurden.

„Sie sind fortgegangen, ohne sich Gott zu befehlen," sagte Francine und drehte sich nach dem Kirchturm von Saint-Léonard um.

Die gottesfürchtige Bretonin blieb stehen, faltete die Hände und sprach ein Ave zur heiligen Anna von Auray, um einen glücklichen Ausgang der Reise von ihr zu erflehen. Marie betrachtete währenddes nachdenklich die kindlich fromme Haltung ihres Kammermädchens und die phantastischen Wirkungen des dunstigen Mondlichts, das den scharf hineinragenden Formen der Kirche etwas von der Feinheit einer Filigranarbeit verlieh.

✩

EINUNDZWANZIGSTES KAPITEL

BALD WAREN DIE BEIDEN FRAUEN BEI DER Hütte Galope-chopines angelangt. So leise auch ihre Tritte waren, weckten sie doch einen der großen Hunde, dessen treuer Wachsamkeit die Bretonen den Schutz ihrer nur durch einen leichten Holzriegel verschlossenen Haustür anvertrauen. Er lief auf die beiden Fremden zu, und sein Gebell wurde so bedrohlich, daß sie sich genötigt sahen, ein paar Schritte zurückzuweichen und um Hilfe zu rufen. Gleich darauf hörten sie die rostigen Angeln der Türe knarren, und der aus dem Schlaf aufgeschreckte Galope-chopine zeigte sein finsteres Gesicht. Fräulein von Verneuil wies ihm den Handschuh des Marquis von Montauran.

„Ich muß mich eiligst nach Saint-James begeben," erklärte sie dem Chouan. „Der Herr Graf von Bauvan hat mir gesagt, du würdest mich hinführen und mich beschützen. Also verschaffe uns zwei Esel, mein lieber Galope-chopine, und rüste dich schnell, uns zu begleiten, unsere Zeit ist sehr kostbar. Denn wenn wir nicht vor morgen abend nach Saint-James gelangen, bekommen wir weder den Gars noch den Ball zu Gesicht."

Ganz verdutzt griff Galope-chopine nach dem Handschuh, drehte und wendete ihn nach allen Seiten und entzündete dann eine honigkuchenfarbene Harzkerze von der Dicke eines kleinen Fingers. Nachdem er das grüne Band erblickt, Fräulein von Verneuil betrachtet, sich hinter den Ohren gekratzt und einen Krug Obstwein getrunken hatte, von dem er auch der schönen Dame anbot, ließ er sie auf der Bank aus poliertem Kastanienholz vor dem Tisch sitzen und ging, zwei Esel herbeizuholen.

Das bläuliche Licht, das die Kerze verbreitete, war nicht stark genug, um die unregelmäßig einfallenden Mondstrahlen zu verdrängen, die dunkelleuchtende Flecken auf den Estrich und die Möbel der rauchgeschwärzten Hütte warfen. Der kleine Junge hatte erstaunt seinen hübschen Kopf in die Höhe gestreckt, und über seinem dichten Haarschopfe zeigten durch die durchlöcherte Stallwand zwei Kühe ihre rosigen Mäuler und großen, glänzenden Augen. Der Hofhund, der nicht den dümm-

sten Kopf unter den Hausinsassen hatte, schien die beiden Fremden mit der gleichen Neugier zu betrachten wie das Kind. Ein Maler würde lange bei den nächtlichen Lichtwirkungen dieses Bildes verweilt haben; doch Fräulein von Verneuil war recht wenig daran gelegen, ein Gespräch mit Barbette anzufangen, die sich wie ein Gespenst von ihrem Lager aufgerichtet hatte und große Augen zu machen begann, als sie sie wiedererkannte. So ging sie hinaus, um der verpesteten Luft dieses Wohnstalles und den Fragen zu entfliehen, die die Bécanière sich ersichtlich anschickte, ihr zu stellen. Behende erstieg Marie die zum Felsen führende Treppe, die der Hütte Galope-chopines als Windschutz diente, und bewunderte, oben angelangt, die großartigen Einzelheiten der Landschaft, die mit jedem Schritte, den sie vorwärts oder zurück tat, neue abwechslungsreiche Bilder bot, nach den Gipfeln zu sowohl wie in der Tiefe der Täler. Das Mondlicht hüllte gerade wie ein leuchtender Nebel das Couësnontal ein, und eine Frau, die eine verschmähte Liebe im Herzen trug, mußte ganz besonders empfänglich sein für die Schwermut, die dieses sanfte Licht in der Seele wachruft, für die phantastischen Bildungen, die es aus den Felsmassen erweckt, die Färbungen, die es im Wasser hervorruft, dessen Bewegung so gut zu den Ausstrahlungen unserer geheimen Schmerzen stimmt.
Da wurde das Schweigen von dem Geschrei der zwei Esel durchschnitten. Rasch stieg Fräulein von Verneuil wieder zur Hütte des Chouans hinab, und sie brachen auf.
Galope-chopine hatte sich mit einer doppelläufigen Jagdflinte bewaffnet und in ein langes Kitzfell

gehüllt, das ihm das Aussehen Robinson Crusoes gab. Sein mit Finnen übersätes, runzliges Gesicht war kaum zu sehen unter dem riesigen Hute, den die Bauern noch als ein Überbleibsel aus vergangenen Tagen beibehalten, stolz darauf, daß sie sich während ihrer Leibeigenschaft diesen alten herrschaftlichen Kopfputz erobert haben. Die nächtliche Karawane, unter dem Schutze ihres Führers, dessen Anzug, Haltung und Gestalt etwas Patriarchalisches hatte, ähnelte jener Flucht nach Ägypten, die wir dem düsteren Pinsel Rembrandts verdanken.

Galope-chopine vermied sorgfältig die Heerstraße und geleitete die beiden Frauen durch den weitgedehnten Irrgarten der Richtwege seiner Heimat. Nun erst begann Fräulein von Verneuil den Chouankrieg zu begreifen.

Als sie auf diesen sich schlängelnden Pfaden dahinwanderte, erkannte sie erst die wirkliche Beschaffenheit des Geländes, das ihr, von einem hohen Punkte aus betrachtet, so reizend vorgekommen war; denn es war unmöglich, sich ein Bild von dieser Unmenge von Feldern zu machen, ohne sie zu durchstreifen. Rings um jedes Ackerstück haben die Bauern seit undenklichen Zeiten einen sechs Fuß hohen prismatischen Erdwall aufgeworfen, auf dem Kastanienbäume, Eichen oder Buchen wachsen. Diese bepflanzten Wälle nennen sie „Hekken“, und da die langen Äste der sie krönenden Bäume fast überall bis auf die Erde herabhängen, bilden sie einen riesigen Laubengang. Die düsteren Wege, die von diesen lehmigen Erdwällen eingeschlossen werden, ähneln Festungsgräben, und wo der Granit, der in diesen Landstrichen fast überall zutage tritt, nicht eine Art holprigen Pflasters bildet, werden sie so unbefahrbar, daß selbst das kleinste Fuhrwerk nur mit Hilfe von zwei Paar Ochsen oder zwei kleinen, doch kräftigen Pferden darauf vorwärtskommen kann. Zudem sind sie gewöhnlich so morastig, daß die tägliche Notwendigkeit sich auf den Feldern längs der Hecken einen Fußweg geschaffen hat, den man dortzulande „*rote*“ nennt, und der an jedem Ackerstück entlangführt. Um von einem Feld zum andern zu gelangen, muß man daher die Hecke mittels einiger Stufen erklimmen, die infolge des Regens oft recht schlüpfrig sind.

Die Reisenden hatten noch manch andere Hindernisse auf diesen Schlangenwegen zu überwinden. So die „*échaliers*“, womit jedes Ackerstück an seinem etwa zehn Fuß breiten Eingang verrammelt ist. So ein Echalier ist ein Baumstamm oder kräftiger Ast, dessen eines Ende mehrmals durchbohrt ist und in einem unförmigen Holzklotze steckt, der als Zapfen dient. Der Echalier ragt ein wenig über seinen Zapfen hinaus, so daß er eine genügende Last tragen kann, um ein Gegengewicht zu bilden.

Selbst ein Kind kann diesen seltsamen Feldverschluß handhaben, dessen anderes Ende in einem an der inneren Seite der Hecke angebrachten Loche ruht. Zuweilen sparen die Bauern auch den als Gegengewicht dienenden Stein, indem sie das dicke Ende des Astes oder Stammes vorstehen lassen. Dieser Verschluß ändert die Form je nach dem Erfindungsgeist des Feldeigentümers. Oft besteht der Echalier nur aus einem einzigen Aste, dessen beide Enden durch eine Erdlast in der lehmigen

Hecke festgehalten werden. Oft sieht er auch aus, wie eine viereckige Tür aus mehreren dünnen Zweigen, ähnlich einer Leiter, die in regelmäßigen Zwischenräumen mit Sprossen versehen ist. In diesem Falle läßt er sich seitwärts drehen und rollt auf der andern Seite über ein kleines massives Rad.
Diese Hecken und Echaliers verleihen der Bodenfläche das Aussehen eines riesigen Schachbretts, darauf jeder Acker ein von den andern völlig getrenntes Feld darstellt, das wie eine Festung abgeschlossen und von Wällen geschützt ist und dessen leicht zu verteidigendes Tor den Angreifern die größten Schwierigkeiten entgegensetzt.
Die bretonischen Bauern glauben allen Ernstes ihre Brachfelder zu düngen, indem sie das Aufschießen riesiger Ginsterbüsche begünstigen, die in jenen Gegenden so gut gepflegt werden, daß sie bald Manneshöhe erreichen. Dieser Anschauung, die ganz solcher Leute würdig ist, welche ihre Dunghaufen an der höchstgelegenen Stelle ihrer Höfe errichten, ist es zu verdanken, daß auf etwa einem Felde unter vieren sich wahre Ginsterwälder erheben, die zu unzähligen Hinterhalten Gelegenheit bieten. Im übrigen gibt es dort vielleicht nicht ein einziges Feld, auf dem nicht wenigstens ein paar Apfelbäume stehen, die ihre niedrigen Zweige herabhängen lassen und somit alles Wachstum auf dem Boden ersticken, den sie bedecken; und wenn man dann noch die geringe Größe der einzelnen Äcker in Betracht zieht, deren Hecken riesige Bäume mit gierigen Wurzeln tragen, die den vierten Teil der Felder aussaugen, gewinnt man eine Vorstellung von der Kultur und dem Aussehen des Landstrichs, den Fräulein von Verneuil durcheilte.

Ob der Wunsch, Grenzstreitigkeiten zu umgehen, oder nur die Trägheit der Eigentümer, die das Vieh gern ohne Hüter einpferchen, diese fürchterlichen Hürden geschaffen hat, weiß man nicht; doch die Hindernisse, die sie in ununterbrochener Folge bieten, machen das Land uneinnehmbar, einen Massenkrieg unmöglich. Und hieraus wird ersichtlich, daß der Kampf zwischen regulären Truppen und Parteigängern sich unabsehbar hinziehen mußte, denn fünfhundert Mann konnten hier mit Erfolg den Armeen eines Reiches Widerstand leisten. Hierin lag das ganze Geheimnis des Chouankrieges.

Jetzt erst begriff Fräulein von Verneuil die Notwendigkeit, vor die sich die Republik gestellt sah, den Aufruhr lieber durch polizeiliche und diplomatische Mittel zu unterdrücken, als durch unnützen Aufwand militärischer Kräfte. Was sollte man denn auch gegen Leute ausrichten, die gewitzt genug waren, auf die Einnahme fester Städte zu verzichten und sich dafür lieber des offenen Geländes zu bemächtigen, dessen Befestigungen unzerstörbar sind? Wie sollte man nicht unterhandeln, wenn die ganze Kraft dieser verblendeten Landbevölkerung in einem tüchtigen, unternehmenden Anführer gesammelt war? Marie mußte den Geist des Ministers bewundern, der von seinem Arbeitszimmer aus das Geheimnis, zum Frieden zu gelangen, erkannt hatte. Ja, sie glaubte die Beweggründe solcher Menschen zu durchschauen, die geistesgewaltig genug sind, ein ganzes Reich mit einem einzigen Blicke zu umfassen, und deren Handlungen, in den Augen der Menge oft verbrecherisch erscheinend, nichts sind als das Spiel eines ungeheuren Gedankens. Diese machtvollen Seelen stehen irgendwie zwischen Schicksal und Verhängnis, sie haben irgend ein Vorwissen, das sie plötzlich emporhebt; dann sieht sie die Menge, nachdem sie sie einen Augenblick lang in ihrer Mitte gesucht, wenn sie die Augen erhebt, weit über sich schweben.

Solche Gedanken schienen die von Fräulein von Verneuil gehegten Rachegefühle zu rechtfertigen, ja zu adeln. Und zudem trug diese geistige Arbeit im Verein mit ihren Hoffnungen dazu bei, ihr die Anstrengungen der Reise erträglich zu machen.

Am Ende jedes Feldstücks mußte Galope-chopine die beiden Frauen absitzen lassen und ihnen beim Überklettern der schwierigen Grenzübergänge behilflich sein. Als die Fußwege aufhörten, waren sie gezwungen, wieder ihre Tiere zu besteigen und sich auf die morastige Fahrstraße zu wagen, deren Zustand das Nahen des Winters verkündete; denn die großen Bäume, welche Laubgänge bildeten, begünstigten im Verein mit den Hecken eine Feuchtigkeit, die den Reisenden oft mit eisigem Hauche entgegenschlug.

Nach unsäglicher Anstrengung erreichten sie bei Sonnenaufgang den Wald von Marigny. Nun, auf dem breiten Waldwege, wurde die Wanderung weniger beschwerlich. Der von den Ästen gewölbte Laubgang, durch den die ersten Strahlen der aufgehenden Sonne fielen, und der dichte Baumwuchs schützten sie vor den Unbilden der Witterung, und die Schwierigkeiten, die sie zuerst zu überwinden gehabt, zeigten sich nicht mehr.

Kaum hatten sie etwa eine Meile im Walde zurückgelegt, als sie von weitem undeutliches Stimmengemurmel und den Ton eines Glöckchens vernahmen, dessen silberner Klang nichts von der Eintönigkeit des Geläutes weidender Herden hatte. Galope-chopine lauschte beim Weiterschreiten dieser Melodie sehr aufmerksam. Bald trug ihm ein Windstoß ein paar psalmodierte Worte zu, die ihm großen Eindruck zu machen schienen; denn er führte daraufhin die müden Reittiere in einen Seitenpfad, der die Reisenden von dem Wege nach Saint-James abbringen mußte, und hatte taube Ohren für die Vorstellungen Maries, die sich über das Einschlagen dieser anderen Richtung sehr beunruhigte.

Zur Rechten und Linken türmten sich ungeheure Granitblöcke zu seltsamen Gebilden aufeinander, und über sie hin zogen sich riesige Baumwurzeln schlangenähnlich hin, um weither nährende Säfte für ein paar hundertjährige Buchen herbeizuholen. Die beiden Seiten der Straße glichen einer unterirdischen Tropfsteinhöhle. Riesige Steinmassen, auf denen das dunkle Grün der Stechpalme und des Farnkrauts sich mit dem hellen, weißlichen des Waldmooses vermischte, verbargen jähe Abhänge und die Eingänge zu tiefen Höhlen.

Als die drei Wanderer ein paar Schritte in einen engen Seitenweg getan hatten, bot sich Fräulein von Verneuil plötzlich das überraschendste Schauspiel. Ein halbkreisförmiges Becken aus Granitblöcken bildete ein Amphitheater, auf dessen unförmigen Stufen schlanke, düstere Tannen und hohe Kastanienbäume mit herbstgelben Blättern sich übereinander stuften und so den Anblick eines weiten Zirkus boten, über den die schon winterliche Sonne eher düstere Farben auszugießen als Licht zu verbreiten schien, und den der Herbst allerorten mit dem falben Teppich seines dürren Laubes bedeckt hatte.

Im Mittelpunkt dieses Saales, dessen Baumeister die Sintflut gewesen zu sein schien, erhoben sich drei mächtige Druidensteine zu einem hohen Altar, von dem ein altes Kirchenbanner herabwehte. Etwa hundert barhäuptige Männer lagen auf den Knien in diesem Felsenkessel und beteten inbrünstig, während ein Priester, von zwei andern Geistlichen unterstützt, die Messe las. Die Ärmlichkeit der kirchlichen Gewänder, die schwache Stimme des Priesters, die wie ein gedämpftes Gemurmel im Raum verhallte, die gläubig betenden, von ein und demselben Gefühl beseelten Männer vor dem schmucklosen Altar, das einfache Kruzifix, die ländlichwilde Form dieses Tempels, Ort und Stunde — das alles verlieh dem Vorgang den Charakter der Ursprünglichkeit, der den ersten Zeiten des Christentums eigen war.

Von Bewunderung ergriffen, blieb Fräulein von Verneuil stehen. Noch nie hatte sie etwas Ähnliches gesehen oder sich vorgestellt, wie diese Waldmesse, diesen durch Verfolgungen auf seine ursprüngliche Form zurückgedrängten Gottesdienst, der die Poesie längstvergangener Zeiten kühn in eine eigenartige, phantastische Landschaft verpflanzte, die bewaffneten Chouans, die für den Augenblick ihre Mordwerkzeuge abgelegt hatten, diese grausamen, jetzt in Gebet versunkenen Männer, die doch dabei wie Kinder waren. Wohl entsann sie sich, in ihrer Kindheit den Prunk der römischen Kirche, der so stark auf die Sinne wirkt, bewundert zu haben; doch Gott allein, das Kruzifix auf dem Altar, der auf nackter Erde steht, kannte sie noch nicht. Anstelle des gemeißelten Blattwerks der gotischen Spitzbogen herbstliche Bäume, die den Dom des Himmels trugen; anstelle der tausend durch Glasfenster einfallenden Farben die spärlichen, rötlichen Strahlen und dunklen Reflexe, die die Sonne auf Priester und Gemeinde warf. Hier waren die Menschen nur lebendige Wirklichkeit, nicht ein System, hier war nur Inbrunst, keine Religion.

Doch bald brachen die menschlichen Leidenschaften, deren augenblickliche Verdrängung diesem Bilde seine Geschlossenheit verliehen hatte, aus dieser geheimnisvollen Szene hervor und belebten sie machtvoll.

Bei der Ankunft der drei Wanderer wurde gerade das Evangelium zu Ende gelesen. Und nun erkannte Marie nicht ohne Schrecken den Abbé Gudin, dessen Blicken sie sich hastig entzog, indem sie sich durch einen riesigen Felsblock deckte, hinter den sie auch Francine zog, während sie vergebens versuchte, auch Galope-chopine von der Stelle wegzubringen, die er sich erwählt hatte, um der Segnungen des Gottesdienstes teilhaftig zu werden. Doch hoffte sie, der sie bedrohenden Gefahr entgehen zu können, als sie gewahrte, daß sie sich infolge der Beschaffenheit ihres Standortes schneller als die übrigen Anwesenden würde zurückziehen können. Durch einen breiten Felsspalt hindurch sah sie den Abbé Gudin auf einen herabgestürzten Granitblock steigen, den er als Kanzel benutzte. Gleich darauf begann er seine Predigt mit den Worten: „*In nomine Patris et Filii et Spiritus*

Sancti," bei denen sämtliche Anwesenden das Kreuzeszeichen machten.

„Meine lieben Brüder," fuhr er fort, „beten wir zunächst für die Hingeschiedenen: Jean Cochegrue, Nicolas Laferté, Joseph Brouet, François Parquoi, Sulpice Coupiau, alle aus dieser Gemeinde und den Wunden erlegen, die sie im Gefecht auf der Pèlerine und bei der Belagerung von Fougères davongetragen. *De profundis* ..."

Der Psalm wurde dem Gebrauche gemäß abwechselnd von Zuhörern und Geistlichen hergesagt, die ihre Verse mit solcher Inbrunst sprachen, daß sich auf einen guten Erfolg der Andacht schließen ließ.

Als die Totenfürbitte vorüber war, fuhr der Abbé Gudin mit immer heftiger werdender Stimme in seiner Predigt fort, denn als ehemaliger Jesuit wußte er sehr gut, daß das Feuer des Vortrags das beste Argument war, seine rohen Zuhörer zu überzeugen.

„Diese Verteidiger Gottes, liebe Brüder in Christo," rief er, „haben euch das Beispiel der Pflichterfüllung gegeben. Schämt ihr euch nicht dessen, was man im Paradiese von euch sagen wird? Wären nicht diese Seligen, die von allen Heiligen mit offenen Armen empfangen worden sein müssen, unser Herr Christus könnte glauben, euer Kirchspiel werde von lauter Heiden bewohnt! ... Wißt ihr auch wohl, was man in der Bretagne und beim König von euch sagt? Wie! heißt es, die Blauen haben die Altäre gestürzt, die Rektoren getötet, sie haben König und Königin ermordet, sie wollen alle Pfarrkinder in der Bretagne zu Blauen machen und sie außerhalb ihrer Kirchspiele, in weit entlegenen

Ländern kämpfen lassen, und die Gars von Marignay, denen man ihre Kirche angezündet hat, rühren sich nicht? Oh! diese Teufelsrepublik hat die Güter Gottes und der Edelleute meistbietend verschachert, um den Gewinn unter ihre Blauen zu verteilen, und jetzt hat sie, um sich mit Geld vollzusaugen, wie sie sich mit Blut vollgesaugt hat, die Verordnung erlassen, von den Sechsfrankentalern drei Livres zu erheben und von sechs Männern drei einzuziehen — und die Gars von Marignay haben nicht zu den Waffen gegriffen, um die Blauen aus der Bretagne zu verjagen? Ach! das Paradies wird ihnen verschlossen bleiben, nie werden sie die ewige Seligkeit erlangen! Es handelt sich also um euer Seelenheil, Christen! Eure Seele sollt ihr retten, indem ihr für die Religion und den König streitet! Die heilige Anna von Auray in eigener Person ist mir vorgestern um halb drei Uhr erschienen. Wie ich jetzt zu euch rede, hat sie mit mir gesprochen. — „Du bist ein Priester aus Marignay?“ fragte sie. — „Zu dienen, Madame.“ — „Nun, ich bin die heilige Anna von Auray, auf gut bretonisch, die Tante Gottes. Ich bin zwar immer in Auray, jetzt aber auch noch hierher gekommen, damit du den Gars von Marignay sagest, daß sie kein Seelenheil erhoffen dürfen, wenn sie nicht zu den Waffen greifen. Daher sollst du ihnen auch keine Sündenvergebung gewähren, wenn sie sich nicht in den Dienst Gottes stellen. Du sollst ihre Gewehre segnen, und die Gars, die ohne Sünde in den Kampf ziehen, werden nie einen Blauen verfehlen, weil ihre Gewehre geweiht sind.“ Dann verschwand sie wieder und ließ unter der Eiche am Kreuzweg einen Weihrauchduft zurück. Ich habe die Stelle bezeichnet, und der Herr Rektor von Saint-James hat ein schönes Muttergottesbild aus Holz dort aufgestellt, das bereits ein Wunder getan hat; die Mutter des Pierre Leroi, genannt Marche-à-terre, die des Abends hinging, um zu beten, ist um der guten Werke ihres Sohnes willen von ihren Schmerzen geheilt worden. Da steht sie in eurer Mitte, und ihr könnt sie mit eigenen Augen ohne Hilfe gehen sehen. Dieses Wunder ist wie die Auferstehung des seligen Marie Lambrequin geschehen, um euch zu beweisen, daß Gott sich stets der Sache der Bretonen annehmen wird, wenn sie für seine Diener und den König ins Feld ziehen. Wenn ihr, lieben Brüder, also eure Seele retten und euch als Verteidiger Gottes unsres Herrn zeigen wollt, müßt ihr in allen Stücken dem gehorchen, den der König euch gesandt hat, und den wir als den Gars kennen. Dann werdet ihr nicht mehr sein wie die Heiden, sondern euch mit allen andern Gars aus der ganzen Bretagne unter dem Banner Gottes zusammenfinden. Ihr könnt den Blauen alles Geld, das sie gestohlen haben, aus den Taschen nehmen; denn zur Entschädigung dafür, daß eure Felder nicht bestellt werden, solange ihr Krieg führt, überlassen Gott und der König euch das Gut eurer Feinde. Wollt ihr, Christen, daß es heiße, die Gars von Marignay ständen hinter denen aus Saint-Georges, aus Vitré, aus Antrain zurück, die alle im Dienste Gottes und des Königs stehen? Wollt ihr ihnen alles allein überlassen? Wollt ihr, wie die Ketzer, mit gekreuzten Armen stehen bleiben, wenn so viele andere Bretonen ihr Seelenheil suchen und den König retten? Verlasset alles um meinetwillen!

sagt die Schrift. Haben wir Priester nicht schon den Zehnten fahren lassen? Verlasset ihr darum alles, um in den heiligen Krieg zu ziehen! Ihr werdet sein wie die Makkabäer — alles wird euch vergeben werden! In eurer Mitte werdet ihr die Rektoren und ihre Helfer finden, und so werdet ihr siegen! — Und wisset, lieben Brüder in Christo," beschloß er seine Predigt, „daß wir nur heute die Macht haben, eure Waffen zu segnen. Gegen die, welche sich dieser Gnade entziehen, wird die heilige Jungfrau sich nicht wieder also barmherzig zeigen, und sie würde sie nicht wieder erhören, wie sie es im vorigen Kriege getan!"

Diese durch die Macht einer kräftig hallenden Stimme unterstützte Predigt brachte trotz der mannigfachen Gebärden, von denen sie begleitet war und die den Redner ganz in Schweiß versetzten, anscheinend eine nur geringe Wirkung hervor. Die Bauern glichen sämtlich Bildsäulen, wie sie so reglos dastanden, die Augen auf den Geistlichen gerichtet. Doch bald erkannte Fräulein von Verneuil, daß diese von allen eingenommene Haltung der Erfolg eines Zaubers war, mit dem der Abbé die Masse umsponnen hatte. Er hatte, nach der Art großer Schauspieler, sein Publikum wie einen einzelnen Menschen behandelt, er hatte sich an den Vorteil, die Leidenschaften aller gewandt, hatte im voraus für alle Ausschreitungen Vergebung gewährt. Seine lügnerische Rede hatte die einzigen Bande gelöst, die diese rohen Menschen zur Wahrung der sittlichen Gebote anhielten. Er hatte sein geistliches Amt politischen Zwecken dienstbar gemacht; in diesen Zeiten des Aufruhrs schmiedete eben ein jeder aus allem, was er besaß, eine Waffe zum Vorteil seiner Partei, und das friedliche Kreuz der Gotteshäuser wurde ebenso zu einem Werkzeug des Krieges wie die nährende Pflugschar.

Da sie kein Auge fand, mit dem sie sich hätte verständigen können, wandte sich Fräulein von Verneuil nach Francine um. Doch sie war nicht wenig überrascht, diese die allgemeine Begeisterung teilen und eifrig an dem Rosenkranze Galope-chopines beten zu sehen, den er ihr jedenfalls während der Predigt überlassen hatte.

„Francine!“ sagte sie leise zu ihr, „du hast also Angst, eine Heidin zu sein?“

„Oh, Fräulein,“ erwiderte die Bretonin, „sehen Sie doch nur dort Pierres Mutter, die auf einmal gehen kann...“

Francines Haltung brachte eine so vollkommene Überzeugung zum Ausdruck, daß Fräulein von Verneuil auf einmal das Geheimnis dieser Predigt, den Einfluß der Geistlichkeit auf dem Lande und die wunderbare Wirkung des Vorgangs begriff, der jetzt begann, sich unter ihren Augen abzuspielen.

Nacheinander traten die dem Altare zunächststehenden Bauern vor und knieten nieder, während sie ihre Gewehre dem Prediger überreichten, der sie auf den Altar legte. Auch Galope-chopine beeilte sich, seine Waffe hinzureichen. Die drei Priester stimmten unterdes das *Veni Creator* an, und der Messner hüllte die Mordwerkzeuge in eine Wolke bläulichen Dunstes ein, indem er mit dem Weihrauchkessel Figuren beschrieb, die sich ineinanderzuschlingen schienen. Als der Wind die Weihrauchwolke endlich vertrieben hatte, wurden die

Gewehre der Reihe nach wieder ausgeteilt. Ein jeder nahm das seine kniend in Empfang, und die Geistlichen sagten bei der Übergabe ein lateinisches Gebet her. Als die Männer bewaffnet an ihre Plätze zurückkehrten, kam die dumpfe, inbrünstige Begeisterung der Gemeinde in furchtbarer, doch zugleich rührender Weise zum Ausbruch.

„Domine, salvum fac regem!“ ... hatte der Abbé in mächtigen Tönen angestimmt, und zweimal wiederholten die Anwesenden das Gebet in heftiger Bewegung. Der Gesang hatte etwas Wildes, Kriegerisches. Die beiden Noten, die auf das Wort *regem* fielen, dessen Bedeutung die Bauern kannten, erklangen mit solcher Macht, daß Fräulein von Verneuil nicht anders konnte, als mit Rührung der verbannten Bourbonenfamilie zu gedenken. Diese Erinnerung weckte zugleich die an ihr vergangenes Leben, an die Feste an diesem jetzt aufgelösten Hof, bei denen sie geglänzt. In ihre Träumerei schlich sich alsbald die Gestalt des Marquis ein. Und mit echt weiblicher Geistesbeweglichkeit vergaß sie das Bild vor ihren Augen und weilte wiederum bei ihren Racheplänen, bei denen es sein Leben galt und die doch vor einem Blick in nichts zerrinnen konnten. Sie überlegte sich, daß sie für den entscheidendsten Augenblick ihres Lebens, in dem sie schön sein wollte und mußte, keinen Kopfschmuck hatte, und es reizte sie plötzlich, sich einen Stechpalmenzweig ins Haar zu stecken, dessen krause Blätter und rote Beeren in diesem Augenblick ihre Aufmerksamkeit auf sich zogen.

„Oho!“ sagte Galope-chopine und nickte zufrieden mit dem Kopfe, „jetzt kann meine Flinte wohl einen Vogel verfehlen, die Blauen aber ... nie mehr!“

Fräulein von Verneuil betrachtete jetzt das Gesicht ihres Führers genauer und fand in ihm alle die Züge wieder, die sie auch bei den andern Chouans bemerkt hatte. Sicherlich hatte der alte Bauer nicht mehr Gedanken im Kopfe, als ein Kind. Als er sein Gewehr beschaute, zog ein kindlich glückliches Lächeln ihm Stirn und Wangen zusammen, zugleich aber gab die religiöse Überzeugung seinem freudestrahlenden Ausdruck einen fanatischen Anstrich, der einen Augenblick lang diesem wilden Gesicht den Stempel der Laster der Zivilisation aufdrückte.

Bald langten die Wanderer nun in einem Dorfe an, das heißt, an vier oder fünf beisammen gelegenen Hütten, die der Behausung Galope-chopines glichen. Während Fräulein von Verneuil ein Mahl einnahm, das nur aus Butter, Brot und Milch bestand, trafen auch die neugeworbenen Chouans dort ein, von dem Rektor angeführt, der ein zum Feldzeichen gemachtes plumpes Kruzifix in der Hand hielt, während ein Gars das Banner des Kirchspiels wenige Schritte hinter ihm hertrug.

Fräulein von Verneuil war somit gezwungen, sich dieser Abteilung anzuschließen, die sich gleich ihr nach Saint-James begab, und die sie ganz selbstverständlich in ihren Schutz nahm, nachdem Galope-chopine die glückliche Unvorsichtigkeit begangen hatte, dem Führer der Truppe zu erzählen, sie sei eine gute Freundin des Gars.

☆

ZWEIUNDZWANZIGSTES KAPITEL

GEGEN SONNENUNTERGANG KAMEN DIE drei Reisenden in Saint-James an, einer kleinen Stadt, die ihren Namen den Engländern verdankt, von denen sie im vierzehnten Jahrhundert, als sie Herren der Bretagne waren, erbaut wurde.

Bevor sie den Ort betrat, wurde Fräulein von Verneuil noch Zeuge einer seltsamen Kriegsszene, wenn sie sich auch nicht sehr lange bei deren Betrachtung aufhielt, da sie fürchtete, vielleicht von dem oder jenem unter ihren Feinden erkannt zu werden, was ihre Schritte beschleunigte. Fünf bis sechstausend Bauern hatten sich auf freiem Felde gelagert. Ihr ganzer Aufzug, der dem der Rekruten von der Pèlerine ähnelte, schloß jeden Gedanken an Krieg aus, viel eher erinnerte diese lärmende Männerversammlung an einen großen Jahrmarkt. Man mußte sogar recht genau hinsehen, um zu entdecken, daß sie bewaffnet waren, denn ihre ganz verschiedenartig zugeschnittenen Kitzfelle verdeckten beinahe ihre Gewehre. Die am meisten ins Auge fallende Waffe war die Sense, durch die einige noch die Flinten ersetzten, die erst an sie verteilt werden sollten. Manche aßen und tranken, andere rauften sich oder stritten laut, die meisten aber lagen auf der Erde und schliefen. Von Ordnung und Zucht war keine Spur zu bemerken. Ein Offizier in roter Uniform lenkte die Aufmerksamkeit Maries auf sich. Sie vermutete, daß er in englischen Diensten stehe. Etwas weiter fort bemühten sich zwei andere Offiziere ersichtlich, einigen Chouans, die einen aufgeweckteren Eindruck machten als die andern, die Handhabung der beiden Kanonen beizubringen, die die ganze Artillerie der royalistischen Truppe auszumachen schienen.

Ein Geheul empfing die Gars aus Marignay, die an ihrem Banner erkannt wurden. Dank der allgemeinen Bewegung, die diese Truppe samt ihren Rektoren in dem Lager verursachten, konnte Fräulein von Verneuil es ohne Gefahr durchschreiten und in die Stadt vordringen. Sie sah alsbald einen unscheinbaren kleinen Gasthof vor sich, der nicht weit entfernt von dem Hause lag, wo der Ball stattfinden sollte. Die Stadt war derart von Fremden überschwemmt, daß sie nur mit äußerster Mühe ein elendes kleines Zimmer bekam. Als sie es in Besitz genommen und ihr Führer Francine die Schachteln übergeben hatte, die ihre Balltoilette enthielten, blieb Galope-chopine in unbeschreiblich erwartungsvoller und unentschlossener Haltung stehen. Zu jeder anderen Zeit würde sich Fräulein von Verneuil daran belustigt haben zu beobachten, wie ein bretonischer Bauer sich außerhalb seines Dorfes benehmen würde; jetzt aber machte sie dem Auftritt ein rasches Ende, indem sie ihrer Börse vier Sechsfrankentaler entnahm und sie dem Chouan in die Hand drückte.

„Da nimm doch!" sagte sie. „Und wenn du mir einen Gefallen tun willst, so kehrst du auf der Stelle nach Fougères zurück, ohne durch das Lager zu gehen und ohne erst dem Weine zuzusprechen."

Galope-chopine, den eine solche Freigebigkeit erstaunte, betrachtete erst unschlüssig die vier Taler in seiner Hand und dann Fräulein von Verneuil; doch auf eine Handbewegung von ihr verschwand er schließlich.

„Wie können Sie ihn nur zurückschicken, Marie?" fragte Francine. „Haben Sie denn nicht bemerkt, daß die Stadt ganz umzingelt ist? Wie sollen wir nur wieder herauskommen! Wer soll Sie hier beschützen?"

„Hast du denn nicht deinen Beschützer?" sagte Fräulein von Verneuil und ahmte scherzend den Pfiff und das ganze Gebaren Marche-à-terres nach. Francine errötete und lächelte traurig zu der Heiterkeit ihrer Herrin. Dann sagte sie:

„Aber wo ist der Ihre?"

Im Nu hatte Fräulein von Verneuil ihren Dolch hervorgezogen und wies ihn der erschrockenen Bretonin, die sich händeringend auf einen Stuhl fallen ließ.

„Warum sind Sie nur hierhergekommen, Marie?" rief sie mit flehender Stimme, die keine Antwort heischte.

Die Angeredete war gerade damit beschäftigt, den Stechpalmenzweig, den sie gepflückt, zurechtzubiegen.

„Ich weiß nicht, ob diese Stechpalme gut im Haar aussehen wird," meinte sie. „Nur ein so helles Gesicht wie meines kann einen so düsteren Kopfputz vertragen. Was sagst du dazu, Francine?"

Unter tausend ähnlichen Äußerungen, die die vollständigste seelische Unbekümmertheit bewiesen, begann das seltsame Mädchen sich anzukleiden. Ein ziemlich kurzes Kleid aus indischem Musselin, der feuchtem Linnen glich, hob ihre zarten Formen hervor. Darüber warf sie eine kleine rote Tunika, deren zahlreiche, seitwärts allmählich länger werdende Falten den graziösen Bogen der griechischen Tunika beschrieben. Dieses üppige Kleidungsstück der antiken Priesterinnen machte die Tracht, die die damalige Mode den Frauen zu tragen gestattete, weniger herausfordernd. Marie wollte die Unschicklichkeit der Mode jedoch noch mehr abschwächen, und so warf sie ein helles Schleiertuch über ihre weißen Schultern, die der Schnitt der Tunika allzuweit freiließ. Dann ordnete sie die langen Flechten ihrer Haare in der Weise, daß sie am Hinterkopfe jenen abgestumpften Kegel bildeten, der manchen antiken Statuen durch eine künstliche Verlängerung des Kopfes soviel Reiz verleiht, und ließ zu beiden Seiten des Gesichts ein paar für diesen Zweck aufgesparte Locken in langen, glänzenden Rollen niederfallen. In dieser Kleidung, diesem Kopfputz glich sie vollkommen den schönsten Meisterwerken des griechischen Meißels. Dann setzte sie sich lächelnd den Stechpalmenkranz auf, dessen reicher roter Beerenschmuck die Farbe der Tunika in ansprechender Weise wiederholte. Während sie damit beschäftigt war, den einzelnen Blättern noch die richtige Biegung zu geben, betrachtete Fräulein von Verneuil das Gesamtbild ihrer Erscheinung im Spiegel und sagte, genau als sei sie von einer Schar von Schmeichlern umgeben: „Wie abscheulich ich heute Abend bin! Ich sehe ja aus, wie eine Statue der Freiheit!“

Sorgfältig steckte sie den Dolch so in ihr Mieder, daß der rubingeschmückte Griff hervorsah, dessen rötliche Glanzlichter ihrer Kleidung noch einen Reiz mehr verliehen, indem sie die Augen auf die verborgenen Schätze lenkten, die ihre Nebenbuhlerin in so niedriger Weise preisgegeben hatte.

Francine konnte sich nicht entschließen, ihre Herrin zu verlassen. Als sie sie zum Fortgehen bereit sah, fand sie in den Hindernissen, die eine Frau zu überwinden hat, wenn sie in einer kleinen niederbretonischen Stadt einen Ball besuchen will, tausend Vorwände, sie zu begleiten. Mußte sie nicht Fräulein von Verneuil den Mantel ausziehen, in den sie sich gehüllt, die Überschuhe, die der Schmutz und Kot der Straße trotz des aufgestreuten Sandes notwendig machten, ihr den Gazeschleier abnehmen, mit dem sie ihren Kopf vor den Blicken der Stadtbewohner verbergen wollte, die die Neugier in die Nähe des Festhauses getrieben hatte? In der Tat war die Menge so groß, daß sie zwischen zwei dichten Reihen von Chouans hindurchschritten. Francine versuchte nicht mehr, ihre Herrin zurückzuhalten; nachdem sie ihr die letzten Dienste geleistet, die eine Toilette erforderte, deren größter Reiz in ihrer außerordentlichen Frische bestand, blieb sie ganz traurig im Vorzimmer sitzen, da sie sie nicht den Zufälligkeiten ihres Geschickes preisgeben wollte, ohne jederzeit zu ihrer Hilfe herbeieilen zu können. Denn dem armen Mädchen ahnte nichts als Unglück.

Zur gleichen Stunde, als Fräulein von Verneuil sich zum Feste begab, spielte sich im Zimmer des Marquis von Montauran ein höchst sonderbarer Auftritt ab. Der junge General beendete soeben seinen Ballanzug, indem er das breite Band überwarf, das ihn als die Hauptperson der Zusammenkunft kennzeichnen sollte, als der Abbé Gudin mit unruhiger Miene eintrat.

„Kommen Sie rasch, Herr Marquis,“ sagte er, „Sie allein können den Sturm beschwichtigen, der sich, aus welchem Grunde weiß ich nicht, unter den Führern erhoben hat. Sie sprechen davon, daß sie den Dienst des Königs verlassen wollen. Ich glaube, dieser Satanscottereau, der Schmuggler, ist schuld an dem ganzen Aufruhr. Solche Zänkereien werden immer durch Lappalien hervorgerufen. Frau von Gua hat ihm, wie man mir sagt, vorgeworfen, daß er in recht üblem Aufzuge zum Ball gekommen sei ..."

„Das Weib muß toll sein, daß sie ..." rief der Marquis.

„Cottereau", fuhr der Rektor fort, „hat erwidert, wenn Sie ihm das namens des Königs zugesagte Geld gegeben hätten ..."

„Genug, Abbé, genug. Ich begreife jetzt alles. Dieser Auftritt ist verabredet, nicht wahr? ... Und Sie haben es übernommen, mir Mitteilung zu machen ..."

„Ich, Herr Marquis!" unterbrach ihn der Abbé. Ich werde Sie aufs tatkräftigste unterstützen, und Sie werden mir hoffentlich die Gerechtigkeit angedeihen lassen zu glauben, daß die Wiederaufrichtung unserer Altäre in Frankreich und die Wiedereinsetzung des Königs auf den Thron seiner Väter viel bedeutsamere Beweggründe für meine niedrigen Dienste sind, als jenes Bistum von Rennes ..."

Hier stockte der Abbé, denn ein bitteres Lächeln hatte sich auf den Zügen des Marquis verbreitet. Doch sogleich wurde der junge General Herr der unliebsamen Betrachtungen, die er anstellte, er nahm eine strenge Miene an und folgte dem Abbé Gudin in einen Saal, aus dem ihnen heftiger Lärm entgegentönte.

„Ich erkenne hier niemandes Autorität an!" rief der Schmuggler, indem er aufgebrachte Blicke auf

alle Anwesenden schleuderte und mit der Hand an den Griff seines Degens fuhr.
„Auch nicht die der gesunden Vernunft?“ fragte ihn der Marquis in kaltem Tone.
Der wütende Schmuggler wandte sich um, sah den Befehlshaber der katholischen Armeen vor sich und blieb die Antwort schuldig.
„Was soll das alles heißen, meine Herren?“ fragte der Marquis und blickte der Reihe nach alle Anwesenden forschend an.
„Es soll heißen,“ antwortete Cottereau, verlegen wie ein Mann aus dem Volke, der einem großen Herrn zunächst befangen gegenübersteht, aber, sobald er die trennende Schranke einmal überschritten hat, keine Beherrschung mehr kennt, weil er dann nur noch seinesgleichen in ihm sieht, „es soll heißen, daß Sie gerade zur rechten Zeit kommen. Auf glatte Reden verstehe ich mich nicht, drum sage ich Ihnen rund heraus, was ich zu sagen habe. Den ganzen letzten Krieg hindurch habe ich fünfhundert Mann befehligt. Seit wir von neuem im Kampfe stehen, habe ich es fertiggebracht, für den König tausend eiserne Schädel anzuwerben. Seit sieben Jahren setze ich mein Leben für die gerechte Sache ein, ich werfe Ihnen das nicht vor — aber jeder Dienst ist seines Lohnes wert. Zunächst einmal wünsche ich, daß man mich Herr von Cottereau nennt. Dann verlange ich den Titel eines Obersten, andernfalls unterhandle ich mit dem Ersten Konsul über meine Unterwerfung. Jawohl, Herr Marquis, ich und meine Leute, wir haben nun einmal einen verteufelt lästigen Gläubiger, der immer befriedigt werden muß! Da sitzt er!“ schloß er und klopfte sich auf den Magen.

„Sind die Musikanten schon da?" wandte sich der Marquis in spöttischem Tone an Frau von Gua. Doch der Schmuggler hatte in seiner rohen Weise einen zu wichtigen Gegenstand zur Sprache gebracht, und diese ebenso berechnenden wie ehrgeizigen Köpfe waren schon allzulange in Ungewißheit über das, was sie vom König zu erhoffen hatten, als daß die Geringschätzung, die der junge Parteiführer an den Tag legte, dem Auftritt ein Ende zu bereiten vermocht hätte.

Lebhaft trat Longuy an Herrn von Montauran heran und sagte mit erkünstelter Ruhe zu ihm: „Nehmen Sie sich in acht, Herr Marquis, Sie behandeln die Männer zu oberflächlich, die Rechte auf die Dankbarkeit dessen haben, den Sie hier vertreten. Es ist uns bekannt, daß Seine Majestät Ihnen Vollmacht gegeben hat, unsere Dienste zu bezeugen, die ihren Lohn in dieser oder der anderen Welt finden müssen, denn das Schafott wartet ja Tag für Tag auf uns. Ich für mein Teil weiß, daß der Rang eines Generalleutnants ..."

„Sie wollen sagen: Brigadegenerals ..."

„Nein, Herr Marquis, das bin ich im vorigen Kriege unter Charette schon gewesen. Da der Rang, von dem ich spreche, mir nicht vorenthalten werden kann, bitte ich in diesem Augenblick nicht für mich, sondern für all meine tapferen Waffenbrüder, deren Verdienste anerkannt zu werden verdienen. Ihre Unterschrift und Zusage genügen uns für heute; und," fügte er leise hinzu, „ich muß gestehen, wir sind recht bescheiden. Wenn aber", fuhr er mit erhobener Stimme fort, „die Sonne im Versailler Schlosse aufgeht, um über den glücklichen Tagen der Monarchie zu leuchten, werden dann die Getreuen, die dem König geholfen haben, Frankreich in Frankreich zu erobern, auch ohne Schwierigkeit Vergünstigungen für ihre Familien, Witwenpensionen, Rückerstattung der Güter erlangen, die man ihnen so zur Unzeit konfisziert hat? Ich zweifle daran. Dann, Herr Marquis, wird es nicht überflüssig sein, Beweise für die geleisteten Dienste in Händen zu haben. Dem König selbst werde ich niemals mißtrauen, wohl aber diesem Rabenschwarm von Ministern und Höflingen, die ihm Erwägungen über das allgemeine Wohl, die Ehre Frankreichs, die Interessen der Krone und tausend andere Alfanzereien in die Ohren blasen werden. Dann verlacht man einen königstreuen Vendéer oder tapferen Chouan womöglich, weil er alt ist und das Schwert, das er für die gerechte Sache geführt, ihm an die durch Entbehrungen abgemagerten Lenden schlägt... Nun, glauben Sie, daß wir im Unrecht sind?"

„Sie reden vorzüglich, Herr von Longuy, nur ein wenig zu früh," erwiderte der Marquis.

„Hören Sie, Marquis," flüsterte der Graf Bauvan Montauran ins Ohr, „er hat, bei Gott, sehr gute Sachen vorgebracht. Sie, Sie sind sicher, stets ein offenes Ohr beim König zu finden. Wir andern dagegen werden den Herrn nur selten zu Gesicht bekommen. Und ich gestehe Ihnen, wenn Sie mir nicht Ihr Ehrenwort gäben, mir seinerzeit das Amt des Oberforstmeisters von Frankreich zu verschaffen, so würde ich mich, weiß der Teufel, besinnen, ob ich meinen Kopf dranwagen soll... Dem König die Normandie zu erobern, ist wahrlich nichts Geringes. Ich hoffe daher auch fest auf einen Orden. Aber," setzte er errötend hinzu, „davon können wir ja ein andermal sprechen. Gott bewahre mich davor, es wie diese armen Schlucker zu machen und Ihnen zuzusetzen! Sie werden dem König von mir erzählen, und damit ist alles gut."

Nun fand jeder der Anführer eine Gelegenheit, dem Marquis auf mehr oder minder geschickte Weise die übertrieben hohe Belohnung mitzuteilen, die er für seine Dienste erwartete. Der eine verlangte bescheidener Weise die Verwaltung der Bretagne, der andere eine Baronie, dieser einen Titel, jener ein Kommando; und alle wollten Pensionen haben.

„Nun, Renty," sagte der Marquis zu einem jungen Edelmann, „willst du denn nichts?"

„Meiner Treu, Marquis, die Herren lassen mir nur die Krone von Frankreich übrig, aber ich würde mich damit begnügen ..."

„Meine Herren," rief hier der Abbé Gudin mit donnernder Stimme dazwischen, „bedenken Sie doch, daß Sie am Tage des Siegs alles verderben werden, wenn Sie jetzt so voreilig sind! Wird sich der König nicht gezwungen sehen, den Revolutionären Zugeständnisse zu machen?"

„Den Jakobinern!" rief der Schmuggler. „Ha! der König sollte mich nur machen lassen, und ich gäbe ihm mein Wort, daß meine tausend Mann mit ihnen fertig würden."

„Herr von Cottereau," nahm der Marquis wieder das Wort, „ich sehe soeben einige geladene Gäste eintreten. Wir müssen darin wetteifern, sie dazu zu veranlassen, daß sie an unserer geheiligten Sache mitwirken, und so verstehen Sie wohl, daß jetzt nicht der Augenblick ist, uns mit Ihren Forderungen zu beschäftigen, selbst wenn sie gerecht sein sollten."

Während er dies sagte, näherte der Marquis sich der Tür, als wolle er ein paar Edelleuten aus der Nachbarschaft entgegengehen. Doch der kühne Schmuggler vertrat ihm mit unterwürfiger und respektvoller Miene den Weg.

„Nein nein, Herr Marquis, verzeihen Sie mir, aber die Jakobiner haben uns zu gründlich beigebracht, daß nicht der den Fladen verzehrt, der das Korn schneidet. Unterschreiben Sie mir diesen Fetzen Papier, und ich führe Ihnen morgen fünfzehnhundert Gars zu. Andernfalls ergebe ich mich..."

Der Marquis warf stolze Blicke rund um sich her, doch er gewahrte, daß die Kühnheit des alten Streiters und seine entschlossene Miene den Zuhörern des Wortgefechts nicht übel gefielen. Nur ein einziger Mann, der in einer Ecke saß und damit beschäftigt war, seine Tonpfeife zu stopfen, schien keinerlei Anteil an dem Vorgang zu nehmen. Der geringschätzige Ausdruck, mit dem er auf die Sprecher blickte, seine bescheidene Haltung und das Mitgefühl, das der Marquis in seinen Augen las, lenkten seine Aufmerksamkeit auf diesen hochherzigen Diener des Königs, in dem er den Jagdaufseher der Frau von Gua erkannte. Rasch trat er auf ihn zu und fragte ihn:

„Nun, und du, was forderst du?"

„Oh, Herr Marquis, wenn der König meinen jungen Herrn wieder in den Besitz einsetzt, den die Blauen ihm genommen haben, will ich nie mehr auf einen Hirsch anlegen, ohne dabei zu denken, daß wir nächst der heiligen Anna von Auray alles dem König verdanken!"

„Aber du selbst?“

„Oh — ich! der Herr Marquis beliebt zu scherzen!“

Montauran drückte die schwielige Hand des Bretonen und sagte zu Frau von Gua, der er sich genähert hatte:

„Ich kann bei meinem Unternehmen umkommen, ehe ich Zeit gefunden habe, dem König einen wahrheitsgetreuen Bericht über die katholischen Armeen der Bretagne zukommen zu lassen. Wenn Sie die Restauration erleben, so vergessen Sie diesen braven Mann nicht. Er besitzt mehr Adel als all die andern zusammen.“

Und er deutete auf die Befehlshaber, die mit einer gewissen Ungeduld darauf warteten, daß der Marquis ihren Forderungen willfahre. Alle hielten entfaltete Papiere in der Hand, in denen jedenfalls ihre Verdienste durch die royalistischen Generale der früheren Kriege verzeichnet standen, und es erhob sich ein allgemeines Murren. Der Abbé Gudin, der Graf von Bauvan und der Chevalier von Renty berieten unterdes miteinander, wie man dem Marquis helfen könne, die übertriebenen Forderungen zurückzuweisen, denn sie fanden, daß die Stellung des jungen Generals sehr erschüttert sei.

Plötzlich ließ der Marquis seine spöttisch glänzenden blauen Augen über die Versammlung gehen und sagte mit sehr vernehmlicher Stimme:

„Meine Herren, ich weiß nicht, ob die Vollmacht, die der König geruht hat, mir zu erteilen, so weit geht, daß ich Ihre Ansprüche befriedigen kann. Möglicherweise hat er nicht soviel Eifer und Hingabe vorausgesehen. Sie sollen selbst über meine Befugnisse urteilen; vielleicht kann ich sie dann erfüllen.“

Er verschwand und kam gleich darauf mit einem Briefe in der Hand wieder, der Siegel und Unterschrift des Königs trug.
„Hier ist das offene Handschreiben des Königs, kraft dessen Sie mir Gehorsam schuldig sind. Es ermächtigt mich, die Provinz Bretagne im Namen des Königs zu verwalten und die Verdienste der Offiziere zu belohnen, die sich in der Armee auszeichnen werden."
Eine Bewegung der Zufriedenheit lief durch die Versammlung. Die Chouans näherten sich dem Marquis und umringten ihn ehrerbietig. Der junge Befehlshaber, der vor dem Kamine stand, wandte sich um und schleuderte die Urkunde ins Feuer, das sie im Nu verzehrt hatte.
„Ich will nur noch Menschen befehligen," rief er erregt, „die in dem König einen König sehen und nicht eine Beute zum verschlingen. Sie mögen mich verlassen, meine Herren, sofern Sie es wünschen ..."
Frau von Gua, der Abbé Gudin, der Jagdaufseher, der junge Chevalier von Renty und der Graf brachen begeistert in den Ruf „Es lebe der König" aus. Und wenngleich die anderen Edelleute einen Augenblick zögerten, einzustimmen, fühlten sie sich doch alsbald von der edlen Handlungsweise des Marquis hingerissen und baten ihn, das Vorgefallene zu vergessen, indem sie ihm versicherten, er werde auch ohne königliches Handschreiben stets ihr Befehlshaber bleiben.
„Jetzt wollen wir tanzen!" rief der Chevalier. „Komme, was da wolle! Es ist doch besser, liebe Freunde, sich an Gott selbst, als an seine Heiligen

zu wenden. Schlagen wir uns zunächst einmal, das weitere wird sich dann schon finden.

„Ha, das ist wohl wahr. Mit Respekt zu sagen, Herr Chevalier," meinte der Jagdaufseher leise, „habe ich auch noch nie gehört, daß jemand seinen Taglohn am Morgen verlangt hätte."

Die Versammelten zerstreuten sich nun in die Salons, wo schon einzelne Gäste sich eingefunden hatten. Vergeblich suchte der Marquis der trüben Stimmung Herr zu werden, die sein Gesicht verdüsterte. Die andern Parteiführer erkannten daran, welch schlimmen Eindruck der stattgehabte Auftritt bei ihrem Oberhaupt hinterlassen hatte, dessen Vaterlandsliebe noch durch die schönen Illusionen der Jugend verstärkt wurde, und alle schämten sich ihres Verhaltens.

Heiterster Frohsinn herrschte in dieser Gesellschaft, die aus den glühendsten Anhängern der royalistischen Partei bestand, denn ihre Teilnehmer hatten bis jetzt von ihrer noch nicht unterworfenen Provinz aus die Ereignisse der französischen Revolution nicht beurteilen können und nahmen die unsichersten Hoffnungen für bare Wirklichkeit. Die durch Herrn von Montauran eingeleiteten kühnen Unternehmungen, sein Name, sein Vermögen, seine glänzenden Fähigkeiten feuerten die Gemüter an und riefen jenen politischen Taumel hervor, der gefährlicher ist als alles andere, weil er sich nur durch — fast immer unnötig vergossene — Ströme Blutes beschwichtigen läßt. Für sämtliche Anwesenden war die Revolution nichts als eine vorübergehende Störung im Königreich Frankreich, wo in ihren Augen nichts sich verändert hatte. Noch immer gehörten diese Länder dem

Hause Bourbon; denn die Royalisten hielten die Herrschaft darin so fest in Händen, daß Hoche vor nunmehr vier Jahren weniger den Frieden als einen Waffenstillstand erlangt hatte. So behandelten die Aristokraten die Revolutionäre denn sehr von oben herab, und die Frauen schickten sich in heiterster Laune zum Tanzen an. Ein paar Offiziere, die gegen die Blauen gekämpft hatten, kannten allein den Ernst der gegenwärtigen Krise; da sie aber wußten, ihre schlechtunterrichteten Landsleute würden sie nicht verstehen, wenn sie mit ihnen vom Ersten Konsul und seiner Macht reden wollten, plauderten sie unter sich und betrachteten die geladenen Damen mit so gleichgültigen Blicken, daß diese sich rächten, indem sie sie einer strengen Kritik unterzogen. Frau von Gua, die die Honneurs des Balles zu machen schien, versuchte die Ungeduld der Tanzlustigen zu dämpfen, indem sie nach der Reihe jeder einzelnen die üblichen Schmeicheleien sagte. Schon vernahm man die kreischenden Töne der Instrumente, die gestimmt wurden, als Frau von Guas Blicke auf den Marquis fielen, dessen Gesicht noch immer den Stempel der Traurigkeit trug. Sie eilte auf ihn zu.

„Der gemeine Auftritt, den Sie mit diesen ungehobelten Kerlen hatten, verstimmt Sie doch hoffentlich nicht?" fragte sie.

Sie erhielt keine Antwort. Denn der in Gedanken verlorene Marquis glaubte im Geiste von neuem die Gründe zu hören, die Fräulein von Verneuil ihm in prophetischer Ahnung in La Vivetière inmitten dieser selben Befehlshaber angeführt, um ihn zur Aufgabe des Kampfes der Herrscher gegen die Völker zu bestimmen. Doch der Jüngling besaß zuviel Seelengröße, zuviel Stolz, vielleicht auch war er zu überzeugt von der Gerechtigkeit seiner Sache, um ein einmal ins Auge gefaßtes Werk fahren zu lassen, und in diesem Augenblick entschloß er sich, es trotz aller Hindernisse unerschrocken fortzuführen. Stolz warf er den Kopf zurück, und erst jetzt wurde ihm bewußt, was Frau von Gua zu ihm gesagt.

„Sie sind jedenfalls im Geiste in Fougères," hub sie wieder an, und aus ihrer Stimme sprach die Bitterkeit darüber, daß ihr Bemühen, den Marquis von seinen Gedanken abzulenken, erfolglos war. „Ach! mein Leben würde ich darum geben, sie Ihnen zuzuführen und Sie glücklich mit ihr zu sehen!"

„Warum haben Sie dann so scharf auf sie gezielt?"

„Weil ich sie tot oder in Ihren Armen sehen wollte. Ja — wohl habe ich den Marquis von Montauran geliebt, solange ich einen Helden in ihm zu sehen glaubte. Nunmehr aber fühle ich nichts mehr für ihn als kummervolle Freundschaft, da ich sehe, daß das wankelmütige Herz einer Operndirne seinem Ruhm im Wege steht."

„Was die Liebe betrifft," entgegnete der Marquis mit einem Anflug von Spott, „so beurteilen Sie mich recht falsch! Wenn ich dieses Mädchen liebte, Madame, so würde ich sie nicht so heftig begehren und, wären Sie nicht, sie vielleicht schon — vergessen haben."

„Da ist sie," rief plötzlich Frau von Gua aus.

Die Heftigkeit, mit der der Marquis sich umdrehte, schmerzte sie, doch das helle Kerzenlicht erlaubte ihr, den Gesichtsausdruck des leidenschaftlich geliebten Mannes genau zu erkennen, und sie glaubte

darin eine Hoffnung für ihr Gefühl zu gewahren, als er sich ihr mit einem Lächeln über ihre echt weibliche List wieder zuwandte.
„Worüber lachen Sie denn?“ fragte der Graf von Bauvan.
„Über eine Seifenblase, die zerplatzt!“ antwortete Frau von Gua frohlockend. „Der Marquis wundert sich, wenn man ihm glauben darf, heute darüber, daß sein Herz einen Augenblick für diese Dirne schlug, die sich Fräulein von Verneuil nennt. Sie wissen doch ...?“
„Diese Dirne?“ wiederholte der Graf vorwurfsvoll. „Gnädige Frau, der Urheber des Unheils hat es auch wieder gutzumachen, und so gebe ich Ihnen mein Ehrenwort, daß sie in der Tat die Tochter des Herzogs von Verneuil ist.“
„Graf,“ sagte der Marquis mit erregter Stimme, „welchem Ehrenwort soll ich glauben, demjenigen, das Sie in La Vivetière gaben, oder dem von Saint-James?“
In diesem Augenblicke kündigte eine laute Stimme Fräulein von Verneuil an. Der Graf eilte auf die Tür zu, bot der schönen Fremden mit der ehrerbietigsten Miene den Arm und führte sie durch die neugierige Menge zu Herrn von Montauran und Frau von Gua.
„Glauben Sie nur dem von heute,“ sagte er dann zu dem aufs höchste überraschten Marquis.
Frau von Gua erbleichte, als sie die verhaßte Pariserin vor sich sah, die einen Augenblick stehen blieb und sich stolz in der Gesellschaft umschaute, um zu sehen, welche der Gäste von La Vivetière anwesend seien. Sie wartete die gezwungene Begrüßung ihrer Nebenbuhlerin ab; dann ließ sie

sich, ohne den Marquis auch nur anzublicken, von Bauvan auf einen Ehrenplatz neben Frau von Gua führen, deren Gruß sie mit leicht gönnerhafter Miene zurückgab. Doch ihre Feindin ließ sich mit weiblichem Instinkt ihren Ärger nicht anmerken, sondern setzte sogleich eine lachende, freundschaftliche Miene auf.

Die außergewöhnliche Kleidung und die Schönheit Maries riefen ein kurzes Beifallsgemurmel in der Gesellschaft hervor. Als der Marquis und Frau von Gua die Gäste von La Vivetière mit den Augen suchten, sahen sie sie in aufrichtig ehrerbietiger Haltung dastehen, und ein jeder schien danach zu trachten, von dem jungen Mädchen wieder in Gnaden aufgenommen zu werden.

So standen die Feindinnen sich denn Auge in Auge gegenüber.

✩

DREIUNDZWANZIGSTES KAPITEL

„DAS IST JA DIE REINE ZAUBEREI!“ SAGTE Frau von Gua. „Nur Sie, mein Fräulein, sind imstande, die Leute derart zu überraschen. Ganz allein sind Sie hierher gekommen?“

„Ganz allein,“ gab Marie zur Antwort. „So werden Sie heute abend nur mich zu ermorden haben, gnädige Frau.“

„Haben Sie Nachsicht mit mir,“ versetzte Frau von Gua. „Ich kann Ihnen gar nicht sagen, wie ich mich freue, Sie wiederzusehen. Ich war ganz bedrückt von dem Gedanken an das Unrecht, das ich Ihnen zugefügt habe, und suchte eine Gelegenheit, es wieder gutzumachen.“

„Was Ihr Unrecht betrifft, gnädige Frau, so verzeihe ich Ihnen das mir angetane gern; aber ich habe den Tod der Blauen auf dem Gewissen, die Sie ermordet haben. Vielleicht könnte ich mich auch noch über die Schärfe Ihres Verkehrs mit mir beklagen ... Doch ich verzeihe Ihnen alles um des Dienstes willen, den Sie mir geleistet haben."
Frau von Gua kam ganz aus der Fassung, als ihre schöne Nebenbuhlerin ihr die Hand drückte und ihr mit beleidigender Freundlichkeit zulächelte. Der Marquis hatte die ganze Zeit über unbeweglich dagestanden; jetzt aber faßte er den Grafen heftig beim Arm.
„Sie haben mich schmählich belogen," sprach er zu ihm, „und haben mich und meine Ehre bloßgestellt. Ich bin aber kein Narr und muß Ihr Leben haben oder Ihnen meines lassen."
„Marquis," entgegnete der Graf stolz, „ich bin bereit, Ihnen alle Erklärungen zu geben, die Sie wünschen können."
Sie begaben sich ins anstoßende Zimmer. Auch die Uneingeweihtesten unter den Anwesenden begannen die geheime Tragweite des Auftritts zu ahnen, und als die Geigen einsetzten, rührte sich niemand, um der Aufforderung zum Tanze Folge zu leisten.
„Was für einen hochbedeutenden Dienst habe ich denn die Ehre gehabt, Ihnen zu leisten, mein Fräulein, daß ich verdiene, von Ihnen ..." fragte Frau von Gua, indem sie die Lippen voller Wut zusammenkniff.
„Haben Sie mich nicht über den wahren Charakter des Marquis von Montauran aufgeklärt, gnädige Frau? Mit welchem Gleichmut sah der entsetzliche

Mensch mich in den Tod gehen! Ich überlasse ihn Ihnen von Herzen gern."

„Was suchen Sie dann aber hier?" sagte Frau von Gua lebhaft.

„Die Achtung und den guten Ruf, den Sie mir in La Vivetière geraubt haben, gnädige Frau. Was das übrige betrifft, so seien Sie beruhigt. Sollte er auch zu mir zurückkommen, so denken Sie daran, daß eine Umkehr nie und nimmer Liebe bedeutet."

Auf diese Worte ergriff Frau von Gua die Hand ihrer Feindin mit jener liebreichen Geste, die Frauen so gern untereinander zur Anwendung bringen, insbesondere, wenn Männer zugegen sind. „Nun gut denn! Ich bin wirklich hocherfreut, Sie so verständig zu sehen, arme Kleine. Und wenn der Dienst, den ich Ihnen erwiesen habe, zu Anfang auch recht weh getan hat," sagte sie und drückte die Hand, die sie in der ihren hielt, obwohl sie sie lieber in Stücke gerissen hätte, als sie ihre samtene Weiche spürte, „so wird er doch zum mindesten vollständig sein. Sehen Sie, ich kenne den Charakter des Gars genau," lächelte sie arglistig, „und weiß gewiß, daß er Sie betrogen haben würde, denn er will und kann Sie nicht heiraten."

„Oh . . .!"

„Ja, Fräulein; er hat diese gefährliche Sendung nur übernommen, um die Hand des Fräuleins von Rohan zu gewinnen— eine Verbindung, für deren Zustandekommen Seine Majestät vollste Unterstützung zugesagt hat."

„Soso . . .!"

Diesem spöttischen Ausruf ließ Fräulein von Verneuil kein weiteres Wort folgen. Im übrigen eilte

in diesem Augenblick der junge Chevalier auf sie zu, dem es sehr am Herzen lag, Verzeihung für die Spötterei zu erlangen, die den Auftakt zu den Beleidigungen in La Vivetière gegeben hatte, und forderte sie voll Ehrerbietung zum Tanze auf. Sie reichte ihm die Hand und schritt vor, um ihren Platz in der Quadrille einzunehmen, die auch Frau von Gua mittanzte.
Die Kleidung dieser Frauen mit den gepuderten oder gekräuselten Haaren, deren Toiletten an die Tracht des verbannten Hofes erinnerten, schien lächerlich, sobald man sie mit dem zugleich vornehmen, reichen und strengen Gewand verglich, zu dem die Pariser Mode Fräulein von Verneuil ein Recht gab. Daher sie von den Damen auch laut gebrandmarkt, insgeheim aber beneidet wurde. Die Männer hingegen wurden es nicht müde, die Schönheit ihres ungekünstelten Kopfputzes und die Einzelheiten ihres Anzuges zu bewundern, dessen ganzer Reiz in dem ebenmäßigen Gliederbau lag, den er erraten ließ.
In diesem Augenblick kehrten der Marquis und der Graf wieder in den Ballsaal zurück und stellten sich hinter Fräulein von Verneuil auf, die sich jedoch nicht umwandte. Wenn ein gegenüber hängender Spiegel ihr nicht die Anwesenheit des Marquis angezeigt hätte, würde sie sie durch das Benehmen der Frau von Gua erraten haben, die unter einer anscheinend gleichgültigen Miene die Ungeduld schlecht verbarg, mit der sie dem Kampf entgegensah, der früher oder später zwischen den zwei Liebenden entbrennen mußte.
Obwohl Herr von Montauran sich mit dem Grafen und zwei anderen Gästen unterhielt, konnte er

recht wohl die Gespräche der Balldamen und ihrer Kavaliere auffangen, die, den Vorschriften des Kontretanzes gehorchend, vorübergehend den Platz Maries und ihrer Nachbarn einnahmen.

„Mein Gott, ja, sie ist ganz allein gekommen, gnädige Frau," sagte der eine.

„Dazu gehört Beherztheit," antwortete die Tänzerin.

„Wenn ich so angezogen wäre, käme ich mir vor, wie nackt," sagte eine andere Dame.

„Nein, besonders sittsam ist ihr Kleid nicht," erwiderte der Kavalier, „aber sie ist so schön, und es steht ihr so gut!"

„Würden Sie mir glauben, daß ich mich wegen der Vollkommenheit ihres Tanzes für sie schäme?" fiel die Neidische wieder ein. „Finden Sie nicht, daß sie ganz wie ein Ballettmädchen aussieht?"

„Glauben Sie, daß sie namens des Ersten Konsuls hierher kommt, um zu unterhandeln?" fragte eine Dritte.

„Was für ein Einfall!" erwiderte der Kavalier.

„Unschuld wird sie nicht gerade als Morgengabe mitbringen!" lachte seine Tänzerin.

Der Gars fuhr heftig herum, um zu sehen, wer sich diese Spötterei erlaubt hatte, und fing den Blick der Frau von Gua auf, der ihm unzweideutig sagte: „Da sehen Sie, wie man über sie denkt."

„Gnädige Frau," hielt der Graf der Feindin Maries lachend entgegen, „bis jetzt haben nur die Frauen sie ihr genommen!"

Der Marquis vergab für diese Worte dem Grafen im Innern all sein Unrecht. Nun wagte er es, einen Blick auf seine Geliebte zu werfen, deren Anmut, wie die fast aller Frauen, durch das Kerzenlicht erhöht wurde, doch sie drehte ihm den Rücken, indem sie auf ihren Platz zurückkehrte und sich mit ihrem Kavalier unterhielt, wobei die einschmeichelndsten Töne ihrer Stimme an das Ohr des Marquis schlugen.

„Der Erste Konsul schickt uns recht gefährliche Gesandte," sagte der Chevalier von Renty zu ihr.

„Das haben Sie mir schon in La Vivetière gesagt, mein Herr," versetzte sie.

„Sie haben ja ein ebenso gutes Gedächtnis, wie der König," meinte der Kavalier, den seine Ungeschicklichkeit ärgerte.

„Um Beleidigungen verzeihen zu können, muß man sich ihrer wohl erinnern," erwiderte sie lebhaft und half ihm durch ein Lächeln aus seiner Verlegenheit.

„Sind wir in diese Amnestie alle mit einbegriffen?" fragte der Marquis.

Doch sie eilte, ohne ihm zu antworten, in kindlicher Freudetrunkenheit zum Tanzen hinweg und ließ ihn bestürzt zurück. Er sah ihr in starrer Traurigkeit nach; sie bemerkte es und neigte den Kopf mit jener koketten Neigung, die das anmutsvolle Ebenmaß ihres Nackens ihr gestattete, und vergaß dabei auch nicht, sich so zu bewegen, daß die seltene Vollendung ihres Körpers zur vollen Geltung kam. Sie verlockte wie die Hoffnung, entschwand wie die Erinnerung; sie so zu sehen, hieß, sie um jeden Preis besitzen wollen. Das wußte sie gar wohl, und dieses Wissen um die eigene Schönheit lieh ihren Zügen einen unbeschreiblichen Reiz. Im Herzen des Marquis erhob sich ein Wirbel von Liebe, Wut und Tollheit.

Heftig drückte er dem Grafen die Hand und entfernte sich.

„Nun — er ist ja fort," fragte Fräulein von Verneuil, als sie an ihren Platz zurückkehrte.

Der Graf eilte in den Nebensaal und gab seiner Schutzbefohlenen einen Wink des Einverständnisses, als er mit dem Gars zurückkehrte.

„Er ist mein," dachte sie, während sie im Spiegel den Marquis beobachtete, dessen leicht erregtes Gesicht in Hoffnung strahlte.

Sie empfing ihn schmollend und ohne ein Wort zu sagen, entließ ihn jedoch lächelnd. Sie empfand ihn als so überlegen, daß es ihrem Stolze schmeichelte, ihn tyrannisieren zu können, und sie ihn, einem weiblichen Instinkt zufolge, ein paar gute Worte teuer erkaufen lassen wollte, damit er ihren Wert um so besser schätzen lerne. Als der Kontretanz zu Ende war, umringten sie sämtliche Herren aus La Vivetière, und ein jeder bemühte sich, durch mehr oder minder geschickte Schmeicheleien ihre Verzeihung zu erlangen; nur der eine, den sie zu ihren Füßen hätte sehen wollen, näherte sich der Gruppe nicht, deren Königin sie war.

„Er hält sich noch immer für geliebt," dachte sie, „und will sich nicht unter die Gleichgültigen mischen."

Sie schlug den nächsten Tanz aus und ging, als werde dieses Fest eigens für sie gegeben, von Quadrille zu Quadrille, auf den Arm des Grafen von Bauvan gestützt, den sie dabei durch eine gewisse Vertraulichkeit auszeichnete. Das Abenteuer von La Vivetière war mittlerweile der ganzen Gesellschaft in allen Einzelheiten bekannt geworden, dank den Bemühungen der Frau von Gua, die dadurch, daß sie Fräulein von Verneuil und den Marquis auf solche Weise ins Gerede brachte, ihrer Vereinigung ein weiteres Hindernis in den Weg zu legen hoffte. Es war ihr denn auch gelungen, die beiden zum Gegenstand der allgemeinen Aufmerksamkeit zu machen. Herr von Montauran wagte nicht, sich Marie zu nähern; denn das Gefühl des ihr angetanen Unrechts und die Heftigkeit seiner aufs neue entbrannten Begierden ließen sie ihm beinahe fürchterlich erscheinen. Und so gewahrte das junge Mädchen nur sein erheuchelt ruhiges Gesicht, während sie vorgab, den Tanzenden zuzusehen.

„Es ist entsetzlich heiß hier," sagte sie zu ihrem Kavalier. „Herrn von Montaurans Stirn ist ganz feucht, wie ich bemerke. Bitte, führen Sie mich auf die andere Seite, damit ich Luft schöpfen kann. Hier ersticke ich."

Mit einer Kopfbewegung deutete sie nach dem anstoßenden Saale, wo gespielt wurde. Der Marquis folgte seiner Geliebten, deren Worte er von ihren Lippen abgelesen hatte, denn er hoffte, daß sie sich nur deshalb aus dem Gedränge entferne, um ihn wiederzusehen, und diese erhoffte Gunst verlieh seiner Leidenschaft ungekannte Glut; war sie doch durch den Widerstand nur verstärkt worden, den er seit einigen Tagen geglaubt hatte, ihr entgegensetzen zu müssen. Doch Marie gefiel sich darin, ihn zu quälen. Ihr so weicher, so sanfter Blick wurde hart und kalt, sobald er zufällig den Augen des Marquis begegnete. Dieser schien sich sehr überwinden zu müssen, bevor er sie mit verschleierter Stimme fragte:

„Wollen Sie mir denn nicht verzeihen?"

„Die Liebe,“ entgegnete sie frostig, „verzeiht nichts oder alles. Nur“, fügte sie hinzu, als sie ihn eine freudige Gebärde machen sah, „muß man auch wirklich lieben.“
Sie ergriff wieder den Arm des Grafen und begab sich hastig in ein an den Spielsaal anstoßendes Boudoir. Der Marquis folgte wiederum.
„Sie sollen mich hören!“ rief er.
„Sie könnten den Glauben erwecken, ich sei um Ihretwillen hierher gekommen, und nicht aus Selbstachtung. Wenn Sie diese verhaßte Verfolgung nicht einstellen, verlasse ich den Ball.“
„Nun,“ erwiderte er, „so lassen Sie mich nur so lange mit Ihnen reden, wie ich diese Kohle in der Hand halten kann.“
Er bückte sich zum Kamin, ergriff eine glühende Kohle und preßte sie heftig zusammen. Fräulein von Verneuil errötete, zog rasch ihren Arm aus dem des Grafen und betrachtete den Marquis voller Erstaunen. Der Graf entfernte sich leise und ließ die beiden allein. Die tolle Handlung Montaurans hatte Maries Herz erschüttert, denn in der Liebe wirkt nichts so überzeugend wie eine kühne Dummheit.
„Sie beweisen mir hiermit,“ sagte sie und versuchte, ihm die Kohle zu entwinden, „daß ich bei Ihnen die schlimmsten Martern zu erdulden hätte. Sie sind in allem überschwänglich. Auf das Zeugnis eines Toren und die Verleumdungen einer Frau hin haben Sie mich, die ich Ihnen das Leben gerettet hatte, verdächtigt, ich könne Sie verkaufen wollen.“
„Oh,“ sagte er lächelnd, „ich war grausam gegen Sie. Aber vergessen nur Sie es — ich selbst will

es nie vergessen! Hören Sie mich an. Ich bin schamlos getäuscht worden, aber an jenem unglückseligen Tage fanden sich auch gar zu viele Umstände gegen Sie zusammen."

„Und diese Umstände waren hinreichend, Ihre Liebe zu ersticken?"

Er zögerte mit der Antwort. Da machte sie eine verächtliche Gebärde und erhob sich.

„O Marie! Fortan will ich nur noch Ihnen glauben!"

„So werfen Sie doch diese Kohle fort! Sie sind toll. Öffnen Sie die Hand, ich will es!"

Er konnte es sich nicht versagen, den liebevollen Bemühungen seiner Geliebten schwachen Widerstand entgegenzusetzen, um das schmerzhafte Vergnügen zu verlängern, das er bei dem heftigen Druck ihrer zarten, kosenden Finger verspürte. Doch gelang es ihr schließlich, die Hand zu öffnen, die sie so gerne mit Küssen bedeckt hätte. Das Blut hatte die Kohle zum Verlöschen gebracht.

„Wozu hat Ihnen das nun gedient?" fragte sie.

Aus ihrem Taschentuch zupfte sie Scharpie und legte sie auf die kleine Wunde, die der Marquis dann mit seinem Handschuh bedeckte. Frau von Gua war inzwischen auf den Zehenspitzen in den Spielsaal geschlichen und warf verstohlene Blicke auf die Liebenden, deren Augen sie geschickt auszuweichen verstand, indem sie sich bei ihren geringsten Bewegungen zurückbeugte. Doch wurde es ihr schwer genug, sich den Inhalt ihres Gesprächs aus dem zu erklären, was sie sie tun sah.

„Gestehen Sie, daß ich in diesem Augenblick völlig gerächt wäre, wenn alles das, was man Ihnen über mich gesagt hat, auf Wahrheit beruhte," sagte Fräulein von Verneuil mit so spöttischem Ausdruck, daß der Marquis erbleichte.

„Und welches Gefühl hat Sie hierher geführt?"

„Sie sind doch ein großer Narr, verehrter Marquis. Sie haben also wirklich geglaubt, eine Frau wie mich ungestraft beleidigen zu können? — Ich kam sowohl um Ihret- als um meinetwillen," setzte sie nach einer Pause hinzu, indem sie die Hand auf den rubingeschmückten Knauf an ihrer Brust legte und ihm die Klinge ihres Dolches wies.

„Was soll das alles heißen?" fragte sich Frau von Gua.

„Doch," fuhr Marie fort, „Sie lieben mich immer noch! Wenigstens begehren Sie mich immer noch, und die Dummheit, die Sie begangen haben" — hier ergriff sie seine Hand — „hat mir den Beweis dafür geliefert. Ich bin wieder zu dem geworden, was ich sein wollte, und ich gehe glücklich von hier fort. Wer uns liebt, dem verzeihen wir stets. Und was mich betrifft, so werde ich nicht nur geliebt, ich habe auch die Achtung des Mannes zurückgewonnen, der für mich die ganze Welt bedeutet."

„So lieben Sie mich noch!" sprach der Marquis.

„Habe ich denn das gesagt!" erwiderte sie mit spöttischer Miene und verfolgte voller Freude die furchtbare Marter, die sie seit ihrer Ankunft dem Marquis aufzuerlegen begonnen hatte. „Mußte ich nicht Opfer bringen, um hierher zu kommen? Ich habe Herrn von Bauvan vom Tode gerettet, und er, der dankbarer ist als Sie, hat mir zum Entgelt für meinen Schutz Namen und Vermögen angetragen. Sie sind nie auf diesen Gedanken gekommen ...!"

Der von Maries letzten Worten ganz betäubte Marquis unterdrückte mit Mühe den heftigsten Zorn, der je in ihm getobt hatte. Er glaubte sich von dem Grafen hintergangen, er antwortete nicht.

„Nun, denken Sie darüber nach?" sprach sie mit bitterem Lächeln.

„Ihr Zweifel rechtfertigt den meinen, gnädiges Fräulein," entgegnete er.

„Herr Marquis, lassen Sie uns gehen," rief Fräulein von Verneuil und erhob sich. Doch in diesem Augenblick gewahrte sie einen Zipfel vom Kleide der Frau von Gua, und der Wunsch, ihre Nebenbuhlerin zu peinigen, ließ sie mit dem Fortgehen zögern.

„Wollen Sie mich denn der Hölle überantworten?" fragte der Marquis und ergriff ihre Hand, um sie heftig zu drücken.

„Bin ich denn nicht seit fünf Tagen durch Ihre Schuld darin? Lassen Sie mich nicht noch in dieser Minute in der grausamsten Ungewißheit über die Aufrichtigkeit Ihrer Liebe?"

„Weiß ich denn, ob die Rache Sie nicht so weit treibt, sich, anstatt mich zu töten, meines ganzen Lebens zu bemächtigen, um es unglücklich zu machen?"

„Ach! Sie lieben mich nicht! Sie denken nur an sich und nicht an mich," sprach sie zornig und vergoß ein paar Tränen, denn die Kokette kannte sehr wohl die Macht ihrer Augen, wenn sie feucht schimmerten.

„Nun!" sagte er außer sich, „so nimm mein Leben, aber trockne deine Tränen ..."

„O Geliebter!" rief sie mit erstickter Stimme, „endlich findest du die Worte, die Stimme und den Blick, auf die ich wartete, um dein Glück über meines zu stellen! — Doch," fuhr sie fort, „ich verlange einen letzten Beweis Ihrer Liebe, von der Sie behaupten, sie sei so groß. Ich will nur solange hier bleiben, bis es offenbar wird, daß Sie mein sind. Ich möchte nicht ein Glas Wasser in dem Hause annehmen, wo eine Frau wohnt, die zweimal versucht hat, mich zu töten, die vielleicht schon wieder Ränke gegen uns schmiedet und die uns jetzt eben belauscht," schloß sie und zeigte auf die wallenden Falten des Kleides ihrer Feindin.

Dann trocknete sie ihre Tränen und neigte sich zum Ohre ihres Geliebten, der erbebte, als er die Liebkosung ihres süßen Atems spürte.

„Bereiten Sie alles zum Aufbruch vor," sagte sie leise. „Sie sollen mich nach Fougères begleiten. Erst dort werden Sie erfahren, ob ich Sie liebe! Zum zweiten Male vertraue ich mich Ihnen an. Werden auch Sie sich mir ein zweites Mal anvertrauen?"

„Ach Marie, Sie haben mich so weit gebracht, daß ich nicht mehr weiß, was ich tue! Ich bin berauscht von Ihren Worten, Ihren Blicken, Ihrem ganzen Ich und will alles tun, was Sie verlangen."

„Nun gut, so machen Sie mich eine kleine Weile sehr glücklich! Lassen Sie mich den Triumph genießen, den ich herbeigesehnt habe. Ich will in vollen Zügen das Leben atmen, das ich mir erträumte, und mich an seinen Illusionen weiden, ehe sie zerrinnen. Kommen Sie, tanzen Sie mit mir!"

Sie kehrten zusammen in den Ballsaal zurück, und obwohl Fräulein von Verneuil einen so völligen

Sieg errungen hatte, wie eine Frau ihn sich nur wünschen kann, verschwiegen doch die undurchdringliche Sanftheit ihrer Augen, das feine Lächeln auf ihren Lippen, die Schnelligkeit der Bewegungen bei einem belebten Tanze das Geheimnis ihrer Gedanken, wie das Meer das Geheimnis des Verbrechers bewahrt, der ihm einen Leichnam anvertraut. Dennoch lief ein Murmeln der Bewunderung durch die Anwesenden, als sie sich im Arm ihres Geliebten im Walzer wiegte und beide, die Augen ineinander versenkt, mit in Wonne ersterbenden Blicken und schwer geneigtem Haupte engverschlungen sich drehten und, während sie sich in einer Art Raserei dicht aneinander drängten, in dieser flüchtigen Verbindung alle Seligkeit zu erkennen gaben, die sie von einer erfüllten Leidenschaft erhofften.

„Graf," sagte Frau von Gua zu Bauvan, „sehen Sie zu, ob Pille-miche im Lager ist, und führen Sie ihn zu mir her. Sie sollen für diesen geringen Dienst alles von mir erhalten, was Sie verlangen mögen!"

„Meine Rache wird mir teuer zu stehen kommen," setzte sie hinzu, als sie ihn verschwinden sah; „aber dieses Mal soll sie mir nicht entgehen!"

Einige Minuten nach dieser Szene saßen Fräulein von Verneuil und der Marquis in einer mit vier kräftigen Pferden bespannten Berline. Francine, erstaunt, sie mit verschlungenen Händen und anscheinend völlig einig miteinander zu sehen, verhielt sich stumm und wagte nicht, sich zu fragen, ob dies seitens ihrer Herrin Hinterlist oder Liebe sei. Dank der Stille und Dunkelheit der Nacht konnte der Marquis nicht die Erregung Maries bemerken, die immer heftiger wurde, je mehr sie sich Fougères näherten. Der schwache Schimmer des anbrechenden Tages ließ in der Ferne den Kirchturm von Saint-Léonard auftauchen. Da sagte Marie zu sich selbst:

„Ich gehe in den Tod!"

Bei der ersten Anhöhe hatten die beiden Liebenden zu gleicher Zeit denselben Gedanken: sie stiegen aus und erklommen den Hügel zu Fuß, gleichsam zur Erinnerung an ihre erste Begegnung. Als Fräulein von Verneuil ein paar Schritte am Arm des Marquis getan, dankte sie ihm durch ein Lächeln dafür, daß er ihr Schweigen nicht gestört hatte. Doch erst, als sie auf dem Gipfel des Plateaus angelangt waren, von wo aus man Fougères erblickte, machte sie sich ganz aus ihrer Träumerei los, um ihm zu sagen:

„Gehen Sie nicht weiter, heute würde meine Macht Sie nicht mehr vor den Blauen schützen!"

Herr von Montauran sah sie überrascht an, doch sie lächelte traurig, wies mit der Hand auf einen Felsblock, wie um ihn zum Niedersitzen aufzufordern, und blieb in wehmütiger Haltung vor ihm stehen. Die furchtbare Seelenbewegung, die sie ergriffen hatte, erlaubte ihr nicht mehr, die Künste zu entfalten, in denen sie sonst Meisterin war; in dieser Minute würde sie auf glühenden Kohlen gekniet haben, ohne sie zu spüren, wie der Marquis die Glut nicht gespürt hatte, die er mit seinem Blute gelöscht hatte, um ihr die Stärke seiner Leidenschaft zu bezeugen. Nachdem sie den Geliebten mit einem Blick voll tiefsten Schmerzes betrachtet hatte, sagte sie ihm das entsetzliche Wort:

„Alles, was Sie über mich gemutmaßt haben, ist wahr!“

Der Marquis machte unwillkürlich eine Bewegung.

„Ach, um Gottes willen,“ sprach sie und faltete die Hände, „hören Sie mich an, ohne mich zu unterbrechen. — Ich bin wirklich“, fuhr sie mit bewegter Stimme fort, „die Tochter des Herzogs von Verneuil, aber seine natürliche Tochter. Meine Mutter büßte ihren Fehltritt im Kloster fünfzehn tränenreiche Jahre hindurch. Erst auf ihrem Totenbett flehte sie den Mann, der sie verlassen hatte, um Hilfe für mich an, weil sie mich nicht ohne Freunde, ohne Vermögen, ohne Zukunft zurücklassen wollte ... Dieser Mann hatte sein Kind vergessen, obgleich es unter der Fürsorge einer Mutter unter einem Dache mit ihm weilte. Doch nahm er mich mit Vergnügen bei sich auf und erkannte mich an, weil ich schön war und er sich vielleicht in mir verjüngt wiederfand. Er gehörte zu jenen großen Herren, die unter der letzten Regierung ihre Ehre darein setzten, zu zeigen, wie man ein Verbrechen verzeihlich macht, indem man es mit Grazie begeht. Weiter sage ich nichts, denn er war mein Vater! Doch lassen Sie mich Ihnen erklären, wie mein Aufenthalt zu Paris mich innerlich zugrunderichten mußte. Die Gesellschaft des Herzogs von Verneuil und seiner Freunde schwor auf jene spottsüchtige Philosophie, von der ganz Frankreich begeistert war, weil sie allenthalben mit Geist vorgetragen wurde. Die glänzenden Unterhaltungen, die meinem Ohre schmeichelten, fesselten mich durch die Feinheit ihrer Bemerkungen oder durch eine geistreich formulierte Verachtung für alles Religiöse und Wahre. Die Männer, die des

Gefühls spotteten, schilderten es um so besser, als sie es nicht empfanden; und sie bestachen ebenso durch ihre epigrammatisch zugespitzten Redewendungen, wie durch die Selbstverständlichkeit, mit der sie ein ganzes Abenteuer in einem Worte auszudrücken verstanden. Oft aber sündigten sie durch zu viel Geist und ermüdeten die Frauen, weil sie aus der Liebe mehr eine Kunst als eine Herzenssache machten. Ich widerstand diesem Strome nur schwach. Und doch war meine Seele – verzeihen Sie mir diese Eitelkeit — leidenschaftlich genug, zu empfinden, daß der Verstand all diese Herzen ausgedörrt hatte, so daß das damals von mir geführte Leben einen beständigen Kampf zur Folge hatte zwischen meinem natürlichen Gefühl und den verderblichen Gewohnheiten, die ich angenommen hatte. Mehrere hochgebildete Leute gefielen sich zudem darin, in mir diese geistige Freiheit, diese Geringschätzung der öffentlichen Meinung großzuziehen, die der Frau eine gewisse innere Bescheidenheit rauben, ohne die sie an Reiz einbüßt. Ach — das Unglück hat nicht die Macht gehabt, die Fehler auszugleichen, die das Wohlleben in mir wachrief! — Mein Vater", fuhr sie mit einem Seufzer fort, „der Herzog von Verneuil, starb, nachdem er mich in einem Testament anerkannt hatte, das das Vermögen meines Bruders, seines legitimen Sohnes, beträchtlich schmälerte, und eines Tages sah ich mich ohne Beschützer, ohne Heim. Mein Bruder focht das Testament an, das mich reich machte. Die drei Jahre, die ich im Schoße einer üppig lebenden Familie zugebracht, hatten meine Eitelkeit entwickelt. Indem er alle meine Launen befriedigte, hatte mein Vater das

Verlangen nach Luxus in mir geweckt, mir Gewohnheiten anerzogen, deren Gefährlichkeit und Macht meine noch junge, unerfahrene Seele nicht ermessen konnte. Ein siebzigjähriger Freund meines Vaters, der Marquis von Navailles, bot sich mir als Vormund an; ich ging darauf ein und fand mich, wenige Tage nach dem Beginn jenes verhaßten Prozesses, in einem glänzenden Hause, wo ich alle die Vorrechte genoß, die die Härte meines Bruders mir am Sarge unseres Vaters verweigerte. Jeden Abend kam der alte Marquis zu mir, um ein paar Stunden bei mir zu verbringen, während welcher ich nur sanfte, tröstliche Worte von ihm zu hören bekam. Die weißen Haare des Greises, all die rührenden Beweise einer väterlichen Zärtlichkeit, die er mir gab, gewannen ihm mein Herz, und gern betrachtete ich mich als seine Tochter. Ich nahm die Schmucksachen an, die er mir anbot, und verhehlte ihm keinen meiner Wünsche, da ich ihn so glücklich sah, sie zu erfüllen. Da erfuhr ich eines Tages, daß ganz Paris mich als die Geliebte dieses armen alten Mannes ansah und daß es außer meiner Macht stand, die Unschuld wieder zu erlangen, die ein jeder mir ohne Grund absprach. Der Mann, der sich meine Unerfahrenheit in solcher Weise zunutze gemacht hatte, konnte weder mein Geliebter sein noch wollte er mein Gatte werden. In der Woche, als ich diese furchtbare Entdeckung machte und am Vorabend des für unsere Verbindung festgesetzten Tages — dies war die einzige Genugtuung, die er mir bieten konnte — reiste er nach Coblenz ab, und ich wurde mit Schimpf und Schande aus dem kleinen Hause gejagt, in dem er mich untergebracht hatte und das ihm nicht gehörte. Bis hierher habe ich Ihnen die Wahrheit gesagt, als ob ich vor Gott stünde; verlangen Sie nun nicht, daß eine vom Unglück Verfolgte Ihnen die in ihrem Gedächtnisse begrabenen Leiden berichte. Eines Morgens fand ich mich mit Danton verheiratet. Doch wenige Tage später entwurzelte der Sturm die Rieseneiche, um die ich meine Arme geschlungen hatte. Als ich mich wieder ins tiefste Elend zurückgeschleudert sah, beschloß ich, diesmal zu sterben. Ich weiß nicht, ob die Liebe zum Leben, ob die Hoffnung, das Unglück müde zu machen und in der Tiefe dieses bodenlosen Abgrunds das Glück zu finden, das mich floh, unbewußt meine Ratgeber waren, oder ob ich mich durch die Ratschläge eines jungen Menschen aus Alençon verführen ließ, der sich seit zehn Jahren an mich drängt, wie die Schlange an den Baum, zweifellos in der Hoffnung, daß das äußerste Unglück mich in seine Arme treiben würde; kurzum, ich weiß selber nicht, wie ich dazu kam, den verhaßten Auftrag anzunehmen, für dreimalhunderttausend Franken einen Unbekannten in mich verliebt zu machen, um ihn dann der Polizei auszuliefern. Ich sah Sie, und ich erkannte Sie sofort infolge einer Ahnung, die niemals trügt. Dennoch wollte ich nur zu gern zweifeln, denn je mehr ich Sie liebte, um so fürchterlicher wurde die Gewißheit für mich. Als ich Sie aus den Händen des Kommandeurs Hulot rettete, schwor ich meine Rolle ab und beschloß, statt des Opfers die Henker zu hintergehen. Wie sehr habe ich mich versündigt mit der Kurzsichtigkeit eines Mädchens, das nur Gefühle in der Welt sieht, daß ich so mein Spiel mit dem Leben und der Politik der Männer und mit meinem eigenen Leben getrieben habe! Ich glaubte mich geliebt und überließ mich ganz der Hoffnung, ein neues Leben anzufangen. Aber alles und jedes, ich selbst vielleicht, wurde zum Verräter meiner vergangenen Irrungen. Denn mußten Sie nicht einer Frau mißtrauen, die so leidenschaftlich ist wie ich? Ach, wer würde nicht meine Liebe und meine Heuchelei entschuldigen? Ja — es schien mir in der Tat, als habe ich einen schweren Schlaf getan und sei als Sechzehnjährige wieder erwacht. War ich nicht in Alençon, wo die reinen, unschuldigen Erinnerungen meiner Kindheit wieder lebendig wurden? Ich war wahnsinnig genug, zu glauben, die Liebe werde mich mit dem Geschenk einer neuen Unschuld segnen. Einen Augenblick dachte ich, ich sei noch Jungfrau, weil ich noch nie geliebt hatte. Doch gestern Abend schien mir Ihre Leidenschaft echt, und eine innere Stimme sprach zu mir: Warum täuschst du ihn? — So hören Sie denn, Marquis," fuhr sie mit dunklerer Stimme fort, die stolz ein Verdammungsurteil herauszufordern schien, „und merken Sie es sich wohl: ich bin ein entehrtes Geschöpf, das Ihrer unwürdig ist. Von diesem Augenblick an nehme ich meine Rolle als gefallenes Mädchen wieder auf, da ich es müde bin, diejenige einer Frau zu spielen, der Sie die Herzensreinheit angeblich wiedergeschenkt haben. Die Tugend erdrückt mich. Ich würde Sie verachten, wenn Sie schwach genug wären, mich zu heiraten. Solch eine Torheit mag ein Graf Bauvan begehen. Sie, Marquis, müssen Ihrer Zukunft würdig bleiben und mich ohne Bedauern verlassen. Die Courtisane, sehen Sie, würde zu viel verlangen; sie würde Sie ganz anders lieben, als das einfache, unschuldige Kind, in dessen Herzen einen Augenblick lang die köstliche Hoffnung erwacht war, Ihre Gefährtin sein zu dürfen, Sie für alle Zeit glücklich, Ihnen alle Zeit Ehre zu machen, eine edle, große Gattin zu werden, — das Kind, das aus diesem Gefühl den Mut geschöpft hat, seine niedrige, verderbte, lasterhafte Natur wieder zu neuem Leben zu erwecken, um dadurch eine ewige Scheidewand zwischen sich und Ihnen aufzurichten. Ich opfre Ihnen Ehre und Vermögen. Der Stolz, mit dem dieses Opfer mich erfüllt, wird mich in meinem Elend aufrecht erhalten. Mag das Schicksal nun nach Belieben mit mir schalten — nie werde ich Sie ausliefern. Ich kehre nach Paris zurück. Dort wird Ihr Name ein zweites Ich für mich sein, und der glänzende Ruhm, den Sie ihm aufprägen werden, soll mir Trost in allen Leiden sein. Was Sie angeht, so sind Sie ein Mann und werden mich vergessen. — Leben Sie wohl."

Mit diesen Worten eilte sie in der Richtung der Täler von Saint-Sulpice von dannen und war verschwunden, ehe der Marquis aufgesprungen war, um sie zurückzuhalten. Doch sie kehrte noch einmal um, benutzte die Höhlung eines Felsblockes, um sich zu verbergen, streckte den Kopf vor und beobachtete mit halb neugieriger, halb zweifelnder Miene den Marquis, der, gleich einem schwer geschlagenen Menschen dahineilte, ohne doch zu wissen, wohin er ging.

„Sollte er doch ein Schwachkopf sein?" dachte sie, als er ihren Blicken entschwunden war und sie sich von ihm getrennt fühlte. „Wird er mich verstehen?"

Sie erbebte. Dann wandte sie sich mit großen Schritten nach Fougères, als fürchte sie, der Marquis folge ihr in die Stadt, wo der Tod auf ihn lauerte.
„Nun, Francine, was hat er zu dir gesagt?“ fragte sie ihre treue Bretonin, als sie wieder beisammen waren.
„Ach, Marie, er tat mir leid. Ihr großen Damen erdolcht einen Menschen mit Zungenstichen.“
„Wie war er denn, als er dich anredete?“
„Hat er mich denn überhaupt nur gesehen? Oh, Marie, er liebt dich!“
„Oh — er liebt mich, oder: er liebt mich nicht!“ antwortete sie. „Das sind für mich zwei Worte, die Paradies oder Hölle bedeuten. Zwischen diesen beiden Polen finde ich keine Stelle, auf die ich meinen Fuß setzen könnte.“
Nachdem sie ihre furchtbare Bestimmung auf diese Weise erfüllt hatte, konnte sie sich ganz ihrem Schmerz überlassen, und ihre Züge, die bis dahin durch so viele verschiedenartige Empfindungen ihre Spannung behalten hatten, veränderten sich so schnell, daß sie nach einem Tage, während dessen sie unaufhörlich zwischen dem Vorgefühl des Glücks und der Verzweiflung geschwebt, ihre strahlende Schönheit und die Frische verlor, deren Ursprung sowohl im Fehlen jeglicher Leidenschaft als im Rausch des Glückes liegen kann.
Hulot und Corentin, gespannt, den Ausgang ihres tollen Unternehmens zu erfahren, kamen kurz nach ihrer Rückkehr zu ihr. Sie empfing sie lachend.
„Freuen Sie sich!“ sagte sie zu dem Kommandanten, dessen sorgenvolles Gesicht einen fragenden Ausdruck zeigte, „der Fuchs kommt wieder in

Schußweite, und Sie werden demnächst einen glorreichen Sieg davontragen."

„Was hat sich denn ereignet?" fragte Corentin nachlässig, belauerte aber dabei Fräulein von Verneuil mit jenen schiefen Blicken, durch die solche Diplomaten die Gedanken anderer auszukundschaften suchen.

„Ach," antwortete sie, „der Gars ist heftiger in mich verliebt, als je zuvor, und ich habe ihn gezwungen, uns bis vor die Tore von Fougères zu begleiten."

„Dort scheint Ihre Macht indes zu Ende gewesen zu sein," bemerkte Corentin. „Jedenfalls ist die Angst des Aristokraten vorläufig noch größer als die Liebe, die Sie ihm einflößen."

Fräulein von Verneuil warf Corentin einen geringschätzigen Blick zu.

„Sie beurteilen ihn nach sich selbst," gab sie zurück.

„Nun also," fragte er, ohne sich im geringsten berührt zu zeigen, „warum haben Sie ihn denn dann nicht mit hierher gebracht?"

„Wenn er mich wirklich liebte, Herr Kommandant," sagte sie zu Hulot und warf ihm einen schalkhaften Blick zu, „würden Sie mir dann sehr zürnen, wenn ich ihn rettete, indem ich Frankreich mit ihm verließe?"

Der alte Soldat ging rasch auf sie zu und ergriff ihre Hand, um sie mit einer Art von Begeisterung zu küssen. Dann aber sah er sie starr an und sprach mit düsterer Miene:

„Sie vergessen meine beiden Freunde und unsre dreiundsechzig Mann."

„Ach, Herr Kommandant," sagte sie mit der ganzen Naivität der Liebe, „daran ist er nicht schuld. Er ist von einem schlechten Weibe hintergangen worden, der Mätresse Charettes, die, glaube ich, am liebsten das Blut der Blauen trinken möchte ..."

„Hören Sie auf, Marie," unterbrach Corentin sie, „machen Sie sich nicht über den Kommandanten lustig; er kennt Ihre Art zu scherzen noch nicht."

„Schweigen Sie," entgegnete Fräulein von Verneuil, „und vergessen Sie nicht, daß der Tag, an dem Sie mir allzusehr mißfallen, keinen Nachfolger mehr für Sie haben wird."

„Ich sehe, mein Fräulein," sagte Hulot, aber ohne alle Bitterkeit, „daß ich mich zum Kampf werde entschließen müssen."

„Das werden Sie nicht können, lieber Oberst. Ich habe gesehen, daß sie über sechstausend Mann in Saint-James haben, reguläre Truppen, Artillerie und englische Offiziere. Doch was würde ohne ihn aus diesen Leuten werden! Ich denke wie der Minister: sein Kopf ist alles."

„Nun, und werden wir den bekommen?" fragte Corentin ungeduldig.

„Ich weiß es nicht," antwortete sie gleichgültig.

„Engländer!" rief Hulot voller Zorn. „Weiter fehlte nichts, um einen regelrechten Straßenräuber aus ihm zu machen! Warte, ich will dir deine Engländer anstreichen!"

☆

VIERUNDZWANZIGSTES KAPITEL

„ES SCHEINT MIR, BÜRGER DIPLOMAT, DASS du dich gelegentlich von diesem Mädchen da in die Flucht schlagen läßt," sagte Hulot zu Corentin, als sie ein paar Schritte vom Haus entfernt waren.

„Mir kommt es ganz selbstverständlich vor, Bürger Kommandant," antwortete Corentin nachdenklich, „daß du in allem, was sie uns gesagt hat, nur eine Schießerei gewittert hast. Ihr Schützen habt keine Ahnung, daß es mehrere Arten gibt, Krieg zu führen. Geschickt die Leidenschaften der Menschen als Triebfedern benutzen, die man zum Wohle des Staates in Bewegung setzt; jedes Räderwerk in dieser großen Maschine, die wir Regierung nennen, an seinen richtigen Platz setzen und sich ein Vergnügen daraus machen, die unbändigsten Gefühle hineinzusperren, gleich Gewehrabzügen, deren Kraft und Spiel man mit Belustigung überwacht, — heißt das nicht schaffen und sich, wie Gott, in den Weltenmittelpunkt stellen?"

„Du wirst mir gestatten, mein Handwerk dem deinen vorzuziehen," antwortete Hulot trocken. „Tut ihr nur alles, was euch beliebt, mit eurem Räderwerk. Ich für meinen Teil kenne keinen anderen Vorgesetzten als den Kriegsminister, ich habe meine Befehle und werde mit meinen Kerlen ins Feld ziehen, die nicht wanken und weichen und den Feind von vorn nehmen, den du von rückwärts anfallen willst."

„Nun, mach dich immerhin marschbereit," erwiderte Corentin. „Nach dem, was das Mädchen mich hat erraten lassen, so rätselhaft sie dir auch scheint, wirst du bald zu tun bekommen, und ich werde dir binnen kurzem das Vergnügen eines Tête-à-têtes mit dem Räuberhauptmann verschaffen."

„Wie das?" fragte Hulot und trat einen Schritt

zurück, um den sonderbaren Menschen besser ins Auge fassen zu können.

„Fräulein von Verneuil liebt den Gars," versetzte Corentin finster, „und vielleicht wird sie wiedergeliebt! Ein Marquis mit dem Bande des Königlichen Hausordens, der jung und geistvoll, ja womöglich auch noch reich ist — wie viele Versuchungen sind das nicht! Sie wäre recht unklug, wollte sie nicht zu ihrem eigenen Besten handeln, indem sie versucht, ihn lieber zu heiraten, als ihn uns auszuliefern! Sie will uns zum Narren halten. Aber ich habe in ihren Augen eine gewisse Unsicherheit gelesen. Wahrscheinlich werden die beiden Liebenden sich ein Stelldichein geben; vielleicht ist es sogar schon verabredet. Nun, morgen werde ich den Stier bei den Hörnern packen. Bis jetzt war Montauran nur der Feind der Republik, nun ist er auch der meinige; und noch sind alle, die es versuchten, sich zwischen mich und dieses Mädchen zu drängen, auf dem Schafott gestorben, selbst Danton."

Nachdem er ausgeredet hatte, versank Corentin wieder in tiefes Nachsinnen, was ihn verhinderte, den Abscheu zu bemerken, der sich auf den Zügen des redlichen alten Militärs widerspiegelte, sobald er den ganzen Umfang der Ränke Fouchés und den Mechanismus der von ihm zur Anwendung gebrachten Triebfedern erkannte. So beschloß denn Hulot bei sich, Corentin in allem zuwiderzuhandeln, was den Erfolgen und Wünschen der Regierung nicht wesentlichen Nachteil bringen würde, und dem Feinde der Republik wenigstens dazu zu verhelfen, ehrenvoll und mit der Waffe in der Hand zu sterben, ehe er ihn eine Beute des

Henkers werden ließe, als dessen Lieferant dieser Häscher der hohen Polizei sich bekannte.

„Wenn der Erste Konsul auf mich hören wollte,“ sprach er, indem er Corentin den Rücken zudrehte, „würde er diese Füchse da gegen die Aristokraten ausschicken, denn sie sind einer des andern wert, und die Soldaten zu ganz was andrem benutzen!“

Corentin schaute den Offizier, dessen Gedanken er vollkommen erriet, kalt an, und seine Augen nahmen wieder den sardonischen Ausdruck an, der die Überlegenheit dieses Machiavell im kleinen verriet.

„Gebt solchen Tieren nur drei Ellen blaues Tuch und hängt ihnen ein Stück Eisen an die Hüfte,“ sagte er vor sich hin, „und sie bilden sich ein, man dürfe in der Politik die Leute nur auf eine Weise umbringen.“

Nachdenklich ging er ein paar Schritte weiter. Dann fuhr er plötzlich in seinem Selbstgespräche fort: „Ja, der Augenblick ist gekommen, dieses Weib wird mir nun endlich gehören! Seit zehn Jahren verengert sich allmählich der Kreis, den ich um sie ziehe, ich habe sie in der Gewalt, und an ihrer Seite werde ich es in der Regierung zu einer noch höheren Stelle bringen als mein Freund Fouché. Ja, wenn sie den einzigen verliert, den sie geliebt hat, wird ihr Schmerz sie mir mit Leib und Seele überliefern. Es handelt sich jetzt nur noch darum, Tag und Nacht auf der Lauer zu liegen, um ihr ihr Geheimnis zu entreißen.“

Ein paar Minuten später hätte ein Beobachter das blasse, magere Gesicht dieses Staatsmannes hinter dem Fenster eines Hauses bemerken können, von wo aus er genau alles verfolgen konnte, was durch die von der Häuserreihe gebildete Sackgasse kam, die mit der Sankt Leonhardskirche parallel lief. Mit der Geduld der Katze, die der Maus auflauert, stand Corentin noch am nächsten Morgen auf seinem Posten, achtete auf das geringste Geräusch und war ganz davon in Anspruch genommen, jeden Vorübergehenden einer strengen Musterung zu unterwerfen. Der soeben anbrechende Tag war ein Markttag. Obwohl sich in diesen stürmischen Zeiten die Bauern nur schwer entschlossen, in die Stadt zu kommen, sah Corentin einen kleinen Mann mit finsterem Gesicht, der ein Ziegenfell und am Arm einen kleinen, runden Korb von flacher Form trug, auf das Haus des Fräuleins von Verneuil zugehen, nachdem er sich mit anscheinend gleichgültigen Blicken zuvor umgeschaut hatte. Corentin ging auf die Straße, um den Bauern an der Haustüre zu erwarten; doch plötzlich überlegte er sich, wenn er unversehens in Maries Zimmer trete, könne er vielleicht mit einem einzigen Blick die im Korbe dieses Boten befindlichen Geheimnisse erhaschen. Außerdem hatte die Erfahrung ihn gelehrt, daß es fast unmöglich ist, mit Erfolg gegen die unergründlichen Antworten der Bretonen und Normannen anzukämpfen.

„Galope-chopine!“ rief Fräulein von Verneuil aus, als Francine den Chouan hereinführte. „Liebt er mich also wirklich?“ setzte sie halblaut hinzu.

Eine instinktive Hoffnung verbreitete auf ihren Zügen die heftigste Röte und Freude in ihrem Herzen. Galope-chopine betrachtete abwechselnd die Herrin des Hauses und Francine, indem er mißtrauische Blicke auf diese warf. Doch ein Wink Maries beruhigte ihn.

„Madame," sagte er, „gegen zwei Uhr wird er bei mir sein und auf Sie warten."

Die Aufregung erlaubte Fräulein von Verneuil nicht, anders als durch ein Kopfnicken zu antworten, doch ein Samojede hätte die ganze Bedeutung dieses Zeichens begriffen. In diesem Augenblick wurden Corentins Schritte im Salon hörbar. Doch Galope-chopine beunruhigte sich nicht im mindesten, trotzdem der Blick und das Erbeben Maries ihm das Nahen einer Gefahr ankündigten, und als der Spion sein verschlagenes Gesicht zeigte, erhob der Chouan die Stimme derart, daß das ganze Zimmer dröhnte.

„Ha!" schrie er Francine an, „Butter und Butter ist zweierlei! Für Gibarrybutter wollen Sie nur elf Sous das Pfund zahlen? dazu brauchten Sie mich nicht erst kommen zu lassen! Ich hab' nur die beste Butter!"

Damit öffnete er seinen Korb und entnahm ihm zwei von Barbette zubereitete kleine Klumpen Butter.

„Man muß auch nicht zuviel verlangen, liebe Dame, legen Sie noch einen Sou darauf!"

Seine hohle Stimme verriet keinerlei Gemütsbewegung, und seine von dichten grauen Wimpern beschatteten grünen Augen hielten unerschrocken dem durchdringenden Blicke Corentins stand.

„Geh, schweig doch still, du Tropf; um Butter zu verkaufen bist du nicht hierher gekommen, denn du hast es mit einer Frau zu tun, die nie in ihrem Leben gehandelt hat. Das Handwerk, das du betreibst, alter Freund, wird dich eines Tages um einen Kopf kürzer machen.“ — Und indem er ihm freundschaftlich auf die Schulter klopfte, setzte er hinzu: „Auf die Dauer kann man es nicht zugleich mit den Blauen und den Königstreuen halten!“

Galope-chopine bedurfte seiner ganzen Geistesgegenwart, um seine Wut hinunterzuschlucken und nichts auf diese Anschuldigung zu erwidern, die im übrigen nicht unberechtigt war. Doch er begnügte sich damit, zu sagen:

„Der Herr spaßt wohl?“

Corentin hatte ihm den Rücken gedreht. Denn während er Fräulein von Verneuil begrüßte, deren Herz sich angstvoll zusammenzog, konnte er den Chouan leicht im Spiegel beobachten. Galope-chopine glaubte, der Spion sehe ihn nicht mehr, und warf Francine einen fragenden Blick zu, worauf sie ihm die Türe mit den Worten wies:

„Kommt nur mit mir, guter Mann, wir werden schon handelseinig werden.“

Corentin war nichts entgangen, weder das angstverzerrte Gesicht Maries, das ihr Lächeln schlecht verhehlte, noch ihr Erröten und ihr verändertes Aussehen, noch auch die Unruhe des Chouans und die Handbewegung Francines. Er hatte alles bemerkt. Überzeugt davon, daß Galope-chopine ein Sendbote des Marquis sei, packte er ihn an den langen Haaren seines Kitzfells, als er gerade zur Tür hinaus wollte, zog ihn zu sich heran und blickte ihn scharf an, während er ihn fragte:

„Wo wohnst du, Freund? Ich brauche ebenfalls Butter ...“

„Guter Herr,“ antwortete der Chouan, „ganz Fougères weiß, wo ich wohne, ich bin ja sozusagen ...“

„Corentin!" rief Fräulein von Verneuil hier dazwischen, „Sie sind recht dreist, um diese Stunde zu mir zu kommen und mich so zu überfallen! Ich bin ja noch nicht einmal recht angekleidet... Lassen Sie den Bauern in Ruhe, er begreift Ihre Schliche ebensowenig, wie ich deren Gründe. Gehen Sie nur, guter Mann!"

Galope-chopine zögerte einen Augenblick mit dem Fortgehen. Diese natürliche oder gespielte Unentschlossenheit eines armen Wichts, der nicht wußte, wem er gehorchen sollte, hätte Corentin schon beinahe irregeführt, als der Chouan sich auf einen gebieterischen Wink des jungen Mädchens mit schweren Schritten entfernte. Fräulein von Verneuil und Corentin sahen sich schweigend an. Dieses Mal vermochten Maries helle Augen dem kalten Feuer nicht standzuhalten, das aus den Blicken des Mannes sprühte. Die entschlossene Miene, mit der er bei ihr eingedrungen war, ein Gesichtsausdruck, den sie noch nie an ihm wahrgenommen, der matte Klang seiner scharfen Stimme, sein Auftreten, das alles erschreckte sie. Sie ward sich darüber klar, daß nun ein geheimer Kampf zwischen ihm und ihr begann, und daß er alle Machtmittel seines verhängnisvollen Einflusses gegen sie ausspielen würde; doch wenn sie auch jetzt ein klareres Bild von dem Abgrund gewann, in den sie sich stürzte, versuchte sie doch, die eisige Kälte ihrer Vorahnungen abzuschütteln und neue Kraft aus ihrer Liebe zu schöpfen.

„Corentin," fing sie mit einer Art von Heiterkeit wieder an, „ich hoffe, Sie gestatten mir nunmehr, mich anzukleiden."

„Marie," sagte er, „ja, erlauben Sie mir, Sie so zu

nennen. Sie kennen mich noch nicht. Hören Sie mich also an. Selbst ein weniger scharfsichtiger Mensch als ich würde Ihre Liebe zu dem Marquis von Montauran erraten haben. Ich habe Ihnen zu wiederholten Malen Herz und Hand angeboten. Sie fanden mich Ihrer nicht würdig, und vielleicht hatten Sie recht damit. Doch wenn Sie sich für zu hochgestellt, zu schön, zu groß für mich halten, werde ich Sie schon zu mir herabzuziehen wissen. Mein Ehrgeiz und meine Grundsätze haben Ihnen wenig Achtung für mich eingeflößt, und darin haben Sie, wenn ich offen sein darf, unrecht. Die Menschen sind nicht mehr wert, als das, was ich von ihnen halte: fast nichts. Ich werde sicherlich noch eine hohe Stellung erringen, deren Ehren Sie teilen sollen. Wer könnte Sie tiefer verehren, wer Sie unumschränkter zu seiner Herrin machen, wenn nicht der Mann, der Sie seit fünf Jahren liebt! Doch auf die Gefahr hin, Ihnen eine ungünstige Meinung mehr über mich beizubringen, denn Sie begreifen nicht, daß man aus übergroßer Liebe auf einen angebeteten Menschen verzichten kann, will ich Ihnen einen Maßstab für die Selbstlosigkeit geben, mit der ich Sie liebe. Schütteln Sie Ihren hübschen Kopf nicht so. Wenn der Marquis Sie liebt, so heiraten Sie ihn. Nur versichern Sie sich zuvor seiner Aufrichtigkeit. Ich würde verzweifelt sein, wenn ich Sie betrogen sähe, denn Ihr Glück ist mir wichtiger als das meine. Vielleicht erstaunt mein Entschluß Sie, schreiben Sie ihn aber nur der Vorsicht eines Mannes zu, der nicht töricht genug ist, eine Frau wider ihren Willen besitzen zu wollen. Zudem klage ich nicht Sie, sondern mich selbst wegen der Erfolglosigkeit meiner Werbung an. Ich hoffte, Sie durch Unterwürfigkeit und Ergebenheit zu erringen, denn seit langem, das wissen Sie, suche ich Sie nach meinen Grundsätzen glücklich zu machen; doch Sie haben mich in keiner Weise dafür belohnt."

„Ich habe Sie in meiner Nähe geduldet," entgegnete sie stolz.

„Sagen Sie nur noch, daß Sie es bereuen..."

„Nach der schimpflichen Unternehmung, in die Sie mich verwickelt haben, soll ich Ihnen wohl gar noch dankbar sein...?"

„Ich hatte nur Ihr Bestes im Auge, als ich Ihnen diese Unternehmung vorschlug, die freilich für zimperliche Seelen nicht ganz untadelig ist," versetzte er keck. „Für mein Teil mag sie nun gelingen oder mißglücken, ich werde jedes Ergebnis zur Erreichung meiner Ziele zu benutzen wissen. Wenn Sie Herrn von Montauran heiraten sollten, wird es mir eine Freude sein, in Paris, wo ich Mitglied des Clichyklubs bin, der Sache der Bourbonen tatkräftig dienen zu können. Denn ein Umstand, der mich mit den Fürsten in Verbindung brächte, würde mich bestimmen, die Sache einer Republik aufzugeben, die ihrem Verfall entgegengeht. General Bonaparte ist zu schlau, um nicht einzusehen, daß er nicht zugleich in Deutschland, in Italien und hier, wo die Revolution unterliegt, sein kann. Jedenfalls hat er den 18. Brumaire nur gemacht, um von den Bourbonen größere Vorteile zu erlangen, indem er Frankreichs wegen mit ihnen unterhandelt; denn er ist ein gescheiter Bursche und sieht weit. Nur müssen die Politiker ihm auf dem Wege voraneilen, den er einschlägt. Frankreich verraten — das ist auch so ein Vorwurf, den wir

Fortgeschrittenen den Dummen überlassen. Ich verhehle Ihnen nicht, daß ich ebensowohl Vollmacht habe, mit den Chouanführern in Unterhandlungen einzutreten als sie zu vernichten. Denn mein Freund Fouché ist ein gewitzter Mann und hat ein doppeltes Spiel gespielt: war er doch gleichzeitig für Robespierre und für Danton.

„Den Sie feige im Stich gelassen haben," versetzte sie.

„Unsinn!" erwiderte Corentin. „Er ist tot, vergessen Sie ihn. Kommen Sie, sprechen Sie offenherzig mit mir, wie ich mit Ihnen. Dieser Halbbrigadeführer ist schlauer, als er aussieht, und wenn Sie seine Wachsamkeit zu täuschen beabsichtigen, könnte ich Ihnen dabei von Nutzen sein. Vergessen Sie nicht, daß er die Täler durch Gegenchouans unsicher macht und Ihrem Stelldichein sehr rasch auf die Spur kommen würde! Wenn Sie hier unter seinen Augen bleiben, sind Sie seiner Polizei preisgegeben. Denken Sie nur, mit welcher Schnelligkeit er erfahren hat, daß dieser Chouan bei Ihnen sei! Muß sein militärischer Scharfblick ihm nicht sagen, daß Ihre geringsten Bewegungen ihm die des Marquis verraten werden, sofern Sie von ihm geliebt werden?"

Nie war eine einschmeichelndere Stimme an Maries Ohr gedrungen; Corentin war ganz die Aufrichtigkeit selbst und schien voller Vertrauen. Und das Herz des armen Mädchens war hochherzigen Einflüssen so zugänglich, daß sie schon im Begriffe stand, der Schlange, die sie umstrickte, ihr Geheimnis anzuvertrauen. Indes besann sie sich noch rechtzeitig darauf, daß nichts die Aufrichtigkeit dieser kunstvollen Rede verbürge, und so machte sie sich kein Gewissen daraus, ihren Wächter zu täuschen.

„Nun, ja, Corentin," antwortete sie, „Sie haben es erraten. Ja, ich liebe den Marquis. Aber ich werde nicht wiedergeliebt! Wenigstens fürchte ich es. Darum scheint mir das von ihm bestimmte Stelldichein auch eine Tücke zu bergen."

„Aber", versetzte Corentin, „Sie haben uns doch gestern gesagt, er hätte Sie bis nach Fougères begleitet. Wenn er gewalttätig gegen Sie hätte werden wollen, wären Sie jetzt nicht hier."

„Sie haben Fischblut in den Adern, Corentin. Über die Vorkommnisse des menschlichen Lebens vermögen Sie weise Berechnungen anzustellen, doch über die einer Liebesleidenschaft nicht. Vielleicht kommt daher die ständige Abneigung, die Sie mir einflößen. Da Sie so scharfsichtig sind, so stellen Sie sich doch einmal vor, wie ungeduldig mich der Mann, von dem ich mich gestern nach einem stürmischen Auftritt getrennt habe, heute in jenem Hause von Florigny an der Straße nach Mayenne erwarten muß."

Dieses Geständnis, das dem offenherzigen, leidenschaftlichen Mädchen in einer begreiflichen Aufregung entschlüpft zu sein schien, trieb Corentin das Blut ins Gesicht, und er warf insgeheim einen durchbohrenden Blick auf sie, der bis ins Innerste dringen zu wollen schien. Doch Fräulein von Verneuil spielte so geschickt die Unbefangene, daß sie ihn täuschte, und so antwortete er mit erheucheltem Wohlwollen:

„Soll ich Sie von ferne begleiten? Ich würde mir verkleidete Soldaten mitnehmen, und wir würden uns bereithalten, Ihnen zu gehorchen."

„Nun gut!" erwiderte sie. „Aber versprechen Sie mir bei Ihrer Ehre ... doch nein, daran glaube ich ja nicht! Bei Ihrer ewigen Seligkeit ... doch Sie glauben ja nicht an Gott! Bei Ihrer Seele ... aber vielleicht haben Sie gar keine! Welche Bürgschaft können Sie mir also für Ihre Redlichkeit bieten? Doch ich vertraue mich Ihnen dennoch an und lege in Ihre Hände mehr als mein Leben — meine Liebe oder meine Rache!"

Das leichte Lächeln, das über Corentins fahles Gesicht flog, zeigte Fräulein von Verneuil die Gefahr, der sie soeben entronnen war. Der Scherge, dessen Nasenflügel sich zusammenzogen, statt sich zu erweitern, ergriff die Hand seines Opfers, küßte sie mit den Zeichen tiefster Ehrerbietung und verließ sie dann mit einem Gruße, der nicht ohne Anmut war.

Drei Stunden später verließ Fräulein von Verneuil, da sie die Rückkehr Corentins fürchtete, die Stadt heimlich durch das Leonhardstor und schlug den kleinen Pfad nach dem Nid-aux-crocs ein, der in das Nançontal führte. Als sie so allein durch den Irrgarten der Fußwege auf die Hütte Galope-chopines zuschritt, hielt sie sich für gerettet und ging freudig dahin, von der Hoffnung, endlich das Glück zu finden, und dem Wunsch geleitet, den Geliebten dem Schicksal zu entreißen, das ihn bedrohte.

Corentin suchte inzwischen Hulot auf. Er hatte Mühe, den Kommandanten zu erkennen, den er, mit irgendwelchen militärischen Vorbereitungen beschäftigt, auf einem kleinen Platze fand. Der wackere Alte hatte in der Tat ein Opfer gebracht, dessen Größe man nur schwer wird ermessen können. Zopf und Schnurrbart waren fort und sein nach Art der Geistlichen zurechtgeschnittenes Haar leicht gepudert. Er trug dicke, eisenbeschlagene Stiefel, hatte seine alte blaue Uniform und seinen Degen mit einem Kitzfell vertauscht, sich Pistolen in den Gürtel gesteckt und einen schweren Karabiner zur Hand genommen und musterte nun zweihundert Bürger aus Fougères, deren Anputz das Auge auch des geübtesten Chouans hätte täuschen können. In dieser keineswegs neuartigen Szene gaben sich der kriegerische Geist dieser kleinen Stadt und der bretonische Charakter kund. Hier und dort brachte eine Mutter, eine Schwester ihrem Sohn oder Bruder eine Kürbisflasche mit Branntwein oder die vergessenen Pistolen. Ein paar Greise erkundigten sich nach Zahl und Güte der Kartätschen dieser als Gegenchouans verkleideten Nationalgardisten, deren Fröhlichkeit eher auf einen Jagdausflug als auf eine gefahrvolle Unternehmung schließen ließ. Für sie schienen die Zwischenfälle des Chouankrieges, bei denen die Bretonen aus der Stadt gegen die Bretonen vom Lande kämpften, die Ritterspiele abgelöst zu haben. Diese vaterländische Begeisterung hatte vielleicht die Erwerbung einiger Nationalgüter zum Ursprung; doch sprachen auch die in den Städten mehr gewürdigten Errungenschaften der Revolution, der Parteigeist und eine gewisse, allen Landeskindern eigene Kriegsliebe bei diesem Eifer mit. Der aufs höchste verwunderte Hulot durchlief die Reihen und ließ sich von Gudin, auf den er alle die Freundschaftsgefühle übertragen hatte, die zuvor Gérard und Merle besessen, Aufklärungen geben. Eine stattliche Anzahl von Einwohnern verfolgte die Vorbereitungen zu der Unternehmung mit aufmerksamen Blicken und verglich die Haltung ihrer lärmenden Landsleute mit der Zucht, die innerhalb eines gleichfalls bereitstehenden Bataillons von Hulots Halbbrigade herrschte. Stumm und ohne sich zu rühren, erwarteten die Blauen in Reih und Glied, von ihren Offizieren angeführt, die Befehle des Kommandanten, den die Augen jedes einzelnen Soldaten von Gruppe zu Gruppe begleiteten. Corentin konnte sich angesichts der Veränderung, die mit Hulot vor sich gegangen war, eines Lächelns nicht erwehren. Er glich einem Porträt, das keinerlei Ähnlichkeit mit seinem Original aufweist.

„Was gibt's denn Neues?" fragte Corentin.

„Komm mit bei unserm Streifzug, so wirst du's erfahren."

„Oh, ich bin ja nicht aus Fougères," erwiderte Corentin.

„Das sieht man dir wohl an, Bürger," meinte Gudin.

Aus den nächststehenden Gruppen erklang spöttisches Gelächter.

„Glaubst du denn," fragte Corentin, „man könne Frankreich nur mit dem Bajonette dienen?"

Er wandte den Lachern den Rücken und sprach eine Frau an, um Zweck und Bestimmung dieses Ausmarsches zur Erfahrung zu bringen.

„Ach, lieber Herr, die Chouans sind schon in Florigny! Es heißt, es wären ihrer mehr als dreitausend und sie rückten vor, um Fougères einzunehmen."

„Florigny!" rief Corentin erbleichend. „Dann ist das Stelldichein nicht dort. — Meint ihr wohl," fragte er weiter, „Florigny an der Straße nach Mayenne?"

„Es gibt nur ein Florigny," antwortete die Frau und zeigte auf den Weg, der sich auf dem Gipfel der Pèlerine verlor.

„Suchen Sie etwa den Marquis von Montauran?" wandte sich Corentin an den Kommandanten.

„Das könnte möglich sein," antwortete Hulot barsch.

„In Florigny ist er nicht," sagte Corentin. „Schikken Sie Ihr Bataillon und die Nationalgarde dorthin, aber behalten Sie ein paar von Ihren Gegenchouans bei sich und warten Sie auf mich."

„Er ist zu boshaft, um toll zu sein," rief der Kommandant aus, als er sah, wie Corentin sich mit langen Schritten entfernte. „Er ist wahrhaftig der König der Spione!"

Gleich darauf gab Hulot seinem Bataillon Befehl, sich in Bewegung zu setzen. Ohne Trommler und unter tiefem Schweigen marschierten die Soldaten durch die enge Vorstadt, die auf die Straße nach Mayenne führte, eine rot und blaue Linie zwischen Häusern und Bäumen beschreibend. Die verkleideten Nationalgardisten folgten ihnen. Hulot aber blieb mit Gudin und ungefähr zwanzig der fähigsten jungen Männer aus der Stadt auf dem kleinen Platze, um Corentin zu erwarten, dessen geheimnisvolle Miene seine Neugier erregt hatte.

Francine selbst teilte dem schlauen Spion, dessen Verdacht nun zur Gewißheit wurde, mit, das Fräulein von Verneuil sei ausgegangen, und sofort machte sich Corentin auf den Weg, um sich über diese unzweifelhaft sehr verdächtige Flucht Aufklärung zu verschaffen. Nachdem er von den

Wachtposten am Leonhardstore erfahren, daß die schöne Fremde über das Nid-aux-crocs gegangen sei, eilte er auf die Promenade, wo er unglücklicherweise noch rechtzeitig genug ankam, um Maries Schritte genau verfolgen zu können. Obwohl sie ein grünes Kleid und einen grünen Hut angelegt hatte, um weniger aufzufallen, ließen doch die Sprünge ihres fast wahnsinnigen Laufes durch die blätterlosen, von Rauhreif bedeckten Hecken unschwer erkennen, wohin sie strebte.

„Ah so!" rief er aus. „Du sollst nach Florigny kommen und läufst ins Gibarrytal! Ein Narr bin ich, sie hat mich angeführt. Aber nur Geduld, ich kann auch bei Tage meine Lampe anzünden..."

Nun eilte Corentin, der den Ort der Zusammenkunft der beiden Liebenden jetzt annähernd erraten hatte, zu Hulot zurück. Der Kommandant stand gerade im Begriff, den Platz zu verlassen und seinen Truppen zu folgen.

„Halt, General!" rief er dem Kommandanten zu, worauf dieser umkehrte.

In wenigen Minuten hatte Corentin dem Offizier die Begebnisse berichtet, deren Spur er so geschickt aufgefunden, und Hulot, über den Scharfsinn des Diplomaten ganz betroffen, packte ihn lebhaft am Arm.

„Donnerwetter, sonderbarer Bürger, du hast recht! Die Räuber machen da unten einen Scheinangriff! Die beiden mobilen Kolonnen, die ich ausgesandt habe, um das Gelände zwischen der Straße nach Antrain und der nach Vitré zu untersuchen, sind noch nicht zurückgekommen. So werden wir unterwegs Verstärkungen finden, und die werden wir wohl brauchen können, denn der Gars ist nicht so töricht, sein Leben aufs Spiel zu setzen, ohne seine verdammten Käuzchen bei sich zu haben. — „Gudin," wandte er sich an den jungen Soldaten, „lauf dem Hauptmann Fleury nach und richte ihm aus, er könnte in Florigny auch ohne mich fertig werden und allein den Banditen eins aufbrennen. Dann komm schleunigst zu mir zurück. Du kennst ja die Fußwege; ich erwarte dich, um Jagd auf den Aristokraten zu machen und den Mord von La Vivetière zu rächen. Gottsdonner, wie er rennt!" setzte er hinzu, indem er Gudin nachsah. „Was hätte Gérard den Burschen gern gemocht!"

Bei seiner Rückkehr fand Gudin Hulots kleine Truppe um ein paar Mann verstärkt vor, die der Kommandant den verschiedenen Wachtposten entnommen hatte, und erhielt nun Befehl, ein Dutzend der am besten verkleideten unter seinen als Gegenchouans auftretenden Landsleuten auszuwählen und die Stadt durch das Leonhardstor zu verlassen, um den felsigen Abhang von Saint-Sulpice nach dem großen Couësnontale hinunter abzustreifen, wo auch die Hütte Galope-chopines lag. Dann stellte Hulot sich selbst an die Spitze der übrigen Soldaten und nahm den Weg durch das Tor von Saint-Sulpice, um sich nach den Berghöhen zu begeben. Dort mußte er seiner Berechnung nach die Truppe Beau-pieds treffen, die er zur Verstärkung eines Gürtels von Schildwachen benutzen wollte, damit die Felsen von der Vorstadt Saint-Sulpice an bis zum Nid-aux-crocs unter Bewachung stünden.

Corentin, nunmehr überzeugt, das Schicksal dessen, dem er den Untergang geschworen, in die

Hände seiner unerbittlichsten Feinde gelegt zu haben, begab sich wiederum auf die Promenade, um die Gesamtheit von Hulots Maßnahmen besser übersehen zu können.
Bald erblickte er Gudins kleine Schar, die durch das Nançontal marschierte und den Felsen längs des großen Couësnontales folgte, während Hulot am Schloß von Fougères vorüberging und den gefährlichen Pfad hinanklomm, der auf den Gipfel der Berge von Saint-Sulpice führte. So entwickelten sich die beiden Truppen auf zwei parallelen Linien. Die von glitzerndem Rauhfrost bedeckten Bäume und Sträucher bildeten zierliche Arabesken und warfen einen weißlichen Schimmer auf die Landschaft, bei dem man die beiden kleinen Armeekorps als graue Linien vorrücken sehen konnte.
Als Hulot auf dem Felsplateau angelangt war, sonderte er alle Soldaten, die Uniform trugen, aus seiner Schar ab, und Corentin sah, wie sie auf Befehl des umsichtigen Kommandanten eine Linie fliegender Schildwachen bildeten, die durch einen angemessenen Zwischenraum voneinander getrennt waren. Der erste Wachtposten sollte mit Gudin, der letzte mit Hulot in Verbindung stehen, so daß kein einziger Busch den Bajonetten dieser drei beweglichen Linien entginge, die den Gars von allen Seiten einschlossen.
„Er ist pfiffig, der alte Kommißwolf," rief Corentin, als er die letzten im Ginster aufblitzenden Bajonettspitzen aus den Augen verlor. Der Gars ist geliefert!"

☆

FÜNFUNDZWANZIGSTES KAPITEL

DIE VOM ADJUTANTEN GUDIN GEFÜHRTEN zwölf jungen Männer aus Fougères erreichten bald den Abhang, den die Felsen von Saint-Sulpice bilden, indem sie sich in hügeligen Stufen zum Gibarrytale senken. Nunmehr verließ der junge Unteroffizier die Wege und übersprang rasch den Echalier des ersten vor ihm liegenden Ginsterfeldes, von sechs seiner Landsleute gefolgt. Die übrigen wandten sich, seinem Befehl gemäß, den Feldern zur Rechten zu, um die Durchsuchung der beiden Wegseiten in Angriff zu nehmen.

Gudin schritt eilends auf einen Apfelbaum zu, der inmitten des Gesträuchs stand. Beim Geräusch der Schritte der sechs Gegenchouans, welche fürchteten, daß die bereiften Büsche dieses Hinterhalts plötzlich lebendig werden möchten, versteckten sich sieben oder acht Mann mit Beau-pied an der Spitze hinter einigen Kastanienbäumen, die die Hecke dieses Ackerstücks krönten. Trotz des weißen Schimmers, der das Feld erleuchtete, und trotz ihres geschulten Auges bemerkten die Nationalgardisten nicht gleich die Gegenchouans, die sich aus den Bäumen einen Schutzwall gemacht hatten.

„Stille, da sind sie!" sagte Beau-pied, der zuerst den Kopf vorstreckte. „Die Banditen haben uns überholt; aber da wir sie vor unsern Läufen haben, sollen sie uns nicht entkommen, oder wir taugen — bei meiner Tabakspfeife! — nicht einmal zu päpstlichen Soldaten!"

Inzwischen hatten Gudins scharfe Augen endlich mehrere auf seine kleine Schar gerichtete Gewehrmündungen gesehen. Da schrien — ein bittrer Hohn

— acht rauhe Stimmen: „Wer da?" und zugleich krachten acht Schüsse. Die Kugeln pfiffen den Gegenchouans um die Köpfe; der eine wurde in den Arm getroffen, ein anderer stürzte zu Boden. Die fünf heilgebliebenen Nationalgardisten antworteten durch eine Salve und riefen: „Gut Freund!" Dann marschierten sie rasch auf die Feinde zu, um sie zu erreichen, ehe sie von neuem geladen hätten.

„Das haben wir übel gemacht!" rief der Adjutant, als er die Uniformen und die alten Hüte seiner Halbbrigade erkannte. „Als echte Bretonen haben wir uns gleich geschlagen, statt uns zuerst zu verständigen."

Die acht Soldaten blieben bestürzt stehen, als sie Gudin vor sich sahen.

„Verdammt, Herr Adjutant! Wer zum Teufel würde Sie in Ihren Kitzfellen aber auch nicht für Räuber halten?" rief Beau-pied bekümmert aus.

„Es ist ein Unglück, an dem wir alle unschuldig sind, da Ihr nicht von dem Auszug unserer Gegenchouans unterrichtet wart. Aber was habt Ihr inzwischen ausgerichtet?" fragte Gudin ihn.

„Herr Adjutant, wir sind hinter einem Dutzend Chouans her, die sich ein Vergnügen daraus machen, uns durch dick und dünn zu hetzen. Wir rennen wie Ratten mit Gift im Leibe, aber diese verdammten Echaliers und Hecken haben uns ganz hin gemacht, so daß wir einmal ausruhen mußten. Ich glaube, die Banditen müssen augenblicklich in der Nähe dieser großen Baracke sein, aus der Sie Rauch aufsteigen sehen."

„Schön!" rief Gudin aus. „Ihr", wandte er sich an die acht Soldaten und an Beau-pied, „werdet euch jetzt querfeldein auf die Felsen von Saint-Sulpice zurückziehen und die Postenlinie unterstützen, die der Kommandant dort aufgestellt hat. Ihr dürft nicht bei uns andern bleiben, da ihr in Uniform seid. Wir wollen — Tod und Teufel! — Schluß mit den Hunden machen, denn der Gars ist bei ihnen! Die Kameraden werden euch das weitere sagen. Haltet euch rechts und schießt nicht auf unsere sechs andern Kitzfelle, die euch möglicherweise begegnen werden. Ihr könnt diese Gegenchouans an ihren Halsbinden erkennen, die ohne Knoten zusammengedreht sind."

Gudin ließ seine zwei Verwundeten unter dem Apfelbaume zurück und richtete seine Schritte nach Galope-chopines Haus, das Beau-pied ihm gezeigt hatte, und dessen Rauchsäule ihm als Wegweiser diente.

Während so der Adjutant durch ein in diesem Kriege nicht eben seltenes Zusammentreffen, das leicht noch mörderischer hätte werden können, den Chouans auf die Spur gekommen war, hatte die von Hulot befehligte kleine Abteilung auf ihrer Operationslinie einen Punkt erreicht, der mit dem, zu welchem Gudin auf der seinen gelangt war, auf gleicher Höhe lag. Lautlos und mit jugendlichem Feuer glitt der alte Kriegsmann an der Spitze seiner Gegenchouans an den Hecken entlang, übersprang die Echaliers mit ziemlicher Leichtigkeit und horchte auf das leiseste Geräusch, während seine falben Augen alle Höhen absuchten. In dem dritten Felde, in das sie kamen, gewahrte er eine Frau von etwa dreißig Jahren, die die Erde mit der Hacke bearbeitete und in gebückter Stellung rüstig schaffte, indes ein kleiner Junge von

ungefähr sieben bis acht Jahren, der ein Gartenmesser in der Hand hielt, den Reif von den da und dort aufgeschossenen Ginsterbüschen schüttelte, diese abschnitt und sie in Haufen legte.
Bei dem Geräusch, das Hulot verursachte, als er schwerfällig auf die andere Seite des Echaliers sprang, hoben der Knabe und seine Mutter den Kopf. Leichtbegreiflicherweise hielt Hulot die junge Frau für ein altes Weib; denn vorzeitige Runzeln furchten ihr Gesicht und ihren Hals. Ihre sonderbare Kleidung bestand in einem abgenutzten Ziegenfell, unter dem sie einen schmutzigen gelben Leinwandrock anhatte, das einzige Kennzeichen ihres Geschlechts, ohne welches Hulot nicht herauszufinden vermocht hätte, ob er einen Mann oder eine Frau vor sich habe, denn die langen Strähnen ihres schwarzen Haars steckten in einer roten Wollmütze. Der kleine Junge war nur mit Lumpen bekleidet, die stellenweise die Haut frei ließen.
„Heda, Alte!“ rief Hulot die Frau mit tiefer Stimme an, indem er sich ihr näherte, „wo ist der Gars?“
Gleichzeitig setzten die zwanzig Gegenchouans, die Hulot folgten, über die Umfriedigung des Ackers.
„Ha, wenn ihr zum Gars wollt, müßt ihr wieder dahin zurückgehen, woher ihr kommt,“ antwortete die Frau, nachdem sie einen mißtrauischen Blick auf die Truppe geworfen.
„Hab' ich dich etwa nach dem Wege zur Vorstadt Gars bei Fougères gefragt, alter Besen?“ entgegnete Hulot barsch. „Bei der heiligen Anna von Auray, hast du den Gars hier vorüberkommen sehen?“

„Weiß nich, was ihr meint,“ gab die Frau zur Antwort und bückte sich, um ihre Arbeit wieder aufzunehmen.

„Verdammte Vettel,“ schrie Hulot, „willst du uns denn den Blauen unters Messer liefern, die hinter uns her sind?“

Bei diesen Worten sah die Frau auf und warf wiederum einen argwöhnischen Blick auf die Gegenchouans. Dann sagte sie:

„Wie können denn die Blauen hinter euch her sein? Ich hab ihrer grade sieben oder acht nach Fougères zurückgehen sehn, da auf'm unteren Wege.“

„Sieht sie nicht aus, als wollte sie uns mit der Nase beißen?“ meinte Hulot. „Da schau, du alte Ziege!“

Und der Kommandant wies ihr mit der Hand drei oder vier von seinen Wachtposten, deren Hüte, Uniformen und Gewehre, da sie nicht weiter als etwa fünfzig Schritte entfernt standen, leicht zu erkennen waren.

„Willst du die Kerls abkehlen lassen, die Marche-à-terre dem Gars zu Hilfe schickt, weil die Leute von Fougères ihn in die Falle locken wollen?“ fuhr er in höchstem Zorne fort.

„Ach, entschuldigt!“ erwiderte die Frau. „Aber unsereins fällt gar zu leicht herein. Aus welchem Kirchspiel seid ihr denn?“ fragte sie.

„Aus Saint-Georges,“ riefen ihr zwei oder drei der Nationalgardisten in niederbretonischer Mundart zu. „Und wir kommen vor Hunger um!“

„Na schön, paßt auf,“ sagte die Frau. „Da unten, wo der Rauch aufsteigt, das ist mein Haus. Wenn ihr den Bergwegen auf der rechten Seite folgt, kommt ihr von der Höhe aus hin. Vielleicht trefft ihr meinen Mann unterwegs. Galope-chopine muß Wache stehen, damit er den Gars rechtzeitig warnen kann, denn ihr müßt wissen, daß er heute bei uns ist," setzte sie stolz hinzu.

„Schönen Dank, gute Frau," antwortete Hulot. „Vorwärts marsch, zum Donnerwetter!" rief er dann seinen Leuten zu, worauf die Gruppe im Laufschritt dem Kommandanten folgte, der auf den bezeichneten Wegen davoneilte. Als sie den so wenig katholischen Fluch des angeblichen Chouans hörte, erblaßte die Bäuerin. Sie musterte die Gamaschen und Ziegenfelle der abziehenden Leute, hockte sich dann plötzlich auf die Erde nieder, drückte ihr Kind fest an sich und sprach:

„Die heilige Anna von Auray und der selige Labre erbarme sich unser. Ich glaube nicht, daß die dort zu uns gehören, ihre Stiefel sind nicht benagelt. — — Lauf auf dem unteren Wege zum Vater und erzähl ihm, was vorgefallen ist," wandte sie sich an den kleinen Jungen, der schnell wie ein Reh zwischen den Ginsterbüschen entschwand.

Fräulein von Verneuil war keinem der royalistischen und republikanischen Streifkorps begegnet, die in dem Labyrinth der um Galope-chopines Hütte gelegenen Felder Jagd aufeinander machten. Als sie eine bläuliche Rauchsäule aus dem halb eingefallenen Schornstein der traurigen Behausung aufsteigen sah, fühlte sie ihr Herz mit den raschen, tönenden Schlägen klopfen, die das Blut in Wogen zum Halse zu treiben scheinen. Sie blieb stehen, stützte sich mit der Hand auf einen Baumast und betrachtete den Rauch, der den Feinden des Gars ebensowohl wie seinen Freunden als

Wegzeichen dienen sollte. Nie zuvor hatte sie eine so vernichtende Gemütsbewegung empfunden.
„Ach, ich liebe ihn zu sehr!" dachte sie in einer Art von Verzweiflung. „Heute werde ich vielleicht nicht Herr über mich selbst bleiben können ..."
Hastig durchmaß sie den Raum, der sie von der Hütte trennte, und stand nun im Hofe, dessen Kot im Frost erstarrt war. Der Hund stürzte bellend auf sie zu; doch auf ein Wort Galope-chopines wedelte er mit dem Schwanze und war still.
Als sie die Hütte betrat, warf Fräulein von Verneuil einen jener Blicke um sich, denen nichts entgeht. Erleichtert atmete sie auf, als sie sah, daß der Gars noch nicht da war, und nahm mit Vergnügen wahr, daß der Chouan sich bemüht hatte, ein wenig Sauberkeit in sein einziges schmutziges Zimmer zu bringen. Galope-chopine ergriff seine Flinte, grüßte seinen Gast schweigend und ging mit dem Hunde hinaus. Sie folgte ihm bis an die Schwelle und sah, wie er sich auf dem Wege entfernte, der rechts von der Hütte seinen Anfang nahm, und dessen Zutritt durch einen dicken, verfaulten Ast geschützt wurde, der einen halbverfallenen Echalier bildete.
Von hier aus konnte sie eine Felderreihe überschauen, deren Echaliers sich dem Auge wie eine Aufeinanderfolge von Toren darboten, denn die blätterlosen Bäume und Hecken gestatteten, die geringsten Einzelheiten der Landschaft wahrzunehmen.
Als Galope-chopines breiter Hut gänzlich verschwunden war, wandte sich Fräulein von Verneuil nach links und suchte die Kirche von Fougères mit dem Blick. Doch der Schuppen ver-

deckte sie vollständig. Nun schaute sie das Couësnontal hinab, das gleich einem ungeheuren Musselintuche vor ihr lag, dessen Weiße den grauen, schneebeladenen Himmel noch trüber erscheinen ließ. Es war einer jener Tage, an welchen die Natur verstummt zu sein scheint und die Luft alle Geräusche aufsaugt. So war denn trotz der Blauen und ihrer Gegenchouans, die das von ihnen gebildete Dreieck immer dichter um die Hütte zogen, die Stille so tief, daß es Fräulein von Verneuil ganz beklommen zumute wurde und sie neben ihrer Seelenangst noch eine Art körperlicher Niedergeschlagenheit fühlte.

Endlich sah sie in einiger Entfernung, wo ein hölzernes Gitter die Reihe der Echaliers abschloß, einen jungen Mann die Umzäunungen wie ein Eichhörnchen überspringen und mit erstaunlicher Schnelligkeit vorwärtseilen.

„Das ist er," sagte sie zu sich selbst.

Wäre nicht die Anmut seiner Bewegungen gewesen, so hätte sie ihn schwerlich erkannt, denn er war wie ein einfacher Chouan in ein Kitzfell gekleidet und trug sein Gewehr am Riemen über dem Rücken. Rasch zog sich Marie in die Hütte zurück, wobei sie einem dieser unwillkürlichen Antriebe folgte, die sich so wenig erklären lassen wie die Furcht. Doch bald stand er nur zwei Schritte von ihr entfernt am Kamin, in dem ein helles, lebhaftes Feuer loderte. Beide blieben vor Erregung stumm und fürchteten, sich anzublicken oder eine Bewegung zu machen. Dieselbe Hoffnung belebte beide, derselbe Zweifel schob sich trennend zwischen sie. Es war Angst und Wollust zugleich.

„Herr von Montauran," sagte endlich Fräulein

von Verneuil, „nur die Sorge um Ihre Sicherheit hat mich hierher geführt."

„Meine Sicherheit?" wiederholte er bitter.

„Ja," versetzte sie. „Solange ich in Fougères bleiben werde, ist Ihr Leben gefährdet, und ich liebe Sie zu sehr, um nicht noch heute abend abzureisen. Suchen Sie mich also nicht mehr dort."

„Sie wollen abreisen, teurer Engel ...! Dann folge ich Ihnen."

„Mir folgen? Wo denken Sie hin! Und die Blauen?"

„Aber meine liebe Marie, was hat denn unsere Liebe mit den Blauen zu tun?"

„Mir scheint es aber schwer, daß Sie in Frankreich bei mir bleiben, und noch schwerer, daß Sie es mit mir zusammen verlassen."

„Gibt es denn etwas Unmögliches für den, der wahrhaft liebt?"

„Ach ...! Ich glaube ja, daß alles möglich ist. Habe ich nicht sogar den Mut gefunden, um Ihrer selbst willen auf Sie zu verzichten?"

„Wie! einem furchtbaren Menschen haben Sie sich geschenkt, und Sie wollen einen Mann nicht glücklich machen, der Sie anbetet, dessen ganzes Leben Sie erfüllen werden, und der Ihnen schwört, nie einer andern als Ihnen zu gehören? Sag, Marie, liebst du mich?"

„Ja," antwortete sie einfach.

„Nun, so sei mein."

„Haben Sie vergessen, daß ich die schmähliche Rolle der Courtisane wieder aufgenommen habe, und daß vielmehr Sie es sind, der mir gehören soll? Wenn ich Sie meiden will, so geschieht es, um nicht auf Ihr Haupt die Verachtung zu laden, die mich treffen könnte. Wenn ich nicht diese Befürchtung hätte ..."

„Aber wenn ich nichts fürchte ...?"

„Wer steht mir dafür? Ich bin mißtrauisch. Wer würde das in meiner Lage auch nicht sein? Wenn die Liebe, die wir einflößen, nicht von Dauer ist, so soll sie doch wenigstens vollkommen sein und uns stark genug machen, mit Freuden die Ungerechtigkeit der Welt zu erdulden. Was haben Sie für mich getan? ... Sie begehren mich. Glauben Sie, sich dadurch recht hoch über diejenigen erhoben zu haben, die mich vor Ihnen sahen? — Haben Sie jemals für eine Stunde des Glückes Ihre Chouans darangewagt, ohne sich mehr um sie zu sorgen, als ich um die hingemordeten Blauen trauerte, nachdem alles für mich verloren war? Wenn ich nun von Ihnen verlangte, daß Sie mir zuliebe auf alle Ihre Pläne, Ihre Hoffnungen, ja selbst auf Ihren König verzichten sollten, der meine Eifersucht erregt und der vielleicht über Sie spotten wird, wenn Sie sich für ihn zugrunde richten, während ich in heiliger Ehrfurcht für Sie sterben könnte, — kurz, wenn ich forderte, daß Sie dem Ersten Konsul Ihre Unterwerfung anzeigten, damit Sie mir nach Paris folgen könnten; wenn ich wollte, daß wir zusammen nach Amerika gingen, um dort weit von einer Welt entfernt zu leben, in der alles eitel ist, damit ich wüßte, ob Sie mich wirklich um meiner selbst willen lieben, wie ich Sie in diesem Augenblick liebe. Um alles in einem Wort zu sagen, wenn ich Sie, statt mich von Ihnen emporheben zu lassen, zu mir herabzuziehen wünschte — was würden Sie dann tun?"

„Schweig, Marie, mache dich selbst nicht schlecht!

Armes Kind, ich begreife dich. Sieh, wenn mein erstes Verlangen zur Leidenschaft geworden war, so ist meine Leidenschaft jetzt Liebe. Seele meiner Seele, ich weiß, daß du so adlig bist wie dein Name und ebenso groß wie schön. Ich selbst bin edel genug und fühle mich stark genug, um dir in der Welt Achtung zu verschaffen. Kommt das, weil ich von dir unerhörte, unendliche Wonnen erhoffe, kommt es, weil ich in deiner Seele die köstlichen Eigenschaften gefunden zu haben glaube, die uns auf immer an eine Frau fesseln? Ich weiß es nicht. Doch meine Liebe ist ohne Grenzen, und es scheint, als könne ich dich nicht mehr entbehren. Ja, mein Leben würde mir zum Abscheu werden, wenn du nicht immer bei mir wärest..."

„Wie, bei Ihnen?"

„O Marie! Willst du mich denn nicht verstehen?"

„Ach, glauben Sie wirklich, mir sehr zu schmeicheln, indem Sie mir Ihren Namen, Ihre Hand antragen?" sagte sie mit offensichtlicher Verachtung, sah aber dabei den Marquis fest an, um seine geheimsten Gedanken zu erforschen. „Wissen Sie denn, ob Sie mich in einem halben Jahre noch lieben werden? Und was würde dann mein Los sein! Nein, nein, nur die Geliebte ist der Gefühle sicher, die ein Mann ihr bezeugt, denn Pflicht, Gesetze, Gesellschaft, Sorge für die Kinder sind nur ein trauriger Notbehelf; und wenn ihre Macht von Dauer ist, findet sie darin soviel Glück und Süßigkeit, daß sie dafür die größten Kümmernisse auf sich nimmt. Ihre Frau sein und Gefahr laufen, Ihnen eines Tages zur Last zu fallen! ... Nein, dieser Angst ziehe ich ein flüchtiges, aber wahres Liebesglück vor, selbst wenn es mit Elend und Tod enden sollte! Ja, ich könnte, eher als jede andere Frau, eine tugendhafte Mutter, eine hingebende Gattin sein; um aber solche Gefühle in der Seele einer Frau zu nähren, darf ein Mann sie nicht in einem Anfall von Leidenschaft heiraten. Und weiß ich im übrigen selbst, ob Sie mir morgen noch gefallen werden? Nein, ich will nicht an Ihrem Unglück schuld sein; ich verlasse die Bretagne," sagte sie, als sie etwas wie Unschlüssigkeit in seinem Blick bemerkte, „ich kehre nach Fougères zurück, und Sie werden mich dort nicht aufsuchen ..."

„Gut denn! Wenn du übermorgen früh von dem Saint-Sulpicer Felsen Rauch aufsteigen siehst, werde ich am Abend bei dir sein, als Geliebter, als Gatte, was du willst, daß ich sei! Dann werde ich alle Hindernisse überwunden haben!"

„Du liebst mich also doch sehr," sagte sie trunken vor Freude, „daß du so dein Leben wagst, ehe du es mir schenkst?"

Er antwortete nicht. Er sah sie nur an, und sie senkte die Augen. Doch auf dem brennenden Antlitz seiner Geliebten las er eine Wonne, die der seinen gleichkam. Er breitete die Arme nach ihr aus, und nun riß eine Art Wahnsinn Fräulein von Verneuil fort, so daß sie dem Marquis zärtlich an die Brust sank, entschlossen, sich ihm hinzugeben, um aus diesem Fehltritt das größte Glück zu schaffen, indem sie ihre ganze Zukunft aufs Spiel setzte, die sie doch wiederum am besten sicherte, wenn sie aus dieser letzten Prüfung siegreich hervorging. Doch kaum hatte sie ihren Kopf auf die Schulter des Geliebten gelegt, als ein leichtes Geräusch draußen hörbar wurde. Sie entriß sich seinen Armen, als sei sie plötzlich erwacht, und stürzte aus der Hütte. Nun erst vermochte sie nachzudenken, und als sie am Schuppen stand, sprach sie zu sich selbst:

„Er hätte mich genommen und dann vielleicht über mich gespottet! Ach, wenn ich das glauben müßte, würde ich ihn töten!"

„Oh, noch nicht," fuhr sie laut fort, als sie Beaupied gewahrte, und gab ihm einen Wink, den der Soldat merkwürdig gut verstand, denn er drehte sich stehenden Fußes um und tat, als habe er nichts gesehen.

Fräulein von Verneuil kehrte nun rasch in die Hütte zurück und bedeutete dem jungen General, sich lautlos still zu verhalten, indem sie die Lippen unter dem Zeigefinger ihrer Rechten zusammenpreßte.

„Sie sind da," sagte sie tief erschrocken mit leiser Stimme.

„Wer?"

„Die Blauen."

„Ha! Ich sterbe nicht, ehe ich.. "

„Ja, nimm..."

Er riß die vor Schreck Erstarrte, die keinen Widerstand leistete, in seine Arme und raubte ihren Lippen einen Kuß, der Wonne und Grausen in sich schloß, denn er konnte der erste und der letzte zugleich sein. Dann traten sie zusammen auf die Schwelle, indem sie sich so stellten, daß sie alles beobachten konnten, ohne selber bemerkt zu werden. Der Marquis sah Gudin an der Spitze seiner zwölf Mann, die den unteren Teil des Couësnontales besetzt hatten; er wandte sich der Reihe der Echaliers zu: der dicke verfaulte Baumstamm wurde von sieben Soldaten bewacht. Nun stieg er

auf das Weinfaß und drückte das Schindeldach ein, um von hier auf die Anhöhe zu springen; doch hastig zog er den Kopf aus der Luke zurück, die er gemacht hatte, denn der Kommandant hielt die Höhe und schnitt ihm den Weg nach Fougères ab.
Er sah seine Geliebte an, die verzweifelt aufschrie, als sie die schweren Fußtritte der drei Abteilungen hörte, die das Haus umzingelt hatten.
„Geh du zuerst hinaus," sprach er zu ihr, „du wirst mich schützen."
Ohne über den Sinn seiner Worte nachzudenken, stellte sie sich vor die Tür, während der Marquis seine Büchse lud. Nachdem er dann den Raum zwischen der Türschwelle und dem dicken Baumstamm abgemessen hatte, warf er sich den sieben Blauen entgegen, feuerte mitten in sie hinein und bahnte sich einen Weg durch sie hindurch. Die drei Truppenteile stürzten auf den Echalier zu, den der Royalistenführer übersprungen hatte, sahen ihn aber nur noch mit unerhörter Schnelligkeit feldeinwärts laufen.
„Feuer, Feuer, in Dreiteufelsnamen! Ihr seid keine Franzosen! So schießt doch, ihr Lumpen!" donnerte Hulot.
Im selben Augenblick, als er diese Worte von seiner Anhöhe hinabschrie, gaben seine und Gudins Leute eine gleichzeitige Salve ab, die aber glücklicherweise ihr Ziel verfehlte.
Schon hatte der Marquis die Grenze des ersten Ackers erreicht, als er um ein Haar von Gudin eingeholt worden wäre, der ihm nachgestürzt war, so schnell er vermochte. Als der Gars diesen furchtbaren Gegner nur wenige Klafter hinter sich hörte,

verdoppelte er seine Geschwindigkeit. Nichtsdestoweniger kamen sie fast zugleich am Echalier an; doch Montauran schleuderte Gudin seine Büchse so geschickt an den Kopf, daß der Schlag ihn aufhielt.

Mit unbeschreiblicher Angst beobachtete Fräulein von Verneuil dieses Schauspiel, dem auch Hulot und seine Truppe mit der größten Spannung folgten. Unbewußt machten alle stumm die Bewegungen der beiden Läufer mit.

Beim dritten Echalier bückte der Adjutant sich, um etwas aufzuheben, wodurch der Gars, der absichtlich sein Taschenbuch hatte fallen lassen, einen Vorsprung gewann. Schließlich langten sie aber doch zu gleicher Zeit an der von dem bereiften Gehölz gebildeten weißen Wand an. Doch plötzlich sprang Gudin zurück und trat hinter einen Baum. Etwa zwanzig Chouans, die, um ihren Führer nicht zu treffen, bisher nicht zu schießen gewagt hatten, zeigten sich und überschütteten den Baum mit Kugeln. Nun ging Hulots ganze kleine Schar im Laufschritt vor, um Gudin zu retten, der, da er unbewaffnet war, sich von Baum zu Baum zurückzog, indem er jedesmal den Augenblick abpaßte, in dem die königlichen Jäger ihre Gewehre luden. Bald war er der Gefahr entronnen. Die mit den Blauen gemeinsam vorgehenden Gegenchouans, mit Hulot an ihrer Spitze, stießen an der Stelle, wo der Marquis seine Waffe fortgeworfen, mit Gudin zusammen. Im selben Augenblick sah der Adjutant seinen Widersacher ganz erschöpft unter einem der Bäume des kleinen Wäldchens sitzen; er überließ es seinen Kameraden, sich mit den Chouans auseinanderzusetzen, die sich hinter einer seitlich gelegenen Hecke verschanzt hatten, umging sie und näherte sich von neuem dem Marquis mit der Behendigkeit eines Raubtiers. Als die königlichen Jäger diese Schwenkung bemerkten, brachen sie in ein furchtbares Geschrei aus, um ihren Führer zu warnen, und versuchten dann, nachdem sie mit großem Glück auf die Gegenchouans gezielt hatten, ihnen die Spitze zu bieten. Doch die Nationalgardisten erklommen beherzt die von ihren Feinden als Wall benutzte Hecke und nahmen blutige Rache. Nun warfen sich die Chouans auf den Weg, der an dem Acker entlanglief, in dessen Mitte der Vorgang sich abgespielt hatte, und bemächtigten sich der Höhen, die Hulot unvorsichtigerweise aufgegeben hatte. Ehe die Blauen noch Zeit gefunden, sich zu besinnen, hatten die Königstreuen sich bereits in den Spalten jener Felskämme verschanzt, in deren Schutze sie ungefährdet auf Hulots Mannschaft schießen konnten, falls die es sich einfallen lassen sollte, sie dort anzugreifen.

Indes Hulot, von einigen Soldaten gefolgt, langsam auf das Wäldchen zuging, um Gudin aufzusuchen, blieben die Nationalgardisten zurück, um die toten Chouans ihrer Habseligkeiten zu entkleiden und den noch lebenden den Todesstoß zu versetzen; denn in diesem furchtbaren Kriege machte keine der beiden Parteien Gefangene. Da der Marquis gerettet war, erkannten Königstreue wie Blaue stillschweigend die Stärke ihrer beiderseitigen Stellungen und die Nutzlosigkeit eines weiteren Kampfes an, so daß beide Teile nur noch auf den Rückzug bedacht waren.

„Wenn ich auch noch diesen jungen Mann verliere,“ rief Hulot, indem er gespannt nach dem

Gehölz schaute, „will ich mir nie wieder einen Freund suchen!"

„Haha!" sagte einer der jungen Leute aus Fougères, die mit der Plünderung der Gefallenen beschäftigt waren, „da ist ja ein Vogel mit gelben Federn!"

Und er zeigte seinen Landsleuten eine mit Goldstücken angefüllte Börse, die er in der Tasche eines dicken, schwarz gekleideten Mannes gefunden.

„Aber was hat er denn da noch?" meinte ein anderer, indem er ein Brevier aus dem Rocke des Toten zog.

„Das ist geweihtes Brot, ein Priester ist es!" rief er dann und schleuderte das Buch fort.

„Der Spitzbube, er macht uns bankrott!" sagte ein Dritter, der nur zwei Taler in den Taschen des von ihm geplünderten Chouans gefunden hatte.

„Ja, aber er hat ein Paar ganz brauchbare Schuhe," erwiderte ein anderer und machte Miene, sie sich anzueignen.

„Wenn sie auf dein Los fallen, bekommst du sie," rief ihm der erste zu, und riß sie dem Toten von den Füßen, um sie zu dem Haufen der bereits aufgeschichteten Beutestücke zu werfen.

Ein vierter Gegenchouan nahm alles Geld an sich, um es nachher zu verteilen, wenn alle Teilnehmer des Streifzuges beisammen wären.

Als Hulot mit seinem jungen Adjutanten zurückkehrte, dessen letzter Versuch, den Gars zu stellen, ebenso gefährlich wie nutzlos gewesen, fand er etwa zwanzig von seinen Leuten und dreißig Gegenchouans vor elf gefallenen Feinden, deren Leichen sie in eine Ackerfurche unterhalb der Hecke geworfen hatten.

„Soldaten," rief Hulot streng, „ich verbiete euch, diese Lumpen unter euch zu verteilen. Angetreten, vorwärts!"

„Herr Kommandant," sagte ein Soldat, indem er auf seine Schuhe zeigte, aus denen seine Fußspitzen ein ganzes Stück hervorsahen, „das Geld — nun ja. Aber hier die Stiefel," setzte er hinzu, und wies mit dem Gewehrkolben auf ein Paar eisenbeschlagener Schuhe, „die würden mir wie angegossen sitzen."

„Willst du englisches Schuzeug an die Füße ziehen?" fragte Hulot.

„Herr Kommandant," sagte einer der Nationalgardisten ehrerbietig, „von Kriegsbeginn an haben wir immer die Beute geteilt..."

„Euch verwehre ich nicht, eurer Gewohnheit zu folgen," unterbrach ihn Hulot barsch.

„Hier, Gudin, hast du eine Börse mit drei Louisdors. Du hast es dir sauer werden lassen, da wird der Herr Kommandant nichts dagegen haben, wenn du sie nimmst," sagte einer seiner früheren Kameraden zu dem Adjutanten.

Hulot blickte Gudin von der Seite an und sah ihn erbleichen.

„Das ist die Börse meines Onkels," rief der junge Offizier.

Von der ausgestandenen Anstrengung ganz erschöpft, tat er ein paar Schritte auf den Haufen der Toten zu, wo sich ihm als erster Anblick der Leichnam seines Onkels bot. Doch nur einen flüchtigen Blick warf er auf das von bläulichen Adern durchfurchte, kupferrote Gesicht, die erstarrten Glieder und die von dem Schusse herrührende Wunde. Dann stieß er einen erstickten Schrei aus und sagte: „Lassen Sie uns abmarschieren, Herr Kommandant!“

Der Trupp der Blauen setzte sich in Bewegung. Hulot stützte seinen jungen Freund, indem er ihm den Arm bot.

„Zum Donnerwetter, laß es gut sein,“ sagte der alte Kriegsmann.

„Ach! er ist tot,“ antwortete Gudin, „tot! Er war mein einziger Verwandter. Er hatte mich lieb. Wäre der König zurückgekommen, so würde das ganze Land nach meinem Kopfe gefahndet haben, er aber hätte mich unter seinem Talar geborgen.“

„Was für ein Dummkopf er ist,“ meinten die zur Verteilung der Beute zurückgebliebenen Nationalgardisten. „Der Alte war doch ein reicher Mann und hat unter diesen Umständen nicht Zeit gefunden, ein Testament zu machen, in dem er ihn hätte enterben können!“

Nach geschehener Teilung folgten die Gegenchouans dem kleinen Trupp der Blauen und marschierten in einiger Entfernung hinter ihnen her.

☆

SECHSUNDZWANZIGSTES KAPITEL

FÜRCHTERLICHE UNRUHE HATTE SICH IN Galope-chopines Hütte eingeschlichen, in der das Leben bis dahin so harmlos und unbekümmert verstrichen war. Zu der Stunde, da die Familie ihre Abendmahlzeit einzunehmen pflegte, kamen Barbette und ihr kleiner Sohn heim, sie eine schwere Tracht Ginsterkraut, er ein Bündel Viehfutter auf dem Rücken. Doch vergebens suchten Mutter und Kind beim Betreten ihrer Hütte Galope-chopine

mit den Augen, und in seiner Leere kam ihnen das elende Zimmer so groß vor, wie nie zuvor. Der leergebrannte Kamin, die Finsternis, das Schweigen, alles kündete ihnen ein Unglück an.
Als die Nacht anbrach, zündete Barbette ein helles Feuer und zwei Harzkerzen an, wobei sie mit der Langsamkeit zu Werke ging, die unsere Handlungen kennzeichnet, wenn uns eine tiefe Gemütsbewegung erfaßt hat. Sie horchte auf den mindesten Laut; doch gar oft täuschte sie das Pfeifen des Windes, so daß sie nach der Tür ihrer elenden Behausung eilte, um noch trauriger wieder zurückzukommen. Sie spülte zwei Weinkrüge aus, füllte sie bis zum Rande und stellte sie auf den langen Tisch. Wiederholt schaute sie zu dem Kinde hinüber, das das Backen der Buchweizenfladen besorgte, vermochte es aber nicht, mit ihm zu reden. Einen Augenblick ruhten die Augen des Knaben auf den beiden Nägeln, an denen sonst die Büchse seines Vaters zu hängen pflegte, und Barbette überlief ein Schauder, als sie gleich ihm den leeren Platz sah. Nur das Brüllen der Kühe und die Weintropfen, die in regelmäßigen Zwischenräumen aus dem Spundloch fielen, unterbrachen die Stille. Die arme Frau seufzte, während sie in drei irdenen Näpfen eine Art Suppe anrichtete, die aus Milch, in Stückchen geschnittenen Fladen und gerösteten Kastanien bestand.
„Sie haben sich auf dem Acker der Béraudière geschlagen," sagte der Kleine.
„Geh doch mal hin und schau dich um," antwortete seine Mutter.
Der Knabe lief fort, gewahrte beim Licht des Mondes den Leichenhaufen, fand aber seinen Vater

nicht darunter und kam lustig pfeifend zurück, weil er ein paar Hundertsousstücke aufgelesen hatte, die die Sieger fallen gelassen und dann vergessen hatten.

Er traf seine Mutter auf einem Schemel vor dem Herde sitzend an, wo sie sich mit Hanfspinnen beschäftigte, und machte ihr, die an nichts Gutes glaubte, ein verneinendes Zeichen. Dann legte er sich, nachdem er ein Gebet an die heilige Anna von Auray gemurmelt, zu Bett, denn es hatte schon zehn Uhr geschlagen.

Bei Tagesanbruch stieß Barbette, die nicht geschlafen hatte, einen Freudenschrei aus, als sie in der Ferne die Tritte eisenbeschlagener Stiefel vernahm, und bald zeigte Galope-chopine sein saures Gesicht.

„Dank dem heiligen Labre, dem ich eine schöne Kerze versprochen hab', ist der Gars gerettet! Vergiß nicht, daß wir dem Heil'gen jetzt drei Kerzen schulden."

Damit ergriff Galope-chopine einen der Krüge und leerte ihn bis zum letzten Tropfen, ohne abzusetzen. Als seine Frau ihm die Suppe vorgesetzt und das Gewehr abgenommen hatte und er auf der Bank saß, sagte er:

„Wieso sind die Blauen und die Gegenchouans hierher gekommen? 's war doch in Florigny losgegangen. Wer zum Teufel kann ihnen gesagt haben, daß der Gars bei uns wär'? Es hat's ja doch niemand gewußt außer ihm, seiner schönen Garce und uns beiden!"

Das Weib erbleichte.

„Die Gegenchouans haben mir eingeredet, sie wären die Gars aus Saint-Georges," antwortete sie bebend, „und ich hab' ihnen selber gesagt, wo der Gars wär."

Nun war die Reihe, blaß zu werden, an Galopechopine. Er setzte seinen Napf hart auf den Rand des Tisches nieder.

„Ich hab' dir unsern Jungen geschickt, daß er dir's sagen sollt', aber er hat dich nicht getroffen," fuhr Barbette erschrocken fort.

Der Chouan sprang auf und versetzte seiner Frau einen so heftigen Schlag, daß sie totenbleich aufs Bett fiel.

„Verdammtes Weib!" schrie er. „Du bringst mich ums Leben!"

Doch gleich darauf nahm er, von Schrecken ergriffen, seine Frau in die Arme.

„Barbette," rief er, „Barbette! Heilige Jungfrau, ich hab' zu grob zugeschlagen!"

„Glaubst du," sagte sie, indem sie die Augen öffnete, „daß Marche-à-terre es erfährt?"

„Der Gars", erwiderte der Chouan, „hat gesagt, er wollte schon herausbringen, woher die Verräterei gekommen ist."

„Hat er das zu Marche-à-terre gesagt?"

„Pille-miche und Marche-à-terre waren in Florigny."

Sie atmete erleichtert auf.

„Wenn sie dir nur ein Haar krümmen," sagte sie dann, „soll'n sie's mit mir zu tun bekommen."

„Ach, ich mag nix mehr essen," rief Galopechopine traurig.

Seine Frau schob ihm den zweiten, noch vollen Krug zu, doch er beachtete es nicht einmal. Da rollten zwei dicke Tränen über Barbettes Wangen und netzten die Runzeln ihres welken Gesichtes.

„Höre, Frau, du mußt morgen früh rechts von Sankt Leonard auf den Felsen von Saint-Sulpice Reisig aufschichten und anzünden. Das ist das Zeichen, das sich der Gars und der alte Rektor von Saint-Georges ausgemacht haben."

„Geht er denn nach Fougères?"

„Ja, zu seiner hübschen Garce. Hab' heut deswegen noch Lauferei genug. Ich glaub', er will sie heiraten und entführen. Mir hat er aufgetragen, daß ich soll Pferde mieten und auf die Straße nach Saint-Malo bringen."

Hierauf legte sich der müde Galope-chopine ein paar Stunden schlafen, ehe er sich von neuem auf den Weg machte. Am nächsten Morgen kam er wieder heim, nachdem er die ihm vom Marquis übergebenen Aufträge gewissenhaft ausgeführt hatte. Als er erfuhr, daß Marche-à-terre und Pille-miche sich nicht gezeigt hatten, beruhigte er seine Frau, so daß sie ganz ohne Sorgen nach den Felsen von Saint-Sulpice aufbrach, wo sie tags zuvor auf dem kleinen Hügel, der der Sankt Leonhardskirche gegenüberlag, einige nun bereifte Reisigbündel aufgeschichtet hatte. An der Hand führte sie den kleinen Jungen, der in einem zerbrochenen Holzschuh Kohlenglut trug.

Kaum war seine Frau mit dem Kinde hinter dem Dach des Schuppens verschwunden, als Galope-chopine zwei Männer über den letzten Echalier der Reihe springen hörte, und allmählich unterschied er in dem ziemlich dichten Nebel zwei plumpe Gestalten, die sich wie unklare Schatten abzeichneten.

„Das sind Pille-miche und Marche-à-terre," dachte er bei sich. Und ihn schauderte.

Bald zeigten die beiden Chouans auf dem kleinen Hof ihre düsteren Gesichter, die sich unter den großen, abgenutzten Hüten ausnahmen wie die Köpfe der Figuren, die Kupferstecher in ihre Landschaften zu setzen lieben.

„Guten Tag, Galope-chopine," grüßte Marche-à-terre ernst.

„Guten Tag, Herr Marche-à-terre," antwortete Barbettes Mann unterwürfig. „Wollen Sie nicht hereinkommen und ein paar Krüge Wein leeren? Ich hab kalten Fladen und frische Butter."

„Da sagen wir nicht nein, Vetter," meinte Pille-miche.

Die beiden Chouans traten in die Stube. Dieser Anfang hatte nichts Erschreckendes für den Hausherrn, der aus seinem großen Fasse eiligst drei Krüge Wein abfüllte, indes Marche-à-terre und sein Kamerad, die sich zu beiden Seiten des langen Tisches auf den blanken Bänken niedergelassen, sich Fladen abschnitten und mit der dicken, gelben Butter bestrichen, die unter dem Messer kleine, runde Milchtröpfchen hervorquellen ließ. Galope-chopine stellte die vollen, schäumenden Krüge vor seine Gäste hin, und die drei Chouans begannen zu schmausen. Doch von Zeit zu Zeit warf der Hausherr einen Seitenblick auf Marche-à-terre und beeiferte sich, ihn immer von neuem zum Trinken aufzufordern.

„Gib mir dein Tabakshorn," sagte Marche-à-terre zu Pille-miche, und nachdem er sich mehrere Prisen in die hohle Hand geschüttet, schnupfte er sie mit der Miene eines Mannes, der sich zu einer bedeutungsvollen Handlung vorbereitet.

„Es ist kalt," bemerkte Pille-miche, indem er aufstand und den oberen Teil der Haustür schloß, so daß der nebeltrübe Tag nur noch durch das kleine Fenster in die Stube drang und Tisch und Bänke mit einem matten Schimmer übergoß. Das Feuer jedoch verbreitete einen rötlichen Schein im Raume.

Galope-chopine hatte unterdes die Krüge zum zweitenmal gefüllt und stellte sie vor seine Gäste hin, doch sie lehnten es ab, weiter zu trinken, warfen ihre großen Hüte von sich und nahmen plötzlich eine feierliche Miene an. Ihr Benehmen und der Blick, mit dem sie einander ansahen, jagten Galope-chopine einen Schauder über den Rücken, und er glaubte Blut unter den roten Wollmützen zu sehen, mit denen ihr Haar bedeckt war.

„Bring uns dein Hackmesser," sagte Marche-à-terre.

„Aber Herr Marche-à-terre, was woll'n Sie denn damit?"

„Vorwärts, Vetter, du weißt 's ganz gut," sprach Pille-miche und steckte sein Tabakshorn, das ihm Marche-à-terre reichte, wieder zu sich. „Du bist gerichtet."

Die beiden Chouans erhoben sich gleichzeitig und griffen zu ihren Gewehren.

„Herr Marche-à-terre, ich hab' nix über den Gars weiter gesagt ..."

„Hol dein Hackmesser," wiederholte der Chouan.

Der unglückselige Galope-chopine stieß an die plumpe Bettstelle seines Knaben, und drei Hundertsousstücke rollten auf den Fußboden. Pille-miche hob sie auf.

„Oho! die Blauen haben dir ganz neue Münzen gegeben," rief Marche-à-terre.

„So wahr wie hier oben das Bild vom heil'gen

Labre steht," fiel Galope-chopine ein, „ich hab' nix gesagt. Barbette hat nur die Gegenchouans für die Gars von Saint-Georges gehalten — das is alles."

„Was sprichst du auch mit Weibern von Geschäften?" erwiderte Marche-à-terre roh.

„Außerdem verlangen wir keine Verteidigung von dir, Vetter, sondern dein Hackmesser. Du bist gerichtet."

Und auf einen Wink seines Gefährten half Pille-miche das Schlachtopfer ergreifen. Als er sich in den Händen der beiden Chouans befand, verlor Galope-chopine jeden Halt; er fiel auf die Knie und streckte seinen Henkern verzweifelt die Hände entgegen:

„Gute Freunde, lieber Vetter, was soll denn aus meinem kleinen Jungen werden?"

„Werd' für ihn sorgen," antwortete Marche-à-terre.

„Liebe Kam'raden," hob der totenbleiche Galope-chopine von neuem an, „ich bin nicht zum Tode bereitet. Wollt ihr mich denn ohne Beichte sterben lassen? Ihr könnt mir 's Leben nehmen, aber um die ew'ge Seligkeit dürft ihr mich nicht bringen!"

„Da hat er recht," sagte Marche-à-terre und sah Pille-miche an.

Ein paar Minuten lang waren die Chouans in der größten Verlegenheit, weil sie nicht wußten, wie sie diese Gewissensfrage lösen sollten, während Galope-chopine auf das leiseste Windesgeräusch horchte, als ob er noch immer auf Rettung von außen hoffe. Bei dem regelmäßigen Tropfen des Weines aus dem Spundloch fiel sein Blick unwillkürlich auf das Faß, und er seufzte traurig auf.

Mit einem Male faßte sein Vetter ihn am Arme, zog ihn in eine Ecke und sprach zu ihm:
„Bekenn' nur mir all deine Sünden! Ich werd' sie einem richtigen Geistlichen wiedersagen, und der gibt mir dann Absolution für dich. Wenn's Buße zu tun gibt, will ich sie schon für dich tun."
Durch die umständliche Art und Weise, mit der Galope-chopine seine Sünden aufzählte, erlangte er einen Aufschub; doch trotz der großen Anzahl und der genauen Beschreibung der Vergehen, deren er sich anschuldigte, kam er schließlich doch mit seinem Rosenkranz zu Ende.
„Ach!" sagte er zuletzt, „Vetter, wo ich nun doch mal wie zum Beichtvater mit dir rede, versich're ich dir beim heil'gen Namen Gottes, daß ich mir nix vorzuwerfen hab', als daß ich hie und da mein Brot ein bißchen zu dick mit Butter geschmiert hab', und beim heiligen Labre, der da auf dem Kamin steht, bezeuge ich, daß ich nix vom Gars gesagt hab'. Nein, Freunde, verraten hab' ich ihn nicht!"
„Schon gut, schon gut, Vetter, steh nur auf. Das alles kannst du bei Gelegenheit mit dem lieben Gott ausmachen."
„Aber so laßt mich doch wenigstens Barbette Lebewohl sagen ..."
„Vorwärts," unterbrach ihn Marche-à-terre, „wenn du willst, daß man dich nicht härter anpackt, als nötig, so betrag' dich wie 'n Bretone und tritt auf anständige Art ab!"
Nun ergriffen die beiden Chouans Galope-chopine von neuem und legten ihn auf die Bank, wo er sich nur noch durch krampfhafte, vom tierischen Instinkt erzeugte Bewegungen wehrte und ein paar-

mal dumpf aufheulte, bis der dumpfe Fall des Schlachtbeils ertönte. Mit einem einzigen Schlag wurde der Kopf vom Rumpfe getrennt; Marche-à-terre ergriff ihn an einem Haarbüschel und ging damit aus der Stube, suchte und fand in der rohen Türbekleidung einen Nagel, an dem er die Haare, die er in der Hand hielt, festknüpfte, und ließ den blutenden Kopf so hängen, ohne ihm auch nur die Augen zuzudrücken.

Dann wuschen sich die Chouans, ohne sich im geringsten zu beeilen, die Hände in einer Schüssel voll Wasser, griffen zu ihren Hüten, ihren Gewehren und überkletterten den Echalier, indem sie das Lied vom tapfern Hauptmann pfiffen. Als sie an der Ackergrenze angelangt waren, stimmte Pille-miche aufs Geratewohl ein paar Strophen aus diesem Lied an, dessen volkstümliche Weise und schlichte Reime der Wind verwehte:

Und in der ersten Stadt
Ihr Schatz sie gekleidet hat
In weiße Seide fein.

Und in der zweiten Stadt
Ihr Schatz sie gekleidet hat
In Silber und in Gold.

Feinsliebchen war so schön,
Wollt ihr zu Diensten stehn
Das ganze Regiment.

Je weiter die Chouans sich entfernten, um so undeutlicher wurde die Melodie. Doch die Stille, die über den Feldern lag, war so tief, daß ein paar Töne an das Ohr Barbettes drangen, die, ihren kleinen Jungen an der Hand, gerade nach Hause zurückkehrte. Eine Bäuerin hört dieses in Westfrankreich so beliebte Lied nie ohne Teilnahme singen; und so stimmte denn auch Barbette unwillkürlich die ersten Strophen der Ballade an:

Feinsliebchen, schürze dich,
Wohlauf, wir zieh'n in Krieg,
Wohlauf, 's ist an der Zeit.

„Herr Hauptmann, du sollt wissen,
Und laß dich's nicht verdrießen,
Mein' Tochter ist nicht für dich.

Zu Wasser nicht, zu Land.
Fällt sie in deine Hand.
Es sei durch List und Trug."

Der Vater greift die Maid,
Er reißt ihr ab das Kleid
Und stürzt sie in die Flut.

Der Hauptmann wart't nicht lang,
Ihr nach ins Wasser sprang —
Er trägt sie wieder ans Land.

Feinsliebchen, schürze dich,
Wohlauf, wir zieh'n in Krieg,
Wohlauf, s'ist an der Zeit.

Und in der ersten Stadt . . .

Gerade, als Barbette an der Stelle der Ballade angelangt war, bei der Pille-miche eingesetzt hatte, betrat sie ihren Hof. Die Zunge erstarrte ihr im Munde, sie blieb reglos stehen, und ein gellender, jedoch rasch wieder abbrechender Schrei entrang sich ihrer Brust.
„Was hast du denn, Mutter?" fragte das Kind.
„Geh' allein," rief Barbette heiser, indem sie ihre Hand aus der seinen riß und ihn roh von sich

stieß. „Du hast keinen Vater und keine Mutter mehr...“
Weinend rieb sich das Kind die Schulter. Da sah es den blutenden Kopf. Sein frisches Gesicht behielt, obwohl es plötzlich stille schwieg, die krampfartige Spannung, die die Züge beim Weinen annehmen. Er starrte das Haupt seines Vaters lange mit einfältiger Miene an, die keinerlei Ergriffenheit verriet, und endlich zeigte sich auf seinem stumpfsinnigen Gesichte sogar ein Ausdruck wilder Neugier.
Plötzlich ergriff Barbette wieder die Hand ihres Kindes, drückte sie heftig und zog den Kleinen ins Haus.
Während Pille-miche und Marche-à-terre ihr Opfer auf die Bank legten, hatte sich einer der Holzschuhe Galope-chopines so unter dessen Kopf geschoben, daß er das Blut auffing, und dieser blutgefüllte Schuh war das erste, was der armen Frau ins Auge fiel.
„Zieh deinen Schuh aus,“ sagte sie zu ihrem Sohn, „und tauch deinen Fuß dahinein. So. — Vergiß nie“, rief sie dann mit finsterer Stimme, „den Schuh deines Vaters, und zieh dir niemals einen an die Füße, ohne dich an den zu erinnern, den die Chouans mit seinem Blute gefüllt haben. Und bring sie um, die Chouans, bring sie um, bring sie um!“
Bei diesen Worten schüttelte sie den Kopf so krampfhaft, daß ihre schwarzen Haarflechten auf die Schultern herabfielen und ihrem Gesicht einen unheilverkündenden Ausdruck gaben.
„Der heilige Labre soll mein Zeuge sein,“ fuhr sie fort. „daß ich dich den Blauen weihe! Du sollst

Soldat werden, um deinen Vater zu rächen! Bring sie um, die Chouans, bring sie um, und tu's mir nach! Sie haben meinen Mann geköpft, aber ich will dafür den Blauen den Kopf des Gars verschaffen."

Mit einem Satze sprang sie auf das Bett, zog einen kleinen Sack mit Geld aus seinem ihr wohlbekannten Versteck hervor, faßte den erstaunten Kleinen wieder an der Hand und zog ihn wild mit sich fort, ohne ihm Zeit zu lassen, wieder in seinen Holzschuh zu schlüpfen. Schnellen Schrittes gingen sie auf Fougères zu, ohne sich noch einmal nach der Hütte umzuwenden, die sie soeben verlassen hatten.

Auf der Höhe der Felsen von Saint-Sulpice angelangt, schürte Barbette das Reisigfeuer, und ihr Sohn mußte ihr helfen, mit Reif bedeckte grüne Ginsterzweige darauf zu legen, um einen stärkeren Rauch hervorzubringen.

„Das wird länger währen als dein Vater und ich und der Gars," sprach Barbette dann mit grimmiger Miene zu ihrem Kinde und deutete auf das Feuer.

☆

SIEBENUNDZWANZIGSTES KAPITEL

IM GLEICHEN AUGENBLICK, IN DEM GALOPE-chopines Witwe und sein Sohn mit dem blutigen Fuße, von finsterem Haß erfüllt, in dem zugleich Spannung lag, die Rauchsäule emporwirbeln sahen, blickte Fräulein von Verneuil nach dem Felsen hinüber und suchte vergebens das von dem Marquis angekündigte Zeichen mit den Augen; denn der Nebel, allmählich immer dichter geworden, hatte die ganze Gegend unter seinen grauen Schleiern begraben, die auch die nächstgelegenen Teile der Landschaft verhüllten.

Nach der Reihe ließ sie den Blick in leiser Beklemmung über die Berge, das Schloß, die Gebäude gleiten, die sich in dem Nebelwogen nur wie noch dichtere Nebelflecke abzeichneten. In der Nähe ihres Fensters hoben sich ein paar Bäume von dem bläulichen Hintergrunde ab, gleich jenen Korallenbildungen, die das unbewegte Meer zuweilen sehen läßt. Die Sonne breitete die bleierne Farbe mattgewordenen Silbers über das Firmament, während ihre Strahlen ein trügerisches Rot über die kahlen Äste gossen, an denen noch ein paar letzte Blätter zitterten. Doch zu freudige Gefühle bewegten ihre Seele, als daß sie in diesem Schauspiel eine üble Vorbedeutung für das Glück gesehen hätte, an dem sie sich im voraus weidete.

Seit zwei Tagen hatten ihre Gedanken und Wünsche sich seltsam verändert; langsam waren die Heftigkeit, die ungeordneten Ausbrüche ihrer Leidenschaft unter der Einwirkung der gleichmäßigen Wärme gewichen, mit der wahre Liebe das Dasein sättigt. Die Gewißheit, geliebt zu werden, die sie unter so vielen Gefahren gesucht, hatte in ihr den Wunsch erstehen lassen, in die gesellschaftlichen Verhältnisse zurückzukehren, die dem Glück die äußere Weihe geben, und die sie ja nur aus Verzweiflung verlassen hatte. Nur einen Augenblick lang zu lieben, schien ihr unmöglich. Mit einem Schlage sah sie sich aus der Welt, in die das Unglück sie hatte versinken lassen, wieder zu dem hohen Range emporgehoben, den ihr Vater ihr für eine kurze Weile eingeräumt hatte. Ihre

Eitelkeit, bis dahin von den grimmen Wechselfällen einer verzweiflungsvollen Leidenschaft niedergehalten, erwachte wieder und malte ihr alle Vorzüge einer hohen Lebensstellung aus. War sie nicht gleichsam als Marquise geboren, hieß es für sie nicht in ihrer allereigensten Sphäre zu leben und zu wirken, wenn sie Herrn von Montauran heiratete? Nachdem sie die Zufälle eines abenteuerlichen Lebens kennengelernt, vermochte sie besser als jede andere Frau die Bedeutung der Gefühle zu ermessen, auf die sich die Familie gründet. Ehe, Mutterschaft und Familiensorgen würden für sie weniger eine Aufgabe als ein Ausruhen sein. Sie liebte jetzt das tugendsame und stille Leben, das ihr durch diesen letzten Lebenssturm hindurch erschienen war, genau so, wie eine der Tugend überdrüssige Frau etwa einen begehrlichen Blick auf eine unerlaubte Leidenschaft werfen mag. War doch für sie die Tugend eine noch ungekannte Versuchung!

„Vielleicht", sagte sie, indem sie das Fenster verließ, ohne das Feuer auf den Felsen von Saint-Sulpice gesehen zu haben, „bin ich doch recht kokett gegen ihn gewesen? Aber dafür weiß ich nun auch, wie sehr ich geliebt werde. Francine, es ist kein Traum mehr! Heute abend werde ich Marquise von Montauran sein! Was habe ich nur getan, um ein so unbeschreibliches Glück zu verdienen? Oh — ich liebe ihn, und Liebe kann Liebe vergelten. Trotzdem scheint es mir, als wolle Gott mich dafür belohnen, daß ich mir trotz all meinem Elend so viel Herz bewahrt habe; als wolle er mich meine Leiden vergessen machen. Denn, du weißt es ja, liebes Kind, ich habe viel gelitten."

„Sie, Marie, — heute abend Marquise von Montauran? Ach, solange das nicht geschehen ist, werde ich es immer nur als einen Traum ansehen! Woher sollte er denn wissen, wie groß Ihr Wert ist?"

„Aber liebes Kind, er hat doch nicht nur schöne Augen, er hat auch eine Seele. Hättest du ihn in der Gefahr gesehen, wie ich! Oh, er muß sehr lieben können, er ist so kühn!"

„Wenn Sie ihn gar so lieb haben, warum geben Sie dann aber zu, daß er nach Fougères kommt?"

„Hatten wir denn Zeit, uns auch nur noch ein Wort zu sagen, als wir überrascht wurden? Im übrigen ist es nur eine Liebesprobe mehr. Und davon hat man ja doch nie genug! Steck mir inzwischen die Haare auf."

Doch hundertmal zerstörte sie durch sozusagen elektrische Bewegungen die gelungene Anordnung ihrer Haartracht, denn in ihren Wunsch, zu gefallen, mischten sich noch immer stürmische Gedanken. Während sie eine Locke drehte, ihre Flechten glattstrich, fragte sie sich mit einem Rest von Mißtrauen, ob der Marquis sie auch nicht betrüge. Doch dann bedachte sie, daß ein solches Bubenstück unbegreiflich wäre, da er sich tollkühn ihrer unmittelbaren Rache aussetzte, wenn er sie in Fougères aufsuchte. Indem sie im Spiegel schelmisch die Wirkung eines Seitenblicks, eines Lächelns, einer leichten Stirnfalte, einer zornigen, liebevollen oder verächtlichen Stellung erprobte, suchte sie nach einer Frauenlist, um das Herz des jungen Royalistenführers bis in seine geheimsten Falten kennenzulernen.

„Du hast recht, Francine!" sagte sie. „Ich wünschte

gleich dir, daß die Vermählung schon vollzogen wäre. Dieser Tag ist der letzte meiner dunklen Tage. Er trägt meinen Tod oder unser Glück im Schoße. Der Nebel ist abscheulich," setzte sie hinzu, indem sie von neuem nach den noch immer verschleierten Bergen hinübersah.

Dann begann sie selber die Fenstervorhänge aus Seide und Musselin zu ordnen und gefiel sich darin, dem Tageslicht den vollen Eingang zu verwehren, so daß ein wollüstiges Helldunkel im Raume entstand.

„Francine," begann sie dann wieder, „nimm diesen Krimskrams weg, der den Kamin überfüllt, und lasse nur die Uhr und die zwei Meißner Vasen stehen; ich will sie selbst mit den Winterblumen füllen, die Corentin für mich aufgetrieben hat ... Trag auch alle Stühle hinaus, ich will hier nur das Sofa und einen Sessel haben. Wenn du damit fertig bist, liebes Kind, dann kehre den Teppich, damit seine Farben lebhafter hervortreten, und stecke Kerzen in die Leuchter am Kamin und in die Armleuchter ..."

Lange und eingehend betrachtete Fräulein von Verneuil die alten Wandtapeten des Zimmers. Von ihrem angeborenen Geschmack geleitet, wußte sie unter den leuchtenden Farbtönen des Gewebes diejenigen herauszufinden, die geeignet waren, durch die Harmonie der Farben oder auch durch den Reiz des Gegensatzes die altertümliche Wandbekleidung mit der übrigen Einrichtung in Einklang zu bringen. Den gleichen Gedanken verfolgte sie beim Anordnen der Blumen, die sie in die zahlreichen Vasen mit den geschwungenen Formen einfüllte. Das Kanapee wurde an den Kamin geschoben. Zu beiden Seiten des Bettes, an der dem Kamin gegenüberliegenden Wand, stellte sie auf kleine vergoldete Tischchen große Meißner Vasen, deren Blumen und Blattwerk die süßesten Wohlgerüche verbreiteten.

Mehr als einmal erschauerte sie, während sie die welligen Falten des grünseidenen Betthimmels ordnete und den Fall des geblümten Überhangs prüfend betrachtete, unter dem sie das Lager versteckte. Solche Vorbereitungen bergen stets ein unerklärbares Glückgeheimnis und erzeugen eine so wonnige Erregung, daß eine Frau über diesen beseligenden Zurüstungen oft all ihre Zweifel vergißt. Liegt nicht ein religiöses Gefühl in dieser Unzahl von Bemühungen für ein geliebtes Wesen, das nicht anwesend ist, um sie zu sehen und zu vergelten, das sie aber später durch ein beifälliges Lächeln belohnen soll, wie es solche liebreichen Vorbereitungen entlocken? Dann überläßt die Frau sich gleichsam schon im voraus der Liebe, und es gibt nicht eine einzige, die sich nicht, wie Fräulein von Verneuil es tat, sagte: „Heute abend werde ich sehr glücklich sein!“ Dann schreibt auch die Unschuldigste unter ihnen diese süße Hoffnung in die zierlichen Falten der Seide oder des Musselins, und die Harmonie, die sie um sich her verbreitet, gibt allmählich allem ein liebeatmendes Aussehen. Unter dem Einfluß dieser wollüstigen Atmosphäre werden ihr alle Dinge zu lebendigen Wesen und Glückeszeugen, die sie schon jetzt zu Helfern bei all ihren künftigen Freuden erwählt. Mit jeder Bewegung, jedem Gedanken wagt sie es, der Zukunft vorzugreifen. Bald aber wartet sie, hofft sie nicht mehr; sie klagt nur noch die Stille an, und das kleinste Geräusch ist ihr eine Vorbedeutung. Und schließlich krallt sich der Zweifel in ihr Herz, sie brennt, erregt sich, fühlt sich von einem Gedanken wie von einer körperlichen Qual gepeinigt. Es ist abwechselnd ein Triumph und eine Marter, die sie ohne die Hoffnung auf Glück nicht ertragen könnte.

Wohl zwanzigmal hatte Fräulein von Verneuil die Vorhänge beiseite geschoben, in der Hoffnung, eine Rauchsäule von den Felsen aufsteigen zu sehen; doch der Nebel schien von Minute zu Minute ein dichteres Grau anzunehmen, worin ihre Phantasie sie schließlich unglückkündende Vorbedeutungen erblicken ließ.

Endlich zog sie in einem Anfall von Ungeduld den Vorhang wieder zusammen und nahm sich vor, ihn nicht wieder anzurühren. Unmutig betrachtete sie den Raum, dem sie Seele und Stimme verliehen hatte: sie fragte sich, ob es umsonst geschehen sei, und dieser Gedanke erinnerte sie wiederum daran, daß noch anderes anzuordnen sei.

„Kind," sagt sie zu Francine, indem sie sie in das an ihr Zimmer anstoßende Kabinett zog, das durch ein eirundes Fensterchen erhellt wurde, welches auf den dunklen Winkel hinausging, wo die Stadtwälle mit den Felsen der Promenade zusammenstießen, „mache hier Ordnung, damit alles sauber aussieht. Den Salon kannst du meinethalben in Unordnung lassen, wenn du willst," setzte sie mit einem Lächeln hinzu, das Frauen nur für ihre vertrauten Freundinnen haben, und dessen reizvolle Feinheit ein Mann nie zu würdigen versteht.

„Ach, wie hübsch Sie sind!" rief die kleine Bretonin.

„Ei was, wir sind allesamt recht töricht! Ist nicht unser Liebster immer unser schönster Schmuck?“
Sie streckte sich lässig auf der Ottomane aus, während Francine langsam hinausging, fest überzeugt davon, daß ihre Herrin, geliebt oder nicht geliebt, den Marquis von Montauran niemals ausliefern würde.

☆

ACHTUNDZWANZIGSTES KAPITEL

„BIST DU ABER AUCH DESSEN GANZ SICHER, was du mir da erzählst, Alte?“ fragte Hulot Barbette, die ihn in Fougères gleich erkannt hatte.
„Haben Sie Augen? Dann sehen Sie mal nach den Felsen von Saint-Sulpice ’rüber, da, guter Herr, rechts von Sankt Le’nard.“
Corentin richtete den Blick auf die Felsspitze, die Barbette mit der Hand bezeichnete. Da der Nebel sich zu lichten begann, konnte er ziemlich deutlich die weiße Rauchsäule wahrnehmen, von der Galope-chopines Frau gesprochen hatte.
„Aber wann kommt er? He, Alte! heute abend oder heute nacht?“
„Lieber Herr,“ versetzte Barbette, „davon is mir nix bekannt.“
„Warum verrätst du deine Partei?“ sagte Hulot lebhaft zu der Bäuerin, die er ein paar Schritte von Corentin weggezogen hatte.
„Ach, Herr General! sehen Sie sich den Fuß von meinem Jungen an! He, er ist rot von dem Blut meines Mannes, den die Chouans umgebracht haben wie ein Kalb, mit Respekt zu sagen, nur der

paar Worte wegen, die Sie mir vorgestern abgelockt haben, als ich auf dem Feld arbeitete. Nehmen Sie meinen Jungen, wenn Sie ihn nun doch einmal um Vater und Mutter gebracht haben, aber machen Sie auch 'nen tücht'gen Blauen draus, lieber Herr, damit er recht viele Chouans um die Ecke bringt. Da, das sind sieben Taler, verwahren Sie ihm die. Wenn er gut damit haushält, reicht er weit damit, sein Vater hat zwölf Jahre dran gespart."

Erstaunt betrachtete Hulot die blasse, vorzeitig gealterte Bäuerin mit den tränenlosen Augen.

„Aber", sagte er, „du, seine Mutter, was soll denn mit dir werden? Behalte lieber das Geld."

„Ich," erwiderte sie und schüttelte traurig den Kopf, „ich brauch' nix mehr! Und wenn man mich möchte in die tiefste Tiefe vom Melusinenturme da (sie zeigte mit der Hand auf einen der Schloßtürme) einsperren, die Chouans würden mich doch finden und umbringen!"

Mit einem Ausdruck düstren Schmerzes umarmte sie ihren Knaben, sah ihn an, wobei ihr Tränen ins Auge traten, wandte sich noch einmal nach ihm um und verschwand.

„Kommandant," sagte Corentin, „hier haben wir eine Gelegenheit, die, um richtig ausgenutzt zu werden, eher zwei denkende Köpfe verlangt als einen. Wir wissen alles und wissen doch nichts. Wenn wir sogleich das Haus des Fräuleins von Verneuil umstellen lassen, hieße das, sie gegen uns aufbringen. Wir alle, du, ich, deine Gegenchouans und deine beiden Bataillone, kommen nicht gegen dieses Mädchen auf, wenn sie es sich in den Kopf setzt, ihren Aristokraten zu retten.

Und er seinerseits ist ein Höfling und folglich gewitzt; er ist jung und hat Courage. Gleich bei seiner Ankunft in Fougères bekommen wir ihn niemals in die Finger. Im übrigen ist er vielleicht schon in der Stadt. Haussuchung halten? Unsinn! Das dient zu nichts und beunruhigt nur die Einwohner."

„Ich gehe," sagte Hulot ungeduldig, „um der Schildwache am Leonhardstore Befehl zu geben, ihren Wachtgang um drei Schritte zu verlängern, damit sie bis zum Hause Fräulein von Verneuils kommt. Ich werde mit jedem Posten ein Zeichen verabreden und mich im Wachthause aufhalten, und sobald mir die Ankunft irgendeines jungen Mannes in der Stadt gemeldet wird, nehme ich einen Unteroffizier und vier Mann und ..."

„Und", unterbrach Corentin den ungestümen Kriegsmann, „wenn der junge Mann nicht der Marquis ist, wenn der Marquis nicht durch das Tor kommt, wenn er bereits bei Fräulein von Verneuil ist, wenn ..."

Und Corentin sah den Kommandanten mit einer überlegenen Miene an, die etwas so Beleidigendes hatte, daß der Alte rief:

„Himmelkreuzdonnerwetter! Pack dich zum Teufel, du Höllenbürger! Was geht das alles mich an? Wenn dieser Vogel einem von meinen Posten in die Hände fällt, muß ich ihn freilich erschießen lassen. Erfahre ich, daß er in einem Hause steckt, so muß ich es wohl auch einschließen lassen, um ihn zu fangen und an die Wand zu stellen! Aber Satan soll mich holen, wenn ich mir auch noch den Kopf zerbreche, um meine Uniform zu besudeln!"

„Kommandant, der Brief der drei Minister befiehlt dir, Fräulein von Verneuil zu gehorchen."
„Laß sie nur selber zu mir kommen, Bürger, dann wird sich schon finden, was ich zu tun habe."
„Nun gut, Bürger!" entgegnete Corentin hochfahrend, „du wirst nicht lange auf sie zu warten brauchen. Sie wird dir selber Stunde und Minute der Ankunft des Aristokraten sagen. Vielleicht wird sie sich sogar nicht eher zufrieden geben, bis sie gesehen hat, daß du ihr Haus bewachen und umstellen läßt."
„Da hat der Teufel Menschengestalt angenommen," sagte der alte Kriegsmann kummervoll, als er Corentin nachsah, der mit schnellen Schritten die Treppe der Königin, wo diese Unterredung stattgehabt hatte, hinanstieg und dem Leonhardstore zuschritt.
„Er wird mir den Bürger Montauran mit gefesselten Händen und Füßen ausliefern, und dann werde ich einem Kriegsgericht präsidieren müssen. — Doch schließlich", setzte er achselzuckend hinzu, „ist der Gars ein Feind der Republik, er hat mir meinen armen Gérard ums Leben gebracht, und es ist dann immerhin ein Adliger weniger auf der Welt. Zum Teufel denn mit ihm!"
Entschlossen drehte er sich auf dem Absatz herum und ging, die Marseillaise pfeifend, davon, um alle Posten in der Stadt abzuschreiten.

☆

NEUNUNDZWANZIGSTES KAPITEL

FRÄULEIN VON VERNEUIL WAR IN EINE jener Betrachtungen versunken, deren Geheimnisse im tiefsten Grunde der Seele verborgen bleiben, und deren tausend einander widersprechende Empfindungen denen, die unter ihrem Einfluß gestanden haben, oft genug bewiesen haben, daß man innerhalb seiner vier Wände ein sturmbewegtes, leidenschaftliches Leben führen kann, ohne auch nur die Ottomane zu verlassen, auf der man die Stunden zubringt.

Jetzt, da die Lösung des Dramas bevorstand, das sie heraufbeschworen, ließ Marie nach der Reihe all seine von Liebe oder Zorn erfüllten Szenen an sich vorüberziehen, durch die ihr Leben seit den zehn Tagen ihrer Begegnung mit dem Marquis so leidenschaftlich bewegt worden war.

Da ertönte ein Männerschritt in dem Salon, der zu ihrem Zimmer führte. Sie erbebte. Die Tür öffnete sich, und als sie sich lebhaft nach ihr umdrehte, erblickte sie Corentin.

„Kleine Schelmin,“ sagte der Spion lachend, „haben Sie denn immer noch Lust, mich zu täuschen? Ach Marie, Marie! Sie spielen ein sehr gefährliches Spiel, wenn Sie mich nicht in Ihre Absichten einweihen und ohne meinen Rat Entscheidungen treffen. Wenn der Marquis seinem Schicksal entgangen ist ...“

„So ist das nicht Ihre Schuld, nicht wahr?“ unterbrach ihn Fräulein von Verneuil mit bittrem Hohn. „Mit welchem Recht“, fuhr sie dann fort, „kommen Sie überhaupt noch zu mir?“

„Zu Ihnen?“ fragte er mit bitterer Betonung.

„Sie erinnern mich daran,“ antwortete sie vornehm, „daß ich nicht in meinem eigenen Hause bin. Vielleicht haben Sie mit Vorbedacht diese Wohnung ausgesucht, um Ihre Meucheleien um so sicherer darin verüben zu können. Ich werde es also verlassen. In die Wüste würde ich fliehen, um keinen ... Spion mehr zu Gesicht zu bekommen."

„Dieses Haus gehört weder Ihnen noch mir," erwiderte Corentin, „sondern der Regierung. Und was das Fortgehen betrifft, so werden Sie das hübsch bleiben lassen," setzte er mit einem teuflischen Blick hinzu.

Entrüstet erhob sich Fräulein von Verneuil und tat ein paar Schritte ins Zimmer hinein; doch plötzlich blieb sie stehen, als sie bemerkte, daß Corentin den Fenstervorhang wegschob und ihr lächelnd winkte, zu ihm zu treten.

„Sehen Sie diese Rauchsäule?" sprach er mit der unbeweglichen Ruhe, die sein bleiches Gesicht stets beibehielt, wie tief auch seine Erregung sein mochte.

„Was hat meine Absicht, von hier fortzugehen, wohl mit dem Unkraut zu tun, das man da in Brand gesteckt hat?" fragte sie.

„Warum klingt Ihre Stimme so erregt?" entgegnete Corentin. „Arme Kleine!" setzte er mit sanfter Stimme hinzu, „ich weiß alles. Der Marquis kommt heute nach Fougères, und Sie haben dieses Zimmer sicherlich nicht deshalb so üppig mit Blumen und Kerzen hergerichtet, weil Sie ihn uns ausliefern wollen."

Fräulein von Verneuil wechselte die Farbe, als sie in den Augen dieses Tigers in Menschengestalt den Tod des Marquis besiegelt las, und es erfaßte sie eine Liebe für den Geliebten, die an Wahnsinn grenzte. Durch jedes ihrer Haare drang ein fürchterlicher Schmerz in ihren Kopf, den sie nicht auszuhalten vermochte, und sie sank auf die Ottomane nieder.

Corentin blieb einen Augenblick mit gekreuzten Armen vor ihr stehen, halb befriedigt über diese Marter, die ihn für all die Geringschätzung und allen Spott rächte, womit diese Frau ihn überhäuft hatte, halb betrübt, weil er ein Wesen leiden sah, dessen Joch abzuschütteln ihm unmöglich war.

„Sie liebt ihn," sprach er dumpf vor sich hin.

„Ihn lieben," rief sie, „ach, was besagt dieses Wort! Er ist mein Leben, meine Seele, mein Atem, Corentin!"

Und sie warf sich dem Manne, dessen Ruhe sie mit Entsetzen erfüllte, zu Füßen.

„Du Kotseele," sagte sie zu ihm, „lieber will ich mich erniedrigen, um ihm das Leben zu erhalten, als mich erniedrigen, um es ihm zu rauben. Ich will ihn retten, und sollte es mich meinen letzten Blutstropfen kosten. Sprich, was verlangst du?"

Corentin erbebte.

„Ich kam, Sie nach Ihren Befehlen zu fragen, Marie," sagte er in sanftem Ton, während er sie aufhob. „Ja, Marie, Ihre Beleidigungen sollen mich nicht verhindern, ganz Ihnen zu gehören, vorausgesetzt, daß Sie mich nicht mehr täuschen. Sie wissen ja, Marie, daß man mich niemals ungestraft hintergeht."

„Ach Corentin, wenn Sie wollen, daß ich Sie lieben soll, so helfen Sie mir, ihn zu retten!"

„Nun gut! Um wieviel Uhr kommt der Marquis?" fragte er mit dem Bemühen, seine Stimme auch jetzt zu beherrschen.

„Ach, ich weiß es ja selbst nicht!"

Sie sahen einander schweigend an.

„Ich bin verloren," dachte Marie.

„Sie täuscht mich," war Corentins Überzeugung.

„Marie," entgegnete er dann, „ich habe zwei Grundsätze. Der erste ist, nie ein Wort von dem zu glauben, was Frauen sagen, dann können sie einen nicht hintergehen; der zweite, immer zu ergründen, ob sie kein Interesse daran haben, das Gegenteil von dem zu tun, was sie gesagt haben, und sich ganz im gegenteiligen Sinne zu den Handlungen zu betragen, deren Geheimnis sie uns anvertraut haben. Jetzt, glaube ich, verstehen wir uns."

„Vollkommen," antwortete Fräulein von Verneuil. „Sie verlangen Beweise für meine Aufrichtigkeit. Doch ich spare sie mir bis zu der Minute auf, da Sie mir Ihrerseits solche gegeben haben."

„Leben Sie also wohl," sagte Corentin trocken.

„Ach was," erwiderte das junge Mädchen lächelnd, „setzen Sie sich doch und spielen Sie nicht den Verdrossenen, sonst werde ich auch ohne Sie den Marquis zu retten wissen. Was die dreimalhunderttausend Franken betrifft, die Ihnen immer vor Augen schweben, so kann ich sie Ihnen hier, auf dem Kamin, in dem Augenblick, wo der Marquis gerettet sein wird, in Gold aufzählen."

Corentin stand auf, trat ein paar Schritt zurück und betrachtete Fräulein von Verneuil.

„Sie sind in recht kurzer Zeit reich geworden," sagte er dann mit einem Tone schlecht verhehlter Bitterkeit.

„Herr von Montauran", versetzte sie mit mitleidigem Lächeln, „wird Ihnen wohl ein größeres Lösegeld anbieten können. Also beweisen Sie mir, daß es in Ihrer Macht steht, ihn vor jeder Gefahr zu schützen, und ..."

„Könnten Sie ihn nicht", rief Corentin plötzlich dazwischen, „sogleich, wenn er ankommt, zur

Flucht bewegen, da Hulot die Stunde nicht weiß und daher ..."
Er hielt inne, als werfe er sich selber vor, schon zuviel gesagt zu haben.
„Aber haben Sie es wirklich nötig, mich um eine List zu bitten?" fuhr er dann fort und lächelte mit der natürlichsten Miene von der Welt. „Hören Sie, Marie, ich bin jetzt von Ihrer Aufrichtigkeit überzeugt. Versprechen Sie mir, mich für alles schadlos zu halten, was mir dadurch entgeht, daß ich Ihnen diene, und ich will diesen Dummkopf von Kommandanten so gründlich einschläfern, daß der Marquis in Fougères so sicher umhergehen kann, wie in Saint-James."
„Ich verspreche es Ihnen," antwortete das junge Mädchen mit einer Art Feierlichkeit.
„Nicht so," entgegnete er. „Schwören Sie es mir bei Ihrer Mutter."
Fräulein von Verneuil schauderte. Doch sie hob ihre zitternde Hand in die Höhe und leistete den Schwur, den dieser Mann, dessen Verhalten sich so plötzlich geändert hatte, von ihr verlangte.
„Sie können über mich verfügen," sagte er. „Hintergehen Sie mich nicht, und Sie werden mich heute abend segnen!"
„Ich glaube Ihnen, Corentin," rief Fräulein von Verneuil ganz gerührt aus. Sie verabschiedete ihn mit einer sanften Neigung des Kopfes und lächelte ihm dabei gütig und zugleich erstaunt zu, als sie einen Ausdruck trauriger Zärtlichkeit auf seinen Zügen bemerkte.
„Was für ein entzückendes Geschöpf ist sie doch!" dachte Corentin im Fortgehen. „Soll ich sie denn nie besitzen, um zugleich das Werkzeug meines

Glückes und die Quelle meiner Freuden aus ihr zu machen? Daß sie sich mir zu Füßen warf, sie ...! O gewiß, der Marquis muß sterben! Und wenn ich dieses Weib nur dadurch erringen kann, daß ich sie in den Schmutz ziehe, so werde ich auch das tun ... — Endlich", fuhr er in seinem Selbstgespräche fort, als er auf dem Platz anlangte, wohin seine Füße ihn unbewußt getragen hatten, „mißtraut sie mir vielleicht nicht mehr. Hunderttausend Taler gleich auszubezahlen! Sie hält mich für habgierig. Entweder ist es eine List, oder sie hat ihn schon geheiratet."

In Gedanken verloren, wagte Corentin nicht, einen bestimmten Entschluß zu fassen. Der Nebel, den die Sonne gegen Mittag vertrieben hatte, gewann allmählich wieder an Stärke und wurde so dicht, daß Corentin selbst auf kurze Entfernung hin die Bäume nicht mehr zu unterscheiden vermochte.

„Eine neue Widerwärtigkeit!" murmelte er, als er mit langsamen Schritten nach Hause zurückkehrte. „Man kann nicht sechs Schritte weit sehen. Das Wetter meint es gut mit ihnen. Wie soll man ein Haus überwachen, wenn ein solcher Nebel herrscht? — Wer da?" rief er plötzlich und packte den Arm eines Fremden, der über die gefährlichsten Felsblöcke auf die Promenade geklettert zu sein schien.

„Ich bin's," antwortete eine naive Kinderstimme.

„Ach so, der kleine Junge mit dem roten Fuß. Wolltest du nicht deinen Vater rächen?" fragte ihn Corentin.

„Doch!" antwortete der Kleine.

„Schön. Kennst du den Gars?"

„Ja."

„Um so besser. Nun also: bleib immer in meiner

Nähe, tu genau alles, was ich dir sage, dann wirst du das Werk deiner Mutter vollenden und blankes Geld verdienen. Magst du gern blankes Geld?"

„Ja."

„Du magst also gern blankes Geld und willst den Gars töten. Dann will ich für dich sorgen. — Ha, Marie!" fuhr Corentin nach einer Weile zu sich selbst fort, „du selbst sollst ihn uns ausliefern! Sie ist zu ungestüm, um zu ahnen, auf welche Weise ich ihr jetzt beikommen werde. Außerdem hat Leidenschaft kurze Gedanken. Sie kennt die Schrift des Marquis nicht. Dies ist der Punkt, den ich benutzen muß, ihr die Schlinge zu legen, in die sie ihrem Charakter gemäß blindlings hineinlaufen wird. Doch um ganz sicher zu gehen, brauche ich Hulot zur Mithilfe bei meiner List. Ich will ihn sogleich aufsuchen!"

Im gleichen Augenblick berieten Fräulein von Verneuil und Francine über die Möglichkeit, den Marquis vor dem zweifelhaften Edelmute Corentins und Hulots Bajonetten zu bewahren.

„Ich will gehen und ihn benachrichtigen," rief die kleine Bretonin.

„Närrin, weißt du denn, wo er ist? Selbst ich möchte ihn trotz aller Herzensinstinkte lange suchen, ehe ich ihn fände!"

Nachdem sie gemeinsam eine ganze Reihe jener unsinnigen Pläne entworfen hatten, die sich am warmen Kamin so leicht durchführen lassen, rief Fräulein von Verneuil schließlich aus:

„Wenn ich ihn sehe, wird die Gefahr, in der er schwebt, mir schon den richtigen Gedanken eingeben!"

Und so wollte sie, nach Art aller Heißblütigen,

ihren Entschluß erst im letzten Augenblicke fassen, indem sie sich auf ihren Stern und den glücklichen Instinkt verließ, den treuen Begleiter der Frauen. Nie vielleicht war ihr das Herz so schwer gewesen. Bald saß sie wie betäubt mit stierem Ausdruck da; bald erbebte sie beim geringsten Laut gleich einem fast entwurzelten Baum, den die Holzhauer an einem Seile heftig hin und her ziehen, um seinen Fall zu beschleunigen. Plötzlich ertönte von fernher das Knattern einer Salve aus etwa einem Dutzend Gewehren. Marie erblaßte, griff nach Francines Hand und sagte zu ihr:

„Ich sterbe. Sie haben ihn mir getötet."

Der wuchtige Schritt eines Soldaten erklang im Nebenzimmer. Entsetzt stand Francine auf und führte gleich darauf einen Korporal herein. Nachdem der Republikaner Fräulein von Verneuil militärisch gegrüßt hatte, überreichte er ihr mehrere Briefe, deren Papier nicht sehr sauber war. Als der Soldat keine Antwort erhielt, wandte er sich zum Gehen, indem er sagte:

„Das soll ich vom Herrn Kommandanten abgeben."

Von dunklen Ahnungen gepeinigt, las Marie nun einen der Briefe, den der Kommandant wahrscheinlich in großer Eile geschrieben hatte.

„Gnädiges Fräulein, meinen Gegenchouans ist soeben ein Bote des Gars in die Hände gefallen. Unter den ihm abgenommenen Briefen werden Ihnen vielleicht die beifolgenden von einigem Nutzen sein ..."

„Dem Himmel sei Dank," rief sie aus, „er ist es nicht, den sie erschossen haben."

Sie atmete wieder freier und las begierig das

Billett, das man ihr gesandt; es war vom Marquis und offenbar an Frau von Gua gerichtet. „Nein, mein Engel, ich komme heute abend nicht nach La Vivetière. Denn heute abend verlieren Sie Ihre Wette mit dem Grafen und ich besiege die Republik in der Person dieses reizenden Mädchens, das sicherlich eine Nacht wert ist — geben Sie es nur zu! Dies wird der einzige wirkliche Sieg sein, den ich in diesem Feldzug davontrage, denn die Vendée unterwirft sich. Es ist in Frankreich nichts mehr zu tun, und wir werden jedenfalls bald zusammen nach England zurückreisen. Doch von den ernsten Angelegenheiten morgen ..."

Das Billett entglitt ihren Händen, sie schloß die Augen, versank in tiefes Schweigen und ließ sich, den Kopf an ein Kissen lehnend, zurücksinken. Nach einer langen Weile blickte sie auf die Kaminuhr, die vier Uhr zeigte.

„Und der Herr läßt auf sich warten!" sagte sie dann mit grausamem Spott.

„Oh, wenn er vielleicht nicht kommen konnte," meinte Francine.

„Sollte er nicht kommen," sagte Marie mit dumpfer Stimme, „so werde ich selbst ihm entgegengehen! Doch nein, er wird nun nicht mehr lange ausbleiben. Francine, bin ich sehr schön?"

„Sie sind sehr bleich!"

„Sieh dies duftgetränkte Zimmer," fuhr Fräulein von Verneuil fort, „diese Blumen, diese Lichter, diesen berauschenden Wohlgeruch, — wird dies alles wohl dem, dem ich heute Nacht alle Wonnen der Liebe schenken will, die Vorahnung eines himmlischen Lebens geben können?"

„Um Gott, was ist nur geschehen, gnädiges Fräulein?"

„Ich bin verraten, betrogen, hintergangen, verspottet, mit Füßen getreten, verloren, und ich will ihn töten, ihn zerreißen. Ja doch, ja, es lag in seinem Benehmen schon immer eine schlecht verhehlte Mißachtung, die ich nur nicht sehen wollte! Oh, hieran werde ich sterben! — Törin, die ich bin," fuhr sie auf einmal lachend fort, „er kommt, ich habe die Nacht vor mir, um ihn zu lehren, daß, verheiratet oder nicht, ein Mann, der mich einmal besessen hat, mich nicht mehr lassen kann. Ich werde ihm die Rache seiner Schuld gemäß zumessen, und er wird verzweifelt sterben! Ich glaubte, er hätte einige Seelengröße, aber er scheint doch nur der Sohn eines Lakaien zu sein! Sicherlich hat er mich recht geschickt getäuscht, denn noch immer fällt es mir schwer zu glauben, daß der Mann, der fähig war, mich erbarmungslos den Händen eines Pille-miche zu überlassen, sich zu solchen Kniffen herabwürdigen kann. Es ist so leicht, eine liebende Frau zu hintergehen, daß es nichts Feigeres gibt. Mag er mich töten, gut! aber mich belügen, er, den ich so groß gewähnt hatte! Aufs Schafott mit ihm! Ach, ich möchte ihn guillotinieren sehen! Bin ich denn wirklich so grausam? Er soll mit meinen Liebkosungen bedeckt sterben, mit meinen Küssen, die ihm zwanzig Lebensjahre aufwiegen werden ..."

„Marie," entgegnete Francine mit engelgleicher Sanftheit, „seien Sie, wie so viele andere, das Opfer Ihres Geliebten, aber machen Sie sich weder zu seiner Mätresse noch zu seinem Büttel! Bewahren Sie sein Bild in Ihrem Herzen, ohne es sich selbst grausam zu zerstören. Wenn in einer hoffnungslosen Liebe gar kein Glück läge, was sollte dann wohl aus uns armen Frauen werden! Gott, Marie, an den Sie nie denken, wird uns dafür belohnen, daß wir unserer Bestimmung hier auf Erden gehorcht haben: zu lieben und zu leiden!"

„Kleine Schmeichelkatze," erwiderte Fräulein von Verneuil und streichelte Francines Hand, „wie weich und verführerisch deine Stimme ist! Wie reizvoll machst du selbst die Vernunft! Ich möchte dir ja gern gehorchen ..."

„Sie vergeben ihm, Sie werden ihn nicht ausliefern?"

„Schweig, sprich mir nicht mehr von diesem Menschen. Mit ihm verglichen ist Corentin ein edles Wesen. Verstehst du mich?"

Sie erhob sich und verbarg ihre innere Verzweiflung und ihren unersättlichen Rachedurst unter einer erschreckend gelassenen Miene. Von ihren Gedanken verzehrt, den ihr angetanen Schimpf niederwürgend und zu stolz, um sich ihre Qual nur im mindesten anmerken zu lassen, schritt sie auf den Posten am Sankt Leonhardstore zu, um die Wohnung des Kommandanten zu erfragen. Ihr langsamer und gemessener Gang zeugte von der Unwiderruflichkeit ihrer Beschlüsse.

Kaum hatte sie das Haus verlassen, als Corentin es betrat.

„O Herr Corentin!" rief Francine ihm entgegen, „wenn Sie Teilnahme für den jungen Mann hegen, so retten Sie ihn, denn Fräulein von Verneuil will ihn ausliefern. Dieses elende Papier hat alles zunichte gemacht."

Nachlässig griff Corentin nach dem Briefe und fragte:

„Wohin ist sie denn gegangen?"

„Ich weiß es nicht."

„Ich eile," sagte er, „sie vor ihrer eigenen Verzweiflung zu retten."

Den Brief in der Hand, verließ er schnellen Schrittes das Haus. An der Türe spielte der kleine Junge. Er rief ihn zu sich:

„Wohin ist die Dame gegangen, die vorhin heruntergekommen ist?"

Galope-chopines Sohn ging ein paar Schritte mit Corentin, um ihm die abschüssige Straße zu zeigen, die nach dem Sankt Leonhardstor führte.

„Dort hinaus," sagte er.

In diesem Augenblick traten vier Männer in Fräulein von Verneuils Haus, ohne von Corentin oder dem Knaben gesehen zu werden.

„Kehr auf deinen Posten zurück," wandte sich der Spion an den Kleinen. „Stelle dich, als spieltest du mit den Riegeln der Fensterläden, aber paß gut auf und sieh nach allen Seiten hin, sogar auf die Dächer!"

☆

DREISSIGSTES KAPITEL

CORENTIN EILTE, SO SCHNELL ER KONNTE, in der ihm von dem Knaben bezeichneten Richtung fort, glaubte Fräulein von Verneuil durch den Nebel hindurch zu erkennen und holte sie in der Tat in dem Augenblick ein, da sie das Sankt Leonhardstor erreichte.

„Wohin gehen Sie?" sagte er und bot ihr den Arm. „Sie sind bleich, was ist nur geschehen? Ist es denn wohl schicklich, daß Sie so ganz allein ausgehen? Hier, nehmen Sie meinen Arm."

„Wo ist der Kommandant?" fragte sie ihn.

Kaum hatte Marie ausgesprochen, als sie draußen vor dem Tore die Tritte einer militärischen Patrouille vernahm und gleich darauf Hulots kraftvolle Stimme inmitten des Lärms unterschied.
„Herrgottsdonner!“ schrie er, „meiner Lebtag hab' ich die Runde noch nicht bei solchem Nebelwetter zu machen gehabt. Dieser Aristokrat hat das Wetter behext, scheint mir.“
„Worüber beklagen Sie sich nur?“ sagte Fräulein von Verneuil, indem sie ihm fest die Hand auf den Arm legte. „Dieser Nebel kann in seinem Dunkel ebensogut die Werkzeuge der Rache wie die der Hinterlist bergen. Herr Kommandant,“ setzte sie leise hinzu, „wir müssen jetzt gemeinsam solche Maßregeln ergreifen, daß er uns heute nicht entwischen kann.“
Hulot fuhr herum.
„Ist er bei Ihnen?“ fragte er aufgeregt.
„Nein,“ antwortete sie, „aber wenn Sie mir einen zuverlässigen Mann mitgeben, werde ich Sie von dem Eintreffen dieses Marquis benachrichtigen lassen.“
„Was wollen Sie da tun?“ sagte Corentin eifrig. „Ein Soldat in Ihrem Hause würde ihn kopfscheu machen. Aber ein Kind, und ich werde eines ausfindig machen, kann keinen Argwohn erregen...“
„Herr Kommandant,“ fuhr Marie fort, „dank diesem Nebel, den Sie verwünschen, können Sie jetzt sofort mein Haus ringsherum einschließen. Stellen Sie überall Posten auf, auch in der Leonhardskirche, um sich der Esplanade zu versichern, auf die die Fenster meines Salons gehen. Postieren Sie auch Leute auf der Promenade, denn obwohl mein Fenster zwanzig Fuß über der Erde liegt, verleiht

die Verzweiflung manchmal die Kraft zu den gefährlichsten Sprüngen. Und hören Sie: ich werde ihn wahrscheinlich aus der Haustür hinauslassen; geben Sie darum nur einem beherzten Manne Befehl, sie zu überwachen. Denn", sprach sie mit einem Seufzer, „Tapferkeit kann man ihm nicht absprechen, und er wird sich verteidigen!"

„Gudin!" rief der Kommandant.

Sogleich trat der junge Unteroffizier aus der Schar, die Hulot begleitete und in einiger Entfernung Aufstellung genommen hatte.

„Hör, mein Junge," sagte der alte Militär leise zu ihm. „Das Teufelsmädchen liefert uns den Gars in die Hände, ohne daß ich weiß, warum. Aber gleichviel, das ist nicht unsere Sache. Nimm also zehn Mann mit und stelle dich so auf, daß du die Sackgasse überschaust, an deren Ende das Haus der Dame liegt. Aber richte es so ein, daß man weder dich noch deine Leute sieht."

„Zu Befehl, Herr Kommandant, ich kenne das Gelände."

„Gut, mein Sohn," erwiderte Hulot. „Beau-pied wird dir Nachricht von mir bringen, wann du loslegen sollst. Versuche, persönlich an den Marquis zu kommen. Wenn du ihn töten kannst, so daß ich ihn nicht standrechtlich erschießen zu lassen brauche, bist du in vierzehn Tagen Leutnant, oder ich will nicht Hulot heißen."

„Hier, gnädiges Fräulein," wandte er sich an Marie, indem er auf Gudin deutete, „ist ein Gesell, der es mit jedem aufnimmt. Er wird gute Wacht vor Ihrem Hause halten und den Aristokraten nicht verfehlen, wenn er hinein will oder herauskommt."

Gudin marschierte bereits mit seinen zehn Mann ab.

„Wissen Sie auch wohl, was Sie tun?“ sagte Corentin leise zu Marie.

Sie antwortete ihm nicht, sondern sah nur mit einer gewissen Genugtuung die Soldaten abziehen, die sich unter Führung eines Unteroffiziers auf der Promenade verteilten, während andere sich, Hulots Befehl gemäß, längs der dunklen Kirchenmauern aufstellten.

„Es sind da ein paar Häuser, die an das meine anstoßen,“ sprach sie zum Kommandanten. „Umstellen Sie die ebenfalls. Wir wollen nachher nichts zu bereuen haben, weil wir irgendeine Vorsichtsmaßregel außer acht gelassen haben.“

„Sie ist rasend,“ dachte Hulot.

„Bin ich nicht ein guter Prophet?“ fragte ihn Corentin leise. „Übrigens, das Kind, das ich ihr beigeben werde, ist der kleine Junge mit dem blutigen Fuße. So kann uns nichts . . .“

Er unterbrach sich, da er sah, daß Fräulein von Verneuil plötzlich auf ihre Wohnung zueilte, und folgte ihr pfeifend, wie ein glücklicher Mensch. Als er sie einholte, war sie schon an der Schwelle angelangt, wo Corentin auch den Sohn Galopechopines wieder antraf.

„Fräulein Marie,“ sagte er zu ihr, „nehmen Sie diesen Knaben mit sich; Sie können keinen unschuldigeren und tüchtigeren Boten finden. — Wenn du den Gars hast hineingehen sehen, so lauf fort, was man dir auch sagen möge, und suche mich im Wachthaus auf. Ich werde dir soviel dafür geben, daß du all dein Leben lang Fladen essen kannst.“

Bei diesen Worten, die er dem Kleinen sozusagen ins Ohr hauchte, fühlte Corentin, wie ihm der Knabe kräftig die Hand drückte, worauf er Fräulein von Verneuil folgte.

„Jetzt, meine Lieben, sprecht euch aus, wenn ihr wollt!“ rief Corentin, als die Türe sich hinter den beiden schloß. „Wenn du jemals die Liebe kosten wirst, mein kleiner Marquis, so wird es im Leichentuch sein.“

Indes konnte sich Corentin nicht dazu entschließen, das verhängnisvolle Haus aus den Augen zu lassen und begab sich auf die Promenade, wo er Hulot mit dem Erteilen von Befehlen beschäftigt fand. Bald brach die Nacht an. Zwei Stunden gingen hin, ohne daß die verschiedenen Posten, die in bestimmten Zwischenräumen voneinander aufgestellt waren, das geringste bemerkt hätten, was den Verdacht erregen konnte, der Marquis habe die dreifache Kette von wachsamen Männern durchbrochen, die, versteckt liegend, die drei Seiten umstellt hatten, von denen aus der Papageienturm zugänglich war. Wohl zwanzigmal war Corentin von der Promenade zum Wachthause gegangen, und ebensooft war seine Erwartung getäuscht worden, da sein kleiner Bote noch nicht nach ihm gefragt hatte. In seine Gedanken versunken, schritt der Spion langsam auf der Promenade hin, eine Beute der drei Leidenschaften, die sich in ihm trafen und ihn zerfleischten: der Liebe, der Habgier und des Ehrgeizes. Sehr spät erst ging der Mond auf; Nacht und Nebel lagerten in furchtbarer Finsternis über dem Schauplatz, auf dem das Drama zu Ende gehen sollte, das dieser Mensch ersonnen hatte. Der Schurke wußte den Sturm, der in ihm tobte, niederzukämpfen, entschlossen kreuzte er die Arme über der Brust und ließ das Auge nicht von dem Fenster, das wie ein leuchtendes Phantom über dem Turme hervortrat. Als sein Weg ihn auf die Seite der Täler am Fuße der Felsabstürze führte, durchforschte er aus Gewohnheit den Nebel, durch den da und dort der fahle Schein der Lichter drang, die oberhalb oder unterhalb des Walles in den Häusern der Stadt und der Vorstädte brannten. Die tiefe Stille ringsum wurde nur von dem Murmeln des Nançon, den regelmäßigen, dumpfen Schlägen der Turmglocke, den schweren Tritten der Wachtposten und dem Waffengeklirr unterbrochen, das hörbar wurde, so oft die Stunde der Ablösung gekommen war. Alles hatte etwas Feierliches bekommen, Natur und Menschen.

„Es ist finster hier wie im Wolfsrachen," sagte in diesem Augenblick Pille-miche.

„Vorwärts," erwiderte Marche-à-terre, „und halt das Maul, als wärst du'n toter Hund!"

„Ich wag's ja kaum, zu atmen," meinte der Chouan.

„Wenn der Bruder, der da eben 'nen Stein hat 'runterrollen lassen, mein Messer zwischen den Rippen haben möchte, braucht er das Kunststück nur noch mal zu machen," sagte Marche-à-terre mit so leiser Stimme, daß sie mit dem Rieseln des Nançon zu einem Geräusch verschmolz.

„Ich bin's ja," flüsterte Pille-miche.

„Na, du alter Weinschlauch," antwortete sein Vorgesetzter, „so kriech auf dem Bauche wie 'ne Ringelnatter, sonst werden wir unser Fell eher dalassen müssen, als uns lieb ist."

„He, Marche-à-terre," fuhr der unverbesserliche

Pille-miche fort, indem er sich der Hände bediente, um auf dem Bauche vorwärts zu kommen, bis er seinen Gefährten erreichte, mit dem er nun so leise zu flüstern begann, daß die den beiden folgenden Chouans nicht ein Wort verstanden, „he, Marche-à-terre, wenn unsre große Garce wahr spricht, muß es da oben gute Beute geben. Woll'n wir halbpart machen?"

„Horch, Pille-miche!" sagte Marche-à-terre und warf sich flach auf den Boden nieder.

Der ganze Trupp folgte seinem Beispiel, denn die Chouans waren durch die Schwierigkeiten ganz erschöpft, die ihr Marsch am Bergabhange mit sich brachte.

„Ich kenn' dich", antwortete Marche-à-terre jetzt auf die Frage Pille-miches, „als 'nen rechten Nimmersatt, der ebenso gern Schläge austeilt, wie er sie einsteckt, wenn's gar nicht anders geht. Wir sind aber nicht hierhergekommen, damit wir den Toten die Stiefel abziehen. Hier heißt's Teufel gegen Teufel und weh dem, der zu kurze Krallen hat! Die große Garce schickt uns her, damit wir den Gars retten. Dort ist er, guck, heb' deine Hundsschnauze mal auf und schau dir das Fenster dort über dem Papageienturme an."

In diesem Augenblick schlug es Mitternacht. Der Mond ging auf und lieh dem Nebel den Anschein weißlichen Rauches. Pille-miche packte Marche-à-terre heftig am Arm und deutete stumm auf die dreieckigen Spitzen einiger Bajonette, die zehn Fuß über ihnen aufleuchteten.

„Die Blauen sind schon da," flüsterte er dann, „und wir wer'n nicht stark genug sein!"

„Nur Geduld," gab Marche-à-terre zurück, „wenn

ich mir heute früh alles richtig besehn hab', müssen wir da am Fuße des Turms, zwischen den Wällen und der Promenade, auf 'ne kleine Stelle stoßen, wo sie immer Dung abladen, und dadrauf kann man sich fallen lassen wie in 'n Federbett."

„Wenn der heilge Labre das Blut, das heute noch fließen wird, in Wein verwandeln möchte, könnten die in Fougères morgen 'nen hübschen Vorrat davon finden!"

„St!"

Und Marche-à-terre verschloß mit seiner breiten Hand dem Freunde den Mund. Dann durchlief ein leise von ihm gegebener Befehl Reihe auf Reihe bis zu den letzten Chouans, die zwischen den heidekrautbewachsenen Schieferfelsen in der Luft hingen.

Corentin hatte in der Tat ein zu geübtes Ohr, um nicht das Rascheln der Büsche, durch die die Chouans sich vorwärtsschoben, oder das leise Geräusch der kleinen Felssplitter zu hören, die in den Abgrund rollten. Er stand nunmehr am Rande der Promenade. Marche-à-terre, der für sein Teil die Gabe zu besitzen schien, im Dunklen zu sehen, und dessen stets beschäftigte Sinne so scharf wie die der Wilden geworden waren, hatte Corentin gesehen oder ihn, wie ein gut abgerichteter Hund, vielleicht auch gewittert. So konnte der Spion denn hinhorchen, soviel er mochte, und sich die Augen an der aus Schiefer gebildeten natürlichen Mauer aussehen, er konnte nichts entdecken. Wenn auch sein Blick bei dem vom Nebel gebrochenen unsicheren Licht auf einige der Chouans fiel, so hielt er sie doch für Teile des Felsens, derart

geschickt verstanden es die Bauern, das Aussehen der unbelebten Natur vorzutäuschen.
Bald war die Gefahr für den Trupp der Königstreuen vorüber. Corentin wurde durch ein sehr vernehmliches Geräusch abgezogen, das vom andern Ende der Promenade kam, und eilte dorthin, wo die Grundmauer aufhörte und der jäh abstürzende Fels anfing. Just an diesem Durchschnittspunkte endigte ein auf dem Rande des Schieferfelsens hinlaufender Fußweg, der zur Treppe der Königin führte. Als Corentin hier anlangte, sah er wie durch Zauber eine Gestalt vor sich aufstehen, und als er die Hand ausstreckte, um sich dieses eingebildeten oder wirklichen Wesens zu bemächtigen, dem er keine guten Absichten zutraute, spürte er die runden, weichen Körperformen einer Frau.
„Daß Sie der Teufel hole, meine Beste!" murmelte er. „Wenn Sie es nicht mit mir zu tun hätten, möchte Ihnen jetzt eine Kugel im Kopfe sitzen. Doch woher kommen Sie und wohin gehen Sie um diese nächtliche Zeit? Sind Sie stumm? — Es ist aber doch jedenfalls eine Frau," setzte er für sich hinzu.
Da ihr Schweigen verdächtig werden mußte, antwortete die Unbekannte mit einer Stimme, die große Angst verriet:
„Ach lieber Herr, ich komme aus der Abendgesellschaft."
„Das ist ja die angebliche Mutter des Marquis," sagte Corentin zu sich selbst. „Sehen wir einmal zu, was sie beginnt." — „Ach so! nun, dann gehen Sie diesen Weg hier, Alte," versetzte er, als erkenne er sie nicht. „Nur immer links, wenn Sie nicht erschossen sein wollen."

Er selbst blieb stehen. Erst als er sah, wie Frau von Gua auf den Papageienturm zuschritt, folgte er ihr mit teuflischer Lautlosigkeit von weitem. Während dieser verhängnisvollen Begegnung hatten die Chouans sehr geschickt auf den Dunghaufen Stellung genommen, zu denen Marche-à-terre sie geführt hatte.

„Da ist die große Garce!" sagte Marche-à-terre leise zu sich selbst und richtete sich wie ein Bär am Turme in die Höhe.

„Wir sind hier," sagte er zu Frau von Gua.

„Gut!" antwortete sie. „Wenn du eine Leiter in dem Hause auftreiben kannst, dessen Garten sechs Fuß oberhalb dieses Dunghaufens endet, wäre der Gars gerettet. Siehst du das runde Fenster da oben? es führt in ein Ankleidekabinett, an das das Schlafzimmer anstößt. Dahinein mußt du gelangen. Die Seite des Turmes, auf der ihr seid, ist die einzige, die nicht umstellt ist. Die Pferde warten, und wenn du den Übergang über den Nançon besetzt hast, werden wir den Gars trotz seiner Tollheit in einer Viertelstunde außer Gefahr sehen. Sollte das Weib ihm aber folgen wollen, so stecht sie nieder!"

Als Corentin in dem Dunkel bemerkte, daß ein paar der undeutlichen Formen, die er zuvor für Steine gehalten, sich behende bewegten, ging er sofort nach der Wachtstube am Sankt Leonhardstor, wo er den Kommandanten, vollständig angekleidet, auf dem Feldbett schlafend vorfand.

„Lassen Sie ihn doch," sagte Beau-pied barsch zu Corentin, „er hat sich just erst hingestreckt!"

„Was gibt es?" fragte Hulot.

„Die Chouans sind da," antwortete Corentin.

„Unmöglich, aber um so besser!" rief der Kommandant mitten aus dem Schlaf heraus, „so bekommen wir wenigstens was zu tun.“

Hulot kam mit auf die Promenade, und Corentin zeigte ihm die im Schatten liegende sonderbare Stellung der Königstreuen.

„Sie müssen die Schildwachen, die ich zwischen die Treppe der Königin und die Burg postiert habe, getäuscht oder umgebracht haben,“ rief der Kommandant. „Ach, dieser verdammte Nebel! Aber Geduld! ich werde fünfzig Mann unter Führung eines Leutnants an den Fuß der Felsen schicken. Hier darf man sie nicht angreifen, denn diese Viehkerls sind so zäh, daß sie sich wie Steine in den Abgrund rollen lassen würden, ohne ein Glied zu brechen.“

Die gesprungene Glocke des Bergfrieds schlug zwei Uhr, als Hulot auf die Promenade zurückkehrte, nachdem er die schärfsten Sicherheitsmaßregeln getroffen, damit die von Marche-à-terre angeführten Chouans ihm nicht entgehen sollten. Da inzwischen alle Posten verdoppelt worden waren, war das Haus des Fräuleins von Verneuil der Mittelpunkt einer kleinen Armee geworden.

Der Kommandant fand Corentin in die Betrachtung des Fensters vertieft, das den Papageienturm beherrschte.

„Bürger,“ sprach Hulot zu ihm, „ich glaube, der Aristokrat narrt uns. Es hat sich noch nichts gerührt.“

„Er ist da,“ rief Corentin, auf das Fenster zeigend. „Ich habe den Schatten eines Mannes auf dem Vorhang gesehen! Ich verstehe nicht, was aus meinem kleinen Jungen geworden ist. Sie müssen ihn umgebracht oder überredet haben.

Halt, Kommandant, siehst du dort? Ein Mann! Vorwärts!"
„Aus dem Bett hol' ich ihn nicht, Gottsdonner! Wenn er hineingekommen ist, wird er auch wieder herauskommen, und dann wird Gudin ihn schon nicht fehlen," rief Hulot, der seine Gründe hatte warten zu wollen.
„Vorwärts, Kommandant, ich fordere dich im Namen des Gesetzes auf, augenblicklich auf dieses Haus zu marschieren."
„Du bist mir grad der Rechte, um mich in Gang zu bringen!"
Ohne sich über die Wut des Kommandanten zu ärgern, sagte der Spion kalt:
„Du wirst mir gehorchen."
Bei diesen Worten zog er ein Papier aus der Tasche.
„Hier ist ein formeller Befehl, vom Kriegsminister unterzeichnet, der dich zwingen wird," fuhr er fort. „Bildest du dir etwa ein, wir seien einfältig genug, um dieses Mädchen da nach ihrem eigenen Gutdünken handeln zu lassen?"
„Ich bin so frei, Bürger, dich zum ... na, du verstehst mich wohl? Genug. Linker Fuß vorwärts marsch! Laß mich in Frieden, und zwar sofort!"
„Aber so lies doch!"
„Ärgere mich nicht mit deinen Geschäften!" rief Hulot, voll Entrüstung, daß er von einem ihm so verächtlichen Wicht Befehle entgegennehmen sollte.
In diesem Augenblick tauchte plötzlich Galopechopines Sohn zwischen ihnen auf, wie eine Maus, die aus der Erde schlüpft.
„Der Gars ist unterwegs," rief er.
„Wohin ...?"

„Durch die rue Saint-Léonard.“

„Beau-pied,“ flüsterte Hulot dem neben ihm stehenden Korporal zu, „lauf zum Adjutanten und sag ihm, er solle gegen das Haus anrücken und ein tüchtiges Feuerchen unterhalten! Du verstehst!“

Der Unteroffizier ging.

„Linksum kehrt, vorwärts marsch nach dem Turme, alle miteinander!“ schrie er dann den übrigen Soldaten zu.

☆

EINUNDDREISSIGSTES KAPITEL

WENN LEIDENSCHAFTEN IHRER ENTLADUNG entgegengehen, üben sie eine berauschende Gewalt auf uns aus, die der kümmerlichen Aufreizung weit überlegen ist, in die Opium oder Wein uns versetzen. Die Schärfe der Gedanken, die sich dann einstellt, die Empfindsamkeit der aufgepeitschten Sinne bringen die seltsamsten und unerwartetsten Wirkungen hervor. Dann nehmen manche Menschen, obwohl ein einziger Gedanke sie völlig beherrscht, die unscheinbarsten Gegenstände aufs deutlichste wahr, während die greifbarsten Dinge für sie nicht vorhanden zu sein scheinen. Fräulein von Verneuil stand, nachdem sie den Brief des Marquis gelesen, unter dem Einfluß eines solchen Rausches, der aus dem wirklichen Leben eine Art von Traumdasein macht, als sie nun in größter Eile alles anordnete, damit er ihrer Rache nicht entgehen könne, so wie sie kurz vorher alles für ein Liebesfest bereitet hatte.

Als sie dann aber ihr Haus, den eigenen Befehlen

gemäß, mit einer dreifachen Reihe von Bajonetten dicht umstellt sah, blitzte doch ein plötzliches Licht in ihrer Seele auf. Sie dachte über ihr Vorgehen nach und wurde sich mit einem gewissen Schrecken darüber klar, daß sie im Begriff stand, ein Verbrechen zu begehen. Im ersten Gefühl dieser Angst stürzte sie nach der Türe und blieb einen Augenblick reglos auf der Schwelle stehen, mit dem Bemühen, nachzudenken, ohne daß sie doch einen Gedanken hätte fassen können. Sie vermochte sich so wenig Rechenschaft darüber zu geben, was sie getan hatte, daß sie sich nicht einmal mehr darüber klar werden konnte, was sie, ein fremdes Kind an der Hand, im Vorzimmer ihres Hauses wollte. Vor ihr tanzten Tausende von Funken wie feurige Zungen in der Luft. Sie ging ein paar Schritte, um die entsetzliche Lähmung abzuschütteln, die sich über sie gelegt hatte; doch gleich einer Schlafbefangenen erschien ihr kein Ding unter seiner wirklichen Farbe und Form. Mit einer Heftigkeit, wie sie ihr sonst nicht eigen war, preßte sie die Hand des Knaben und riß ihn mit so hastigen Schritten hinter sich her, als sei die Geschäftigkeit einer Wahnsinnigen über sie gekommen.

Sie sah nichts von dem, was sich im Salon begab, als sie hindurchkam, obwohl sie von drei Männern gegrüßt wurde, die ihr Platz machten.

„Da ist sie," sagte der eine.

„Wie schön sie ist!" rief der Priester aus.

„Ja," antwortete der erste; „aber wie bleich und erregt sie aussieht ..."

„Und zerstreut," setzte der dritte hinzu. „Sie sieht uns gar nicht."

An der Tür zu ihrem Zimmer erblickte Fräulein von Verneuil das sanfte, heitere Gesicht Francines, die ihr zuflüsterte:
„Er ist da, Marie."
Bei diesen Worten erwachte Fräulein von Verneuil; sie konnte plötzlich wieder nachdenken, sah den Knaben an ihrer Hand an und antwortete Francine:
„Schließ dieses Kind ein, und wenn dir mein Leben lieb ist, so paß gut auf, daß es dir nicht entwischt."
Während sie dies langsam sagte, hielt sie die Augen auf die Tür zu ihrem Zimmer gerichtet und ließ sie mit so schreckenerregender Starrheit darauf ruhen, daß man hätte meinen können, sie sehe ihr Opfer durch die dicke Holzfüllung hindurch.
Dann stieß sie die Tür behutsam auf und schloß sie wieder, ohne sich umzuwenden, denn sie sah den Marquis vor dem Kamin stehen. Ohne gerade gesucht zu sein, hatte seine Kleidung einen gewissen festlichen Schmuck, der den Glanz noch erhöhte, in dem jeder Frau ihr Geliebter erscheint.
Bei seinem Anblick fand Marie ihre ganze Geistesgegenwart wieder. Ihre verzerrten, obwohl halbgeöffneten Lippen ließen den Schmelz ihrer Zähne sehen und bildeten ein gezwungenes Lächeln, dessen Ausdruck eher Schrecken als Wonne verheißend war. Langsam ging sie auf den jungen Mann zu und sagte, auf die Uhr weisend, mit einer Art von Lustigkeit zu ihm:
„Ein Mann, der Liebe verdient, ist wohl auch der Mühe wert, daß man auf ihn wartet."
Doch von der Leidenschaftlichkeit ihrer Empfindungen überwältigt, sank sie gleich darauf auf das Sofa neben dem Kamin.

„Teure Marie, wie verführerisch sind Sie, wenn Sie zürnen!" rief Herr von Montauran, indem er sich neben sie setzte und ihre Hand ergriff, die sie ihm überließ, während sie ihm den Blick verweigerte, um den er flehte.

„Ich hoffe," fuhr er mit zärtlicher, liebkosender Stimme fort, „daß Marie es sogleich sehr bereuen wird, das Auge von ihrem glücklichen Gatten abgewendet zu haben."

Als sie diese Worte vernahm, wandte sie sich heftig um und sah ihn voll an.

„Was bedeutet dieser furchtbare Blick?" fragte er lachend. „Wie brennend heiß deine Hand ist! Was hast du, Liebste?"

„Liebste!" wiederholte sie mit dumpfer, veränderter Stimme.

„Ja," sagte er und kniete vor ihr nieder, indem er ihre beiden Hände mit Küssen bedeckte. „Ja, Liebste, ich bin dein fürs Leben."

Sie stieß ihn heftig von sich und stand auf. Ihre Züge verzerrten sich und sie begann wie eine Irrsinnige zu lachen. Dann sagte sie:

„Du glaubst von alledem nicht ein Wort, du niedrigster aller Schurken!"

Sie faßte ungestüm nach dem Dolche, der neben einer Blumenvase lag und setzte ihn dem überraschten Jüngling auf die Brust. Doch gleich darauf schleuderte sie die Waffe wieder von sich.

„Pah," sagte sie geringschätzig, „ich achte dich nicht genug, um dich zu töten! Dein Blut ist sogar zu gemein, um von Soldaten vergossen zu werden, für dich taugt nur der Henker!"

Sie stieß diese Worte mühsam und leise hervor und stampfte dabei mit den Füßen, wie ein ungeduldiges, verzogenes Kind. Der Marquis trat zu ihr und versuchte, sie zu umfassen, doch schaudernd wich sie vor ihm zurück.

„Rühren Sie mich nicht an," rief sie.

„Sie ist wahnsinnig," sagte der Marquis voller Verzweiflung.

„Ja, wahnsinnig!" wiederholte sie. „Aber noch nicht genug, um dein Spielzeug zu sein. Was würde ich der Leidenschaft nicht verzeihen! Aber mich ohne Liebe besitzen zu wollen und es diesem Weib zu schreiben..."

„Wem habe ich denn geschrieben?" fragte er.

„Dieser tugendsamen Dame, die mich umbringen wollte."

Der Marquis erblaßte, packte die Lehne des Sessels, auf die er sich gestützt hatte, als wolle er sie zerbrechen, und rief:

„Wenn Frau von Gua dieser Gemeinheit fähig war..."

Fräulein von Verneuil suchte nach dem Brief fand ihn nicht und rief Francine herbei.

„Wo ist jener Brief?"

„Herr Corentin hat ihn an sich genommen."

„Corentin! ach, nun verstehe ich alles! Er hat den Brief geschrieben und mich getäuscht, wie es seine Art ist: mit teuflischer Schlauheit!"

Mit einem lauten Schmerzensschrei sank sie auf das Sofa, und ein Strom von Tränen entrann ihren Augen. Zweifel und Gewißheit, eines war gleich schrecklich wie das andere. Der Marquis stürzte zu den Füßen seiner Geliebten nieder, drückte sie an sein Herz und wiederholte unaufhörlich die einzigen Worte, die er über die Lippen brachte:

„Warum weinst du, mein Engel? Was ist denn

Schlimmes geschehen? Kamen deine Beleidigungen nicht aus der Liebe? Weine nicht, ich liebe dich, ich werde dich immer lieben!"
Plötzlich fühlte er, wie sie ihn mit übermenschlicher Kraft an sich preßte. Und mitten aus dem Schluchzen heraus fragte sie ihn:
„Du liebst mich also?"
„Zweifelst du denn noch daran?" antwortete er mit traurigem Ton.
Sie entwand sich stürmisch seinen Armen und trat erschreckt und verwirrt ein paar Schritte zurück.
„Ob ich daran zweifle!" rief sie.
Doch sie sah den Marquis mit so sanftem Spotte lächeln, daß die Worte auf ihren Lippen erstarben. Sie ließ sich bei der Hand fassen und auf die Schwelle zum Salon führen, wo sie einen während ihrer Abwesenheit in aller Eile errichteten Altar erblickte, neben dem ein Priester im Amtsgewande stand. Brennende Kerzen verbreiteten einen sanften, hoffnungsreichen Schimmer. Nun erkannte sie in den zwei Herren, die sie gegrüßt hatten, den Grafen von Bauvan und den Chevalier von Renty, die Herr von Montauran zu Trauzeugen gewählt hatte.
„Weisest du mich also noch immer zurück?" fragte der Marquis sie ganz leise.
Da trat Marie plötzlich einen Schritt zurück, um wieder in ihr Zimmer zu gelangen. Sie fiel auf die Knie, streckte dem Marquis ihre Hände entgegen und rief:
„O vergib, vergib, vergib!"
Ihre Stimme erlosch, ihr Kopf sank hintenüber, ihre Augen schlossen sich, und einer Toten gleich lag sie in den Armen des Marquis und Francines.

Als sie die Augen wieder aufschlug, begegnete sie dem liebenden, milden Blick des jungen Generals. „Geduld, Marie!“ sagte er. „Dieser Sturm ist der letzte.“

„Der letzte,“ wiederholte sie.

Francine und der Marquis sahen sich erstaunt an, doch sie gebot ihnen durch einen Wink, zu schweigen.

„Ruft den Priester,“ sagte sie, „und laßt mich allein mit ihm.“

Es geschah.

„Ehrwürdiger Vater,“ sprach sie zu dem vor ihr stehenden Geistlichen, „in meiner Kindheit sagte mir ein Greis mit weißen Haaren, der Ihnen ähnlich war, oft, daß man durch festen Glauben alles von Gott erlangen könne. Ist das wahr?“

„Es ist wahr,“ bestätigte der Priester. „Alles ist möglich bei dem, der alles geschaffen hat.“

Da fiel Fräulein von Verneuil in unbeschreiblicher Inbrunst auf die Knie nieder.

„O mein Gott!“ sagte sie in ihrer Verzückung, „mein Glaube an dich gleicht meiner Liebe zu ihm! Offenbare dich mir! Laß ein Wunder geschehen oder nimm mein Leben!“

„Er wird Sie erhören,“ sagte der Priester.

Am Arme des weißhaarigen Geistlichen kehrte Marie zu den andern zurück. Eine tiefe, geheime Bewegung überlieferte sie der Liebe des Geliebten, die heute strahlender war als je zuvor; denn eine Heiterkeit ähnlich der, die die Maler den Märtyrern zu verleihen pflegen, drückte seinem Antlitz ihre Weihe auf. Sie reichte ihre Hand dem Marquis, und zusammen schritten sie zum Altar, vor dem sie niederknieten. Diese Ehe, die nur zwei Schritte vom Brautbett eingesegnet wurde, der in Eile errichtete Altar, das Kreuz, der Kelch, die heiligen Gefäße, die ein Priester heimlich herbeigeschafft hatte, der Weihrauchduft unter Wandgesimsen, zu denen bis jetzt nur der Dampf von Mahlzeiten emporgestiegen war, der Priester, der nur eine Stola über seiner Sutane trug, die geweihten Kerzen in dem weltlichen Zimmer, — das alles zusammen nahm sich seltsam rührend aus und vervollständigte das Bild jener Zeiten traurigen Angedenkens, da der Bürgerkrieg die heiligsten Institutionen über den Haufen geworfen hatte. Damals hatten die religiösen Zeremonien ganz den Reiz der Mysterien: Kinder wurden in den Stuben getauft, in denen noch die Mütter ächzten; wie einstmals, ging der Herr arm und schlicht einher, die Sterbenden zu trösten; und die jungen Mädchen empfingen das geweihte Brot zum erstenmal in den Zimmern, wo sie noch gestern gespielt.

Wie so viele andere Verbindungen, sollte auch die Ehe Mariens und des Herrn von Montauran durch einen der neuen Gesetzgebung zuwiderlaufenden Akt eingesegnet werden; doch wurden späterhin diese, zum größten Teile unter den Bäumen des Waldes geweihten Ehen ohne Einspruch anerkannt. Der Priester, der hier die alten Gebräuche bis zum letzten Augenblick aufrechterhielt, gehörte zu jenen Männern, die auch im tobenden Sturme ihren Grundsätzen treu bleiben. Seine Stimme, welche der den Priestern von der Republik abgeforderte Eid nicht befleckt hatte, verbreitete mitten im Sturme nur Worte des Friedens. Er schürte nicht, wie der Abbé Gudin es getan, den Feuerbrand, er hatte nur, gleich vielen anderen, die gefahrvolle Sendung auf sich genommen, bei den katholisch gebliebenen Seelen seine Pflichten zu erfüllen. Um dieses schwere Amt durchführen zu können, bediente er sich all der frommen Künste, die das Verfolgtwerden heischte, und der Marquis hatte ihn nur in einer jener Höhlen aufzufinden vermocht, die noch heutigen Tages „Priesterlöcher" heißen. Der Anblick seines blassen, leidenden Antlitzes rief eine so andachtsvolle, ehrfürchtige Stimmung hervor, daß es allein genügte, dem Saal das Aussehen eines heiligen Ortes zu geben.

Der Augenblick für die zugleich Glück und Unglück bringende Handlung war gekommen. Ehe er die Zeremonie begann, fragte der Priester unter dem tiefen Schweigen der Anwesenden nach den Namen der Braut.

„Marie Nathalie, Tochter des Fräuleins Blanche von Hautefeuille und des Herzogs Victor Amédée von Verneuil."

„Geboren?"

„Am 11. Dezember 1774."

„Wo?"

„Zu Alençon."

„Ich glaubte nicht," sagte der Graf ganz leise zum Chevalier, „daß Montauran die Dummheit begehen würde, sie zu heiraten! Die natürliche Tochter eines Herzogs, ach pfui! Wenn sie noch eine des Königs wäre, möchte es allenfalls hingehen!"

Die Namen des Marquis waren schon im voraus eingetragen worden. Die Liebenden unterzeichneten zuerst, dann die Zeugen, und nun begann die

Trauungsfeierlichkeit. In diesem Augenblick vernahm Fräulein von Verneuil als einzige von allen Anwesenden Waffenlärm und den schweren, regelmäßigen Marschtritt der Soldaten, die jedenfalls den Wachtposten abzulösen kamen, den sie selbst in der Kirche hatte aufstellen heißen. Ein Schauder durchfuhr sie, und sie hob den Blick zu dem Kruzifix des Altars empor.

„Sie ist wie eine Heilige," sagte Francine leise.

„Bei so einer Heiligen möchte selbst ich verdammt fromm werden," murmelte der Chevalier.

Als der Geistliche Marie die übliche Frage vorlegte, antwortete sie mit einem Ja, das von einem tiefen Seufzer begleitet war. Dann neigte sie sich zu dem Ohr ihres Gatten und flüsterte ihm zu: „Bald wirst du erfahren, warum ich den Eid, dich niemals zu heiraten, nicht gehalten habe."

Als sich die Gesellschaft nach der Trauung in den Speisesaal begab, wo das Hochzeitsmahl aufgetragen war, und man sich eben setzte, erschien Jeremias mit allen Anzeichen des Entsetzens. Die arme junge Frau erhob sich rasch, ging ihm, von Francine gefolgt, entgegen und bat den Marquis unter einem der Vorwände, in denen Frauen so erfinderisch sind, ein paar Minuten lang die Honneurs allein zu machen. Dann nahm sie den Diener mit hinaus, ehe er eine unvorsichtige Äußerung hatte tun können, die vielleicht verhängnisvoll geworden wäre.

„Ach Francine, zu fühlen, daß man stirbt, und nicht einmal sagen zu dürfen: ‚Ich sterbe!'"... rief Fräulein von Verneuil draußen.

Sie kehrte nicht in den Speisesaal zurück, doch konnte der Grund ihrer Abwesenheit wohl in der soeben stattgehabten Zeremonie gesucht werden. Erst ganz zum Schluß des Mahles, als die Ungeduld des Marquis den Höhepunkt erreicht hatte, kam Marie im vollen Glanze ihres Brautgewandes zurück. Ihr Gesicht war ruhig und freudig, während die sie wiederum begleitende Francine einen so unverkennbaren Zug tiefen Entsetzens trug, daß die Anwesenden in den beiden Gestalten ein seltsames Bild vor sich zu sehen glaubten, auf dem der tolle Pinsel Salvator Rosas Leben und Tod Hand in Hand miteinander dargestellt habe.

„Meine Herren," sagte Marie zu dem Priester und den Trauzeugen, „Sie werden für die Nacht meine Gäste sein, denn es wäre zu gefährlich für Sie, Fougères jetzt zu verlassen. Dieses gute Mädchen hier weiß Bescheid und wird jeden von Ihnen in sein Zimmer führen. — Keine Einwände," sagte sie zu dem Geistlichen, der etwas erwidern wollte, „ich hoffe doch, daß Sie einer Frau an ihrem Hochzeitstage nicht ungehorsam sein werden!"

Eine Stunde später war sie allein mit ihrem Geliebten in dem üppigen Gemach, das sie so anmutig geschmückt hatte. Endlich nahten sie diesem verhängnisvollen Lager, wo, gleichwie in einem Grabe, so viele Hoffnungen ihr Ende finden, wo das Erwachen zu einem schöneren Leben ungewiß ist, wo die Liebe stirbt oder neu geboren wird, je nach der Beschaffenheit der Charaktere, die sich nur dort erproben können.

Marie blickte nach der Uhr.

„Noch sechs Stunden zu leben," sprach sie zu sich selbst.

„Ich habe also wirklich schlafen können!" rief die Marquise, als sie gegen zwei Uhr morgens durch eine jener jähen Regungen erwachte, die uns aus dem Schlafe schrecken, wenn wir am Abend fest bei uns beschlossen haben, zu einer bestimmten Stunde aufzuwachen. — „Ja, ich habe geschlafen," wiederholte sie, indem sie auf die vom Kerzenschimmer beleuchtete Uhr sah. Sie kehrte sich um und betrachtete ihren Gatten. Er schlief nach Kinderart, eine Hand unter den Kopf geschoben, während er mit der anderen die seiner Geliebten festhielt, lächelnd, als sei er inmitten eines Kusses entschlummert.

„Ach," sagte sie leise, „er schläft wie ein Kind! Wie könnte er auch mir mißtrauen, mir, die er so unsagbar beglückt hat?"

Sie rührte ihn leise an, er erwachte, und sein sanftes Lächeln wurde strahlend. Er küßte die Hand, die er hielt, und sah die unglückliche Frau mit so blitzenden Augen an, daß sie ihren wonneerfüllten Glanz nicht ertragen konnte und langsam die dichten Wimpern senkte, als wolle sie sich einem gefährlichen Anblick entziehen. Doch indem sie so das Feuer ihres Blickes verhüllte, erregte sie durch den Anschein des Widerstrebens die Begierde so sehr, daß ihr Gatte sie allzu großer Koketterie hätte beschuldigen können, wenn sie nicht so furchtbare Schrecknisse zu verhehlen gehabt hätte. Beide hoben die schönen Köpfe vom Kissen und dankten einander schweigend für die Wonnen, die jeder dem anderen gewährt hatte. Doch nach einem schnellen Blick über das köstliche Bild, das ihm der Anblick seiner Gattin bot, fragte der Marquis, im Glauben, die

Schatten auf Maries Stirn seien einem Anfall von Schwermut zuzuschreiben, mit sanfter Stimme: „Warum dieser trübe Blick, mein Liebling?"
Weinend warf sie sich an die Brust des Marquis.
„Mein armer Alfons," sagte sie bebend, „wohin glaubst du denn, daß ich dich führe?"
„Zum Glück!"
„Zum Tode!"
Und vor Angst erschauernd, stürzte sie aus dem Bett. Erstaunt folgte ihr der Marquis. Sie führte ihn ans Fenster. Mit einer Gebärde des Wahnsinns schob sie den Vorhang beiseite und deutete auf die zwanzig Soldaten, die auf dem Platze standen. Der Mond, der den Nebel zerteilt hatte, beleuchtete mit seinen weißlichen Strahlen Uniformen und Gewehre, den gefühllosen Corentin, der gleich einem beutegierigen Schakal auf und ab schritt, und den Kommandanten, der reglos, mit gekreuzten Armen, zurückgeworfenem Kopfe und geschürzten Lippen grämlich, doch mit gespannter Aufmerksamkeit dastand.
„Ach, laß sie, Marie, und komm wieder zurück!"
„Weshalb lachst du, Alfons? Ich selbst habe sie dorthin geschickt!"
„Träumst du noch?"
„Nein!"
Sie sahen einander einen Augenblick an. Der Marquis erriet alles, und er schloß sie in seine Arme:
„Laß es gut sein!" sagte er. „Ich liebe dich darum doch immerdar!"
„Es ist also doch nicht alles verloren!" rief Marie.
„Alfons!" sagte sie nach einer Pause.
„Was ist, Kind?"
„Es ist noch eine Hoffnung."

In diesem Augenblick vernahmen sie deutlich den düsteren Schrei des Käuzchens, und zugleich kam Francine aus dem Ankleidekabinett hereingeeilt.
„Pierre ist da,“ rief sie mit einer an Wahnwitz grenzenden Freude.

☆

ZWEIUNDDREISSIGSTES KAPITEL

DIE MARQUISE UND FRANCINE STECKTEN nun mit einer erstaunlichen Geschwindigkeit, wie sie nur Frauen eigen ist, den Marquis in einen Chouananzug. Als Marie sah, daß ihr Gatte die ihm von Francine gebrachten Waffen lud, entschlüpfte sie rasch, nachdem sie der treuen Bretonin ein Zeichen des Einverständnisses gegeben. Nun führte Francine den Marquis in das anstoßende Kabinett, und der junge General konnte sich beim Anblick einer Unmenge von fest aneinandergeknüpften Tüchern von der tätigen Sorgfalt überzeugen, mit der das Mädchen bemüht gewesen war, die Wachsamkeit der Soldaten zu täuschen.
„Da werde ich niemals hindurchkommen,“ sagte er mit einem Blick auf das enge Fensterchen.
In diesem Augenblick verdeckte eine breite, schwarze Gestalt dessen ganze Öffnung, und eine Francine wohlbekannte heisere Stimme rief leise:
„Rasch, Herr General, die blauen Hunde rühren sich!“
„Oh, noch einen Kuß!“ sagte eine sanfte, bebende Stimme.
Und der Marquis, dessen Füße bereits auf der rettenden Leiter standen, während ein Teil seines

Körpers noch in der engen eirunden Fensteröffnung steckte, fühlte sich mit dem Ungestüm der Verzweiflung umarmt. Als er dabei entdeckte, daß auch seine Frau Chouanskleider angelegt hatte, stieß er einen Schrei aus und wollte sie zurückhalten. Doch sie entriß sich jäh seinen Armen, und er mußte allein hinabsteigen. In der Hand hielt er einen Fetzen Stoffs, und als das Mondlicht plötzlich darauffiel, erkannte er ihn als zu der Weste gehörig, die er am Vorabend getragen.

„Halt! Feuer!"

Diese Worte, von Hulot seinen Soldaten mitten durch die fürchterliche Stille zugeschrien, brachen die Verzauberung, unter der Menschen und Dinge zu stehen schienen. Ein Kugelregen gelangte von der Tiefe des Tals bis an den Fuß des Turms und beantwortete die Salve der Blauen, die von der Promenade aus feuerten. Das Feuer der Republikaner erlitt keine Unterbrechung, es war furchtbar, mitleidslos. Die Opfer ließen keinen Laut hören. Die Stille zwischen den einzelnen Salven war entsetzlich. Doch Corentin, der eine der Gestalten, auf die er den Kommandanten aufmerksam gemacht, hatte von der Leiter herabstürzen sehen, argwöhnte irgendeine List.

„Nicht einer von dem Viehzeug da gibt einen Laut von sich," sagte er zu Hulot. „Unsere zwei Verliebten sind gar wohl imstande, uns hier durch eine List festzuhalten, während sie sich vielleicht auf der anderen Seite aus dem Staube machen..."

In seiner Ungeduld, das Rätsel zu lösen, schickte der Spion Galope-chopines Sohn nach Licht. Corentins Argwohn hatte bei Hulot so viel Verständnis gefunden, daß der alte Kriegsmann, auf den

Lärm eines ziemlich heftigen Gefechtes bei der Wache des Leonhardstors horchend, ausrief:
„Das ist wahr, es können ihrer nicht zwei sein!"
Damit eilte er dem Wachthause zu.
„Sie haben ihm den Kopf mit Blei gewaschen, Herr Kommandant," sagte Beau-pied, der Hulot entgegenkam. „Aber er hat Gudin erschossen und zwei Mann verwundet. Der Rasende! Er hatte bereits drei Reihen unserer Leute durchbrochen und würde das freie Feld erreicht haben, wenn ihm nicht der Posten am Leonhardstore das Bajonett durch den Leib gerannt hätte."
Auf diese Worte hin stürzte der Kommandant in die Wachtstube. Er sah den blutüberströmten Körper, den man hierher getragen, auf dem Feldbett liegen, näherte sich dem vermeintlichen Marquis und hob den Hut auf, der das Gesicht bedeckte.
„Ich ahnte es!" rief er, indem er in einen Stuhl sank und gewaltsam die Arme auf der Brust verschränkte. „Sie hat ihn zu lange bei sich behalten, zum Donnerwetter!"
Alle Soldaten standen regungslos da, denn als der Kommandant den Hut aufhob, quollen lange, schwarze Frauenhaare darunter hervor. Plötzlich wurde das Schweigen durch das Getöse einer bewaffneten Menge unterbrochen. Corentin trat in die Wachtstube, hinter ihm vier Soldaten, die auf ihren Gewehren wie auf einer Tragbahre Herrn von Montauran trugen, dem mehrere Kugeln die Schenkel zerschmettert hatten. Sie legten den Marquis neben seine Frau auf das Feldbett. Er erblickte sie und faßte mit krampfhaftem Druck ihre Hand. Die Sterbende wandte mühsam den Kopf, erkannte ihren Gatten und zuckte furchtbar

zusammen. Dann murmelte sie mit fast erloschener Stimme:

„Ein Tag ohne Morgen! Du hast es selbst gesagt…"

„Bringt sie ins nächste Hospital!" rief Corentin.

Da packte Hulot den Spion so wütend am Arme, daß seine Nägelspuren in seinem Fleisch zurückblieben.

„Da dein Geschäft hier zu Ende ist," sprach er zu ihm, „so pack dich, aber betrachte dir zuvor noch einmal genau das Gesicht des Kommandanten Hulot, damit du ihm nicht wieder über den Weg läufst, sofern du nicht willst, daß er dir seinen Säbel im Leibe herumdreht!"

Und schon zog der alte Kriegsmann seine Waffe aus der Scheide.

„Das ist auch wieder so einer von den ehrenwerten Leutchen, die all ihr Lebtag auf keinen grünen Zweig kommen werden!" sagte Corentin zu sich selbst, als er die Wache im Rücken hatte.

✩

Französische Literatur im Diogenes Verlag

Honoré de Balzac
Die Menschliche Komödie in 40 Einzelbänden:

Das Haus zur ballspielenden Katze. Erzählungen. Deutsch von Otto Flake. detebe 130/I
Zwei Frauen. Roman. Deutsch von Gabrielle Betz. detebe 130/II
Modeste Mignon. Roman. Deutsch von Friedrich Sieburg. detebe 130/III
Albert Savarus. Erzählungen. Deutsch von Max Krell und Hugo Kaatz. detebe 130/IV
Die falsche Geliebte. Erzählungen. Deutsch von Friedrich von Oppeln-Bronikowski und Emmi Hirschberg. detebe 130/V
Die Grenadière. Erzählungen. Deutsch von Paul Mayer, Rosa Schapire und Hugo Kaatz. detebe 130/VI
Honorine. Erzählungen. Deutsch von Paul Mayer, Max Krell und Hugo Kaatz. detebe 130/VII
Beatrix. Roman. Deutsch von Viktor von Koczian. detebe 130/VIII
Die Frau von dreißig Jahren. Roman. Deutsch von Erich Noether. detebe 130/IX
Vater Goriot. Roman. Deutsch von Rosa Schapire. detebe 130/X
Oberst Chabert. Erzählungen. Deutsch von Ernst Weiss, Hugo Kaatz und Paul Mayer. detebe 130/XI
Der Ehekontrakt. Erzählungen. Deutsch von Rosa Schapire. detebe 130/XII
Ursula Mirouet. Roman. Deutsch von Walter Benjamin. detebe 130/XIII
Eugenie Grandet. Roman. Deutsch von Mira Koffka. detebe 130/XIV

Pierrette. Erzählungen. Deutsch von Rosa Schapire. detebe 130/XV

Junggesellenwirtschaft. Roman. Deutsch von Franz Hessel. detebe 130/XVI

Nebenbuhler. Erzählungen. Deutsch von Paul Mayer. detebe 130/XVII

Verlorene Illusionen. Roman. Deutsch von Otto Flake. detebe 130/XVIII

Geschichte der Dreizehn. Erzählungen. Deutsch von Viktor von Koczian. detebe 130/XIX

Cäsar Birotteaus Größe und Niedergang. Deutsch von Hugo Kaatz. detebe 130/XX

Das Bankhaus Nucingen. Erzählungen. Deutsch von Else von Hollander. detebe 130/XXI

Glanz und Elend der Kurtisanen. Roman in zwei Bänden. Deutsch von Emil A. Rheinhardt. detebe 130/XXII–XXIII

Die Geheimnisse der Fürstin von Cadignan. Erzählungen. Deutsch von Luci und Hans Pollnow, Paul Mayer und Else von Hollander. detebe 130/XXIV

Tante Lisbeth. Roman. Deutsch von Paul Zech. detebe 130/XXV

Vetter Pons. Roman. Deutsch von Otto Flake. detebe 130/XXVI

Volksvertreter. Erzählungen. Deutsch von Paul Mayer und Charlotte Stucke-Kornfeld. detebe 130/XXVII

Die Kleinbürger. Roman. Deutsch von Hugo Kaatz. detebe 130/XXVIII

Eine dunkle Geschichte. Erzählungen. Deutsch von Friedrich von Oppeln-Bronikowski und Frieda von Oppeln. detebe 130/XXIX

Die Königstreuen. Roman. Deutsch von Magda Kahn. detebe 130/XXX

Die Bauern. Roman. Deutsch von Hugo Kaatz. detebe 130/XXXI

Der Landarzt. Roman. Deutsch von Emmi Hirschberg. detebe 130/XXXII

Der Landpfarrer. Roman. Deutsch von Emmi Hirschberg. detebe 130/XXXIII

Die Lilie im Tal. Roman. Deutsch von Charlotte Braun-Wogau. detebe 130/xxxiv
Die tödlichen Wünsche. Roman. Deutsch von Emil A. Rheinhardt. detebe 130/xxxv
Buch der Mystik. Erzählungen. Deutsch von Franz Hessel, Else von Hollander und Emmi Hirschberg. detebe 130/xxxvi
Das ungekannte Meisterwerk. Erzählungen. Deutsch von Heinrich E. Jacob und Hete Maass. detebe 130/xxxvii
Der Alchimist. Roman. Deutsch von Emmi Hirschberg. detebe 130/xxxviii
Der verstoßene Sohn. Erzählungen. Deutsch von Sigrid von Massenbach. detebe 130/xxxix
Katharina von Medici. Roman. Deutsch von Paul Hausmann. detebe 130/xl
Über Balzac. Zeugnisse und Aufsätze von Victor Hugo bis Somerset Maugham. Mit einem Repertorium der wichtigsten Romanfiguren, Chronik, Bibliographie. Herausgegeben von Claudia Schmölders. detebe 152

Charles Baudelaire

Die Tänzerin Fanfarlo und *Der Spleen von Paris.* Sämtliche Prosadichtungen in einem Band. Deutsch von Walther Küchler. detebe 144

Alexandre Dumas père

Horror in Fontenay. Roman. Übersetzt von Alexander Schmitz. detebe 129

Gustave Flaubert

Briefe. Ausgewählt und übersetzt von Helmut Scheffel. detebe 143

Erckmann-Chatrian

Der Rekrut. Roman. Deutsch von J. von Harten, K. Henninger und Tatjana Fischer. Vorwort von V. S. Pritchett. detebe 12

Guy de Maupassant

Meistererzählungen. Ausgewählt, übersetzt und eingeleitet von Walter Widmer. Ein Diogenes Sonderband

Molière

Komödien und Materialien in 8 Einzelbänden

Neuübertragung von Hans Weigel:

Der Wirrkopf / Die lächerlichen Schwärmerinnen / Sganarell oder Der vermeintlich Betrogene. Komödien I. detebe 95/I

Die Schule der Frauen / Kritik der ‚Schule der Frauen' / Die Schule der Ehemänner. Komödien II. detebe 95/II

Tartuffe oder Der Betrüger / Der Betrogene oder George Dandin / Vorspiel in Versailles. Komödien III. detebe 95/III

Don Juan oder Der steinerne Gast / Die Lästigen / Der Arzt wider Willen. Komödien IV. detebe 95/IV

Der Menschenfeind / Die erzwungene Heirat / Die gelehrten Frauen. Komödien V. detebe 95/V

Der Geizige / Der Bürger als Edelmann / Der Herr aus der Provinz. Komödien VI. detebe 95/VI

Der Hypochonder / Die Gaunereien des Scappino. Komödien VII. detebe 95/VII

Über Molière. Zeugnisse, Essays und Aufsätze von Anouilh bis Voltaire. Mit Chronik und Bibliographie. Herausgegeben von Christian Strich, Rémy Charbon und Gerd Haffmans. detebe 37

Georges Simenon

Neuedition in Einzelbänden

Bisher liegen vor:

Der Verdächtige. Roman. Deutsch von Eugen Helmlé

Der Mörder. Roman. Deutsch von Lothar Baier

Als ich alt war. Tagebücher 1960–1963. Deutsch von Linde Birk

Georges Simenon/André Gide. Briefwechsel. Deutsch von Stefanie Weiss

Brief an meinen Richter. Roman. Deutsch von Hansjürgen Wille und Barbara Klau. detebe 135/I

Der Schnee war schmutzig. Roman. Deutsch von Willi A. Koch. detebe 135/II

Die grünen Fensterläden. Roman. Deutsch von Alfred Günther. detebe 135/III

Im Falle eines Unfalls. Roman. Deutsch von Hansjürgen Wille und Barbara Klau. detebe 135/IV

Sonntag. Roman. Deutsch von Hansjürgen Wille und Barbara Klaus. detebe 135/V

Bellas Tod. Roman. Deutsch von Elisabeth Serelmann-Küchler. detebe 135/VI

Roland Topor

Memoiren eines alten Arschlochs. Roman. Deutsch von Eugen Helmlé

Der Mieter. Roman. Deutsch von Wolfram Schäfer. detebe 126

Jules Verne

Hauptwerke in Einzelbänden:

Ungekürzt, originalgetreu, mit allen Stichen der französischen Erstausgabe.

Bisher liegen vor:

Reise um die Erde in achtzig Tagen. Roman. Deutsch von Erich Fivian. detebe 64/I

Fünf Wochen im Ballon. Roman. Deutsch von Felix Gasbarra. detebe 64/II

Von der Erde zum Mond. Roman. Deutsch von William Matheson. detebe 64/III

Reise um den Mond. Roman. Deutsch von Ute Haffmans. detebe 64/IV

Zwanzigtausend Meilen unter Meer. Roman in zwei Bänden. Deutsch von Peter Laneus und Peter G. Hubler. detebe 64/V–VI

Reise zum Mittelpunkt der Erde. Roman. Deutsch von Hansjürgen Wille und Barbara Klau. detebe 64/VII

Der Kurier des Zaren. Roman in zwei Bänden. Deutsch von Karl Wittlinger. detebe 64/VIII–IX

Zwei Jahre Ferien. Roman. Deutsch von Erika Gebühr. Ein Diogenes Sonderband

Die großen Seefahrer und Entdecker. Ein Diogenes Sonderband

Als deutsche Erstausgabe erscheint, in der Übersetzung von Eva Rechel-Mertens:

Die erstaunlichen Abenteuer der Expedition Barsac. Ein Diogenes Sonderband